他从东方来

HE CAME FROM THE EAST

[美] 姚蜀平 著

团结出版社

图书在版编目（CIP）数据

他从东方来 /（美）姚蜀平著. -- 北京：团结出版社，2024.3
　　ISBN 978-7-5234-0086-9

Ⅰ. ①他… Ⅱ. ①姚… Ⅲ. ①长篇小说 - 美国 - 现代 Ⅳ. ① I712.45

中国国家版本馆 CIP 数据核字（2023）第 067806 号

出　版：	团结出版社
	（北京市东城区东皇城根南街 84 号　邮编：100006）
电　话：	（010）65228880　65244790（出版社）
	（010）65238766　85113874　65133603（发行部）
	（010）65133603（邮购）
网　址：	http://www.tjpress.com
E-mail：	zb65244790@vip.163.com
	tjcbsfxb@163.com（发行部邮购）
经　销：	全国新华书店
印　装：	天津盛辉印刷有限公司
开　本：	170mm×240mm　　16 开
印　张：	25.75
字　数：	372 千字
版　次：	2024 年 3 月　第 1 版
印　次：	2024 年 3 月　第 1 次印刷
书　号：	978-7-5234-0086-9
定　价：	78.00 元

（版权所属，盗版必究）

值此纪念第一次世界大战停战百年之际
谨以此书献给在第一次世界大战中
奔赴欧洲东西战线的七十万华工
他们以自己的苦力、血肉和孤寂的魂灵
为协约国的胜利贡献了一份力量
也换来了祖国的一些振兴和进步
愿此书能唤起更多的人对他们的记忆、怀念和尊敬

新版前言

1980年，我偶闻一战时法国曾有过华工，他们中的某些人至今还留在法国，惊叹之余，穷追不舍；

2011年，我应征首届全球华文文学星云奖，写下了讲述一战华工的13万字长篇小说《他从东方来》，该文获得首届全球华文文学星云奖历史小说佳作奖；

2014年，一战爆发百年之际，增补修改的24万字长篇小说《他从东方来》，首次由北京金城出版社出版；

2016年，一战华工首次抵达法国百年之际，法国华人举办"'他从东方来'，纪念一战华工赴法百年论坛"，当年由法国邮政部门和中法文化教育交流基金会联合制作的一战华工纪念邮票在法国正式发行，首日封上印有"他从东方来"。

2018年，一战停战百年之际，我应邀来到巴黎，在神往已久的华工墓园，面对数百个面朝东方的汉白玉的华工墓碑，悲从心来，思绪万千；

同年，我在《读书人》视频上讲述了"一战华工赴欧百年纪念"；喜马拉雅有声小说免费在听的《他从东方来》也在该年开启播放。

2019年，我应山东大学威海法学院邀请前去访问，并与华工后裔程玲见面，在一战华工研究者张建国陪同下同去威海海滩。一战华工纪念馆正在修建中，我们遥想百年前数万华工在此集结待发的情景。

我为何会痴迷于一战华工这个遥远的群体达数十年之久，本书的"自序"中有详细叙说，在此不再累述。今日借《他从东方来》改编为电影和40集电视剧之际，28万字的新版同名小说将与广大读者和观众见面，心中洋溢喜悦之情的同时，又难掩深深的愧疚……

我们为百年前远赴欧洲参加第一次世界大战，为协约国的胜利和自己祖国的振兴，贡献了鲜血与生命、辛劳与孤寂魂灵的几十万华工究竟做了些什么？

我们的努力与他们的付出又有多大的距离？

今天和以后，我们还应该和又能够做些什么以及该怎么去做？

我们应该如何树立他们在历史上应有的地位和荣光，来报答他们的奉献和弥补被遗忘的缺憾？

……

也许只有当更多的人知晓他们、怀念他们和尊敬他们之时，才能使那划过天际的遥远群星留下的光环，洒向今日的世界；才能让昔日战争的阴影折射出今日和平的光芒，让人们深切体会后从而更加珍惜来之不易的和平。

历史和世人将永远记住你们——一战华工。

姚蜀平

2023 年 10 月

作者自序

第一次世界大战爆发于1914年7月28日，停战于1918年11月11日，距今百年有余。这场人类历史上破坏性极强的大战，持续了4年3个月15天，席卷三十多个国家、15亿人口，军民死伤、疾病、失踪高达5000万人。一百多年过去了，今天的世界并没有变得更加平静与和谐，局部战争与冲突从未间断。纪念一战百年应该是当今人们值得认真做的一件具有历史意义也有现实意义的事。

四十多年前的1980年夏，中国刚刚开启对外开放的大门，我在北京友谊宾馆偶遇一位英籍华人。她说起不久前与友人到法国巴黎旅游，在偏僻小街看到一家中餐馆。那时中餐馆在法国并不多见，他们走进小餐馆，只见一位年迈的中国人，他既是餐馆老板，又是厨师兼服务员。他知道这群客人是来自中国，很高兴地亲手给每人做了一碗汤面。当这些人津津有味地吃面时，老板站在一旁颤巍巍地问道："中国，现在是，是哪个皇帝啊？"这些人放下了碗，问老人什么时候到的法国。老人回答："第一次世界大战，当华工来的，再也没有回去过……"这些人吃不下面了，全都在流泪。

多少年来，那个从未谋面的老人形象总在我脑海中盘旋。自此我对这段历史着迷不已、欲罢不能，我每次对人说起此事，都会感到喉头哽咽。多少年来，一个孤独老人的形象总浮现在我的脑海——第一次世界大战，年轻贫穷的他，为生活所迫，应征华工，来到从不知晓、正在战火燃烧的欧洲当苦力。半个世纪过去了，他从没有回过家，没有再踏进过国门；他在巴黎小巷孤独地经营一家小餐馆，从年轻到年迈，每天遥望着东方，想知道中国现在是哪个皇帝——他，就是一战华工。自此我开始了长达三十余年对这个遥远的、鲜为人知又无影无踪群体的关注与追踪。

那时我正从物理专业转向科学史领域，同时涉足中国留学史及现代化问题。我在1980年购买了1979年底刚刚出版的三册一套的《赴法勤工俭学运动史料》，其中第一册第二卷就有一节"战时华工与赴法勤工俭学"，总共47页，那是我最早获得的有关一战华工的历史资料。同时期，我从《韬奋文集》里，看到一篇题为《在法的青田人》的文章，那是邹韬奋先生民国二十二年（1933年）9月29日写于巴黎的。文章述说他在巴黎街头碰到中国面孔的人在卖石雕，和他们攀谈后得知，这些人来自浙江省青田县。让他震惊的是：他们竟然是靠着自己的双脚，挑着担子从中国老家走到法国的——是的，用双脚从中国走到法国。他们是从家乡浙江南部向北走，跨过华东、华北和东北，走进俄国，再沿着铁路线横穿西伯利亚，从东向西，最后走到了欧洲，来到了法国，他们在巴黎街头贩卖从家乡带来的石雕艺术品。这个景象和巴黎中餐馆老板问"中国现在是哪个皇帝"交织在一起，在我脑海盘旋了30年之久。

1982年至1984年，我作为访问学者来到美国哈佛大学科学史系。在哈佛大学，我有机会查阅更多资料。我知道了19世纪不只是美国和加拿大有华工挖金矿、修铁路；实际上俄国号称"世纪大铁路"的西伯利亚铁路，也是12万华工在19世纪末修建的。第一次世界大战时，中国曾经有过70万华工在东线（俄国）和西线（法国和比利时）卖力和卖命，其中包括俄国的50万华工，而不仅是人们常提及的法国和比利时的14万华工（实际西欧也有20万）。巴黎北部150公里外的诺埃尔市郊，有一座华工墓园，那里静卧着800多个华工。我同时查阅了《青田县志》及其他书刊的相关文章，所有这些更加促使我想多知道一些关于一战华工的历史并且用文学形式写下来。

1984年8月我回国后，11月借赴厦门开会之机，回程时绕道去了青田县，当地侨办为我组织了一次曾经到过欧洲的青田人及他们后代的座谈会。座谈会上我听到的故事比我从书籍报刊上读过的更加令人惊心动魄。我把这两个事件在心中默默地交织在一起，早在1988年，我就曾写过一个4万字的电影剧本，片名就是《他从东方来》，但因当时对一战华工详情了解甚微，剧本内容远不足以表达那段浩瀚的史诗，我自己不满意，也从来没有拿出来过。我知道需要做大量研究查询，需要搜集更多资料。遗憾的是，20世纪80年代甚至90年代初，无论是国内还是国外，相关一战华工的资料甚少；或许有而我没有收集到。这使我对那个遥远而陌生的群体，心存敬畏，充满探索之心，既感难以企及又放手不下，不料机会意外来临……

2011年4月，中国台湾文友诗人黄海先生传递给我一个信息：全球华文文学星云奖首届征文开启，征文目录第一项就是历史小说。这个信息立即点燃了我心头隐藏和酝酿了30年之久的那团烈火。我把存在心底多年的故事——那个不该遗忘却几乎被忘却的群体和那段历史，用长篇小说形式奉献出来，它就是《他从东方来》长篇小说的原始稿。尽管此时社会上有关一战华工的资料比起十多年前丰富了不少，但是由于征文有具体字数要求——12万至14万字（我选择13万字）和时限要求（9月30日前交稿），我仓促完稿，征文远未达到自己的期望，没有道尽我的构想和心意。不过承蒙评审委员们的厚爱，我的作品获得了首届全球华文文学星云奖历史小说佳作奖——它是该年历史小说中唯一的获奖作品。

让人感到遗憾和尴尬的是，是年（2011年），国人把11月11日定为"光棍节"（适逢2011年11月11日）；近两年又加上"购物节"和"相亲节"等称谓。1918年11月11日是德国签订一战停战协议之日，战后各国都把这一天定为"停战纪念日"；美国把这一天定为"退伍军人节"，年年纪念那些在一战及历次战争中阵亡的将士。而我们忘记了我们曾经有过几十万同胞在一战中卖苦力，不仅流汗流血，还有3万人失踪或牺牲，他们长眠在异国他乡；而国人百年后却在这一天四处相亲、疯狂购物。也许我们不该责怪那些人，也许他们绝大多数根本不知道这段历史，也从未听说过一战华工。

征文获奖后的两年中，我广泛浏览可能到手的有关一战华工的中外书籍、照片和资料，在原创书稿基础上做了大量增补和修改，内容由一战扩大到西班牙内战和二战——留在法国的一战华工，后有人参加了西班牙内战并在二战中参加了反抗德军的地下组织。2014年3月书稿由北京金城出版社出版，即首版《他从东方来》。此次团结出版社出的新版是在原版基础上的完善版，比原版增加了4万余字。

我以两个青田县的孪生兄弟天青和天亮作为主人公，他们在应征华工途中因故失散，二人分别前往一战东线俄国和西线法国当了华工，二人历尽千难万险，终生寻找对方而未果。小说反映了那个时代中国贫苦农民为了养家糊口，为了寻出路、求生存，远赴正在酣战的欧洲战场，历尽艰苦却凄凉终身的悲剧。历史是容易被遗忘的，更容易被曲解。难怪有人说："历史除了人名是真的，其他都是假的；小说除了人名是假的，其他都是真的。"也许我们应该尽力去做一些并不时髦但仍然有意义的事情。这就是我写此书的初衷。尽管我知道华工中80%来自山东，只因创作此书时，非常遗憾我没有机会接触山东华工并了解他们赴欧的细节；反之那些年我对青田县百姓出走欧洲的故事知道较多，于是我书中的主人公就是来自那个穷乡僻壤。事实上，一战时，那里确实走出过不少华工，战后他们中的许多人留在法国，成为早期在法华侨。不过在当前拍摄的电视剧及电影中，主人公的背景都改为山东，以期更符合历史真实。

2011年12月，我在首届全球华文文学星云奖颁奖典礼上致辞时曾说过："我用小说体裁写下这个被遗忘群体的故事，是对几十万华工的一种敬意和纪念。他们用自己的苦力、血肉和孤寂的魂灵，为协约国的胜利作出了贡献，也为自己的祖国争来了一些振兴和进步；但是他们自己，却几乎被历史、被自己的祖国和人民，甚至被整个世界遗忘了。我写此书，就是为了让更多的人知道他们、怀念他们和尊敬他们。"

最后我想用托尔斯泰的话作结束语："人一生的幸福，是能为人类写一部书。"

初稿完于2014年1月13日

修订新版稿完于2023年10月

引子　法国北部荒野上的中国墓园

法国西北部，原野上一座孤独的小镇。

小镇小街两旁是居民住房，座座不同，各自披着不同色彩，门前是小草坪，窗上放满花盆，给孤独小镇增色不少。路上少有行人，小路尽头，连接上一条土路，这里更少有人迹，显得荒凉而落寞。拐角处突然出现和四周极不协调的两只石狮，那是在中国许多地方可以看到的那种张着大嘴、瞪着圆圆眼睛的石狮子，这里是何方圣地？会出现这般东方的象征！走不了多远，一个写着"中国公墓"的简陋小木牌高高挂在丁字路口，它指向一条砂石铺就的土路。循着土路耐心地往前走，眼前出现一圈半人高的围墙；向里望去，只见一眼望不到头的墓碑，原来这里是片墓地。两根方形石柱托着一个带石拱的屋檐，上面有两个大字——"千古"，下面是铁栅栏门。墓园大门总是虚掩着，无人守护，从不锁门。

墓园里整齐排列有序的白色墓碑中间，突兀地立着一棵高大的松树；它孤独地挺立在那里，守护着四周数百座面朝东的墓碑。所有的墓碑都是汉白玉制作，洁白而干净。墓碑上刻了字，第一行是四个中文大字，各个不同，那是——"鞠躬尽瘁""百世流芳""勇往直前""永垂不朽"及"虽死犹生"，下面是英文。墓碑居中竖写的是逝者的名字，右边有籍贯；最下面是死者的生卒年月。特别醒目的是每座墓碑上都刻有编号！为何有编号？有五位数，更多的是六位数，那是什么意思？

今天，这里有点不寻常：铁栅栏门敞开着，沙石土路上有许多脚印，远处还有一群人……看样子是几十个小学生，他们面对着墓碑；后面站着一群成年人，像是他们的家长和老师。小学生稚气的面孔上，个个表情肃穆，神态庄重。

他们排成数行，前面的一个男孩和一个女孩向前跨一步，每人手里拿着一张纸，女孩的手有点颤抖……

男孩昂起了头，清脆的童声传遍了寂静的墓地：

> 这里躺着我的爷爷——

后面众和声响起：

> 还有我爷爷的兄弟。

男孩声音：

> 半个世纪前，
> 为了二十块卖身钱，
> 你告别了故乡土地，
> 踏上了远洋航船。
> 来到了从没听说过的欧罗巴。

女孩声音：

> 为了那诱人的许诺，
> 为了能分一半工钱给爹娘，
> 你，没有半点犹豫，
> 没有半点猜疑，
> 伸出了右手手腕，
> 戴上了至死跟着你的编号印记。

众人和声：

> 那是六位数字啊，
> 那是爷爷和你的十多万兄弟；
> 你们中有多少人回到了故乡，
> 又有多少人倒在了这块土地！

男孩声音：

> 你来时可知
> 什么是欧罗巴？
> 哪里是法兰西？
> 它有多么遥远？
> 那里正在上演哪出戏？

女孩声音：

> 当你自己还戴着枷锁，
> 却要去拯救世界兄弟，
> 你可知道，
> 等待你的是——

众人和声：

> 子弹嗖嗖，炮声隆隆，
> 还有那毒气和芥子气。

人类最血腥的杀戮,

正张开血盆大口,

等着你和你的兄弟……

目　录

第一篇　第一次世界大战战火燃起

一　大战初期西线的三次战役　　001

二　中国"以工代兵"参战　　004

三　惨烈的索姆河之役　　009

第二篇　英法转向东方寻求人力援助

四　英法招募十四万华工　　013

五　招募风刮到了江南　　017

六　天青、天亮两兄弟北上应征　　021

七　上海滩上巧遇好心人袁先生　　024

第三篇　天青、天亮途中失散

八　天青途中误了火车　　028

九　天亮独自来到威海卫　　032

十　　天亮在华工待发所集训　　036

十一　　《华工出洋歌》响彻威海卫上空　　039

十二　　二十二天跨越太平洋　　043

十三　　横穿北美大陆和大西洋　　046

第四篇　西线来了东方人

十四　　天亮终于来到了法兰西　　053

十五　　战争原来这般残酷　　057

十六　　小河畔的黑衣寡妇　　060

十七　　天亮挖战壕挨了约翰一巴掌　　063

十八　　二排圣诞节前线收尸　　066

十九　　鲁大珊遇上了凶神约翰　　070

二十　　圣诞夜吃到了德国巧克力　　074

二十一　　天亮挨了笞刑，千里之外的天青感到痛楚　　077

第五篇　天青的俄国冒险之行

二十二　　天青被骗上了去天津的火车　　082

二十三　　天青落到了俄招私募黑店　　084

二十四　　飞驰在西伯利亚森林铁路上　　088

二十五　　在黑森林里修筑摩尔曼铁路　　090

二十六　　黑森林里的苦力对十月革命无动于衷　　094

二十七　　工头抛下华工卷款逃跑　　097

二十八　黑森林里走进一个穿红军军装的中国人　102

二十九　蔡伟德带领一群落魄华工来到圣彼得堡　105

三十　参加红军的天青看到了另一个世界　110

第六篇　英军华工营里的天亮

三十一　和约翰不一样的亨利营长　114

三十二　天亮在旱船上刻了两个字——"回家"　118

三十三　天亮知道了巴黎有个法军华工营　122

第七篇　俄国大地上的中国支队

三十四　中国支队第一次战斗就牺牲了大半　126

三十五　天青接任蔡大哥当了中国支队队长　131

三十六　飞鸟返故乡兮　狐死必首丘　134

三十七　天青和战友们在大森林里苦度寒冬　137

三十八　深山老林里传来中国人唱的俄罗斯民歌　142

第八篇　天亮在西线

三十九　全连为约翰滚蛋痛饮葡萄酒　148

四十　希得贝格前线的"灌木柴垛战术"　152

四十一　美国大兵托尼爱唱《红河谷》　155

四十二　德国坦克和英国坦克前线交火　159

第九篇　太和殿传来礼炮声　举国欢庆一战结束

第十篇　独自向西行的天青

四十三	走出大森林的天青被"契卡"严刑拷打	168
四十四	躲过极刑的天青带病向西逃去	172
四十五	玛娅奶奶收留了天青	176
四十六	马厩里的乌克兰伤兵谢廖沙	179
四十七	天青每天听贝雅塔小姐弹奏肖邦《夜曲》	182
四十八	小集市上获"天外之音"——天亮在法国	187
四十九	在玛娅奶奶家过圣诞节	190
五十	天青终于上路西行了	194

第十一篇　逃出英军营的天亮

五十一	天亮和齐中原逃出英军华工营	198
五十二	天亮在塞纳河畔遇到了袁先生	202
五十三	耶鲁毕业生晏阳初来到法国华工营	205
五十四	晏阳初在华工营开设识字班	209
五十五	天亮在巴黎四处打工寻找天青	214
五十六	巴黎和会没有给中国带来公理	217
五十七	华工阻挠陆外长去凡尔赛宫签字	222
五十八	华工和勤工俭学留学生在巴黎相遇	226

五十九　　万译官把天亮带到了美军营地　　231

六十　　约翰当了法国警察　天亮自此远离巴黎　　234

第十二篇　天青两次不一样的西行

六十一　　天青西行路上巧遇狼狈逃窜的彼得留拉　　237

六十二　　维斯瓦河奇迹——华沙战役　　241

六十三　　玛娅奶奶升天了　　245

六十四　　天青和贝雅塔随乌克兰流亡大军西行　　249

六十五　　夜半逃离黑店　　252

六十六　　贝雅塔想给天青在巴黎登个"寻人启事"　　255

六十七　　贝雅塔逃过散兵一劫却长眠在松树下　　259

六十八　　天青独自西行　　263

第十三篇　徘徊在巴黎的天青

六十九　　天青终于来到了巴黎　　267

七十　　盖了二十个邮戳的天亮家信落在了天青手中　　270

七十一　　天青走遍六十九座大战公墓寻找天亮　　274

七十二　　开茶馆的游老板　　278

七十三　　香榭丽舍大街咖啡馆里"迷惘的一代"　　281

七十四　　天青在斯泰因小姐家与名人邂逅　　285

七十五　　天青在法国北部小镇上开了家小饭馆　　290

第十四篇　天亮在法国南部的奇遇

七十六　　天亮闯进了一家杂货店　296

七十七　　杂货店老板娘是八国联军抢来的　299

七十八　　天亮留下当了杂货店的长工　302

七十九　　当了上门女婿的天亮给儿子起名"念青"　305

八十　　杂货店门前变成小镇沙龙　309

八十一　　"不许法西斯通过"　313

第十五篇　天亮倒在西班牙土地上

八十二　　天亮参加了国际纵队——马赛曲兵团　318

八十三　　国际纵队守卫在雅拉玛山谷　323

八十四　　美国林肯兵团的托尼在唱《雅拉玛之歌》　326

八十五　　天亮在易布罗河河畔掩护战友撤退　330

八十六　　海明威和战友在河对岸接应负伤的天亮　334

八十七　　天亮弥留之际终知天青来过巴黎　337

第十六篇　守在小饭馆的天青

八十八　　人们在天青的小饭馆议论欧洲时局　342

八十九　　五十岁的希特勒迫不及待要打仗　346

九十　　第二次世界大战在人们最不情愿的时刻爆发了　349

九十一　　天青与一战老兵西蒙想到一起去了　352

| 九十二 | 天青和西蒙参加了敦刻尔克的"发电机行动" | 355 |
| 九十三 | 天青在法国南部参加地下组织抗德 | 358 |

第十七篇　天亮之子与天青的奇迹相逢

九十四	战后天青的小饭馆传出肖邦《夜曲》	364
九十五	天青想去给老战友和玛娅奶奶扫墓	366
九十六	小饭馆走进一个极像老板的人	369
九十七	天亮写给哥哥的信奇迹般地落到天青手中	372
九十八	墓园上空云层中走出一列高唱《华工出洋歌》的壮士	378

尾声　后人没有忘记你们　382

参考书目　385

第一篇　第一次世界大战战火燃起

一　大战初期西线的三次战役

法国领近比利时边境地区，硝烟弥漫，炮声隆隆。

1914年7月，欧洲爆发了第一次世界大战。踌躇满志的德意志帝国，东击俄国，西打法国，一场血腥的大战在欧洲拉开序幕。为了重新分配和争夺更多的利益，世界上8个发达资本主义国家中的7个，卷进了这场血战；唯一没有参战的美国隔岸观火，却也不失时机地向交战双方出售武器——为了战后利益均沾。挑起大战的德国采用的战术是"东守西攻"，交战初期，德国主攻目标是法国。

德军司令部里，德军总参谋长毛奇毫不掩饰地声称："我一生的工作，都是为了准备发动世界性的战争，现在时机终于来了。"他兴致勃勃地看着挂在墙上的欧洲地图，用红笔从德国西北部向法国东北部重重地画了一个粗箭头，箭头横扫法国北部3个国家——比利时、卢森堡和荷兰。

"参谋长先生，他们都是中立国！"司令部参谋提醒长官。

"不错！就是要从这些中立国进入法国，法国人不会想到我们会在这里出现！"毛奇心中想的是征服，而不是道义，他信奉："只要胜利，就师出有名！"

8月，这个战争狂人对自己的下属说："如果我们已经准备就绪，那么战争对我们来说，越快越好！"他集结了7个集团军78个师的强大兵力，从法国东北部边境，踏过了与世无争的几个中立小国，只用了4天时间就打进法国境内。对法国，这是场毫无准备之战，因为他们部署防御的绝不在这个毗邻中立国的地带；最初的交战就让法军伤亡了30万人。看着德国所向披靡的攻势，不仅法国人，全世界的人都在担心——法国会很快落入德国人手中吗？然后德国人会掉头攻打更不堪一击的俄国；那么接着，他们真的会称霸世界……

巴黎居民接到市政府通告，要他们尽早撤离这座德国垂涎三尺的城市。与此同时，巴黎街头出现了一个奇特的景观——警察拦截正在行驶的出租车！

警察命令车上吃惊不已的乘客："先生，请下来，政府征用了全市的出租车。"

"为什么？"不知所措的乘客边下车边发问。

"为什么？送士兵到危急的马恩河前线去，保卫我们的首都巴黎！"

所有乘客都乖乖地下了车，出租车集结到新组建的第六军团。600多辆雷诺出租车载着法国士兵浩浩荡荡地奔向马恩河南畔，每辆出租车都跑了两个来回，6000多名士兵被送到了前线。这是为什么巴黎人后来称出租车为"马恩河出租车"的原因。50年后，法国专门出了一版"马恩河战役胜利五十周年"的纪念邮票，上面就是载着士兵奔赴前线的巴黎出租车。

有这样的人民，马恩河战役就不会按照德国人的期望"速战速决"，起码这次没有！6000多名第六集团军的士兵，乘出租车来到马恩河南岸，他们和第九集团军还有原有的第四、第五集团军，一起部署在巴黎周边和马恩河南岸。英国远征军也来了，英法联军一起和德国军队在马恩河两岸展开了殊死战斗。最终德国失败，被迫撤退。可是双方伤亡惨重，英法伤亡了26万多人，而德国伤亡也达约25万人。英法联军守住了巴黎。

毛奇参谋长低头向德皇报告："陛下，我们输掉了这场战争。"3天后，他被德皇撤职；两年后，没有等到战争胜负分晓，这位战争狂人抑郁而亡。

就在欧洲战火燃遍大地的时候，地球另一边的中国，适逢结束了两千多年皇权统治的新时期，那同样是一个天翻地覆的混沌时期。1911年10月10日武昌起义，到1912年1月1日，中国建立了亚洲第一个共和体制——中华民国，孙中山就任中华民国临时大总统，中国仿佛迎来了新生的曙光。遗憾的是革命军抵不过训练有素的北洋陆军，为了敦促北京紫禁城里的皇帝退位，尽快让中国进入和平建设的社会，孙中山辞去总统职务，拱手让位给手握兵权的袁世凯。革命党人多年奋战的果实又一次落到了专制者手中；刚刚诞生的民主体制被独裁者篡夺。两年后，当一战战火在欧洲大地燃烧时，远在东方的中国没有消停一刻，他们紧锣密鼓地内外忙碌，同时在密切地注视着地球另一边的动静。

大战刚刚打响的第一年，1914年的燠热8月里，大总统袁世凯在总统府里擦着头上的汗水，对身边幕僚发问："欧洲打起来了，我们怎么办？"眼睛在几个人脸上扫过。

袁总统的心腹梁士诒抢先开口："大总统，对中国来说，这是千载难逢的大好时机。"袁总统专注地望着他，梁士诒知道这是进言的好机会，"这次德国面对许多强国，寡不敌众，必败无疑！我们何不趁机参战，一则可以收复德国租界地山东的主权；二则战后必有和会，那时我们作为战胜国一员，可以和他国平起平坐，这些年积下的种种不平等条约和其他难题，也许可以一并解决！"

袁世凯拍着桌子上的文件道："莫理循也赞成中国尽快参战，他罗列了12条参战理由。"他把他的政治顾问澳大利亚人莫理循呈上的奏折推向前，"如果我们参战，起码可以停付德国的庚子赔款，还可以把山东拿回来"。袁大总统看到的是眼前利益。

可是中国人参战与否，还不能由总统说了算；贫弱的中国，那时一举一动都要看列强们的脸色。袁世凯试探着亲自向英国驻华公使朱尔典建议："中英联合向青岛的德国出兵，收复山东，你看如何？"朱尔典傲慢地一口回绝了。

袁世凯碰了一鼻子灰，心中不解，回来问幕僚："为什么？"

刚从美国回来、一副绅士派头的顾维钧开口道："德国在南中国海伏击了英国运输船队，英国现在迫切需要的是一个有海上战斗力的伙伴，那是日本，而不是我们中国；再者，英国决然不愿意看到参战后的中国，会同他们平等地出现在协约国的队伍里。"日本在甲午海战击败了中国，又在日俄之战中获胜，海军已跃居世界第三位，英国需要这样的伙伴。

梁士诒接着说："关键障碍还是日本。日本反对，英国才会作此表态。日本是在觊觎山东，它想取而代之德国在山东的一切权益。日本和英国一样，决然不希望看到一个可以和它并列出现在世界上的中国。也许这更是我们应该参战的原因。"

梁士诒所说不假，一战爆发不久，日本元老井上馨就对日本首相进言："这一战祸，对于日本的国运发展，乃是大正时代的天佑。"

二 中国"以工代兵"参战

中国民间精英也在关注欧洲战事。

蔡元培早在1912年就因不愿与袁世凯政府合作而辞职，他前往法国，和李石曾、吴玉章等人一起成立"留法俭学会"，成为其后"勤工俭学"之源头。

陈独秀在一战烽火刚刚点燃时，就在该年11月10日的《甲寅》杂志上发表《爱国心与自觉心》一文，特别指出"战争起因在于德皇欲掌'世界威权'的野心"。他提出中国参战的四大理由——改变中国民族性、提高国民觉悟、推动中国社会进步和提高中国国际地位。

梁启超也提出："这次大战，于中国乃是天赐良机。"

日本想借大战进而霸占中国领土；而中国这些民间精英、社会名流纷纷想借大战之机，改变中国自鸦片战争以来的贫弱受欺，无主权、无国际地位的悲惨境地。

大总统袁世凯面对英国、法国和美国对中国参战都持反对态度，跌坐在太师椅上，无奈地说："我们现在凡事要听外国领事的。中国对此次欧洲发生的战争,看来只有取中立态度了。"众幕僚无奈地低头叹息。"中立",那是一战初期的中国国策。

大战的第二年,1915年,日本胁迫中国签订了损害中国利益的"二十一条",总统袁世凯被全国人民咒骂,自知将在历史上留下污点。他令外交总长、亲自签约的陆征祥前来商讨。他皱着双眉问道:"现在外交上有无补救办法?"

陆征祥,这个能说一口流利巴黎口音法语的清朝外交官,早在俄国当参赞时就在俄国外交界,乃至整个社交界出了名,后来更是娶了一位比利时名媛为妻,其后还当过几年驻荷公使;到了民国年间,已经是官场上公认的资深外交官,前后4次当上不同内阁的外交总长。那时的陆总长,蓄着八字胡、一副彬彬有礼的模样,让人看着就起敬三分。此时袁大总统有难,自然会想起这位"外交通"。陆征祥正为自己不得已签了"二十一条"而心怀羞愧,他心中自有主见,如何让国家,也让自己摆脱窘境。在总统面前,他毫不犹豫地回答:"总统大人,唯有参战!此次大战结束,必将有一和会,在和会上,我们作为参战国,可以趁机提出诸项我们的问题,请各国修改。"袁世凯舒了一口气,总长的说法和他心中所想吻合。此时袁大总统对中国参战的决心,已经大大地超过了前一年。他又请来他的政治顾问莫理循,讨论该怎样寻找借口参战。

莫里循心中明白,障碍仍然是日本从中作梗。他建议:"如果几大国能够邀请中国出战,可否就会顺利些呢?"他们去试了,可惜结果一样:日本要挟英国、法国和俄国,如果中国参战,日本可能会倒向德国一边,中国又一次丧失了参战的机会。

可是梁士诒没有灰心,他费尽心思地设想,如何让中国不失去这次千载难逢的大好机会,他认定中国一定要利用此次大战之机,跻身国际舞台。他婉转地对袁大总统说:"我们不能直接派兵参战,却也可以用其他方式介入这场战争。总统大人,越来越多国家卷入这场大战了,德国必败无疑!"

"你说还有什么方式?英国代办朱尔典已经说过,我们在精神上和物资上支持就可以了。我们已经试过两次了;说来我们真要参战,无船、无械又无饷,这也是他们看在眼里的。"袁世凯自知中国贫弱，参战难矣！另外他此时心里想的还有一件更重要的事情——他要修改约法，使自己能够做终身大总统，进而称帝！

梁士诒神秘地进言："我们可以'以工代兵'，派劳工啊！总统大人，中国什么资源也没有人力资源来得丰富，我们可以出劳工。西方打起仗来，无论是前线还是后方，都需要大批劳工，我们输出劳工根本不必花自己的钱，你说的那些船、械还有饷，该是雇佣方出！雇工需付给劳工薪资；这样我们既参战，又能解决国内就业问题。这些工人拿了工资，必然会汇回家乡，那可又是一大笔外汇呢。近年虽说也有留学生归国，可都是些书生，人数也有限得很。如果我们能够派出几十万工人到欧洲，他日归国，岂不是一批可用之才！想想看，几十万见识了欧洲文明的人回来，定会成为总统推行新政、开发民智的助力啊！"梁士诒说得眉飞色舞。

袁世凯被他最信任的幕僚说动了，想了片刻道："那——你就试试看吧！"

梁士诒首先想到的是他最熟悉的英国人朱尔典。他不仅是英国驻华公使，现在还是协约国驻京外交团首领。梁士诒兴冲冲地来到英国驻华公使馆，对朱尔典说道："我们可以向协约国派出 30 万华工，另加 10 万支步枪，由你们英国军官统一指挥。"

朱尔典听后不免大笑起来，他对梁士诒说："哈哈，你不觉得这个想法有点像天方夜谭吗？中国人到前线去跟德国人交战？不，我的朋友，你太小看德国人了。他们可不是好惹的，你的这个想法没有任何可行性！"他没有说出口的是："我们英国人还打不过那些德国人呢，何况你们这些不会用洋枪洋炮的中国人！"

梁士诒没有气馁，他又转向法国人。此次大战的主战场在法国境内，法国为此付出的已经太多了，他们早就感到缺少人力，缺少能干活儿的人！梁士诒汲取和英国人谈判的教训，他不再提 10 万支步枪，不谈打仗之事；只提劳工，"以工代兵"！

果真法国人听进去了,梁士诒的建议让他们非常高兴,其实他们早有此打算,而且要由国家出面。好在法国陆军部已经派了一位退伍上校陶履德,打着开发农业的幌子来到北京。现在梁士诒提出"以工代兵"的设想,正中陶履德下怀。于是这位农业专家转眼又变回陶履德上校,还成立了陶履德招工团。梁士诒也建立了自己的相对运作公司——惠民公司。他对法国陆军部直接插手招工事宜十分谨慎;在法国公使馆里,梁士诒见到了这位来自巴黎的法国退伍上校军官,在中国政府批准的合同里,陶履德上校的身份依旧是农学技师。

梁士诒和上校握手时谨慎地说道:"陶履德博士,在我们中国,请允许我仍然称呼您陶履德博士,而不是陶履德上校;我们现在还是一个中立国。我们的惠民公司是一家民办公司,将负责法国在华招工事宜,我的伙伴梁汝成先生是一位有经验的商人,他是惠民公司全权总代表。陶博士,您是法国的代表,我想您代表的是工厂,而非陆军部。"

1916年5月14日,双方签订了合同,不久5000多名工人由大沽口分三批登船赴法。首批华工抵达法国时,法国报纸登载了大幅照片:"中国工人来到法国!"

与此同时,聚在大战中心巴黎的一批中国绅士学人,也盼到了把多年理想化为行动的时刻,他们绕过政府,利用地利之便,直接和法国政府接洽。

1916年春末,身在巴黎的李石曾、吴玉章和蔡元培,来到李石曾开办的豆腐工厂旁的一间教室——李石曾一直倡导并且在自己豆腐工厂实验工人工余之时读书,他的工厂自带教室。他们今天拟商讨筹备以教育为中心的"华法教育会",蔡元培环顾这间教室:"吾辈民国元年就发起'社会改良会',期盼以人道主义,去君权专利,现在吾等都聚在此,适逢世界大战,也许是我们做些实事的时候了!"

李石曾对蔡元培和吴玉章说道:"我一直在考虑如何借用西方文明改造中国,这家1909年建立的豆腐工厂是一个实践。工人都来自我的家乡,他们白天工作,晚上学习中文、法文,还有科学知识。这个模式完全可以推广到更大范围。"

蔡元培听了十分感慨地说："李先生做了太多的实践，除了'留法俭学会'，还在北京开办了'留法预备学校'。现在大战已经进行到第三个年头，看来这场战争残酷又持久，不会很快结束。我们该配合做更多的事啊！"

李石曾点头道："法国友人皮乃欧他们已经同意先成立'华法教育会'。由你们二位出任会长。正如你所说，教育会不只是有理想和计划，我们还要见诸实行。目前看来可以从两方面着手：一是从国内招募华工；二是在此正式开办华工学校。"

吴玉章手拿一份合同说："我跟法国招工局商谈过招募华工之事，他们提及国内梁士诒和陶履德博士计划大量招募华工，我看了他们的招募合同；最大问题是，华工待遇与法国工人有很大差距，这对中国人很不公平。"

蔡元培接过招工合同道："我们华法教育会和他们不同之处在于，我们招募的华工，待遇应与法国工人平等；我们还要让这些远赴法国的华工，在工余受到教育。"

他们也要求招募的华工，要有一定知识而无恶习。

"这点也和法国友人谈及。"李石曾说道，"我们要在他们的工余，提供中文、法文课程，还要开班讲卫生常识和法国风俗习惯等。我们提倡'以工兼学'，大战结束后回到中国的华工，将是一批知晓文明、有实业知识，还能够改良社会的有生力量。"

4月，他们就派李广安回国到云南和广西招工，李广安还委托各省劝学所及小学教员在各乡村募集，当年李广安在云南只招到极少的华工，计划失败。

6月22日，"华法教育会"和华工学校正式在巴黎成立。华工学校不仅为在法的华工上课，还力争从国内招收贫穷青年到法国半工半读，他们白天读书，晚上为华工上课，为留法勤工俭学开了先河。

当中国国内外同时筹办招募赴法华工的时刻，英国还没有一点动静。可是很快他们就醒悟了，因为1916年，德国的主力又回到了西线，西线不再无战事！

三　惨烈的索姆河之役

千百门大炮齐声轰鸣，千万发炮弹掠过荒凉的旷野，爆炸的尘埃遮蔽了天空，震耳的声音响彻大地。

那是1916年6月的最后一个星期，在法国西北部索姆河旁，在此之前，世界上又有多少人知道法国的这条小河？可是自从那年6月的最后一个星期，索姆河永远留在了史册，留在了世人惊悚的记忆里！

尽管主战场在法国本土，但是德国人觊觎的是隔海的大英帝国，那个当时世界的头号资本主义国家。20世纪初，当"电力革命"作为第二次工业革命，在资本主义国家迅速滚动、不断创造出奇迹的时刻，国家实力和利益必然要重新排列了。新兴的工业强国德国引起了英国的惊慌，英国外交官挥拳喊道："用战争来维护我们的商业利益！"何况不仅只有英国这么想。德国那时已经拥有一支强大的商船船队，苦于无施展的舞台——因为英国的本土舰队驶骋在北海上，德国的公海舰队只好龟缩在自己的海港。当一战战火在1914年7月燃起，德国8月1日向俄国、8月3日向法国宣战后，英国就迫不及待地于8月4日向德国宣战。战争在严寒的东部进行了将近两年，1916年，终于转移到了西部，西线不再无战事！在法国的索姆河边，交战双方打了一场让天地变容、令山河失色的大战。

6月下旬，短短的7天，英国向索姆河畔密布在丘陵地的德军阵地，发射了150万发炮弹；你想知道1400门大炮齐鸣是什么样吗？也许永远不要知道的好。那是能让远在160英里外的伦敦都感到窗框震荡，空中爆炸的闪光和满天繁星争艳夺辉的激烈场面。人类从没有过一群人为了消灭另一群人，曾经这样持续地使用过这般火力，倾注了全部愤怒与狂热。他们自以为成功了，把那些胆敢来挑衅的德国佬消灭了；从英国军官的得意可以看到，从士兵趴在战壕看那礼花般闪亮爆炸时的兴奋可以看到。

于是7月1日清晨7点半,那个永远记载在史册上的时刻,英国军官在战壕里一起吹起了哨子,扬起了皮鞭;那些昨日的平民,今日的士兵,穿着笨重的军大衣,背上了66磅重的负荷,爬出龟缩了多日的战壕,端起了还未使用熟练的恩菲尔德步枪,排起了整齐的队伍,奔向那片被150万发炮弹蹂躏过的阵地。就像19世纪一样,就像祖先出征一般,他们列队向前,不断调整脚步,踏上军乐队奏响的乐曲鼓点。他们心中有点得意,背后隐藏的却是恐惧!在等待胜利和死亡的日子里,浓缩了的、掩盖着的恐惧,早已把这些平民士兵折磨得似人非人。尽管负荷太重,太阳很毒,他们还是战战兢兢地在手执皮鞭的军官监督下踏上敌人阵地。

那片白垩地的丘陵地里,纵深七八英里,密布着德国人几个月的杰作,它被黑格爵士称为"坚不可摧的堡垒"——那是英国人看不见也不知晓的地下堡垒。深达40英尺的地下坑道网,里面甚至有电灯和急救站,有厨房和军火库。德国士兵居高临下地俯视着,那群像是在检阅台前操练的英国士兵踏步走来。他们等着,直到看得见那些背着沉重背包,气喘吁吁的、年轻的、扭曲了的面孔,才架起机枪,打出了连发子弹——那是马克西姆机枪,能连续发射几百发子弹的自动机枪。尽管马克西姆机枪是美国人发明的,可是德国人把它改进了,制造出威震战场的重机枪;那时英国人还没有,法国人也没有。就是这种重机枪,把那些豪气冲天的英国兵士,像割麦子一般,一茬茬撂倒了。他们中的很多人还是第一次上战场,就永远没有站起来,倒在了密集的、不间断的机枪子弹扫射中;他们大多数都是在战斗刚刚打响的最初两个小时里倒下的。

1916年7月1日,仅仅这一天,开战的第一天,6万英军士兵中,伤亡、失踪和死去的就达1.9万之众;古今中外都难找到第二个这样的战例,堆积成山的尸骨凝聚成后代军事教科书上黑色的一页。

索姆河战役并没有终结,接下来的4个月里,在那片亡灵游荡的土地上,厮杀还在继续。英制49辆"马克"Ⅰ型坦克第一次在战场上亮相,17辆抛锚后，32辆铁龙冲进敌人阵地，引起德国人的恐慌；300架飞机也投入了战斗。德国除了重机枪，他们的迫击炮和小榴弹炮同样厉害。英国人的坦克不仅引起了德国人的恐慌，也激起了他们的复仇之心，一战后期，德制坦克的威力远超过索姆河战役的英制坦克。

尸骨继续堆积，鲜血不断流淌。入秋后人间无止境的厮杀激怒了天神，老天爷看不下去了，他哭泣了，连绵阴雨使战壕变成了泥潭。10月底，老天爷发怒了，连日大雨使战场变成了沼泽地。对战双方都已筋疲力尽，战斗再也继续不下去了。

不到5个月的时间，英军在索姆河畔损失了42万人，法军损失了20万人，而敌对国——德军，损失了67万人。

第一次世界大战进入到第三个年头，一场战斗就死伤和失踪了几十万人。这对一个人口只有几千万的国家来说，是一个可怕的数字。军队失血要补充，只有从后方征调。英国的志愿应募制早已由征兵制取代。被征的大多是年轻的工人和农民，他们的工作又由谁来做？当战争打成一场消耗战，就成了一个大型战争工业，它需要强大雄厚的经济资源和源源不断的人力资源做后盾。隔岸观火的美国，1916年还没有卷入这场血腥的杀戮游戏，不过它愿意提供经济资源——出钱（贷款）和出物资，为了战后利益分享。可是人力资源呢？

英国陆军部接到一个又一个电报，军火运输告急，前线构筑工事告急，缺的不是物资，缺的是人！首相府知道工厂工人走得太多了，开工不足；农民征兵征多了，农场收获吃紧；货物在码头、车站堆积如山，无人搬运；前线又在急切盼望军火送达……到处需要人力！到处在呐喊——我需要人！给我派人！

于是，英国开始从海外殖民地征调雇佣军和工人，从南非、印度、埃及……可是他们不适应法国北部阴冷的战场及战争的残酷。

这时有人想起了大战刚开始不久，中国人曾经游说过英国驻华领事馆朱尔典，要派30万华工来欧洲战场；当时英国国防部还讨论过那个建议，那时是怎样答复的？"不可行！"为什么？不愿意那个"软弱无能"的中国成为协约国一员，不愿意让那些黄皮肤人的和他们在同一个阵营里；可是现在，他们需要中国，需要中国的人力！

英国，国防部、外交部的许多双眼睛转向了东方："为什么不用中国人？！"

那里有用之不竭的人力！那些人干起活儿来不知疲倦！那些人力廉价又实惠！

于是有人记起：

1899年，英国在那里建立过中国军团警卫队——一支华人雇佣军；

1904年，南非德兰士瓦金矿在那里招过2000个中国苦力；

1907年，那里招的华工甚至被送到海参崴、苏门答腊……

第二篇　英法转向东方寻求人力援助

四　英法招募十四万华工

北京英国领事馆里的朱尔典领事正站在桌前，他在急速翻阅刚收到的几份伦敦来电；他紧急召见军事参赞罗伯逊，告诉他立即准备去香港。

罗伯逊迅速看了看电报，抬头对领事说："招募华工！我们早就该这么做了，法国第一批华工已经抵达马赛港了。领事先生，为什么要我去香港？"他不解地望着朱尔典。

"罗伯逊中校，你知道中国现在还是中立国，我们这次是政府直接出面，不像法国用的是一家民间中介公司，他们用私人公司出面，少了政治麻烦，却又引起民间不满。我们这次一定走正规路线。这样唯有在我们的租借地香港，招募工作才会避免政治上的麻烦。"朱尔典是典型的英国外交官，他说话精练，办事利索，对下级也要求像自己一样。朱尔典对这个往日无须多言的下级今天的表现有点不理解，他相信他说得足够清楚了。可是罗伯逊还是没有离开，他好像在思考什么，这就更加引起朱尔典的不满，"你还有什么问题吗？我们要尽快行动，伦敦几个部门都在催，你看！又是一份电报。"他接过秘书刚刚送来的又一份电报稿："新殖民地部也来插一手，都在跟我们要华工，他们全都忘了，以前我们拒绝过梁先生。"

罗伯逊身板笔挺，面孔同样严肃。他当然听懂了领事先生讲的话，不过他心中另有打算。他看了一眼刚刚送到的电报，抬头对朱尔典说道："领事先生，你是知道的，我们在远东不只香港一个租借地。"朱尔典抬头望着他，罗伯逊知道他想听下去，急忙接着说："1898年，我们从中国租借了两个地方，除了香港，在不远的山东半岛上，还有一个我们的租借地，那就是威海卫。您想过没有，在香港只能招募亚热带地区的工人，如果到法国北部冬天很冷的地方，他们会适应吗？"

朱尔典有点不耐烦地催促他："说要点，你到底想要告诉我什么？"

"山东半岛的威海卫，就有我们的殖民政府！而且我们在本世纪初，还在那里建过营房，是为了南非开矿的事，您不记得了吗？领事先生？"罗伯逊大声而自信地说道。

罗伯逊的话让朱尔典直拍脑门，"你说对了，是有这么回事。我忘记了我们还有个'灰姑娘'藏在海湾后面呢，是啊，如果能够在那里招募，会省我们很多事。"

"不仅是省事，还会省钱、省时间啊！毕竟有现成的营房。还有，你给伦敦写报告时，不要忘记告诉他们，山东人最能吃苦，山东和法国纬度相同，他们也一定能适应法国北部的气候；况且离我们这里又近，这是最好的方案了。"罗伯逊越说越兴奋，他相信，这次他们找到了最佳、最快捷的方案，他的这个建议定会让伦敦满意。

两次鸦片战争后，中国签订了一系列不平等条约，列强在中国划分势力范围。大城市出现了27处"租界"，还有4个租借地，其中威海卫和香港都是英国的租借地。

中国黄海湾的山东省威海卫市（现威海市），自从1898年就被英国租占。那里的海湾都是洋名字：薄雾紧锁的是纳尔西塞斯湾（Narcissus Bay），它拥有一个爱德华港口（Port Edward）。这里是中国的国土，却属于英国。这个日不落帝国需要在东方有个港口，威海卫并不理想，深水轮进不了港，可是这里傍山的海湾优美安静，是个不错的避风港，它成了英国皇家海军中国舰队的避暑疗养胜地，也是重要的军训基地，用以对抗沙俄在旅大（现大连市）的影响。

纳尔西塞斯湾一侧有座小山，山上有一片 1908 年南非约翰内斯堡矿业协会留下的营房，人们叫它"苦力营"。八栋营房沉寂在那里多年了，外面看去如同破旧的仓库，其实它是结实的木质结构大工棚式单层营房，每座营房可以容纳 1000 人。

罗伯逊的招募方案在伦敦很快被批准，陆军大臣迅速拍板。1917 年 2 月 21 日，英国陆军部成立了"中国劳工公司"；远在天边的威海卫，"华工待发所"也应运而生。英国人接受法国人招募华工的教训，知道用中介会有很多麻烦。他们希望中国政府配合，而中国政坛此时正值多事之秋，对英国的请求却拿了架子，迟迟不予答复。1917 年初，大战局势多变，2 月 3 日，美国以德国发动"无限制潜艇战"为由，宣布对德绝交。此时中国政府正由黎元洪任总统，段祺瑞任总理。黎元洪请陆征祥再次出任外交总长，陆征祥对黎大总统说："本人担任外长的唯一要求乃是对德宣战，加入协约国。"2 月 24 日，一条名叫"阿瑟号"的法国船，行驶在地中海上时，被德国潜艇的鱼雷击沉了，船上有 543 名赴法华工丢了性命。中国政府看到时机来了，3 月 14 日宣布对德绝交。中国既然站到了协约国一方，英国招募华工也就无后顾之忧了。于是英国济南领事馆忙碌起来，许多传教士及他们的信徒走街串巷地行动起来，还有那些英籍商人，和久住中国能说一口流利中文的各类英国人一齐被动员起来。街上出现了招工启事。在招募工人的同时，也在学生中招募译员，还在四处收购骡马驴子，所有这些人力和畜力，都将被运到遥远的、硝烟弥漫的欧洲战场。

消息传到了山东一个普通的小镇，邮电所门口的简陋木板钉的布告栏上，这两天贴上了一张新布告，来往行人和刚进城的农民都会挤在那里看一眼。前面一个大个子挡住了后面的人，他们喊着："老哥，你挡住了，啥也看不到，你给念念吧。"

前面那人名叫鲁大珊，因为个子高，村里人都叫他"大鲁"。他挠着一头乱发不好意思地往后退了几步："俺识不了几个字，识字的到前边给咱念念。这布告还带洋字呢。"

有个识字的人挤到前面大声念道："英国招募华工真诚无欺之布告。"

"大点声，什么布告？"后面的人声传过来。

"英国人来招工啦。"前面听到的忙告诉后面听不清的。

"念清楚点，拣那要紧的念。这里人越来越多啦。"

站在布告前面的是个学生，他听见后面的喊声，看见围上来的人多起来，便提高了嗓门大声说："好，我拣要紧的念啦！"

"英国招募华人到欧洲做工绝不派往打仗之处，绝不招募华人充兵。"

"年龄在20至40岁之间。"

"工人每名每月领工资12元，另有家属养家费10元。"

"工人临起身时每名给安家费20元。"

"工人之饭食、冬夏衣服、住房、柴炭灯火以及医药等事均由工局代备，不取分文……"

布告前的人群瞬间乱了，听明白了的人往外挤，没听清楚的往前涌。

鲁大珊听明白了，他急于赶回家去。他别的没记住，就记住了这次招工不当兵，不打仗；每月给工资和养家费，临走还发安家费。鲁大珊家有父母和几个弟妹，他要去了，每月能给家里10块养家费，够买粮食吃了——10元大洋可以买上千斤高粱呢；几年后还能带笔钱回来，没准儿能娶个媳妇……

大鲁回到村里还没进家门，就碰到几个要好的伙伴，忙告诉他们说英国招工的事，有人拔腿就往镇上跑，说是去看个仔细；识字的还带着纸和笔，要把布告抄下来。邻村正好有个人来串门，那人跟大鲁一样人高马大，岁数还要大一点，名叫段仁峙。他听到以后，也匆匆赶到镇上，站在布告牌前。

先头那个学生已经不在了，现在在前面给大家念布告还连带解释的是一个英国传教士。他来山东已经10多年了，说的那口中国话带着浓浓的山东腔，老乡们听起来倒是很亲切。他念完了布告，正在回答众人提出的问题："不打仗，布告题目就表明我们是'真诚无欺'，知道吗？就是没假话。"他指着举着手的段仁峙说道："这位大哥，你要问啥？"

"去多久？"段仁峙问的是许多人关心的问题。

"3年。3年后就送你们回来。"

段仁峙好像看见了一扇门在眼前开启。这可不是抓壮丁，是去干活！干活在哪儿不一样？如果那里有吃有穿，还有钱给家里老婆养家，为什么不去！想想今年大旱，庄稼都死在地里，连带周边的寿光、高密、安丘，都没有好收成。去！他下了决心，回去跟老婆商量。

"欧洲在哪儿？"老婆问。

"不知道！青岛、济南都没去过，欧洲大概远不了多少。"段仁峙这么回答。

那边鲁大珊正在跟父母解释，什么叫招工，"不是去当兵，是去干活儿，临走还发20块养家费！以后每个月你们也能拿到10块钱呢，买粮食的钱就够了。爹，娘，哪儿去找这么美的差事，别给错过了。"

村里的年轻人，相邀着去报名，听说有专门的胶济铁路送人到青岛呢，到了那里，还会有船，开到威海卫去，招的人都在那儿集合。消息越传越远，打听的人越来越多。听说有技艺的人，待遇还要高些；认字的人，还让去管账呢！英国人的目标是要招募10万华工！

五　招募风刮到了江南

10万华工，那是英国人的招募目标！

英国人招募华工的消息传得很广，传得很远，甚至到了邻省，过江到了南方。

浙江南部有个又穷又小的县，因为那里九山半水半分田。每遇天灾，人必逃荒。可是天无绝人之路——在那崇山峻岭中，有两座独特的山，它们孕育着神奇的灵气。也许山神对这里的穷苦人发了慈悲，于是在山腰深处藏着、掖着一些特殊的石头，它们色彩美丽晶莹，质地温润如玉。人们会打着洞爬进去，挖出那些石料，用它们雕刻成许多不同的工艺品。你可曾听说过盛赞它们的美誉？

　　大者仙佛多威仪，小者杯杓几案施；
　　精者篆刻蟠蛟螭，顽者虎豹熊黑狮。

只有少数艺人才能雕出传说中生龙活虎般的石雕来；而普通百姓经过世世代代的耳濡目染，多少也会做一点，他们雕出的东西上不了大雅之堂，却也拿得出手。那里的穷苦百姓家家门口总堆一些石头，不是上好的石料，却也是从神山洞里背下来的；因为洞口小，人们叫它"老鼠洞"。可能早年有人用它刻过图章，后人就给这种石头起了个斯文的名字，叫"图书岩"。在家门口的那堆石头旁边，常放着一张小案桌，它也有个好听的名字，叫"图书凳"。人们一有空就坐下来，从门口的那堆石头中，拣出一块，用雕刻刀细细雕塑，这叫作"雕图书"。几个时辰，或是几天，一只小狗、一盆花景，或一大串葡萄，就在手下冒出来了。这些民间艺术家被称为石匠。他们拿着这些雕出的特殊"图书"——也是精美的艺术品，走南闯北，挣不了大钱，却也能换回些吃食养家糊口。

这里的人逃荒求生也与众不同，他们挑着担子，里面装着"图书岩"，带着雕刀和手艺，漂泊异乡；不只是卖雕好的"图书"，还坐地表演"雕图书"，却也可以吸引一众游客。开始他们走到普陀山，那里常年香客不断，出手也大方。后来就有人走到周边大城市，像温州、福州、杭州，远的还有人走到过上海。再后来，人们胆子越来越大，竟然搭上海轮跑到外国去了。先是下南洋，后来就有人搭上外国海轮，漂泊到更远的地方；到了个国家叫什么"法兰西"？对，法兰西！至于法兰西到底是什么国家，有多远，没人说得清，只知道也靠着大海，那边的海水暖，颜色好看，不像这里大海灰蒙蒙的，那边的海水是蓝颜色的。没看过的也想不出，看见过的就说："朝天上看，没云的日子，天是什么颜色，人家的海就是什么颜色。"于是，凡是从外国回来的，统统被说成"从法兰西回来的"。那些走出去的人，总是三五年就回来，回不来的，被家乡人看不起，好听的说成是"流落在外边啦"！不好听的就说是"烂在番邦啦"！法兰西成了一个遥远的、美好的代名词，它和梦想联在一起，和富裕绑在一起。万里无云的日子，年轻人会仰头望着蔚蓝色的晴空，心中向往有朝一日，也去法兰西走一遭。

1916年冬季，这里特别冷。本来收成就不好，人要是肚里没多少东西，更会觉得冷。人们都在为过冬发愁；家有男孩的，还要担心被抓壮丁！

陈家老两口快40岁才有了对双胞胎，还是一对男孩。穷苦的父母喜出望外，给宝贝儿子起了吉利的名字。先落地的叫陈天青，后落地的叫陈天亮。天青、天亮长得十分像，除了父母，外人总把他们搞混。那倒也没什么关系，两兄弟总在一起，叫一个，来一双。两人像又是农民又是工匠的父亲，身量不高，却结实又乖巧；也像山脚下溪水旁长大的母亲，眉眼中透出山水孕育出的秀气和灵气，双胞胎站在一起，十分惹人爱。两兄弟小时候上过几年私塾，后来家里供不起，就让他们上山砍柴；再大点父亲教他们到山上刚打开的"老鼠洞"里采"图书岩"，开始学雕刻手艺。

那天夜晚，冷雨打在小破房上，滴答作响；屋里又阴又冷，全家4口人挤在两张床上发抖。突然一阵脚步声，邻居林木珑推开房门跑进屋里来。他是两兄弟的伙伴，比他们大一岁，一起玩耍，一起长大，一起干活，也一起幻想。

林木珑看也没看两位老人，上气不接下气地对床上挤在一起的陈家两兄弟说："去法兰西有路了。我大舅从县里刚回来，看到布告了。"

"什么布告？"两兄弟坐起来一齐问。

"去欧罗巴，招工去欧罗巴！我大舅问清楚了，欧罗巴就是法兰西，法兰西就是欧罗巴！"屋里的4个人，两个面露惊慌，两个欣喜若狂。

第二天，小山村庙堂前聚集了几十个人。其中一半是年轻小伙，个个摩拳擦掌，跃跃欲试；身后的长辈却都面露难色，没有舍得的。大家叽叽喳喳地议论着。

人们纷纷说:"家里再穷、再冷,可家还是家啊!""这么冷的天,怎么去法兰西?""那么远来招工就让人生疑,哪知真假啊!"

马上有明白人回驳:"老一辈不也是年纪轻轻就去法兰西,那时还没有布告呢。何况林家大舅说得明白,去了不当兵,不打仗,是去修路修桥;兴许还让种地进工厂呢。那边打仗,地都给撂荒啦,工厂也开不了工啦。"

众人交头接耳地议论,只要不打仗,这些活计难不倒咱们山里出来的人。

大舅又说:"人家还给发饷呢,每人每月10块,还给家里人每月发10块养家费。出发那天还另给20块安家费,这是现给的!"

安家费比什么都吸引人,现拿20块呢!嗡嗡声更响了,人们都耐不住抢着发问。

"给家人每月发10块?怎么给,咱还得去法兰西领?"

大舅忙说:"哪能啊,写上家里地址,人家每月给家邮寄呢!"

"那20块呢?你刚说的安家费!"人们此时最关心的是马上能到手的钱。

"人上去了,人家要体检呢,知道吧,就是查你有没有病。不合格的人家还不要呢!合格的出发前发安家费。"大舅越说越带劲,唾沫都溅了出来。大家听说了就近的招工点在上海,人们把往北走叫作"上去",村里大多数的人,还从来没有"上去过"。

"那安家费怎么拿啊,不会让我们也上去走一趟吧?"又有年长的问。

"不用!拿了20块钱安家费,到时候你自个还不会往家寄?再说让那些体检没过的人捎回来也成啊。"大舅都给打听清楚了。

"你也去吗?他大舅。"有个家长小心翼翼地问。

"人家要20到40岁的,我刚刚卡在线呢,想去试试呗!"大舅咧嘴笑笑。村里人知道他早过40岁啦!只是他人精瘦,说话走路都来得快,看上去不像40岁的人。天青、天亮都是20世纪起始的同龄人,到招工的1917年也才17岁,林木珑也差两岁。可这是千载难逢的机会,谁也不想错过,大家交头接耳、议论纷纷。

大舅给年轻人出主意："谁也不知你的真实岁数，就报20岁！咱南方人不就个子小嘛，你有多大老天爷知道！大伙儿都给兜着点，别说穿。"众人想着，与其在家挨饿受冻，不知哪天还给抓了壮丁，什么也得不到，不如应招去欧罗巴。老辈的人不是也去那里嘛，那时哪有什么养家费和安家费啊！

全家商量了半天，父母舍不得是因为两个儿子还太小、太年轻；可是留在家里没一点奔头，还真怕给抓了壮丁，怎么说是两个男孩儿啊！想来想去还是走好，只是要走就两兄弟一起走，到欧罗巴也好，法兰西也好，只要两人在一起，相互就有个照应，别人也不敢欺负。出去怎么说也是奔个前程，在家是委屈了两个好儿子。父亲又说："还是得带上雕刻刀，再带上些'图书岩'；万一有个闪失，只要到了法兰西，靠雕图书，自己也能过日子，像祖上的人一样。"

母亲一再叮嘱："两人一定要在一道啊！要修路一起修，要种地一起种，要进厂一起进。"她打开家里最珍贵的一个老木箱，那是她唯一的陪嫁嫁妆，从里面拿出一对石雕——两个一模一样的石雕小狗，白里透红，尾巴卷得像面蒲扇，十分可爱，平日里母亲从来舍不得拿出来。天青、天亮知道，那是外公的手艺，十分精细，母亲当作传家宝一直压在箱底。

母亲颤巍巍的声音传来，"一人拿一个，走到天涯海角，也要带在身上。这对祖上传下来的宝贝就是个见证，你们是亲兄弟，千万要一起去、一起回……"

六　天青、天亮两兄弟北上应征

1917年，刚过完旧历年，一个晴朗的早晨，天青、天亮、林木珑和他大舅，还有一些家里让走的年轻人，一起聚在村口，走到县城，那里已经是黑压压一片，都数不出总共有多少人，有人说上千人呢！整个县里想闯荡的年轻人都来了，都下决心要去欧罗巴，第一站最近的招工点在上海。到上海这条路也不容易，大伙儿都没钱，决心结伴靠两条腿走，像老一辈人那样走路去上海。路上要是运气好，体弱的兴许能搭上什么车走一段。最难的就是天青和天亮两兄弟，他们背着"图书岩"，还有爹让带的一些做好的小石雕；不像别人，只背干粮和两套换洗裤褂。

走着走着，天青和天亮就掉队了。谁也不想失去机会，谁也不愿意为了他们两兄弟放慢脚步。林木珑不愿抛下这两个伙伴，带队的大舅却不会让外甥离开自己，临走时妹妹一再叮嘱，走到天涯海角也要把外甥带在身边。大舅对天青、天亮两兄弟说："一直往北走，打听上海谁都知道。到上海就找招工局，现在往那儿去的人多着呢，一问就知道了。"说完领着村里人先走了。两兄弟在后面紧赶慢赶，哪里赶得上那些心急火燎的人们，前面的人很快不见影了。他俩心急，背的石头就更重。

天亮直埋怨："都怪咱爹，让带这些破石头；这是招工，又不是自己去闯荡。"

天青心里也这么想，嘴上还得劝弟弟："爹也是为咱们好。这一走，还不知会走多久，也不知道会碰上什么事，多备一点没坏处。"他把弟弟背的石头拿了一些放到自己背的包袱里。虽说两人一般大，可是天青当惯了哥哥，处处让着弟弟。

两人在路上把母亲做的糯米团子吃完了，只好在路边小铺里买面吃，一问价，两人吓了一跳，"那么贵！"天亮小声说，让人家听见了。

"还嫌贵？在这吃三碗面，你到上海一碗也吃不上。"

"上海还有多远？"两人齐声问道。

"这两个挺有意思，双胞胎？"两人一起点头。"说远不远，说近也不近。要靠你们两条腿走啊，那还得走几天。"老板娘给两兄弟一人盛了一大碗面。

又不知走了几天，沿途也不知问了多少人，总算街边房子渐渐密了，人也渐渐多了。天亮问路边歇脚的挑夫："这是大上海吧？"那人一听口音就知道这是老远来的乡下人，指着前面远远的一片："看见前面那片楼房吗？要不是上海，哪个地方有那么多楼房！"两兄弟一听果真快到上海了，心里高兴，脚步也变得轻快了。走过上海郊区密布的小巷子，只见房子破破烂烂，他们似信不信这就是久闻的大上海。四处打听招工局，所有人都在摇头；更没有碰到要去欧罗巴的人。问了半天，他们没听懂别人的话，想必当地人也没有听懂他们问什么。急得天亮满嘴起泡，天青怕他病了，一味劝导："别着急，会找到的。找不到咱们回家。"

"我才不回呢！"天亮斩钉截铁地说。

天青也是这么想，出来了，空着手回家让村里人笑话。可是上哪里去找呢？连大舅叫什么名字都不知道，从小和林木珑一起叫"大舅"叫惯了。当初家里让他们出来，也是看在有个长辈领头，没想到两兄弟落了单，如今就像流浪狗一样在陌生街头徘徊。他们本来就没有带多少钱出来，走了一路，到上海后几乎身无分文。两人只好硬着头皮把带来的石雕拿出来卖。那是要带到欧罗巴去的，村里人说，法兰西卖的价是这里的10倍；现在就拿出来卖了，怎么会不心疼！可是没吃没住活不下去啊。

两人从来没有在外面叫卖过，有点磨不开面子。开始找个背静的地方，没人搭理他们；于他们就往人多的地方在地上铺开宝贝。于是有人围上来问价了，两兄弟不知怎么给价，天青伸出5个指头，那人就扔下5枚铜板，拿走一只小石猫。接着又来一个问价的，天亮伸出5个指头，那人扔下一块印有"中华民国三年"的袁大头银圆，拿起一尊观音像，看了他们一眼，两人使劲点头。那人抬脚走后，两兄弟高兴得差点叫了出来。收起摊子、拿起银圆就跑到最近的馄饨摊上美美地吃了一顿，还找回一堆角子。

两人知道不该这么卖，他们要找的是大舅和招工局。大舅说大城市里布告贴得满大街。两人早年念过几年私塾，多年不碰书，认识的字差不多都还给私塾先生了。看见电线杆上的布告就凑上去，念不上完整句子。四面张望，盼找人念给他们听。可惜这里来往的人们，都是急匆匆地赶路，没人会停下来给他们念那些花花绿绿的广告。

石雕换的钱所剩不多了，两兄弟急得不行。看见街头站着一个穿着制服的人，他们想，这大概就是大城市的警官吧，他总该知道招工局在哪儿。天青战战兢兢地上前发问："老爷大人，我们要去招工局，就是招工到欧罗巴干活的……"可惜他的南边乡下口音没人听得懂，那位他称之为老爷大人的是个巡警。他早就注意到这两个衣冠不整的乡下人，没赶走他们算是客气，现在还找上门来。他声色俱厉地训斥道："什么罗巴锅巴的，别在这里乱串，小心送你们到巡捕房。"

两兄弟虽没听懂，也知道那位大人说的不是好话，像在骂人，只好往后缩。

老天有眼，在此关头，他们的对话竟让一个过路人听到了。他停住了脚步，对天青、天亮说道："这两位兄弟是想应招华工去欧洲吧？"

七　上海滩上巧遇好心人袁先生

法国在华招工比英国早了近一年，雄心勃勃要招 20 万人，可惜开始中介公司和地方出了点纰漏，大大延误了招工计划，招募人数也减少了。他们后来谨慎地把招工点设在天津、上海、青岛和香港。上海招募的多是来自周边小城市的技工。这些天在十六铺码头不远处的一幢房子外面，总有人排长队，那就是赶来应招的当地工人和近郊农民；当中也有少数读书人，他们有的是学生——听说人家要招不少翻译呢。也有少数是没有在社会上找到合适工作，想到外面去闯一闯的各式各样的人。

队伍里有个人与众不同——他瘦高的个子，穿了件长衫，更加显眼。这位长衫先生姓袁，叫忠池。他说话斯文，走路不慌不忙，像个教书先生。其实他也才年方二十有七，袁先生这些天一直在打听英法在华招工的事。他虽来自农村，却在家乡正经读过私塾，还考了末代秀才；民国后到了大上海，赶时髦念了点西学，生活却一直没有着落。这次看到法国招华工，他决心去试试，心想这也是闯荡世界的一条路子！排队报名时，看着排在身前身后的人，都比自己年轻，也比自己强壮，心里就担心这个劳工自己不知做不做得来。后来又知道他们还招译员，后悔自己当初来上海，只花时间补数理化，想去考热门工科大学；没花时间学外国话，不然这份差事岂不正好落到自己头上！即使这样，他也没有放弃，硬着头皮填表、体检，心想只要进了华工行列，兴许人家要找个能写会算的，这样自己也能派上用场。没想到，体检时，人家说他肺部有毛病，没要他。他好生懊恼，自知多年苦读，身子骨不怎么结实；可他仍然不甘心，经多方打听，知道山东那边，英国人在大量招工，想到那边再碰碰运气。这就是为什么天青、天亮两兄弟刚问出"招工到欧罗巴干活的"，他就知道他们在问什么。

两兄弟正在危难绝望时分，竟冒出个知道欧洲招工之事的人，自然高兴万分，不禁转忧为喜。天亮抢着回答："是啊，我们是来找招工局的，想去欧罗巴；和村里人走散了，找不到招工局，也找不到一起来的同乡啦。"

天青忙问："先生可知招工的事？"

长衫先生说道："昨天刚开走一班船，听说有七八百人呢。"他想着自己本来也该随那船走呢。

失望的阴云一下笼罩在两兄弟的面孔上，他们相信，大舅和林木珑他们一定都走了，自己却没赶上。"唉！"两兄弟一起深深地叹了口气，都低下了头。

长衫先生不慌不忙地说："你们要真想去当华工，该去十六浦码头呢，不过他们招的多半是上海一带的手艺人和近郊乡下人；看来你们像是外地乡下来的，何不到山东威海卫去看看，那边英国人招募的多是农民，各地人都有，招的人数也多，还有集训，比这边更适合你们呢！"

"山东在哪里？"天亮抢着问。

"还有那个什么喂不喂的？"天青接着问。

长衫先生笑了，他大概看出这是对双胞胎，长相到思路、说话到动作一个样。"叫威海卫。在山东海边上，要先乘火车去济南，那儿有胶济线火车开到青岛；到了青岛，就有船接到威海卫。"袁先生自己打算去，所以一切都打听得清清楚楚。

两兄弟听糊涂了，又是济南，又是青岛，还有个什么喂不喂的。

"济南在哪儿？还要坐火车？我们没钱买票啊！"天青对长衫先生说。

"你们有这么多宝贝石雕，还不拿到租界去卖给外国人，别在这儿糟蹋东西。外国人喜欢这些小玩意儿，会出好价钱。有了钱，你们到火车站，买两张到济南的三等票，要不了多少钱。第二天就到了。"原来袁先生早就看到他们两兄弟了。

天亮、天青终于搞清楚了要先坐陇海线火车到济南，再换胶济线到青岛；那边有船送人去威海卫。两人特别记清楚了最后一站招工局是在威海卫。弄明白后两个兄弟连连作揖道谢。

天青临走时问了句："先生，请问贵姓？"

"我姓袁，袁世凯的袁。"那人笑着回答。英法在中国招工那年，袁世凯先是当了终身大总统，接着又当上了皇帝，登基不到三个月就死去了。兄弟俩虽说是从山村里出来，也听说过袁世凯。天亮笑着问："你说的是那个新皇帝？"

"早不当了，退位了；这不，也死了！"袁先生说道。

"死了？"两兄弟一起喊道，他们只知道新皇帝登基，可不知道那么快就死了。

天青忙问："那，那现在谁当皇帝？"他心里好像有点慌，中国哪能没有皇帝呢！他们在乡里念私塾那年，清朝就给革命党人推翻了。爹说别念书了，没了皇上，世道还不知会怎么变呢，还是学点手艺挣钱吃饭吧。乡下人都知道，那几年北京朝廷里换来换去变得快着呢，老百姓哪里跟得上。他们所以会知道袁世凯当过大总统，又当上皇帝，是因为自从姓袁的当上大总统，市面上的钱也跟着换了。以前清朝用惯了的银圆都不能用了，全换成有袁大总统头像的"袁大头"银圆了，乡下人也全认识他了。今天袁先生说起袁世凯，两人还没犯糊涂。只是没听说他死了！

"现在没皇帝了。"袁先生一句话刚说完,就见两人满脸的惊愕。袁先生用手拢着嘴,低声对他们说道,"现在世道乱着呢。你们这样年轻的小伙,能走就快走。中国还得打仗!"袁先生看着他们心想,再在这里转悠,说不定给哪个部队抓了壮丁呢。

"谁打谁?"两兄弟一起问。

"谁打谁?说不清,谁都跟谁打。有兵有枪就是王,你打我,我打你!"袁先生望着迷惑不解的两兄弟,想着再多解释也没用。两兄弟倒也是明白人,心想这些事他们实在搞不清也管不着,还是去山东要紧,抱拳致谢这位从天而降的好心人。

袁先生临走前问道:"请问二位小弟大名怎么称呼?"

两人互相指着对方说:

"他叫天亮,我叫天青。"

"他叫天青,我叫天亮。"

袁先生哈哈笑着对他们二人拱起手来,"双胞胎?一看就是,贵姓?啊,姓陈。天青、天亮两位兄弟,后会有期"。说完转身就走了。

第三篇　天青、天亮途中失散

八　天青途中误了火车

1916年的中国是惊险多变的一年。正月十五，大街上报童叫卖："新一期《青年杂志》，陈独秀写的文章《1916》，反对三纲五常，反对封建伦理道德。快买快看！"街上行人纷纷上前购买。没几个月，报童又在街头高喊："欧洲战事逼紧，袁世凯归天，短命皇帝只坐了83天龙座。快买快看！"那年欧洲战场越打越烈，中国人也知道，只是顾不上，自己国家政坛动荡愈演愈烈，几乎到了群龙无首的境界。在此关头，关心国事的人心急如焚，又身体力行。

我们不会忘记蔡元培、李石曾等一些敏感的爱国知识分子聚在法国、在李石曾的豆腐作坊里，曾高谈阔论地议论时局，筹划华工来法。李石曾想的是："来法国的华工，不只是帮助法国人；十几万中国工人，战后回到中国，一定能改良社会。"

蔡元培也说过："华工来此几年，他们自己可稍有储蓄，又增长了见闻和普通常识，他日归国，就是做些家庭改革也是好事。"

吴稚晖说得实在，"每一个华工回国后，哪怕能改良一个厕所、一个厨房，也就够了"。尽管他们每个人都寄希望华工能做得更多，可是他们也知道中国的政局如此诡秘多变，任何期望都如同空中楼阁。

像天青、天亮这些应聘招工去欧洲的人，大概谁都不会想到，那些寄希望于他们的中国知识界的名人、社会精英们，还有那么一层奢望和深层的期许。对绝大多数华工而言，当他们应招之时，想的就是求生和养家！对稍有志气之辈，则看作是一次走出中国、见识世界、寻找更大前途的大好机会。

告别了袁先生，天青、天亮按着他的指点，寻寻觅觅来到了法租界。在那里，他们只找面善的洋太太去兜售。那些洋太太们，在异国他乡，平日也不敢离开租界；而在租界里，又极少有商贩来兜售货物。她们还是第一次看见这种小石雕，爱不释手。两位结伴而行的太太，每人挑了一件喜欢的，一人买了个小巧的葡萄串，另一个买了一只小石猴，还都出手阔绰。两兄弟随后又卖了几件，口袋里又有了钱，天亮说都放在哥哥那边，可是天青说："每人拿一点。要是在路上走丢了，起码手上还有点钱。"

"哪能走丢了，哥，别说那丧气话。"天亮不爱听，更不敢想。

"我说是万一。"天青说完又加了一句，"天亮，听着！咱俩要走这么长的路，不管怎的，要是分开了，我是说，万一找不着了，一定到法兰西见！"他说的是法兰西，那是他们打小就听惯的、记得牢的。天亮当时不爱听，却也听见了，只是没太在意。两人找到了火车站，买了两张去济南的三等车票。此时，两兄弟一扫几日的愁眉苦脸，又是一副喜气洋洋的模样，因为他们又有了新的目标——山东威海卫！

三等车人杂又挤。两兄弟没有经验，不像别人带着干粮，背着水罐。他们两人上车前吃了一顿饱饭。没想到，轰隆隆的火车跑得那么慢，一路跨大江过小河，停靠数不清的大城小镇。每当车停靠在一个车站，就有人到车窗前兜售吃食，两人伸出舌头舔舔嘴唇，没敢买过，心想这些前来兜售的一定卖得贵，等到了济南再找吃的吧。到后来越来越觉得饿，当火车停靠在一个热闹车站时，那里卖吃食的就更多了。有一个年轻人举着一盘焦黄的烧饼蹿到窗前，对睁大了眼睛的两兄弟晃着。

天亮已经按捺不住了："哥，买几个吧。谁知多久才到呢。"

天青跟弟弟一样饿，听弟弟说得恳切，他也没多顾虑，掏着兜，摸出一个硬币，竟是租界洋太太给的一块袁大头。他开口问那个卖烧饼的："要四个，多少钱？"那人已经看见他手上拿的是什么东西，吱吱嗯嗯地说了些什么，天青根本没听清。只见那人把几个烧饼往天亮伸出来的手上一送，顺手一把就将天青手中的袁大头抓了过来。天青忙喊："嘿，找我钱啊——烧饼有那么贵吗？"

旁边有个乘客也帮着喊："一个袁大头能买三十多斤大米呢，只给几个烧饼，这买卖也太不公道了吧。"

"这些人，像强盗一样——"另有几个乘客说着都摇头，没人再敢买了。

天青知道吃大亏了，这点钱来得不易，他不想让它那么轻易就飞了。他对天亮说道："你在这儿坐着，不要动，我去追他。"说着把烧饼推给天亮，竟像只猴子一样灵巧地从窗户里钻了出去，一下子就蹦到站台上，朝那个卖烧饼的人追上去。

"哥——追不着快回来啊，车要开啦——"天亮急得站起来喊着，顾不上到手的烧饼了。

天青此刻什么也没有听见，他眼里只有刚才卖给他烧饼的那个人影——他眼中的强盗，他穷追不舍。小贩没想到这个吃了亏的乘客，竟然会跳下火车追他。他把自己的那盘烧饼架子摘下来，扔给了旁边的一个伙伴；敏捷地跳下了站台，在铁轨间奔跑，爬上了另一个站台，天青有样学样地跳下爬上。天青从小跟父亲上山、打柴、修梯田、钻洞、打石头，跑跳对他来说是拿手好戏。苦在他从没见过火车站，个子又矮小，站台都是半人多高、交错密布的铁轨，几次差点把他绊倒。刚才走得急，没顾上把背包交给弟弟。现在为了不让背上背的石雕受损，他还必须腾出一只手扶着背上的背包，几次把目标给弄丢了。这下他真火了，好不容易挣来点钱就这么让人抢了？刚想回头，那个人影又出现在前面一列车厢后面，他急忙奔上去，那人又钻进了一节车厢，他也跟着跳了上去；那人从另一面敞开的车门跳下去，他也跟着跳下去，一把按倒了那个小贩。

"还我钱！"天青不容分说地吼道。

"你拿了我的烧——烧饼。"小贩挣扎着说。

"你拿走的是块袁大头,你的烧饼值那么多钱?"天青不依不饶地说。

"是你自己拿出来的。"小贩憋着气说。

"你该找我钱。"天青把他头使劲按在地上。

"车站卖吃的从来不找钱,来得及吗?啊——你的火车一定开走了。火车在这里只停两分钟。"

天青一下子想起弟弟一人还在火车上,他像触电一样突然放开好不容易追到的人,急忙掉头往回跑。可是来时跑的什么路,跳的哪个站台,又怎么钻车厢,此时的他怎么会记得,又怎么能分辨。回头看时,那个小贩已经跑得无影无踪。耳中响起火车汽笛声,他的心猛跳。他看到一列车停在站台,就往那跑,可惜那是列货车,连窗户都没有。他急忙爬上跳下地跑,终于到了一个站台,有点像他们停靠的那个,可是发现站上是空的,没有任何列车停在那里。天青刹那间感到头"嗡"的一声,眼睛直发黑,从来没有过的恐惧慑住了他的心头。"火车呢?刚才停在这里的火车呢?"他伸开双手转着圈子喊着,不知该问谁,刚才叫卖的人群也已消失。他想也许找错站台了,找错列车了?他看见另一个站台旁停着一列车,慌忙地要往站台下跳,只听到后边有人喊:"找死啊!火车就要进站了,给我站住!"

天青被人硬给拽了回来。他发疯似的喊着:"我弟弟,我弟弟还在火车上,刚才停在这里的。"

那个铁路员工训斥着:"一点规矩都不懂,火车站是乱跑乱跳的地方吗?刚才开走了一列车。你干什么去了!没人在这种小站下车。"

天青快要哭出来了:"那我怎么办?我要去济南,我弟弟还在那车上呢。"

"谁让你下车。下面那趟车去天津,路过济南。不过你得补票。"

"我们买了票的啊,买了两张去济南的。我一张,我弟弟一张。再买票我没钱了啊。"天青决然不肯用手上最后一点钱再去买一张车票。他伤心地想着,就是为了追回那个袁大头,把弟弟一个人撂在车上,火车开到陌生地方去了;现在上哪儿去找他，回去又该怎么向父母交代啊，想着竟忍不住号啕大哭起来。

天青的恸哭引来一些人围观。人们从他断断续续的述说中，知道原来这本是两兄弟，一起出来，可是哥哥没赶上车，把弟弟独自留在车上了。至于他们是干什么来的，没几个人听得明白，好像是去山东，又说要去威海卫做什么工。这个小车站没人知道英法来华招工的事。再加上天青心急火燎，本来嘴也笨，现在更说不明白。

不过围观的人群中，有一个人听明白了。那个人个子高大，戴着一顶翻毛皮帽，穿着一件黑棉大衣，显得很威武。他不仅衣着不像当地人，他独特的沉稳也不像当地人。只见他过来拍拍天青的肩膀，友善地对他说："小兄弟，别着急。你不是想应招当华工吗？来，跟我走。我带你去。"

天青像是做梦一般，在这偏僻的小车站，难道又冒出一个袁先生来了？他抬着泪眼望着这个"好心"的陌生人，不是袁先生，也不像袁先生，说不上来怎么不像。他颤抖地问道："先生能帮我找到我弟弟？他叫陈天亮，我叫陈天青。"此时他找弟弟的心比去欧罗巴当华工还迫切。

"当然能，跟我走。你不是也没钱买票吗？我帮你买。"

天青跟着这一路上遇到的第二个"好心"的陌生人，踏上了下一趟火车。

这趟列车直向天津奔去。

九 天亮独自来到威海卫

火车呜呜地叫着，车头喷出大团白色蒸汽，列车缓慢地开出了站台。

天亮急得像疯了一样，他想从窗户蹦下去，让旁边几个乘客给拽住了。

"哥——"凄厉的喊声和火车的轰鸣声交汇在一起，响彻在小车站的上空，久久没有散去。

天青没有听到火车轰鸣声，也没有听到弟弟的呼叫声。他太专注去追得之不易的袁大头了，他也不熟悉火车的鸣叫声。等他回来时，看到站台是空的，才知道一切都晚了。后来发生的事，让他以为自己幸运地又遇到了一个好人，可惜世上并没有那么多好人。从此天青踏上了一条与天亮背道而驰的漫漫长路。

天亮独自坐在车厢里，哭泣着，述说着，后来吃了烧饼，还迷糊了一觉，车就到了济南。同车有个热心人，告诉他要找的胶济线在哪儿。他本想在车站等哥哥，那个热心人劝他，"车站太乱，说不准哪个部队来抓逃兵，把你也算上，不走也得跟着走。既然你哥哥知道要去的是威海卫，就到那边去等，你哥早晚会找过去"。天亮一听，说得也有道理，不管怎样，哥哥说过，万一走丢了，到法兰西见。天亮安慰自己：不会要等到法兰西见吧，说好先去威海卫，我们一定会在那里碰面。

天亮换了胶济线，乘上直通青岛的列车，又向一个从来没有听说过的地方奔去。幸亏当初天青把手上的钱分给他一半，让他现在还有钱买去青岛的车票。到了青岛，果真有人在车站上招呼："要去威海卫的跟我走。"天亮随着一群人，都是各地来应招的，蜂拥着跟那人走。天亮看着这些人，说着自己听不懂的话，身材也比家乡的人高大；唯有个个衣衫褴褛跟自己一般，夹在他们中间，不显得太难看，让天亮感到自在了点。只是人家都是同乡，互相说着话；他左看右看，没有一个熟悉的人。如今真的落到自己孤单一人，天亮不禁想起哥哥，鼻子阵阵发酸。他到了海边方知原来还要再坐船，不过这次不用买票；坐的也不像老家海边那种小渔船，是很大的驳船。那天虽说是好天，可是上了船，颠簸不已不说，海风吹到身上，还真让人受不了。天亮看着同行的人，个个都缩着脖子，把身上那点不厚的衣服尽量往紧裹。天亮也学着他们裹紧了衣服，低头看着海浪拍打驳船，抬头望着天上云团疾走，心中似行云走马，想着，难道自己真的要一人去法兰西吗？哥啊，你在哪儿呢，快点来吧！

中午到了威海卫，只见一片缓坡的山峦依傍着海滩，上面的房子随着山坡高上去，远看却似一层叠着一层；人们暗自惊叹，这个小海湾，怎么藏着这么多漂亮房子！山脚下，有一座硕大的白色建筑，四周围着铁丝网。听说里面是一切准备就绪的华工，就等大轮船来登船出征。刚走下驳船的人边走边看，有喊声从里面传来，看来是老乡见老乡了，大家隔着铁丝网打着招呼。

里面有人大声喊着："快点走，开饭时间到了。"听到这句话，人人加快了脚步；一路走来，众人早已饥肠辘辘。

往山上看去，那里有许多不同建筑，层层向上排着，煞是好看。其中特别显眼的是8个一模一样的庞然大物，当地百姓叫它"苦力营"，文明一点的称其"待发所"，这里就是他们的落脚点。新来的人被带到苦力营里，里面是中间高、两边低的大通房。一溜放着三排床铺，中间的是上、中、下3层，两边都是双层铺，全是结实的木头打造。天亮摸着床帮，心想要是在老家，这木头得多值钱啊，能盖房当大梁呢！听说每栋营房可以住上千人。

每个人都有一个铺位，天亮分到中间最上层。也许人家看他个子小，爬上爬下灵活。天亮倒没在意，反而觉得挺好；在高处，可以把大房间看得一清二楚，万一哥哥来了，一眼就能看到。他长这么大，都是和哥哥共用一张床；好不容易今天自己有张床，本该高兴，可是此时他想的是："我情愿和哥哥共一张床，只要他能跟我在一起！"

待发所上面就是砖房的办公室，那里出入的人和这些苦力就不一样了。有穿长衫的，有穿西服挂着文明棍的，还有穿着制服、头上还缠着红布的人，天亮在上海租界就看到过这种打扮的人，听说那些人是印度雇佣军警卫。当然少不了身穿军装的英国军人，他们是这里的主管，走进走出总是昂着头，挺着胸，来去匆匆，目不斜视，神气十足。

边上就是大家最感兴趣的大厨房了。听说里面架着16个大灶呢，每天供应几千人的三顿饭。天亮他们分好床铺，就排队去吃饭。从厨房门口探头看得见里面灶头吐着熊熊烈火，还飘出诱人的香味。人人都在吞咽口水。每人发了一个搪瓷缸子，一个木调羹，让自己保管好，说是以后不管在这里，还是去欧洲，吃饭就拿这家伙。

大家排着队打饭。第一顿是白米饭加白菜和腌黄瓜，菜里还漂着油，饭菜都够吃。天亮自从啃了那几个烧饼后，再也没有吃过东西，此时肚子空，他大口扒着饭，根本没在乎菜好吃不好吃；却又因为吃，想起了哥哥。他放下碗，抬起头，痴痴地望着远处的海滩和海湾，来时的驳船还停在那里，听说是要送那些体检不合格的人回青岛。

山坡最上面是医院。吃完饭，大家排队到那里体检；让穿白大褂的人，从眼睛看到脚板，一共要查 21 种病。天亮庆幸自己样样都过了。他和通过体检的人都到隔壁去洗澡。看着那么多光身子的男人扎在一堆，他想起在家乡时，夏天在小溪里光屁股洗澡的情景。从小到大，都是和哥哥一起洗，如今独自洗澡，不知脸上流的是洗澡水还是泪水。

洗完澡出来，每人发了一套衣服，让穿上到隔壁接种疫苗。天亮从小到大没打过针，穿白大褂的人说，打了这种针，到有病的地方，人也不会得病。接着就发给每人一个结实的大布袋，里面东西那叫全啊，光衣服上下里外全有，还有毯子，有双鞋，有毛巾和一顶瓜皮小帽。天亮他们这些人，不少还留着辫子，不像城里人赶时髦，早早剪掉了。天亮和哥哥都是把辫子盘在头顶，和这里许多人一样。可是以后让戴上这顶小瓜皮帽，辫子就太碍事了。不知谁找来一把剪刀，好多人都把跟了自己一二十年的辫子剪了。天亮犹豫了很久，不是别的，他怕剪了辫子，哥哥认不出自己来了。后来周围的人就剩他一人没剪，他不想太出格，还是让人把自己那根辫子也剪了。

将近一半的人没有通过体检。他们穿回自己的破衣烂衫，领了回程的路费和饭钱，羡慕地看着留下的人，低着头下山乘船回家去了。

天亮和那些洗了澡、换了新衣服的人一起，来到隔壁一间屋子，在那里，有人给他一个号，还板着脸对他说："听着，这号就是你！你——就是这号。以后，不管是在中国还是在欧洲，不管是发你工钱还是给你家寄钱，全凭这个号！"对他说话的那个人，拿出一个很薄很轻的黄色铜片，天亮看见上面就是给他的那个号，那人把铜片套在他的手腕上，然后用铆钉给铆牢。天亮试了试，怎么也取不下来。那人笑了笑："你自己取不下来。等从欧洲回来，再到这里来，我们给你取下。"

天亮好奇地举起箍着铜片的手，到了下一张桌子旁，桌子后面那人看了他一眼，满腹疑惑地问道："陈天亮？"

天亮赶紧回答："是我，我叫陈天亮。"

那人拖长了声音问道："你——有 20 岁？"

天亮忙说："20 岁，我满 20 岁啦！"天亮记住在村里时，大舅嘱咐过，就报 20 岁，到了外边，没人知道自己不到 20 岁。现在天亮落了单，这里更没人知道他的底细。那人对着他看上看下，一脸不相信的样子。天亮知道他想什么，忙说："我是南方来的，我们那儿的人，都长得个子小，我满 20 岁啦。"那人摇着头一副不相信的样子，他让天亮把右手伸出来，掰着他的大拇指在一个红油墨盒里蘸了一下，然后在一张身份证卡上按了一个手印。天亮看见那张卡片上也有个号码，和自己手腕上戴的黄铜手箍上的号码一个样，都是"65904"。他又到了隔壁房间，人家把他的号码用粉笔写在一个小石板上，让他举着放到胸前。一个洋人举着个照相机，灯光猛然一闪，天亮和他的号码就留在那张照片上了，它被贴在工资本上。自此天亮的照片和他的编号成了板上钉钉的历史文物。

十　天亮在华工待发所集训

65904，这是天亮的编号，是他的化身，他的归宿，也是他的命脉。

不只是按手印、戴手箍，天亮有生以来第一张照片也贴在工资本上了，以后不管干什么，发工资、发衣物、发养家费，甚至人死了，都有照片为证，以号码为准；那是板上钉钉的，错不了！天亮填了家里地址，从出发日子算起，这里每月会给家里寄 10 块钱。天亮想着，10 块钱该够父母买粮食了，唉！要是天青也在，两人有 20 块，父母生活就不用发愁了。他习惯地向海滩望去，盼着下一趟开来的驳船上会走下天青。

这些新来的，人人关心20块养家费。管事人说："要等出发前才发，你们别着急，还不会马上走呢！"话音还没落，旁边一幢房子发出喧闹声。

"怎么啦？"人群中发出急切的声音，临行前这些人都怕发生任何意外。

管事人不慌不忙地说："那些人都是华工家属，他们住得近，每月自己来领他们那份钱，免得我们寄了。"大家向那幢房子望去，果然那边门口挤着几十个人。

众人纷纷议论："怎么还有家属来领钱的？要让人冒领了咋办？"

办事人笑着说："这就不用你担心。要说不准华工的编号、家庭住址和领款人的名字，根本就别想领到钱。领了的，还要签字；不会写字的，按个手印也成。"大家点头称是，看看那些来领钱的，多数是老农民，不会签字，按手印是人人会的。

"我们家远，不能来领咋办？"有人不放心地问着，许多人附和。

"邮寄，你们不都填地址了嘛！来这儿领的是少数，大多都邮寄。我们有专门的邮局，专干这事；邮局就在那儿！"说着往远处指，人们看不到，喧哗声又起。办事人说："从这儿看不到，哪能都搁这儿？那你们这几千人往哪儿放！在威海卫市里头，二里地外呢；专门新设的邮局，就为了给你们往家寄钱。"此话说得人人心中舒坦。说来说去，大伙儿为啥来当华工？不就为了吃顿饱饭，为了每月那20块大洋：一半给爹娘，一半给自个儿攒着。3年后回来，兴许能娶个媳妇，或是当本钱做个小买卖。临行前的20块安家费，人人极当真。听说有专门的邮局管寄钱给家里，众人更加安心了。

第二天按住宿的床铺就近将这些人编组，按照军队的编队法，每15个人一班，还让大伙儿推举班长。天亮分的这个班，都睡在近两排床。他们有认识的，也有不认识的，彼此看着，没人自告奋勇来当班长。大鲁就发话："我说大哥，你人高马大的，岁数也长我们几岁，你就出来当头吧。到时候招呼人也好找啊。"他说的是段仁峙，他们邻村的。此人不仅个子高，岁数确实也比其他人大点。他有点腼腆，倒是一副老实相，他挠了挠头说："当就当呗。大伙儿可得抬举着。"

"当然，当然！"众人七嘴八舌，吃饱了，穿上新衣，头上没了辫子，感到少有的轻松，再加上知道有人每月会往家寄钱，个个心情都不错。没一会儿，就有人来叫班长，说让去见排长和另外两个班长。听说3个班算一个排，排长是上边指定的；3个排算一连，3个连算一营。加上工头、长官、翻译，还有个英国人的营长，一营近500人。听说这批招的总共有4个营，整整2000人，要一起乘船走呢。

分班以后，让到外边去集合；说是要操练，还要进行体能训练。这些农民出身的人，谁也没有操练过，更不懂什么叫体能训练，站队就站了半天。管操练的排长学过武功，喊起号令嗓门很大，叽叽喳喳的声音一下子就给压下去了。大家笨手笨脚地听着号令走步；还要左拐弯，右拐弯，好多人都转错了，闹个脸对脸，窃笑声不断。排长高声喊着："不许笑，严肃点！拿筷子的手是右手，记着点。向右转——"这次大家都转对了。天亮觉得挺好玩。先是一排人练，再就是一连人练。连长是个当过兵的，口令喊得更加响亮。除了操练，还让做俯卧撑；说第一天每次做10个，明天就是每次20个。大家很快学会做了，也没觉得多难；只是开始屁股撅得老高，让排长用脚给踩下去，四周人笑个不停。原来这就是体能训练，明天还要全营人一起比赛，看谁做得最多呢。这几天，海滩上又来了几次驳船，等4个营人齐了，还要2000人一起操练。连长说，咱连别丢脸，回去各班让班长带着好好练。大家还没见过营长，听说是个会讲中国话的英国人，众人想着，那人肯定不好对付。

原来这里有得吃，又好睡，等大轮船等久了，好多人都长肉了。英国军官看了说不行，这些人是去干重活的，别让他们懒了筋骨，就想着这个法子：每天操练加体能训练。天亮每次到海滩上操练时，眼睛就望着海面，看着开来一条又一条驳船，可是船上没有走下天青。天亮没有等到天青，倒是看见远处开来一艘又高又大的船；不是他们乘坐的那种驳船，是真正的大轮船。因为它太大了，没法开进海湾来，只好停在远处。天亮他们知道——他们就要坐这条船去欧罗巴！"天青赶不上了！"天亮伤心地对自己说。

果真，第二天上边发话了：明天上船！4个营一起走。天亮心中着急，哥哥真的会找到这里来吗？天亮第一次怀疑了。这天每个人领到了20块养家费，爱抽烟的人赶紧给自己买包烟，爱美的人给自己买个小镜子和一把木梳，大家刚剪了辫子，头发支棱着还不会捣鼓。天亮心想我自己什么都不要，这一走，中国钱也用不上了，决心把这20块钱加上手上还剩的那点钱，全给家里寄去。他写着家里地址，总想掉眼泪；同班的一个人见了，打趣地问他："舍不得走？惦记谁呢？"

天亮伤心地告诉同伴，他有个失散的哥哥。众人听了都替他惋惜，于是有人出主意：给这里的长官留个话。段班长自告奋勇带着天亮，一起走进了那座砖房办公室。人家一听就说，查查名册就知道有没有陈天青了，我们这里名录清楚着呢，有名字、有编号、有籍贯，还有什么时候出海。天亮心里知道，当然不会有——天青没赶上火车，要来也比自己晚。可是他还是让人给查了查。人家说没有陈天青；不过以后如果他来了，可以告诉他，他的弟弟陈天亮已经先走了，让他们到欧洲再见面吧。天亮想着：看样子只有这样了，到欧罗巴再见吧，哥！

十一 《华工出洋歌》响彻威海卫上空

天亮他们要走的是条新路，是条漫长又遥远的路，为了避开德国潜水艇，他们要往东航行，踏上三大洲，横跨两大洋，绕多半个地球。天亮他们还不知道，他们以为轮船很快会把他们直接带到欧罗巴。

出发前一天，海滩上那幢白色大房子里，堆了几十辆独轮推车，还有许多农家人干活时用的扁担、竹筐和绳子。更稀奇的是，那里面快变成牲口棚了，有马匹、骡子，还有嗷嗷叫的小毛驴，这些牲口和工具要跟他们一起乘船去欧洲。

那天大厨房做了红烧肉，蒸了馒头。华工中十之七八是山东人，都爱吃馒头。那天馒头尽情吃，大家吃得尽兴，想着这一去欧罗巴，谁知还能不能吃上白面馒头和红烧肉。天亮班里除了几个山东人，还有一个江苏人，一个河北人，一个天津人；天亮没有看到一个自己的老乡。这些来的人还有的带着胡琴、笛子和唢呐，吃完了饭就在大棚子边上，又拉又吹好不热闹。其中最出彩的是唢呐，它挑得又高又长，声音还来得个响，调子像娶媳妇，又像是送葬，一下子吸引了许多人。大家在听，也在想：这是最后一夜了，此去谁知会碰上什么，也许3年后平安回来，也许永远回不来了，那是谁也说不准的事啊！想着想着就有人低下头用鞋来回蹭地，也有人仰起脖子看天，忍住了没有掉下来的眼泪。

旁边有人用松枝搭了个台子，简陋的台子中间竟然放着一只活的大公鸡，大公鸡的两只脚被缚住，正在扑腾着翅膀、喔喔啼叫不已；据说那是应了老辈人说的"雄鸡打鸣，大吉大利"，吸引了很多人围拢上去。台子上面还有个牌坊，两边有一对竖写的楹联，左边是"水不扬波"，右边是"风平浪静"。一个山东大汉对围上来的华工大声说道："早在五百年前，每次出海，我们祖宗都要'祭海'。看见了吗？这是海神'龙王敖广'。"他指着台子正中上方横行写的4个大字，"本该恭恭敬敬地在海滩上建座龙王庙，正月十三是龙王爷生日，咱也给错过了，将就着扎个供台，祈求龙王爷保佑咱几千华工出海平安，保佑咱老家风调雨顺。"听者个个眼眶湿润，点着头，躬着双手，虔诚地朝那个小小的供台和心中的海神作揖鞠躬。

就在此刻，旁边一个大棚子里突然传来了另一种声音。唢呐慢慢停了下来，大汉的声音也低了下去，鞠躬作揖的人都转头朝那边望去，支着耳朵在听。

那是几个人整齐划一的和声，很有节奏，声音由小变大，像是在念山东快书，更像是在唱一首从来没有听到过的歌子：

众兄弟，大家来听，

你我下欧洲，三年有零，

光阴快，真似放雕翎。

人人有父母弟兄、

夫妻与子女，天性恩情。

亲与故，乡党与宾朋，

却如何外国做工。

内中情与境、曲折纵横，

且听我从头说分明。

德国王，国富兵强，人人多雄壮。

器械精良吞欧洲，早在他心上。

起祸端，奥国储王，

塞国少年党，暗把他伤。

滔天祸，从此间开了场。

德国王，借口联邦忽然调兵将，

昼夜奔忙。

英法俄，三国着了慌，

德国兵四面齐集，安心灭法国，

假道于比①，最可怜，比人死得屈。

英法人，拼命拒敌，

水陆共进兵，马不停蹄。

因战争，无人种田地，

请我国助一臂之力。

---

① "比"，指比利时。一战开始时，德国先入侵了比利时，再从北面包抄法国。

> 我国大总统，有心无力，
> 多内战，兄弟如仇敌。
> 众同胞，大家尽知，
> 欧美文明国，是我友谊，
> 最应当发兵来救济。
> 无奈何，文武官吏，爱国心不足，
> 眼多近视贪私利，无人顾公义。
> 我工人，冒险而至，
> 一为众友邦，二为自己，
> 中华人，最爱好名誉。

这就是《华工出洋歌》。不知是谁人编写的，但是传唱了一年又一年，传唱了一批又一批出洋的华工。那些年，它回响在威海卫乌云笼罩的上空。

他们唱着唱着，就觉得豪情满胸怀；他们唱着唱着，就感到壮志冲云天。仿佛昨日还只是为了爹娘，今日就为了全世界；昨天还只知道20块大洋，今天却要去解救西方文明；当自己还没有吃饱肚子，却已经想着如何去帮助别人。这就是我们的华工。

当威海卫海滩响起了欢送的鞭炮声，从驳船迈向越洋海轮的人们，以为在需要他们解救的欧美文明国的海边，定会响起更加热烈的爆竹声。中国人的面子，加上那遮天盖地的宣传，使得华工心潮澎湃。没有人会去想，经历了3年惨烈战争摧残的欧洲，会以什么颓唐的精神面貌、什么残酷的现实惨状，来迎接这些昔日贫困的农民、今日高唱"我工人，冒险而至"的华工。

天亮找到了那首《华工出洋歌》，在随后的漫长旅途中，找了同行识字的伙伴，逐字逐句教他，他学会了。天亮似乎从中领悟了这次远行的另一层含义，这些粗浅的道理，仿佛扫去了蒙在他心头那层失去哥哥的阴影，他开始更多地抬头看世界。

如果那时他和他的伙伴知道，招募他们的人，谈论这些华工时，称他们为"工蚁"，他们还会这般尽情高歌吗？

如果他们知道，几年后，在付出了无数生命、热血及苦力后，人家说起他们的国家，只称其"中国只不过是个地理名词"，他们还会有这份激情吗？

那时他们不知道，他们的国家也不知道，就连那些知识精英也不知道，这些人被个人命运和国家使命，送到了远方，非常遥远的远方，送到了人类博弈的焦点。那里是私欲拼搏、贪婪横流、你死我活的残酷战场，那里不是英雄的舞台，那里是华工的地狱和坟场。

十二　二十二天跨越太平洋

在一个阴沉沉的清晨，没有阳光，只有寒风的日子里，天亮和他的伙伴们，排着队，背着自己的行囊，从华工待发所走出来。那条单人队伍拖得很长很长，人们不时回头张望，好像留恋着什么。天亮带着惶惑不安和恋恋不舍的心情，排着队，不时伸长脖子向前看看，向后望望，前后都是和他一样茫然的人。海滩最后响起了一串鞭炮声，唢呐也奏起了挑高的喜庆曲子，人们脸上终于挂上了一丝笑容，有的自然，有的勉强。天亮没有笑，他听着唢呐声想哭。

前面是等着他们的高大海轮。他们还得坐上驳船登上大轮船，因为这个港口水很浅，而大轮船又吃水太深。那艘船上面写着个洋名字，他们都认不得。到了最后关头，上船前还让每人把背包打开，那些身穿英国军装的威严军人不由分说地把他们背包里的东西统统倒出来，翻了个遍，说是怕带什么违法的东西上船。

到了船上，人人盼望能住进上面有窗户的房间，看着四周大海得多美。没想到，他们全被带到最下面，那叫底舱，又叫统舱。还好没跟那些牲口放在一起——它们在更下一层。可是这也是 2000 人呢。统舱原有固定床铺，这回来人太多了，当中放了好多行军床。一班人还是睡一块。大家坐到分配给自己的床铺上，想着这一趟不知要走多少天呢。

刚才检查背包时，同班的人都看见天亮带的小石雕和一些石头。有人好奇问他带这些干什么。他说这是家乡人赖以活命的家伙，这些山里的石头都是宝贝呢，可以雕刻成你想要的东西；只是挖石头也苦着呢，不是总有好的"图书岩"。有人又问："为何起这么好听的名字？什么'图书岩'？这明明是石头，哪是什么图书？"

天亮说："我们那儿，家家门口有张小案桌，古时候用来刻印章，后来不只是刻印章，什么好看就刻什么。只是人们还按老规矩，把小案桌叫作'图书凳'。在'图书凳'上干活就是'雕图书'，山里带回来的石头也就变成'图书岩'了。"众人听得明白，都说："你们那儿的人，老一辈肯定有学问，要不起的名字都这么文绉绉的。"天亮摇着头说："不啦。我们那边人苦，家里待不住，都跑法兰西去卖雕刻啦！"

"什么法兰西？"众人发问。

"就是法国，在欧罗巴，就是咱们要去的欧洲。"天亮回答。

"原来你们老一辈就去过欧洲啊，快给我们说说，欧洲啥样？"人们围着天亮问开来。天亮说没去过，不知道，连他爹也没去过。大家颇感失望，天亮笑着说："只知道那儿的海水像天一样蓝，不像咱们这儿灰蒙蒙的。等下船大家就看见啦！"

他们哪里知晓，这里离欧洲还远着呢，船开了两天，才到日本。人们纷纷想下船，一想透透气，二想把脚踏在外国土地上跺两脚。可是上面发话来，谁也不许上岸！为什么？回答是停船只为加水加煤，加补给，没多少时间；上了岸，找不回来就误船了。大家听了，谁也不想误船落单，也就不嚷嚷了。可是，这一停，不是一两个时辰。到第二天，船还没走。众人鼓噪起来："不让上岸也得让到上面甲板上走走，透透气总可以吧。"连长和翻译找到上面，他们怕这些华工闹事，有个英国军官，去问船长，"让华工到甲板上走走吧！"

可是那个英籍船长，傲慢地仰头回答："他们算什么？一群苦力！本船从来没有把苦力当作乘客。"于是2000华工没有一个被允许上到甲板来。

天亮那个连的翻译官下到统舱来了，大家围上去，抢着问这次远航的事。翻译官叫万紫澄，是北京来的大学生。众人问起这位万译官："我们不能上岸也罢，到甲板上走走也不行？"万译官忙着解释："不知什么时候加满煤，加满水，船就开了；这么多人要上岸，上甲板，船不好控制啊！"这些老实的华工，以为说的都是真的，也不再问了。倒是有好奇的问这位万译官，"好好的书不念，干吗要往欧洲跑，那边不是在打仗吗？"万译官说："这次打仗不同以往，什么新式火器都用上了，这可是考察的最好时机。"鲁大珊说："人家读书人跟咱们想的就不一样。咱不就是想着能往家捎点钱吗？"万译官倒也不遮掩，"其实我跟你们想的一样，我也是个穷学生。到欧洲去几年，不光长见识，几年下来多少能有点积蓄，以后再上学不至于太辛苦。"他没说，合同写明他们这些翻译，战后可以到欧洲各国游历呢，这是最让万紫澄心动的，他毕竟是个刚满20岁的年轻大学生。

段班长小心问起："咱们这次去，不打仗，是吧？"他是有家室的人，最怕回不来。

万译官说："按合同是不打仗。可是合同也不那么牢靠，像合同上说的，翻译和英军军官一样待遇，可是这次坐船，我们的待遇还不如英国当兵的呢。"

众人又炸开了："那你们不去争啊！"

"争了。人家说这是按轮船的规定，中国人和外国人待遇就是不一样，不是英国军队自己能定的，英国兵是外国人，中国翻译官还是中国人啊！他们没法改变。这些船都是临时租的商船，还得照人家船家的规矩，只是同意我们这些翻译可以随便在甲板上走动。"万紫澄怕说多了又会引起这些华工的不满，赶紧往回收："唉，大伙儿别想太多。虽说没让上甲板，可也没让你们干活啊！是不是，抓紧休息，到了那边有的苦吃呢。"

没想到，这船从日本开出后竟然又走了18天。好多人给坐病了——他们吃不下，要么吃了就吐，有的拖得骨瘦如柴，真不知下船后还能干什么活！天亮还算好，每天照样吃，照样睡。每当万译官下来，天亮就缠着他："你教我两句外国话，等到了欧罗巴，不至于让那些老番给欺负。"万译官笑他，现在你还叫人家老番，和咱们老祖宗一样。万先生教了他几个词，说见到女的，他得叫人家"Lady"，见到男的，他得叫人家"Gentleman"！万先生说这就像中国人说的"淑女和先生"。天亮懂得什么是"先生"，可是"淑女"却不大懂。那个天津来的人说，就是中国人说的"小姐和太太"。万译官还说："其实咱们老祖宗已经是'Gentleman'的时候，那些老番还是'Barbarian'呢！"天亮问这个"Barbarian"是什么意思，原来是"野蛮人"。天亮笑得好开心。他特别喜欢这个词，为了学会这个绕嘴的词，天亮念了两天。

万译官对他说："你这小家伙脑袋不错，跟我学吧！到了那边，翻译根本不够用，你能说两句，懂一些，会管用呢。"于是天亮每天跟着班里识字的江苏人阎振皋学认《华工出洋歌》里的汉字；还跟万译官学说英国话，等下船时，竟然也能凑合着说出几句，懂了一些英语常用词。

十三　横穿北美大陆和大西洋

轮船终于靠岸了，大家闷在船底统舱二十来天，上来都要不会走路了。当官的忙让大家到附近小山坡上活动活动。上岸后才知道原来登陆的地方叫温哥华，是北美洲一个城市。大家看着四周，个个有点失望，这也叫城市？不知他们是落脚在远郊区，还是百年前的温哥华真的荒凉得就像中国的大西北，让经过二十多天海上颠簸，终于上岸的人大所失望。这里的山，可以放羊；这里的镇，顶多不过几千人。好在他们知道不会在此久留，倒也不在乎热闹不热闹，人人都在四处游荡，活动筋骨和久坐的双腿。没想到那么快，第二天大家又被带上了火车。

天亮一坐上火车，就想起天青。上次坐火车是兄弟俩，如今自己落单已经快一个月了。伤心虽不如初始，可是绝望的情绪却越来越浓。在船上时，他坚信天青一定回家了；可是现在听着火车轮子的转动，天亮又越来越相信，天青绝对不会独自回家。天青回也要找到自己，兄弟两人一起回，可是如今天青会在哪里呢？

火车向前开着，好像开到了天涯尽头；可是天的尽头又有无尽的路向前延伸，于是它又接着往前冲去。火车两边看不见村庄，看不见种田的人，天亮他们哪里知道，这是片新开垦的处女地，这里是北美的加拿大，辽阔宽广不是家乡能比拟的。他们的家乡是中国东部沿海几千万人挤在一起，生活了几十个世纪的小块天地。这里地广人稀，天就显得高，地也显得大。来自人口密度最大地区的中国华工们，怎么也看不惯火车开了这么久，不见人，不见牲口，不见车辆；只有无尽的草原在窗外闪过，猛烈呼啸的北风在窗外吹啊，吹啊……他们好像现在才意识到，他们真的来到了另一个世界；尽管他们要去的那个世界远比眼前的荒凉还要可怕，可是现在看着窗外单调的不是景色的景色，还是感觉自己被抛到了世界尽头！

天亮他们班有 10 个人坐在一起，一边脸对脸有 4 个人，另一边是 6 个人。大家轮换着坐到靠窗户的座位，毕竟那里能往外看，尽管外边没什么好看的。不过坐在窗边的人，还时不时招呼大家："快看！一群鹿。"或者更稀奇地说："好多头上长角的，像牛，又不像咱们那儿的牛。"后来他们知道了那是北美牦牛。有时一群牦牛几十上百头慢腾腾地过火车道，把火车都挡住了，火车只好停下等它们过完再走。好不容易看到一间房屋，靠窗的人喊着："快看，快看，有房子啦！"众人聚过来，原来是个又小又破的车站。

他们不知道这是多少天的旅程，现在大家脸对脸坐着，只有聊天打发时间了。天亮的姓名是人人知道的，还有那个班长，叫段仁峙。现在大家又知道那个河北人叫齐中原，做俯卧撑时，大家就看出来了，这人会武功，没人敢惹他。

天亮旁边的人从天津来，爱说又能说，一股天津腔调，天亮听着觉得像唱歌，又像说外国话，他叫余纹灿。他自报当过厨师、卖过肉，最爱吃海货，说起各色美食，眉飞色舞，听的人都禁不住流口水。有人问他，你不在天津好好当你的大厨，到这儿来凑热闹干嘛！他说在那儿待腻了，想到外面见识见识。知道要去的是法国，早就听租界的人说起，法国大餐是全世界最好吃的美食，倒真想去看看、学学；听说山东这边有大营房招华工去法国，没多想就往这边奔。

天亮对面坐的那个人是从苏北来的，不爱说话，识字，看上去知书达理。问起来，原来是躲抓壮丁，一直往北跑，不知怎么就赶上了这趟车，还上了这条船。他好像没什么家人，做事也随意。别人往家寄养家费，他让把每月10块钱给他存着，说等从欧洲回来他自个儿来取。人家倒也管给存，说回来时，反正要来这里取下手箍，到时候去工资室取他的那份钱。他叫阎振皋。他时不时地拿出一本小书来看，天亮一路上拜他为师，把那首《华工出洋歌》上的字都念会了。这几个人来自不同的地方，没有老乡相随，倒愿意凑在一起。

另一边坐的6个人全是山东大汉。他们有的还彼此认识，老家不远。他们说起话来嗓门来得个大，吃起饭来吧嗒着嘴，声音来得个响。天亮相信，他们干起活儿来，也一定是好样的。班里15个人，除了他们4个来自不同省份，其他11个人全是来自山东。听说这次招工，大半是山东人。这些人平时不大爱理旁人，人家到底是同乡，这在中国是仅次于亲属血缘的另一层重要的地缘纽带。再说，他们个子也比这几个人高，力气也大；除了齐中原会武功，谁也不怕，众人都有点怕他们。不过天亮觉得段班长人不错，班长知道天亮半路上丢了哥哥，挺同情这个班里岁数最小的小兄弟，处处照顾他，天亮心里还是感到安稳一些。

段班长和同班的另外4个人坐在后面一排。他不时过来坐一阵，一次对大伙说，刚才在连长那边碰头，听说这条铁路也是咱们华工修的呢。那是几十年前的事，也不知死了多少人，铁道边上就有他们的坟。大家急忙向窗外望去，荒凉的草原一眼望不到边，落寞而孤寂地掠过一群野鸦，偶尔能看到一串坟头。每人都在想，如果我早来几十年，也许就躺在这块荒漠的土地上了。想着那些修铁路的同胞，长眠在天寒地冻的异国他乡，他们的家人会知道吗？个个有点戚戚然；也想到不知道以后我的尸骨会埋在哪里！段班长让大家抓紧时间多打盹儿，能休息多休息；听说欧洲那边要人要得紧，等到了那里，不让歇就得干活了。

火车开开停停，中途没有上下车的旅客，主要为了给火车加水、加煤，还要不断往餐车补充食物，每天要给两千多人开三顿饭呢。奇怪的是每次车都停在站外，还不让人下车。大家都不乐意，他们哪里知道，那是为了节省每人500加元的"人头费"：不下车就算"过境"，下车晃悠两下就算"入境"，入境就要交"人头费"。

火车开了整整8天，终于停在了一个车站。这里比他们上火车的那个小镇要繁华些，山东大汉都说，车站墙上的装饰可比老家济南的强，真有些洋味了。听万译官说，这里是哈利法克斯，到加拿大东岸了。大家拿着自己的东西下车，都以为会像上次下船后，给一天时间活动筋骨，正好可以四处走走看看。可惜没有，他们的火车铁轨竟然和码头平行，跨过铁轨就让上船。

你可曾看到过13层楼高的大轮船？你可曾乘坐过180米长的客轮？这些华工别说坐过，就连看都没有看到过，听都没有听说过。可是，在那年寒风瑟瑟的初春，他们登上了这样一艘海轮。

这艘海轮比他们从威海卫出发时乘坐的船大多了。排长洪百钟过来向众人讲述当前形势："3000名华工在这里等我们好几天了；护卫舰也早在外海上等着啦，我们必须尽快上船，马上开拔。"

护卫舰？那是什么，似乎到了此时此地，众人才闻到了一丝战争的气息，他们也觉察到四周的紧张和肃穆，谁也不再发问，个个静静地排着队，仰头扶着帽子，望着那高耸入云的大海轮。队伍慢慢地往前挪，走进那个似乎张着大口将他们吞没的巨人肚子里，同时想象着外海上的护卫舰会是些什么船。

5000名华工占满了下面两层统舱。上面一层有运动场可以跑步，各营排了时间，去那里操练和做体能训练。经过长达一个多月的旅途，人们体质大不如前了。眼看要上阵，英国人决计不愿看到招来的是些东倒西歪的人。天亮他们每天到上一层运动场跑步练操，让大家舒心不少；下来到了自己统舱，大家还自觉地做俯卧撑。

万译官常下到统舱来，一来大家就围着他问："船这么大，还怕谁，为什么要护卫舰？"万译官说："咱们上次坐船走的是太平洋，德国军舰开不了那么远；这次走的是大西洋，德国军舰和潜水艇像是走他们家后院似的。知不知道人家德国怎么个说法？'无限制潜艇战'！就是说，不管你是军舰还是商船、民船，一样看见就开火，已经让他们干掉了不少只船了呢。你们知不知道有多少条协约国的军舰保护咱这艘船？"万译官卖了个关子，众人都使劲摇头："有十多条呢！"众人都在伸舌头，心里在琢磨：护卫舰多了，到底是好还是不好？

齐中原好奇地问："都是些什么护卫舰？"万译官从英国军人那里刚刚学到不少军事知识，很乐意有机会卖弄一下，毕竟他还只是个大学二年级的年轻学生。"有鱼雷艇、巡洋舰、战列舰、驱逐舰，对了，还有，还有运输舰！"

众人问他："你看到了吗？"

"当然！我跟船上大副借了望远镜，向四周一看，可了不得，咱们简直给包围了——"万译官说得人人瞪着眼睛，张着大口。

"给德国人包围了？"几个人同时发出恐惧的声音。

"哪能啊！是给咱们协约国的护卫舰包围了，保护咱们呗！这么远把你们送来，是让你们去欧洲干活，不是让沉到大西洋喂鱼的。"万译官的话让大家都松了一口气。

余纹灿问道："你说咱们算协约国吗？"众人在威海卫就知道，这次打仗，是德国领头的同盟国和英法牵头的协约国开打，招募华工的是协约国的英法两国。

万译官答道："按说还不能算，咱没有正式参战啊。不过——"他把声音压低,周围的人都挤过来,围得更紧了,"知道吗? 咱们中国跟德国已经正式绝交啦!"他把"绝"字说得特响。

"啊——"众人惊叹着。常识告诉他们,"绝交"就是谁也不理谁,也就是撕破了脸,如果那样,动手打架总是可以的;如今放到这等国际大事上,开枪开炮当然也是会的。又想着,德国人未必知道这船上有5000华工呢,人家打的是英国船;大家去欧罗巴是帮英国人干活,那德国人开炮打英国船也是正常的,想想还有点心慌。这趟船也坐8天,是提心吊胆的8天,胆战心惊的8天。人们不再提上甲板了,如果真的遇到德国军舰,在甲板、在上层舱里的人,还得先吃子弹挨炮弹呢。

万译官问天亮:"你不跟我学说外国话了?"

"学,当然学!"天亮忙不迭地回答。坐火车不在一个车厢不方便,现在这些天,万译官又继续教他说英语了,为了让他尽快掌握多一些词汇,特别教他一些简单的对称词,说这样学起来快,也好记。如:up/down,上/下;left/right,左/右;in/out,进/出;come/go,来/去;good/bad,好/坏;quick/slow,快/慢……

天亮老想练练他刚学到的几句英国话,一下子找不到对手,颇有点心痒。没有想到,他的机会很快就来了。8天过得很快,下船时,一个英国军官对这些华工喊道:"Let's Go! Quickly Go!"

几个山东大汉愤怒地大叫:"他凭什么叫我们是狗!不跟他走。"

那个英国军官被弄得莫名其妙,心想中国人平时很温顺,今天什么事让他们发脾气?

翻译官不在。天亮问那个军官:"Go Up? 走到上边? Quickly Go? 快点走?"

那个英国军官好像见到救星,点头比画着:"Yes, Let's Go, Go up, Quickly!"

天亮转身对那些山东大汉说:"人家让咱们快点上去。不是骂人话!"

"他刚才还喊'狗'呢，怎么没骂人！"那些人愤愤不平地说。

"人家说'走'就是'Go'，英文里'Go'意思是中国话的'走'。"天亮近日学到的词全用上了。天亮这次帮着解围，不仅让全班人甚至全排人对他另眼相看，而且也让万译官更愿意教他了："如果这个小家伙能懂得多一点，我会省不少事。"

那个被误解的英国军官想着，"今天还好碰上个懂几句英语的小华工，我们要多几个这样的人就好了，不然到了前沿，人散开后，很难管理。像今天一句话没听懂，差点就要翻脸"。他对那几个顶撞他的山东大汉心中生出一种厌恶，心想："看来只有用传统的老法子，把这些人圈起来干活。绝不能对他们好！记住，这些中国佬是劳工，是苦力！"

第四篇　西线来了东方人

十四　天亮终于来到了法兰西

这些自认为是救世主的劳工们，第二次下船后，和上船时一个样，看见和码头平行的火车已经停在岸上，正在等着他们。人们默默地下船，默默地上了火车。周围的气氛，像是敌人就在前面黑暗中窥视他们，让人大气不敢出；谁也没有说话，谁也没有嘀咕。这次天亮又和班里不同的人坐在一起，大家都相互点点头，不敢开口说话。排长传来命令："关严窗帘，不许打开。"悄悄话传开了，说是怕德国飞机轰炸。此刻，人人感到战争的阴云已经盘旋在头顶。火车很快开动了，在火车头轰鸣和铁轨哐当声中，段班长冒出了一句话："咱们这是真的到欧罗巴了。"

天亮低声问："我们到法兰西了？"

段班长说："不，这里是利物浦，现在往东岸开。"

班长不知道，别人更不知道利物浦又在哪儿，但起码不是法兰西，他们的旅程还没有完。大家不知该失望还是该庆幸。火车由慢变快，哐当声越来越大，好像在追赶什么似的使劲往前冲。如果打开窗帘，他们会看见，此刻火车正在黑暗中横穿英国工业密集地带，这里烟囱林立、厂房连片；这里是工业革命的发源地，是战争的中枢，是把他们从万里之遥跨洋过海招募来的大本营，这里是英国！

火车停靠在一个叫作福克斯的小镇。这个往日恬静的英国东岸乡村小镇，如今已经变成庞大的待发营地，不仅是华工，遍布田野的英国远征军也在等待——等待开拔到对岸法国去。所有人都在等待小火轮，那种能快速穿过英吉利海峡的小轮船。各色帐篷密布在小山坡上、树林子里。帐篷顶上涂着和树林及田野一样的颜色——绿色和黄色，相信德国轰炸机从天空飞过，会以为这里是田野和树林。他们如果知道，那里密布着几万待发的士兵和工兵，他们会倾全力投下所有的炸弹。

天亮他们连被带到了一个帐篷旁。大家把背包放下，松动着全身的筋骨，扭头向四面张望。只见几个人向他们走来，那些人和他们一样，有着中国人的面孔，还对他们大声喊道："刚到的吧？"那是一口浓重的山东口音。熟悉的乡音出现在不知是何方的天涯海角，在行了万里路、经历了这么久的颠簸之后，显得格外动听；乡音是世界上最美的音乐，最让人向往的回声。即使天亮那几个不是山东人的华工同伴，听了也激动不已，人们一下子围了上去。

天亮班上的山东人赶紧问："是山东老乡？哪儿来的？"同样的口音，带点颤音。

"山东寿县来的，招募来的华工。你们也是？"走过来四五个人，他们说着、看着，好像在寻找什么人。"嘿！大珊，是你啊——"人堆中冲出来一个人，一拳打在天亮班里鲁大珊胸膛上，两人抱成一团。

天亮看了不禁一震，他多么想此刻从人堆里冲出天青来啊！他多么希望有人喊着"天亮——"跑过来抱住他啊，可惜没有！他不再理会那些重逢的老乡，退出人群茫然地向四周张望。到处是一簇簇的人堆，没有人向他奔来，没有人喊着他的名字还给他一拳。哥哥没有来到欧罗巴！

早来的华工已经在这里等了几天船。他们说，海上有德国潜艇，现在不敢出海。这些人带着刚到的老乡和他们的伙伴，去厕所，去打开水，还带着几位班长去领他们班的份饭。每个人有个大面包加上一个牛肉罐头。人们就着热开水吃着、问着，原来这里是英国距离法国最近的地方，越过四十多公里海峡就到法国，小海轮一个小时就能开到对岸。要不是德国潜艇在海峡瞎转悠，他们早就到法国了。

第二天，小镇码头边上停靠了5艘小海轮。得到德国潜艇远去的情报后，几艘小海轮装满了人迅速开走，接着又来了5艘。福克斯小镇上的英国士兵和天亮他们几千华工，在那一天一夜里，一船接一船地统统被送到了对岸的法国加来港。

天亮和他的伙伴们，经过四十多天的环球旅行，双脚终于踏上了欧罗巴的土地，到了日夜向往的法兰西。没有等到寻觅大海的颜色是否美丽，也没有抬头看那天空是否和大海一样蔚蓝，他们就被送到了华工大本营，那个位于索姆省海湾的法国诺耶尔（Noyellse），一个荒凉的村庄。这个小村庄注定以后扬名天下，不是因为它曾经是14万华工总部、弹药库和医院，也不是因为它是华工落脚的第一块土地，而是因为后来，它那一片白垩垩的墓碑，向人们讲述着那久远的被遗忘的往事。此时没有人会想到，他们落脚的华工总部，将会是未来的华工坟场。更不会有人想到，日后他们中的不少兄弟，会长眠在这片陌生的土地上。

天亮和他的华工伙伴被带进了一个铁丝网圈起来的地方。这里空气又潮又冷，四周没有期盼的锣鼓喧天和声声鞭炮，也没有人欢笑着夹道欢迎，只有绷着脸的荷枪大兵。列队走进铁丝网的华工，惊愕地看着站在门口扛着枪、身体挺得笔直的英国士兵，他们连斜眼望都没有望一眼这些远道奔波而来的华工，脸上更是毫无表情。天亮和所有新来的人被告知，凡是进来的人，一律不许擅自外出，门口哨兵都是荷枪实弹！天亮突然想起他一路学字的那首《华工出洋歌》中的一句——"最应当发兵来救济"，他们不是被当作"救世主"吗？

总部营地有一列帐篷和一些简陋工棚，看来好像都是匆忙中安置的。这里的人都忙进忙出，似乎人人都在调兵遣将。天亮他们整连进驻到一顶大帐篷里。班、排、连还保留原来编制，只是每个营加进一个英国人，协助英国营长管理华工。在这些华工面前，他们比所有的中国官更像官。分到天亮他们营的英国人叫约翰，是个军装笔挺、留着两撇小胡子、看上去阴沉沉的人，华工看他一眼就都垂下眼帘。

第二天吃完早饭就分工干活儿，天亮所在的二排分到一个火车站去卸弹药。这是他们干的第一个活儿，人人跃跃欲试。约翰用英语说了一通，翻译官万紫澄给翻译："车站不远，跑步过去。大伙快点干，干完再吃午饭。"说完拍拍天亮，"我这里还有事，不跟去了，下面就看你的啦！"天亮听了心怦怦直跳。

约翰带着大家跑了二里路，来到一个只有顶棚没有墙的车站。一列货车停在那里，站台上的弹药箱堆积如山；有些弹药箱还在车厢里，有的已经搬下火车。两辆卡车停在车站边上，上面空空的；司机坐在踏脚板上，望着胡乱堆在地上的弹药箱吹口哨。卡车到火车之间连条路都找不出来，看那架势，好像有人干了一半，又有更重要的任务把他们紧急抽调走了。二排有三个班，一共45个人。大家七嘴八舌，嚷嚷着快点先腾出一条道儿来，不然谁也没法干。约翰看着这么乱，大喊大叫说了一通，可惜谁也没听懂他说些什么，他一气扭头走开了。排长洪百钟见状马上上阵指挥了。他命令一班先往卡车上装最外面的箱子，二班负责腾出一条过道，三班上火车，看里面还有多少货，尽快往下搬。来时说了，干完活儿才有午饭吃。

段班长马上果断地对天亮那几个小个子说："你们4个上卡车。"又指挥那几个山东大汉，"你们搬弹药箱，往车上送。"这些山东大汉显威风的机会可来了，只见他们一人一个弹药箱，往肩上一放，转身就往卡车那边跑，到了那里，肩膀一斜，弹药箱就落到了卡车上。约翰看见急忙过来，连连摆手又叽里咕噜说了一大堆，谁也听不懂，都看天亮，天亮也听不懂啊！约翰急了，自己跳上卡车，把刚刚倒在卡车上的一个弹药箱扶正，再小心翼翼地抬起放到最里面，于是众人明白了：一是要轻放，二是要放整齐。是啊，这可是弹药箱啊！不能像扔粮食麻袋一样往上扔，而且只有码整齐了，才能多放，人人明白了。

天亮等4个小个子跳上了卡车，两人一组。山东大汉一人一箱往肩上扛，送到卡车边上，车上人轻轻接过，再往里放，码得整齐，地方也腾开了。这么一来，又快又稳。河北人齐中原和天亮一组，他总是双手往中间抬，承担更多重量，天亮看着心里明白，不禁心存感激。约翰看着这些人有条不紊地干活，伸出大拇指。大家也都开心地笑了。二班把走道上的弹药箱都给传送过来，三班又从车厢里源源不断往下搬。半个多时辰，约翰喊着："OK！"司机上了车，一卡车弹药就运走了。第二辆车挪到第一辆车的位置，这些人没有休息，不到一个时辰又装满了第二车。这时，火车站站台上原来胡乱堆积的箱子已经全部搬清，火车上的也慢慢卸下，整齐地码着，静静地等候卡车来装货，大家才得机会喘口气。

中午时分，一匹老马拉着一辆破旧的马车，摇摇摆摆地驶过来，赶车的是个英国瘸腿大兵。他把车上两个装满面包的口袋打开，一边喊着还一边伸出两根手指比画："Two, everyone two！"不用翻译大家也明白，每人拿了两个面包。马车上还有一口冒着热气的大铁锅，人们拿出在威海卫发的、带了一路的搪瓷缸子和调羹勺，马车上的那个大兵，给每人舀了一勺汤。约翰对这些干了半天重活儿的人喊着："Beef Soup！ Beef Soup！"天亮倒是听懂了，告诉大家："长官说，这是牛肉汤。"众人使劲闻着，除了土豆就是洋葱，直到吃完也没闻出牛肉味来。好在干了半天活儿，肚子饿了，不管有没有牛肉，啃着面包喝口热汤，大家还是吃得挺香。

十五　战争原来这般残酷

二排干了整整6天，把车站上和几节火车上滞留的弹药箱全部运走了，人人盼着能休息一天。到了第六天下午，他们被告知，明天要到另一个车站去，这次不是搬弹药，是修复被破坏了的火车站。

"按合同我们不是应该休息一天吗？"鲁大珊首先提出。段班长不敢问约翰，只能问排长，于是排长又去问连长。那个当过兵的任连长没好气地回答："你们看见合同啦？上面写了休息一天？你们在上面签过字吗？"

"签了，还盖了手印啦。"几个人七嘴八舌地回答，这是人人经历过的。

"那是你愿意当华工的合同，不是在这里干多少天的合同。我问过了，合同写的每周干7天，每天干10个小时；现在战事紧，一律没休息。"连长这么说。

段班长安慰大家："唉，怎么说这也是后方，真要送你上前线，打仗还有什么休息不休息！"众人想想倒也是，干活累是累一点，总比打仗强。

第二天，一辆破卡车把二排拉到一个更远的破车站，这里连个顶棚都没有，只有剩下的半边站台告诉他们，这里曾经是个小车站。华工这才知道，离他们驻防这么近的地方，曾经发生过激烈战斗，也遭受过轰炸，车站才会变成现在这个样子。

被炸烂的车站可不好修，要把炸坏的铁轨卸下来，再把弹坑填平。他们没有足够的工具，只好有什么用什么，最后用两只手抓着钢轨当工具。4月的阴天，还是阴冷阴冷的，用手握着铁轨，透心凉。第二天，人们把从威海卫带来的扁担、箩筐甚至小推车都带来了，工具再简陋也比两只手强。

一个七八岁的法国男孩，看着这些外国人推着从来没有见过的中国独轮车，大声对身后的同伴喊道："快来看啊，一个轮子的车，一个轮子……它怎么不倒呢？"

他的喊声引来了一个女孩的尖叫："看啊，那些人还拿棍子玩杂耍呢！"她看到的是鲁大珊正把扁担放在肩上，两头各挑了一个箩筐，里面装满破砖烂瓦，飞快地走着。几个法国百姓，听到孩子们的叫喊，跑过来看得目瞪口呆。这些从遥远东方来的苦力，带来了他们家乡的传统工具，和毒气及坦克共同登上了现代战争舞台。许多年以后，那些当年看见过这一独特景象的人们，如今已是垂垂老矣，也只有他们还能记得这幅罕见的画面。

中国劳工什么苦都能吃，唯独每天吃面包、喝洋葱土豆汤，让他们厌烦得不行。余纹灿鼓噪着排长："咱们能不能自己开伙？就这些材料，我能做出比这好吃的饭菜。"排长洪百钟自己也不爱吃，可是刚来没多久，就抱怨伙食，有点不好开口。他敷衍着说："能吃饱就行，人家前线当兵的还喝不到热汤呢！"大家听了只好闭嘴。

洪百钟每天下班还是照样去领任务，看着进进出出的英国长官，一个比一个紧张，一个比一个严肃。一天清晨，早饭还没吃完，洪百钟就被传令兵叫走。他飞奔回营房，集合全排跑步去驻地医院。医院是营地最好的一幢房子，真正用红砖砌成。他们被带到医院背面，那是医院的太平间出口。他们的任务是尽快把太平间里的二十多具尸体搬出来，埋到营地后面背静处新开的一个坟场。因为刚刚打了一场仗，白天要送许多伤员来，病房里那些没有挨过昨晚的伤员，清早全送进了太平间。

那天干活的时候大家都不说话，只有余纹灿张着他那张永不停歇的嘴巴："这叫嘛活儿啊，老爷子，我情愿每天喝洋葱土豆汤，让我干点别的吧。"

"闭嘴！"几个声音传来，余纹灿那天没有开口说过第二句话。两个人抬一副担架，从太平间的架子上往担架上搬尸体是最难的，两双手把已经不成形的尸体搬到担架上。有些躯体已经僵硬，有残肢断臂的；有眼睛缠着纱布，恐怖地张开干裂的嘴唇的——那是中了毒气的人；还有胸部被鲜血浸透，伤口腐烂得臭气冲天。不看也得看，看得恶心，更多的是伤心。那张张没有生气、却布满痛苦和无限留恋的面孔，让人心生悲悯，也痛恨战争。天亮还是和齐中原一组，他们抬的第一具尸体是个已经没有下半身的可怜人。那张面孔告诉他们，他大概不到二十岁，他不愿意离开这个世界，他和他俩一样，从前是个活蹦乱跳的小伙子。天亮和齐中原，带着一半恐惧一半怜悯，把他搬到担架上，他已死去多时，可是两人还是弄得一身血。

他们抬着死者来到营地背后一处荒坡上，那里已经有人扔下十多把镐头和铲子，他们默默地拿起，按照排长的要求挖了一个长方形的坑。本来天亮和齐中原可以把坑挖得短一点，因为那个尸体只剩半截，可是他们还是和别人一样，给了他一个全坑。天亮在墓穴中那空荡荡的后半截处，丢下了几把路边刚刚冒出的青草，上面有一根草上还带着一朵小黄花。两人站在墓穴两旁，默默地看着那个不相识的人，天亮已经没有了半点恐惧，心中充满着一种说不出来的悲哀和怅惘。他从这个惨死的异国年轻士兵身上，知道了战争原来可以这样的残酷；看到了人原来会这样悲惨地死去。

一个英国牧师随同约翰及两个英国士兵来了。牧师举着十字架低声地一阵咏诵，还轻声地唱了几句。这些华工虽没听懂，却都相信他是让这些战死沙场的人在去天国的路上一路走好。约翰让两个士兵检查每个已经躺在墓穴里的士兵的番号牌，天亮他们早已按照排长嘱咐，把写有番号的小铜牌放在墓穴前面。那两个士兵扛着一摞十字架，逐一核对着死亡士兵的名字，他们已经把今天要下葬的士兵名字刻在了木制十字架上。华工们开始填土，两个士兵把十字架插到墓前。那些十字架也就是劈开的两块木条钉在一起。想想战争年代，能有人埋你，给你立个带名字的十字架，就算可以了。天亮看着，突然想到自己——如果哪一天自己死去，会有人给自己埋葬，立个有名字的十字架或是一块石碑吗？天亮第一次觉得死亡离自己这么近。

十六 小河畔的黑衣寡妇

自从那天埋了二十几个死亡士兵，这批华工不再抱怨饭菜不合口味了。和战死的年轻士兵相比，他们身在后方，没有生命危险；干活是累，可是能够吃上热饭菜，晚上还能睡在床铺上，该知足了。

几天后，一班派去医院洗衣服。这个活儿不累，可是一听是洗衣服，人人都觉得那是娘儿们的活儿，有点不起劲儿。这些男人，在家不是母亲、姐妹就是媳妇给洗衣，哪有自己洗的。现在给别人洗，肯定还是些脏东西；想抱怨，可是想想脱下这些衣服的士兵，都不吭声了！只有余纹灿发问："干嘛不找法国女人干这活儿？"

段班长回答:"法国女人都去干男人的活儿了,男人都上前线去了。"

余纹灿仰天长叹:"这是什么世道啊!"

"什么世道?战争!就是打仗,懂吗?"几个人一起冲着他嚷嚷起来。

众人提着桶子,背着大包袱,里面是气味难闻的血衣和带血的床单,还有拖到地上的长长的被血染得看不见白色的绑带,从营房走向小河浜。那里有些法国女人正在洗衣,个个跪在河边石板上,用力地在石头上搓着,在河水里洗涮。女人们好奇地转头望着这些人,她们早就听说来了中国工人,这次总算见着了。妇人们对他们点点头,还报以微笑。天亮他们也相信了,年轻一些的女人都到工厂顶替男人去了,这里洗衣服的都是老女人。天亮他们学着那些法国老女人,跪到河边石板上,把包袱抖开,一件件地在流动的河水里洗涮,再拿到石板上,学着她们搓着、涮着,清凉的河水带走了血迹;不过他们必须一遍又一遍地漂洗。初春的河水凉得冻手,洗一会儿手就麻木了,竟然不再觉得水凉。那些洗好的衣服和床单,只留下浅褐色的印子,再没有了难闻的血腥味。洗完后拧干,摊在河岸边的大石头上;还用医院给的绳子在小树上扯起来,长长的绑带和床单都挂在上面,随风飘荡着。

第二天,来了个穿着一身黑衣的年轻法国女人,后面跟着个三四岁的小男孩。年轻女人跟谁也没打招呼,径直找了个没人的地方,跪到石板上,把一筐衣服抖了出来。那些原来洗衣的老妇人,个个停止说话,河边只听到搓衣、涮衣的声音和那个天真无邪的小儿嬉戏声。天亮他们都明白,这是个年轻寡妇,独自带着个孩子。他们不时探头向那边张望,可是那个年轻寡妇自始至终没有抬过头,更没有向这边瞟过一眼。那天回去的路上和那天晚上,天亮他们议论的全是那个黑衣寡妇。人们在猜她有多大,都说过不了23岁。有人注意到,这些法国女人,无论是年老的还是年轻的,都是天足,没人裹脚。几个山东大汉还在议论黑衣寡妇的长相,有靠近的说,那是绝色天仙;离远一点的,没有看到脸庞,盼着明天她还会再去呢。

到河边洗衣服能走出营房,后面没有约翰跟着,又能看到营房里根本看不到的法国女人，他们不再抱怨干这些娘儿们的活儿了，每天出发还有点兴致勃勃呢。随后，黑衣寡妇再没有出现，很让这些华工失望；可是后来几天里，又来过几个穿黑衣的妇人，她们都是年轻的、沉默不语带着孩子的寡妇。这些洗衣回来的华工，起先还要议论哪个寡妇多大岁数，谁的长相好看，不过后来就不想多讲了。大家心里都明白，只要战争继续下去，这种穿黑衣的寡妇还会增多。华工们对她们充满同情，对那些没了爹的小孩儿也心生爱怜，他们看到战争就在身边！

他们每天清早到医院取脏衣物，洗完还要送回去。不久他们发现医院有个特殊病区，不让他们进去，有要洗的东西，里面的人会往外拿。有一天，往外递东西的是个华工，他们赶紧问他这里是怎么回事。那个华工小声对他们说："里面全是些精神有毛病的人。你问怎么得的病？吓得呗！有的士兵岁数太小，没见过打仗，一到前线，让枪炮声和轰炸声给吓破了胆，硬是给吓疯了。"

天亮问："有咱们华工吗？"

那人回答："有，一样，给吓疯的！"

过两天，他们看见更可怕的景象，在医院门口看见从车上下来一队人，个个眼睛绑着绷带。后面的人扶着前面人的肩膀，长长的一溜，慢慢地走进医院；没有人说话，也没有人叫喊。天亮他们正好去送洗好的衣服，站在医院门口无声地望着。原来他们都是让毒气弹熏的。回来的路上，阎振皋说："都是些没有经验的士兵，一听喊'毒气过去了'，就急着摘去毒气面罩；他们忘记了，毒气专往低处走，那些在战壕里的战士，眼睛都给熏坏了。"阎振皋一路就没停过看书，到底知道得比别人多些。

天亮想着，说不定哪天他们也会送饭、送弹药到前线，那他们也会给吓疯吗？也会碰到毒气弹吗？他不要给吓疯，不要给毒气熏瞎，宁愿死去。可是想想被埋葬的那些士兵，张张面孔让人感到可怖可憎，每条生命又让人觉得可悲可怜。哎！怎么都不好，原来这就是战争！

就在天亮和成千上万华工在欧洲战场上出汗卖力的时候，远在地球另一端的中国政坛正风起云涌。一直与协约国保持良好关系和频繁接触的陆征祥、顾维钧及一些社会名流、学界要人，正奔走在各个领馆和总统府及国务院之间。从1917年3月北洋政府参、众两院通过对德绝交案，黎元洪总统3月14日正式向全世界发布："自今日起，与德国断绝现有之外交关系。"随后，为了中国参战，还是保持绝交而不宣战，总统府和国会两院争执不下。黎大总统找来张勋助阵，没想到他竟然把退位的末代皇帝扶上龙椅，7月1日北京城又荒唐地挂起了龙旗，引起全国人民反对。主战派的段祺瑞借机率军讨伐逆军，成为"再造民国"的功臣。当他再掌总理时，中国参战的时刻就真正来到了。1917年8月14日，北京政府新一任总统冯国璋颁发《大总统布告》，宣布即日起"对德国、奥国宣告于战争地位"。

那些盼望中国能够借大战之机一改贫弱的仁人志士，以为他们的愿望终于实现，中国战后将和诸多协约国一般，获得和谈一席之地，从而改变中国自鸦片战争以来的被奴役的地位。可是他们并不知道在当时的世界，大国并非强国；他们更不知道的是，英、法、俄、意等国和日本签订密约，保证战后日本继承德国在山东的权力。中国人不知道在他们参战的同时，已经被他们的同盟战友出卖了。这就是当时日本的舆论所宣扬的："发言权还是投票权视国之强弱而论轻重。"这是当时中国的智者能人根本没有估计到的。几年后，在可悲的事实面前他们方才醒悟。

中国参战，对已经身处欧洲战场的十多万华工意味着什么呢？那就是送华工上前线再也没有障碍了！

十七　天亮挖战壕挨了约翰一巴掌

法国北部小城阿拉斯是优质鹅肝的产地，还是典型西欧田园风光的农业观光区。但是自从1990年，一个有心人的发现让小城陡升为历史名城。那是人们知道了那里还有个令人惊叹的历史故事：阿拉斯地下隐藏着两个各自有 20 公里长的地下坑道，像是迷宫般的地下网络，它们把这个旅游小城，和第一次世界大战中的另一场著名战役联系到一起，那是 1917 年，名垂史册的阿拉斯战役。

法国北方的阿拉斯是巴黎的门户，距首都仅 200 公里；一旦攻占了此城，德军就会长驱直入到达巴黎，随之整个法国都将迅速落入德军手中。阿拉斯的重要战略地位不言而喻！自 1914 年开战以来，同盟国和协约国在这里展开了拉锯战，多次你占我退，我占你退。1917 年，它正在协约国手中。

英军怎么也不会忘记让他们损失了四十多万人的索姆河战役。他们再也不会排着队去挨德军的枪子了。这个北部门户小城，早在中世纪就建有遍布全城的地道，对他们来说，如天上恩施。他们步德军后尘，像索姆河战役德军构筑了坚固的地下设施一样，英军调集了数百名有经验的矿工，还从新西兰隧道公司雇用了 500 名有经验的矿工，挖通了早已破败的中世纪地道，修建成一个完美的地下世界。这里不仅能容纳 2.5 万名英法联军士兵，他们甚至在里面铺设了铁轨，建立了医院、教堂和加油站。

1917 年 4 月 9 日清晨 8 点半，从这个地下迷宫，钻出来成千上万的联军士兵，他们冲到一里外的德国阵地，德军官兵穿着睡衣做了俘虏。相比一年前的索姆河战役英法联军伤亡六十多万人，此次联军以一千多人的伤亡，击溃了德军第二和第六步兵师团；又保卫了身后的巴黎，漂亮的阿拉斯战役给世界战争史留下了又一页经典。

阿拉斯城在一战中被拉锯战摧残，当地百姓饱受战争煎熬，不愿留下战争印记，战后把小城的地道全封闭了。1990 年，它被人偶然发现，自那以后才重新打开，还被认真修整一番，成为一个极受欢迎的旅游点。那里建立了博物馆，参观的人们络绎不绝，他们热衷于它的往日功绩，热情地赞颂战争的奇迹。

遗憾的是，人们总是喜欢记住历史的辉煌，而淡忘它的残酷代价和过往的创伤。大多数人不知道的是，在那次耀眼的胜利之后，英军只不过向前推进了

10公里！接着的几个月，双方继续恶战、继续伤亡。到了秋天，阿拉斯前线阵地陷入一片低迷气氛。那里出现德军威力强大的坦克，它胜过一年前在索姆河战役，首次出现在人类战争史上的英国坦克。那里又一次急需物资和人力。

"二排集合！"那个清晨，天亮他们排被送到阿拉斯前线去挖战壕。他们早就预料到了，这是早晚的事，但没有想到来到最前沿，来到战争的核心地带。那是1917年秋天，天气阴冷，没有阳光，刮着冷风，天空还不时飘着小雪，他们来到的战壕里泥泞没脚，只能站，不能坐。他们两班轮换，不停地挖着。如果悄悄探头向前望去，他们能清楚地看到德军阵地。如果把头再抬高点，德国兵的子弹就会向他们射来。他们吃饭轮流站着吃，是些冰冷的、自己带来的干粮——面包、压缩饼干、牛肉罐头和罐装水。干活不能停，每班有自己的进度，谁也不敢怠慢。

他们挖的战壕直通敌营阵地，是密布阿拉斯市区地下迷宫的延伸。英国士兵都躲到子弹打不到的已经挖好的战壕里，那是雪花飘不到的有顶棚的战壕；只有等到这些华工把战壕挖到六尺深、三尺宽，边上加了木条和藤条，有的还在地上铺上剩余的木块垫脚，英军士兵才会挪到这边来。而天亮他们，又要继续往前挖；越是往前，越是危险。他们累了，没有地方可以坐，双脚踩的都是烂泥浆；即使轮到休息，也只能站着睡觉。天亮干活比别人辛苦，他年纪最小，力气也小，个子最矮，要把湿泥向外甩出去，每次都要踮起脚，越挖深越不容易。对那些高大的山东大汉已经不是轻快活儿了，更何况像天亮这样的人，每甩一铲，就像整个身体都要跟着飞出去一般。那天，他实在累了，干着干着，不知不觉地靠着湿墙睡着了。他好像还做了个梦，梦见和天青一起睡在自己家里的床上，奇怪的是那个床是湿漉漉的……

突然，一个巴掌飞过来。天亮被打醒了，双手捂着热辣辣的脸颊，只见约翰站在面前。他两个眼睛瞪得像铜铃，恶狠狠地对天亮喊着："No sleeping！Working, Working！（不许睡觉！干活，干活！）"全班的人都放下工具停了下来，瞪着约翰。约翰转头对他们挥手大声喊道："No sleeping, Working！"

说实在的，当时想扔下铁锹的不止一个人，可是，谁也没有扔。他们无路可走，无处可去。前面是敌人，后面是英国人。华工在这里孤零零的，即使他们有几万人在干活，在卖命，他们还是孤立无援。自从他们来到这个陌生的国家，中国领事馆从没有人来过问过这些海外华工；而这些被英军当作苦力的华工们，也不知道离他们不远还有个代表国家的领事馆。

那天只要约翰不在场，就没人卖力气干活。三天后他们撤回来，由另一批华工替代他们。这时天亮脸上的红肿还没有消下去。回来后，大家都不多话，因为不知该说什么。大家洗了就闷头睡觉，把三天缺的觉给补回来。

天亮时睡时醒，他委屈得很。长这么大没挨过打，更没有让人这么狠地抽耳光。比委屈更强烈的是恐惧，他第一次真的感到害怕了，比当初丢了哥哥还要害怕。自从来到这里，他请万译官打听过哥哥，没有，不但没有哥哥，连林木珑和大舅他们也没有，这里根本没有来自家乡的人。如果哥哥没有来法兰西，那么这些家乡人就是亲人了，他们来了吗？来了又在哪里？他想起那些住在医院里的华工，他们是给吓疯的，他真害怕自己有一天也会被关进去。天亮伤心地哭了，他想家了，想父母和哥哥，他多么想离开这里，想回家；可是他知道，他哪里也去不了。来时的一点豪情已荡然无存，剩下的是胆怯和无助。

十八　二排圣诞节前线收尸

圣诞节快到了。这些东方来的华工，多半年下来，都知道圣诞节是西方人一年中最重要的节日，就像中国人过年。中国人过年总是很热闹，穷人有穷人的过法，富人有富人的过法。天亮他们从小就盼望过年，也会开开心心地过个年。如今在外国，碰上人家最重要的节日，不管别人怎样，华工们关心的是他们会怎么过！班长问了排长，排长问了连长，最后还是从万译官那里听说，他们每人都会得到一份圣诞礼物。万译官津津乐道地对他们讲起圣诞节的起源，大家对耶稣的诞生和后来发生的故事并不那么感兴趣，倒是爱听他讲，每年12月24日晚，圣诞老人从北极出发，乘坐一辆由麋鹿拉的雪橇，从天上飞过，给家家户户送礼物。礼物都是从房顶壁炉烟囱里投到各家的客厅。第二天，也就是12月25日，那天是圣诞节，人们一早起来，会看到客厅堆满了礼物。

天亮他们也知道这是神话故事，就跟老家哄小孩时编的故事一样。那些圣诞礼物都是大人买了哄孩子的，他们还听说大人之间也要送礼物。这些远在海外的华工，知道他们每人在圣诞节会收到一份礼物，都十分高兴。不管礼物大小，那是一份心意——人家还想着自己；那是一个象征——自己是他们中的一分子。每个人都在盼圣诞节，在猜想自己会得到什么礼物；人们脸上挂着笑容，好像真要过节了。

离圣诞节还有两天，二排接到命令，清晨让紧急开拔。每人领了一天的干粮，全是压缩饼干，每人还发了一包纸烟。天亮想我又不抽烟，要它干嘛！不过还是放到背包里了。全排被卡车送到前沿；在路上，他们才知道这次任务是去收尸——那些被打死的联军士兵的尸体。11月、12月里，这里战事没有停止过。伤员都给撤下送医院了；可是那些阵亡者，仍然躺在战场上。上级长官发话：圣诞节前，要把联军士兵的遗体统统运回来，不能让牺牲的士兵在节日还躺在冰冷的野地上。

卡车开到德军步枪射程以外老远，放下车上的人和上百个尸袋，司机说下午会回来拉一批尸体，说完掉头就往回开。卡车刚加足马力轰鸣地开走，对面就开火了。天亮他们二排的45个人，赶紧趴下，头也没敢抬。一阵扫射过去后，众人纷纷抬起头，竟然看见那几个开枪的德国兵就在前面几十米远。那些人开始哇啦哇啦地叫，这边没人懂德语，大家更加不敢动了。半天那边没了动静，此时他们看清楚了，就在他们的战壕和打枪的德国兵之间——明白人说那是无人区，躺着几十甚至上百具尸体。原来是要他们在敌人眼皮底下，把那些尸体搬回来。爱发牢骚的余纹灿又开口了："谁出的馊主意：用活人换死人，咱们的命就那么不值钱？"

二班有个胆大的，慢慢往前爬。爬到最近的一具尸体，低着头用双手拽着死者的靴子，往后拖，每拖一步，停一下，看看那边的德国兵，没有动静就又往后拖，一直拖到敌人射程以外。有人做了榜样，就有人跟着学，他们也往前爬。爬得快的，把近处的尸体都拖了回来；那些爬得慢的，只好爬得更远，更靠近刚才开枪的德国兵。

天亮力气不大，可人灵活，爬起来像猴似的，来得个快。他是第三个抓住尸体的人，他用了全身力气抓住两只靴子往回拖。尸体拖回来后，尽快地塞到尸袋里去，谁也不想多看一眼已经冻僵了、受过伤的尸体。就在他准备第二次往前爬的时候，德国兵又开火了；原来现在敌人搞清楚了这些人是干什么来的，于是他们有目标地朝这些收尸人点射，距离太近了，最前面几个人都中了弹。所有人都停下来，迅速撤回来，跳回一旁的战壕，随之枪声也停了下来。躲在战壕里的人，听得清前沿中弹的人在呻吟，有的呻吟声逐渐微弱，然后就断了。这是华工来到欧洲战场后，第一次有人受伤挂彩，可能有人已经断气了。

二排的人像给冻住了，没了声息，排长洪百钟也没有再让任何人走出战壕。下午卡车根本没有回来，那些装着尸体的袋子还放在路边，大家躲在战壕里啃压缩饼干。一直挨到天色渐渐暗了下来，天亮他们才悄悄爬出战壕；不过这次他们的目标不是英军士兵的尸体，他们都朝中弹的伙伴身边爬去。子弹仍然可能随时飞过来，德国兵在夜间也会照样开火，可是他们顾不了啦，受伤的伙伴呻吟声越来越低了，呻吟的人越来越少了。一共4个人中了弹，两个人没了呼吸，都不是天亮他们一班的；两个人受了伤，其中受伤最重的是江苏人阎振皋——天亮的小老师；天亮拖着他，边退边流泪。阎振皋是肩部中弹，本来未必致命，可是流了太多血。如果当时就送医院，也许还有救，无奈德国士兵一直虎视眈眈地盯着这些收尸人。好不容易把他拖回来，又没有卡车，连辆马车也没有，回营那么长的路，去不了医院，就救不了自己的战友。

一直到天完全黑了，才来了一辆卡车，把车倒着停在老远的地方。华工看着心里就有气，让他们到敌人眼皮子底下去收尸，司机的车头朝外，还不开近点。大家让天亮给司机说，天亮真不知道该怎么说这句话。只好硬着头皮上去，又打手势，又是满嘴洋泾浜英语："Go，Go there，You too far.（往那儿去，你太远了）"不知那个司机听懂没有，他摊开双手问道："Why？"天亮二话不说，跳上踏板，不容分说地指挥着："Go，Go——"司机无可奈何地开着车往后倒了几米，就熄火停下了。

人们急忙把伤员往车上搬，天亮对司机说："Hospital，Hospital！Quickly！（送医院，快点）"人们搬着伤员，同时就往车上面拥过来。司机下来，拍着卡车对众人说："Not for you！ Only for them."（这卡车不是为你们来的，只为他们——）说着指向那些已经装了尸体的尸袋，又指着那片仍然有不少尸体的战场。

"难道要我们晚上也在这里？饿着肚子守着这些死人？"众人嚷嚷着。

天亮对卡车司机说："We come here tomorrow，tomorrow morning！（我们明天来，明天早上！）"说着招手让大家上。把那几个受伤的华工搬上卡车后，所有人都挤上了车。那些已经放了尸体的尸袋都堆在路口。

就在此时，一辆改装的小车开了过来，那是巴黎上千部出租车改装成的战地用车。车上跳下约翰，他听到了天亮说的话，大声训斥道："No！ Get off，all of you. This truck is not for you.（下来，都下来。这辆卡车不是给你们的）"这里每个人都怕约翰，大家默默地望着他，却没有一个人下车。约翰从腰上拔出手枪，挥着手枪喊道："Get off ——"前面有人开枪，后面一样有人拿枪对着他们，没有第三条路，所有人都乖乖地下来了。约翰又指挥着大家把装了尸体的尸袋搬上车。然后关上卡车后挡板，对众人说道："Not finish，Stay here.（没有完工，待在这里）"说完自己跳上那辆小车，和大卡车一前一后扬尘而去。大家对着飞驰而去的两辆车，使劲攥着拳头。

十九　鲁大珊遇上了凶神约翰

段班长戚戚地说："阎振皋和那么多死人在一起，咱们也没个人陪着——"

大家默不作声，心里都想着不会把阎振皋和那些尸体一起，扔到什么地方去吧。可是现在问谁去？一班的人还记得，阎振皋没有家人，他的每月10块给家寄的钱还存在威海卫代发所呢！还等着哪一天回去时，自己去取呢！这群被抛弃的人，此时个个低下了头，慢腾腾地走到冻得硬邦邦的战壕里。大家继续啃着冻得像冰块的压缩饼干，小口地抿一点水。气温比白天明显降低许多。白天拖尸体，出了不少汗，现在湿了的内衣好像结了冰，像铁板一样贴着身体，格外冰凉。排长对众人说，几个人挤在一起睡会儿；等晚上德国人睡了，赶紧把剩下的尸体都拖回来，免得明天又要挨枪子。大家听了排长的话，就地挤成一堆打盹儿。

排长召集三个班长碰了个头，他们都搞不明白到底发生了什么事。

洪百钟低声说："看来原定一天就会把这些尸体全收回，谁知德国人不讲一点理，连收尸人都要打，害得我们白天的任务没完成。"

段仁峙吐口唾沫说："那是敌人，有什么理可讲，排长，你咋娘儿们腔都出来了，这是打仗！人家管你干什么，你往人家阵地爬，人家当然开枪，放咱们这边，不也得一样！"

二班班长钟一焕，平时总戴副眼镜，这次来前沿，怕把眼镜砸了，还没敢戴，像是半个瞎子。他头也没有抬地说："坏就坏在约翰身上，情况问都不问，把咱们这些人扔在这里，我们就带了一天的干粮，难道他不知道？"

"知道又怎么样！"三班班长胡赞雄老到地说，"别的都少说，赶紧看看四处，有没有什么地方可以避避寒气，晚上温度还得低，这么窝在潮气重的地沟里，明天要不趴倒一半才怪。"他把战壕叫作"地沟"。胡班长比这些人岁数都大点，还知道往深处想。他又说："下次再拖回尸体，先看看衣兜里、包里，有没有什么吃的；大冷天，有也坏不了。咱这儿受冻再没吃的，人可真扛不住。"

洪百钟听了马上让人两边摸着战壕往前走，看有没有隐蔽的地方。果真，在一处拐弯地段，发现一个带篷的小间，想必当初是前沿指挥部。地上还铺着干草，洪百钟赶紧让人过去，里面能挤下二十来人，大家轮换坐着打盹儿，多少有个挡风的地方。

半夜时分，一阵凄厉的猫头鹰叫声从附近丛林传来，许多人都被惊醒了。那一阵又一阵低沉的呜咽声不断钻进人们耳中，他们再也睡不着了。小屋里的人自动出来，让在外面冻了半宿的人进去坐下暖一暖。没人想说话，阵阵猫头鹰的叫声，悲凉又婉转，好像在述说什么痛苦的往事，又像在怜悯这群落魄的异乡人。人人都在想自己的心思，都在咀嚼自己的痛苦。他们想不明白，不是说我们"发兵来救济"吗？《华工出洋歌》里是那么唱的；可是现在，我们倒像是来给人当奴隶。往日种种不公待遇都浮现在眼前。不远处还横卧竖躺着几十具尸体，这是要用我们活的躯体，去换他们死去的士兵。这群老实后生，有生以来，第一次感到命运是多么不公正，死亡离他们又是那么近，就在身边，就在眼前。不仅是那些死者，而是自己的处境，人人感到死神正在四周徘徊，在身边游荡。他们又饿又冻，惧怕又伤心，无助地仰望着黑暗的天空。那里没有耶稣慈祥的面孔，也没有圣诞老人驾车来给他们送礼物，只有寒气逼人和不知什么时候可能会飞来的夺命子弹。

洪百钟领着3个班，四十来个落魄的弟兄，趁着后半夜的黑暗和寒冷，敌人入梦时分，爬到了最前沿，把所有留在那里的联军士兵尸体一一拖回；还从那些死去的士兵口袋和背包里，找出一些压缩饼干和罐头，排长让小心放好。清晨，当东方微微泛白，他们把这些死相很难看又冻僵了的尸体，费力地装进尸袋。最后排长还领着众人，按照中国老规矩，跪下给那些死者磕了3个头。晨曦中，他们看清楚了那些死者，他们年龄和自己一般大，有的可能更小。可是他们告别了父母，来打一场人类有史以来最残酷的战争，究竟是为了什么呢？

天亮和他的伙伴，同样不知道这次大战到底是为了什么，只听人说，这些死者，是为了自由而战，是为了保家卫国而牺牲。他们哪里知道，在那些漂亮辞藻的背后，隐藏着多少善良人们不知道的真相。他们无从知道那场起源于19世纪中叶的霸权追逐，和用战争来解决国家争端的历史往事；他们哪里知道战争的背后远不止国家政治，像他们的《华工出洋歌》里唱的那样，深层次为了商业和工业利益的新世纪生存斗争，使人类又回到相互械斗的丛林时代。远古时代是为了争夺一块猎到的肥肉，今天是为了摧毁一个贸易敌人。这些他们统统不知道，也不懂得。他们此刻心怀慈悲，对那些倏然而逝的年轻生命怀着惋惜和怜悯，也由此联想到自己的命运——自己会像他们一样溘然逝去吗？自己和他们一样，都是战争的牺牲品啊！

大家吃了最后一点从死者衣服里找到的食物，喝干了最后一滴水，也消耗了所有的力气，颓唐地坐下等大卡车回来拉走尸体，也盼望着尽快把他们拉回营地。他们已经出来一天一夜了，明天就是圣诞节，西方最重要的节日。他们没有干粮了，气温比前一天还要低，他们在这阴冷的户外已经三十多个小时了。

鲁大珊的鞋湿透了，他把鞋子脱下，旁边人看见他的脚跟划破了，血水把那块又破又脏的裹脚布浸红。段班长说："你的鞋怎么会烂成这个样子，脚全弄湿了。赶紧找块布把脚包起来，不然要冻坏的。"所有人都穿着营地发的胶鞋，大鲁没穿。

大鲁嘀咕着说："又不是我想穿布鞋，那次发胶鞋，没有我那么大号的鞋，说是会补发一双，可是——"结果这些天，他竟然一直穿着他的老布鞋。

段班长从自己衣服上撕下一块布来，边给他包裹边埋怨自己："都怪我，怎么就没去追问呢，你也是的，干嘛不说啊！看看，这几天雨雪不停，脚还破了。"

河北人邢伟桂，看见最后拖回的一个尸袋，正露出一双穿着靴子的大脚：肯定是个高个子，常规的尸袋装不下他那双脚，一双硕大的皮靴露了出来。邢伟桂踢了踢那双靴子，看看鲁大珊。鲁大珊蹭了过去，把那双皮靴用力扳下来；他小心翼翼地把重新包裹过的脚往里伸，没想到，那双鞋像是给他定做的，刚刚合脚。鲁大珊站了起来，众人看着穿上军靴的大鲁，更显高大威武，神气十足了。

鲁大珊没有忘记那双已是光脚的死者，他把自己那双又破又湿的老布鞋套了上去，却也刚刚合脚。众人都笑了。他们没有觉得多么不合适，毕竟他们是干活的人，那个是已经到了另一个世界的人。

快到中午时分，卡车的声响让所有人都振奋起来。来的除了司机，还有约翰。约翰看着眼前那片空地上，已经没有任何尸体，露出一个皮笑肉不笑的表情，说了声："Good！"然后做了一个手势，让大家把尸袋往车上装。这些人个个努力，希望赶快搬完，能够尽快回去。约翰站在一旁监工，他不断喊着："Slowly，be careful！（慢点，小心）"大家心想，你要是对我们也这么好该多好！

突然约翰喊道："Stop！（停下）"大家莫名其妙地望着他。刚才满脸的和善不翼而飞，留下一脸铁青。他指着一个尸袋露出的那双破布鞋，不解地问排长："What is that？（那是什么）"洪百钟知道闯祸了。刚才鲁大珊把那双皮靴脱下来的时候，他就隐隐有点担心；但是大家都叫好，大鲁也真需要，他也就算了。现在凶神来了，他一下子张口结舌地说不出话来。只见约翰的眼睛向众人扫去，特别关注他们的脚。最后他的眼睛停在鲁大珊穿的那双靴子上，所有人都屏住了呼吸。

约翰向鲁大珊走来，他们两个的个子差不多高，只是鲁大珊显得粗犷一些，约翰穿着军服显得精神一点。但是无论从哪个角度来看，这是不同人种却又极其相似的两个人。可是此时此地，他们两人，一个在天上，一个在地狱。鲁大珊平日在一班，连班长段仁峙都得让他三分，可是现在他没了那股锐气。他是知道自己做错了，还是不觉得有什么错，只不过落在英国人手中了！约翰瞪着鲁大珊，他很想给鲁大珊一记耳光，就像上次对待天亮那样，可是没有，因为四周都是瞪着他的华工，或是鲁大珊那副桀骜不驯的表情让他不敢抬手。最后，他用大拇指向车上指着，让鲁大珊到卡车上去，和已经堆满了的尸体一起。然后他自己坐到副驾驶位置。

排长洪百钟急忙上前问道:"我们怎么办?这里干完了。我们没有干粮了。"

约翰不屑一顾地扭头对司机点头,司机打火了。这时天亮急了,他冲上去用他那一点可怜的英语对那个傲慢的英国人喊道:"We finish. We—no food. Go back. Please!(我们干完了,我们没有食物,请让我们回去吧!)"他的那一点英语,应该是可以听懂的。可是那个英国人耸耸肩,挥挥手,卡车轰鸣着开走了。一个排、三个班的人被抛弃在这个前线阵地,在圣诞节前夕,在寒冷的冬夜里。

二十　圣诞夜吃到了德国巧克力

天亮和伙伴们有点担心鲁大珊,不过又没有太担心,刚才他脱下靴子,给约翰看了他那只受伤的脚,也许正是这个原因,他被提前带回去了。当然也有个别年纪大一点的人,像洪百钟和胡班长,担心胜过放心。他们都知道约翰平日里不把华工当人看,骂他们是"苦力",是"工蚁";他骂人时还爱用这种词:"你们这些黄种人。"他早忘记自己曾经是个罪犯,只记得自己是"高贵"的白种人;而这些苦力,统统是黄种人。他跟任何华工说话,从不正面对着人,总是眼睛朝上。至今他不叫排长的名字,更不知道班长的名字。他叫他们时,永远只用一个词:"You(你)——"

更让排长焦虑的是,一排人给撂到冰冷的前线阵地,卡车只往回拉死人,却不顾及这些大活人。他们白天吃了从死者身上搜来的一点干粮,晚上是圣诞夜,他们却连填肚子的东西都没有,别再奢谈什么圣诞晚餐了,更不敢想会得到什么圣诞礼物。太阳渐渐落下,灰蒙蒙的夜色很快罩上了天空,卡车走后再也没回来。这些人让人家给扔脑后啦!约翰下午来过,他知道前沿已经干净,任务已经完成,二排的人在这里已经待了三十多个小时……是怎么回事?排长洪百钟终于想明白了："他故意的，他有意把我们扔在这里。为了鲁大珊的靴子，他找茬惩罚我们。"

夜晚来临，战壕里的泥浆早被踩得凹凸不平，晚上冻得硬邦邦的，坐上去，就像坐在刀刃上。那间小指挥所地上的干草，已经不似昨日，现在被踩得又湿又脏，没法再坐下去了。大家肚子饿，身上冷，坐下更冷，想睡却冷得睡不着。天亮喊道："排长，冷啊——"许多人跟着喊："冷啊——"排长默不作声，无言以对。

就在此时，他们听到不远处传来声音，是很快活的嬉笑声，还有人扯着嗓子在唱——声音来自德国阵地。前线阵地无战事时，向来都尽量保持缄默，那种战地的神秘总令人不安。可是今天晚上，他们全然不顾离他们几十米处还有敌人，竟然在大声喧哗。

天亮忍不住爬到战壕边沿，探头向敌方阵地张望。没有子弹飞过来，对面的喧哗声还在继续，越来越放肆，越来越欢快。二班班长钟一焕突然转身蹦了起来："德国兵在庆祝圣诞节！"所有人都爬起来，趴在战壕边沿向对面望去。

只见几十米开外的地方，竖起了一棵很矮的树，看上去像是就近砍倒的小松树，上面点了许多灯，在微弱的灯光下，可以看到树上缠了些纸条。学生出身的钟班长是在南京长大的，见过世面，他说在南京时，就知道那些信教的人家，每到圣诞节，就会在家里和教堂里竖起装饰得花花绿绿的圣诞树，他告诉大家，对面闪灯的是德国兵做的圣诞树。唱歌的声音此时也更响了，钟班长又说，对面那些人唱的歌叫《平安夜》。那是所有西方国家，不管是信仰基督教还是天主教的人，甚至那些什么教也不信的人，圣诞节都要唱这首歌，他还知道几句歌词，能轻轻地跟着哼几句呢。《平安夜》动听的曲调，配上平和的歌词，世世代代地传唱了下来。今夜在前线阵地，德国兵在唱，中国劳工在听：

平安夜，圣善夜！
黑暗中，光华射，

照着圣母也照着圣婴，

多少慈祥，多少天真，

静享天赐安眠，静享天赐安眠……

歌声继续下去，战壕里的人看着、听着，有人眼中泛光，有人觉得胸中堵塞。钟班长念着歌词，尽管记不全，可是所有人都听明白了；这首歌唱的是宁静和平，这正是他们需要的、盼望的。人们不自觉地爬出战壕往前走去，对面也有人站了起来。于是这边的人停住了脚步，可是看见对方没有人拿枪，他们也就没有往回走。对面站起的人多了，还有人哇啦哇啦地说些什么，接着就有人往这边扔东西，天亮他们拔腿往回跑，纷纷跳进了战壕。

没有听到爆炸声，又有人探出头来，盯着刚才对面扔过来的东西，好像是几个小纸包。齐中原像猴一样机灵地一翻身就跳出去。"小心！"段班长在后面喊道。齐中原几下子爬过去把小纸包统统拿了回来。洪百钟训斥道："别拿进来，你知道那是什么！"

齐中原没理他："要会爆炸，刚才就炸了，还等这会儿！"说着把纸包撕开，一堆糖果落了下来。众人拾起，看着花花绿绿，闻着香喷喷的，放到嘴里又甜又好吃，那是他们这辈子从来没有吃过的巧克力。另外几个包裹也给打开了，人们纷纷往嘴里塞；当肚子空的时候，什么都好吃，更何况这种人人爱吃的巧克力呢。

二排的人哪里知道，这边发生的一切，对方用望远镜看得一清二楚。那些人看到他们讨厌的英国人，把一些中国苦力扔到这里捡尸体，还让他们给撂倒了几个。到圣诞节晚上，英国人竟把这些连枪也没有的中国人扔在前线阵地。说实在的，他们只要上去一个班，不费吹灰之力就可以把这些中国劳工全部抓回来。问题是抓回来干嘛？现在又不要挖战壕，又不用他们运弹药，抓过来还得供他们吃饭，这些人大概都不会少吃，那就成负担了。战争进行到第四个年头，德国国内物资供应越来越紧张，他们这次蹲在战壕里过圣诞，竟然没有人给他们送火腿和香肠，只有牛肉罐头，那算什么圣诞大餐？唯有巧克力还多一点，这是为什么他们向对面扔过去了几包巧克力。德国人觉得英国人有点蔑视他们，留下了一群可怜虫。于是他们大胆地竖起了一棵圣诞树，还高声唱起了《平安夜》。

今晚，是否这些德国兵又想起 4 年前的故事？大战第一个圣诞节夜晚，交战的德国兵和英国、法国士兵，自动停火了，大家一起唱响了《平安夜》，一起互祝圣诞快乐，甚至还一起踢足球；那时人们都想着战争很快会结束，大家都可以回家了。可是谁也没想到，4 年过去了，他们竟然还在前线，还蹲在战壕里。战争打得没完没了，战争打得人们疲惫不堪，他们想过和平的日子，他们都想回家，像往日那样，在家里装饰圣诞树，和家人一起吃圣诞大餐。

可是今天在这寒冷的夜晚，他们还必须守在前线阵地，对着一群连枪都没有的中国佬，这些华工大概根本不知道什么是圣诞节，更不会知道什么是圣诞树，自己唱《平安夜》都没有人随着唱。可是这些人倒也不危险，这样他们就可以站起来唱，可以大声喧哗，也不用戒备。怎么说呢，那些中国人只不过是一群可怜虫。

二十一　天亮挨了笞刑，千里之外的天青感到痛楚

可惜并不是所有人都把他们看作可怜虫。

第二天上午，来了一辆卡车。让人不解的是随车来的不是约翰，而是两个荷枪的英国宪兵。气氛颇有点不寻常，他们不像来接人，倒像是来押一群罪犯。就在人们上车时，有个宪兵看见地上有巧克力糖纸，他捡了起来，看见上面有德国商标。他抖动着糖纸，对那些在车上的和正在上车的人问道："What is this？（这是什么？）"所有人盯着天亮，天亮吞吞吐吐地说："他问这是什么。"

没人回答，洪百钟暗叫不好："糟了，又犯了个大错！"他硬着头皮说："捡

的，从前面地上捡的。"说完看着天亮。天亮不知英语里该怎么说这个"捡"字。他学的英语太有限了。他只会用他知道的词来说。于是他对那个英国军人说："They give. They—"（他们给的，是他们——）他指着对面，那是德国阵地。

一车人被拉回营地，一路上，没有人说话，更没有笑脸，尽管他们一直盼望回营地，哪怕是铁丝网圈着的。可是现在的气氛，让他们高兴不起来。他们没有被拉回自己的帐篷，也没有拉到伙房去，这群饿着肚子的人被拉到了平时集会的地方。

二排到前线去了两天，圣诞节晚上都没有回来，全营的人都知道。现在他们回来了，却不让进自己的帐篷，也没有让他们去厨房好好吃上一顿饭，而是拉到平时集合训话的地方。那天是圣诞节，全营都休息；许久没有一个休息日了，老乡要彼此串门，结果他们发现二排的营房是空的。二排的人刚回来，就像是群罪犯，被罚站在那片往日训话的空地上，不许走动，不许说话。营地上华工出于好奇和关心，一传十、十传百都走出来还围过来了。

连长任远骅来了，翻译官万紫澄也来了："怎么回事？"可是他们也不让靠前。

等了片刻，一个浑身是血光着脚的人被带了过来。"鲁大珊——"二排的人喊着，其他认识他的老乡和朋友也跟着喊起来。这时，跑来了一队带枪的英国宪兵，在四周把守，团团围住二排的人。里面的人，没人再敢动一步；外边围观的人，也没人再敢趋前一步，更没人再发出声响来。司令部来人了，那是几个戴着各级领章的军官，华工们分辨不出他们的官阶，可是能感到事态的严重；最后面是阴着脸的约翰。越来越多的人围在四周，还有各营营长、所有连长、班长们，统统给叫来了。外围站得密密麻麻的是营部的华工；现在他们除了初来时的关切，更多的是森严场面带来的畏惧和不安。

"他们犯了什么事？"每个人都在想、都想问。

一位英国上校威严地说了一通话，万紫澄急忙翻译给众人听："长官说，这位姓鲁的华工，私自从死去的士兵脚上把靴子脱下，穿到自己脚上，是对我们战死者的最大不敬，犯了军规，判处——死——死刑……"说着自己嘴唇都在哆嗦。在场的所有人都随之"啊——"的一声骚动起来，"嗡嗡"声响成一片。

那位上校不顾四周的反应，又接着高声说了一段，万紫澄断断续续地给翻成白话文："长官还说——二排受命在前线收尸，可是在圣诞之夜，和敌人暗通……还私自接受敌人礼物，犯了军规，全体关"英雄连"10天，排长、班长关禁闭10天。"

华工都知道什么是"英雄连"，那是关苦役犯的地狱，每天干活十四五个小时，吃不饱饭，还不断挨鞭子抽打。这么多的人都要给关到那个鬼地方，是从未有过的事情。向来不管事的英国营长亨利站在上校身旁，用手托着下巴，连里的华工知道有这么个营长，可是他极少来到华工驻地，平日分工派任务都是约翰，没人知道他是什么品行。今天他的属下犯了死罪，他不得不出面了，可是此时，他没有发一言一语。

任远骅"扑通"跪在那位上校面前，喃喃地说："我是他们的连长。他们去执行任务，两天两夜，他们还是尽职的……"没等他说完，就让两个持枪的宪兵给踹了一脚，那些人可没有把他当个官。任远骅是当兵出身的人，他从跪到站，再蹦跳起来，一个连续动作让旁人反应不过来，似乎马上就要发作，齐中原上去一把把他按下。

齐中原面向万紫澄："万译官，告诉他们，昨天晚上是我跳出战壕捡的那几包糖果。我们二排出去干了两天两夜活儿，完成了任务也不让我们回来，圣诞晚上连口饭都没得吃。既然你们对我们不管不问，有人扔吃的东西过来，何乐而不为。要杀要剐，随他们的便！"说完他没有退回到他的伙伴当中，双手交叉架在胸前，就像每次表演完武术的那个淡定样子。万紫澄向英国人翻译了这段话。那个上校摇着头说："你一人想顶这么多人的罪过？没那么容易。"万紫澄翻了这段话后，四周又是一片嗡嗡声。

此时，天亮向前跨了一步；他当时根本没多想，扭头对万紫澄说道："万译官，告诉他们，昨晚德国人开始唱歌起哄那会儿，是我第一个爬起来看的，后来他们才向我们扔糖。要罚就罚我，要毙也只用毙我，别人没错。"他说完根本没有站回去，双手叉着腰，像根电线杆似的矗在齐中原身旁，此时个子不高的他，好像骤然显得高大起来。

万译官翻译完后，几个英国军官聚在一起商量着，此时四周华工围得越来越多，喧哗声越来越大，新来的在询问发生了什么，先到的愤愤不平地述说着。营长亨利在对上校讲什么，似乎两人在那里争论。

嗡嗡声中有人在人堆里发话了："谁让你们随便毙人的！"

众人马上"是啊，是啊！"地附和着。

"我们是来干活的，不是随便让你们杀的。"另一个更大声音从人堆里传来。

人群里又是一阵"是啊，是啊！哪能随便就毙人啊！"议论声渐渐大起来。

"以后谁给你们干活啊，这么欺负人！"人群后面传来了一个胆子大的人的声音，四处附和声不断，人头攒动，怨声迭起。那些拿枪的英国宪兵，踮着脚找说话的人，可是说话的人根本不露面，只听到嗡嗡声越来越大，英国人不知道刚才人堆里说的是什么，又是谁说的。但是肯定的是，这些华工对司令部的宣布不满，他们发怒了。此时恐怕围在四周有几百人都不止了，后面还不断有人涌上来，踮着脚往里看，嚷嚷着问发生了什么，有人大声回了一句："英国人要枪毙咱们华工了。"

后面一个声音响起："他们要真毙人，咱们就不出工，不干活啦！"

"对，不干了！"人们喊着往前拥去，把里面圈子挤得越来越小。

"要毙人就不出工——"

"不出工"的声音被许多人重复着，声响还越来越大，越来越响。

英国军官看着四周层层叠叠的人头，越挤越小的圈子和越来越响的嚷嚷声。他们没有料到，今天恰好是圣诞节，工人都不上工，不然哪会有这么多人到营地来凑热闹！上校知道不能再拖了，他不得已地说："鲁大珊先不毙，关进英雄连，这两人各抽40鞭子。二排今天没有休息，罚全体到厨房干活儿。"他指的两人是刚才站出来说话的齐中原和陈天亮。

两根木桩子立在华工营地边缘，后面是荒凉的旷野，天亮他们二排前些天还来这里埋过死人；没想到，今天自己会来这里受笞刑。天亮和齐中原被绑在木桩子上面，双手后缚，每人面前立着一个高大的英军士兵。他们脱掉了上衣，露出浑身肌肉和厚厚的胸毛，还有一脸的凶相。天亮看着他们，怎么也不能把他们和现代军人连在一起，他觉得这两个人，就是职业刽子手，没有进化的野蛮人，一定是流氓出身。他对那个手持鞭子的凶悍英军士兵喊道："Once the Chinese were gentleman, the British were barbarian. Today you still are！（当中国人已经是绅士的时候，你们还是野蛮人！今天，你们仍然是野蛮人）"这是天亮从万译官那里学来的。当初海轮在太平洋上航行的时候，他就学会了这句话，为了那个绕口的词，他一路反复练习，也变成他最爱说的一句英语；没想到，今天竟用上了。说完他放声大笑起来，笑声在那个荒凉的旷野里回荡，令两个执刑人感到既战栗又怒不可遏。

手执皮鞭的英国兵想不到这个小华工，竟敢用英语咒骂他，还敢狂笑。他愤怒地举起了皮鞭，用尽全身力气，"叭——"皮鞭抽打在肌肤上的声音划破天空，清脆而响亮。声音传到营房的每个角落，传到每个华工的耳里，每个华工都随着鞭打的声音一颤一抖。

远在几千里之外有一个人，此时，突然感到一股锥心的疼痛，那是天青！

第五篇　天青的俄国冒险之行

二十二　天青被骗上了去天津的火车

那是后半夜，天青突然被一阵难以忍受的疼痛惊醒，痛楚来自脸颊直到胸口。他惊愕地坐了起来——天亮！一定是天亮出事了。

像天青、天亮这样的同卵双胞胎，不仅性别相同，而且外貌和性格也接近，他们常会有不可思议的心灵感应。这就是为什么从小时候起，天青摔了跤，天亮会喊痛；天亮划破了手，天青会去吸吮自己的手指。今天，当天青感到从脸颊到胸口突然袭来的疼痛，就知道一定是天亮出事了。尽管他们失散已经一年多了，相互完全没有音讯，如今他们相距几千里，可是此时天青知道弟弟有麻烦了。他急于想知道，天亮现在在哪里，他怎么啦！

一年前，天青为了追回那块袁大头，去追赶火车站卖烧饼的小混蛋，把火车误了，让他悔了不知多久。在那个陌生的火车站，天青碰到一位戴皮帽的先生，那时，天青误以为他和袁先生一样，是个好心人。他说能帮他找到弟弟，还能带他去欧罗巴，天青信了，跟那人上了车，车票还是人家买的呢。途中皮帽先生问了天青一些情况，好像对他更加好了。先买了一份饭给他吃，后来又说，他在卧铺车厢有个铺位，天青现在可以去睡会儿觉。

天青不肯，"那是先生的铺位，我怎能去？"

皮帽先生说："你先去睡，我可以晚一点睡，这样咱们两人都休息了。"

天青跟着他去了那节卧铺车厢，里面全是老爷太太们，没有像天青这样背着包袱的穷小子。可是皮帽先生挺客气，对同包厢的人说，碰到一个老乡，来休息一下，人家也没说什么。天青就爬上了那个上铺，还真睡着了。这一觉就睡到了天黑。等他醒来，急忙跳了下来，问同包厢的那个人："到济南了吗？"

"济南？早过了。"那人回答。

"什么？早过了——"天青急得大喊起来，"那位皮帽先生呢？他在哪里？"

包厢里那个人平静地对他说："你不必找他了，他已经把你交给我了。"

"交给你？你是谁，我不认识你。"天青对那人说。

"那你认识他吗？他叫什么名字，又是干什么的，知道吗？"那人盯着天青问。天青傻眼了，一屁股坐下发愣，他对皮帽先生一无所知，他一个问题也回答不出来。当时太着急了，想去追天亮，想去威海卫，糊里糊涂地跟着个陌生人就上车了。

"不认识，在火车站碰到的。他说可以帮我找我弟，我们二人一起出来，想去威海卫，那里有人招工去欧罗巴，可是我误车了。"天青垂头丧气、无可奈何地说道。

"那你找对人啦！我们就是招工的人。所以他把你交给我了。"那人的几句话又让天青有了希望。他还说，"我们包吃包住，还额外每月发工资，条件再好不过。"

"你刚才说济南已经过去了，那我们怎么去威海卫？"天青抬头问道。

"为什么非要去威海卫，我们一样招华工，待遇比他们还好。"那人从容地回答。

"可是我弟弟去威海卫了啊。我们一起出来的，我们得一道走！"天青急了。

"别着急，等到了那里，安顿好，你就给你弟弟写信，让他也过来，两人一起走。我们的条件比他们那里还要好。"那人不慌不忙地解决天青的每一个难题。

"我上哪里去找我弟弟，信往哪儿写？"天青不傻，他问在实处。

"他不是去威海卫了吗？我们跟那边都有联系，写封信过去，他就会来。一样一样办。明早先到天津，办好手续就写信。"那人的一番话，让天青安下心来，也才知道这趟车是奔天津的，当然，他根本不知道天津在哪里。他想只要他们兄弟俩在一起，从天津走还是从威海卫走都一样，反正都到欧罗巴。

火车凌晨抵达天津。第二个陌生人把天青带到一个不认识的地方，交给了第三个陌生人。天青问道："这是哪里？你不是说这里也在招工吗？"

那人答道："是啊，这里就是招工公司。有人马上会带你办手续，该有的你都会有，你该知道的也都会知道。"他让人带天青去吃饭和看住宿的地方。

这里像是个骡马大店，院子里有两辆大车，几头牲口正在吃草。天青吃了饭就被领到一个房间，只见两边各有一个连着的大通铺，屋子里倒是暖烘烘的。热炕上已经躺着十多个人，天青别扭地站在门口，不知该往哪里落脚。带他来的人说："随便找个空位子，躺下就是你的床，都一样，明天一早咱们就出发。"天青一惊，车厢里那人不是说，让安顿好就给天亮写信吗？明天要走，走到哪儿去？他抬头看那人，人家已经转身出去了。天青忙追上去，刚到门口，就让外面一个人给拦住，大声问道："去哪儿？"

天青慌忙又词不达意地说："这是哪儿？火车上那人告诉我，来了以后我可以给我弟弟写信，让他也来。为什么明天就要走，走到哪儿去？"

"明天就知道了。"说完关上门，天青听到外边挂上了锁，"咔嚓"一声锁上了。

二十三　天青落到了俄招私募黑店

天青绝不会知道，第一次世界大战中，短缺劳力的不只是英国和法国，在中国招工的也不只在上海和威海卫。另一个参战大国——俄国，也在中国招工呢，他们的招工点多设在中国北方，在天津和东北。说来他们在中国招华工最早，招的人数也最多，却鲜为人知。原因是俄国干这一行早已驾轻就熟，他们在19世纪末就大量招募华工，难怪人们称沙皇"盗人有术"。世人都知道横贯美国和加拿大东西的大铁路是华工出力修建的，可是又有多少人知道，1891年动工的西伯利亚那条号称"世纪大铁路"，也是十几万华工用血汗筑成的呢！当时也有少量俄国人加入这个行列——那是他们的苦役犯。作家索尔仁尼琴在他的名著《古拉格群岛》里提到这个期间，"参加西伯利亚大铁路修筑的苦役犯，只有一千五百多人，流刑移民两千五百多人"。大家心里明白，4000人是决计修不成号称"世界最长铁路"的。

为了修筑这条铁路，中国人贡献了多少人力？

1895年，1.65万华工去了俄国；

1896年，3.5万华工去了俄国；

1897年，7万华工去了俄国。

总共12.15万华工投入了那项艰苦的工程。谁人知道，他们中又有多少人命丧北国，那条穿越天寒地冻俄国大地的世纪大铁路，是用华工血肉铺就的！

和美国一样，当铁路修毕，一场铺天盖地的排华浪潮，把这些"中国苦力"和许多规矩的生意人推出了国门。中国人再想进入那块土地，难上加难！

可是第一次世界大战爆发后，残酷的战争，持久的消耗，俄国成年男子半数被征入伍，他们主要是农民和工人。男劳力极度短缺让俄国政府又记起了那些被他们赶出国门、守纪律又能吃苦的中国苦力，从中国招募华工的大门重新开启。一旦门开了，各式各样的人，各色各样的邪门歪道就都出现了。有的是政府出面正式"公开招募"，在大街上张贴布告，一些穿着大棉袄的东北大汉，用洋铁皮话筒沿街喊叫，挥着白布黑字大旗在街边招摇："快去报名，每人发'羌帖'（卢布）15块，现钱到手，快去报名，迟了不候！"这种公开招募还会通过地方官员发放正式护照。

不过更多的是"私募""私招",那是私人直接深入内地招募,没有护照,没有合同。招募者有的是私营公司,但其中也不乏有帮骗子,趁此机会招揽失业工人和穷苦农民;用甜言蜜语引诱他们,把他们非法偷渡到俄国,转手再卖掉他们。招募变成了变相的人口贩卖,华工变成被他们贩卖的奴隶。

天青就碰上了这样一个骗子。此人穿着正派,看似和善,却在不断物色猎物,然后将他们一个个卖给私募团伙。在一个小火车站上,他看到了这样一个可怜虫,他误了火车,丢了弟弟,特别当他听了天青的哭诉,知道他要去威海卫应招华工,就轻而易举地把他哄到了天津,那里有他的人和黑窝。他们每隔几天,就会把这样一群骗来的人运到东北,偷越边境。再从那里,坐上四等车厢,也叫"闷罐子",直接拉到北方那个张着大口,正在等待劳力的最苦的铁路工地,做连他们本国工人都不愿做的苦工。

天青在那个隐蔽的大骡马店里,得到了一件很厚实的棉衣和一双结实的大头鞋,还有一个搪瓷水杯和一把木汤勺,说是以后就用它喝水、吃饭,这对天青有很大的诱惑。南方人从没有穿过这么厚的衣服和鞋子,他刚到天津,就被北方冬天的寒风吹得蜷缩起来,现在看着厚棉衣和大头鞋,很想高兴一下,可是心中又生疑惑——欧罗巴要穿这么厚的衣服鞋子吗?他印象中的欧罗巴,还是家乡人形容的蔚蓝大海和碧蓝天空,从没有听说过要穿这种厚实的衣服和鞋子啊!不过想着,路上也许用得着。

第二天上路时,他把鞋子和棉衣都换上了。按照那个带他来的人所说,他给天亮写了一封信,告诉他快来天津,他们会从这里去欧罗巴,从陆路走。信封上写的是"威海卫招工处,陈天亮收",下款是"天津招工处"。"天津"和"威海卫招工处"几个字天青不会写,还是人家给填上的。他们知道这个傻小子不发这封信,不肯上路,就让他写了。天青哪里知道,他前脚走,人家后脚就把信给扔了。如果那帮人讲点良心,帮天青把信寄了,也许天亮还能收到,还会知道哥哥是走的北边陆路,可惜这封信从没有寄出过。天青也不知道,弟弟去欧罗巴和他走的不是一条路,是向东走海路——他们一东一西,哥儿俩完全背道而驰!

临走前天青恳求大车店的人:"请你帮我把这15块羌帖寄给我的父母,这是他们的地址。"为了让这个半路捡来的华工不再啰唆,他们一口答应了。天青不知道的是,他刚走,人家就把他的钱塞兜儿里啦,那15块钱从来没有寄出过。天青家里自始至终没有接到过天青任何信件或汇款,天亮寄出的二十多元安家费,家里老人倒是收到了,他们一直以为那是两兄弟的钱。家里人和天亮一样,不知天青的真实行踪。

一批穿着一模一样厚棉衣和大头鞋的人上路了,他们中有年轻的,也有中年的,总共二十多人。他们有时坐马拉大车,有时乘船,更多的时候是靠两条腿走路,走没人走过的路、走最难走的路。好像是在躲躲闪闪地绕过什么,这些细节天青他们永远不会知道。押解他们的人,都是路熟人熟心又狠。他们专心赶路,从不顾及这些人累了、饿了,还是困了。不过在每一个接头点上,都备了饭菜和热炕。因为这些人被交到下一个人手中时,是要健康的、可以干苦力活儿的,病恹恹的卖不出好价钱。

天青已经身不由己了,他只能跟着走,心想天亮能跟上来最好,不然就到法兰西再见了。天青看着同行的人,他们个头都比自己高,身体也比自己壮。纵然天青从小爬山上树样样拿手,可是如今跟着这些人高马大的北方人,他只有加快脚步紧跟,走着走着就感到有点迈不开腿了。一群人闷着头走,谁也不敢脚步慢了,前后都有押队的,走慢了就被训斥吆喝;天青觉得他们像是一群被贩卖的牲口。走在北国荒野中,四周积雪逐渐多起来。天青家乡飘雪是很稀罕的,小孩们会高兴地伸出舌头去舔,大人也会赞叹一番。现在踏着积雪,只觉寒冷,哪有闲情逸致去欣赏。一件棉袄不能御寒,里面空空荡荡的,他感到刺骨冷风把身体吹透,心中暗暗叫苦:千万别倒下啊,这里没人会管你,倒下就永远站不起来,连这里是什么地方都不知道。慢慢地,他知道了这些同行的人大多来自山东。其中一个高个儿黑脸大汉,一路对天青不错,是唯一和天青搭话的人。他说他们有些人是年年过完旧历年就往北走,碰到这种小队伍,就跟着一起走；但是大多数人是和天青一样，是招工招来的，都是第一次踏上这条不归路。

二十四　飞驰在西伯利亚森林铁路上

途中经过一个小山村，那里有个专为猎人开设的小店。里面有很多烈性酒，用坛子装着，放在地上，香味扑鼻；买酒都用直柄铁勺舀，像内地打酱油一般。黑脸大汉和另外几个人都买了酒，用店里的大碗盛着，仰脖就往肚子里倒，说是喝了暖和身子，让天青看着不知该佩服还是该害怕。墙上挂着一些可以御寒的衣帽，黑脸大汉从墙上取下一条厚实的裤子，对天青说："你身上那条裤子哪里去得了西伯利亚，还不买一条？"这是天青第一次听说要去的地方叫"西伯利亚"。他没有顾上问那是什么地方，只是用手掂了掂那条厚实的裤子，不知是什么材料做的，从没见过。那人拍着裤腿说："这是狗皮裤子，暖和着啦。没有褥子也对付得了。你啊，还得买顶帽子，不然非把你耳朵冻掉。"说着又从墙上取下一顶翻毛帽子，有点像路上碰到的那位皮帽先生戴的。天青身上还剩一点钱，心想这次出去，中国钱也用不上了，干脆买了吧。他把买的狗皮裤子放进背包，把那顶翻毛帽子往头上一戴，半个头陷了进去，顿时十分暖和。没想到，天青路上买的这两样东西后来还真救了他的小命。

前后走了大约十来天，他们终于在一个晚上来到一座黑森森的大树林边，一个大胡子俄国人在等他们。带他们来的人和大胡子说了一通，转身就走了。黑脸大汉告诉天青，不知什么时候他们已经越过边境，现在是在俄国了。那个大胡子俄国人也会说几句中国话，他带着刚来的二十多个华工，走进了那座黑森林。天青害怕，别人也害怕，四周一片漆黑，时不时黑暗中会闪出两只亮晶晶的眼睛。天青不知道这个大胡子要带他们去哪里，不过既然进到了这个黑咕隆咚的世界，唯有盯着前面的人，高一脚、低一脚地走着、喘着、害怕着。四周扑面而来的粗壮大树，让他心中又多了一层畏惧，在家乡哪里见过这么高大的树啊；仰头看时，须用手扶着帽子，生怕帽子掉了。天青胆怯地走着、看着，直到望见远处有一点亮光一闪一闪的，他那颗狂跳的心才又回到胸膛。黑暗的世界里，远处的那点亮光，就像天上的启明星，放射着微弱又柔和的光芒，给迷路人以希望。天青和所有人一样，都兴奋起来，好像世界又敞开大门，把这群失落的孩子迎回怀抱，人人都加快了脚步。

那个亮灯的地方，根本算不上火车站，只有一间非常小、像个亭子般的屋子，没有站台，没有站牌。屋子里有个裹得严不透风的人，还守着一个火炉。那盏把光明投给黑暗世界的小油灯，正挂在小屋的窗口上。大胡子跟火炉边的人叽里咕噜说了一通，外面的人谁也没听懂。大胡子回头对众人说："火车快到了！要撒尿的去边上，快撒！别进树林里，小心喂狼。等会儿上车要快！一分钟，就一分钟！"

天青小声问黑脸大汉："什么快到了？什么一分钟？"

"火车快到了，快去撒尿。火车来了赶紧往上跳，就停一分钟。"大汉回答。

天青小心翼翼地转身到林子旁，一边撒尿一边警惕地望着前面，好像每一棵树后面都有只狼，每丛灌木后面都有一双眼睛盯着他。远处传来火车隆隆声，天青急忙跑回人群，生怕被甩在这个没有人烟却笼罩着浓浓野气的恐怖之地。

天青一行人，在火车停靠的刹那，飞快地向有人招手的那节车厢奔去，画着白色大叉的车门打开了，他们二十多个人，要在一分钟里统统爬到那节没有踏板的车厢里。个子大的都迅速翻上去，又回头伸手拉一把后面的人。天青个子矮，没有踏板简直没法上。已经是最后一个了，火车缓缓开动，黑脸大汉一手把着车门，一手伸到下面，使劲把向前奔跑的天青一拽，天青的膝盖重重地磕在车门框上，疼得钻心，另一个人拉了一把，他终于在火车逐渐加速的时分跌进了车厢里。车门迅速关闭，里面比外面还要黑，原来这就是听说过却没见过的"闷罐子"车，好听点的叫做"四等车"，整节车厢没有一扇窗户，那是列货车。

刚上车的人，慢慢习惯了墨一般的黑，分辨出里面原来就有不少人，他们腾出了一块地方给新上来的。天青和刚上来的，个个摸黑找了块可以落脚、随之可以躺下的地方。火车一直向前开着，这里没有任何要停靠的车站，没有上下车的乘客，也没有任何障碍能够阻挡它一往直前。车厢里的人被它飞速带进了梦乡，唯有天青没有睡，他膝盖磕得厉害，很痛。可是车厢里面好黑，他看不见，用手摸摸，大概没有伤着骨头，肯定碰得乌青了、肿了。他痛得睡不着，尽管很想睡，在走了这么久之后，终于有了一个可以躺下的地方，可惜他无法入睡。

天青从背包里翻出途中买的那条狗皮裤子，小心翼翼地穿上了，立时感到暖烘烘的，好像膝盖的痛楚也减轻了。他把衣裤都裹紧，再把翻毛帽子当枕头，蜷缩着身子躺下，把那条磕疼了膝盖的腿放在另一条腿上面，在那个狭窄的空间里，竟然渐渐入睡了。他不断地做梦，每个梦都和天亮有关，他梦见天亮收到他的信了，可是天亮对他说，他去欧罗巴的那条路好走，天青走的这条路太难了，"哥，你也来吧！"天亮说。

天青惊醒，他想爬起来，可是两边的人把他夹得紧紧的，连翻个身都难。他唯有在黑暗中独自思索，这样的走法，哪里是招工啊！天青暗自说："弟弟告诉我，这条路不好走，我得设法去威海卫找天亮。"火车在黑暗中一直疾驶着，外面北风不停地呼号，像是千军万马在车厢两侧奔腾，在疯狂地追赶他们。天青意识到他被陌生人挟持到了一个陌生的国度，又被抛在不见天日的"闷罐子"车里，奔驶在寒冷又阴暗的森林铁路上，他现在是插翅难飞，无路可逃。

二十五　在黑森林里修筑摩尔曼铁路

今天到俄罗斯旅游的人们，乘坐从莫斯科、圣彼得堡，甚至从黑海出发的火车，奔向俄国北部、白海科拉湾的摩尔曼斯克，是被它每年从5月22日至7月22日长达两个月的美丽极昼所吸引。极昼又叫白夜，那两个月没有黑夜，绚丽的太阳永远挂在头顶上。那座独特又美丽的城市，还是北极圈内唯一终年不冻港，它既是北冰洋的重要军港，也是最大的运输港口。当游客乘坐火车来到这里的时候，他们决然不会去想，这条铁路是什么时候修建的，是怎么修建的，还有，它们是由什么人修建的！

摩尔曼斯克，因为深水终年不冻，海轮从西欧、北欧可以经北海快速抵达这里。第一次世界大战开战后，当德国人封锁了波罗的海、土耳其人封锁了黑海，切断了俄国和西方的正常运输通道，这条北部海路就成为俄国急需的军火和其他物资的唯一运输路线。大量货物运到港口，堆积在那里，却无法运到内地。唯有再修一条通往内地的铁路，货物才能运走，这个港口才会活过来。遗憾的是那条铁路所经之路是森林、沼泽和冻土带，已经叫嚷了30年，还只是一张图纸。

第一次世界大战迫使这个计划复活了，开始是犯人和战俘来施工，可惜太慢了；俄国人想起19世纪修建西伯利亚铁路用过的华工，于是出现了皮帽先生和大胡子先生；天青和许多其他人，坐上了"闷罐车"，在暗无天日的货车厢里，度过了自己都不记得多少个白天和黑夜，最终来到了一个没有太阳的地方——冬天的极地，他们以为来到了另一个世界。

这里确实是另一个世界。这些没有合同、没有护照、没有任何保护的华工，如同买来的一群牲口，任人驱赶着来修建世界上最难修的铁路。天青是他们中的一员。天青一行人下了火车，半天不会迈步。睁开眼睛四处张望，这里是火车尽头，前面就是大森林。天还黑蒙蒙的——极地的冬天，没有白天。另外还有四节车厢和他们一样，车上下来一些走路东倒西歪的人，他们都有一副中国面孔；他们都是以各种途径，被那些戴皮帽子的人、穿长袍马褂的人、穿着黑衫满脸横肉的人，送到"闷罐子"车里，拉到这个天涯海角。这里没有农田，没有住家，他们来到大森林的边缘、新的铁路工地。这里只有雪橇可以通行，只有马车可以运输，这群人被送到了一块未开垦的处女地。

人们四处寻找干一点的地方搭起帐篷。到林子里砍下松枝，点起了篝火；

把稍微干的松针铺到地上，那就是他们的床。有人走得更远，找到了小溪，凿开冰凌，中间一股绳子般的细细流水，给他们带来一点可饮用的甜水。人们从火车上取来水桶和带铁环的锅，篝火上面吊起一口大锅，里面煮着带来的干蘑菇。那一袋袋土豆，都扔在篝火木灰里烘烤，这是他们经过长途跋涉后的第一顿饭。篝火烤出来的土豆很香，蘑菇汤又很鲜美，充满野味的饭菜唤回了天青的青春活力，驱走了长途跋涉带来的疲劳和种种不快。第一顿饭给天青留下了极深的印象。

吃完饭，他们就被带到不远的地方，那里有很多砍倒的大树。他们要把砍倒的树搬开，铁轨就要铺在这里。直到这时，天青他们才知道："原来我们是来修铁路的！"大树很粗，一人抱不过来，几个人也推不动。一个俄国大汉跑过来，哇啦哇啦叫了一通，指挥这些人，原来要把那些枝杈统统砍掉，才能搬树干。

很快大家就知道了，那个大汉是他们的监工，他看上去着实吓人，不仅个子高大，而且天生一副凶相。他的眼睛瞪起来有铜钱大，鼻孔里的黑毛伸到外边，发起火来，那些长毛直颤悠。脸上的胡子密得像是戴了一圈黑箍，看上去真有点人兽不分。最吓人的还是他的声音，说起话来震天响；天青想捂住耳朵，在天青眼里，他活脱脱就是个野人。华工人人在他面前都缩着脖子，生怕他举手打过来。后来他们这帮华工都被他教训过，打人是他的家常便饭，只因为走慢了一点，搬东西时没配合好，或是仅仅因为伸了伸懒腰。

和天青同来的黑脸大汉叫蔡伟德，众人都叫他蔡大哥。他曾经是个猎人，后来误伤了人，被抓起来关了两年，从此再也不摸枪了。这些年每过完年就跟着一队北去的人流，到那个"地老大、人老少"的地方干七八个月，天冷的时候再回家。他叨唠着："这次生了点小毛病，没赶上老搭档，碰上这么个黑店，跟上了一帮黑人，来到这个鬼地方，真不知道过多久才能回家去。"

天青告诉蔡大哥，他也不想干久，他要到欧罗巴去找弟弟。

蔡伟德笑了："这里就是你要找的欧罗巴。你要上哪儿去找你弟弟？"

"什么？这里就是欧罗巴？"天青做梦也没有想到，他已经来到了日思夜想的欧罗巴。忙问去法兰西有多远。蔡伟德哪里知道这些，他虽说跑过国外多次，可是每次也只到过俄国。他对天青说，肯定不远，人家说了，欧洲还没有俄国大呢。自那以后，天青天天想着，什么时候能脱身去法兰西，心想天亮一定已经在那里啦！

摩尔曼铁路聚集了上万名华工，他们都像天青和蔡伟德一样，每天工作12到15个小时，吃着发霉的土豆和黑面包，能喝一点热茶或蘑菇汤就是天大的恩赐。监工从来没有按时给他们发过当初允诺的薪水，偶尔发了一点钱，还要交上去当饭钱，根本不是供吃、供住，问起来推诿地说等圣诞节一起发，大家都盼着快过圣诞节。他们一直住在大森林里，吃在里面，睡在里面，当然干活也在里面。

有一天，他们看见来了一群外国人，他们跟华工一起干苦力活儿，让他们心里有点高兴。蔡大哥说："看吧！这鬼地方不光有咱们中国人，一样有老外干苦力。"可是不久，他们发现中午吃饭的时候，那些人给带到树林另一边，有人好奇地去打听，原来那些人是群战俘，是德国人和奥国人。他们吃饭有战俘标准，比华工还要好一些呢。蔡大哥气得把斧头使劲往树上一扔，差点没砸着人。天青和他的同伴都很伤心，是心受了伤。他们知道自己的地位，连战败的战俘都不如，和当初对他们的允诺差之千里。

在森林里干活，四周都潜伏着危险。他们队里有个山东来的人，一心想当几年华工，挣钱回家娶媳妇。可怜他在树后解手时，背后让毒蛇咬了一口，很快就死掉了。大家才知道，这么冷的地方也有毒蛇。后来监工说，大森林什么没有？以后大家去解手时，两人一组，相互有个照应，不只是毒蛇，还有其他野兽。监工并不怜悯那个身亡的华工，他是为自己可惜。因为这些苦力，是他们手中的"货"。华工不知道的是，那些黑心的监工，一心想着，等修完了这段铁路，要把他们转手卖出去，再赚一笔呢！

1917年的夏天，对天青和他的伙伴来说，是可悲的日子。他们3月来到这里,从开始见识"极夜"——终日难见太阳;到后来的"极昼"——太阳整天挂在头顶上。中国人习惯"日出而作,日落而息";现在日不落的日子有两个多月,每天干活儿长达十五六个小时——监工不让下工,他指指天上的太阳,那可是不落的太阳啊!后来他们采取倒班制,为了赶修最后几百公里的铁路,昼夜不分,人们短时间休息,又被赶到工地,他们变相成了机器,连黑脸大汉蔡伟德都喊吃不消,要造反了。

祸不单行,就在那个可怕的夏天,他们还遇到另一个敌人,那是森林里蜻蜓般大的蚊子。人们白天黑夜受它们攻击,苦不堪言。连开口吃饭、说话,它们都会往嘴里钻。无论什么天气,都得把手和腿包得密不透风。人人苦得不想活了。可是第二天,他们又照常早早起来,拖着疲惫不堪的双腿,踏上去工地的小路。

二十六　黑森林里的苦力对十月革命无动于衷

人们提起一战赴欧华工,总会说起 14 万,那是指的英、法招的华工,那是有名册、有记录的,他们在法国和比利时给法军、英军,后来也给美军当苦力,天亮是他们中的一员。却很少有人提及一战中到俄国的华工,那可是三倍于赴法华工啊,人数高达四五十万!也许因为太多的私募,太多的非正规渠道,没有正规名册,无论是中国还是俄国,无论是过往还是当今,都没有留下他们的名字,没有人关注他们。那些悲惨的求生者,主动地或是被迫地、隐秘地步入那个腹地广阔的国家;当时就没有记录,过后更是被人们忽略和遗忘,天青就是他们中的一员。

一段铁路修完后,天青他们马上转移去伐木场。修铁路需要源源不断的木头做枕木,即使不修路了,木头永远有需求——那里的房子绝大多数是用木头搭建的,他们的工作也就无尽头。在大森林里伐木既危险又艰苦,没有经验不只速度慢，还会被自己砍倒的大树压在底下，不是残废就是死去。天青队里有一个人，被大树压断了腿。监工不但不给治，还不给他饭吃，后来干脆把他赶出营地，任凭他在森林里流浪；后来他遇到了狼群，人们最后看到的是他被撕裂的衣裤和几截残留的骨骸。天青他们队出来时有二十多人，如今两个死了：一个喂了狼，一个被蛇咬死。每个人都在想什么时候会轮到自己，自己会是怎么个死法？但愿不要像他们那样悲惨，每个人都希望自己能够善终，可是活的时候都没有人善待你，又怎么会善终呢？

1917年，俄国发生了翻天覆地的大事，那里一年闹了两次革命，第一次革命把皇帝赶下了台；第二次革命，整个社会都颠倒了。这些离圣彼得堡并不太远的华工，无从知道第二场革命是怎样震撼了整个世界，从此改变了世界的命运，那就是俄国十月革命。

森林营地来了一批新工人，他们带来了外边世界翻天覆地的消息，华工听了没有觉得多了不起，他们说："我们那里前几年就革过命了，早就把皇帝赶下台了，结果呢？还不是一样，世道没变好，我们不是一样让人给骗到这鬼地方来卖命！"

对深山老林里卖命的华工，革命烽火离他们很遥远。他们照样在大森林里砍树，把大树截成一段一段的，再锯成修铁路需要的枕木，用雪橇运到急需的铁路工地；另一些树砍掉枝杈，把大树干留着，等到春天开冻时，顺着河水把它们统统运到南方，那里需求永远不会停止。

零下40℃的冬天最难熬。当真正大雪漫天无法开工的日子，蔡伟德就会出外打猎，干他的老本行。监工把枪借给他用，因为他会带回一些兽肉，这些苦力也要补些油水，才好有力气干活，兽皮更是可以派很多用场。天青爱跟着蔡大哥去打猎，一是闷在窝棚里难受；二是年轻人总爱新鲜，打猎绝对是值得的冒险。天青学会了瞄准、开枪，学会了分辨单独的和成群的野狼，还有怎么躲避狗熊，怎么根据动物的脚印追踪野兽，怎么下套，捕捉那些狡猾的狐狸。蔡大哥打猎得到的兽皮，好的都被监工拿走了，不过总会有些明显带子弹洞的，或是成色不好的就留下不要了,蔡大哥充分利用这些剩下的兽皮给大家做些过冬用品。他给天青做了双怪模怪样却非常实用的狼皮鞋,包裹着天青的两只脚,天青的大头鞋早就烂掉了。大森林里潮湿,常要蹚过许多沼泽地。再好的鞋子也会沤坏。那次途中买的狗皮裤子和翻毛帽子,倒让他在这寒冷的森林里勉强维持着必要的体温,保住了他的小命。

赶在寒冬来临前,伐木场用原木搭了几幢新木屋,他们搬到新盖的一幢木屋里。新屋也不暖和,原木之间有许多缝隙。蔡大哥说,等天气暖和起来,和泥把这些缝隙都填上。现在他们只好用各种枯草烂枝塞住,可是每当外面刮起风来,屋里还是会冷飕飕的。整夜不停的寒风,从缝里钻进来,好像能把一切撕裂,屋里人感觉那是满林子老树都弯腰扑将过来,更像是催命鬼钻进来索命,向这些伐木人讨还白天被砍倒大树的树魂。不知那些老树是成了精,还是中了邪,都像是喝醉了。天青半夜爬起来解手时,只觉得那些树都张牙舞爪、披头散发地倾下身子来捕捉他,令他心惊胆战,无处可逃。

木屋里两边修了两排通铺,就像天津的那个大车店,只是没有火炕,中间却多了个用石头片垒起的炭火炉子,在炉子上面,盖着一块铁板,不灭的炉火让这块铁板总是热烘烘的。人们把自己的搪瓷杯子、陶瓷瓦罐放到上面,收工回来可以喝口热茶;或每次饭后留下一点汤,把盛汤的杯子、瓦罐放在炉子上,等它更热一点,再端起来喝一口,抿一抿嘴,最后伸出舌头舔一舔嘴唇,好像这才充分享用了其实并没有什么滋味的清汤。

天青家乡从没这么冷过,更不会在这么冷的日子还要去砍树运木头、去拉大锯。他的双手都长了冻疮,手背肿得老高;一抡斧头,就震破了,流着血,淌着脓。他用破布包着,还一样得去抡斧头,刚结疤的伤口震开来,痛得他一天到晚咧着嘴。蔡大哥告诉他,一旦生冻疮,年年都会生。天青想说:我还会有明年吗?

就在天青他们与死亡搏斗的时刻,刚刚夺得政权的布尔什维克,在距离天青他们不远的圣彼得堡,也在为新政权的存亡而搏斗。他们急于退出第一次世界大战！11月7日，他们刚刚掌控了圣彼得堡，马上利用皇村电台，通过无线电台向全国和全世界呼吁"协约国和同盟国缔结和约"。革命领袖们知道士兵和百姓现在是多么厌战，他们向工人、士兵和农民发出诱人的宣告："我们已经推翻了本国资产阶级，就更不会听从外国资产阶级的命令去流血牺牲。"革命成功的第二天，在斯莫尔尼宫里，因熬夜而脸色苍白又眼睛通红的革命领袖们，正在为颁发第一个对外政策法令绞尽脑汁；他们从昨天的流放者变为今天的掌权人，正如列宁找到了一个最恰当的词汇"真叫人头晕目眩"。不过他们很快就让世界震惊了，颁布的第一个法令就是《和平法令》。建议立即缔结停战协议，开始谈判公正、民主的和约，实现"不割地""不赔款"的和平。

协约国主力英、法这些国家，怎么肯让偌大的俄国退出战争，留下他们单独去对付德国和奥匈帝国呢？他们拒绝和平建议。那些天，只见各国外交使节频繁出入斯莫尔尼宫，可惜他们碰到的谈判对手是托洛茨基，那个了不起的外交家，没有人能辩过他，无奈对手最终放弃了谈判。于是新生的苏维埃政府转身和同盟国单独谈判以求停战。这种近似乞求和平的谈判不会公平，更不会公正，带着苛刻条件的和约被称为"不幸的和约"。列宁力主对德和谈，而作为苏俄政府的谈判代表，那个号称"我们开辟了一个铁与血的新纪元"的托洛茨基，却拒绝在和约上签字。结果德国中止了停战状态，在11月18日开始全线进攻。苏俄又一次面临战争危机。列宁发出"社会主义祖国在危急中！"号召所有18岁以上公民加入红军，立即开赴前线对抗德军。

二十七　工头抛下华工卷款逃跑

消息迅速传遍全俄国，布告贴到城市、乡镇，甚至矿山、农场、铁路建筑工地和伐木场。千千万万的人被大战和革命、停战和再战裹挟着，他们有人在观望变化的时局，有人幸灾乐祸苏维埃处于危难之中，也有人抱定与新生政权共存亡的决心。天青他们伐木场尽管离革命发源地不算远，可是身处森林深处，华工们对外所知有限；但是监工却知道得清楚，他每天乘坐雪橇到森林外去采购和接洽买卖，贩卖木材和兽皮。他听到了革命爆发后更多的消息，当知道沙皇被送到了西伯利亚，他就心神不定。那是沙皇啊！以前只有苦役犯才被送到遥远的西伯利亚！监工是这里的"小沙皇"，他作恶多端，手下人没有没挨过他的鞭子的，没有不恨他的，如果革命真的革到了这里，他大概会和沙皇一样下场。尽管他不情愿失去这些他视为资产的华工，可是他更害怕革命，他小心翼翼地观望形势。十月革命后，他卷走了本应发给华工的全部工资——允诺在圣诞节发给大家的工钱，那是上百名华工的血汗钱，加上伐木场贩卖木材的所有钱财。在11月末的一天，他偷偷坐上雪橇，拉上当时极为珍贵的工地全部食物——那可以变卖许多的钱，在这兵荒马乱的日子里，他逃出了大森林，不知去向，上百名华工被他抛弃在深山老林里。

那天早上起来，人们发现雪橇没了，食物也没了，答应发给他们工资的人无影无踪。他们的炊烟升不起来了，人们饥寒交迫。于是心急的人自己走进森林，结果倒毙在深雪里；幸运的人，走出了大森林，流落到城市，变成一群乞讨者。眼看漫长的极夜就要来临，这里将终日不见太阳，也许他们真的会被埋葬在这片黑森林里了。在这群无路可走、无人可依的华工头上，飘荡着一片绝望的乌云。

一个年轻华工用带哭的腔调喊道："我们变成没娘的儿了，这可咋办啊！"

蔡伟德吼道："没出息，你把那狗娘养的也当娘？他走了有什么不好，自己不能挺起腰板来过日子！"也许猎人永远生活在危险和危难中，练就了极强的应变能力。这些人中，唯有他没有露出一点难色，不过在心里，蔡伟德也在打鼓：这不是他一个人，这是上百口人啊！他靠着过去的经验和人到绝境时的智慧在盘算着。

"怎么自己过日子，没钱，没雪橇，没吃没喝——"几个华工一起喊起来。

蔡伟德站起来说："哥儿们，没了监工有什么不好？不用起早摸黑地给那混蛋干活，他跑了是好事！林子不是在这儿嘛，圣诞节马上要到了，咱们自己找出路。"

几个年纪大一点的也都说："老蔡说得对啊，咱们老家，逢年过节都是人们往外掏钱的时候，咱们可别错过这个好时机。"大家好像看到了一线希望。开始琢磨着怎么打雪橇，还有几只雪橇犬在，有了那个森林里的运输工具，林子里的人就活了。

蔡伟德带着人去打猎，人们总得吃饭嘛！那天，他们走到林子边上，碰到一个人，他驾着四只雪白的雪橇犬拉的雪橇，在这个茫茫林海四处寻觅什么有用的东西。此时忽然看见人影，忙停下对他们喊："你们知道哪里卖圣诞树吗？"

蔡伟德愣了一下，机灵地马上回答："我们就卖！你要多少？"

那人回答："我明天到这里来，你先给我10棵。以后我还会来，赶在还有太阳的日子，每天10棵，一共要100棵。对了，你们能不能供应些木炭和烧柴啊，就是壁炉烧的木柴，劈好了的。对！就是那种。干不干？老兄！"那人眨着眼，带着微笑。可能他为找到了他要的东西而高兴。说完又补充，"每棵树20块，不错吧。100棵，2000块！还有烧炭、木柴，从明天起，我每天中午来拉一车！"

蔡伟德说道："明天给我们带些面粉和土豆，还有茶——"

"没问题，再给你们带点盐和糖。革命一来，全乱了，该买的东西买不到；不该卖的，像枪啊、军大衣啊，到处都是。唉！人们还得过日子，是不是？圣诞节终归要过的嘛。特别是家里有孩子的，哪能没有圣诞树呢！"那人说个没完没了。

"好，请你明天再给我们带两支枪来，还有军大衣……"蔡伟德笑着接道。

"那可得几百块啊——"那人说着就要上路了。

"我们准备好圣诞树、木炭和劈柴等你，亏不了你——"蔡伟德对他喊着。

像是从天而降，来了个救命的。蔡伟德一行人飞快跑回去，所有人都兴奋地行动起来。几个山东大个子自告奋勇地去砍树做雪橇，那窝不受欢迎的西伯利亚雪橇犬一下子变成了宠儿，蔡伟德问谁养过狗，没有它们，雪橇等于白做。东北来的中学生郝窦窦自告奋勇，他说以前养过狗，这些天跟着监工干些杂事，知道了这种叫"哈士奇"的狗是西伯利亚雪橇犬，长得像狼，跑起来更像狼；可是驯养好了，不光会拉雪橇，还会看家。这群白爪、白腿，覆盖着厚厚毛的小东西，看样子比他们的父母嫩得多，只好用4个一组。大家给它们多啃骨头，拉车要力气啊！

蔡伟德带领几个大汉到林子里找做圣诞树的松树。几个东北人会烧木炭，其他人拿起锯子锯木头，准备家庭壁炉用的劈柴，所有人都忙得不可开交。这里极夜从12月2日起始，那些天将整日没有太阳。现在大家抓紧在极夜到来前，在越来越短的白天，拼命地干。在这座大森林里，多的是参天大树，蔡伟德他们终于在沼泽地旁看到一片新生的雪松和杉树。他们兴奋地砍了树，小心翼翼地一趟趟拖回，生怕折断树杈，一心盼着明天雪橇做好，能把完好的圣诞树送到路边，换回他们急需的食物——面粉和土豆，也许还有军大衣和许多其他东西……

接下来那些天，这个深山老林里，出现了少有的欢笑声。极夜终于来临，人们完全生活在黑夜里，只有一颗亮晶晶的北极星挂在头顶上，像似老天对极地人心怀一点慈悲，恩施给他们一点微光。几次交换的结果，他们又有了面粉之类的食物可以吃了，不是只靠打猎俘获野兽。几盏松明火把照亮了营地，炊烟又在营地升起，大家吧嗒着嘴喝热土豆汤，就着新烘出来的黑面包。一脸憨相的郭娃，当过厨师，现在掌管炊事班，他向大家宣布："咱们现在有了面粉，圣诞节给大家包饺子吃。"众人高声叫好，自己挣钱养活自己，这才叫过日子！管它什么节呢！其实这些人没几个知道什么是圣诞节。唯有蔡伟德在皱眉——这种日子只有10天，圣诞树不是一年到头有需求啊！以后怎么办？这里有上百号人呢。他沉着脸苦想，怎么让大家度过这个严寒的冬天，过完圣诞节又该怎么走？

辛苦了十多天，他们给那个闯到森林边上的人砍了一百多棵圣诞树，还捎了几车木炭和劈得整整齐齐的壁炉木柴。那个经销商，拖出去的这些东西，都是当时市场紧俏货，着实让他大发了一笔，他也给这群意外出现的供货人不少回报。装好最后一车，他好心地对蔡伟德说："老兄，这里不可久留。外边又打仗了。知道吗？德国人欺负咱们呢。你们在林子里什么也不知道，别让人打你们的主意。"

"不是停战了吗？怎么又要打？谁会打我们什么主意？"蔡伟德不解地问。

"要你们上前线啊！现在不光是德国人打俄国人，俄国人自己人也打自己人。革命的打反革命的，反革命的打革命的。外边的部队，哪会都听圣彼得堡的指挥？可是不管什么部队都缺人。外边乱着呢，我说伙计，我看你们也是好人，得自找活路走啊。咱们先过这个节吧，过完了节世道还不知道会怎么样呢。"那个人临走前留下的一番话，让蔡伟德听了心里乱糟糟的。

圣诞节那天晚上，这些远离家乡的苦力，吃上了饺子。那是狍子肉加上野猪肉做的。家乡饺子都是猪肉馅的，现在管它什么馅儿，有饺子吃就是过节。那天天青自愿当郭娃的助手，也许他被郭娃叮当切肉声吸引，或许只是喜欢看他揉面、拌馅时的忘情和陶醉。郭娃往那一大盆肉馅里倒下一种黄色的汤，天青看了大喊："那是什么？"郭娃神秘地说："泡蘑菇的汤！"说着用两根树枝顺着盆搅拌着，眼看着那盆碎散的肉馅在郭娃手里，变成了被驯服的一摊细腻烂泥。天青看着旁边一堆泡软的蘑菇，郭娃对他说："别愣着，把它切碎了，拌在肉馅里，就欠点虾，不然给你包三鲜饺子。"说得四周围上来的人都直咽口水，晚上美美地吃了一顿野味饺子，大家把这顿好似由天而降的圣诞晚餐戏称为"神仙饺子"。自那以后，天青常去给郭娃帮厨，欣赏着厨艺的美妙，不经意地学了一门手艺。

那时到处都缺粮，买圣诞树的先生只送来了比他们预期少的黑面粉和土豆，可贵的是，他送来了一罐盐和一大包茶，还有两支枪，这样他们能多打一些野味。郭娃从秋天就采摘储存了不少蘑菇，现在用这些蘑菇当调味品，做出尽可能可口的饭菜；加上土豆和热茶，每顿说不上吃得多饱，可是都比监工在时要合口味。

圣诞节前夜，这些人吃饱喝足了，到后半夜才睡下。就在第二天上午，当这里还被浓浓黑夜笼罩，四周寂静无声时，天青被一阵突如其来的疼痛惊醒。猛地坐了起来，他抚摸着自己的脸颊和胸膛，感到隐隐的疼，他知道弟弟一定出事了。那天晚上极冷，天青再也睡不着了，他悄悄爬了起来穿上衣服，走出木屋。寒夜中他独自在门口仰望天空，黢黑的暗夜，一颗北极星远远地、孤独地挂在头顶上。他伤感自己的生活就像这个黑夜一般，黑暗而无尽头；也像那颗北极星一样，孤独无依。突然一缕北极光在天空出现，它慢慢地抹开来，越来越宽，颜色由绿变黄，由浅变深，慢慢地移动，闪耀着美丽的光泽，然后它突然迅速地在天空滑动，像是一群天神在太空起舞，美得让天青窒息，变换万千的光芒，久久没有散去。天青上前一步，向天空伸出双手，像是要去追随那不可触及的天神。他相信北极光是神灵在天空现身，在抚慰他受伤的心灵；他突然悟到：老天开眼，今天给我来报信——弟弟还活着，尽管他有难在身，他在法兰西等我，我要到那里去和他会面。

二十八　黑森林里走进一个穿红军军装的中国人

那个冬天，滞留在大森林里的人们，由蔡伟德带领，靠烧木炭和卖木柴勉强度日。他们乘雪橇到附近的小镇，那里一样的贫穷，只换回一些发霉的土豆、旧衣物和弹药。林子里的人都盼着春暖花开、道路畅通之时，他们能结伴回中国，回老家。出来快一年了，现在没有人给他们发工资，完全是自生自灭地过着日子，当然他们要回老家，也不会有人管。至于外边世界已经乱成什么样子，他们一无所知。他们更不会知道，在整个俄国大地上，像他们这样没有着落的华工，三四十万都不止。自己国家贫穷又战乱，不断轮换的政府连自己都管不了，哪会去关心那些流落在外的子民。天青他们所幸是守着老林子，那富有又恐怖的地方，他们靠它生存，也随时准备被它吞噬。在极夜的日子里，面对黑森森的树林和灰暗的天空，许多人绝望了。那些忠厚的农民，一辈子守着自己的村子，在自己土地上种地过日子，如今被抛在这无边的黑森林里，有一顿没一顿，呼啸的暴风裹挟着厚密的白雪，淹没了道路，堆积在屋顶。没有太阳的日日夜夜，让这群被遗弃的人们几乎发狂。

终于熬到1月18日——"太阳日"。那天的正午，太阳在天上一闪而过，向这些在黑森林里苦熬的人们宣告，极夜已过，光明就在前头。人们张开双臂伸向天空，像是要去拥抱天上的太阳，可是它狡猾地一笑，又匆匆回到了黑暗的天穹。自此，太阳每天多露一点脸，天空慢慢多一点亮光，这些向大森林讨生活的人希望又大了一点。人们每天望着天空，盼望奇迹出现，盼望太阳洒下更多阳光，春风早日吹拂冰凌包裹的树枝，让大地解冻，让人心温暖。

在最困难的时候，人会本能地去寻找生路，如果在这个时候，有人告诉你，新生政权苏维埃就是让工人有好日子过，就是要人人平等，你会毫不犹豫地选择苏维埃。那年3月，河水解冻前夕，一天正午，一个穿着红军军装的人走进了这片老林子，来到这个几乎被世界遗忘的角落。他的腰里别着两把手枪，一根皮带斜挎在肩上，外面披着一件军大衣，昂首挺胸，怡然自得，让黑森林里所有的华工都看得目瞪口呆。这个人有着一张中国人面孔，最不可思议的是，他开口说这些人听得懂的中国话。他自我介绍，名叫刘哲欣，从圣彼得堡来。他和所有人像老朋友一样微笑着点头打招呼，然后坐到厨房棚子里，人们看到了一个和他们完全不一样的中国人。越来越多的人围过来，这人说话不慌不忙，眼神没有忧郁和惊慌，一看就知道，他知道自己该做什么，也知道怎么去做。他坐下就从脏乱的炉台上端起一个不知谁的又破又脏的搪瓷缸，喝了一口稍有余温的水。虽然他的派头像长官，可是这个动作，马上把他和这些落魄人的距离拉近了。人们围得更紧，他说着，大家听着。那天他说了总共有好几个小时，人们不愿散去。他给这些在深山老林里自生自灭的苦力，带来的不仅是一些难得的消息，更重要的是，带来了希望。

人们这次听明白了，原来十月革命和他们老家的革命不完全一样。刘哲欣环顾那个透风的木棚子说："革命就是让咱们工人有好日子过，不再给监工打骂，不再吃不饱肚子，睡在四面透风的棚子里。"他还拿出了一页揉皱了的纸，告诉大家，那是工人赤卫队的章程，他念给人们听："工人赤卫队以保护全体公民的生命、安全和财产为己任。不分性别、年龄和民族的区别。"大家都想着，那我们也应该有份啊！

天青问："咱们中国人老让人家骂是黄种人，照你说，咱们和他们白种人一样？"

"当然一样！我们都是人类中的一员。"刘哲欣果断地回答，"你们都是我们无产阶级好兄弟。"他对这里的事，好像知道得一清二楚。天青和蔡伟德他们不知道的是，刘哲欣在圣彼得堡周边，遇到一些从摩尔曼铁路工地流落出去的苦力，他们衣衫褴褛、蓬头垢面，像群乞丐。当地好心的华商给他们饭吃，还把他们带到了地方苏维埃政府。刘哲欣鼓励他们加入红军，从他们那里知道这一带深山老林里，还有许多无着落的修路伐木的华工兄弟。

蔡伟德像是看到了救星，忙上前抓住他的手说："我们这些兄弟，可都是真正的工人，是你说的那个无产……无产阶级。"他抓住了一个新词。

刘哲欣拍着蔡伟德的肩膀，"那当然，摩尔曼铁路工人最优秀，是真正的无产阶级。因为你们干的活最重，吃的苦最多，你们的贡献也最大。你们还在这里干吗？老板跑了，没人管你们，你们还住在透风的木棚子里。跟我去圣彼得堡，参加革命去！那里最需要的就是像你们这样的优秀工人。"

这些滞留在黑森林里的人听了都兴奋得按捺不住——原来还有人要他们！真想马上抬腿跟着这位能人走。当然他们中也有些人想回家，说革命的事没干过，说不好；另外有些人不大相信，说在这里再等等看，兴许老板会回来，先把工资要回来再走不迟。

刘哲欣说参加革命纯属自愿，想要回家的华工也得先离开这里。他还告诉大家："我们正设法和中国段祺瑞政府联系，送华工回国呢。俄国已经退出'一战',为'一战'招募的华工,理应回国。只是现在路上不安全,火车也不全通,大家先到圣彼得堡再说。"大家一听,觉得言之有理,绝大多数人愿意跟着刘哲欣走。

刘哲欣说,他是沿着摩尔曼铁路一路北上,一路宣传,一路动员。他说自己还要继续北上:"这一路总有成千上万个华工,都是受压迫的阶级兄弟,要让他们知道革命是为他们好,跟我去参加革命!想回家的送你们回家。"

这些刚刚接受革命浅显道理的人,现在根本不知道应该害怕什么了,他们只担心刘哲欣说话不实:"你不带我们走,我们哪知道怎么去圣彼得堡,去了又该找谁啊!"

刘哲欣说:"不要紧,往南走,一路上去圣彼得堡的人多得是。到了圣彼得堡就找苏维埃政府,说是我刘哲欣让你们来的,他们会欢迎你们。"他看着蔡伟德,那个人高马大的老实人,信任地握着他的两只大手,"由你带头,往南一直走,圣彼得堡就在海边,不会找不到。"

蔡伟德说他会看方向,"我当猎人的时候,长辈教我们看他们手画的地图,还看天象,知道哪里有进去就出不来的老林子,哪里有终年不会断的甜水。哪条山沟肯定冬天有暴风雪,而山冈另一侧总可以逃生。咱们就朝南走,能找到!"

这些天下来,蔡伟德领着大家渡过难关,已经被公认是头儿了。刘哲欣让他带领着他们队的几十个人,向南进发;那当中有愿意参加革命的,还有想回家的。不想走的也有二三十人,蔡伟德给他们留下一支枪和雪橇。提着另外两支枪,每人背着做好的干粮,告别了苦守一冬的黑森林,向圣彼得堡进发。

二十九　蔡伟德带领一群落魄华工来到圣彼得堡

1918年,从春到夏,俄国处于前所未有的艰难日子,签订了屈辱和约却没有摆脱一战的阴影,残酷的内战又开始了。刚刚走出黑森林的华工,哪里知道这些事情，他们兴高采烈地走在路上，却迎来一群衣服和他们一样褴褛的人们，还向他们投来敌视的目光。蔡伟德不敢怠慢，他让大家排成两列，像是一支队伍，打头的人还背着枪。走着走着，看见前面有个农庄，郭娃对蔡伟德喊道："嗨，队长，咱们看看能不能买些粮食，这么多人得找地方做饭吃饭啊！"

蔡伟德让队伍开到农庄去，让人失望的是，在他们面前的是片荒芜的土地、丢弃的大车和没有收尽的作物。大家扯开嗓子喊道："有人没有——"没有任何回答。蔡伟德只好让大家就地歇息，分了几队自己动手，有的到没有主人的破仓库里收罗余下的粮食；有的到地里、地窖里，捡拾遗漏的麦粒和土豆，郭娃带着几个人烧水煮粥。

蔡伟德他们注意到，路上不时游荡着散兵游勇，他们背着枪，沿途抢粮。如果蔡伟德他们不是几十人排着队、拿着枪，也许早就被抢、被打了。天青他们不知道的是，大战打得太久了，太残酷了，平民出身，更多是农民出身的士兵，早就厌倦打仗，战争给他们留下的是寒冷、饥饿和肮脏的虱子，他们一心想回家。苏维埃喊出的"尽快签订停战条约"是士兵最拥护的口号，他们趁着新政权宣布退出大战之际，纷纷逃离部队。革命领袖以为他们赢得了士兵的拥护，回过头来，发现手中无兵了。难怪列宁在给红军总司令托洛茨基的信中透露："我们的士兵快跑光了，所以进攻我们并不需要很多兵力。"

迎接蔡伟德和他带的那队华工的，是一个充满火药味和沮丧情绪的社会。他们迷惘了，搞不清走出黑森林到底是对还是不对；如果有另一种安稳的生活，也许他们根本不会选择这条冒险的路，不会走上革命。"战争是革命之母。"第一次世界大战把这些华工卷到了社会最底层，他们像奴隶一样给人家干了一年苦活，只有在听了蔡大哥安慰他们说："修铁路也是为了能给招咱们来的协约国运送物资，可以打败德国野心豺狼，也算给正义一方助一臂之力。"方才觉得这个苦没有白受，心里好过一点。如今走上革命道路，说实在的，革命大道理未必起了多大作用，心中想的仍然只是为了生存，为了活命。摩尔曼铁路工人相信刘哲欣对他们说的句句是实话，他们愿意参加革命，是以为他们找到了一条能让他们过上好日子的光明大道。他们继续向革命心脏——圣彼得堡进发。

刘哲欣在发动华工参加革命的征途中，并不知道他的最高统帅们，为了保卫脆弱的苏维埃政权，就要迁都莫斯科了。因为刘哲欣要蔡伟德他们去的那个圣彼得堡，如今已是一座饥饿的城市；同盟国正垂涎、窥探这座临海的脆弱城市，随时想占领它，继而消灭那个飘摇不定的新政权。刘哲欣也不知道新苏维埃政府在他离开那里以后，已经在 3 月 3 日和德国人签订了俄国历史上最不平等的屈辱和约，其中就包括"解散军队"，不仅解散旧军队，甚至解散了红军。革命领袖们殷切地盼望着德国、奥匈帝国，甚至整个欧洲工人继俄国以后起来革命，给他们援助，和他们会合；可惜，那是一厢情愿。世界被十月革命震动了一下，却没有随之波涛汹涌。

"失去——空间，赢得——时间"，著名革命诗人马雅可夫斯基的经典诗句，正概括了那个屈辱和约的实质。

俄国国内各个反对派，借口新政权用割地赔款为代价退出大战，而聚集到一起，共同反对新生的苏维埃。作为普通军人的刘哲欣不会知道，深山老林里的华工更不会知道，林子外面不是革命后的艳阳高照，等待他们的是一场大规模又持久的残酷内战；没等一战结束，内战就在这块土地上打响了。而在这块土地上，有将近五十万华工，散布在从远东的西伯利亚到西北的摩尔曼斯克那片广袤的大地上。

蔡伟德一行人，跌跌撞撞、寻寻觅觅终于来到了圣彼得堡。他们对世界大局和俄国境内的险恶全然不知。这些蓬头垢面的人，首先去找中国领事馆，因为他们有很多人想回中国，可是迎接他们的是一个紧闭的大门。原来北京政府拒绝承认苏维埃政权，中国领事馆在那个多事之秋，曾经送回过一批华工，可是内战刚刚开始，铁路眼看要中断了，他们匆匆撤离，顾不上更多的华工了，很快关闭了领事馆。等到蔡伟德他们来到圣彼得堡时，竟无人再顾及这批海外孤儿。队伍中要回家的那些人，无路可走，唯有跟着蔡伟德，希望在这个陌生又可怕的国家找寻一条生路。

他们这行人的干粮早已吃尽，卖木炭和木柴的钱一路都已用罄，就在他们筋疲力尽又不知该到哪里去寻找刘哲欣说的苏维埃政府时，一队身穿军装的中国人出现在眼前。他们个个像刘哲欣，神气又自信，那些人也看到了这群落魄的华工。两群人聚拢在一起，像是久别重逢的亲人。他们都操着各自的方言。

那是东北口音，"关外来的？"

这是山东方言，"老——乡——？"

天青他们得救了。这是1918年2月刚成立的工农红军第一国际团，他们来自十多个国家。革命领袖们，一边签约同意解散700万军队，一边着手建立更坚强、更可靠的300万新型红军。国际团中第一营第三连就是中国连，刘哲欣曾经是他们的第一任连长。当他们知道是刘哲欣让他们来的，这些是摩尔曼铁路工人，马上告诉华工他们，这里正在组建一支中国支队，那里几乎清一色是摩尔曼铁路工人。

蔡伟德带着他的人，很快找到了这些昔日受苦受难的弟兄，那些要回家的人，也改变了主意，全都加入了新建的中国支队。他们从昨日苦力变成了今天的红军战士。这就是革命军队的来源，当穷人没有了活路，就会走上允诺他们有着美好未来的革命之路。当人们把自己的切身利益和宏伟目标捆绑在一起，就会产生超乎自己想象的力量，他们什么事情都敢去做。这些昨日还哭哭啼啼的小年轻们，今天焕然一新变成了挺胸昂头的斗士；昨天还为下一顿饭发愁的落魄华工们，今天变成了威武的红军战士。

在红军队伍里，他们听到更多革命宣传，知道红军是为人民的幸福、为了人人平等而战。这在他们看来，那才是"吾之所求"，那才是好汉所为。他们是沙皇时代被招工来的或是被骗来的，每个人都曾被工头虐待过，有过苦痛的劳作经历；他们痛恨沙皇政府，同情革命。他们并不是天生的革命家，也没有想过要为他人、为理想而上战场去卖命，他们内心想的是自己和自己孩子的幸福与前途，淳朴的农民有着最纯朴的愿望。可是今天，他们每个人都换上了军装，吃上了发霉的土豆汤和用掺着沙子的面粉做的面包——那是当时这座革命城堡能够提供的最好的食物。他们咽下去了，因为当官的也和他们一样吃这种食物。偶尔，他们能吃上以前只有老爷才能吃的昂贵的鱼子酱——那是因为出口停顿了，这些堆积在仓库里的上等佳肴，成了战士的小菜。可惜这帮乡下佬，对那稀有珍贵的食物，并没有表现出多大的热情。

蔡伟德到了这里，好像真正找到了用武之地。他穿上军装，显得更加高大魁梧；黢黑的脸上须髯如戟，一副八面威风的样子。长官知道是他带领这批人走了十多天来到这里，他还是个老猎人，毫不犹豫地任命他当了这支分队的分队长。

他们每天由老兵带领操练，还由蔡伟德教射击。许多人从没摸过枪，现在端起荷弹真枪，像小学生刚进学校一样紧张。他们中还有一些老实农民，觉得举枪射击是造孽。本来就不是人人想当兵，想背枪；他们来到这里，是命运使然，是别无他路，他们也只好硬着头皮举起了枪。不过一旦当上了兵，他们个个都是好样的；因为每个人都想着，他们现在是在外国，他们做的事，说的话，代表中国人。这些朴实的华工，一旦让他们挺起胸、抬起头，他们非但自己把自己当人，还觉得自己代表了所有的中国人。还记得《华工出洋歌》里最后一段吗？威海卫的华工唱着：

我工人，冒险而至，

一为众友邦，二为自己，

中华人，最爱好名誉。

他们唱着，踏上海轮；唱着，奔赴欧洲一战战场；如今，俄国华工也在心中这么唱着，他们身处最残酷的俄国战场。

他们还一起学习和讨论切身大事：

"为什么东方工人生活苦？"

"现在打仗是为什么？"

"红军是干什么的？他又保卫什么？"

他们超越了自己的初衷，在寻找生活更高的目标，变成具有国际主义精神的红军战士。这些都是他们自己，还有那些当初招募他们或是诱骗他们前来做苦力的人所没有预料到的。

三十　参加红军的天青看到了另一个世界

中国支队夜以继日地进行军事训练、学习革命道理，还一起学习俄文，他们的能力与日俱增。

天青和他的华工兄弟，觉得革命队伍就像一个大家庭，大家都卖力地操练和学习。慢慢地他们知道，从西伯利亚森林到顿河草原，还有许多像他们这样由华工组成的队伍！他们没有响亮的名气，许多人至死也无人知晓，可是他们有那个时代最响亮的称呼——华工义勇军、赤卫队、游击队、中国连。他们和天青、蔡伟德一样都是饥寒交迫、最底层的人，他们在最艰难的岁月参加红军，为了求生而和苏联人民并肩战斗；他们的行动向历史证实了那个真理："天下只要有穷人，革命就有她的魅力。"天青和他的弟兄们看到过那些曾经在历史长河中划过耀眼的闪光，还记住了这些英雄们：

——莫斯科的红色近卫中队；

——由一家木工厂三百多华工组成的红军第四六一团中国营；

——桑福阳中国营；

——敖德萨中国独立支队；

——基辅第十二集团军国际师中的华工部队；

——张福容中国军团；

——伏龙芝第四集团军里的中国独立团；

——比利依偌夫中国支队；

——夏伯阳的第二十五狙击师中有许多华工红军战士；

——别尔米中国支队；

——乌拉尔矿区的上万名华工组成的中国营；

——托洛茨基和布哈林的卫兵是华工；

——列宁三百人卫队中有七十名华工……

在天青他们听到的这些华工队伍的英勇故事中，有过一些名字响亮、战果辉煌，无论是在当时还是几十年后，都是苏联人民怀念的英雄人物。

任辅臣的中国军团就是其中之一。任辅臣在矿区老板携款逃跑后，站在高台上，对矿区1500名华工讲话："什么叫革命，革命就是要打倒资本家，打倒那些骑在我们脖子上的吸血鬼。愿意跟我走的站出来。"所有饥寒交迫的矿工都站了出来，写着"中国军团"的旗子在空中飘扬，任辅臣自任团长。

中国军团胜利捷报频传，团长任辅臣高喊着："为了苏维埃——"勇敢地冲在最前面，华工士兵呐喊着洪水般地跟上去，他们袭击满载白军的列车，被炸毁的车厢里跑出许多军人，他们被外围的中国军团射杀，任辅臣的战士从列车里、从敌人手里，缴获许多枪支弹药，武装了自己。白军军官盯着那面写着"中国军团"的红旗，他不认识那4个字，却知道这是一支中国工人的武装队伍，他们咬牙切齿地握紧了拳头。中国军团在那一带成了白军恐怖的死敌。

一次战斗结束，中国军团在那个寒冷的夜晚，一起蜷缩在一列火车车厢里休息。他们被大量白军包围，疲倦地进入梦乡的士兵们听到枪声应声起来回击，可惜寡不敌众，又身处多重包围，最后大部分都壮烈牺牲了。任辅臣被敌人的刺刀刺死。俄罗斯人民始终没有忘记战死在俄国内战中的中国战士。半个多世纪过去了，1989 年，戈尔巴乔夫访问中国时，代表苏联政府授予任辅臣一枚红旗勋章。

第十一军团有两个中国营，其中一个营的营长包其三，也是名扬四海的英雄。当包其三亲手从基洛夫手中接过军旗，还有基洛夫佩戴的毛瑟手枪，他带领全体中国营战士宣誓："我们宣誓，我们要成为忠诚的革命战士，珍惜和保持红旗的纯洁，帮助俄国士兵和农民为争取人民政权而战斗。"包其三带领的中国营战斗在高加索地区，在库班草原，在顿河流域。后来没有人再看见过他，他消失在内战的烽火中。在中苏友好的年月里，为了纪念内战中牺牲的华人官兵和这些远方来的英雄们，1960 年在他们当年战斗过的一个山脚下，修筑了一座 25 米高的纪念碑，那个广场被命名为"中国广场"，碑上写着"献给国内战争年代为北沃舍梯苏维埃政权而献身的中国同志们"，落款是"北沃舍梯苏维埃社会主义自治共和国的劳动人民"。

天青他们听着这些英雄的故事，为自己的兄弟自豪，也把他们作为自己的榜样。每个人都想着自己现在是红军队伍里的一员，竭力把自己由一个苦力提到一个战士的高度。天青怀着从未有过的雄心壮志走在革命队伍里。过去一年里，他心中只有一个愿望在燃烧——去法兰西找弟弟；可是现在，他火热的心里，竟然装进了另一个不一样的愿望——在革命队伍里，寻找更大的前程，为大多数人的幸福奋斗。天青睁开眼睛重新看这个新世界，看这个异国他乡，他看到了过去一年中没有看到的许多新鲜事物。

天青和他的华工战友一样惊喜地张望一面面飘扬的红旗；敬仰地凝视会场前面，并排悬挂的两位革命领袖——列宁和托洛茨基的画像，专注地听那些听不懂的演讲；他们看着那些俄国红军和他们一样年轻纯朴，斗志昂扬地大步行进在尘土飞扬的大道上；他们听着俄国士兵唱着不知词、不晓意的革命歌曲，跟着心潮澎湃、热泪盈眶。

天青还看到了许多人从不注意或熟视无睹的景色：春末的俄国大地是美丽的，尽管遍地狼藉，可是在那破损的大炮身下，长出许多野花，它们点缀着那座大炮,像是一幅无名氏的历史名画。也许天青从小跟着父亲"雕图书",他生就一双艺术家的锐眼、一个鉴赏家的风度;最重要的是,他拥有一颗中国普通农民善良的心。

他看着被弹片削掉枝杈的片片白桦林渐渐枯萎,心生怜悯,偷偷为它们哭泣,又为它们祈祷。

他看着冒烟的谷仓,想着它的主人今在何方,他的家人可都安好?

他看着荒芜田野上伫立的孤独少年,生出一股柔情,想着天亮可有这般高了,是否也是这般骨瘦如柴?

他看着猎猎作响的飘扬红旗,想着这是多少人的鲜血染红的,自己的鲜血也会洒在上面吗?

他看着广阔的天空,心中思念着遥远的家乡——那里的天空也会这般高、这般蓝,这样充满了激情和血腥吗?

他认真地做每一件事,操练和射击,学着做宣传动员,还四处为华工演讲。他继续跟队里的中学生出身的郝窦窦学识字,读《华工实报》,还跟一些老华工学说俄国话。年轻的天青不仅身体长得更健壮,人也在长知识、增见识,一天天成熟起来。尽管他仍然惦记天亮,可是天青是识大体的;他知道,苏维埃正处在最危难的时刻,他不能弃之而去。天青现在每次想起弟弟,只会盼望他也出现在这里,和他一起操练,一起打靶,一起手握旗杆,挺胸走在尘土飞扬的大道上,一起唱那些不知词、不晓意,却气壮山河的歌。

第六篇　英军华工营里的天亮

三十一　和约翰不一样的亨利营长

　　天亮不知道哥哥现在已经在欧洲，而且离他并不远——相对中国而言。

　　中国，老家，那已经是遥远的梦，天亮想都不敢去想。他在威海卫出发前，曾经给家里寄过一次钱，那是20元安家费，加上除了买车票所有卖石雕剩下的钱。来到法兰西以后，曾经给家里写过一封信；天亮始终不知道，家人从来没有收到他从法国写的信，因为他的信写得太细了。他本不会写很多字，可是他会写数字，他写了他们班有15个人，三个班是一排，三个排是一连，三个连是一营。还写了他们4个营和另外3000华工一起来到法国的西北角。总之，天亮的信在检查室就被销毁了，因为信中涉及了数字和地点，尽管不确切，可是犯忌了；遗憾的是天亮不知道！他的父母从来没有接到过儿子从欧罗巴的来信。

　　自从圣诞节那天，他和齐中原各挨了40鞭子，天亮整个人好像变了。过去他还爱说爱笑，可是现在，再也听不到他的笑声，看不到他的胡闹。天亮在挨打以后躺了很久，因为他和齐中原都伤得厉害。那个很少露面的英国营长亨利终于出面了，是他把他们送进医院，怕他们伤口溃烂，也是怕惹众怒。天亮和齐中原过了半个多月伤才好。所有华工对执行鞭笞的英国大兵，还有引发事端的约翰恨之入骨。

有一天，长胸毛的英国兵大喊大叫冲出来，原来他的茶缸里满是臊臭的尿液。

隔了一天，另一个打人的英国士兵的床上发现了一条冬眠的蛇。

约翰阴沉着脸，找到连长任远骅，声嘶力竭地用英文不断地叫喊："Who, Who did？"（谁，谁干的？）任连长不用翻译也明白他问什么，两手一摊，耸耸肩，一副无可奉告的样子。

一次约翰去英军军官澡堂洗澡，出来时，发现放在过道的衣服全被水淋湿了，他的呢军装和羊绒内衣，所有衣服全是湿淋淋的；他的两只靴子灌满了水。他只好穿着湿衣服，踩着叽里咕噜不断作响的靴子回自己的帐篷。那是战争年代，即使当官的，也没有多余的衣物，他着实因为没有保暖的衣服和靴子而着了凉，看着他打喷嚏，使劲咳嗽，大家都暗笑，都拍手称快。

没人知道是谁干的，不过营地里所有人都相信，是三连人干的，华工都在暗暗叫好；英军军官全都变得小心翼翼，像哑巴吃黄连。没多久，鲁大珊被放出来了，他们班的阎振皋早已死在了医院。天亮失去了小老师，天亮他们不只恨约翰，还有种被欺骗的感觉。1918年年初，整个华工营地笼罩着一层阴霾。

哪里是"请我国助一臂之力"，既然请我们来，为何不把我们当人看？

哪里是"欧美文明国是我友谊，最应当发兵来救济"？既然是文明国，为何待人这般野蛮？我们是来救济，还是让我们来做奴隶？

人人这般想，那些天，干活儿效率低了，怠工多了；下工后，营地如无人般的寂静，静得英国军人都害怕了。

营长亨利来到万紫澄的帐篷。"万先生，你好啊！"他的中国话带上海腔。

万紫澄匆忙站起来："亨利营长，有事吗？可以叫我到你办公室去的。"

"没关系，我过来一样。怎么样？我们的人好像提不起精神了。"亨利坐下。

"亨利营长，你是知道的。华工每天出工都很累。那次到前沿收尸，二排就带了一天干粮，可是他们在那里蹲了两天两夜，回来非但没有让他们去吃饭，反倒还受罚。这怎么也说不过去呀，是不是？"万译官说话的时候一直盯着亨利，想知道这个平日里不露面的营长到底是怎么想的。

"我从来就不赞成杀华工，鞭打两个华工也是愚蠢的行为。"亨利说完万译官感到释然，他一直摸不透这个什么事也不管不问的营长，这次他出面了，看来他和约翰不一样。万译官不知道的是，这位营长年轻时跟随外交官的父亲在上海滩住过多年，他交过几个中国年轻朋友，都是领事馆、银行、海关职员子弟。他们在上海的生活比在西方还要舒服，光佣人就一大群。年轻的亨利和花匠很熟，他跟花匠学了两大本事——识别花木和讲上海话；他跟父亲的司机也很要好，那个司机还悄悄教他开过车。当年他们家把佣人也当人看，父亲常说一句话："身为贵族，不可把佣人不当人看。"现在对营里的华工，亨利从没有不把他们当人看。反而约翰在他眼里是个无赖之辈，离贵族遥远，难怪约翰把中国人当作低人一等的黄种人。

亨利以前没有多管事，因为他养尊处优惯了，生性散漫，能不管不问最好不过。来法国后，他总找机会去花都巴黎。约翰好逞强，亨利巴不得什么事情都让他出头。不过这次看来过分了，亨利不希望任何出轨的事出现在他的营里。他问万译官："你说华工现在到底想要什么，我们能不能做点什么事，让他们开心起来？"

万译官抓住机会赶紧说："亨利营长，中国旧历年马上要到了，如果能给大家放三天假，还让他们做自己喜欢吃的饭，比如包饺子——这里山东人最多。让他们自己安排假日，想怎么过就怎么过，这场风波可能会过去。你要知道，华工都是很善良的，只要对他们好一些，他们不会太记仇的。"

1918年2月，中国旧历年到来之际，亨利营长在司令部对驻地长官，把万译官的话转述了，他还加以发挥："上校先生，现在正是苏俄和德国和谈之时，一旦谈成，德军马上会把军事主力转到西线战场，那时我们更加需要这些华工；在此关键时刻，千万不要节外生枝。对这些中国人，上校先生，不要太伤他们的心。这些人很爱面子，也很讲义气。我们说过要杀那个姓鲁的，虽然没有杀，他们都记住了。还打了那两个华工，那可是伤了全营地的工人，他们都记着呢。

我们不要再做蠢事了。"营地最高长官心里明白，下面他们要华工到前线的机会越来越多，一定要把他们的心挽回来，也许那个翻译的建议有道理。

营地发布了一个前所未有的通知，各连集会宣读，任远骅润了润嗓子，高声喊道："大家仔细听着，中国旧历年马上到了，放假三天——除夕、初一和初二，各班自己到厨房领面粉和猪肉，自己包饺子；各个班可以自行安排庆祝活动，所需物资，到营部报领。"这个消息发布后，死气沉沉的华工营地果真有了动静。

"什么？过年了——"有人说着眼眶都红了。人人想起故乡和家人，人人想过中国年。他们高兴要放三天假，更高兴要包饺子，万译官说得对，他们大多数来自山东，来自北方。人们一下子活过来了，他们急于把家乡的过年气氛搬到这个毫无生气的营地来；他们要在被死亡和屈辱笼罩的异国土地上，让中国古老传统的喜庆节日把阴霾和污秽一扫而光。

各个班忙着商量，三连二排一班又活跃起来。

天津人余纹灿说："包饺子我拿手，这事我包了，要两个帮手。"几个山东人争相报名，嚷嚷着要大葱、大蒜。

至于每个班要报一项庆祝活动，人们就争开了。

山东老乡要做旱船，说初一清早划旱船，一直划到中国老家去。

齐中原说要比武，又叹息自己身上的伤没有完全恢复，怕是比不过排长洪百钟，不过武术表演还是可以的。大家嚷嚷着，那怎么也得算一个，人们没有忘记他受过笞刑，那是为我们大家受过啊！趁机定要捧捧场感谢一番。

几个壮实的山东大汉喊着要拔河比赛，按班比。排长听了说没问题，每排赢的班再和别的排第一去比，赢的再和别的连比……

二班来人说，他们要搞祭祀，得画些画儿，知道天亮是个能人，请天亮去帮忙。大家念叨着，到大年初一，得按照规矩：一祭天地、二祭列祖、三祭神灵、四祭亡灵、五祭死难者，再祭父老乡亲，最后咱们也得互相拜拜，图个吉利。

几个山东老乡聚一起，用班长领来的弹药箱拆下的板子做了一只旱船，喊着天亮来给外边画点什么好看的。有人还嚷嚷："咱们旱船总得起个名字吧。"人们都记得去年来欧罗巴时乘坐的大海轮上，船头上有个醒目却不认识的洋字，不过都知道那就是船名。

天亮不动声色地说："画点好看的我在行，名字到时候一起给你们写上。"

这几天，上工的人果真比往日多了，干活时忍不住说着各班准备过年的事，活儿也没少干。亨利看着暗暗得意自己的努力没有白费，约翰也不敢再找碴挑毛病。

年三十晚上，天亮带着他画好的旱船回到帐篷里，所有人都在等着他。当他侧身时，大家瞪着眼睛，定睛在旱船一侧刻的两个大字上，船名是——"回家"！

三十二　天亮在旱船上刻了两个字——"回家"

当所有人看见天亮用他的雕刀在那弹药箱做的旱船上深深刻下的是"回家"二字时，他们先是愣住了，随后就掉起眼泪哭开了；不认字的听人念出声来随后也跟着哭了。一群大男人，个个都在流泪，因为他们都想家了，更想坐船回家去。别的班的人听到声音进来看看里面发生了什么事，结果看到这两个字，竟然也跟着哭了，于是有更多的人进来看，有更多的人掉了眼泪。

这事很快让约翰知道了，他特地去看了看那个旱船和一侧的两个汉字。他想不通，原来就是破弹药箱钉成的一个长形盒子，人站在里面抓住两边板子，可以向前走、往后退，那就算是划旱船了。他撇着嘴看那上面刻的字，万译官念给他听，告诉他，那意思就是"Go Home"！约翰一副看不顺眼的样子摇着头退了出来。

天亮没有学过书法，他在家只学过雕刻动物、石山和花草，更没有专门学过刻印章。当他刻这两个字时，也没有特意去想怎么下笔，怎么先描后刻，只是把全部心意、全部思念，倾注在手腕上、指尖里。刻出的两个字，有点歪七扭八，却又像是大师的帅气；有点不伦不类，却又似郑板桥的恣意妄为。可惜这里没人懂书法，无法给他恰如其分的评价。只是这里所有华工都感谢他，并给了他最高嘉奖——因为他们都被那两个直抵心坎的字深深感动了。

可是有人却对他发出恶毒的诅咒，那是约翰。他一路咬牙切齿地说："又是这小子！惹祸的总有他，上次把我衣服弄湿的肯定也是他，看我不除了他才怪！"约翰恨天亮自有他的原因，因为他从骨子里就看不起黄种人；对那些颇有能耐的黄种人，更滋生一种妒意。尽管他自己的出身和经历难以启齿，可是他对营长亨利这样说："我们都是高贵的白人，干什么要跟那些黄皮肤的中国人一起，他们是劣等民族。"

"别忘了他们在为我们做苦工。没有他们，我们要从前线撤下多少士兵，还打不打仗了？"亨利心想这样简单的事情他都看不清。

"我情愿从澳大利亚弄些囚犯来做工，也不要跟这些黄种人一起。"约翰大言不惭地说。

"你可以问司令部啊，为什么他们不这么做？约翰，相信我，世界上没有比中国人更温顺和卖力的苦力了。你说的那些白人是罪犯，而这些黄种人却是老实的农民。"亨利想这个人之所以这么说，因为他本人也是囚犯出身。

"亨利，我们堂堂白人，怎能让这些黄皮肤的人成为我们的同盟者，他们配跟我们一起打仗吗？我们和德国人打战，就像兄弟打架一样，哪有自己兄弟打架要找奴仆来帮忙拉架的？这群黄种人加入我们的行列，是白人的耻辱啊！"约翰竟有他的歪理，亨利没有理睬他。

那个中国年，华工都吃上了饺子，那是他们出洋后第一次。连续放三天假，让这些华工兴高采烈，人人有颗未泯的童心；更重要的是，他们都有一颗中国心。

初一清早，众人齐聚在列有关公、观音菩萨、玉皇大帝以及孙大圣悟空等头像前面,每个人对着自己心仪的偶像磕了头。孙悟空像是余纹灿放上去的,他说:"孙悟空一个跟斗能翻十万八千里,我要有那个本事,翻个跟斗就回家了。"众人拜完列祖,又对着东方——遥远的家乡,高高地拱起双手,喃喃地对父母说出一番恭敬的话;最后大家又互相拜年,先是连里,然后排里,最后到了班里,大家彼此相互作揖鞠躬。无论谁跟谁拜,祝词都是一样的:"老哥,愿你早日回家!"

约翰听着恨得直咬牙:"陈天亮这个浑小子,看我不除了你!"

亨利和约翰相反,他觉得华工想家、要回家很正常,没有什么值得大惊小怪的。亨利穿着整洁的军装,挺着笔直的腰板来到华工营里,他悠闲地对所有人轻轻地点头,一副英国绅士派头,却没有多少军人架势。那天他和万紫澄一起坐在华工中间开心地看表演,拍手哈哈大笑,没有一点架子,还在一班笨手笨脚地包饺子、大口吃饺子。他对华工说:"你们过年想家没什么奇怪,我们的士兵在圣诞节也会想家。"他聊天用的是他那独特的带着浓浓上海腔的中国话,引起众人不断大笑,他对天亮说:"我的中国话比你的英国话要说得好,信不信?我会说'差不多',还有'马马虎虎'。这是中国人最爱说的两个词,对不对?"大家又是哄堂大笑。

天亮兴致勃勃地反问他:"你为什么爱说这两个词?"

亨利回答:"我们英国人最爱讲精确,吃东西要看有几盎司,走起路来要数一分钟走了几十步,没有事情可以差不多、可以马马虎虎。不过我这个人,最喜欢马马虎虎。所以我当不了科学家;我当营长也是马马虎虎、差不多就可以啦!"亨利营长的话让人笑弯了腰。笑声把别班的人也吸引过来了,周围的人越来越多,大家起哄要他讲年轻时在上海的经历。亨利说:"我刚去时就像你那么大。"他指着天亮说:"我相信你一定不到20岁。哦,不要紧张,我不会打小报告把你送回去。我那时刚到上海,没几天就学会了一个词'小赤佬'。一次在家我对父亲说,'侬个小赤佬',我父亲的上海话比我好,他气得要用马鞭抽我。我赶紧跑,还对他说'小赤佬勿好打人咯'。原来我是把'小赤佬'当成了'上校',我父亲那个时候是上校军衔。我家那个北方司机称他'上校',和花匠讲的上海话'小赤佬'差不多发音嘛,没想到,惹祸啦!"众人听了笑声一阵又一阵,亨利营长跟他们一起笑得前仰后合。过年想家的愁云都让亨利营长的一通笑话吹走了。过去一年,大家几乎没见过营长几次;这次一班出事,他才开始露面,直到过年,才露真面目。自那以后,他常出现在营地,大家当面恭维地称他"亨利营长",背后都戏称他"马马虎虎"。

亨利同情华工,看不起约翰,万紫澄也听说约翰在澳大利亚当过囚犯。因为会打百步穿杨,被当地流放营的头头收过来当警卫,当起了"逃犯猎手",专管射击逃跑的囚犯——昔日他的受难弟兄。他不知射杀过多少在荒漠逃跑的人,以此换来完全豁免,回到了英国本土。正值第一次世界大战爆发,他被派去管理战俘营,他对那些战俘也以凶狠出名。后来大批华工来了,他又来亨利这个营,协助管理。他是所有英国军官中最凶狠的,他把他们政府招募来帮他们干苦力活儿的华工,像他以前管理的囚犯和战俘一样对待。亨利那些英国军官都是从贵族学校毕业、再从军官学校走出来的人,尽管浑身散发着傲慢与偏见,可是他们毕竟行君子之道;唯有约翰,本身就不是正经人,他的劣性就不足为奇了。

那天二排派去卸面粉,天亮身体受伤未痊愈,班长请示免了他、齐中原和鲁大珊的差。约翰知道后,说可以另派他们干点轻活儿。三人跟着约翰走了一段路,来到一个小树林后面,约翰对他们说:"你们把这片空地上的杂物清一清,我们要在这里建运动场。"说毕就走开了。三人看看那片空地,好像从没来过。大珊看着就要往里走,让老到的齐中原一把拉住:"等一等!"他在仔细观察,"看那边,好像爆炸过。"他感觉这里像个废弃的战场;另外,他对约翰带他们到这里存有戒心。

果然他们看到,就在十米以外,曾经有过爆炸的痕迹。会不会战争初期,德法在这里交过火?齐中原还细心地发现,这片地方周围有的地段还有围栏,或铁丝网,而他们站的这段,却什么也没有。他说:"别往里面走,让我试试。"

说着他搬来一根原木,很短、很粗的一段,使劲往前滚。突然一声爆炸响起,一股浓烟冲上天,随之一些木头碎片撒落下来,他们急忙往后退。

两个宪兵闻声跑了过来,喝道:"What are you doing here?"(你们在这里做什么?)

天亮现在算是明白了,约翰要干什么。他对那两个宪兵说道:"Ask John, he bring us here."(去问约翰,他带我们到这里)两个宪兵当然不会听天亮的话,他们用枪押着三个人到营地总部。万紫澄正好在那里,天亮告诉他发生了什么,万译官脸色都变了:"那是雷区啊!从来不允许人去,真的是约翰带你们去的?"

总部怎么处置约翰,华工就不知道了;连万译官也不知道,他只是让天亮多加小心。总部也嘱咐连里,不要再去那里,也不要声张这件事。听说那里是德军撤退的路线,埋了几百个地雷;当时没有力量排雷,那片空地用铁丝网严密封上,严禁人入内,约翰想借刀杀人。天亮不知道约翰为什么那么恨他,不过他看清楚了,心里也明白,他在这里很危险。

三十三　天亮知道了巴黎有个法军华工营

天亮不喜欢这里,它和想象中的法兰西差得太远。本来家乡传说中那个遥远的欧罗巴,就被蒙上一层梦幻的面纱,被涂上一层美丽的油彩,那也不是真实的法兰西,更不是被大战摧残得面目全非的法兰西、惨不忍睹的欧罗巴。天亮经过的小镇和村庄,没有一个可以和他看见过的上海相比。哥哥没有同来,他的欧洲之行就减色了大半;再加上被打耳光,还挨了40鞭笞,天亮那颗赤子之心被伤害了。他对约翰同样心怀憎恨,他万万没想到约翰竟然想置他于死地,他很想以牙还牙;可是他不能,这不是他的本色,况且他不要出事——他要等天青,他还没有看到心目中真正的法兰西——他相信那是个美丽的地方,那里的人也一定很善良。

约翰始终没有忘记那个中国男孩，倒不是别的原因，只是不想服输；他整人从来没有输过，这次也不会。那天难得轮到一班休息，约翰跑来说要去打猎，打野兔子、野鸭。他比画着，打了野味大家烤着吃，他让班里几个人随他去，打中了野鸭，得有人去捡啊。班里真有人动心了，反正待在营里也是闲着，不如出去走走。班长没拦着，眼看着一个、两个站了起来，约翰突然大声对天亮说道："You got go. They do not understand English.（你应该去，他们不懂英文）"此话一出口，大家都愣住了；随着天亮站起来，全班的人都站了起来。所有人都望着约翰，只见约翰气得脸都发青了，扭头就走。他走后没人说话，那天没人跟约翰去打兔子，人人看出了约翰的心思，知其剑指何方。天亮在班里最小，大家又知道他途中丢了哥哥，都像爱护自己弟弟般护着他，这次也是。

有一天晚上，大鲁有个老乡来看他，他叫徐润靖。他应招法国招工，早在1916年底就出来了。他们走的是南线，从印度洋绕地中海来的法国，在法国南部马赛港登陆，上岸后坐火车到了巴黎里昂车站，然后就被分送到法国不同工厂，少数还去了农场。天亮他们这个英国营地极少有来自外边的人，更何况来自法国巴黎附近的营地，他不像英军营里他们这些华工那么拘谨，随意的样子好像比主人更像主人。让天亮这个心细的人看出来了。大家十分好奇，围着他问长问短。

"你们都在什么工厂？干些啥活儿？"段班长第一个开口问他。

"嘿，什么厂都有，造机器的机械厂，造枪炮弹药的军工厂，造汽车的汽车厂，还有的在坦克厂呢。"徐润靖掰着指头数。

"那你呢，你造什么？"齐中原凑上来问。

"我啊，在飞机厂，造飞机！"徐润靖神气活现地说着，众人听得都"啊——"地叫了出来。人人羡慕的背后是深深的遗憾，自己要能去造飞机坦克，该多美啊！

"你们那儿还让出来串门？"余纹灿最关心这事，他老想着出去吃顿正宗法国大餐呢,一直没有机会。这次碰到外边来的人,他哪能放过,好奇地发问。

"为啥不让,每个礼拜休息一天,你爱上哪儿就上哪儿。"徐润靖回答。这里每个人都低头在想,他们这里哪有每个礼拜休息一天的规矩;就是休息了也不让自己出去,门口拿枪的英国大兵像看犯人一样看着他们呢!

"也让你们出去上饭馆?"余纹灿抓住不放,继续他关心的问题。

"去年还可以,现在是什么时候?上什么饭馆,他妈的打仗打的,粮食都配给了,不过咖啡馆倒可以去。喝过咖啡吗?"徐润靖问。

"我们这儿有时候也发咖啡,我们都不爱喝,苦兮兮的。"大鲁回答。

"说说你都到过些什么地方,我们这些人都是大土鳖,自打来到欧罗巴,就没有出过门,没见过世面。"邢伟桂开口问。

"倒也不全在工厂,有人分在农场干农活;农忙时,我们也去帮过忙。其实我还爱上农场呢,那里空气好,说是乡下,可那个漂亮干净啊!比城里还好,城里还挨轰炸,那里没有,还可以吃些城里吃不着的东西。再说……"徐润靖说着神秘地压低声音说道:"农村的法国女人对咱们中国人可好呢!"徐润靖说着"嘿嘿"地笑了起来,那种笑带着一点点坏。这里的人,来了一年多,除了上次洗衣服见过女人,后来根本就没见过法国女人是什么样。大家起哄地喊着:"快跟咱们说说法国女人——"

徐润靖说:"法国女孩不怎么样,她们盯着那些刚来的美国大兵呢,不爱理咱们。倒是那些大嫂、大妈们,男人打仗去了,她们待我们可好啦,大概是想男人啦——"这次是大家一起哄笑了起来。

"那也轮不到你啊——"大鲁蹦出这么一句话来,大家笑得更厉害了。

"轮不到我,说不定轮到别人呢。知道吗?我们当中有的是长得俊、嘴又甜的。我们来这儿一年多啦,机灵的还学会了几句法国话呢。"徐润靖越说越让这些人馋,大家一下子都变得话多了。

"你会说法国话吗?说两句让我们听听。"

"嗨,你沾过法国女人吗?"

"你们那儿要人吗？我们去行不行？"

你一句，我一句地又问又说，好不热闹。

天亮这时凑了上去："大哥，我跟你打听一个人，你们那里有没有个叫陈天青的？不是山东人，是南方人。"

众人不再起哄，都静下来了，这里的人都知道天亮有个失散的哥哥，他叫陈天青。天亮从威海卫还没出发就在找哥哥，一路都没忘，都一年了，逢人就问，这次问到法国营来的人了。

"陈天青？"徐润靖看着天亮说，"没有，好像没听说过有这么个人。"

"你看有没有人长得像我的，我们俩是双胞胎，长得一个样，有像我的就是他。"自从来到法国，天亮就托万译官到华工营总部给他查过。他们这个营地，没有陈天青，天亮好像死了心了。今天从天上掉下来个法国营地来的华工，突然给他开了一扇窗。

徐润靖仔细看着天亮，摇摇头："没有，我们那儿，多半是我们这些山东大汉，没有像你这么秀气的南方人。"

这位法军营地来的不速之客，好像让天亮豁然开朗。过去一年死守着这个英军营地，这里没有天青，可是华工来的可不止他们这一船5000人，听万译官说，好像总共来了10多万呢，也不只是英军营，还有法军营呢！天青没准走了另一条路，从南洋到法国，他大概正在哪个法国工厂或者农场呢，没准已经跟哪个法国婆娘好了呢！

天亮笑了——他知道该怎么做了。

第七篇　俄国大地上的中国支队

三十四　中国支队第一次战斗就牺牲了大半

天青已经是红军中国支队的战士。一个穷乡僻壤出来的年轻人，只有最原始、最合理的哲理能打动他和吸引他。天青从圣彼得堡训练起，就是一板一眼，凡事都认认真真，他不满足每天受训和操练，他在等待着突然来临的战斗，渴望亲自上前线。就在这个时候，传来一个消息，摩尔曼铁路沿线被英国军队占领——昔日的协约国盟国，如今都变成了内战的敌人。他们正是从摩尔曼斯克港口登陆后，登上天青他们修好的铁路，一路大肆搜罗粮食和武器，向南进发，他们现在正在觊觎沿途一个小车站上的一列货车。那列车的6节车厢里满载弹药和粮食，是圣彼得堡急需补充的物资，不知为何一直停在那里，没有开到圣彼得堡来。蔡伟德支队接到命令，立即杀回去，赶在英国人到达之前，把那列货车安全地开回圣彼得堡。

蔡伟德一帮人，马不停蹄地奔到那个名叫普尔金的车站，在那里等待他们的红军纵队头儿，竟然就是他们的革命启蒙人刘哲欣。几个月的分别，谁都不认得谁了。

在纵队政委刘哲欣眼里，穿上红军军装的蔡伟德、天青和他们的伙伴，哪里是大森林里见过的那群落魄华工啊！他们个个神气地背着枪，穿着红军军装，戴着军帽，脸上透露的是自信和热情，眼中闪烁着充满希望的光芒。身负重担奔赴前线的使命感正驱使着他们，人人迫不及待，又严守纪律，刘哲欣心中有着说不出的欢愉和激动。

天青这群人看见刘哲欣，就像见到亲人般兴奋得不得了。自己变了多少都不知道，刘哲欣的惊讶正是一面镜子，每个人才猛然发现，他们早已不是苦力华工，经过华丽转身，他们已经成了红军战士。他们也看出刘哲欣更瘦了，颧骨突起，两眼深凹，可是他的精神还是那么抖擞，他的声音还是那么洪亮。也许明天自己也会像他一样，走遍俄罗斯大地，动员华工参加革命。几十万华工大概就是这样滚雪球般的越聚越多，在这样的逻辑和这样的动力下，成了苏维埃政权最艰苦时代的同路人。

普尔金车站是摩尔曼铁路中段的一个小车站，那列满载弹药和粮食的6节车厢停在站台。他们不知英国人离这里还有多远，只知道必须赶在他们来到之前，尽快把列车开走。刘哲欣迅速做了决定，应该尽快把那6节满载物资的车厢开走，再换来几节空车厢，伪装好；留下的人要把前来掠夺物资的英国人统统消灭在这里。人们在车站里找到了火车司机，他说不是不想开，只是因为火车头没有煤了。

"车站外面堆积成山的难道不是煤吗？"来后视察了周遭的刘哲欣大声问道。

"没有人运煤，我怎么办？"司机摊开两手回道，"只剩我一个人啦！这里刚打过仗，司机班的人都跑了；我是司机，我没跑！我自己怎么把煤运上车？"

蔡伟德已经查看了车站，他说在倒塌的墙垣后面，有一批空的弹药箱。于是刘哲欣命令用空箱装煤运到火车头，然后让司机把货车尽快开走，向南直奔圣彼得堡。中国支队的人全部投入运煤工作，他们本是干活儿的好手，现在大敌当前，更是出手飞快、奔走如飞。后来为节约时间，干脆用传递方式，排成一列，一箱又一箱装满的煤，从一个人手中飞到另一个人手中，每个人的两只手臂都像传送带般飞动；人极累，但减少了奔跑时间。他们硬是在一个多小时里，把车头需要的煤给装满了，站台堆满了空弃的弹药箱。

司机开来了两节空的货车，停在站台旁，他回到了装满物资的火车头。临开前，刘哲欣不放心，让天青带上两个人押车，跟着司机直奔圣彼得堡。天青带上了郝窦窦和郭娃。刘政委站在火车头旁，语重心长地对3个年轻人说："天青，现在由你全权负责，你们一定要把6节车厢物资全部安全地送到圣彼得堡。"他望着他们，心中充满了信任和骄傲，又有多少的不放心，可是现在没有别的办法。他培养了多少像天青这样的华工，他都不记得了；所有这些人，都有一个受苦受难的昨天和意气风发的今天，而他们的明天呢？刘哲欣不愿去想，也不敢去想，这就是战争，最残酷的战争与最耀眼的革命，个人生命和前途已经融合在事业的洪流中，他们也早已置生死于度外——可是这是多么年轻的生命啊！

蔡伟德看着跳上火车头的天青，不由自主地扬起了右手，一种莫名的分别愁云涌上心头，那个从天津出发至今没有和他分离过的年轻人，在黑森林里总跟着自己，那个学会了打猎、射击，学会了操练，学会说一点俄语，也学会了演讲的昨日华工、今日的红军战士，就要离开他了。蔡队长向他高高地挥着手，向他祝福，也向他告别。

刘哲欣指挥剩下的人，先把站台空弃的弹药箱统统扔进刚刚开过来的两节空货车厢里，打扫干净了站台。所有人分散隐蔽在车站四周，此时的他们，没有了豪情满怀，也不再斗志昂扬；因为他们要投入有生以来的第一次战斗，人人心中慌乱。刘哲欣懂得他们的心思，他又像第一次出现在黑森林里一样，威武地站在站台上。对隐蔽在站台旁、树丛后、破车厢里和极易被暴露的站台小屋的几十个华工战士们喊道："我的华工弟兄们，我的红军战士们，我们红军是为人民而战，人民，也就是包括你、我、他，和所有受压迫和受苦受难的弟兄。我们不是好武的人，我们也不想打仗。可是如果敌人打到了我们眼皮底下，来抢我们的粮食，来夺我们用来保卫自己和人民的弹药，你们说，能让他们得逞吗？"刘哲欣挥舞着右手，滚圆的眼睛瞪着四面八方，每个障碍物后面都有他的战士，他却看不见他们。

"不能——"众人的呼喊声从各个角落发出来。

众人的话音刚落,"呜——"北面一列火车汽笛鸣叫声像催命般的传来,每个人都藏到了自己选好的地方。一列火车开了过来,那是4节客车,列车慢慢地停在站台上,在刘哲欣他们伪装的那列火车后面,英国军人没等车停稳就跳了下来。

英国军人疑惑地看着那两节车厢,不是他们情报里说的6节,打开车厢,只见一些堆积得乱七八糟、黑黢黢的弹药箱,再打开一看,里面只有煤屑。他们暴怒地向空木箱和空车厢猛烈扫射一通。英国军人来得多,他们的装备是新式美国援助,他们吃得饱、穿得暖;另外他们是老牌殖民者,曾经经历过许多次征服和侵略。而此刻他们的对手,却是一群刚刚脱下破衣烂衫的中国工人,以前还是农民,不要说新式武器,就是老式武器都没摸过。他们刚从操练中学会踢腿走步和向右看齐,刚刚学会打枪,还没有学会瞄准。可是他们都记住了政委刘哲欣刚才对他们说的话。

刘哲欣对他们说过什么来着?"今天的战斗是为了明天美好的生活。"什么算美好生活? "就是让受苦人都吃得饱、穿得暖,就是能回家和家人团聚在一起,过平安日子。"这是中国普通百姓千百年来最基本的愿望;可惜,他们的这个最低要求,多少年也得不到满足。为了实现这个人类最基本的愿望,他们应招华工,来到冰天雪地的俄国;遗憾的是,来后他们的这个最基本的要求仍然没有得到满足。于是,他们跟着造反,因为刘政委告诉他们,革命是要推翻资本家——那些不给他们发工资,还不断虐待他们的俄国佬;他们很快都参加了红军。今天,为了同样的目的,他们来打英国佬,那些和欺负他们的资本家一路货色的外国佬;当然他们会举起枪,向英国佬射出第一发子弹。这就是那些战战兢兢地躲在障碍物后面的华工战士当时的所思所想。

那天的战斗从车站站台打起,一个英国士兵看见隐藏在破站台后面的一个华工,他不用瞄准就一枪把那个华工打倒了,接着就是刘哲欣和他的华工士兵,从四面八方开了火。真不知他们打中了多少敌人,可是他们着实让敌人吓了一跳。英国士兵以为自己中了埋伏，他们不知道四周有多少红军，他们不知碰到了什么强大的敌人；于是这些人都退到自己的车厢里。他们从车窗往外打枪，一枪一个地撂倒了不少没有经验、暴露在外的华工战士。刘哲欣觉得这样下去伤亡太大，对方有隐蔽处，他们打枪的命中率太低。他带来了几颗手雷，想把那节车厢炸掉，那么车厢里的英军也就跟着完了。他对蔡伟德说了自己的计划，蔡伟德当然不会让政委前去冒险，他说他去。

身边其他华工知道了，又不让蔡伟德去，说他要出事了，这群人怎么办。一个华工拿着手雷爬了过去，就在离车厢不到5米处，他被一梭子弹打得不再动弹。马上另一个华工又爬了过去，还没有到他身边就又被打倒。蔡伟德急了，他端着枪，拉开手雷导火线，飞奔着向车厢跑去，刘哲欣也沉稳地向刚才两次射出子弹的车窗射去，只见一颗手雷落进了车厢窗内，里面一声爆炸，随之许多英国兵跑出车厢。外面所有埋伏的人都对着他们开火，会打枪的和不会打枪的，子弹飞到车厢顶上的和子弹穿过英国人胸膛的。一阵混乱后，英国士兵发现这些开枪的人并不厉害，他们命中率太低，子弹也不是连发。于是这些英国士兵就更靠前，华工打中的又多了一些，英国人不愿捉迷藏似的打仗，他们冲向几处子弹来得多的地方，那里隐藏的人一下子奔跑出来，这样他们都暴露了。

"中国人——"英兵大叫着，他们射杀了慌忙中不知所措的那些人——第一次上战场的华工红军战士。知道他们对手是中国人后，英国佬肆无忌惮地疯狂射击了，为了没有找到本该掠为己有的战略物资，为了这群黄种人竟敢向白种人开枪的报复。许多华工都是这样被射杀，已经倒下的，又多挨了几颗子弹。英国人不吝啬子弹，因为美国的后援不断地横穿大西洋。蔡伟德已经倒在血泊中不会动弹了，刘哲欣也中了弹，来的人已经死伤大半。

枪声渐弱，几个躲在远处树丛后面的华工悄悄地退走了。他们没有了头儿，眼见华工已经大半死去，受伤的没有救助也会死去，他们无能为力，只有撤退。刘哲欣倒在站台旁，他心里想着，他们和英军激战了总有半个小时，英军再也追不上那6节车厢了，他们完成任务了，他嘴角露出满意的微笑。如果那个时候，有适当的救治，刘政委应该能活下来；可惜没有，他失血过多，带着安详的微笑离开了他的战友，离开了他未竟的事业。车站上华工死伤无数，他们和许多俄国战场上的华工红军一样，初次战斗就阵亡沙场。

火车司机开着那列拉着6节车厢的火车飞快地向南奔去，天青和他的两个战友趴在车窗向后张望。他们听到了远处传来阵阵枪声，几个人心急如焚，却唯有紧紧地端着枪，时刻准备一旦有人追上来拦截，就把他们统统击毙。

英国人没有追上来，他们被埋伏下的刘哲欣、蔡伟德和几十个华工战士阻截在那个名不见经传的小车站，尽管华工红军战士几乎都死去，可是他们让敌人失去了追逐满载物质货车的最后机会，他们的生命换来了更多人的生存。可是他们的中国纵队，也失去了政委；中国团的摩尔曼铁路支队失去了支队长蔡伟德和许多优秀华工战士。他们都是第一次上战场，就永远留在了那里。这就是战争，永远不知是什么在等着你，不是光荣和胜利，就是死亡和永别。

三十五　天青接任蔡大哥当了中国支队队长

几天后，天青带着两个仅有的兵，回到普尔金车站。那里已经面目全非，小车站被打得一塌糊涂，尸体都被附近农庄的农民埋葬了。他们把英国人的尸体扔到一个大坑里，胡乱盖上土；而对帮助他们赶走外国入侵者的中国人，在另一个埋葬他们的坑上，堆了一个大坟头，上面立了一块石碑，没有名字，用木炭写有"24个中国战士"。

天青和郝窦窦、郭娃来到了那个墓前，简陋的坟头上竟然绽开了初春的野花，看着朵朵黄色和白色的小花让他们流泪不止。天青跪倒在坟前，俯首几乎趴在地上。那个墓穴里躺着刘哲欣——他的指路人，还有他的大哥蔡伟德——那个威武又善良的山东大汉。他想念所有躺在下面的华工弟兄，那些和他一起在黑森林里度过了恐怖的极夜，一起参加革命的人。如今这些人都躺在地下，和他阴阳两隔，他感到从未有过的悲伤和孤独；他无法相信，一场战斗，他与这些昔日的朋友和战友，就永远分离了。革命真的这么残酷吗？

四周慢慢围上来一些俄国农人，他们好奇地看着在坟前长跪不起的天青和他的两个战友。那些俄国农人想知道，为什么中国人要来他们这里打仗。

有个老爷子问："这是些什么人？"

天青回答："华工中国营的战士。"

"华工？"不知底细的人们都有点奇怪。

天青回答："从中国来这里修铁路、干苦工的穷苦人。"

有个老奶奶问："你们干嘛参加红军打仗？"

天青回答："我们不是来打仗的，我们是被招募来干苦力修铁路的。可是资本家不但不发工钱，还用鞭子抽打我们，最后他们拿着我们的工钱跑了。你说该不该反对他们？我们唯有参加红军一条路。"

众人点头，想想又有人问："打完仗你们还想干什么？"

"回家！回到自己国家，让所有受压迫的工人农民弟兄都能站起来。让他们有饭吃，有衣穿。"那是刘哲欣当初告诉他们的。

天青说的都是大实话。在俄国，像天青这样的华工红军战士究竟有多少？1918年9月2日，联共宣布国家为统一军营，托洛茨基担任共和国革命军事委员会主席。被遣散的军人在红军征召下，全国一万多公里漫长战线上，有二十多万华工参加了红军，汇集到新生政权的麾下。

那年9月18日，英国、美国、法国、意大利、比利时、葡萄牙和日本等国家，联名向中国政府提出"严正抗议"，抗议在俄华工参加红军，抗议他们介入保卫苏维埃政权的战斗。二十多万华工在异国加入了苏维埃红军，引起国际关注，才会引发若干国家向中国政府递交抗议书。

也许更该问的是：如果几十万华工都像天青一样出于自愿、出于生活所迫，参加了红军，参加了革命，那究竟又该谁抗议谁？

天青接任了蔡伟德的支队长，还是打着"摩尔曼铁路支队"的旗帜，因为红军要让那面旗帜一直飘扬在天空。天青手下人越来越多，他们当中没有多少真正来自摩尔曼铁路工地，但是他们都是清一色的华工——分别来自金矿，来自伐木场，也有的来自农场。这些流落异乡、无人过问的华工，叫天天不应，叫地地不灵，唯有红军的大门对他们敞开，而红军奋斗的目标又那么容易为他们接受。于是天青的队伍越来越壮大，他的威望也越来越高。仰慕他的指路人刘哲欣的睿智，又欣赏猎人蔡伟德的豪情，于是一个兼具两者的天青出现在人们面前。他学会像刘政委那样作慷慨激昂的动员报告，把衣食无着的华工说得热血澎湃、热泪盈眶；他又像蔡大哥那样肝胆相照地对待每一个人，让他们心甘情愿跟他赴汤蹈火。他深受手下新兵的拥戴，他们队伍已经发展到三百多人。

不过此时他们面临的敌人，不再是外国军人，而是苏维埃境内的白军——那些反对新生政权的形形色色的队伍。白军不是孤立的，他们受外国人，特别是昨日盟友英国的支持，所有国家都希望尽快扑灭俄国革命的火焰。

白军抛弃了以往的口号："沙皇、祖国和正教。"

他们现在打的旗号是："自由、祖国和正教。"

而红军打出的旗号是："和平、土地和面包。"

究竟哪一面旗帜更有吸引力呢？

大概很少有过像俄国十月革命后，在那块大地上出现的数不清的千奇百怪队伍，和他们之间的混战。天青奉国际团之命，带着他的摩尔曼铁路支队，到白军后方去袭击他们。他们只知道：白军要恢复旧时代，要重新让财主老爷骑在他们华工脖子上，他们华工绝不答应！于是天青的队伍斗志昂扬地和各路白军交手开战。

那个年代所有重要战斗都发生在铁路沿线。天青带领他的支队切断敌人的供给线，袭击白军准备运输的火车站，缴获了大量武器和粮食，装备了自己还支援友军。天青永远不会记得，他和多少种白军、白匪、哥萨克交过手，他说不出和他交锋的是邓尼金还是高尔察克，是彼得留拉匪帮还是克拉斯诺夫匪帮，是佛兰格尔的绿军还是什么不见经传的小土匪。总之，他们和这些跟苏维埃过不去的军队都打过仗。打得赢就打，打不赢就跑。天青并不懂得什么战略战术，只因为他们人力、物力都有限。敌人更加仇恨这些远道而来和他们作对的中国人，邓尼金曾下过命令："所有被俘的中国人，一律送交军事法庭。"被俘的华工战士最后都被残忍杀害。

没有人统计过，战死和被杀的华工究竟有多少。当初应招到天寒地冻的俄国的华工，就没有做过精确统计；他们当中参加红军的人数同样没有人仔细计算过；战死在荒原、森林、铁道旁和大桥下的华工红军，更没有人去统计死亡数字。他们走了，他们为之战死的国家和人民不会知道，他们远在千里之外自己的亲人和同胞也不会知道；招募他们来当华工或参加红军的俄国人更不会知道。当时没有人知道，百年后也不会有人知道。只有天上的白云飞过时投下片片阴影，掠过那群被遗忘的尸体；只有积雪会把他们埋葬，等到春暖花开时，一具具冻僵了的、变形了的尸体又暴露在大地，被野兽吞噬，被荒草淹没。他们活着没有回到故乡，死后他们的魂灵更回不去了。几十年甚至上百年，那些游魂，一直飘荡在那片北部旷野的上空。

三十六　飞鸟返故乡兮　狐死必首丘

天青的队伍按照国际团指示，在敌后游动着，打打停停，停停再打，他们艰难地穿越在俄国大地上。

一次路过一个矿场，那里有座大工棚，四周静悄悄，像是一个废弃的矿场，天青把队伍拉过去想就此借宿休整。没想到推开大工棚的门，里面竟然是一群中国人——华工？他们看上去胆怯又虚弱，有的坐着，更多的躺在大通铺上。看见身穿军装的人推门，他们露出一副惊慌失措的样子。天青忙把帽子脱掉，伸出双臂说道："老乡，别怕，我们是中国人。"那些躺着的坐了起来，坐着的站了起来，他们简直不敢相信，眼前站着穿红军军装的这些人，竟然是中国人，还会说中国话。他们慢慢聚上前来，有些人竟啜泣起来。

和天青在摩尔曼黑森林里的伐木场一样，这个矿场老板也是卷款逃跑了，他还欠了工人们半年的工资，工人们现在连开饭的钱都没有了。矿场里的俄国工人纷纷走了——他们毕竟农村还有个老家，可是上百个华工，却无路可走。

"谁不想回家？谁不想回国？没路费啊！"有人跺着脚说。

"俺们不是不想到别处找工，不认识人，又不认识路，往哪儿抬腿啊！"

"矿里没留下多少粮食，吃完了就到附近农庄去讨、去偷。"那些工人述说着。

"咱们兄弟让人抓住，人家可往死里打啊！打死打残的都有，爬回来也只剩一口气。饿死的、打死的、病死的，还有干活儿受伤没给治拖死的，都在山后面埋着呢。"可怜的工人述说着，有的骂娘，有的号哭。

有个工人说："我领你们去看看，那可都是跟我们一起从关里关外出来讨生活的兄弟啊！"

天青和他的支队战士们，跟着那些工人，来到工棚后面一座不高的小山，翻过山梁，赫然看见一片坟头从山顶向下伸展开。每座坟前有个称不上墓碑的墓碑：它们是大小不同、形状有异的石头或是木板突兀地立在或插在土坟前。天青他们从山顶往下走，边走边看。有的石头或木板上刻着或写着逝者的姓名，有的有姓无名，有的有名无姓。更多的是用黑炭写的，下雨下雪后已经模糊不清。从少数写有死期和死因的墓碑来看，他们大多是 1917 年底到 1918 年春那个冬天死去的。识字的郝窦窦，在一个比较规整的墓碑前大声念出来："公元 1917 年 10 月 20 日，季曼汝死于矿难，享年二十有二。"另一个人也念出了声："华之光死于伤寒。""河北府东北角小屯村，某某，39 寿终。"……有的没有生卒年月，有的没有籍贯或姓名。看来都是草草埋葬，能有人埋葬已是大幸了。另有许多新坟头，连块石头都没有，只是一截木头插在坟前，记着死者名字或是死亡日期；也有的是什么都没有，就一个土坟。

天青他们看后回来都很沉重，个个低头不语。天青说："先给这些弟兄们弄点东西吃吧。"矿工们把歇了多日的大锅洗干净,倒满了水,找来柴火点起来。郭娃带着炊事班煮了满满一锅又稀又薄的燕麦粥,给这些饥寒交迫的矿工弟兄们先暖暖肚子——他们自己也没剩多少粮食了。和以前刘哲欣来到他们黑森林伐木场一样,天青站在前面,给这些在闭塞的矿场里的华工弟兄们讲了许多他从刘政委那里听来的以及后来从圣彼得堡学来的革命道理。对这些饥寒交迫的华工来说,这些道理根本不必多讲,因为摆在他们面前的只有一条路:那就是参加红军队伍,为自身解放参加革命。天青的队伍一下子又壮大了许多,他们用缴获的武器武装这批红军新战士。那几天,昨日像坟场一样寂静的矿场,变成了一个热闹的新兵营;新兵们也学着操练和打靶,还跟着唱起不知什么歌词只知是奋进的红军歌曲。

这里毕竟是显眼的老矿场,不宜久留,天青决定带着队伍继续往前走。临走前,天青及他的部队,还有这些昨日的矿工、今日的红军战士,一起到后山为死难的华工做了一次祭祀。他们仔细数了,一共有48座坟。有人找来一块大石板,立在山脚下,天青用他的雕刀在石板上刻了16个字,"中国工人,四十八人,援俄来此,卒于一战"。另有几个无石碑的坟前,也有战士找来木板,用木炭粗粗地写着"无名氏华工,一战援俄,卒于此",他们把这些简陋的石块和木板立在坟前,充满愧疚,心想连死者名字都不知道,更不要说为他们念经、超度,他们的魂灵怎可能安息。

要做祭祀,可是没有线香,没有蜡烛,也没有花圈。人们从四周松林里砍下松枝,扎了松把,很多上面还带着松果,留着松枝的余香。人们怀着虔诚的心,将松把放在每个坟头上。在那个薄雾蒙蒙的清晨,郭娃领着炊事班,把缴获的伏特加洒在每座坟前。在山脚下,人们用松枝点起了3堆篝火;篝火映照着黎明前的天空,影影绰绰地可以看见朦胧中那些形形色色的墓碑。在噼啪作响的熊熊大火前,天青带着摩尔曼铁路支队的几百个华工战士,跪倒在小山前,面对层层铺叠到山顶的简陋坟墓,面对48个留尸他乡的华工弟兄,恭恭敬敬地磕了3个头。

秋风习习,薄雾霭霭,此时天边渐渐露出初升的红彤彤的太阳,昏暗的天空刹那间变得明亮。所有的人,包括天青,此时都还没有起身,他们转过了头,迎来的是耀眼的光芒——原来这座山丘正对着东方。天边地平线上刚刚探出头来的那轮红彤彤的朝阳,此时正放射出金色的霞光。当所有人回过头来再看布满坟茔的小山丘,只见披上了初升朝阳鲜艳的外衣,那些不同形状、不同色泽的墓碑,此时变得鲜亮无比、光彩夺目,仿佛太阳也要参加这次祭祀,要为之增辉,给这些冤死他乡的苦力们最后送上一件华丽的长袍。这些跪在地上的红军华工战士,面对着苦难的华工弟兄,面对着此时个个熠熠生辉的无言墓碑,人人心潮澎湃、激动万分,都更深地躬下了身子。

天青和他的战友并不知道屈原曾写过名句:"鸟飞返故乡兮,狐死必首丘。"那是说,狐狸将死时,它的头会向着它出生的土丘。

这些远道而来的华工,他们的坟茔也要朝向他们出生的东方——他们从东方来。

天青和华工战友们个个低头沉思:"哪一天我也会倒在这块土地上;到那时会有人把我埋葬,为我立碑,给我磕头吗?我的土坟也会朝向东方,圆我首丘夙愿吗?"

三十七　天青和战友们在大森林里苦度寒冬

1918年深秋,天青带着他的部队追赶一股狡猾的敌人,一直追到了一座大森林;也许那根本就是一个圈套、一个陷阱。可是他们进去就出不来了,他们陷在了连绵不断、只有大树连着大树的黑森林里,在那不见人烟、遍布沼泽和泥潭的蛮荒中。

这座森林很像当初他们在摩尔曼地区的那个伐木场,只是更可怕、更瘆人。因为以前他们住的那个黑森林临近冻土带,沼泽不会把人淹没到脖颈,再说那时还有监工地头蛇，他们对当地知晓甚多，一切由他们安排管理。可是现在，天青连他们在俄国哪个位置都说不清。漫长的严冬即将来临，他们和外面已经断绝了联系。因为无论往哪里走，都是无尽的参天森林，都是铺天盖地的积雪；看见任何空旷之地，没人敢踏上去，那底下不知是多深的泥潭和陷阱。有些体弱的走不动了，可是一旦倒下，就爬不起来；扶他的人，自己也倒下了。

有人开始发牢骚，有人质问队长："你要带我们去哪里？"天青哪里经历过这等严重危机，哪里带领过这么多人的队伍，上无领导，下无供给。他仰头望天，如果刘政委、蔡大哥在，他们会怎么做？没有回答！为了几百名战士的生路，他只好下令："能自力的自力，有门路要走的不拦，愿意留下的我们自己打猎、伐木为生，摩尔曼铁路支队旗帜不倒。等明年春天来临，愿意回来的在三月的最后一个星期天'北极节'时回来。我们在大森林里等着你们。"天青始终不会忘记他曾经生活过、靠近北极圈的黑森林，他按照那里的习性来定位。自北极节那天起，长达6个月的隆冬结束。这里不在北极圈内，可是严酷的寒冬就像北极圈一样漫长无尽头。

队伍还剩下二百来人，为了这些红军战士的生存，天青焦虑得睡不着觉。一场暴风雪几乎把他们埋在了深山老林里，会看天气的人说明天会有更大的暴风雪。

晚上天青把副队长郝窦窦和炊事班长郭娃找来，这两人现在成了他的心腹。

郝窦窦说："队长，我看到路边一间小棚里，有两块滑雪板，兴许是哪个猎人留下的。我会滑雪，看队里还有谁会，我们可以踏着滑雪板穿梭林间小路，侦察周围有什么地方可以避寒，明天如果大家还是露宿在外，恐怕真要冻死人了！"

天青听了马上传令全队，有几个人举起手。其中有个很像蔡伟德的东北大汉，名叫盛中华，不仅会滑雪，还会动手修理。他收拾了两块松动了的滑雪板，这样凑出了4块。4个会滑雪的人分兵两路，飞快地消失在皑皑白雪中。

天青又让郭娃在大树底下，挖坑起灶，架起锅来给大家煮粥——已经没剩多少燕麦了。他还派出 4 个小分队，在周边打猎，准备晚饭；也看看走出去的兄弟，有没有倒下的；不行就带他们回来，总归人多好想办法。没有想到，大家还刚刚喝完粥，郝窦窦一路人就回来了，"好了，队长，咱们有救啦！"他上气不接下气地说，"有个大棚子，就像咱们以前在摩尔曼老林子一样，没人住，咱们队的人都可以挤进去。"天青听了毫不犹豫，赶紧让全体队员跟着郝副队长到大棚子先过一晚，他带着郭娃一行人在这里收拾炊具，等盛中华和打猎的几路人回来。

盛中华到天快黑才回来，他哭丧着脸对天青说："队长，这地方待不得啊！"

"为什么？"天青刚为找到一个大棚子高兴，怎么又待不得了！

"我们看见了一片树林，真吓人啊，每棵树上都绑着一个人，全是咱们中国人，肯定是华工兄弟啊！"说着那个大个子忍不住掉了眼泪。

天青急得直跺脚，"快说，在哪儿？人还活着吗？"

"早冻成冰棍啦，能活吗？绑在树上，还往上浇水，冻得那个瓷实，用枪托子砸上去只见白点子。可是里面的人啊——"那个山东大汉哭开来了，"睁着眼呢！"

天青马上就想去看，让那两人拦住了，说要走路过去可不容易，他们滑雪也滑了好一会儿呢，等明天天亮再说吧。众人随着郝窦窦他们留下的记号，来到了新找到的大棚子。天青里里外外看了看，想来当初也是个伐木场，和天青他们在摩尔曼黑森林里一样。伐木工人想必也是因为老板跑了就散伙了。看看里面就知道：有的铺盖都没有拿走，其他剩的乱七八糟东西也不少，可能是想赶在严冬来临之前走出林子。郝窦窦已经带人清理了，两边大通铺如果挤一下，可以睡上百人。旁边两个小棚子，看来是监工及老板的房子，原木搭建，墙上缝隙都用泥糊严，不透风；里面生上火比大棚子暖和多了，可以搭地铺，每间屋子连床加地铺，可以塞进四十来人。再加上炊事班可以住在伙房里面。这样全支队今晚凑合有地方避寒了。

郭娃喜滋滋地跑来报告，"找到一罐盐，队长！埋在大灶旁边，看样子临前,想挖出来没来得及。这倒好,给咱们留下了。"他伸出右手,手心上有一小撮盐,天青用手蘸了一点,舔了舔,笑着说:"好,有地方住,还有盐,吃饭靠林子,咱们能凑合到开春!"说着忙关照郭娃,好好保护这罐盐,野味没盐没法吃。

天青让盛中华对郝窦窦和几个班、排的头儿们讲了他们看见的情况,每个人听了都难过又不安。无奈大森林里无法夜行,大家挤着睡了一宿。第二天一早,4个踩着雪橇的人在前面滑雪,后面一帮强壮的人跟着雪橇印子,花了两个小时才走到那片树林。众人向四周望去,个个都伤心地流泪。每棵大树上用枝条和绳子绑着一个人,现在他们身上都被厚厚的冰层覆盖,那些置他们死命的人,还往这些人身上浇了水,结果个个变成了冰凌包裹的人。想必后来风雪来临,雪下在冰上,又加厚了,冻得更结实了。看着里面的兄弟,有的瞪着眼,有的张着嘴,他们被越来越厚的冰层紧紧包裹,隔断了空气,停止了呼吸;也有的人肚子让野兽咬开,血肉模糊。来的所有人望着大树上被冻死、被咬死,或是窒息而亡的华工兄弟哭泣。而那些树上的人们,似乎也望着他们哭泣和呐喊:"快点把我放下吧,好兄弟!"他们就像还活着,好像在说话。有的人把背的步枪拿下来,使劲砸着。可是零下三十多摄氏度的气温,冰棺硬得像花岗岩一样,砸下去,只有一个小白点。

天青说:"算了吧。不要弄出太大动静。看样子敌人不会离这里太远。等开春时,我们来把他们好好埋葬。"他带头跪下,众人随之,他们在雪地上向四周二十来个华工兄弟磕头。人人低声念叨着:"哥儿们,原谅老弟无能,等开春一定为你们好好送终。"四周高大的松树林哗哗作响,雪花纷纷扬扬飘下,远处树上的猫头鹰在低声呜呜,天青一行人一步三回头地走了。树上冰棺里的华工兄弟,没有呼唤,没有告别,他们早已去了另一个世界,他们的魂灵早已经升上了天堂,身体却还留在了那冰和雪包裹的"水晶棺"里,个个像英雄,人人似豪杰,可惜没有人看到那动人的场面,那俄国内战中,华工红军战士集体死亡的悲剧,注定只能留在无字的历史书里,留在苍天大地之中。

那个冬天，天青领着留下的 200 人的中国支队——现在称他们游击队更合适，在大森林里苦熬。幸运的是，他们找到了一个被抛弃的伐木场，尽管没有留下任何食物，但在木屋里遗留不少工具，锯子、斧头、绳子和难能可贵的厨房里那一整罐盐。天青搂着郭娃肩膀说："天不灭我，我们能熬过这个寒冬！"于是，他们就像一年前在极地黑森林里一样，天青带领他的战士伐木增盖了两座木屋，用石头垒起炉子，人们起码有了躲避野兽和严寒的地方。捕捞队凿开冰冻的池塘，打捞那些探头呼吸的各色鱼，然后放在篝火上烤来吃，或是学俄国人那样煮鱼汤喝，让身子暖和。狩猎队在林子里打各种野兽，烤肉还煮骨头汤喝，再用它们的皮做成暖和的皮衣和皮靴。他们倒不缺子弹——每次小规模战斗都能斩获，他们不知道，沙皇在第一次世界大战中制造了 1110 万支步枪，7.6 万挺机关枪，1.7 万门野战炮；军火比粮食充裕，战争大面积地毁坏了农田，农人大量被征兵，俄国不缺枪炮弹药，缺的是粮食和蔬菜；天青的部队和他们一样。

会说点俄国话的盛中华带着他的滑雪小分队，找到附近有人烟的地方，想用猎物换些食物，也想探听一些消息——天青一直盼望能找到大部队。在林子边上的一个小村庄，盛中华看见村边上一幢木屋的窗户透出灯光。他过去轻轻地敲门，里面的人犹豫半天，从窗户向外看，见到一个手拿皮毛的人，知道不是抢匪，大概是来兜售猎物的，慢慢打开了门。盛中华递上去新近打下的野兽的毛皮，那厚实的毛皮使得那扇门开得大了一点，一个大胡子农民出现在门后。他接过兽皮看了看，从身后一个肥胖的妇人手中接过来一包面粉给了盛中华。大胡子关门前，又转身告诉他："你们知不知道白匪在西伯利亚建立了远东共和国？他们要和苏维埃对抗呢。我们这里归他们管，他们最恨中国人！因为他们的首领，就是被你们中国人打死的。他们只要抓到中国人，就会残酷地折磨他们，然后把它们绑在树上，开膛破肚，让野兽来吃。你们要小心啊！"

他还告诉盛中华，是他们悄悄把那些尸体放下来，埋在树叶丛里，等到开春时，再挖开冻土，把他们埋起来。天青相信那些被残酷杀害的中国人中，一定有他们走出的战士。他心中充满焦虑和悲痛，如果不是这样的天寒地冻，如果不是内战进入白热化地步，他们支队不会临时解散，他的战士也不会被那些匪帮如此残忍地杀害。他祈祷春天早日来临，他相信春天不仅会让大地苏醒，也会让他们这样濒临绝境的小股游击队重获新生。

三十八　深山老林里传来中国人唱的俄罗斯民歌

　　郝窦窦的滑雪队已经增加到 10 个人，华工中有许多能工巧匠，他们仿照那几副滑雪板，又做了 6 副，简陋却一样能在雪地中滑行。只要大雪覆盖，郝窦窦的滑雪队，就会分兵两路，盛中华带领另一队，出征去寻找食物及一切有用的东西。要维持 200 个人的生存，绝不是一件容易的事。途中他们也探寻外界动静，谁也不愿意守着冰天雪地的老林子过一冬。队里有过去当过裁缝的，用堆在厨房角落的白面粉口袋，给滑雪队员每人做了一件带帽子的白披风，自此那群在雪地里飞驶的人儿，像一只只飞翔的白鸽，出了营地不远，就迅速消融在大雪覆盖的林中深处。营地里的人都盼望他们能带回什么意外的收获，或是什么惊人的消息。

　　一场大雪后，郝窦窦和他的滑雪队从附近废弃的农庄里牵回 3 匹马，那是被遗弃的瘦骨嶙峋的马。队里有个当过马倌的杨百柯拍着那匹公马说："这可是匹好马，能上战场的，可惜给饿坏了。"经过他精心饲养，没多久，公马长膘了。队里的能人，特别为几匹马制作了马拉雪橇，公马和母马跑在前面，它们的小马驹，紧跟在后面奔跑。雪橇可以拉动三倍旱地马车拉的货物，后来那些沉重的木头和弹药，就都靠这辆马拉雪橇，在被雪橇磨平了的光滑冰道上，拖回营地盖大棚，或是到林边去交换他们急需的东西。

　　一次，杨百柯和他的两个副手，驾着雪橇滑进一条以前没有走过的路。无意中发现在树林后面竟有一间猎人小舍，更让他们兴奋的是，小舍里有 5 只被遗忘的雪橇犬。许多天无人过问，那些灵性极强的西伯利亚雪橇犬，见了来人激动地用爪子挠着地面，"呜呜呜——"地低鸣，它们四周都是被捕获的鸟兽羽毛和残骸，想必是它们这些天自寻的食粮，亏了有这个屋子让它们免于严寒。杨百柯爱怜地抱起一只刚能抬起头的纯白雪橇犬，深情地对它说："伙计，你们有救了，我们也有救了。"

5只雪橇犬比那3匹马更受欢迎，懂行的说，这是纯种哈士奇——一种西伯利亚雪橇犬。几天下来，身体恢复的它们就各个木屋串门。五条狗，五种颜色，除了那只纯白的，另外4只都有着不同毛色——黑的、灰的、黄的和褐色的，但是却有着共同的特征——它们四肢和嘴边，全是耀眼又雪白的毛。5只雪橇犬站在那里，神气又好看，你绝对不会搞混。全队的人都宠爱这些被人遗弃的生灵，也许他们联想到自己，他们不也是被遗弃的吗！今天他们收养了它们，哪一天会有人收容他们？不久队里的能人又打造了一副长而窄的雪橇，5只雪橇犬在前面拉着，雪橇上可以坐3个人。自此，天青不再拘禁在这个森林营地了，他可以乘着雪橇在森林小路上走得很远。

只要没有暴风雪，两个滑雪队就会外出侦察；马拉雪橇继续将取之不尽的森林资源——木材、烧炭和其他兽肉、兽皮，换回他们需要的面粉、燕麦和蔬菜。而雪橇犬拉着轻便雪橇更灵活地穿梭在林子中，为全队每日生存寻找食物。无论哪支队伍外出，都不会放过机会小股地出击白军，天青他们需要缴获武器弹药，打猎也需要武器，还有就是粮食——队伍有二百多人呢。

往日渺无人烟的大森林里有时会硝烟弥漫，即使小型战斗也会让许多大树拦腰斩断或倾倒，让更多树木枝杈悬挂在半空，给古老与世无争的森林披上战争的袈裟。战场是最好的课堂，这些昔日的农民、华工，今天的红军、游击队，个个都学会了放枪，学会了寻找障碍物来掩护自己。天青看着这些不再愁眉不展、不再怨声载道的战士，心里好欢喜。

天青不知道的是，红军最高军事委员会主席托洛茨基，正是在那个最艰难的时刻说过这么一段话："一个月内，只要有一个英勇的团长，一个优秀的政委，再有合适的各级指挥员，我就能使 3000 名逃兵组成的团，成为我们国家最出色的战斗团体。"天青就是这样一个英勇的团长，又是一个优秀的政委。可惜没有任何一个上级看到，因为他们在深山密林中，他们是在内战中各自为战的千百个战斗小队中的一个。他们没有私心地为了保护苏维埃政权而奋不顾身地战斗。可是苏维埃政权看到他们了吗？

天青他们不断用缴获的各种武器装备自己，其中既有日本制的机关枪，也有从英国军人那里弄来的美式武器，大部分则是从他们的对手——杜托夫匪帮手中夺过来的俄制武器。除了他们急需的粮食，他们甚至弄到稀缺的糖、茶和咖啡，可惜没有多少人喜欢喝苦口的咖啡，有人说那是洋人学咱们中国人做出的中药，不知能治啥病。倒是一些在俄国待了多年的老华工说："那是老爷们喝的东西，差不了，留着换咱们需要的东西吧。"当他们打不过强大的敌人时，就驾着雪橇或滑雪板隐没到别人找不到的森林深处。

一次盛中华的滑雪队，遵照天青嘱咐，又滑到了那二十来副水晶棺的树林里，他们愕然发现，那片林子已被大火烧过，"水晶棺"和死去的华工都消失得无影无踪，周遭的树木有遭烧毁掉的痕迹。他们疑惑不解，慌忙回营报告。天青带着一些年龄稍长、经验丰富的华工，赶着两辆雪橇，匆匆来到那片林子。众人来后四处张望着，半天无声，人人感到恐惧悲伤，更是不可思议。

忽然老林工出身的杨百柯拍着脑门喊道："天意，天意！"众人纷纷询问何为天意？杨百柯指着烧焦的树干，和高挂在半空的断枝喊道："看见了吗？这不是人干的，是老天爷，是天火，知道吗？这片林子让雷公劈啦！电闪打中了，烧着了。"

众人纷纷撇嘴不信："哪能啊，大冬天有什么打雷闪电的，别瞎说了。"

"那你就不知道了，暴风雪和暴风雨一样，也会打雷闪电，不过那是稀罕事，常年光景不会出现，当今可是非常年景。仔细瞧，我说的没错！"杨百柯信誓旦旦地说着。

众人怀着好奇和忐忑不安的心情，散到四周仔细察看，果然，高高的大树被拦腰截断，有的树干从上到下，有着一道长长的火烧过的痕迹。好像是火神从天而降，顺着树干飞奔而下，带着火种，把四周有华工弟兄的大树全部点着，连同大树和上面的受难者，一起投入熊熊大火，化为灰烬，再徐徐随风升上天空。这就是为何最后竟然找不到一具尸体、一口"水晶棺"了；四周只剩下一些被折断和被焚毁过的树木，却像是在为他们送行一般。

大家终于看明白，也信了。来的一群人，个个心存敬畏、战栗不已。他们双手合十，仰面朝天。此时他们想的都一样：老天爷不忍心让这些远道而来的赤子，如此暴露在光天化日之下，它让雷鸣电闪穿透暴风雪，掷向这片林子；于是四周的树木燃烧起来，连同那二十来口"水晶棺"和里面死亡多时的华工战士，统统化为灰烬，那是一场惊天动地、庄严而神圣的火葬，只是没有任何亲人和战友相送，唯有天神出手和接纳他们。人死后，要有七七四十九天的"度亡"佛事，不断宣告死者接受死亡，亡者才能安息，他们的魂灵才会走进另一个世界。如今，这群人离世早已过了49天，不要说做佛事，就连安葬都没有。于是老天爷出手了，死者已经超度升天了！尽管没有人知道他们的名字，没有人给他们树碑立传，可是他们的魂灵，都已随着冲天火焰直入云霄，被接到了另一个世界。

天青每天驾着哈士奇拉的雪橇外出巡逻，他心中始终惦记着那些从队里走出去的华工战士。果然，一次在林子里，看见两具倒地的尸体，正是他们支队的人。不知他们倒在这里有多久，尸体早已冻得邦邦硬，难怪野兽也啃不动他们了。天青和同来的两个战友，想把他们掩埋，可是怎么也无法把摊开的两只胳膊放到胸前，他们伸展在两侧，硬得像插在两肩的两根铁棒。最后只好把他们原样搬到大树下面，用四周所有可以遮掩的枯枝、石头和积雪盖在上面，心想等春暖花开时，再来掩埋吧。

他们看到一个泥潭里伸出一只手臂，人早已没了顶，无法辨认这是哪个人。众人站在一旁双手合十，默默祈祷。

1919年的旧历年是最艰难的。不像去年和蔡大哥一起，在摩尔曼黑森林里，那时还有些圣诞节换回的食物，人也没有这么多。现在坚守了几个月的深山老林，人们的穿着都有点像原始人；要填饱这么多人的肚子，真是让郭娃急白了头。大家是看着月亮来算日子。但旧历年前两天，他们运气不坏，袭击了一列货车，缴获了好多面粉和燕麦，郭娃又起劲地带领他的炊事班，包起饺子准备过年。年三十晚上，天青吃着饺子，想起了蔡大哥和刘哲欣；也惦记弟弟天亮，分别已近两年，不知今在何方。他默默独自躲在一旁，忍不住泪水盈眶。

饭后的除夕夜，大家都不肯上床睡觉，嚷嚷着要守夜，等大年初一。一个从废弃煤矿来的华工，突然轻声唱了起来，他唱的不是中文歌，是一首俄文歌。没人懂得他唱的是什么，可是歌声却出奇的有磁性，从屋角弥漫到整个木屋，把所有人都吸引了。每个人都从那首歌里，想起了远方的家乡，想起自己的亲人。那歌声有一种神奇的魅力，把人们心里堵着的那扇门给打开了；那歌声也有一股独特的诱惑力，让每个人都想跟着哼、跟着唱。

歌声停了，半天才有人开口："嗨，老哥，你唱的那叫啥啊？"

那人回答："矿上库班来的一个俄国小伙每天晚上都唱；我开始光听，后来就跟着唱。也不知是啥词，反正他家在库班草原上，他想他妈，想老家了呗！"

难怪每个人都能找到感觉。"教教我们吧！"许多声音一起响起。

几个会说俄国话的人，凑着把那意思搞懂了，再有几个肚里有点墨水的人，又把歌词改成听得懂、朗朗上口的中文歌词。这下子再唱起来，每个人都说这歌就是给自己编的，让自己唱的。改编过的歌词是：

> 茫茫大草原，路途遥又远，有个马车夫，冻死在路边；
> 车夫临死前，拜托老同乡，葬我在草原，赶快回家去；
> 看到我老爹，送他这匹马，再向我老妈，鞠躬请个安；
> 告诉我老婆，今生永别了，带着我的儿，嫁个好男人！

自那以后，在那狂风怒吼的寒冬里，大森林深处工棚透风的缝隙里，总会传出低沉的或高亢的歌声，不是山东小调，不是河北梆子，而是中国歌词的俄罗斯民歌。它由一群落魄华工，用五音不全的、嘶哑的、劈叉的，或是嘹亮的、悲怆的嗓子吼出来，竟然也能让人听得掉泪，让每个人都想起遥远的故乡和自己的爹娘。无论是俄国农民还是中国工人，他们都是一样有血有肉的生灵。

天青很少跟着唱，却爱听，慢慢也跟着哼。听着唱着他就会想起老家山上那个挖石头的老鼠洞，母亲站在门口等他们父子三人回家的身影；想起父亲坐在门口"雕图书"，也会想起不知现在身在何方的天亮，想起逝去的战友。他和所有的人都盼着严冬尽快过去，盼着摩尔曼铁路支队能够早日回归红军。可是大雪还在不断地下啊下，道路被越来越厚的积雪覆盖，漫漫寒冬无尽头。

有天半夜，天青睡不着觉，独自爬起来走到屋外。他仰望着灰蒙蒙的天空，只见弯弯的月亮挂在冰冷的天空上，和他一样孤独又寂寞。北面地平线隐隐地显露出各色光泽，他记起在摩尔曼黑森林中，看见过美得让人窒息的极光。这里不是北极圈，可是离得不远，他相信那些光泽是北极光在天空欢舞的余晖。不禁仰天长叹："老天爷，给我们条活路吧，不要让我的弟兄倒在雪地里，不要让我的战士被敌人绑在大树上，不要让天火把他们烧得尸骨全无。我要带他们和苏维埃一起保卫革命的胜利果实；待到革命胜利之日，再送他们回家去。"

天青思念弟弟的心思，早已被他的战士们的生死存亡占据。天青在艰苦的斗争岁月里，逐渐从一个求生寻亲的农民子弟，转变成一个胸怀大志、高瞻远瞩的红军军官；他以为这就是离家远行的终结，但他还远没有领教俄国革命的真正残酷。

第八篇　天亮在西线

三十九　全连为约翰滚蛋痛饮葡萄酒

天青修完铁路走出黑森林参加红军的时候，天亮还窝在法国北部的英军华工营里。离家过的第一个年，天亮在同伴制作的旱船上刻了"回家"两个字。激发了全营人的思乡之情，也让约翰对他恨之入骨。天亮和他的同伴都看出约翰不怀好意，早晚要对天亮下手，大家都为他担忧，于是天亮萌生了逃跑的念头。

英军华工营门口有背着荷弹大枪的英国兵，华工出去干活，都是列队按照班、排走，单个人从不允许自由出入。每次上工，约翰都神气活现地在一旁挥着鞭子，发威风，像是对待一群奴隶。天亮想跑，瞒不住班里人，尤其是齐中原，那个和他一起挨过鞭笞刑罚的人。齐中原也想跑，特别是那个法国华工营的徐润靖来后，他更想摆脱这个鬼约翰，离开这个晦气的华工营，他浑身是本事，不怕活不下去，出去了肯定比在这个铁丝网里要活得好。他们都在窥测时机。

自从中国正式参战，华工开始接受许多新任务。一班那天被告知，要找最勇敢和可靠的人送信到前线。这条路线要钻铁丝网、跳壕沟、经无人区，要从火线来回几趟；不只送信到前线，还要带回前线信息给司令部，再回来向司令部报告所见所闻。这个来回途中不知何时中弹就倒下了，不知哪一脚踏上地雷就飞上天了；危险摆在那里，看谁敢去。据说完成这个危险任务后，会发一个嘉奖令。天亮第一个站出来表示愿意承担这个任务，他说自己个子小，能跑能跳，对摆在面前的危险，只字未提，好像全然不在乎。齐中原也举手了，人人知道他机灵胆大。

于是天亮和齐中原被选中，他们穿梭在前线阵地和司令部之间，他们都非常勇敢、机警又灵活。那真是用生命做赌注，用勇气换性命。他们两人面对着重重危险，可是来往送了几天，却毫发无损。在此之前，同样担当这个任务的英国人第一天就送了命，不然司令部还不会把这样重要的任务交给华工。

在多次往返奔波中，天亮完全可以找个机会逃跑。可是他没有，因为每次他手握前线给司令部的回信，知道手中的分量，他要亲手把它们交到司令部。齐中原也是，他心里想的是，"我要逃跑也不是在这个时候，现在重任在身。我们是明了事理的人"。途中，他们看见挂在铁丝网上的死亡士兵，看到在死尸中乱窜的成群老鼠，还有数不清的积水大坑和被打坏的坦克、大炮。他们知道那些大坑是炮弹炸出来的，没想到炮弹威力竟然有那么大。他们弄响了成堆的空罐头盒，引来不知躲在何处的敌人猛烈扫射。两人都想着也许他们这次出来再也回不去了。可是，他们完成了多次任务，每次都安然返回。全连人为他们担心又为他们高兴。

嘉奖令送到营里，却被约翰扣在手中。他不愿意看见这些在他眼里的"工蚁"拿司令部发的嘉奖令。连长从万紫澄那里知道了，他不干了，排长和班长也不干了。他们一起找到司令部，不仅是因为约翰扣了嘉奖令，还因为约翰一年来的种种恶行。全连的人知道后都跟去了，人们喊着："凭什么欺负人，那是司令部发的，他约翰想扣就能扣下？"

司令部见过这种阵势，那是去年圣诞节为了要枪毙一个华工，引起全营地的华工闹事，差点演变成暴动，他们没有忘记。今天来的也不只是连长和几个排长、班长，三个排全来了，门口黑压压地站了一片，也有一百多人呢。这帮人看来不好惹,他们双手交叉在胸前,两腿叉开站着,一副来打架的样子。司令部让他们的营长来处理,可惜那几天亨利又跑到巴黎去了,营地里找不到他。司令部只好把翻译官找来。万紫澄来了,他说:"报告长官,约翰先生胆敢扣押司令部的公文,那是违反军令。"万紫澄也恨这个约翰,因为约翰不只看不起华工,也同样看不起万译官,尽管万译官写起英文文章比他强百倍,可是他就是从心里蔑视黄种人,他代表了那个时代作为殖民主义老大的英国军人的普遍心态。

司令官耐着性子问:"他扣押了什么公文?"当他知道是刚刚发的一纸嘉奖令,就轻松地说:"我以为什么重要公文呢。让他拿出来好了。"说完挥手打发这些人走。

"不只要他拿出来,还要他对我们说,他做错了。"门外有人喊道。

"让他向我们所有人鞠躬,说对不起。"窗外传来喊声。

司令官站到窗口往外看了看,他很想发怒,可是眼前这些往日温顺的华工,这些他眼中的"工蚁"们,竟然个个瞪着眼睛望着他,看来这个约翰真把事情搞砸了。司令部开了紧急会议,决定让约翰颁发嘉奖令,并向一连的华工道歉。他们没有说明怎么个道歉法,当然他们不会让约翰给这些华工鞠躬,只让他说上一句"Sorry"。遗憾的是,约翰连这句话都不肯说,他把嘉奖令扔给了连长转身就走了。看来他欠揍了。那天晚上,约翰在回他的宿营地必经路上,被人浇了一桶屎。约翰身上臭味3天还下不去,走到哪里都遭嫌弃。他大声地咒骂着,但没人同情他。司令部也发火了,他们不愿说谁对谁不对。为了平息骚乱,干脆把约翰调走了。

全连的人都为约翰滚蛋而痛饮了一次,万译官替他们买来一箱葡萄酒。早就听说法国盛产葡萄酒,可是这些华工来了一年,除了那次过中国年时每个班发了一瓶葡萄酒,没人沾过酒。现在机会可来了,大家嚷嚷着要好好喝一通。

"班长,多买点酒让大伙儿高兴高兴!"这次把约翰赶走,大家那个高兴啊，就连平时不爱多说话的人都在那里叫唤着。

"还用你说，万译官买了一箱酒，咱们晚上就痛快喝吧！"段班长大声应着。

那天晚饭，大家都把饭拿到帐篷里吃，用搪瓷缸子倒葡萄酒痛饮。

天亮并没有因为约翰走了多么高兴，他忘不了司令官那副傲慢又勉强的样子，他知道以后仍然好不到哪里去。果真，第二天，司令部让这个连开到离前线最近的地方去装铁丝网和挖战壕。那时，德国人造的坦克不仅比英国的多，用的钢更好，它们驰骋在前线。而华工到前线挖战壕，是要冒着被坦克碾压的危险，而且听说那里还是雷区。要说是报复？可是又无法找人理论。全连的人又没了精神。

清早卡车运来了一车铁丝网，它们已经绕成一捆捆。三连的人跟着卡车跑步到了阵地，每两人一组，用一根木棍穿过大卷的铁丝网，抬着走到前面去。每捆铁丝网都好重——别忘了它们是金属做的。到了前线阵地，有人打桩，更多的人是把铁丝网顺着每个木桩绕一下，拉紧，再到下一个木桩继续绕。每次不管是绕木桩，还是回放铁丝网，都要使劲拉紧布满尖头的铁丝，每个人都干得双手鲜血淋淋。

有一卷铁丝网刚放到地上，就往前面滚去，二班钟班长赶紧去追。只听见"轰隆"一声巨响，钟班长已经随那卷铁丝网一起飞到天上去了。原来前面不远就是雷区，他踩到地雷了。大家知道这里靠近雷区，可没想到这么近。二班几个人去收尸，大家看着拿回来的钟班长的眼镜，都忍不住红了眼圈。没人再说一句话！

加固战壕也不简单。二排四十余人，一班负责在上面往战壕送树枝和木条；二班在下面，把树枝压在战壕壁上，再在上面竖着钉上木条。三班专门蹲在地上铺木板，然后钉死。四十多个人，干了一天，也才完成了十几米。那一段有两百米呢。别的排也没快多少。大家累得不行，干完活儿，还要跑步回营吃晚饭。不少人让树枝划了脸、划破手，有个人给戳了眼睛，众人想着这才叫苦力活啊！

四十　希得贝格前线的"灌木柴垛战术"

1918年春天，革命后的俄国正处在最艰难的时候，为了赢得时间，收拾革命后的烂摊子，布尔什维克和德国进行谈判，俄国首席代表托洛茨基甚至说："如果德意志不能进攻我们，那么无疑我们已经取得深远意义的巨大胜利。"那里悄悄停火了。冰天雪地的东线炮火刚刚停息，潮湿泥泞的西线于1918年3月又重新拉开了战争的大幕。

那天连长任远骅到各排问谁赶过大车："我们要用两匹马拉四轮马车拖大炮，一定得干过赶大车活儿的，别弄不好，毁了大炮，那可犯了军纪。"众人交头接耳，几个山东大汉——大鲁、邢伟桂，还有段班长都站出来了，别的班也有几个东北大汉站出来，只是说："最好每辆车再配个人，到时候前后好有个照应。"

连长说："这倒也是。谁还愿意去？"不少人纷纷举手，谁都想干个新鲜。

连长对段仁峙说："你是班长，还是留下吧。"接着又问："有没有人养过狗？"

连长话还没有说完，余纹灿就跳了出来，"这我可是内行，当初在老家，我可没少养狗。要知道，养了狗的家，闹饥荒都不怕，杀一只狗，能养活全家好几天。"

站在一旁的万译官让他赶紧闭嘴，"人家这里可不兴吃狗肉；你千万别说了，免得人家又说你是野蛮人。"

余纹灿不服气地低声回嘴："就兴他们吃牛肉，牛还会耕地呢！谁不都是从野蛮人变来的。"不过连里还是让他去了，只是嘱咐他别再提吃狗肉啦！另外几个以前养过狗的，都跟着连长一起去报到。

英国军人训练每两只狗拉一挺重机枪，需一个人跟着照看。大家想着以前只见抱着机枪往前冲，他们倒新鲜，让狗拉着机枪上战场，那机枪得多沉啊！听说还是跟奥地利俘虏兵学的呢，他们那里山多，就训练狗拉车运货，大战中狗拉机枪倒普及开了。

天亮没有举手，他没有赶过大车，也没养过狗。这些天来，他满脑子想的全是去法国营，去那里找天青。他不知道，经过了四年大战，到了1918年，作为主战场的法国处处败象，遍地饥荒和贫穷，除了食品要配给，连取暖的煤和油都开始要配给了。天亮根本没想过，离开英军营，没有编制的他将怎么生活！

前线紧张起来，华工不断变更任务。那天排长洪百钟一早接任务跑着回来。几个班剩下的三十多人聚了上去，洪排长上气不接下气地说："集合到树林里去。"

众人赶紧问："今天干什么活儿？"

洪排长继续说道："现在的德国人，比去年过圣诞节那会儿要厉害，他们挖了好深的战壕，就是为了不让咱们的坦克开过去。"众人面面相觑，去树林跟坦克有什么关系？"咱们要砍一丈多高的灌木条子，拉回来填壕沟！这是命令。快跑步到营部集合，有人等着咱们呢。"洪排长自己都没搞清楚这个任务到底怎么干，他当然也没法说清灌木条子跟坦克越沟又有什么关系，二排剩下的三十来个人嚷嚷着跟排长跑步去了营部。

一辆卡车载着二排到了几里路外，路边放眼望去全是丈把高的灌木丛，这里没有经过战火，留下了难得的美景：刚刚被春风拂过，抽出绿芽的枝条在轻轻摇曳，远远望去，似浅绿色波浪，煞是一片好风光。

带他们来的英国兵，打开工具箱，让每人领一个工具，有砍刀，有斧子，还有铁链和绳子。只见他把那根有五六米长的铁链放到地上，自己拿了一把斧子，到林子边上砍倒一把灌木，拖到外面；放在铁链上面；接着又砍一把，又拖出来，和刚才砍的那些顺着码好，然后喊道："All right. That's easy！"

天亮对大家说："照着做，这活儿不难！"大家还没有太明白到底要干什么，不过砍这些细小树枝谁都会，也不费劲，于是众人蜂拥上去挥起砍刀和斧子"咔、咔"地砍起来。

那个英国兵看着大家都知道怎么做了，就在外面不断把砍下的灌木树枝码顺；片刻工夫，砍下的灌木枝就堆积起来了。他对天亮喊道："来，帮帮忙！"他让天亮站在另一头，学他的样把那些砍好的灌木枝往一起堆，他喊着"闪开"，把自己那头的铁链使劲扔给天亮，还要天亮把那头的铁链也扔给他；然后喊着："攥紧，使劲拉！"灌木枝条慢慢地被铁链收拢，一堆刚才还散在地面的树枝，渐渐变成聚拢得高高的柴垛。四周那些人都扔下手上的工具，纷纷跑到两边，一起使尽全力拉着铁链，那捆灌木树枝最后竟然变成了比人还高的大柴垛了。几个大个子帮着最后把铁链捆紧扣袢。望着刚才还是散木不成林，陡然在眼前变成了庞然大物，众人一下子都明白了："啊，原来用这个去填德国人的壕沟，好让咱们的坦克开过去！嘿，谁想出的这个聪明主意。"

可是怎么去填呢？天亮和他的伙伴怎么想也想不出来。那天上午，他们把那片树林几乎砍尽，做了几十个大柴垛。午饭后，隆隆声响起，只见一列坦克开来，"是咱们的！"众人纷纷喊着，不知下面该干什么。那个英国兵对天亮说，每辆坦克顶上要绑一个柴垛。天亮告诉大家，人人吐着舌头，喊着这怎么往上送？此时一辆工程车开来，它用铲斗插到柴垛下面，缓缓地往坦克顶上送去。随着英国兵的大声叫喊，有人爬上了车，有人在下面，终于把一个柴垛牢牢绑在一辆坦克顶上。有了第一个，下面就容易了；一个下午，那几十个庞大的灌木柴垛，一个个都被安放到了坦克顶上。

天亮他们始终不知道这些坦克怎么三辆一组，还用了一套专门研究出来的"灌木柴垛战术"，来对付德国人挖好的宽阔壕沟。一次偶然的机会，当天亮他们又奔向另一个工地时，途经一个铁道，碰巧一列军车通过，他们停下等候，突然看见了那个终生难忘的景象——火车满载着坦克，而每辆坦克顶上顶着一个"灌木柴垛"，天亮和他的伙伴眼睛睁得老大，禁不住跳起来欢呼："我们做的，是我们做的柴垛。"列车"哐当、哐当"地慢慢从眼前驶过，开往希得贝格前线。天亮和他的战友望着远去的高耸柴垛，眼睛里闪着激动的泪光。

火车上的人没有听到他们的欢呼，也不会看见他们的泪花。以后开着这些坦克，扔下"灌木柴垛"冲过壕沟的英军坦克兵更不会知道——那看不见的劳作和苦力们的汗水，汇集在每一个战斗的点点滴滴中；而每篇战史上每一次胜利的记录，或是那为人津津乐道的大战影片和画册影集，也没有留下中国苦力华工任何踪影。西线十多万华工的辛勤劳作，和大战的硝烟一样，弥漫在战场上，然后消失在昏暗的天空和历史的长河中。

四十一　美国大兵托尼爱唱《红河谷》

战争最后一年残酷无比，双方都在做最后的拼搏。3月，德国往巴黎扔了90枚炸弹；4月，他们的A7V型坦克出现在前线，德国还宣称他们的大炮能够打到巴黎。

华工不断地被派往前线，做了许多连他们自己都想不到的事情。那天，段班长领着全班，赶到离前线很近的一个红十字救护站，红十字会的人正在等他们。众人只见地上放着许多薄木棺材，都是用木板匆匆钉的，旁边还有一溜马。天亮他们的任务是把在救护站里死去的士兵，从帐篷里抬出来，放进棺材里，再把棺材放到立在一旁的马背上——马背上有个架子，两侧各可吊一副棺木。

天亮和齐中原一组，进入帐篷看见护士正在焦急地等着他们，原来是刚抬进来的伤员在等床位呢。没有多余的担架，他们只好用破木板抬着死去的士兵，小心翼翼地放进外面的棺材里。那个年轻人个子大，脚几乎放不进去，还好死去不久，没有完全僵硬；好不容易塞进去了，马上有人来钉好盖子。3个人一起把棺材抬起，放到马的一侧。为了平衡，每次把棺材放上马背时，都是两边一起放，那是要6个人同时来做。天亮记得清楚，他们初来时，干的第一份工作就是把医院死亡的士兵抬到营地后面的荒地埋葬，腾出床位给受伤刚入院的士兵。那次抬的是个炸掉了腿的士兵，这次抬的是个腿太长的士兵，相同的是，他们都很年轻，像他一样年轻。一年多了，他们干的还是埋葬死亡士兵的工作；只要战争继续，生命就会不断消亡。

这次来的人都没有当过马倌，可是战争已经没有机会让这些人去学了，没有做过的事也必须边学边做。那些马匹都是温顺的雌马，高大强壮的雄马早都送上前线去打仗了。这些马匹看来也不是初次上战场，个个都十分顺从。它们一匹跟着一匹，慢慢地走着，背上两边的棺木轻轻地摇晃。天亮、齐中原和其他华工，一边一个地小心扶着颠簸晃动的棺木，他们此时心中好像都在轻轻地唱着一首送葬歌：祝这些异国兄弟们，在去天堂的路上，一路走好。送了两天葬，众人都变得不爱说话了。

段班长那天从营部回来，提高声音对大家说："弟兄们，咱们今天干的活儿，保准让大家开心还会多出汗。"众人纷纷问去干什么，不会又去刨坟坑吧。

"不是，到了就知道了。"段班长也懒得说，知道自己嘴笨，说也说不清。

大家乘着一辆带帆布篷的卡车，到了一条公路上。卡车停下来后，大家往路上看去，马上明白今天要干什么了，天亮说："看样子是德国人怕追兵啦！"

果不其然，他们眼前的那条公路两边的大树都被砍倒，德国人听说美军的一个车队要开来，他们怕和美军交火，急中生智，砍倒大树。现在看去，大树横七竖八地躺在公路上，什么车都开不过去。美国人在大战开打的第四个年头，才出现在欧洲战场。天亮他们还没有见过美国大兵，可是已经开始给他们干活儿了。

那些被砍倒的大树不是一个人可以搬动的，大树有枝杈，滚动都难，需要两个人，甚至几个人一起使劲，有的还得砍掉大的枝杈，才能把大树挪到路边。天亮他们干到中午，也只往前挪了不到百米，就有送饭的来了。今天给美国人干活，就由他们管饭。送饭的是个年轻的美国兵，他赶着一头小毛驴，小毛驴两边各驮着一个圆桶，美国大兵一路吹着口哨，好不自在。有人好奇地摸着美国军装，余纹灿迫不及待地去看送来的食物，还打开圆桶盖子使劲闻，好香啊，他向大家报告："一边是香肠和面包，圆桶里是正宗的牛肉汤，这次可闻出牛肉味了。"那个年轻的大兵给每个人舀了满满一勺牛肉汤。饭量大的吃了嫌不够，站起来又往牛肉桶旁蹭，那个美国大兵把剩下的汤都给分了。盛完汤后，他拍拍两手，微笑着从口袋里掏出一包东西，他微笑着给每人发了一块巧克力糖。吃着好吃的巧克力，大家不由得想起去年圣诞节：全排在战壕里挨饿受冻，德国兵扔过来巧克力，那是他们第一次吃这种糖，至今忘不了。可是那次他们也死掉了一个弟兄——苏北人阎振皋。看着眼前这个年轻的美国大兵，大家也不由得想起他们的死对头，那个英国军官约翰。天亮想着，别人也想着，要是他们能碰上这样一个随和的带队军官该多好。

美国大兵坐在一棵砍倒的大树上，看了会儿众人吃饭，就转过头自顾自地吹起了口哨。那是一首很美的歌，人们不由地停止说话，边吃边竖起耳朵听。美国大兵吹着口哨还向远处眺望，天亮不由地顺着他的目光望去。远处大路旁的大树还没来得及砍倒，树上茂盛的枝叶随风摆动，绿油油的一片，生机盎然。天亮望着不相识的美国兵，心想他还有这个兴致欣赏，是挺美啊——碧蓝天空，衬着大树的绿叶，欢快的小鸟从天空飞过。只要人们睁开眼睛，战场上也能找到难得的平静和恬美。

天亮在背后对那个美国兵说："Is it beautiful？（很美吧？）"

那个美国兵回头一望，他没有想到这里还有会说英语的华工，一翻身跳起来对天亮说："You speak English！ That's great！（你说英语，太好了！）"他兴奋地两只手搓着，不知该如何表达高兴，他正犯愁怎么打发时间呢。

两人便坐在树干上聊起天来。美国大兵自我介绍，他名叫托尼，来自纽约，今年20岁，比天亮大一点，还是个正在上学的大学生。天亮来到法国以后，只要万译官来到他们班上，就追着跟他学英语。可惜没有练习机会，即使身在英军营，可是无论是士兵还是军官，个个道貌岸然、神气活现，哪里有人愿意跟他聊天练英语。听倒是听了不少，现在正好有机会。他开口问道："托尼，你为什么不上学要来打战？欧洲离你们国家那么远。"

托尼笑着反问:"那你为什么要来这里,你们国家更远啊!"

天亮不好意思地笑了笑:"我不一样,我们家乡苦,出来讨生活;知道吧,找好一点的出路。"他想讲这些都白费,这些美国人哪懂得他们的苦。

"我知道,我爸爸当初也是从乡下到纽约讨生活,后来我们全家才搬去。"

托尼一点不嫌弃的语调让天亮大受感动,他又想起那个约翰,多么不一样!

"你来多久啦?"托尼问。当托尼知道天亮已经来了一年多,兴奋地拍着他的肩膀说:"你肯定比我知道的多,我刚到一个月。告诉我,你碰到过毒气吗?听说好可怕。我妈妈最担心这个了。"托尼紧盯着天亮,一副紧张不安的样子。

"我没碰到过,不过看到过中了毒气从战场上撤下来的士兵,他们没有经验,跑到战壕低处躲毒气去了,可是毒气比空气重,专门往低处飘,结果他们全把眼睛熏瞎了。我看见的那些人,每个人扶着前面人的肩膀往前走,排着队一起来到医院,我们在那里干活,看着好难受。"天亮想起当初帮医院洗衣时,曾经看见过的难忘一幕。他费尽力气,把他的经历用他的那一点点英语表达出来。

"啊——"托尼的声音拖得好长,看来他最怕的就是这个。他们来之前,只受过3个小时的防毒气弹训练,结果学到的东西不多,反而增加了不少恐惧感。

"不要怕,托尼,记住,6秒,一定要在6秒内把防毒面具戴上;没有防毒面具的,拿条湿毛巾捂住鼻子和嘴也可以。"天亮尽量用他会的词句,向这位新到的美国大兵讲述他的那点有限的战地知识。"特别要记住!敌人放毒气弹时,别往低处跑。"

"我们队里的狗,都戴着湿口套,就是为了防毒气。"托尼又起劲了。

"你们也用狗拉车?"天亮说起,前两天他们排还派人去押送狗拉的机枪队呢。

"是啊,都是跟奥地利俘虏兵学的。他们那里都是高山,用狗拉车是寻常事。这里什么新鲜事都有,比我们在学校好玩多了。狗拉的是重机枪,知道吧！"托尼说。

天亮说："好玩？托尼，上过前线你就不会这么说了！"心想托尼大概还没有见过那些战死的人呢！他又问："托尼，刚才你吹的是什么曲子，很好听啊。"

托尼回答："加拿大民歌《红河谷》。我们从小就爱唱。要不要我唱给你听？"不等天亮回答，托尼就扯着嗓子唱起来了。全班人更是兴致勃勃地边喝牛肉汤，边听美国大兵托尼唱歌。天亮对刚认识的美国大兵托尼印象极好，心想，他要是能在他们这儿该多好；转而又萌生一个念头，以后找机会去美军营！

四十二　德国坦克和英国坦克前线交火

二排又接到新任务——到正在交火的前线给英国新式Ⅳ坦克送炮弹。这种坦克比索姆河战役刚亮相的马克Ⅰ型坦克要先进，装有两门炮和4挺机枪，被称作"雄性"坦克；没有炮，只有5挺机枪的坦克被称作"雌性"坦克。

德国不甘示弱，索姆河战役后，造了比英国新型坦克还厉害的A7V坦克，它像一辆巨型装甲车，光机枪手就有12人，被称为"活动堡垒"。

那年4月，在西线卡西地区，发生了一场两雄恶斗的惊心动魄的战争。本来这些"陆地巡洋舰"交战，和华工没有一点干系，可是偏偏那次英军的"雄性"Ⅳ坦克没有装足炮弹，段班长领了任务要送炮弹到最前线。他们带着剪铁丝网的大铁剪刀，赶着三辆狗拉小车，装满炮弹，往前线阵地奔去。段班长对他的战士是这么交代任务的："那个公坦克没带够炮弹，咱们得赶紧送去，不然它就等着挨炸呢！"

"有没有母坦克啊？"大鲁怪声怪气地问了一句，引起全班人一阵哄笑。

"有啊，母的没有火炮，光有机枪，比公的差远去了。长官说了，得赶紧送去；两辆公的都没带够炮弹，连母的都不如啦！"众人起哄地喊着"明白！"就跟着往前跑，他们明白公的只有 4 挺机枪，没了炮弹就不如有 5 辆机枪的母坦克了。大家一面跑一面鼓噪着说要好好看看那对公母坦克到底啥样。当时谁也没有想到，那是人家装甲对阵，自己是肉体现身。正像后来段班长汇报时的一句精辟话说到点子上："人家是铁包肉，俺们是肉包铁！"

等众人奔到前线时已经迟了，战场哪里允许他们过去送炮弹，双方已经交上火了，正在那里狂射猛打呢。只见火光冲天、炮声震耳，这些来时还兴致勃勃的华工们，真叫开眼看到了什么叫现代战争，只是他们懂得太少，却也就如同"初生牛犊不怕虎"了，竟然站在那里指指点点、议论纷纷，哪辆是公，哪辆是母，谁更厉害！

只见一辆Ⅳ已经让德国坦克打得动弹不得，大鲁大声喊道："公的也不中啊！给打懵啦——"

眼看着，英军另一辆公的Ⅳ发威了，两门火炮一齐向德国最前一辆 A7V 开炮。

"打中啦！"大家兴奋地欢呼起来，那辆中弹的大铁匣子冒着烟，竟然慢慢地往回掉头，"中弹它还能跑呢——"齐中原高声喊着，其他人不顾这里是火线，是前线阵地，竟然站起来欢呼——这样他们就暴露了。

中弹的那辆德制 A7V 坦克向后转着，往回开走了；剩下两辆集中对付英国Ⅳ坦克，这里英方只剩一辆公的，另外两辆全是母的——它们没有火炮。最糟糕的是，那两辆德国坦克看见这帮华工了。他们很奇怪，怎么在这个坦克阵地上，会出现一群没有武器的人，用望远镜看去，好像还是一些东方面孔的人。德国人早就知道，十多万华工在这里帮着协约国呢。他们干的每一件事，做的每一个任务，都是针对自己，他们心里恨着呢！于是那两辆坦克便自然有了分工，一辆专门对付那辆带炮的英国公Ⅳ坦克；另一辆 A7V，竟然朝着华工开来，还不停地开炮和扫射。

"德国坦克过来了——快闪开！"班长段仁峙的喊声传遍了前线阵地。天亮和齐中原正在最前面，他们对看了一眼，迅速地跳到最近的一个战壕里。这时，一颗炮弹飞来打中了他们运弹药的小车，三车炮弹连环爆炸，响声震天，德国士兵不知道这群中国人带来了什么新式武器，会引起这么强烈的爆炸。坦克竟然掉头往回开了，一辆往回开，另一辆不想落单，马上也掉头。他们始终没有搞清前沿到底发生了什么，德国人在潜望镜里，只看见天空飞落下几只狗，还有就是中国人在那里乱跑，也有人倒下。到了1918年春天，德国人已经不那么相信自己的战无不胜，他们更想知道上帝是否还会给他们一个在这个星球上生存的机会。今天眼见不知什么武器突然降临，发出如此骇人的惊天爆炸，德国兵心想会不会是美国人又发明了什么新式武器？人人惧怕，坦克都往回开走了。

段班长和他的战友们打扫战场时，没有找到天亮和齐中原——无论是活人还是尸体。他们只看见随着那震耳欲聋的爆炸声响，几只拉车的狗都被炸飞上了天，几个靠近的弟兄也都挂了彩，可是最前面的天亮和齐中原呢，为什么就找不见他们两个了？连一点点踪迹都没有留下。

于是各种猜测出现了：

有人说，是让德国人抓去了，让坦克抓走了，那会儿那个乱，谁看得清啊！

有人说，是给炸到天上去了，因为他们太神了，老天给收回去了。

有人说，这俩人能给炸着？能给逮着？找不着就找不着了呗！还找他们干嘛！

段班长得往上报告，他选择了第一种说法，因为这是最好交代的一种说法：德国坦克突然向他们发起进攻，他们拉去的炮弹统统炸飞上了天。他们的人，还有拉车的狗，死的死，伤的伤，还有两个失踪——他们是陈天亮和齐中原。他的那句名言，后来在全营里流传："人家是铁包肉，俺们是肉包铁！"

报告上去后，司令部没有下文，在那些英国人看来，这次战斗打坏一辆德国号称无敌的A7V型坦克，他们这边损坏了一辆"雄性"Ⅳ坦克，算是一比一。损失了几只拉车的狗，华工受伤若干人，失踪两个人，敌人的两辆坦克最后是掉头逃跑了！总的不算太坏。只是自此以后，段班长的一班，少了两个老兵；华工营部，少发两份薪水。

一班的人都不相信班里最机灵的两个人会被德国人掠去，不过他们愿意外人相信。

天亮和齐中原才不会被德国人抓去呢。他们听到段班长大喊"德国坦克来了——快闪开！"就纵身跳进了就近的战壕。当那几车狗拉炮弹被德国坦克击中，爆炸声连天的时候，他们已经趁着弥漫的硝烟在战壕里向壕沟拐弯处往前拼命奔跑。此刻他们真正体会了为何壕沟不挖直线，而是要曲里拐弯地修，就是为了即使有子弹或弹片打进来，也会反弹到壁上而终止，不会继续伤害更多的人。

天亮、齐中原两人运输食品和弹药时，多次到过前线，钻过这里的壕沟。他们早摸熟了，知道这条战壕四通八达。当时别人不会在意，可是天亮注意了，齐中原也记住了，特别是在哪里拐弯，就可以向南！他们的目标是巴黎，那是法国第一大城，那里有法军华工营，那里可能有天青！

第九篇　太和殿传来礼炮声　　举国欢庆一战结束

1919年春天，3月最后一个星期天是极地的"北极节"，天青和全队的人热切盼望离队的战友们能回来。结果只有少数几个人回来了，大多数人不知去向。也许他们真的回国了；或许他们找到什么地方有工做、有饭吃，不再回来了；也可能他们被白匪杀害了！天青希望不要是最后一种，回家或安家都是好事，他祝福他们。

回来的人带给天青他们许多惊人的消息。"摩尔曼铁路支队"在深山老林里猫了一冬，外面的世界已经千变万化。第一个让人震惊的消息是，1918年11月11日上午11点，巴黎东北贡比涅森林里，响起了101响礼炮声，历时51个月2个星期的第一次世界大战结束了，交战双方签订了停战协议。

第一次世界大战停火了，不打了！听到这个消息，天青和那伙穿着兽皮、像野人般的游击队员们，不知该高兴还是该忧伤。他们就是因为第一次世界大战才被招募到这个国家。来做什么？当华工，当苦力。可是后来，他们都参加了红军；再后来，又成了游击队员，没人管他们的这多半年，他们成了流浪汉。如今，战争结束了，他们现在算是什么人？华工？红军？还是流浪汉？他们该往哪里走，中国还是莫斯科？他们有点不知所措。

就在天青和他的支队在西伯利亚大森林里苦苦求生的时候，他们不知道全中国人民正沉浸在举国同庆、全民皆欢的喜悦之中，他们在庆祝第一次世界大战终于停战了。

1918 年 11 月 11 日，第一次世界大战停战的消息通过一纸电报传到了北京政府，这个消息迅速地传遍全城，又传到了全中国。这个天大的喜讯把南北政府之争、各个军阀之战统统抛到脑后。自从鸦片战争以来，半个多世纪，中国第一次以战胜国姿态出现在世界，国人怎能不欣喜若狂！

北京政府下令 11 月 14 日至 16 日放假 3 天，教育部下令北京各个学校升旗、放假庆祝，中华门前搭了高高的彩牌楼，天安门、正阳门上都结了彩灯。天安门西侧的中央公园里搭了高台，做检阅之用。消防车开到了大街上鸣笛助兴。北京人真是多少年没见过这般狂欢景象。

蔡元培自从 1916 年底回国，担起北大校长重任，今天大战结束，举国同庆，蔡元培按捺不住喜悦，在校园里大声对学生和教授们说："我们都去，都到天安门庆祝去！"

他们走上大街，只见锣鼓喧天、万民欢腾，市民们打着"世界大同""为世界造和平"各色标语牌子，口号、欢呼声阵阵传来，"中华民国万岁！""协约国万岁！""世界和平万岁！"前面走来不知哪个中学的军乐队，他们奏起了进行曲，众人的情绪更加高涨，跟着进行曲拍子挥舞着手中的三角旗，下午游行队伍经过新搭的检阅台；晚上还提灯穿梭在从东交民巷到天安门及中央公园一带。

蔡元培见中央公园搭了高台，他抑制不住兴奋的心情，向北京政府申请，想借此高台给北大教授作演讲之用。政府满口答应，因为他们相信，这个时候的任何演讲都不会出问题。蔡元培回去告诉北大教授们："我跟政府申请了，明后天我们可以用那个高台，大家都去中山公园演讲去，向民众宣讲我们的思想和见识。"

第二天，蔡元培最早跳上高台，发表了激动人心的演讲《黑暗与光明的消长》，他大声地向四周围拢的百姓和学生们说道："永远记住，互助、正义、平等和大同是人类道德发展的大趋势。我们中国不能逃到这个世界之外，我们必须随大势所趋！协约国的胜利，定要把国际间一切不平等的黑暗主义都消灭！"蔡元培自从担任北京大学校长，求贤若渴，本着"思想自由，兼容并包"的信念，请来许多学者能人。

陈独秀因办《新青年》为蔡元培赏识，被蔡校长请来任北大文科学长。今天，这个目光敏锐、热情澎湃、思想深邃的人，站在演讲台上，面对无数学生和市民，慷慨激昂地呼喊："我辈终战胜了邪恶，我们将建设一个理想的中华国，乃欲跻身诸欧美文明国之列，欲驾尔上之，去其恶点，取其未及，施行我辈新理想！"

胡适刚从美国回来，被聘为北大哲学、文学教授。他在美国求学的几年，正值第一次世界大战之时，大战把他打醒了。此时他站在高台上对一众学子及百姓道出自己的心声："生存竞争的富强梦最后会给人类带来毁灭，中国应该贡献给世界的不应是武力，而应该是文物风教，这就是中国的文明！"他简短而新颖的演讲获得众人的热烈掌声。

李大钊这些天想得更加超前，他在高台上呼唤民众："东洋文明颓废于静止之中，西洋文明疲命于物质之下，为救世界之危机，非有第三新文明之崛起。需经本身之觉醒，彻底之觉悟。"他的演讲引起了当局对他的注意。

梁启超更感到欧洲人做了一场科学万能的大梦，到如今又叫起"科学破产"，他奋力号召民众："我们，要用东方文明去拯救世界！"

这些人中，唯有蔡元培在16日的演讲中大声疾呼："我们要认识劳工的价值，劳工神圣！此后的世界，全是劳工的世界啊！"蔡校长从一战奔赴欧洲的几十万华工，引申到广义劳工，他指出："所有靠自己劳动为生的人都是劳工，有体力劳工，也有脑力劳工。"自此之后，"劳工"二字植根人心，为后来的勤工俭学运动推波助澜。

11月28日，故宫太和殿前，新任大总统徐世昌带领国民政府举行了中外阅兵式，古老宫廷内传出了108响礼炮声，举国欢庆达到了极点。

人们没有忘记给中国带来耻辱的"克林德坊"还在东单耸立着。那是清廷为了讨好德国，追念世纪初在那场骚乱中被杀的德国公使克林德立下的牌坊。李石曾建议改为"公理战胜坊"，各界举行会议，一致赞同。次年3月，东单的"克林德坊"移到了中山公园，上面已经改换为"公理战胜"4个大字，围观的人们高喊"万岁"。

当时的报纸，连日登载各类文章，政要和学者教授连日登台讲话，有人在庆幸，他们没有向欧洲战场前线派去一兵一卒，还能有今天；甚至李大钊也讥讽握有军权却对参战始终摇摆的段祺瑞，"参照年余未出一兵的将军，也去阅兵，威风凛凛的耀武。"所有这些人，直到万人空巷地在北京和全国庆祝中国成为战胜国的时刻，都称没有派去一兵一卒。除了蔡元培等几个人，几乎没有人提及华工。他们那时可知，就在大战结束之际，我们还有几十万华工在东、西战线上流血流汗卖命呢？要知道战后的恢复和重建，还需要华工在地雷阵里讨生活，在死人堆里过日子啊！

也许大多数中国人根本不知道自己还有几十万同胞远在海外；更没有人知道的是，尽管中国在1917年8月14日对德宣战，但是从法律上来讲，北洋政府由于国会长期解散，参、众两院始终没有机会正式通过那个宣战决议。万分幸运的是，在大战停战前6天，北京政府参、众两院最终正式通过了参战决议。今天当全民欢腾之时，总统徐世昌和当时的总理靳云鹏，关着门在总统府悄悄地擦着额头汗水说："万幸！万幸！参、众两院总算及时通过了参战决议！我们当之无愧是战胜国，干杯！"

他们是应该知道中国有几十万华工在欧洲战场，可是在庆幸自己跻身于战胜国之际，他们仍然没有人提及那些华工——那些中国赖以成为战胜国的支柱和唯一借口；或者当权者根本不屑提及那些劳工，当然也就不会感谢他们。那个时期布满报纸和号外的所有贺词、祝词，乃至发表的文章、演讲，也都没有人提及他们；更没人想到是否要对那些华工表示慰问，把他们接回国，应该对他们有所犒劳、说声感谢。不！没有，统统没有！他们一字一句都没有提及，也许那时的他们,无论是政府还是开明人士,根本不知道那个群体对这个国家做了多么伟大的贡献!

不过,很快他们就会知道了,正是那些让自己国人忘却了的华工,才使中国最终能站到战胜国之列。此时欢腾的中国人民更没有想到,自己在其他战胜国的眼中,离战胜国还有多么遥远。直到国人真正看到有人不把中国人当人,不把中国当战胜国时,才赫然想起,啊!我们还有几十万华工在你们那里,他们还在排雷、埋尸、修路,做那许许多多没人做的工呢。只有在那个时刻,国人才想起他们——我们的几十万华工兄弟。

第十篇　独自向西行的天青

四十三　走出大森林的天青被"契卡"严刑拷打

　　回到大森林的战友，还告诉天青一个好消息——苏维埃政权又恢复了；也有坏消息，英国人支持白军打内战。敌人不仅有机枪、野炮，甚至还有60辆坦克和168架飞机；美国花旗银行还提供了1.2亿美元作后盾，形势比以往更加严峻。听了这个消息，天青知道他该往哪里走了。第一次世界大战结束了，可是苏俄境内的内战非但没有结束，还越战越酣呢。天青他们早在大战结束前就和这些人交过手了，蔡大哥和刘哲欣就是在和他们的战斗中牺牲的。天青知道，他和他的队伍不能回中国，他们是苏维埃红军的一个支队，中国人向来说话算数，他们要归队。可是怎么走？经过了整个冬天的蛰伏，该到哪里去找部队，人家还认他们吗？事实上，天青远没有想到事态的严重性，因为他在革命队伍里还太年轻。他根本不懂得苏维埃是在什么样的情况下诞生的，现在，当他们重新手握大权，他们格外警惕、格外敏感，敏感到几乎歇斯底里的地步。

　　那时的俄国，像是被卷入错综复杂的战争旋涡里，敌我变幻无常，战区犬牙交错。在那个特殊时期，迎刃而生的是新成立的特殊肃反委员会——"契卡"，就是后来的秘密警察，令人望而生畏的克格勃。当苏维埃政府迁到莫斯科，"契卡"总部也搬到了克里姆林宫附近的卢比扬卡广场11号，这个特殊地址，后来成了"契卡"的代号！早在1918年2月21日，在苏俄同德国和谈的危急时刻，列宁就签署了《社会主义祖国在危险中》的法令，它规定"敌人的代理人、投机商、抢劫者、流氓、反革命煽动者、德国间谍均就地正法"。当年9月，列宁公开声称，要制造一场针对资产阶级反革命的"红色恐怖"；为了实现无产阶级专政，必须建立一个"有组织的专门暴力体系"；他严厉地批评知识分子对死刑的偏见。他们对任何值得怀疑的人，会设立专委会来监察和审问。在那个混乱的年代，被审问者无从找旁证、找清白证明。从1917年至1922年，"契卡"绞死和枪决的人数，据说有200万！

  天青算是哪种人？都不是。可惜在"契卡"眼里，他可能都是！从大森林带着队伍回来的天青，满怀喜悦之情，以为归队了，投入母亲怀抱了，可惜他错了，迎接他的是无情的无产阶级专政铁拳。

  那个寒冬，支队长陈天青带领了300人，后来又加上100多个废弃矿场的华工，一起转战乌拉尔地区。他们误入圈套进了一个密实的大森林，一个冬天没有了音讯。到春天，天青只带着不到200个士兵回来了。也许在战争年代减员可以理解是那个时代的正常机制更换。问题是，他们中间走掉的那些人，他们都干什么去了？天青回答得出来吗？那是200人呢，他们离开队伍，自寻出路。可怜天青不知道的是，他们中有些人，既没有回家，也没有找到归宿，或是不幸阵亡，而是偷偷地投敌了。

  也许根本算不上是投敌，只因寒冷和饥饿，走投无路的华工敲响了农民的木屋。门打开了，一个凶悍高大的军人站在门后，华工还来不及叫喊和转身逃跑，就让里面伸出来的那只大手拎着衣领，抓进了屋里；门外几个看出不对，刚想拔腿逃走，也让屋里随后冲出来的几个壮汉全部逮着绑在屋后马厩里了。原来农民木屋里住的早已不是农民，而是杜托夫匪帮，他们赶走了农民，占据了暖和的屋子。隆冬季节里，衣衫褴褛又背着枪的中国人出现在他们面前，一下子就被那些军人制服。这些本来就走投无路的农民，哪有本事逃跑——他们既不认路，又衣食无着。他们被迫每天给这些凶悍的蛮子劈柴、烧火和做饭。他们根本不是投敌，可是现在讲不清了。白军从这些俘虏口中知道，这股跟他们作对的小部队竟是摩尔曼铁路中国支队，那是赫赫有名的一支红军部队，连杜托夫匪帮都知道。而现在他们更知道了这支部队的首领叫陈天青，知道他们这支华工游击队濒临困境到自行解散。白军利用他们得到的信息，大肆向四周宣告——陈天青的摩尔曼铁路支队已经伏法，死了大半，余下的统统被这群匪帮收编；他们的首领陈天青，已经归顺白军。

苏维埃政权正在危机中，他们惧怕任何内奸或投敌者。天青在内部名单上，早已被划为叛徒、内奸和恶棍。可惜他不知道，自投罗网来了。

天青被解除了武装，他被"契卡"五花大绑地带离了他的队伍。他的战士吃惊又不安地望着他们的支队长，不知发生了什么事情。经过一个冬天，人人都敬仰和热爱的队长，怎么会是内奸和恶棍？！

每个人都受到盘问：

"你们为什么单独行动？"

"我们找过大部队啊，可是林子那边的农民让我们小心，白匪等着抓我们呢。"

"另外那些人哪里去了？"

"没了供给，400人在老林子里难活啊，愿意奔活路的就走呗！"

"有没有人投敌？"

"我去问谁？走的人，没人跟着他们，谁敢保证他们做的每件事都是好事！"

这是天青和每个回来的人对"契卡"询问时的回答。"契卡"不爱听这些。于是，支队的人被送去集训，而天青被关了起来。他们把他吊起来两天两夜，他受到严刑拷打，鞭打不断，比当初在林子里受监工的鞭子还厉害。天青不会撒谎，不会瞎说，他们把他投进监狱，准备遵照列宁同志的指示——"就地正法"。

看来天青命不该绝，也许因为他还没有见到弟弟天亮，还没有到达从小向往的法兰西，他咽不下最后一口气。于是老天让他经历了人生的另一次磨难——天青患上了斑疹伤寒。他在牢房里发热，好像周围每个人呼口气，他都要打个冷战。同牢房的人都怕他。他胸口满是红色斑点，肚子痛，头痛，浑身是汗，好像一个从水里捞起来的半死的人，汗水浸透了伤口，天青被折磨得生不如死。

"契卡"相信这个人用不着浪费子弹了，也不想他把病带给更多的人，他们把他扔到了屋后的旷野里，即使一时死不了，半夜也会有野狗和饿狼把他收拾掉。

天青果真被"收拾"了——不是给野狗和饿狼，而是被他的战士。他被郭娃和盛中华抱到了一个偏僻的小棚子里，他们不怕他的伤寒，他们觉得"契卡"更可怕。郭娃给他喂拌着大蒜泥的粥——那是他从小在家乡学的，那是穷人的万灵药。盛中华懂得草药，他这些天找了不少草药给队长清洗和敷贴伤口。天青昏迷了许多天，郭娃看着自己的队长不停地掉眼泪，心里喊着："咋好人就没好报呢！队长，你可别走啊，什么样的恐怖险恶林子咱们都熬过来了，咋能就这么走了呢！"天青大概听见他的战士在呼唤他，有一天，他终于醒来了，好像又活了一遍。他见眼前忙里忙外的都是郭娃和盛中华，就问："郝窦窦呢？"他想问支队副队长和支队的人怎么样了。

郭娃苦笑地告诉队长："郝窦窦已经进'契卡'了。"

天青听了一惊，想坐起来，却力不从心。盛中华扶着他，摇头道："不是给抓进去，是被请进去的。"他还说队里的人猜想，也许因为副队长识字，"契卡"要个中国人好办案，也许还有别的什么原因，谁也不想往坏处想。只是再见到郝副队长，已经是一身"契卡"工作人员的专用军装。一脸"契卡"人员特有的铁青脸色，对这帮昔日弟兄没有给过一个好脸。

天青默默地听着，叹口气说道："各奔东西吧。看来我革命已经革到头了。这里不是我该留的地方。"郭娃、盛中华和一些华工都想跟他一起走，让他拦住了。天青对他们说:"你们应该往东走,回中国去;可是我,我要往西走,我要去法兰西,去找我的弟弟天亮,他在那里等我三年了。"

四十四 躲过极刑的天青带病向西逃去

在一个黄昏,太阳的最后一点余晖隐没时,天青挥泪告别了郭娃、盛中华和善良的华工兄弟们,独自启程了。他们告诉队长,如果一下子回不了中国,他们情愿回到那座大森林里去找杨百柯。他们离开那里时,几个身体不好和年纪大一点的留在那里了。当初临走时天青一再嘱咐杨百柯,带好这些弟兄,好好饲养立了大功的三匹马和五条雪橇犬,有机会就带着华工弟兄回国去。今天看起来,这里比那座大森林还要恐怖。天青叹着气让他们多加小心,他已经找不出任何话来安慰这些亲如弟兄的战友了。

暮色中,天青独自朝西上路了。他不敢白天出发,只有选择这个暮色苍茫的黄昏启程。这是一次可悲的独行。几年来无数东征西战,天青都是和许多人一起。可是今天,他必须孤独地上路,孤独地寻找夜宿的角落,轻抚着久不愈合的伤口。经历了几年的艰苦岁月,天青比刚离家时,更成熟、更坚强,也更有心机。可是和前几次上路相比,这一次最让他感到心神不宁和前途未卜。因为他是一个被"契卡"判了死刑的人,他也是一个刚从致命的斑疹伤寒阴影里死里逃生、浑身是伤的人。他没有了往日的朝气和勇气,他也不知前程是祸是福。每天随着天色渐渐转暗,他的忐忑不安愈加激烈,他多么希望能和自己的战友们一起,哪怕只有几个人也好,可惜现在身边竟然一个人也没有。对战友的担忧和怀念替代了对弟弟的思念,他是多么不愿意离开他们——他的好同志们,可是他又必须走,尽快地走,走得越远越好。驱使他撑着受伤的病体西行的动力是恐惧,再度落入"契卡"手中的恐惧。即使他那么舍不得自己的战友,即使他身体极度衰弱,可是他还是在尽自己最大的努力向西行进。他想的是,只要他多走一步,就会离"契卡"远一步。

那是1919年春末,天青走在从俄罗斯向西的道路上。他在封闭的大森林里蛰伏了一冬,刚出来就被投进监狱。他怎能知道此时此刻,在一战刚结束的敏感时分,世界会是一幅什么样的景象!人类第一次大规模的相互残杀虽已宣告结束,可是双方杀心未死,战意未灭,世界混乱到了极致。如果要用最简单的话概括那个时代,就如政治家温斯顿·丘吉尔说的:"巨人们的战争结束了,侏儒们的战争才开始。"

天青向西走,他以为穿过俄国就是德国,德国再西,就是他要去的法兰西。天青不知道在他的必经之地,除了俄罗斯,还有一些小国。他用这两年学来的那点俄文,询问沿途的农民:"这里是俄罗斯还是德国?"人家带着嘲弄的口吻对他说:"你是从天上掉下来的?这里不是俄罗斯,更不是德国,也不是波兰,这里是乌克兰。"

天青不知道俄罗斯和德国之间还有乌克兰和波兰。那时乌克兰已经分成两部分,东乌克兰建立了苏维埃政权,归顺了俄罗斯,只是他们不愿意承认自己是俄罗斯人;而西乌克兰已被波兰占领。天青走着走着,离波兰越来越近了。波兰被毗邻的三个帝国——奥匈帝国、俄罗斯和德国,统治了123年,它的优越和不幸都源于它位于东西要道。今天,它又位于两种意识形态交锋的风口浪尖上,这一切都注定了它将是个是非之地,而此刻又正处于多事之秋。这都让天青赶上了,天青刚巧踏上了这块不幸的土地。

波兰是巨人中的侏儒,侏儒中的巨人。大战后的混沌时分,每个曾经被欺辱过的国家都想独立;每个曾占领过别国领土,又在大战时失去了的,都想再度占领,还想占得更多。无论是想独立的,或是想侵略的,都视现在是千载难逢的好时机。

一战宣告结束的第二个星期,苏维埃最高当局就在11月18日,下令西集团军向西进——"务求以有限资源占据尽量多的土地",那里是乌克兰。这是苏维埃当局发的密令。

波兰眼看着长久压迫自己的三大帝国瓦解，知道机会难得，只叹自己势单力薄，急于联合中东欧各个国家，建立"海之国"联盟，对抗可能再度兴起的两个恶邻——俄国和德国。可是这些国家哪里肯听从波兰的号令呢，于是战争在这些地方遍地开花。

它们彼此打，再联合起来打，再分开打，于是乎——

南斯拉夫和意大利打；

罗马尼亚和匈牙利打；

波兰和捷克斯洛伐克打，和德国打，和乌克兰打；

俄国一面在国内继续内战，一面和乌克兰、白俄罗斯、立陶宛、爱沙尼亚、拉脱维亚打……最后是和波兰打！

意识形态的传播和战争一样汹涌，十月革命随着一战风暴，掀起的连锁反应在欧洲风起云涌。列宁鼓吹的世界革命同样必须以波兰为通道向西进军。他预测世界革命下一个胜利国是德国——那个发动了大战后自己千疮百孔的国家。经由波兰支持德国革命是地理上之必然，他期待的就是随之而来的西欧滚雪球般的革命风暴。在这种思维的推波助澜下，整个东欧陷入从未有过的混乱，实际上是个个一厢情愿，不情愿就开战！

天青恰好在这个敏感时刻，走上了这条东西通道。

天青尽拣小路夜晚走，走得很辛苦。他离开华工战友时，只带了一个黑面包和郭娃弄来的两个煮鸡蛋，天晓得郭娃是从哪里弄来的。天青现在仅有的财产还是当初从老家带出来的那把小雕刀和那个小石雕。母亲当初给他们两兄弟一人一个，白里透红，尾巴卷得像面蒲扇的小石狗，还有几块始终没舍得丢弃的"图书岩"，包括那个自己刻了一半的石山，这都是郭娃冒着生命危险给他保存下来的。

天青边走边想，只要他还剩一口气，爬也要爬到法兰西。如今他已经不只是为了履行当初和弟弟在法兰西相见的誓约，而是一种信念在激励他——如果他们祖辈就用两条腿横穿西伯利亚，朝着太阳落山的方向走去，一直走到法兰西，那么经过革命队伍锤炼、带过200多人在大森林苦战一冬的自己，难道就走不到吗？只是他根本没有想过：老一辈走这条路时，沿途没有这么多大大小小的战争，更没有这么多的革命；还有就是当初出来的人，也不会是大病未愈、浑身是伤的像自己现在这样虚弱不堪的人，他们更不会担心身后会有追兵。

路上他躲过一队骑兵，他们不像苏俄的部队。1919年春天，苏俄已经征集了200多万红军，不过他们大多投入东线和白军战斗。西线只有4.6万红军，远远少于波兰的10多万大军。天青看见的是波兰骑兵，他们和红军一样彪悍，一样策马奔驰。天青是个病人，他神态萎靡、浑身是伤、衣衫褴褛，没有人理睬他。天青在一条解冻了的小河旁，想洗漱一下，他从水里看到自己的身影，吓了一跳——这个鬼一样的人难道是自己？

他向乌克兰农人乞讨，为了尽快打发他走开，人家塞给他一个面包。他看见住在狭窄街道的犹太人，和他一样穿得褴褛、缩着脖、笼着手，一副神情紧张的样子。他不懂为什么犹太人在哪里都受欺负。他在废弃的农仓里，扒出一些粮食颗粒，收集起来，到林子深处点起火，用搪瓷缸子烧粥喝——那个缸子还是当初在天津发的，跟了他两年。这些本领他在大森林里早已学会，只是现在独自行动，倍感寂寞。他时时需提防身后有人，冒烟之后必须扑灭赶快离开。他像一个逃犯，像一只惊恐的受伤小鸟。

不知走了多少个夜晚，天青又饿又乏。那天他站在一处高坡上，望着树林后面隐蔽着一座曾经华丽而今破败的庄园。天青走近仔细观察，肯定房子有人住。屋子里的人小心地掩着窗帘，露出微弱的灯光，偶尔会露出人头影子，看上去像是一个老女人，又有一次看上去像是个年轻女子。天青看了很久，确定这家没有男人。他在傍晚时分，悄悄摸到那座房子后面，那里有扇后门，他的愿望只是能找个地方过夜，再就是讨点东西吃。他上去轻轻地敲了几下，屋里没有动静，他又稍微重地敲了两下，后门窗帘掀开了一个缝，片刻有人把门打开，开得很小，露出老女人半个面庞，总有七十多岁。她仔细凝视了天青片刻，天青低垂着眼睛一动没动，最后那人把门开大了点，天青没有说一句话就闪身走了进去。

四十五　玛娅奶奶收留了天青

屋子里住着一对祖孙，天青用蹩脚的俄语和老女人说话。她十分惊讶这里怎么会冒出个黄皮肤说俄国话的人。天青告诉她，他是被拐卖到俄国的华工。她们根本不知道什么是华工，天青费了半天口舌才让这对不知天外之物的没落贵族，知晓当今还有这等怪事。她们也好奇为何天青不回中国，却要往停战后打个没完的波兰跑。天青这才知道，他已经到了波兰，难怪那个女孩说的话他一句也没听懂，好在老太太会俄语，她和天青勉强用语言加上手势来沟通。她对天青说，这里人都叫她玛娅奶奶，让他也这么叫。

这幢大房子如今只住着祖孙两人，又都是女眷，在这战事多变的时期，怎能不令人时刻提心吊胆。尤其到了夜晚，两人更是害怕得不行。大战中，这里先是被俄国人占领，后来被德国人占领过。因为房子气派，又有一架斯坦威钢琴，有一段时间，让一个德国军官当了官宅，这倒是保护了祖孙两人，因为没有别的军人再来骚扰她们了。玛娅奶奶说着突然气愤起来："可是，他不让我的孙女弹肖邦，我们波兰人怎么能不弹肖邦呢？"天青根本不知道肖邦是波兰的著名钢琴家和作曲家，当然更不知道为什么不让弹肖邦，会让老奶奶生那么大的气。玛娅奶奶说自从打仗以来，她们这个大宅子从来没有安稳过。玛娅奶奶的先生曾经是这一带有名的医生，她把老先生的油画肖像挂在客厅里，那些来来往往的军人，一旦涌进屋里来，知道的会客气一点；可是更多的是什么也不知道，他们不在乎这家主人曾经是什么人，更何况只是个医生罢了。

玛娅奶奶说："你知道这次来的是哪支部队？是德国人，还是俄国人？俄国人还分白的和红的，还是乌克兰人，或是我们自己波兰人？不管是谁进来就找吃的，凡是能吃的都给吃掉了，还不停地翻箱倒柜，这里已经给翻过好多遍，值钱的东西早已经被抢光了。"玛娅奶奶还悄悄对天青说，孙女一天一天长大了，从战争初期的小姑娘，到现在长成亭亭少女，不怀好意的人盯着孙女看个不停。玛娅奶奶只好让孙女贝雅塔穿上女佣的衣服，搞得千金小姐成天像惊弓之鸟，常常躲在地窖里不敢出来。

现在突然来了这么一个人，衣着肮脏褴褛，身体虚弱萎靡，可是仔细看上去，还是个正常人、老实人。后来这个人把脏衣服脱了，换上以前佣人的衣服，吃了面包，喝了水，也好像换了个面貌。主人终于搞清楚了，原来这个人种过田，做过工，还当过兵，是个老实的中国人。她问天青打算做什么，天青说了同伴都东去回国了，他独行向西是为了去法国寻找失散三年的弟弟。这让玛娅奶奶吃惊不小，因为当时的天青，不要说徒步走到法国去，看他那样子以为他会随时倒下去。她更难想象，在此战乱时分，这个浑身是伤、病恹恹的中国人，还有心要到从未去过的法国找弟弟。无论如何，阅历颇深的老人单凭这点，就判断这是个有人性的人，有良心的人，她对天青产生了好感。玛娅奶奶甚至觉得，这是上帝赐来的救兵。

天青连生病一事都没有瞒她，只是对被"契卡"打伤的事没敢细说。不过玛娅奶奶看到他身上有伤，她没有多问，她心中明白从那个国家出来的人，大概总会有些什么恐怖经历。天青也没有想到，他闯进了一个医学世家。玛娅的先生是个名扬四方的医生，儿子也是医生，自己和儿媳都当过护士，伤寒这种病她见多了，外伤更不在话下。她不在意地说："你看上去病已愈，只是很虚弱，需要慢慢调养。法国说近也近，可是靠你那两条腿走，就太远了。干脆在这里住上一段，把身体养好些，再走不迟。"

玛娅奶奶还说："你吃蒜泥拌粥就对了。知道吗？这次西班牙流感，好多人就是靠大蒜救活了一条命呢。"天青哪里知道，当他们陷进大森林时，一场席卷欧美的西班牙流感夺去了2000多万人的性命，比直接死于一战的人还要多。他们远离人间倒因祸得福了。

玛娅奶奶心里盘算：我一直盼着，这幢大房子要有个男人就好了，可是如果不是自己的家丁，就要找一个绝对可靠的男人，眼前这个忠厚老实的中国人，哪里去找！

天青问他在这里能做什么，玛娅奶奶告诉他，战前，她们家有10个佣人，一个管家，现在一个也没有了，说完叹口气："先生大战前夕走的，出诊后就没有回来过，听说是心脏病死在外边了。儿子也是医生，大战不久被征调到军队奔赴前线，再也没有回来过。儿媳是护士，儿子没了音讯，她也上前线，说是去找丈夫，也是一去不回。那时孙女贝雅塔才10岁。家里的佣人，男的都征兵去前线了，女的也给征集到军队做后勤。现在村里的一个村姑兰达，每天来一会儿，挤牛奶和做顿饭，要不是因为她腿瘸，也早让人家抓去给军队干活儿啦。大战已经结束快半年了，该回来的人都回来了，不回来也该有个音信，看样子我儿子和儿媳大概是再也不会回来了。"玛娅奶奶的声音很平静，看不出来她是悲伤还是抱怨，也许战争早已把人打磨得麻木了。天青暗暗叹道："想不到战争对这种大户人家，竟也这么不留情。"

玛娅奶奶说："你愿意留下，我可以付你3份工钱，你不必做3个人的工作，只要白天在院子里做些园丁的活儿，多晃悠几下，让外面知道这幢屋子还有个男人。晚上睡在厨房旁的佣人屋子里，耳朵机警一点，如果有人进来，能听到。"

天青忙说："我只要有地方睡觉，有饭吃就行了，哪里还会要工钱，更不会要3份工钱。"他想起摩尔曼铁路伐木场，还欠他半年工钱呢。他就这么留下来了，他也实在累了，他走这一路，耗尽了他最后的体力，他伤口没有痊愈，身子发软，为了能走到法兰西，他要好好养伤养身体，他信任这个慈祥的老妇人，决心留下来。

瘸腿的兰达每天清晨会一瘸一拐地走来，直接到马厩里。偌大的马厩，如今只有一头奶牛孤零零地拴在那里。天青每天跟着兰达学打草喂奶牛，还学挤牛奶，后来更是学会做奶酪。那头奶牛也熟悉天青了，天青天天喂它，它见天青也不再烦躁。不久，天青自己就可以挤奶了，兰达腾出时间做更多屋里的事情。兰达常用蹩脚的俄语掺杂着波兰语，跟天青聊天。她说这个马厩里，战前有十几匹马和许多头奶牛。她父亲在这家做工，专门管这个马厩，她常来给父亲打下手。战争开始不久，所有的马匹都被充公了，奶牛是一头一头地被各种人以各种不同的借口，或是根本不给任何理由牵走了。这头会留下来，只因当初它有病，让她父亲牵到一个兽医家里，这才侥幸留下来了，让这家人现在每天还有点牛奶喝，还可以做奶酪拿出去卖。谁也不会想到这头当年的病牛，现在竟变成了这个家庭最宝贵的财产。

天青慢慢地养好了身体，干的活儿也越来越多。他每天仔细观察外边有没有什么声响，如果外面平静无事，他就会拿着镰刀，背着斧头，出去砍柴割草。草用来喂奶牛，柴火用来烧饭和取暖。如果发现又有什么军队过来，尤其是那些小股部队，他们最没有纪律，最容易惹是生非，他会急忙把祖孙二人送下地窖，盖上盖板。他自己留在上面观望，或者想方设法打发走那些人。他装哑巴来对付所有难缠的人，还找着法子哄他们走，比如弄出满屋子浓烟，或是假装在屋角发现了一条蛇。等那帮人走了，他就会让玛娅奶奶和贝雅塔出来。他从郭娃那里学到的一点厨艺，怎么说也可以照顾这个小家庭。慢慢干着干着，天青就干出了3个人的活儿，他是园丁，是厨师，也是最忠心的管家兼护卫。

玛娅奶奶从地下室找出一支枪，问天青会不会放，天青拿过来摆弄了几下，点点头。当过红军支队长的天青，后来在大森林里，什么样的武器都摸过，所以无论是哪国造的枪，是哪种枪，一到手，他摆弄几下就能用。玛娅奶奶说："我们不会主动打别人，可是如果真碰到不讲理、不要命的，你尽管开枪，咱们过去护院规矩就是这样。"天青小心地把枪放到床底下，他希望今生永远不要再开枪。

四十六　马厩里的乌克兰伤兵谢廖沙

一天清晨，兰达大喊大叫地从马厩里跑出来，天青立即奔了过去。兰达用两只手捂着嘴，指着角落里的一团黑黢黢的东西。天青小心上前，只见那团东西动了一下，原来是个人，再仔细看，是个满身是血的受伤的军人。天青让兰达赶紧去告诉玛娅奶奶，说马厩里有个伤兵。

玛娅奶奶听了并不慌张，她说："如果他是一个受伤的人，那就不会有多大危险。"她带了一个急救箱很快过来。那个伤兵看上去和天青岁数差不多。他的右胳膊中了一枪，子弹穿了出去，整个手臂被血染得像是裹着一层红缎带，看着让人害怕。兰达别过了脸，玛娅奶奶让她快去烧热水，让天青帮忙把伤兵的衣服剪开，再止血、清洗，然后又消炎、上药。天青看着，心想他们在红军里受了伤，也不会比这种救护更好呢。玛娅奶奶一边做还一边说，她以前也是护士，跟着她的先生一起出诊。所以她对这些救护和医药常识都懂。她还对天青说："你也该跟我学一点，家里有好多救护医药用品，总归会有用的。"那个伤兵望着天青，他不知道这个有着一张东方人面孔的年轻人，在这家里是什么地位。天青更不懂，玛娅奶奶说这话又是什么意思，他自知不会在此久留。他不会想到，这些救护常识以后真的对他很有用。

玛娅奶奶让天青在马厩的地上铺了很多干草，给伤兵做了一张临时病床，说每天她会来看一次，换药和换纱布。玛娅奶奶问那个伤兵，是什么部队的，家在哪里。那个伤兵犹豫了半天，才说出来，原来他是乌克兰人，在彼得留拉的队伍。玛娅奶奶告诉他："波兰和你们的头儿彼得留拉正打得欢呢，孩子，赶快回家养伤去吧，你们的部队打不过我们。听说没有，波兰人把坦克都开到战场上了呢。"波兰那个时候雄心勃勃，赶制了6辆坦克车，统统开上了战场。

玛娅奶奶对局势知道的多，是因为她家有个消息灵通的朋友，那是她先生的老病人、老朋友，贝雅塔叫他莫提卡爷爷。他几乎每天过来，会谈及最近国家和当地发生的大事和小事。他对玛娅奶奶说："其实我们的毕苏斯基没有那么大的胃口，也没有那么大胆量真的要对抗苏维埃俄国。"他甚至认为列宁比白军还强一点呢。莫提卡说："列宁至少不承认瓜分波兰，可是那些沙皇部下，那些白军，从来就不愿意我们波兰独立。如果我们和西方一起对抗苏维埃，也许他们就顶不住了。可是我们的毕苏斯基将军不想参加推翻列宁的行列，我们有自己的原则。"

　　这位老人说的没错，毕苏斯基只是希望在这场混战中尽量多占有一些东边的土地，他认为那本来就属于波兰。他哪里知道列宁和苏维埃的真正用意是什么，他们剑指何方一年后才显露出来。此时的毕苏斯基只关注着周边的那些小国家，他不愿意立陶宛独立，波兰军队也占领了格鲁吉亚，还和白俄罗斯及乌克兰打仗。波兰也和苏维埃红军先头部队交过火，所有这些都是为了要把国土恢复到被灭国以前波兰王国的版图。可是已经过了几个世纪，谁还会恭恭敬敬地奉还？于是只好诉诸武力。后人对此评头论足，莫衷一是。不过波兰人发现，每次和红军交火，红军就会很快撤退。他们不知道并不是红军打不过他们，只是在1919年，红军还没有精力顾及他们，红军正在和白军做最后较量。

　　正是在这个大环境下，大病后的天青，有了一个喘息的空档，波兰当时没有太多战事，他留在玛娅奶奶家里，养病和干活儿，他被当作家人。

　　天青慢慢和受伤的乌克兰人混熟了，乌克兰人叫谢廖沙。天青说他分不清谁是俄罗斯人，谁是乌克兰人。谢廖沙告诉天青，他们乌克兰人其实和波兰人一样倒霉，夹在俄国和德国中间。他说："我们乌克兰独立比波兰还要难，知道为什么吗？"天青摇摇头，谢廖沙又说："我们的土地太肥沃了，第聂伯河两岸，那是粮仓啊，谁都想占有。还有宗教，对了，你信什么教，东正教还是天主教？"

　　天青又摇头，他什么教都不信。在老家，也没有听说什么人信什么教，顶多是灶头上贴张灶王爷的画像，过年时大门贴张关公、张飞守门神的画像，不过邻居门口又贴的是钟馗，老人们念阿弥陀佛倒是有的，过年点炷香也常见，只是不知拜的是何方神圣，或许只是自己的祖先呢。想想还是不说出来好，自己都没个章法。

　　恢复了元气的谢廖沙滔滔不绝地说下去："你知道我们不管波兰人、乌克兰人，还是俄罗斯人，其实都是斯拉夫人。可是早几百年前，斯拉夫人又分成东、西两块，东边的信东正教，西边的信天主教。可是我们乌克兰正夹在中间，两派一斗，我们准倒霉。"

天青不知听明白了多少，不过想想自己国家，满清入关，汉人都留起辫子，当起了二等公民。天青觉得这个地区更复杂，又是宗教，又是种族，还有历史上留下的难题，能不打吗？他也不想深究了，只想待身体养好，快快离开这里。

几天后，天青送谢廖沙上路。他说先回乌克兰，去找自己的家，如果那个家还在的话。他问天青："你呢？"天青说："我跟你相反，我要往西走，我要去法国找我的弟弟。"谢廖沙握住天青的手说道："谢谢你！但愿我们两人都能找到我们要找的。"他还说："你是个好人，这些天一直照顾我。你会找到你弟弟的，老奶奶也是好人，愿天主保佑她。"

天青望着那个人的背影消失在林子里。他很为谢廖沙担心，谢廖沙的身体还很弱。天青想，我们都生在乱世，但愿老天爷让我们实现各自的心愿。

四十七　天青每天听贝雅塔小姐弹奏肖邦《夜曲》

贝雅塔每天要弹两个小时钢琴，那是奶奶严格的规定。她出生在一个老派家庭，从小跟法国家庭教师学钢琴、学法语，还有其他一些上层社会女孩必须会的礼仪。大战后，法国老师回国去了，贝雅塔只好天天自己练琴，老奶奶也会指点一下，不过主要是她自己练，毕竟她已经学了五六年了。只是前一年，家里住了个德国军官，不许贝雅塔弹肖邦的曲子，为此玛娅奶奶恨得要命。现在好了，没有这些外国侵略者在家里，玛娅奶奶要求孙女每天起码弹一个小时肖邦曲子。

每当窗口传来琴声，在园子里干活的天青就会从外面进来，找个屋里的活儿，边干边听，他喜欢听。天青以前从没听人弹过钢琴，更不懂什么古典音乐，可是贝雅塔手下流出的琴声，总能打动这个看似粗笨，心思却极其细腻的男人。难怪有人说，音乐是人类灵魂的避难所。天青听着听着就会动情，琴声使他想起他的战友，在那些寒夜中、大森林风雪中的木屋里飘荡着中文歌词的俄罗斯民歌和那些忘我地唱歌弟兄们的声音。琴声也会勾起他遥远的回忆，现在已经不多出现在梦中的家乡和父母，山上流下的溪水声，林中小鸟争宠般的鸣叫声，甚至独轮小车的吱吱声和水车的咕咕声，都会从记忆深处蜂拥而来，和耳边悦耳的琴声混在一起。琴声更常挑起他那根最敏感的神经——对弟弟的思念，尤其当贝雅塔弹起肖邦曲子的时候，他幻想着和弟弟一起飞翔在俄罗斯森林上空，一起游荡在欧罗巴大地上……

音乐家早就说过："声音是听得见的色彩，色彩是看得见的声音。"天青懂得色彩，他就会懂得音乐。琴声使他情绪得到镇静，心灵得到慰藉，灵魂得到陶冶。

玛娅奶奶一再提及的肖邦，天青终于知道了他是一位钢琴家，更是一位作曲家，他写过许多钢琴曲。每天晚饭后，贝雅塔都要花一个小时来弹他的曲子。其中有一首，贝雅塔反复地练习，开始比较生疏，后来慢慢熟练起来。每到那时，玛娅奶奶也会坐到客厅里，静静地听着。天青渐渐地熟悉了贝雅塔小姐越弹越熟练的那个旋律，他每天都在盼望那个时刻到来。贝雅塔小姐会安安静静地弹出如梦似幻的曲子，天青常常听得忘记自己本来该做什么事。

贝雅塔知道她弹琴时，天青会在不远处听着。她慢慢习惯了弹琴时后面有个人，就像过去习惯法国老师坐在她身旁一样。天青一天不听这首曲子，就好像这一天没有过完。

一天，贝雅塔弹完后，玛娅奶奶说："青也那么专心听你弹琴，看来你还真有了进步呢。"祖孙两人现在都叫他"青"。

天青不好意思地对玛娅奶奶说："我喜欢听，就是听不懂。"

玛娅奶奶说："谁都可以听懂肖邦的曲子，要不流传那么广呢。青，你知道贝雅塔弹的这首曲子是什么吗？"天青摇摇头，心想，"你这不是明知故问吗？

我怎么会知道。"

玛娅奶奶说:"是首《夜曲》,肖邦一生创作的大多是钢琴曲,其中有21首《夜曲》,我最喜欢这一首了,好多人都喜欢这一首,那是作品"九之二"。你要知道,肖邦不喜欢给自己的曲子冠上标题,像别的作曲家那样。他说'让人们自己去猜想吧!'多有意思!他的曲子人们都能听懂,每个人都可以按照自己的意思流畅地、随意地去想象,多好的音乐家。德国人不喜欢他,因为他是波兰人,德国人只喜欢贝多芬和莫扎特,他们只认日耳曼血统的音乐家。其实我们斯拉夫人和日耳曼人一样都属于雅利安人种,音乐干嘛还要分什么人种呢!我们波兰人喜欢肖邦,我们每个弹琴的人,都会弹肖邦的曲子。青,你慢慢听,仔细听,有人说,肖邦的音乐有东方情调呢,你会听出很多名堂来的。音乐无所不包,我们没有音乐就无法生活。"

天青听玛娅奶奶说了这么多,只记住了肖邦和《夜曲》,还有就是"九之二"这几个词。他记得很深,几十年后也没有忘记,还有那个优美的旋律,以及弹琴的人。

"奶奶,你唱两句嘛,让青听听看!"贝雅塔突然说起,让天青有点摸不到门路,不是在讲弹钢琴吗?怎么又让奶奶唱呢?他不解地转头望着玛娅奶奶。

玛娅奶奶笑了起来,挥挥手说:"唉,那是好多年前的事了。人家说,肖邦的钢琴曲美得可以唱出来,尤其是女高音来唱最合适。我年轻时喜欢唱歌,还是个不错的女高音呢。我也真的随着肖邦钢琴曲唱过呢,贝雅塔很小时听到过,倒还记得。"说着,她轻轻地唱了起来,贝雅塔马上用钢琴给奶奶伴奏。不过没唱两句,玛娅奶奶就停下来了,摇着头挥手说:"算了吧!用我这副老嗓子,来唱这种不仅是优雅,还带有一种空灵和羞涩的美轮美奂的乐曲,真叫糟蹋了这些神曲呢。"

天青再听贝雅塔小姐弹这首《夜曲》,感悟和以前很不一样。他从琴声里仿佛听到远处有个女人细声地高歌,声音悠长又悲伤,静谧又含蓄。他心中无数想说又说不出的话,随着那悠扬的琴声喷薄而出;他思绪中不明不白的愁云,也随着琴声而被驱散，清晰明亮了。天青不知道同是大钢琴家的李斯特曾经说过，肖邦的钢琴曲是"一层情意缠绵的薄雾，是冬日盛开的玫瑰"。天青待在战火中的林中古屋，听着动人的琴声，就像看到眼前飘过淡淡薄雾，闻到冬日玫瑰的芳香。他心中充满了柔情蜜意，他以为这是对弟弟的怀念；慢慢地，他感到他对眼前这个十五六岁女孩有着一种说不出的爱心，是兄长般的爱，是对主人尊重的爱，是对她手下流淌出魅力绚丽琴声的爱，还是什么别样的说不出道不明爱的萌芽？

有一天晚上贝雅塔弹琴后，玛娅奶奶说要和天青谈一谈。她恳切地问道："青，你要到法国找你弟弟，你知道你弟弟在哪里吗？"天青摇头。

她又问："你收到过他的信吗？"天青还是摇头。

"我的孩子，那你怎么去找呢？法国也不小啊！"老妇人真有点为他担心。

"我相信他会在英国军队，当初去威海卫应召的华工都是英国人招募的。我们俩早说好，万一走丢了，就在法兰西见面。"天青痛心地想起，当初上火车前，曾对弟弟说过这句话，没想到，一语成谶。

"青，你不懂波兰语不要紧，你俄语说不好也没关系，可是你应该懂点法语。不然跑那么远，到一个连当地人说话你都听不懂的地方，还要去寻找没有线索的弟弟，那不是很可怕吗？"天青抬起头，他好像刚回过神来，终于明白了老人刚才说的是什么，他见到那张苍老的脸庞上显露的是一脸的真诚和关怀。

"我不会，是应该学一点，会有用，可是——"天青心想他上哪儿去学啊！

"让我孙女教你，她从小跟那个法国家庭教师长大。她也不该把法语都丢光了。"玛娅奶奶不容分辩地说。

天青从来想不到，20岁的他会像个小学生般跟个波兰女孩从头学法语。他对贝雅塔说："我只要会说一点点、听一点点就可以了。"

可是贝雅塔才不会轻易放过这个机会呢。贝雅塔对家中住进一个陌生男人、一个中国工人，远不像奶奶那么高兴。她是个娇惯的小姐，现在又让她教这个人法语，她本来是想高傲地拒绝，后来想想，借此机会可以把几乎忘了的法语复习一下也不错啊，再说是奶奶的建议，就答应了。不过她想，不会让天青好受的。也许是她闲得无聊，想找点事来调剂一下枯燥的生活，所以她想借此机会折磨一下这个人。贝雅塔对这个叫"青"的中国男人的心态十分矛盾。她不用再穿女佣衣服，这让她高兴；她和祖母现在都能睡好觉了，屋里屋外有人收拾，家也更像家；他做的饭也不难吃，贝雅塔还是感谢这个中国工人。只是贝雅塔内心总有种抵触情绪——这是个下等人，一个佣人，不是她的同类。可是现在他住在自己家，还跟自己和奶奶在一个桌子上吃饭，现在奶奶让自己教他法语，正好给自己一个机会好好修理修理他。

她神气活现地对天青说："你光想学说两句法国话不行！不认字算是学外语吗？到法国连报纸都不会看，如果你弟弟在报上登了一个'寻人启事'，你要不要看啊！"

天青愣愣地望着她，心想天亮会写法文"寻人启事"吗？

她又信誓旦旦地说："你说用不着学写，可是你到了巴黎，你要不要写个小布告，那是可以贴到满大街上的，让全巴黎人都知道你来了，快来帮你找弟弟！"

天青心里在说："好啊，你跟我一起去，帮我写不就得了？"

贝雅塔决心要从头教这个学生，要让他知道，当她的学生不是件容易的事。这可就苦了天青！她教天青发音、阅读和口语，像正规学生那样，从字母到单词和造句，从听说到读写。最可怕的是，每天逼着天青用刚刚学会的那点破法语，来述说他的精彩人生。

自从天青的法语课开始以后，两个年轻人每天都要花上好几个小时上课。天青被严厉的小老师逼得苦不堪言，贝雅塔却是活灵活现地不可一世。玛娅奶奶看了乐不可支——孙女终于有件事情可做了，她也找到一个方式可以回报这个中国人，他说不要工钱，可是自己不能什么也不给他啊！

四十八　小集市上获"天外之音"——天亮在法国

　　那年从夏至秋，只要没有什么军队打过来，小镇的周末农贸集市就会开张。住在附近的战争幸存者都会匆匆赶来，把自家残存的东西尽量装潢得像点样子，再拿出来交易。在艰难岁月，人们很少有钱，钱币也更换得太快，集市更多是以物换物。

　　春末，天青就在园子里种了不少蔬菜，他还跟兰达学会做各色奶酪，这些都是他们可以拿去交换的东西。有时祖母也会拿出一两样她收藏的宝贝。星期六上午的短短两个小时——时间长了生怕又会出什么事，贝雅塔会和天青一起，拿着他们的这些东西，去交换一些家里没有的，像新烤的面包、鸡蛋、咖啡和盐。每次在集市上，天青总是老老实实地坐在他们的小摊旁等候顾客，同时眼睛警惕地望着四周。贝雅塔热衷跟人讨价还价，更多的时候，她会去找小时候的玩伴聊天。想当年她们一起过圣诞节，一起开生日晚会，好不快活。几年战争下来，这些悄悄长大的女孩子们，多半失去了父兄，现在不是和母亲就是和祖父母一起生活。一个星期一次的农贸集市，对她们像是周末聚会，她们互相传递消息，议论哪里发生了什么可怕的或是让人高兴的事情。

　　天青乖乖地坐在那里，他把母亲送给他的小雕刻——那只卷毛小狗，放在小摊正中，那是很能吸引人的，当然他是决计不会卖的，不管出什么价钱。他也会带来那块"图书岩"，拿出小雕刀，坐在那里继续雕刻家乡山水——那件永远完不成的作品。他还会把他已经背了两年多、带过万里路的小雕刻摆出来。在集市上，那些小雕刻有人愿意买，他就此脱手，他会接受一些可以保存的东西作为交换，他在为自己上路做准备。他没有忘记他的目的地是法兰西，这里，只是中途一个驿站。在贝雅塔守着摊子和她的伙伴谈天说地的时候，天青也会自己去逛一逛别人的摊子。他买了几样想要的东西，一件波兰农民的挡风披肩，一个指南针，还有一个军用水壶。战争年代，军用品总会出现在这种集市上。

集市上，除了四周的居民农户，偶尔会有外边来的人。那个周末，集市上出现了十来个陌生人，他们身着法国军服，可是开口讲的是一口当地话。他们很快被人围住，尤其像贝雅塔这群小女孩们，看着他们都尖叫起来。原来这些人是从法国来的"蓝军"，他们是清一色法籍波兰裔，由法国军人指挥。在那个争斗不休、剑拔弩张的年代，波兰很少有盟友，这次来援助波兰的说来还都是自己的同胞，总共也只有400人，他们驻扎在离这里不远的地方。

那些人中，有个人牵着一匹又瘦又小的马，他不理会那群叽叽喳喳的女孩，独自在集市上边走边看。当他走到天青面前，被摊位正中的那只白里透红的小石狗吸引住了。他停了下来，看着，然后拿了起来，把玩着，抬头看了一眼天青，又看一眼小石狗。看得天青有点发毛，忍不住说："这个我不卖。"

那人说："不卖放到这里干什么？"

天青对陌生人说："这是我母亲给我的。我要永远保留。放在这里是为了吸引人，除了奶酪、蔬菜，还有这些好玩意儿呢，你不就过来了嘛！"笑着把自己刚刚雕了一半的山景放在一边，说："这个是我做的，还没有做完。"

那人把小石狗放下，拿起天青没有完成的山景，仔细看着，好像在回忆什么，接着说了句："我在法国看见过一只一模一样的小石狗——"他的话音还没有落下，天青已经慢慢站了起来，那人盯着他继续说道："还看见过一个跟你很像的中国人，他也在雕刻这么一座山，也没有做完……"

"天亮在法国——"天青大声叫着蹦了起来，紧握的双拳高高向天空伸去，引得周围的人都转过头来奇怪地望着他。

天青几乎高兴得要窒息了。三年来，他一直深信天亮去了法国，凭着他的直觉和信念，他坚信天亮一定到了法国，而且在那里等他，可是无法证实。直到今天遇到这个陌生人，才让天青的梦幻变得真实得好像可以触摸了。他急切地请求那个人详细告诉他，他是在什么时候、什么地方、什么情况下看见了那个中国人，他更想知道的是，那个年轻人怎么样，他是胖是瘦，是高兴还是忧伤。

可惜那个人说不出更多。他说大概是年初,在巴黎附近一个小镇街道上看到,有个像他一样的中国年轻人在摆摊,在地上破破烂烂的报纸上摆着和这只一样很可爱的白里透红的小石狗。是那只小狗把他吸引过去,他看见那个人正在用一把刀雕刻一座石山,就像天青做的那个一样。他说当时没有注意那个年轻人是胖是瘦,是高兴还是别的表情。对了,他想起来了说:"那个人,确实很像你。他开始根本不抬头,理也不理站在面前的人;后来他终于抬了一次头,就在那个瞬间,我注意到那个人,好像他不那么高兴,他对来往的顾客也不那么搭理,也许很多人只看不买,让他有点恼怒。他确实跟你很像,只是有点不高兴——板着脸。"

天青知道了,弟弟在法国,他生活得不好:他不高兴,他不快活,他在等哥哥。

那个人想卖掉那匹瘦马,天青抚摸着没有好好调养的瘦马,真想买下来,如果有了这匹马,他的西行就会容易多了,可惜他没有足够的钱。那天回家后,天青迫不及待地告诉玛娅奶奶,他在集市上的奇遇。他相信那个牵马人遇到的就是他的弟弟天亮。贝雅塔还说:"那人牵的马好瘦啊,青还想买呢,可惜太贵了,他哪里能买得起!"

玛娅奶奶一直望着窗外,半天没有说话。天青好像刚刚回过神来,他望着眼前这祖孙二人,心中突然感到愧疚,唉,怎么光想自己,他抬头对玛娅奶奶说:"我不会马上就走,真的,也许再等等——"他也不知道自己要说些什么,又要等什么。

玛娅奶奶不紧不慢地说道:"青,你早晚要走的。什么时候走,恐怕还要再看看。这一年我们这里没打仗,可是我们周围都在打呢,谢廖沙回去后,养好伤就得上战场。俄国那边更是打得紧。听说了吗?邓尼金的队伍离莫斯科只有200公里了。列宁发了封公开信——《大家都去与邓尼金斗争》,不管是哪边胜,他们都不会放过我们的,几个世纪了,他们从来没有忘记过我们。"

天青当然知道邓尼金，高尔察克败了以后，白军的最高统帅就是他。天青听说白军离莫斯科只有 200 公里，心里很焦急，他毕竟当过红军支队队长，他惦念着他的华工战士，他不希望红军打败，可是那些"契卡"呢？

四十九　在玛娅奶奶家过圣诞节

那天莫提卡和玛娅奶奶在客厅里谈话，他看见天青走进屋里，便叫他过来。

"年轻人，知道吗？巴黎和谈有我们波兰代表呢，是我们的毕苏斯基将军，他现在是我们的元首。"莫提卡对这个中国人讲起他最得意的事情。"还有一个代表，你猜是谁？"他狡狯地眨了眨眼睛，"是我们的总理，杨·柏德雷夫斯基，知道这个人吗？"还没说完，他就自己大笑起来，"所有波兰人都知道，他是一位家喻户晓的大钢琴家啊！"天青这才知道，战后和谈正在法国进行，不过他搞不懂，怎么钢琴家会变成了总理！他听说过中国那些年，北京老在换政府，也在换总统和总理，现在是谁坐龙椅，他还不知道，只不过他相信，中国绝对不会让钢琴家当总理。

"青，你知道吗？"玛娅奶奶总想让天青对自己国家的历史知道得更多一点，"我们波兰从 18 世纪，那是 1772 年，就让人给瓜分了，前后瓜分过 3 次。800 年的波兰，就这么灭亡了；146 年来，一直当人家的保护国、傀儡国。直到去年，第一次世界大战结束，波兰才恢复了自己的国家。可是我们被几个大国分裂太久，合并起来多难啊……"

莫提卡爷爷接着说："我们有 9 种法律，5 种货币，66 种不同的铁轨规格。我们和四邻之间没有一个高山和大河，边界永远是争吵不休的话题。"

玛娅奶奶接着说："青，我们每日每时都感到不太平，既然以前人家能瓜分你，现在为什么不能呢？我们其实也不是好战，只是想要让我们自己的国家恢复到老祖宗那个样子，只是想自己当家做主，可是我们碰到的难题真比高山还要高啊!"

天青听后对波兰历史知道得多了些,现在他终于明白为什么这里会有这么多的战争,那是自古以来造成的;他也明白了另外一件事:眼前的太平是暂时的,战事必将再起。

第二天有人牵了匹马来,天青一看,就是昨天集市上那匹瘦马。原来玛娅奶奶听孙女说天青想要那匹马,就托人去买下来,心里想着,天青早晚要上路,走时就送他这匹马。天青不知道原委,只知道家里多了一匹马,多少可以驮点东西,是件好事。自此他每天又多了一个活儿,除了喂奶牛,还要喂养这匹瘦马。好在天青在西伯利亚大森林里,跟着杨百柯学了养马的本领,如今不太陌生。那匹瘦马在天青的精心调养下,渐渐地长膘了。懂行的人看了说,是匹好公马,看那一身漂亮的棕毛,肯定会出息成一匹好战马。天青不希望它上前线,只盼望以后可以骑着它,跑到远一点的地方看看。

每当天青来到马厩,瘦马就发出"呜呜——"的嘶鸣声。天青每天要给它打嫩草、刷毛、喂水,比养一头牛要麻烦许多,天青干脆用中文叫它"麻烦",贝雅塔和兰达也跟着叫它"麻烦"。天青常会带着它走到附近树林里,找到一片好青草,让它自己去啃。天青就在附近找猎物。有时用自制弹弓打了一只小鸟或是用石头击中一只野兔,会打个口哨,怪声怪气地叫道:"麻烦——跑啊,去捡回来!""麻烦"就会飞奔而去,把猎物擒回。天青更喜欢在附近摘蘑菇,或是躺在草地上发愣,他盼望不要再打仗了,那时他就可以上路,他真有点按捺不住了。

有时贝雅塔跟着天青去遛马、摘蘑菇,也会毫无顾忌地和天青并排躺在草地上,天青两手做枕头,两眼望着天空。贝雅塔在一旁对天青喋喋不休地讲战前的许多事情。她现在不介意和这个中国工人聊天了,不过她只用法语跟天青讲话,她始终没有忘记自己小老师的角色,当然,她也要求天青用法语回答她,还不忘记纠正他。贝雅塔说起爷爷印象不深了,那时她还小,可是她记得爸爸和妈妈。贝雅塔说着竟然哭了起来,她把头埋在天青手臂下说:"我好想爸爸和妈妈，可惜他们连个墓都没有。史瑞娜的父亲就有一座墓，我还跟她采了野花去放在墓上呢。"天青知道史瑞娜和贝雅塔同年，是她最好的朋友。看着哭泣的贝雅塔，天青想放下胳膊拍拍她，可是他没敢动，他不知该怎样安慰她。

贝雅塔抽噎地对天青说："知道吗？奶奶其实比我还要想他们，我看见过奶奶自己跪在床前，在祈祷，在流泪。可是她在我面前从来不提他们，我也从来没有看见过奶奶流眼泪。"天青记得，老人也从不对他多说自己儿子和儿媳妇的事，当然更不提及自己已经去世的先生。

天青问贝雅塔："你爷爷有墓吗？"

"听人说有啊，可是好远呢，只知道他出诊去了，再也没有回来过。"贝雅塔说，"那次爷爷出诊，心脏病发作突然去世，就葬在当地，本来要迁回来的，可是打仗了。如果葬在这里，全镇的人都会参加葬礼呢。最可怜的就是奶奶了，她想把爷爷的坟迁回来，她更想儿子儿媳妇，可是他们在哪里都不知道，大战结束了，还没有消息就一定是最坏的结果。"天青也相信，贝雅塔的父母肯定不在了。

"我们在这里给你爷爷和你父母修座墓好吗？"天青和她们想的一样，他们一定不在了。

"那真是个好主意！青，谢谢你。"说完贝雅塔翻过身来，突然在天青额头上吻了一下，跳起来边跑边说："我去问问奶奶。"

留下愕然的天青，半天没有回过神来。长这么大，天青没有和任何女孩接近过，更不要说被人亲吻。这个轻轻一吻，让天青脸红心跳，半天不知身在何处。他颓然倒在草地上，用手抚摸着额头，又摸摸脸颊，回味着不知是什么滋味的滋味。

转眼秋天过去，冬天又来到。这是天青离家后的第三个冬天。第一个冬天是在摩尔曼铁路黑森林里和蔡大哥一起度过的；第二个冬天是在西伯利亚大森林里，和郭娃及许多华工红军弟兄一起度过的。这是第三个冬天，天青和玛娅奶奶，还有贝雅塔一起在她们的那座森林边上的大房子里度过。圣诞节前，天青和贝雅塔一起到树林里，挑了一棵漂亮的冷杉树，天青砍下让"麻烦"驮了回来。他和贝雅塔一起装饰圣诞树，这是天青第一次按照西方人的方式过圣诞节。那天祖孙俩都兴致极高，一起唱了好多圣诞歌曲。后来贝雅塔一定要天青也唱，他腼腆地说不会唱。贝雅塔不依不饶，非要他唱。

天青想起去年在西伯利亚大森林里，自己和华工弟兄们过中国旧历年，有人唱过一首俄罗斯民歌，大家都爱听。后来他们有人把它改成中文歌词了，那个冬天，差不多每个晚上大家都要唱，那首歌成了华工的一首思乡曲。天青说这辈子要说唱歌，大概他也只会唱这首。

谁知这么一说，玛娅奶奶也坚持要天青唱给她们听，她说尽管不喜欢俄国，不过俄罗斯民歌就是好听，无论谁唱都一样。天青无奈，只好扯着他那副从没有亮过相的嗓子，轻声唱起来了：

> 茫茫大草原，路途遥又远，有个马车夫，冻死在路旁；
> 车夫临死前，拜托老同乡，葬我在草原，赶快回家去！
> 看到我老爹，送他这匹马，再向我老妈，鞠躬请个安；
> 告诉我兄弟，请他莫怪我，今生永别了，我的好兄弟——

天青被自己嘶哑的歌声震住了。他没有想到他会随口编上后面那段词，它们完全是从心里流出来。他还把歌词翻译给玛娅奶奶和贝雅塔，也许这首思乡曲，真的把他心中埋藏了多年的思念统统倾诉出来。她们让他再唱一遍，这次天青声音大了许多。玛娅奶奶和贝雅塔听得直流泪，天青唱得自己全身战栗。他终于懂得了玛娅奶奶对他说的"音乐是宇宙语言，人人都会懂"。自那以后，天青常常会独自哼起这首歌来，还在不断修改和重填最后一行词，好像这样多少能排解一点他的忧愁。

每个星期天上午，天青也会随祖孙俩到村头的教堂去做弥撒，他并不懂牧师念的那些祈祷文，也不像其他人那么虔诚。他却出奇地喜欢听唱诗班的合颂，那种多声部又动听的赞美诗和安魂曲在浑厚的管风琴伴奏下，令他震撼。他沉浸到以往从没听过的宗教音乐里，仿佛看到了一个天梯，那上面有蔡大哥、刘哲欣，还有那些在矿场死去埋在后山上的、从未见过面的矿工们，以及那些"水晶棺"里捆绑着的、瞪着眼睛的华工弟兄们，他们全都随着这些美妙歌声，徐徐地升到天上去了……

五十　天青终于上路西行了

　　天青没有赶在冬天之前走的原因很多，主要还是战况不明。玛娅奶奶担心随时会再打起来，尽管她也不知道会是谁和谁打。那种惶惶不可终日的心态，让她不像以前那样沉稳，她常向窗外望去，更多是叫兰达把莫提卡请来。每次莫提卡总会告诉玛娅奶奶一些新的消息。有的消息会让老人眉开眼笑，像是说波兰军队已经打到加瓦河了，波兰和拉脱维亚签约要联合抗击俄国人。可是没几天，莫提卡没等兰达去请他，就自己跑来了，他带来了一个坏消息：邓尼金给打垮了！拉脱维亚，甚至爱沙尼亚都和俄国签订了和约！这意味着什么？俄国腾出手来，准备全力对付波兰了！

　　春天还没有到，彼得留拉就大败在布尔什维克手下。那些天，乌克兰的部队不断从他们镇上往西跑。街上都是马队、车队和无数败兵。谢廖沙突然出现了，他随着彼得留拉败部一路往西逃，到了这个熟悉的村里，他径直跑到玛娅奶奶家来。大家吃惊地望着这个昨日的伤兵、今天的败兵，贝雅塔喊道："谢廖沙，你怎么又来了？"

　　"我们打败了，俄国人太凶了！他们打败邓尼金以后，把军队从库班、拉脱维亚全撤回来对付我们。不是我们没用，是他们太厉害了，俄国人想要整个吞并我们乌克兰。"谢廖沙说着找水喝，天青赶紧给他端了一杯水，谢廖沙一口气喝了下去。

　　玛娅奶奶问他："你们这是往哪儿跑呢？"

"不知道，反正我们都跟彼得留拉跑。他是为了我们乌克兰独立而战，俄国人不喜欢他，骂他是白匪，可是我们乌克兰人把他当英雄。独立本来就是每个乌克兰人想要的，管它什么主义！俄国人想让乌克兰的军队都跟红军走，我们才不傻！我们再也不想当俄国的附庸国了。"谢廖沙说着四面张望，上次他在马厩里养伤，没进来过。

说着只听见外面嘈杂声响起，有人喊着："开门，开门，给点吃的。"

只见谢廖沙跑到窗口对外面大声训斥道："长官已经占了这栋房，别来吵了。"屋里的人都没有出声，他们没想到，在这个特殊时刻，谢廖沙竟会化身为保护神。

彼得留拉最后跑到华沙寻求庇护，他和波兰当时的国家元首——约瑟夫·毕苏斯基签订了《华沙条约》。毕苏斯基说了句识时务的话："没有一个独立的乌克兰，就不会有一个独立的波兰。"乌克兰和波兰单独都打不过俄国，两家联合起来对付俄国人，还有点胜算。因此不管他们自己愿不愿意，在那个时节，他们必须联合！

玛娅奶奶平静地说道："我们又要遭殃了。"经过了6年的战乱，先失去了自己的先生，又失去了儿子和儿媳妇，现在她麻木地等待一次新的战乱威胁。她对站在眼前不知所措的天青说："走吧，孩子，去法国找你弟弟吧，这里不是你久留的地方。"

天青没有马上走，如果在这个战乱时期，连谢廖沙都来保护玛娅奶奶一家，他有什么借口离开她们祖孙俩呢？他说："等等看，局势好一点再走不迟。"天青心中确实恨不得明天就起程，只是街上战马嘶鸣，军车滚滚，他怎么能够一走了之呢！没有几天，情况出奇地逆转，那天传来了捷报，"波兰和乌克兰联军打赢了，我们占领基辅了——"半夜窗外有人骑着马在村里仅有的那条街上来回奔驰，大声喊叫把村里的人都惊醒了。早上人人都知道了，联军一举夺回了乌克兰首都基辅。谢廖沙一定随着彼得留拉部队打回去了，现在可能正在基辅。

玛娅奶奶那天特别高兴，她让兰达帮她买了一只肥鹅，亲自下厨，烤了只焦黄喷香的鹅。她对天青说："好孩子，多吃点，再带点上路，是你走的时候了，你的身体已经复原，往西的道路也已通畅，天气不冷不热，正是旅行的好季节！"

遗憾的是那些天，无论是玛娅奶奶、莫提卡，还是村上其他人，都不知道一场更大的灾难正在等着他们，被后世称之为"改变世界局势的关键性战役——华沙战役"即将拉开序幕！而这个村庄，正处在那场战乱旋涡的中心。历史书后来提及那场"华沙战役"，用过不知多少词汇，有人称它"维斯瓦河的奇迹"，有人指出"波兰曾在1920年拯救了整个西方文明"。可惜这些背后隐蔽的天机，这些战争布下的雾障，哪里是平民百姓能够预料到的，更非一意西行、天天盼着去法兰西的天青能够估计到的！

天青把"麻烦"洗刷得干干净净，玛娅奶奶把这匹马送给了天青。她嘱咐天青："路好走你就走，不好走就骑上它，那样会快很多，也保存体力。不要到人多的地方去，看见部队绕着走，他们不在乎你的那点家当，他们想要的是你的'麻烦'，还会抓你去给他们当劳工。"

贝雅塔哭泣着告别："青，以后每次弹琴，我都会想起你。找到弟弟，带着他一起回来吧。"她已经说不下去了。面对这个中国人，他们家的长工，她的学生、护卫和玩伴，还有她的钢琴知音，贝雅塔充满了复杂的感情。她一开始讨厌他住进家里，后来教他法语时，她一心想折磨这个中国人；慢慢地，真的连她自己都不知道从什么时候，她就开始喜欢上这个憨厚的男人，像她的好朋友史瑞娜嘲笑她那样："你早就爱上那个中国人啦！"

"胡说！"每次她都这么回嘴，可是今天当他真要走的时候，贝雅塔突然发现她的生活里怎么能没有青呢？以后弹琴时身后没有那个伫立倾听的人了，再也不能跟他一起到树林子里遛马、摘蘑菇了，再也不会和他一起到集市上摆摊和闲逛了。贝雅塔非常伤心地哭泣，她想说："我的初恋情人走了，可是我们还没有接过吻呢！"

玛娅奶奶也是这么说："不管什么结果，都要回来看看我们。你在我们家一年多，我们不会忘记你，任何时候回来，我们都会像迎接家人一样欢迎你，还有你的弟弟。孩子，带上你的弟弟一起回来。路上多当心，战还没打完呢。"她心里对天青一样不舍，也许过去家里佣人多，从来也没有跟哪个特别亲近过；可是这个人，在战乱时分闯进了家门，竟然不声不响地把以前10个人的事情都做了起来，还同一桌吃饭，同一个门进出，相处得犹如家人一般。临走前，玛娅奶奶一定要给他算工钱，天青说："不必了，你们收留我，待我好，贝雅塔小姐教我法语，你送我一匹马，这比任何工钱还要多得多。"

玛娅奶奶没有理会，她翻出一对厚实的金手镯和一个沉甸甸的金十字架，对天青说："好好收起来，这些东西都是真货，很值钱。以后不管什么时候，不管走到哪里，这些东西都能变卖出钱来。到时候当个小本钱，做点你想做的事情吧。"

在一个晴朗的清晨，天青悄悄地从马厩牵出已经长高长壮的"麻烦"。没有惊动祖孙二人，悄悄地走了。当他走到屋后的高坡上——当年他就是站在这里看见树林后面有座大宅——现在他回头望着那熟悉的房子，只见二楼窗后站着一个人，那是身穿白色睡衣的贝雅塔，她正举手向他告别。天青也举起了右手，他觉得那个白衣人，就像是一个从天而降的天使，他的眼睛模糊了，他挥动着双手，向白衣天使告别。

贝雅塔站在窗后的影像，深深地印刻在天青的脑海里，伴随了他终生。

第十一篇　逃出英军营的天亮

五十一　天亮和齐中原逃出英军华工营

天亮和齐中原真的跑出来了。他们从前线沿着左拐右转的战壕跑出来了！天赐良机让二人终于离开了英军华工营。跑出来后，他们先躲在一个小镇外，白天不敢露面。当务之急是要找两套衣服，因为他们还穿着华工工服。颇有心机的天亮每天出来，都会把他最珍贵的小雕刀和母亲送的那个小石狗带在身上，当然还有几块小石头，大的不敢带。这些小东西都被他打个包，放在贴身衣服里。这样任何时候他要走也不会遗憾。只是现时最要紧的是赶紧换装，不然太引人注目。

齐中原对天亮说："不要紧，看我的。"两人趁着黄昏时光，溜进了那个小镇。天色偏暗，没人注意这两个人的衣着。他们物色到一家小商店，等天完全黑了，齐中原轻而易举地从后窗户跳进去，偷出了两套衣服。他心里有愧，只拣最普通的拿。两人换了衣服不敢久留，把华工工服埋在野地里，连夜向南奔去。他们的目的地是巴黎，想找大鲁的老乡，那个不久前来过他们营地叫徐润靖的人，他说过巴黎有个法军华工营。天亮也想碰碰运气，不知林木珑和大舅会不会在那里。至于天青是否已经来法兰西了，天亮想都不敢想！

那是1918年春，他们来法国一年多了，战争也进到了第五个年头，法国粮食全面配给，现在法国人真的懂了，战神拿破仑为何会说"打仗要靠肚子"。不只是打仗，老百姓也要靠肚子活下来，当下两人就肚子饿得不行。他们看到小镇上有一家咖啡馆，里面橱柜全是空的。他们不知道，即使是白天人们来这里，买得到咖啡，也不是随便能买到面包。齐中原再有本事，也偷不到了。

两人换了衣服，也敢在大路上走了，他们边走边看，想寻找什么机会。看来机会真的来了——一股烤面包的香味飘来。两人相视一笑，精神头来了，加快脚步，顺着香味寻去，原来是一个面包作坊。再仔细一看，竟然是英军军部生产食品的作坊，这里离英军华工营本来就不远。真是踏破铁鞋无觅处，得来全不费功夫。齐中原说了句"看来是给大爷准备的"就翻身过墙。他又钻进了窗户，刚刚拿了两个长长的法式面包和两节粗粗的香肠，就听到外边狗吠声。急得在墙外的天亮直蹦，想蹿到墙上，却没那本事。齐中原已经翻出窗户，急中生智，把两节香肠向飞奔而来的两只恶犬砸过去。那两只狗本来是冲着齐中原来的，被扔过来的香肠正好打中，张口就咬住，哪里还去追小偷。齐中原像猴一样地翻过墙。里面守卫听到狗叫，拿着枪往这边奔来，天亮和齐中原已经趁着黑夜逃离那个作坊，心想千万不能被抓住，这次抓住了可不只是挨鞭子，怕是要挨枪子！

两人跑到小镇外面，坐在一棵树下饱餐一顿。中原可惜了那两节香肠，"那个香啊，咱们在营里咋就吃不上呢，看样子专门给当官的准备的。这群狗日的。"

天亮宽慰道："亏了那两节香肠打狗了，不然现在我们还能坐在这儿？怎么说这面包也比营里的好吃；但愿不要夜夜做贼，这可不是好汉所为。"

齐中原何尝不是这么想呢，"今天也是没办法的办法，明日一定找个好出路。"话是这么说，可惜当初没有问徐兄是哪个番号，那个飞机工厂又在哪里，现在是毫无目标。他们走了两天，来到巴黎，就像掉进了一片汪洋大海。一年前，天亮和哥哥来到偌大个上海，就不知东南西北，上海话还听不懂。现在，只在英军营里待过一年多的两个华工，来到偌大的巴黎，同样不知东南西北，法国话更是听不懂,也不知该去哪里问、哪里找。两人心里急归急,可是还在互相安慰:"我们总算到了巴黎!"天亮相信,哥哥如果来法国,一定会先到巴黎。

年轻的天亮,对这个西方异国首都充满了好奇,尽管他觉得大战中的巴黎看上去比上海雄伟得多,可是又破烂得多。街上立着的大钟,看上去很气派,可惜不少停摆了,每座钟都指着不同的时间,让人感到是摆设,而不是时钟。街头还有些真人大小般很气派的雕像,可惜有的上面竟然爬满了青苔,一头猛兽的嘴里还长出草来。其实这哪是真正的巴黎,天亮看见的,既不是战前的巴黎,也不是战后重建的巴黎;他们看见的,是经过4年大战蹂躏和践踏的巴黎;不要忘了,那年3月8日,德国还扔了90枚炸弹在这里呢。

天亮毕竟是个雕刻手艺人,半个艺术家;他从小在那个穷归穷,灵气归灵气的地方长大。巴黎市里没有清洗的街头雕塑、灰暗却雄伟的建筑,仍然深深地吸引了他。天亮不嫌这里破败,他喜欢这个充满艺术气息的城市,比他来时一路走过的任何一座大城或小镇,都要来得喜欢。他要在这里待下去,他要在这里等天青。

天亮和齐中原在巴黎街头转悠,感到肚饿难耐。自从跑出来的那个晚上,偷了军部作坊的两个法国面包,两人就没有再吃过别的东西。想买点吃的吧,无奈手头又没有一分钱。他们也知道,现在不能再偷了,这里是大城市,是巴黎。天亮想起当初和天青到上海,不是也是饿得不行吗?他对同伴说:"不管怎样,我还有点小玩意儿,先拿出来卖了吧,活命要紧。"两人想着能有点小钱,管几天肚子,再找那位徐兄不迟。

塞纳河畔,即使在战争岁月,沿河仍然零零散散摆着一些摊子,摊主在卖自己的画作或别人的艺术品,也有兜售战争中家里残存的家当,或是别处搞来的战利品。这里没人吆喝叫卖,却有人安静地埋头作画;浏览观望或成交买卖的不多,来去匆匆的过客不少。

巴黎街道上,有千万人在行走,即使你有意识去找一个约定的人,也未必会一下子找到；可是，也许你会不经意地碰到一个人，他在你记忆中几乎已经消失。

今天这里有这么一个人，高挑的个子，瘦削的身影，他有着一张东方人的面孔，却能说上几句法国话。他逗留在艺术摊位前，把玩中意的小玩意儿；或是盯着一幅画看半天，偶尔还问上一两句。他走着、看着，忽然眼睛定在一个非常不起眼的小摊位上。说来那也只不过是张破报纸上面摆了几个石猴和葡萄串，还有一座看来还没有完成的石山。他觉得那个石猴好眼熟，只是不记得在哪里见过。他抬头，见摊主是个二十多岁壮实的中国人，好奇地上前问道："这位老哥到这里来卖手工啊？"

齐中原看见来人是个中国人，站起来问："您想买？"练武的人，说话简洁。

"我随便问问，这玩意儿我以前好像看见过，只是不记得在哪儿看见的。请问老哥是从哪里来的？"那人说话文绉绉的，像个教书先生。

"当然是从中国来的，那还用问？"齐中原一听好像不是买家，又斯斯文文的，不像是华工，就没了多大热情，又坐了下来。

那人还不想走。他拿起小石猴左看右看，很不舍地放下，看看那位摊主不很热情，无奈地走开了。他刚走没多久，天亮就回来了。先前他见齐中原在看摊子，就说到别处转转，齐中原知道他年少好玩，挥手让他去。天亮沿着河边走，看到好多新鲜东西从没见过，觉得好看，只是没钱买。肚子还饿着呢，哪里顾得了别的，只好又走回来。他刚回来，齐中原就对他说，刚才来个中国人，看了半天又不买。天亮忙问："什么样的中国人，你问没问这儿的华工在哪儿。"齐中原拍着大腿喊道："嘿，这死脑筋，当初只怪人家不买咱们的东西，又不像华工，就没再问这么重要的事呢。你看看！"

天亮无可奈何地问道："那人还说什么没有，他不像华工，那像什么？"

中原想了想说："像是个弱不禁风的教书先生，要不我没问人家华工的事呢。对了，他好像拿起你这宝贝说，这玩意儿他以前好像见过，只是不记得在哪儿看见的。"

天亮听了猛然抬头:"他往哪儿走了?"齐中原指着左边,天亮拔腿就往他指的方向跑去,他一心要去追那个弱不禁风的教书先生,那个以前好像在哪里看见过这些宝贝的人。他张大眼睛盯着眼前的每一个人——白种人、黑种人、黄种人;军人、生意人、艺术家、学生……他生怕漏掉任何一个人,最后他眼睛盯在一个长长的身影上。在上海滩上,给过他们忠告的长衫先生的影子出现在眼前;尽管他现在不再穿长衫,可是那身骨、风度,他一眼就认出来了。

"袁先生,你可好啊?"

五十二 天亮在塞纳河畔遇到了袁先生

那个人正聚精会神地琢磨一幅铅笔素描,身后陡然冒出这么一句话来,吓了他一跳,吃惊地回头,定睛一看,大声喊道:"天亮?不对,是天青!"原来这位看似弱不禁风的先生,果真是一年前在上海滩上碰见陈家两兄弟的那位好心先生袁忠池。他来法国后,一直在寻找这对孪生兄弟,可是一年多来,没有听到任何关于这两人的音信。哪里想到,今天会在塞纳河畔碰到呢!他根本没有搞清眼前究竟是天青还是天亮,不等天亮说话,他又抢着说:"我说呢,那个小石猴,只有天青、天亮两兄弟才能做出来,在这塞纳河畔,保准你找不出第三个人来。"

天亮笑了笑,不过有点勉强。他望着当初指引他们奔向威海卫的袁先生,百感交集,此刻也更加想念天青了。他戚戚然地说道:"袁先生还是来法兰西了。"

"我当初得的是肺炎,吃了几服中药就好了,就近在上海重新报名,检查身体,就从上海坐船来了法国,大概比你们晚到两个月。来了以后,我一直惦记着你们兄弟俩呢。对了,你到底是天青还是天亮?"袁先生一席话几乎让天亮哭了出来。在塞纳河畔的木椅上,天亮原原本本对袁先生讲了过去一年中发生的种种事情。袁先生开始静静地听，后来就坐不住了，说："可是，我们这边的法国华工营里，也没有天青啊！我找了一年啦！当初是我让你们去的威海卫，我当然想知道你们来没来，后来怎么样啦！天青不在法国华工营，也不在英国华工营，怎么会呢？两边都没有，不可能啊！"

天亮掩饰不住无尽的失望。他来巴黎，来找法国华工营，最主要的目的就是找天青。可是现在袁先生说了，他已经找了一年都没有找到，自己还找个什么！

袁先生知道天亮的悲伤是多么合乎人情，又是多么深切，可是光伤心无济于事啊！他到底还是老成一些，忙说："你和你的那个同伴可是犯了纪律啊，出国华工都是按照编号发薪发粮的，你们这一脱队，以后可怎么过日子！你知不知道，从今年起，法国实行食物配给制了，没有个固定营部，你每天口粮到哪儿去领啊！"

袁先生一席话让天亮从头凉到脚。他已经领教了法国的食物配给制了，他的朋友齐中原再有本事也偷不到食物了。他低头说："唉，我们这一年，过得像牛马。哪是当初想的那样，要不然也不会拼着性命往外跑。袁先生能帮忙想想法子，我们会感激不尽，不然，我们也会自谋生路，反正我是决计不会再回到那个英军兵营里去了。"

袁先生望着眼前这个天亮，比一年前在上海时长高不少，也成熟了许多，他的声音和动作都不像他那个年龄的人，不禁对他心生怜悯。想当年让他们兄弟去威海卫的还是自己啊！谁知当中又生出这么多事来。"唉，乱世啊——诸事难料！诸事难料！"袁先生摇头晃脑地拖长了声调说着，一边脑子急转弯，一个念头渐渐成型。于是他轻松地对天亮说："别的先不管，走，叫上你的同伴，先给你们填填肚子去。"

袁忠池一年前也踏进了华工行列，他跟随后来新招的华工由上海出发，从太平洋穿过印度洋，再绕好望角，转到大西洋，也是绕了半个地球，最后直奔法国，连直布罗陀海峡都没敢过，马赛港登陆后，再坐段火车就到了巴黎。这里急着要人，要劳工，当天就按照连、排分到各个工厂和运输队。袁先生被给分到运输队，他哪是扛大包的料，在车站运粮食，没两下就把一袋面粉给掉在地上，面粉撒了一地，把法国佬气得差点没给他揍一顿。连长出来打圆场，说这人扛不了大包，兴许能干点别的。一路走来，随行的华工都知道这位文绉绉的袁先生是秀才出身；让秀才扛大包也委屈了人家，这儿有的是要做的事。于是袁忠池给送到营部，帮着那些搞不清中国人名字的法国人，一起管理华工的工资，收发信件，还不时帮那些不会写字的华工给家里写信，和翻译一起草拟中文通告，紧急情况时，帮着红十字救护队准备绑带和救护包。总之，那许许多多要用笔和两只纤细的手，而不是用肩膀来做的事情，他都干过。他还打算到附近法国学校考察一番呢，回国肯定能派上用场，也不枉到欧洲走一遭。

这个袁忠池的确是个机灵鬼。当初来时，就是这个打算，来了以后，还真让他干成了。不过多少也干过几天苦力的他，对华工的辛苦和劳累倒也体谅和同情，处处为他们说话。好在法国人对中国劳工不像英国人那么苛刻，袁先生在这里的周旋，还真起了作用，双方对他印象都不错。这次营里让他来巴黎，就是为了一件特殊的任务，也圆了这位抱着出门见见世面、长长见识的秀才的心愿。没想到在塞纳河边，意外碰到了当年在上海街头遇到的天亮。他决心帮他一把，只是要冒点风险。

袁先生这次来巴黎的任务，是要接一个人，据说他刚大学毕业，不过人家是从美国一个名牌大学——耶鲁大学毕业的。那个人挺有志气，毕业了就要求到第一次世界大战的战场上来。那时袁忠池不知他要来干嘛，其实那个人自己也没搞清楚他来了究竟能干些什么。可是有一点很明确，吸引他毕业后立即横跨大西洋来到法国的，正是这里的十几万华工。

吃了饭，袁先生要去办他的公事。天亮和中原没有落脚之地，为了不至于和他们分散，袁先生只好带着他们两人一起去接那个人。当然天亮他们不会知道，他们要接的这个年纪轻轻的人，25年后，竟会和爱因斯坦并列为"现代最具革命性贡献伟人"。

他的贡献从何开始？就从这里，从一战中的法国，从华工营！他是晏阳初。

五十三　耶鲁毕业生晏阳初来到法国华工营

1916 年夏天，耶鲁大学来了一个个子不高，讲得一口流利英语的中国人。他是从香港圣保罗学院转学来的插班生晏阳初。在他办理入学手续时，方知带来的 80 美元远远不够交学杂费。晏阳初脑筋灵活，他勇敢地向校方提出："听说你们也有工读，我可否找份工作，再分期缴纳学费？"学校见这个远东来的东方人讲得一口标准英国口音的英语，还颇有点英国贵族的风度，便允诺他分期缴费，还提供他到学生食堂帮厨的工读机会。这个来自四川巴中四代书香家庭、自幼熟读经书的中国学生，不仅牢记"四书""五经"中的许多要义，如"民为邦本，本固邦宁"，还在保宁西学堂求学时接受洗礼，成为虔诚的基督教徒，并从牧师那里学了一口纯正的英语，为他西学创造了难能可贵的先决条件。后又去香港求学，再到耶鲁时已游刃有余，开学不久他就参加了大学唱诗班，用获得的 100 美元报酬补交了学费。

离开有浓厚殖民地气息的香港，来到这个平等、自由的天地，晏阳初感到既荣幸又快乐。他对唱诗班的好友道出心声："孔子的道理给我做中国人的基本性格，耶稣积极战斗不惜牺牲自己的精神，指引我为国为民服务的正确道路。"此刻他是否也想起 13 岁时，跟哥哥步行 400 里路到保宁西学堂上西学时，一路同行的那帮盐工苦力？那是他第一次接触苦力，他们同吃、同住、同行 5 天，成了他终生难忘的可贵经历。

在耶鲁大学，晏阳初参加了"学生志愿到外国去传教运动"和"基督教男青年会"。那个时候第一次世界大战正酣，美国 1917 年向德国宣战，够年龄的美国同学纷纷参军，等待船只开往欧洲战场；外国学生和未到入伍年龄的美国学生继续学业。晏阳初主修政治经济，美国第二十七任总统塔夫脱是他的授课教授。塔夫脱讲宪法法律，晏阳初认真上了他的课，决心今生的两大目标就是"宪法维护"和"国际和平"。可是现实的世界没有和平，他迫切想要更多地了解欧洲战局。他也听说，中国有十多万华工正在欧洲。最后那个学期，有同学问他："毕业后你去哪里？回中国吗？"

晏阳初的回答让他的同学大吃一惊："不，我要到欧洲去。"

"欧洲？那里正在打仗，你不知道吗？"同学惊讶地问他。

"是的，那里在打仗，可是那里有十多万我的同胞。他们都是苦力，我应该到那里为他们的福利服务。"晏阳初说到做到，毕业两天后恰值有横渡大西洋奔赴欧洲的轮船，晏阳初搭上这艘海轮直奔欧洲。

美国青年会已经在法国开展为华工服务工作，他们建立了许多服务中心。晏阳初作为青年会一员，名校毕业，又有中国背景，他的到来极受欢迎，他马上被派到一个服务中心。袁忠池就是来接他到他们的华工营地服务中心。

途中，晏阳初问袁先生："你们那里有多少名华工？"

袁先生告诉他："法国总共有10多万名华工，我们属法招华工，总共有3.7万人；巴黎就有5000人，我们那个营地有2000多人吧。另外还有英属华工营，华工人数比我们多。"

袁先生也问起这位新来的年轻人："晏先生此次来法国打算做什么？"

晏阳初说："我多年来一直在学校，对社会了解甚少。这次来法国，我要先知道华工想些什么，再看看我能帮助他们做些什么。"

袁先生又问道："看来先生是从大学堂出来的人，恐怕从来没有和华工打过交道吧。"他对这位初出学堂的年轻人，声称要"帮助"华工做些什么，颇有点不以为意。

没有想到此时袁先生的几句话让这位年轻人想到了他那遥远的家乡，想到了自己还是个少年郎时的情景，他深情地对这几位新朋友讲道："噢，你们是不知道，我早在十多年前，在四川老家和我哥哥翻山越岭去保宁上西学堂时，就是和一群盐工同行的啊！那时家人担心沿途有土匪不安全，特别给我们找了一群盐工，他们个个强壮又朴实。那五天五夜，我们和同行的那群盐工苦力一起吃、一道走，晚上还一起在木盆热水里泡脚，后一起睡呢。这些往事，多少年我也不会忘记的啊！"

袁先生心想原来如此，关切地问道："那么先生打算怎么帮助这里的华工呢？"

晏阳初回答："恐怕还要听听你们的建议，我听说许多服务中心的人都在帮助华工写家信。有的人来了很久，还没有接到过一封家信呢。"

天亮想着，自己就没有接到过，以后更接不到了；当然他没有说出口。

袁先生说："这里华工说来就是两件大事，一是和家里的联系，如果谁接到一封家信，那就是天大的喜事，同伴都为他高兴，又为自己难过。第二件事就是在这里太苦闷，每天白天干活，回来吃完晚饭就蹲在营地里，啥事不做，难过得很啊！"

晏阳初点头："青年会也这么说，正在想办法让大家工余时间有点娱乐，或者做点什么有意义的事。"无论是他，还是袁先生，那时谁也没有想出该做什么事来。

袁先生指着天亮他们两人说："我们3人都是华工，我是干文的，这两位是干武的。"

晏阳初问了天亮和齐中原。知道天亮念过两年私塾，只是认得的字忘得差不多了；让晏先生吃惊的是，天亮竟然还能说一点英语，发音不错，句子说得不那么规范，可是能表达意思。接着他知道，这位袁先生不仅是位秀才，来法国一年多，竟然能说简单的法语。第三位齐中原，是个会读不会写的人，他说从小跟师傅学武术，为了能看懂武功秘籍，他们师兄弟都努力学识字，只是不会写。

晏先生听了很是吃惊："这里的华工有多少像你们这样，能识字？"

袁先生说："这里的华工顶多有五分之一识字。我晚上和休息日的主要工作就是帮华工写家信。他们每天干完活儿，回来吃饭，洗洗干净，然后就没事干了。哎,晏先生,也不是没事干,说出来怕是不大好听啦——赌博!这是他们最大的乐趣,因为它最容易打发时间,也是最现实的消遣。要知道,工余他们能到哪里去?话不通,路不熟,自己人挤在一起,于是最古老而传统的娱乐就打发了他们的工余时间。当然,这也是个恶习,许多人把辛苦积攒的一点钱都输光了。"

晏阳初听着听着就知道他该怎么做了——他决心给华工办识字班!把他们从赌博中拉回来。他的名句"除天下文盲,作世界新民",就始于此!

袁先生听了很好奇,心想这位晏先生能走多远!会有多少华工愿意在干完一天活儿,累得躺在床上不想起来的时刻,还会跑来上识字班,来认字?另外就是用什么课本,这也是一大难题!他对晏先生说:"我们不会用《三字经》做课本吧!那些内容和这里的华工相差太远,人们上两天课就不会再来了。"

晏阳初回答:"那当然,国内现在开始提倡白话文,提倡口语要和文字合一,我们哪能教《三字经》。既然没有现成课本能用,我们就自己编一本合适的识字课本。"

"自己编?晏先生,您有这个本事,我可是连想都不敢想呢。"袁忠池老实说。

晏阳初笑着答道:"袁先生敢应招华工到欧洲来,就是许多人不敢想的。我们一起来编,没有做不成的事!"袁忠池听了很是高兴,毕竟他走这一步是他同辈人中不多见的,现在有人肯定,让他很得意。他答应帮晏先生找些当地的中文报纸杂志,晏先生还带来了一本已经翻旧了的中文字典,他打算花点时间,找出最常用的一千多个字来。袁先生也答应选些华工常用口语的字和词。这样就可以编一本华工适用的识字课本。

工地上贴了布告,各个连排也发了通知,晚上八点到九点,营部服务中心有识字班,欢迎大家去上课,学认字。正如袁忠池估计的,想上晏先生识字班的人,真的没多少。有的人还害羞地说:"俺都三十好几了,还像个小娃一样去教室上课,让人笑话。"晏阳初来到这些工人的住处,对他们说:"没有人规定几岁可以认字，多大就不可以认字。只要你每天来，咱们花 4 个月，读完这一本书，你就可以自己给家里写信了。"人们听了将信将疑，开始只有四十多个人去，每天上完课回到住处，还在那里又念又写，让别人看了觉得为何我不可以去试试？

于是第二个识字班开课了，袁忠池来当老师；他已经跟着第一班上了 10 天，知道晏阳初的教学法，他的班也有四十多个学生。后来报名的越来越多，临时教室不够，而且两个教书先生也不够。晏先生对天亮印象不错，天亮这些天一直在他的班里，他毕竟有点基础，人又聪明机灵，学得很快。他还教那些从来没有握过笔的人写字呢！他问天亮能不能也来带一个班，天亮很感谢晏老师看得起他，不过他有自知之明，他说："我当不了老师，还是跟着晏先生读完这 1000 个字吧。不过，我可以帮先生刻石板、印课本，那是我的拿手工作。"天亮还给他建议："晏先生，您应该让那些华工营地的翻译官来当先生啊，他们都是大学生。"天亮想起万紫澄——他的英语老师，这里一定有很多和他一样年轻的大学生翻译官。事实上，当英法招募华工的同时，还招募了 400 个大学生，他们分散在各个营地充当翻译官。

晏阳初高兴地说："好主意，我这就去请青年会跟华工营部联系。"

袁忠池又给他建议："翻译也没多少，你让华工营部给法国大学去函，那里有好多中国来的留学生呢，他们一定愿意来当老师。这也是一个机会，让这些学生和华工接触。"袁忠池在巴黎马路上，不止一次碰到过中国留学生。他现在对晏阳初的华工识字计划越来越欣赏和支持了。心想以后许多人能自己写信，也不必让自己一人忙碌。

五十四　晏阳初在华工营开设识字班

自从华工识字班越办越多，营地里闹事的也就越来越少，大家都有事可做。不上课的人，也不好意思大声喧哗和打闹。教室不够，就在工棚里上课。每晚从工棚里传来华工大声朗读课文的声音，营地军官们心里都高兴得很，赶快写报告给司令部，随之晏阳初的识字班在华工聚集地大面积推广开来。

晏阳初的头两班毕业的学生，全当了小先生；他们把刚认识的字，教给其他初学的华工。这样学生带学生，加上中国留学生、来勤工俭学的一些小知识分子、营里的翻译官，教书先生有了好几十人。华工营地的读书班就这样滚雪球般滚下去，不仅在法军营地，也很快传到了英军营地。最后华工识字率，从20%，涨到38%。晏先生编的那套汇集了1000个汉字的识字课本，广为流传。青年会还创办了一份面对华工的报纸《华工周报》，晏阳初任主编。后来识字班的人要想结业，必须自己写一封家信，还要给《华工周报》写一篇文章。一下子这份刊物销售量高达1.5万份，华工发现自己竟然能读报纸，上面还登了自己写的署名文章，兴奋之余，忙找来自己老乡和好兄弟一起读报，于是更多的人进了识字班。他们都不知道，这个经验，后来成为传遍全球的平民教育运动的起源。

天亮和齐中原都是帮忙刻写和油印课本的人，没有工资，只有一碗饭吃，他们没有怨言，这是他们当前最需要的。他们同时也是晏先生最早的学生和得力助手。天亮在跟晏先生学识字的同时，还跟法文翻译上法语口语课，那是另一门单独开的班，一些认字的华工愿意去学几句法语。天亮有一点英语底子，他学法语比那些没有外语底子的人都学得快。这些天，天亮打听清楚了，这次来欧罗巴注册的一共有14万华工，9.6万在英国营，3.7万在法国营，法国还借给后来的美军1万。如果巴黎有5000华工，那么另外还应该有3.2万在法华工，散布在法国境内，天亮决心一处处去找，自从来到巴黎，他又相信天青早已来法国了。

晏阳初后来干脆搬到华工大棚里，跟华工一起生活，一起吃住，就像他年轻时和那群盐工一起度过的难忘的五天五夜一样。他看着华工白天辛苦劳作，晚上还认真读书认字，从心底里对这些华工深感敬佩。他对他们说："我13岁时，跟我哥哥走400里路去一个学校上学，那时我们不认路，家里也怕路上不安全，跟着一群盐工一起走。他们每人背一袋盐，当中要爬几座山岭，好不辛苦。晚上我们一起住在乡下的小客栈，比你们这个工棚的条件还要差呢。"说着，他环顾华工的工棚。

有个年轻的华工问他："晏先生，吃饭你也跟他们一起吃吗？"

"当然！我们先在一个大木盆里用热水一起烫脚，烫完脚觉得好舒服，再一起去吃饭。我跟他们一起走了五天五夜，才到我的学校。"晏阳初说罢，华工纷纷叹道："原来晏先生早就见识过我们这种劳工啊！"大家都爽朗地笑了，好似与先生亲近许多。

晏阳初开始只想帮助华工，当先生，教华工识字。当他搬到华工营地以后，很快就发现，这些华工、这群苦力，竟然能干的人不少，他们中不少人很有才艺。在工棚里，他们有人拉二胡，有人吹箫，还有人唱梆子。他分不清是什么地方的梆子，可是有腔有调，还有长长的绕口唱词，唱的那个华工竟然一点磕巴都不打，着实让晏阳初刮目相看。有一个周末，天气晴朗，几个人起哄说要踩高跷，晏阳初以为说说而已，没想到，他去取油印课本的一个多时辰，回来这边已经做好了。有人登高扭着，其他几个人的乐器马上跟了上去，还不只是扭来扭去，像是在演哪出戏中的一段；众人看着还不时跟着打拍子或干脆跟着吼。晏阳初大为吃惊，他想，就是自己的大学同班同学，如果要准备这么个节目，决计一个时辰是拿不出来的。从此，他更多地观察这群劳工、这些苦力，发现原来他们中的聪明者大有人在。对他们来说，只是没有机会，一旦有机会，他们中的杰出者定会脱颖而出。

1919年春节，巴黎华工要开联欢会，识字班的华工商定，要演出大戏。晏阳初没有在意，心想，让他们热闹热闹吧，辛苦一年了。到年三十晚上，这些华工竟然认真地上演了一出三幕大戏，比那次踩高跷还要精彩，这就更加让晏阳初震惊。在他吃惊之余，扪心自问，惭愧自己实在是低估劳工大众了，"世上怎么可能只在知识分子中产生能人呢？唉！我还说来帮助他们，真正的现实是他们帮助了我啊!"他想明白了,华工欠缺的是读书求知的机会,不然,在那个庞大的群体中,将会冒出多少俊杰来!自此,他痛下决心,要把有生之年献身给最贫苦的文盲同胞,为他们服务,绝不为文人学士效力。他认为,"激活人民曾经被封闭的智慧、灵性和力量,是任何成功社会的基础"。后来晏阳初回国,果真一不做官、二不待在大都市里。他一生中多次讲道:"我的未来,早在法国为华工服务时就已经决定。"

大战结束后,晏阳初又回到美国,在普林斯顿大学深造,坚定了他将毕生贡献给平民教育的决心。他提出"免于无知和愚昧的自由",成了罗斯福总统提出的四大自由之外,著名的第五自由。难怪晏先生将三"C",即孔夫子(Confucius)、耶稣基督(Christ)和华工苦力(Coolie)结合在一起,后来成了他的名言。而它们竟然就源自法国华工营地,来自朴实的华工苦力。国际称他为"世界平民教育之父",美国政府授予他"终止饥饿终身成就奖"。因华工改变了一生的晏阳初,比14万名华工的名声更大、更响。1943年,晏阳初和爱因斯坦等10人,被哥白尼逝世四百年全美纪念委员会评为"现代世界最具革命性贡献的伟人"。当后人纪念这位伟人时,可有人会想起烘托起这朵红花的,是那片丛丛绿叶——十多万名默默无闻的一战华工吗?唯有这位被称之为"伟人"的晏阳初先生,还说过一句良心话:"中国在巴黎和会的地位,不是外交家的辞令换来的,而是那些被外国人践踏的苦力争来的。"那是他亲眼所见、亲身所经历的。

认识1000个字后,天亮决心再给家里写封信。他刚来不久给老家写过一封信,可是他从没有收到过回信。现在他要用新学到的字,自己写一封信。这次写得工整,写得清楚。而且他听懂了袁先生的话,只报平安,不提其他。他把回信地址写的是巴黎法国营地,心想袁先生总归知道自己。自那以后,他殷切地盼望能够收到一封来自家乡父母的回信。

袁先生想要帮助从英军营里私自出走的天亮和齐中原,是出于那个偶然知道的情况。早期赴法华工,没有像英军招募华工那样,在手腕上扎个铜箍,上面有编号；法招华工只在手臂上做个刺青记号。那次德国轰炸机突然来袭，运送弹药到前线的华工没有应战经验，遇到敌机来轰炸，他们过于惊慌，四处逃跑，结果被飞机扫射死伤一大批。袁忠池被叫去统计死难华工，还要登记他们的姓名和籍贯。手上有刺青的话，本来很好辨认。可惜，那些死难者的印记，在战火中不是被烧焦了，就是模糊不清。袁先生捏着鼻子，翻着死尸，还只登记了一半。到前线运输是最危险又辛苦的工作，不是按编制整班去，而是各班、排抽派几个人去，这样就更难统计。袁先生记得，最后有 4 个人，根本无法辨认。

袁先生动了这个念头，想让天亮和齐中原顶替那几个无法确认的死者。当时为法军服务的华工，也有 3.7 万人，谁能搞清楚每个人？让他们顶替，是为了有份口粮、有份工钱，不能总是混饭吃，也不能总是干活不拿钱。

齐中原为这个机会感到高兴，可是天亮却不领情。他说："我就是我！"他心中惦记天青，怕顶替了别人，天青来了找不到。袁先生摇头说："在这九州外国，没个依靠，生存太难！"

袁先生领着齐中原冒充一个不知下落的华工，于是齐中原有饭吃了，有地方睡觉了，每两个星期拿一份工钱。天亮说自己去找活路，齐中原问他去哪儿，天亮不回答。不是不愿意回答，他自己都不知道该往哪里走。他们来到巴黎，根本没有找到徐先生，倒是打听到老家来的林木珑和大舅，他们早去了遥远的非洲，原来大战除了西线和东线，还有一个南线，他们走后根本没有音讯。袁先生说得清楚，巴黎华工里没有天青。他在这里等什么？

天亮要走，最舍不得的还是袁忠池，他很看重这位小老弟。他聪明，有义气，有爱心，可惜没好命。他很想在营部给他找个事，可惜他根本不敢开口，因为法国华工营和英国华工营都是在法国境内啊，说穿了是要被逮捕的。跟晏先生干事也是因为晏先生本人不算华工营的人，那里没有确定的编制，但不是长久之计。

五十五　天亮在巴黎四处打工寻找天青

那时正值大战结束前的1918年初秋，天青在当红军支队队长，正驰骋在俄罗斯大地上，他那时想弟弟不像天亮想他那么多，天青没有太多时间给自己。

大战结束前夕，法国作为大战主战场，千疮百孔，满目疮痍。男人还没有从战场回来，女人继续干着男人的工。农场缺人，工厂缺工。天亮走到农村，干的是农活；走到工厂，干的是工人的活儿。他已经会说一点法语，走到各处都可以练口语，他手灵心巧，到哪里都受欢迎。天亮在不同华工聚集地转悠，他藏起手上的铜箍，那是英军华工营的特征。他说自己是流落在此的零散华工，法国也有这样的人，就像那时也有来自中国的自费留学生和小买卖人一样。

天亮来到一个几十人的华工队，那是个煤矿场。大战开始不久，年轻力壮的工人都去前线了，这里干活的是些已经退休了的老工人，只因打仗，又把他们招回来；可是笨重的力气活对他们来说太累，于是华工就顶替上去了。天亮加入他们的行列，他年轻，有力气，成了受欢迎的一个苦力。这里华工队分三班轮换，没有人见过一个长得和他一样，叫陈天青的人。

天亮举手抡镐时，有人看见他手腕上有个铜箍，也有人知道那是什么意思。天亮只好照实说，还给他们看了身上的鞭笞伤痕。这些工人苦力对英军虐待华工都很气愤，他们庆幸自己虽然也是苦力，好在法国人没有对他们抡鞭子，他们都想留下天亮。想法子给他开工钱。这个矿场老旧，矿难不断，这也是许多老工人不愿干的原因。华工来了以后，已经死了3个兄弟，他们都埋在离矿场不远处，人人相信那个坟地以后会越来越大。虽然没人抡鞭子抽他们，可怕的矿坑仍然会吞噬他们的兄弟。天亮顶了他们中的一个，有饭吃，有工资拿，他在这里干了一个冬天。冬天不是适合到处流浪的季节。老工人还帮天亮把手上的铜箍卸了下来，天亮不再担心被人发现了。

天亮在矿场的那个冬天，他们迎来了第一次世界大战结束的大好消息。那天天亮和华工兄弟，还有当地的法国人一起涌到大街上去欢庆。一个老年法国绅士向天亮伸出手来，天亮第一次和一个外国人握手；老绅士的妻子，也是个风度优雅的法国老妇人，还给天亮一个拥抱，让天亮激动得眼泪都要流出来了。往日法国人常常躲着这些外来华工，今日破例对远道而来帮助他们的人报以微笑，好像只有到此时此刻，他们才醒悟到，这些人不远万里来到这里，帮自己抗击敌人，流汗还流血。看他们欢笑得流泪，还一起大声喧哗和歌唱，法国人今天才涌出迟到的感激情意。所有人都不敢相信头顶上现在没有了轰炸机投弹，地上再也没有了坦克的隆隆声；而华工们，高兴之余，更加盼望的是，他们能尽快重新登上万吨海轮，早日返回故乡。天亮没有表现出太多的兴奋，也许因为他没有找到哥哥，也许因为他受的苦难更多，也许因为他对前途感到迷茫……

大战结束了，可是根本没有人提及要送这些华工回国、回家。这里战后重建和战争期间一样，同样需要劳力。那些出征的青壮年人，死的死，伤的伤，残废的更是不计其数，从前线回来的实在没有多少青壮劳力。正在这个国土上的十几万中国苦力，怎能马上放他们回去？于是华工继续留在法兰西，继续干他们的苦力，现在他们无须从码头、火车站搬运枪炮弹药到前线，却又有成吨的水泥和砖头、木梁和钢筋在等着他们搬运到工地。他们在为重建战后的法国出力流汗，虽然他们无须冒险到前线，但是还有一些危险的任务在等着他们——排除地雷和哑弹，拆除铁丝网；而另一项没人愿意做的事——寻找、收拾和重新掩埋尸体，也是他们常干的活儿。

战争带来的破坏和摧残无法估量：一颗炸弹一秒钟带来的破坏，如今要几十个人花几个星期来收拾残局。天亮他们来到那些倒塌的房屋前面，他们知道的是，在那些废墟下面，会有几具早已无法辨认的腐烂的尸体，他们必须一一收拾、装殓、掩埋。排雷会带来新的伤亡，他们队里有人熬过大战，竟然在排雷时被炸死。天亮在寒冬过后，走出矿场，把这些没人愿意干的事情一一做了，为了生存，为了寻觅不知今在何方的哥哥天青，天亮从一处工厂走到另一处工地。他很少在一处久留，因为他已经听说，脱离原编制的华工，现在被称为"黑号"，抓回去先送到马赛水牢里关着，然后一律按罪犯处置。他在一处干几天，又到另一处卖力。好在到处要人，干活就有饭吃。没有任何一个华工，像天亮干过那么多种活儿，吃过那么多的苦，走过那么多的地方。特别是别人不愿意干的那些和死人打交道的苦差事，他都干过。他麻木了，因为看了太多难看的各种死去的人。久而久之，他会感到死神就在他身边游荡——白天他跟着他们；晚上他们跟着他。一闭眼，就是白天他掩埋的某个士兵的可怕面庞迎面扑来。

那是离开家乡两年后的初春，一个晚上，他感到精神恍惚、心神不定，突然一阵阵剧烈的痛楚贯穿全身，他突然坐了起来，大声喊道："不好，天青出事了！"那个夜晚，几千里外的天青，正被"契卡"严刑拷打。天青身上的痛楚在天亮身上映射出来。天亮知道哥哥人还在，可是遭难了。他急于去救哥哥，可是他在哪里？天亮不知道。他再也无法窝在一个地方了，他离开了华工聚集的地方。心急火燎地四处流浪。

天亮来到一个小镇，在一个被炸弹劈了一半的教堂住下，他想静一静。他拿出剩下的最后几块"图书岩"。望着从家乡带来的"图书岩"，他的心在颤抖，思乡情绪愈加浓烈。他不知道如果父母收到他的信后，会把回信寄到哪里。一心盼着袁先生还在法国营里，起码会帮他把信保存起来。看着图书岩，天亮也更加想念天青，他想象不出来，天青现在会在什么地方，如果英军营里没有他，法军营里也没有他，天亮坚信，哥哥肯定不会回家，他肯定也来欧罗巴了，那他会在哪里呢？天亮想得几乎发狂。他知道自己这样下去不会有好结果，唯一能让他安静下来的恐怕只有雕图书了。这里没有专门的图书凳，他只有坐在街边，干起他的老手艺。不为贩卖获利，不为精湛求美，只为心灵安逸、灵魂超脱。他把那个雕了一半的小山拿出来，此时，他不愿意雕威海卫华工营地了，他要雕一座家乡的山水，父亲带着他和哥哥上山打老鼠洞的往事涌上心头，落在手腕上，留在图书岩中。

就在那时，有个人站在一旁，耐心地看着他一刀一笔地勾画：小山成型了，山水流动了，小径蜿蜒爬上山巅了。可是这个雕刻家，始终没有抬过头。他知道有人在看他，可是他连头都不抬，好一个高傲的艺术家。

那个人还看见在这个寒碜的小摊上，放着一只小石狗，它白里透红，晶莹剔透，尾巴曲卷，看了让人心生怜爱。他拿起来仔细把玩，开口问道："这个多少钱？"

"不卖！"雕刻家用法语简洁地回答，还是没有抬头。

"不卖放在这里干嘛？"那个人有点不高兴。

"为了吸引人。那是我母亲给我的，不卖！"说完他抬了一下头，那个人看见一双眼睛，它充满了冷漠、孤独和与世隔绝的深深寂寞。他记住了，后来在波兰的一个小镇集市上，他看见了一只一模一样的小狗，一个一模一样的没有完成的小山石雕，和一个长得一模一样的人，只是那双眼睛没有这般冷漠和孤独。

天亮在小镇里独自逗留，有天晚上，他望着残缺的教堂尖塔，一种被抛到世界尽头的孤独又涌上心头。突然一轮明月从半个塔尖后面露了出来，高高地、静静地悬挂在天空上，像是关爱地俯视着这个战争孤儿。天亮从没有这么专注地凝视过那轮明镜般的月亮。片刻，他觉得身心像是被澄清了一般。他突然醒悟，他不该这般颓废；他想清楚了，来法国不只是为了找天青，他要让自己活得像《华工出洋歌》里唱的那样："我工人，冒险而至，一为众友邦，二为自己，中华人最爱好名誉。"天亮想着，就是死，也要死得体面，死得值得，不能这么无声无息地消失。

第二天，天亮重返巴黎。

五十六　巴黎和会没有给中国带来公理

巴黎既是花都，又是政治中心，第一次世界大战的主战场就在这里。1919

年 1 月 18 日，战后国际会议就在这里召开，简称"巴黎和会"。巴黎和会在城外凡尔赛宫美轮美奂的镜厅举行。那时在法国的华工，就是从晏阳初主编的《华工周刊》里知道了这件天大的事，并且开始关注它；想象着中国作为战胜国，神气活现地出现在和会上。那些天，华工又像前一年 11 月大战结束那些天，人人兴高采烈。

在地球的另一端，北京街头正在叫卖："陈独秀新出版的《每周评论》第一号，登载了发刊词'主张公理，反对强权'。"行人纷纷停下购买新出版的刊物，有人急急忙忙打开，旁边就有人围上，打开的人匆匆读出声来："现在世界上第一个好人——"，周围的人忙问："谁是第一好人？"读的人忙说："提出和平十四条的美国总统威尔逊。"

当时的北京，正如报刊所写："学生们真是兴奋得要疯狂了，大家眼巴巴地期盼巴黎和会能给我们一个'公理战胜'。"北洋政府和广州军政府将争执搁置一旁，罕见地商定联合派出 5 个代表组团出席会议。中国终于在国际事务中露脸了，中国人第一次在国际会议上和其他国家平起平坐了；全国人民都翘首以待。

梁启超府内，几个朋友正在热烈地高谈阔论。身材不高但是精神抖擞的梁启超按捺不住，站起身来回走着，兴奋地说："我们已经筹到了 10 万经费，组织一个民间代表团不成问题。现在已经是 12 月了，快快订船票，我们一行人务必在 1 月中旬赶到巴黎。"

丁文江也掩盖不住内心的喜悦，"听说北京政府此次派代表团的经费还是找外国银行借贷的；梁兄能够筹到 10 万元，实在是助我们此行。陆外长昨日已经启程赴日再赴法，我们也不得等太久。"

蒋百里若有所思地说："我们政府的和约代表团，从人选到团长，不断生出风波；此次去法，怕也不会平安无事。我们定要把握住，民间代表团就要真正代表民意！"

果不其然，和谈代表团团长陆征祥一行，从 1918 年 12 月 1 日北京车站启程，直到1919年1月12日才抵达法国，中间波折不断；最后总算赶在和会召开前六天抵达巴黎。他们带着中国人民的强烈愿望，盼望能在列强特别是在美国的帮助下，打个外交翻身仗。谁知在巴黎和会前的预备大会上，日本代表就想把中国完全排除在会议之外。日本代表竟然声言："中国未出一兵，宣而不战；应不下请帖，不为设座。"

陆征祥即以中国外长及和谈代表团团长身份据理力争："在'一战'的东西战线上，我国就有华工70万。仅在欧洲就派出了20万华工，他们掘战壕、搬炸弹、制枪子，无论在后方、在前线，华工均奋勇当先，中国何负协约？"华工终于变成政府手中一张王牌。各国代表团一致同意给中国发请帖、设座席。可是座席分三类：享有整体利益交战国——五席；享有局部利益交战国——三席；协约国中对德绝交国——仅有两席。中国理应是第一类，协约国原拟将中国定为第二类；可恶的日本在后面向各大国游说，最后中国竟被列为第三类，仅获得两个座席。

会议一开始就给中国来了个下马威，让代表团的人沮丧又愤恨不平。会议进行中，陆征祥团长在给国内的报告中悲观地透露："强权利己之见，绝非公理正义所能动摇。"他在此已有深刻感受，事情远不像中国人一厢情愿的那样美好。他也希望中国政府和中国人民能从"公理战胜强权"梦幻中清醒。现实正在朝最坏方向发展，中国关注的山东问题，日本紧抓不放；而列强诸国不愿维护正义。代表团的人连声质问陆团长："美国总统威尔逊呢？他不是提出'和平十四条'吗？怎么也不帮我们说话了？"事实上，中国人寄予无限希望的美国总统威尔逊，也屈服于日本要退出和谈的压力，竟同意了其他列强在山东问题上对日本的容忍态度。

陆团长唉声叹气道："为了避免和会破裂，诸列强宁愿牺牲中国利益。4月30日，三大国正在和日本单独谈判呢，我们连参加的资格都没有，会后才通知我们，最后完全按照日本的要求——山东统治权仍归中国，经济权归日本。"这就是《巴黎和约》的第一百五十六条、第一百五十七条和第一百五十八条。

"文件呢？我们起码要看到他们背着我们都谈论些什么。现在连一页正式文字都没有！"和谈代表多是中国驻欧洲各国外交使节，他们知道国际关系的起码准则。

"没有，甚至连一页正式文件都没有给我们。我们据理力争了，可是没有任何效果。"陆外长告诉大家的结果就是，完全按照日本的要求，将德国在山东的权益交给日本。于是中国代表团内部各色意见纷纷出笼，可惜却是各持己见。

王正廷和顾维钧坚决表示："我们应该像意大利那样，退出和会！"

施肇基老成地摇头说："以现在中国的地位来看，我们退出和会，不会对和会产生任何影响。我们连意大利的地位都不如，意大利毕竟还属第一类，而我们属第三类。"

陆征祥谨慎地同意施肇基的意见："现在退出和会，以后势必要面对与德国单独媾和，那时怕是会生出更多问题来。"最后大家决定先向和会提出抗议。对巴黎和会感到极度失望的代表团团长陆征祥，再次向政府提出辞职，又未获准；无奈中只好勉为其难地先向巴黎和会递交抗议书。

以梁启超为首的民间代表团也于1918年12月28日启程，乘船直奔欧洲。已经45岁的梁启超途中还在突击学英语，他们终于赶在和会召开之际来到法国。抵达法国后，梁启超就迫不及待地拜见了美国总统威尔逊，请他在巴黎和会上支持中国收回山东权益；威尔逊总统对这个中国名流还是知道的，他客气地一口答应。

民间代表团知道中国在和会只占两席，和那些没有参战只和德国绝交的国家并列，都十分愤慨。他们马上召开记者会，向上千名巴黎和会代表中尽可能多的人宣传和解释他们的观点。梁启超还写了《世界和平与中国》一文，翻译成各种文字，在记者招待会上广为散发。梁启超在记者会上向到会的各国代表振臂高呼："若有一国要承袭德国在山东侵略主义的遗产，就是世界第二次大战之媒，这个便是和平公敌！"

当政府代表团正在商议，如何对付巴黎和约准备把山东权益移交给日本的棘手难题时，同在巴黎的梁启超很快获悉了这个消息，他忧心地看到事态正在朝他们最不愿看到的方向发展，他知道绝不可掉以轻心，民间代表就是要代表民心。于是他连夜把获悉的最新消息打电报发给在北京的好友林长民。

5月1日晨，林长民办的北京《晨报》率先刊登《外交警报敬告国民》一文，文中呼吁："胶州亡矣！山东亡矣！国不国矣！国亡无日，愿和4万万民众誓死图之！"

报纸四处传播，消息立即震动了全北京城，又很快传到了外地。中国人民难以置信，盼望了那么久的和会，竟会生出这般结局，街头巷尾的人们纷纷互相询问：

"我们不是战胜国吗？"

"公理真的不能战胜强权？"

"和约签了没有？快点打听，这种和约决然不能签！"

"对，不能签合约，决计不能签！"

北京大学墙报栏上贴出了紧急通告，13个院校学生代表紧急召开会议，他们在此动荡局势下，再也不能坐在教室了。

北京政府也正关着门心急火燎地商谈对策。他们同样感到震惊，山东竟然不可收回！这些政客们，是不大敢和大国列强作对的，他们忧心忡忡地商讨怎样回答巴黎来电。

5月3日晚，蔡元培来到陈独秀家，告诉他一个让人吃惊的消息——北洋政府准备同意在和约上签字。陈独秀震惊之余，立即奋笔疾书，写了一篇题为《两个和会都无用》的文章，登在他创办的《每周评论》上。第二天是5月4日，《每周评论》出现在街头和所有学校；人们读着、怒吼着。下午1点，北京大学和其他学院的学生都坐不住了，他们走向天安门广场，14个学校的学生上了街，5000名学生游行抗议，这就是震惊中外的"五四运动"。

五十七　华工阻挠陆外长去凡尔赛宫签字

晏阳初那时正在法国华工营，他的初衷只是办识字班，让更多的华工识字，去除愚昧。为了让他们能够实践自己学到的白话文，他还主编了《华工周报》。华工看着自己写的短文登上了报纸，欣喜无比。同时，晏阳初也不断地把世界大事、国内和法国的新闻登在《华工周报》上。意图是让华工眼界更加开阔，想不到的是，那时正值1919年多事之春，世界瞩目的巴黎和会就在他们身边召开。难能可贵的是晏阳初把巴黎和会的每一个进展，中国人所受的每一份屈辱，都写成新闻，登在了每周出版的《华工周报》上面，1.5万份《华工周报》在华工营地里流传，华工们下工就急忙地围在识字人旁，让大声念出最新一期《华工周报》。他们比国内任何人都早知道巴黎和会发生了什么。

日方代表在预备会上说："中国未出一兵，宣而不战，应不下请帖，不为设座。"

法国外长说："中国只不过是个地理名词。"

英国和会代表昧着良心说："中国为一战没花一先令，没死一个人。"

就在他们说这些话的时候，14万华工还在他们眼皮底下，还在那里运死尸、修桥梁，在码头装卸重建物资；他们被地雷炸飞了，被机器弄残了……

中国代表顾维钧在和会上奋力疾呼："如果山东问题得不到公正解决，不仅欧洲会有上万个灵魂在地下哭泣，世界也将不得安宁。"

华工们也听见了，他们发声了。他们牢牢地记住，从威海卫出发时，传唱的那首《华工出洋歌》，最后一句就是"中华人最爱好名誉"！

"谁说中国没有派一兵一卒，没有出一分钱？"他们怒吼了。

"我们是'以工代兵''以铲代枪'，难道你们就没有看见吗？"

"我们就是'中国劳工旅'！我们有14万人，就在你们四周，就在你们身旁!"

"我们国家运出了多少粮食支持大战,你们昨天吃了,今天就忘了吗?"

"我们只是'工蚁',不懂政治吗?记不记得英军开协约国庆祝一战胜利的运动会;6000名华工应邀参加,可是运动场上唯独没有中国国旗,我们全体退席了!"

华工中十之七八来自山东,可是《凡尔赛和约》中的第一百五十六条、第一百五十七条和第一百五十八条,竟敢把德国在山东侵占的全部权益"让给日本"!华工愤怒地攥紧拳头;他们相约在签订和约的日子,如果中国和谈代表胆敢签约,势必要出面阻拦!

5月20日,中国代表团收到北洋政府来电:"大体应行签字,唯山东问题应声明另行保留。"巴黎的中国代表团又展开对几大国"保留签字"的游说,仍无结果。

5月23日,北洋政府又来电:"如保留实难办到,只能签字。"

5月28日,中国和谈代表团召开了最后一次会议,多数代表主张签字。之后,代表团中的代表,他们多是驻欧各国使节,都陆续回到驻在国;施肇基也陪同梁启超访英离开了巴黎。签字日子定为6月28日。人们都知道"五四运动"中,曹汝霖宅子被烧了,章宗祥挨打了;可是远在万里之外的外交部总部长陆征祥,既没有挨打,也没被烧房子。他是中国代表团团长,尽管他不愿意,可是他是个遵公守法的好官员,他备好车要去凡尔赛宫签字了!

签字那天早上,陆征祥收到一封信,打开发现信里夹着一把手枪,里面上了一颗子弹。那是一个编号为"97237"、名叫毕粹德的华工寄来的。信是这样写的:"苟签字承诺日本之要求,请即以此枪自裁;否则,吾辈必置尔于死地。"

后来毕粹德因排除炸弹牺牲在法国,他是两万名再也没有回国的华工中的一员。百年后,他的后人在离巴黎200公里的博朗库尔(Beaulecourt)公墓里,祭奠了从未谋面的先人,成为华工后辈祭奠先人的首例。该墓地还静卧着另外11名华工,他们墓前从未出现过鲜花,也从没有过家人前来凭吊,因为家人只知他们去了遥远的欧罗巴，却不知他们最终葬身何方。

华工是说话算数的人，他们中的毕粹德这么写了、这么做了，其他还有一批人也按照他们的方式做了。

6月28日早上，几十个华工，其中有齐中原，还有已经回到巴黎的天亮。他们一起走到代表团的大本营吕特蒂旅馆门口，一些中国留法学生也纷纷赶来，门口被人群包围。齐中原学武出身，最讲究义气，最恨没骨头的孬种。他在旅馆外面对众人说："咱们华工给洋人卖命卖力好几年，他们不但不领情，还要把咱们的地盘给日本。今天咱们的陆大臣，他要敢走出旅馆上车去和会签字，咱们就跟他拼命。我在这儿立下'生死状'，只要他敢去签字，咱就三命抵一命！我先画押。"说着拿出了一张事先准备好的"生死状"，大拇指按在红印泥上，再在那张"生死状"上深深地按了一个红指印。

天亮如法炮制，又有几个山东大汉也上前按了手印。

其他几人看着拱手道："哥儿们有义气，讲信用，咱佩服！咱家上有老、下有小，不敢立'生死状'。可是俺们也不是孬种，那个陆大臣要真的不做君子做小人，咱不敢动他的人，可我敢动他的车啊！"说着拿出一把尖刀，对着门外陆征祥的座车比画着说："到时候，我就让你的轮胎放炮，看你还咋去那皇宫签字。"

此人说毕，四周众人纷纷拿出自带的家伙，有的是改锥，有的是虎钳，也有的干脆就是一把榔头和一枚大钉子。看来各人都是有备而来。大家说毕，就要往旅馆里进，门口有人拦住："陆大人都听见了，今天不去开会了，各位请回吧。"

众人嚷嚷开来："回？那是万万不能的，你陆大人就会那么听我们的吗？你不当君子，要当小人，我们也陪你当一回。咱们今儿个就坐在这里不走了，等那边散会再回不迟。"齐中原这帮人，硬是坐在旅馆门口，直等到太阳下山。他们心想，这会儿陆大人就是飞过去也晚了，众人这才打道回府。

陆征祥此时正在屋内病榻上落泪，他看着装了手枪的信封和随从递过来的华工盖满手印的"生死状",凄凄然地说:"余已签了二十一条约矣,尚能再签此约乎?"

6月28日,签约那一天,中国代表根本就没有在凡尔赛宫露面,陆征祥没有去成!凡尔赛宫的长条桌旁那两个空空的中国座席,让全场震惊。

中国代表没来签字!中国竟然敢于对抗强权大国!消息迅速传遍巴黎,很快就见报了。

第二天,报上登着美国记者文:"今日之中国真中国也!"

报上还登着法国记者的调侃:"此日日本人之切腹也!"

由于中国没有签字,美国国会拒绝批准这个和约,让日本白高兴了一场。其实美国并非真正看重中国,威尔逊只是不满日本获利太多。山东问题就此一直悬置到1922年,才在华盛顿会议上解决。无论如何,中国在国际事务中,从一贯顺从,到如今也敢抗争,这一步来之不易。历史学家已经研究了上百年,歌颂"五四运动"的文字车载斗量,可是又有多少人知道或记得华工在其中的独特作用?历史有它的必然性,又有它的偶然性;到底偶然性寄寓于必然性,还是必然性依附于偶然性?谁也说不清。

陆征祥外交总长,后来辞职到比利时修道院出家当了修士,他有句名言:"弱国无外交",也许正是出自他的亲身经历。不知陆修士在晚年修炼的晨钟暮鼓中,是否还会想起当年阻挡他前去签字的旅馆前的那群华工?他是否领悟到他们不是难为了自己,而是成全了自己!不然怎会有陆外交总长次年回国时,在上海吴淞港,千人举旗相迎:"欢迎不签字代表!"后来又在上海火车站、南京火车站、北京火车站,一次次受到万人举旗相迎:"欢迎不签字专使""尊重民意"!

难怪有人说:历史除了人名是真的,其他都是假的;小说除了人名是假的,其他都是真的。

有几个人对华工说过赞扬和感激的话?又有几个人出面肯定过华工在此和会"不签字"中的特殊作用?华工归国时又有谁人去相迎?后人提及阻挠陆外

长前往签字时说到留学生和华工，人们都误以为是勤工俭学的那批人。实际上那时在法的留学生数量有限，官派和富家子弟居多，他们不是主力。而1919年至1920年陆续出国的20批1803位留法勤工俭学留学生，大批人在巴黎和会召开之际还在国内没有动身呢！5月10日马赛港刚上岸了首批91人，5月20日到了第二批25人，6月6日第三批到了两人……最后一批是1920年12月15日才动身。就是最早抵达法国的前三批，他们也在那里寻找落脚之地，还在琢磨是做工还是去上学呢。毕粹德送去带手枪的信是确实的，华工送去按了手印的"生死状"也是确实的。只可惜华工没有身价，无论在大国列强的眼里，还是在自己政府和国人眼里，甚至在各类历史学家笔下，无论在当时，还是在逝去的一个世纪里，他们都被埋没在历史的尘埃里。

历史是诡异的，历史很难公正，这才成全了历史的无所不能和无所适从。

五十八　华工和勤工俭学留学生在巴黎相遇

天亮在巴黎终于做了一件让他舒心的大事，尽管没有多少人知道他们的所作所为，当然就更没有人为他们叫好。可是人做了好事，自己良心平衡，天亮感到他没有白来法兰西走一遭。他的心自此开朗，眼界也开阔了，好像又重新活了一遍。

天亮去看袁先生，他正在焦急地等船回国；老家的父母已经在家乡给他物色了一个姑娘，准备回国结婚呢。袁先生也三十出头啦，来欧洲几年，长了见识，攒了钱，这次回国正是成家立业的好时候。回国除了结婚，袁先生还有件大事——他一心想回去办学校呢，这几年的考察让他有了不少想法，他甚至有回国办女子学校的念头呢，只盼回去一一实现。可是十多万人要回国，法国这边又需要劳力，人要一船一船地送。再说好多轮船要送美国大兵回国——活着的和死去的，那些死去的更是装殓后放在棺柩里，被优先送回国，实现当初国家的允诺——让每个人回家。这样袁先生机会又少了一些,况且他还管着不少华工营的事呢,哪能说走就走,于是他的归期一推再推,只好慢慢等船。天亮每次看到他,总见他在摇头:"还轮不到我呢,再等等,再等等!"

1919年是大战后的一年,也是多事的一年。西方国家一方面缔结《巴黎和约》,另一方面重新集结起来围攻革命后的苏俄。而中国在抗争收复山东中,多少人擦亮了眼睛,开始了新的征途。那些年,蔡元培和李石曾,一直在策划国内工学互助和国外勤工俭学,都想着这是开发民智的大好时机。各省也纷纷发起捐助,都想趁此潮流,多多培养自己的地方人才。从1919年3月到1920年年底,从上海开到法国马赛港的海轮,有了为留法国人提供的廉价船票,于是前后有20艘海轮都会带来勤工俭学留学生,有的一船就有几十甚至上百个中国人。他们有老有小,有男有女,有夫妻同行,有兄弟皆往,还有阖家而来的;有大学文化程度,也有小学文化水平。多数不是富家子弟,少数有一点官费,多数只有区区盘缠。他们来法国,是想边念书,边做工,开启了浩浩荡荡的"留法勤工俭学运动"。

那年秋天,天亮在一个小镇上,看见马路边上站着两个东方面孔的人,他们茫然地四处张望,手里拿着蒙罩着网篮的行李。天亮想,拿着这种行李的人,定是从中国来的人。便上前询问:"你们是刚从中国来的吗?"

那两个人在马路上见到自己的同胞,喜出望外,其中一位年长一点的人说:"啊,我来了一个多月,今天来接一位老乡,我们两人很想转到巴黎去呢,听说那里除了做工,每周还有演讲会,也组织实习团和游览团,比这个小地方要有趣得多。"

天亮早已听说这种"勤以工作,俭以求学"的新潮流,今日果真在这里看见了。天亮问那位年长一点的人:"这位先生现在是在做工还是上学?"

那位年长的说:"我们来时,地方捐助了一点款,我想先把法文补习提高,之后再进到法国学校,学门技术,回国后也好向家乡父老交代。"

天亮对他直言:"巴黎生活费用比小镇要高出许多,如果你们要找中国领事馆，那是必须去那里，否则在这里要合算得多。当然也看你们带来的款子是多是少，如果能多维持，先念法文是上策；否则也许还是找个工，边做工，边上学保险一些。"领事馆哪里会管这群勤工俭学的留学生。那两人说他们是华法教育会接来的，还代垫了学法文的学费，说话带着浓浓的四川腔，天亮这些年接触的人多了，倒也听得懂。指点了他们要去的方向，三人就此分别。

天亮自从上次回巴黎，找到齐中原，两人还参与了华工阻止陆总长签字大事。天亮从齐中原那里就听说了，今年春季开始，先陆续送走一些生病和受伤的华工回国，大规模遣送华工也已经启动了，他们是五年合同，法国华工来得比英国军营的华工早，回去得晚，遣送华工将是个漫长的过程。而英军营华工是三年合同，不过到夏天，他们来法国也快3年了，遣送华工也开始提上议程。中原说，他反正不想回，一起干活的那些华工告诉他，如果交1000法郎，就可以赎身，也就是变成自由人。齐中原以后想在法国开一家武术馆，教外国小孩健身武术。他注意过当地人，知道外国人肯在小孩身上花钱。他教武术维生，应该可以养活自己。可是难在现在不是自由身，天亮笑道："你不领那份口粮，不要每个月的10块法郎，说走就走了呗，干嘛非要顶着那个不是你的真身之人啊！"

齐中原也笑了："是啊，这倒也提醒了我。那我也得像你一样到处流浪，像只丧家之犬。"

天亮报以苦笑："这是我自找的，咱们不是已经跳出那个老佛爷手心了吗？肯定下面的路会越走越宽。"

齐中原点头说："看见那些新进来的人了吗？他们可不是苦出身，也去干苦力活，真是难为他们了。我们矿里来了几个，都是打从娘肚子里出来就没有干过活的人，也来干我们这种粗活。这个世界是在变，我相信我能走出第一步，就会迈出第二步！"这些后来的人，虽然人数没有华工多，不过他们的名声却比华工响亮得多。

这些勤工俭学的人，不是人人找得到工作，更不是人人可勤工又俭学。后来他们当中一些人，在这里开了另一扇窗，走上了另一条路。法国是自由的，可以看到各种书报杂志，可以接触不同学说和流派，其中有一学派叫作马克思主义，俄罗斯的革命已经实践了这个理论。于是许多人改变了初衷，最后他们参加了国际共运。《旅欧周刊》第五十六号登载了一篇讲述留法学生的文章："留法勤工俭学生，暂不论思想、学识如何，专就形式及精神而论，确是中国未来的劳动阶级的中心人物……留法学生的重要责任，不再求得高深知识，而在训练一项专门技艺，即研究一种改革方法，他们的朋友是留法华工……请看他日之中国，竟是谁的世界？"果真，他们中的许多人，后来成了中国革命的中坚力量和领导人物。

在以后的几十年，直至今天，中国人提起那段历史，知道的和讴歌的仍然是留法勤工俭学生，那一千七百多名留学生中的佼佼者；而不是赴欧华工——那70万名赴汤蹈火的人。华工无论是回去的或是留在法国的，死去的或活着的，都是平凡又无名的苦力，是普通百姓，是为国争光而又被祖国和国人遗忘的一群人。

1919年，十多万名在法华工已经在此逗留了3年，他们中许多人终于感受到了一些以前从没有觉察过的东西，一些以前没有在意的事物。天亮转战过不同工厂和农场，他曾被邀请去农人的家，主人无拘无束地请他喝茶，还不好意思地说："因为打仗，我们好久没有咖啡喝了。只好请你喝茶。"天亮后来在巴黎，搞到了一些当时稀有的咖啡，还专程送给了那家农人。那位主妇高兴之极，她对天亮说："你们那么远来帮助我们，开始我们还有些怕你们，可是现在看来，你们都是好人。"天亮苦笑了——今天才知道都是好人，和那些巴黎城里人一样。

可是他注意到，这些农家再穷，屋子里也干干净净，待人也有礼貌，他们到邻家去先要敲门。天亮慢慢也学会说话不要太刻薄，凡事要为他人着想，更不要大声喧哗。他注意不小心碰到人时，要说声对不起；出入公共场所，要替后面的人扶住门。他觉得自己真的有点像万译官说的那种"绅士"了。时间久了，他更加悟出，做个绅士，最重要的不是穿西装、打领带；而是礼貌、风度、做派、对他人尊重，对自己行为负责。那种看得出、说不出来的深层涵养，慢慢潜移默化地让天亮在蜕变，从一个山村孩子，到一个有责任心、有抱负的青年。他很想和自己的朋友分享这些体验，可惜他的朋友都离他很远。

天亮不大会总结他的体会，可是后来自有大学者冯友兰概括了风流四要素，那是玄心、洞见、妙赏和神情。

这些是否就是当初蔡元培他们那代社会名流期盼的呢？几十万华工中又有多少人，能真的按照他们设想的那样，成为改造中国社会的一粒种子？可惜，没有适宜的土壤，种子又如何能发芽？那些回去的华工，没有被善待，没人组织他们把学到的、看到的、体验到的总结起来，加以应用。没有，统统没有！

回到巴黎后的天亮好像真的变了一个人，一个沉稳有远见的人，他心中仍然想着哥哥，同时也装着未来。他学会经常看报，知道不少国家大事。国内南方发生水灾，天亮和他的华工伙伴走上街头，他们举起登着水漫屋顶和大桥的照片，向路人讲解："这是我们的家乡，那里发大水，老百姓没有东西吃，没地方住。好心人捐助他们一些吧！"傍晚，他们把募捐得到的款项，送到中国驻法领事馆。

他在一家铁工厂工作时，特别注意工厂的铸工工艺。出身雕刻世家的天亮，幻想以后回国，能够浇铸一座宏大的雕像——华工群像。自从再次来到巴黎，他真的变了，他多想把自己看到的、听到的、学到的，和自己一班的弟兄分享；可惜他不敢去找他们。现在他属于"黑号"——脱离了原来的建制，游离在社会上的华工。天亮不知道，像他这样的"黑号"，这时在法国竟然有3000人之众，他们许多被关在马赛黑牢里。他从不在一处长留，每在外面干一段时间，就会返回巴黎。也许是想得到天青的消息，或是看看有什么重大新闻。没想到，一次返回巴黎时，他竟意外遇到了一个久违的熟人。

五十九　万译官把天亮带到了美军营地

近年来，天亮和法国工人一起干活，学会了喝咖啡。只是战后咖啡紧俏，他没有额外的开销来满足这个新嗜好，只是喜欢那种浓郁的，苦中带着一种深深刺激香味的饮料。他只能偶尔为之。没想到，那天当他坐在一家小咖啡馆里独自品尝时，抬头看到柜台前站着一个人，面孔身段都好熟悉；仔细看去，那不是自己的小老师万紫澄万译官吗？

"万译官，你可好啊？"就像上次在塞纳河畔遇见袁先生一样，此时他在身后说的是同一句话，吓着了不同的人。

万译官回头一看，果然吓了一跳："你，你是天亮？"他张大了嘴，不知面前站着的是人还是鬼。除了天亮班上的人，营部没人知道天亮还活着。天亮微笑着把他迎到角落的小桌，告诉他离开英军营后发生的种种事情。万译官听了深感惊奇，又觉得不必大惊小怪；他当初愿意教这个小华工英文，就看出他身上透着机敏和灵气。现在出现在他面前的这个人，戴着一顶鸭舌帽，穿着一身法国工人最常穿的工装裤，外面套件夹克，两手把玩着一杯冒着热气的咖啡，自信又自在的样子。

天亮急忙探听自己班的弟兄们，万译官还没说话就先叹口气，他说："你走后的那年秋冬，一波西班牙流感高潮在华工营里扩散开来，营里死了好多人。营地医院都住满了，只好在院外搭帐篷。你们班里死了几个，我也说不上名字来。"天亮听了黯然伤神。

万紫澄知道天亮当前的处境后，十分焦虑地说："千万不能当'黑号'，那绝不是长久之计。让我想想办法……"他心中盘算着，决计要帮一把这个他从内心喜爱的小华工。

万紫澄此次来巴黎，是为了看望一个名叫施祥青的老同学，他去年应招到美国远征军当翻译。美国派了200万大军赴法，赶上了最后一年半的恶战。天亮还记得，去年他们班去搬开公路上被德国人砍倒的大树，就是给美军干的活儿，还在那里结识了美国大兵托尼。美国人来不及招募华工，只好向最早招募华工的法军借了一万，他们自己招募了一批译员。

万译官带着天亮一起去看老同学。天亮发现，美军营地和英军营地很不一样。这里站岗士兵腰里别着把手枪，看着来往人还带笑脸。天亮不记得约翰真心笑过，营地门口站岗的英军，也永远绷着脸，看华工的眼色都像是看囚犯一般。约翰更是看华工永远带着一种厌恶和轻蔑的表情。天亮记得托尼很爱笑，不过他不想在这里碰到他。这里的华工活得很自在，有些像在法国工厂里干活的华工，只是比他们更有组织。天亮很喜欢这里。

万紫澄向施祥青推荐他带来的这位小兄弟，说他叫迈克，姓陈。没有提及他从英军营跑出来的那段历史。他说："这位小老弟来法国三年，会点英语，会点法语，中国话不光会说还会写。"新来的翻译巴不得有这么一个助手，于是天亮就留在这里了。不知他们怎么跟上边讲的，天亮的手箍早让工厂老工人给卸下了，他是个自由人。于是天亮拿到了一份口粮和一个月一次的工资，还穿上了美军军服，因为他算是翻译官助手，也是官员编制。他做梦也没想到自己能当上美军华工营的翻译助手。这里的劳工多是1918年来法的新华工，没人知道天亮以前在英军华工营的历史，也不知道他曾浪迹法国许多工厂、农场和其他地方。他们只知道他也是从中国来的，是个能人，他会说英语还懂法语，中文能读报，会写信。美国人和这些华工弟兄，都叫他迈克，华工还知道他姓陈。

大战结束了，不必再上前线，美军参战也近两年，阵亡了十一万多人；他们要把所有死亡战士遗体统统运回美国本土。而那些为美军服务而战死的华工，也要登记和安葬。天亮来后不久，又开始和死人打交道。他带着华工跟美国大兵一起工作。许多美国军人死去多日，早已草草下葬；天亮他们还得把那些遗体挖出来，重新装殓，再放进备好的棺木，运到海港等待海轮运回美国。所有死去的美国兵，都有铜牌详细地写下了姓名、番号，草草埋葬时也登记了死亡日期。可是遇到死者是华工，就没有那么清晰的标记了。唯有小心地辨认每一具遗体，根据手臂刺青标号，识别他们的姓名，再把他们重新就近墓地埋葬，并且登记在死亡簿上；遇到没有编号或者分辨不清编号的，事情就要烦琐得多。

天亮偶尔在休假时，会脱掉美军军装到巴黎去。除了齐中原这个老朋友，他没有告诉任何人他现在在美军营工作。毕竟他在"黑号"名单上有名，更何况现在这是份像样的正式工作，他不想让任何事情给搅黄了。齐中原这一年多也学了点法语，比不上天亮学得快，不过也能和人做简单的对话交流。他在攒钱，想要开武术馆，就是手上缺钱啊，想想离开英军营地时，以前的积蓄没有带出来，真叫可惜了。

天亮知道后，决心帮自己的朋友。他说自己这一年到美军营，攒下一点钱，可以先借给齐中原开武术馆。等自己以后需要时，齐中原应该已经腰板硬了，到时再还也不迟。两人一言为定，齐中原对天亮说："树挪死，人挪活；咱俩挪到这儿，不是比原来在英国营强多了？现在一样，别守着这花花世界，到外面去闯，肯定比这儿强。"要不是为了在巴黎等天青的消息，也是珍惜美军营的那份像样的工作，也许天亮就跟他一起走了呢。

1920年底，袁先生正在做善后工作，法军营的华工陆续回国，他终于也要轮上了。齐中原再一走，巴黎知道天亮根底的人可就真没了。天亮想过没有？如果天青来到巴黎，该怎么找他？其实那个时候的天亮，已经有点心灰意冷了。他们当初是来支援英国人和法国人打德国人的，如今大战已经结束两年了，华工一批一批地回国，天青连个影子都不见。他又对天青到底来没来欧罗巴表示怀疑了，他对此生究竟能不能再见到自己的哥哥感到怀疑和失望。可是他又不死心，他已经等了三四年啦，要他放弃容易吗？天亮每天都在矛盾中挣扎。

美国有200万名军人漂洋过海来到欧洲参战，大战结束的第一年，刚刚送回国不到50万人，死者的棺木要尽早送回国，横渡大西洋的海轮又只有那么多，活人只好靠后等一等。照此速度，美军得4年才能全部返回美国。所以美军军营还像战时一样忙碌。华工也没有闲着，天亮会讲多种语言，没有架子，什么活儿都能干，颇受美军欢迎。他不仅要带华工装殓死去多日的美国兵，放进棺木，运到海港；还要埋葬和登记死难的华工，最难的是寻找失散的华工，通知他们回军营，做回国安置。天亮的工作流动性很大，在美军营地，或在外面奔跑。他也跟美国大兵学会了开车，只是那时还不知道这个本事以后会帮他多大的忙。不过他仍然偶尔会到巴黎来，一是他喜欢这里，二是他惦记着哥哥，他相信，天青如果来到法国，一定会先到巴黎。

直到有一天，他看到一个人，从此他就远离了这个繁华的都市。

六十　约翰当了法国警察　天亮自此远离巴黎

那天，天亮又走到塞纳河畔，他和齐中原第一次来到巴黎时，就是在那里撞上了袁先生。每次来巴黎，天亮总是换上以前的工装服，他喜欢做个平民百姓到河边溜达一番。现在这里也有咖啡摊位了，他总给自己买上一杯咖啡，坐在河边的靠椅上慢慢地品尝，看着来往行人。对漂亮女孩，多看两眼；对新潮服装，多留意一番。喝完咖啡，就沿着河畔，一个个摊位看过来。

那天，他喝完咖啡还没有站起身，突然，一个人引起了他的注意。那个人个头挺高，正在和一个法国女孩调笑，这人怎么看上去那么眼熟。他匆匆绕到那人对面，远远地望着。没错，就是他！他的死敌，那个约翰。可是，他怎么会穿上法国警察的制服了呢？

原来，约翰被解除了营长助理职务后，调到后勤部门。在那里他恶习不改，偷了军用品到市场贩卖。战争后期，市面上物资严重短缺，约翰偷盗的东西都是市场上的紧俏物品。当约翰为自己大挣一笔暗暗得意时，他被人抓住了。司令部恼火他竟敢盗窃军用物品，本想狠狠惩处他，只怕动静大了引起华工算旧账惹麻烦，只好悄悄把他开除军籍，赶出军营了事。那是在战争末期，任何事也没有那么正规和严厉，否则非把他送上军事法庭不可。约翰离开军营后并没有回英国，而是浪迹在花都巴黎。凭着他的花言巧语和前一阵盗窃军用物资挣的钱来笼络人，再炫耀自己当过集中营、战俘营和华工营看守的经验和资格，竟在法国警察局里找了一份临时差事，专门对付战后混乱中那些说英语被捕的非法的人，处理那些非法的事。这正合他的心意，也是他的拿手事。如果法国警察局知道他过去的劣迹，定会让他马上走人。

天亮万万想不到，约翰竟然当了法国警察，那比什么都可怕！天亮逃离英国华工营的事，说起来已经两年多了。可是英军营还没有撤呢，不管你人在哪里，罪名不会撤。尽管今天在巴黎的天亮，已经和几年前大不相同，他有意留了两撇小胡子，戴着一顶贝雷帽，穿着工装衣裤，从面貌和穿着看，没人知道他是陈天亮，大家都叫他迈克。可是约翰绝对不会忘记他！天亮相信，就像他不会忘记约翰一样。他匆匆回到美军营，再也不敢到巴黎来了。

天亮自告奋勇地担当起边远地区的善后工作，为此可以远离现在对他有危险的巴黎。那些地方没有太多的美军和华工，要单独逐村逐镇查找。天亮也想找齐中原，告诉他不要回巴黎，约翰在那里。他和另外3个美国兵，驾着两辆战地用车四处奔走。天亮来美军营后跟美国兵学会了开车，现在正是练习的好机会。天亮还发现，美国大兵不仅人人会开车，还个个自称会修车，天亮跟着也学会了一些。

自此天亮踏上了一条漫长又不定的路。他有时和另外几个美国大兵同行，有时分道而行。他侧重查询华工下落，并要为死去的华工在当地找墓地，就地安葬；而美国兵关注于那些已经草草下葬了的美国士兵。找到死去的士兵，还要匆匆运回营地装殓。两辆车都要尽先运送美国兵遗体到营地，再去海港。任务不同，路线也不一样，慢慢地，天亮就落单了，运送遗体需要用车，他只能靠两条腿四处走。后来他只跟分派任务给他的顶头上司联系，他每月也从他那里得到粮食配给和他的经费。而美军营里的其他人，对他就一概不知了。很少有人知道他现在在哪里，也很少有人关心他在哪里，后来连施译官都不知道天亮走到哪里了。

"他人还在吗?"

"不要踩到地雷了啊!"

"不要误入西班牙流感余威还肆虐的地方啊!"

开始的时候,施译官还会这么想,天亮的报告抵达的时间越来越晚,他会告知他的下一站是哪里,这样他的工资和粮食配给会寄到那里。后来他的信少了,或许他走的路线根本没有军邮,战后的普通邮递也无迹可寻;或许他能找到的华工遗体越来越少了。天亮是单独行动的编外人员,知晓他的万译官所在的英军营已经送走了大部分华工,他也遵照合同——大战之后可以到欧洲各国旅游——出外周游列国去了。施祥青和天亮没有多深的交情,他不会为这个偶尔相识的人焦虑;当美军营地的大部分华工回国后,施译官也周游列国去了。在战后一切混乱又无序的年代,少一个无关紧要的人,不会引起多大的注意。再后来美军大部分人也陆续回国了,天亮上司寄给他最后一笔经费,还包括他回国的路费,祝他好运后,也登船回到大西洋彼岸去了。再也没有人打听天亮在哪里,更没有人听到任何关于他的消息。

真正关心他的人还没有到来。

第十二篇　天青两次不一样的西行

六十一　天青西行路上巧遇狼狈逃窜的彼得留拉

　　天青西行的漫漫长路又开始了。1920年5月，他从玛娅奶奶家上路了。他此行的目的到底是什么，直到启程后，他才仿佛意识到，不仅是为了实现对天亮的承诺——相会在法兰西，更是为了实现自小在家乡就有过的那个梦想。他要亲自到法兰西走一遭，走到那个海水像天空一样湛蓝的地方，去看一看这个世界上另一群人是怎样生活的。他相信他们不同于他知晓有限的俄国人，也不同于他知道比较多的波兰人。他还要看看，他能不能在那个新天地里再闯荡一回，让平静如水的生活，激起生命的波澜和浪花。天青不甘心他的壮丽人生，就那么轻易地被"契卡"掐断了。

　　天青这次出发比起上次从俄国西行，境况要好得多。那次是带病狼狈逃窜，现在他身体早已复原，还有一匹忠实的马——"麻烦"陪伴着他，身后也不怕有追兵，还带了充裕的食物——玛娅奶奶送的喷香烤鹅和兰达准备的面包和奶酪。天青唯有对林中屋里的祖孙二人有着挥之不去的思念和牵挂。

　　他和玛娅奶奶都以为他们挑选的上路时机是最稳妥的。然而，那时他们和莫提卡，还有小镇上的人都不知道，俄国人已经把东线战场的兵力调往西线了，在别列津那河边，已经聚集了70万的兵力。5月底，红军开始了反攻。布琼尼第一骑兵集团一马当先，很快突破了波乌联军防线。

波乌联军在占领基辅 5 个星期后，被迫放弃了它，急速向波兰方面后撤。谢廖沙跟着彼得留拉的残部，再次狼狈地逃到波兰，可是这次波兰自身难保，没人收留他，彼得留拉队伍无奈，只好像丧家之犬一样继续向西逃窜。

俄国人对波兰早就垂涎三尺，如今没有了白军的羁绊，更是全力以赴。红军举着飘扬的红旗策马奔驰，高喊着"打倒波兰资产阶级"的震天口号踏上邻国土地；一旦红军用解放全人类的口号武装起来，就名正言顺，就所向无敌。于是他们一个村子一个村子地先占领乌克兰，再接着占领了波兰，波军节节败退。相比浩浩荡荡、势如破竹的红军，波兰太弱了；他们的兵力只有俄国人的四分之一，他们没有构筑任何防御工事，他们武器给养远不如蓄意已久的俄国。红军有许多久经考验的将军——图哈切夫斯基、布琼尼、耶格洛夫，还有斯大林；而波兰只有毕苏斯基，波兰再次亡国似乎是铁定的了。

历史进展是曲折的，人类发展史总是风云多变，否则世界就不是今天这个世界了。

今天谍战电影和侦探小说风靡全球，谁人能想到，若干年前，真有那么一群出神入化的谍报员们，只因他们一个偶然的发现、一个难得的机遇、一个从天而降的运气，就做出扭转历史、颠倒乾坤的壮举。2004 年发现的一份档案，最终证实了多年来的一个传说：20 世纪那场被称之为"维斯瓦河奇迹"的华沙战役，的确是因为被波兰密码员破解了当时红军加密的无线电通信，让红军将领图哈切夫斯基落入了波兰军队布下的圈套；致使一日之内，眼看命中注定要彻底失败、再次亡国的波兰，陡然翻身；导致苏军从所向披靡进军华沙，突然落到从华沙郊外节节败退的窘境。

天青压根没有想到，在他刚刚踏上征途不久，就会卷入一场被后代列入世界史册的"华沙战役"；他做梦也不会想到，玛娅奶奶精心为他选择的上路之日，竟然会是大战前夕。

天青牵着"麻烦"上路，眼前还时不时飘过窗口后面白衣少女的身影。他仍然为自己在此战乱时分，离开这家人而感到羞愧，可是又不能抑制自己西去的决心。

波兰那些天没有打仗，可是天青所经之路，和以前在俄国、乌克兰和波兰走过的路一样，满目是被毁坏的房屋、道路和桥梁。迎面走来的是凄苦的妇孺，衰弱的老人。农场里劳作的仍然是妇女，男人从一个战场被赶到另一个战场，继续一场又一场的战争，为他们清楚的或并不太清楚的目标去献身。天青牵着"麻烦"专拣小路走，在傍晚和清晨走，不敢白天大摇大摆地上大路。他现在不怕"契卡"来追捕；他怕的是战争地带的任何一支部队，因为他们会毫不客气地抢走"麻烦"，再抓他去给他们当苦力。

天青走进一个村子，刚想寻找一户人家借宿，却看见有个人骑着马从村中街道驶过，一边高高地抢着衣服，一边大声喊着："红军打来了，快跑啊！俄国熊又来了——"那是在给全村报信。于是家家户户急忙把一点家当放在破旧的两轮马车上，赶着马车向村外树林里跑去。天青惭愧地低下头，他想着自己过去也是红军，还当过红军支队长呢。他怎么也想不明白，为什么现在看到的，和过去听到的以及与之奋斗的，是那么的不同！

有一次天青看到村头有一口井，急忙上前，马要饮水，人也渴了。可是当他扒在井沿往下看时，一股恶臭冲上来，原来里面塞满了尸体。他呕吐了半天，牵着"麻烦"走得远远的。

天青没有看清那些尸体是波兰人、乌克兰人，还是俄国人。他们都一样，是战争的牺牲品。他心情沉重地看着沿途被战争多次蹂躏过的农庄和田地。两年前，当他是红军战士和支队长时，他满怀浪漫情怀，一心为理想献身，把每场战斗都想象成奔向天堂的必经之路，现在这种心境已经荡然无存。他心怀愧疚地看着沿途被战争蹂躏的农庄和大地，眼中多是苦楚的百姓、瘦弱的家畜及落魄的无家可归的野狗。走上多少里路，也难得有座完好的村庄。教堂不是被削了尖塔就是倒了墙垣，玛娅奶奶所住村子远离大路，被森林掩盖，是她们的幸运。这次出来看了一路的破败景色，天青久盼而来的西行，已经黯然失色。

本来这些并非他的过错，可是他和现在策马西奔的那些人，曾经喊过类似的口号，这就让他难以释怀。他想着，如果迈进天堂真要付出这么惨痛的代价，他情愿不要进天堂！安稳地生活在人间就是最大的快乐，难道就没有一条路可以这么走吗？

此刻他真希望他们兄弟二人根本没有出来，从来没有向往过法兰西，从来没有到过欧罗巴。这里如今像是人间地狱，他和天亮正在地狱的中心。

一个晚上，突然听到数不清的人声喊叫和战马嘶鸣，天青看见远处像是乌云压境般的涌上来一大片，天青不知这是哪国军队，可是他知道不管什么军队这样冲过来都是可怕的，赶紧躲起来再说。四周是开阔地，没有可以藏匿的地方；天青急得团团转，忽然看见一座桥，他牵着"麻烦"急忙躲到桥墩旁。两腿已经踩在水里了，还给"麻烦"戴上口罩——千万不能出声啊！

大批人流马队从桥上慌乱地奔过，听他们说话，不是俄国人，也不是波兰人，难道是乌克兰人？天青惊了一身汗，不是拿下基辅了吗？怎么又往回跑？一定打败了！天青首先想到的就是玛娅奶奶和贝雅塔小姐。他真后悔急急忙忙就走了，哪想到局势会逆转得这么快？就在那个时刻，天青忽然听到一个熟悉的声音，还是那句话："长官已经征用这辆车啦，别来抢！"

天青大叫一声："谢廖沙——"翻身上了大桥。只见谢廖沙正护着一辆马车，里面坐着一个军官，他紧闭着嘴，满脸阴郁。谢廖沙陡然看见一个中国人从天而降，定睛一看——是天青！心想东方人太神了，他怎么会知道自己在这里呢？谢廖沙高兴得眼睛放出光亮："你怎么在这个时候上路？青，快来帮忙！这里太乱，我们的卫队给冲散了，我得给将军护驾。"谢廖沙转头恭敬地对马车上的人说："将军大人，这个中国人当初救过我，他绝对可靠。"说着放下窗帘，吆喝着赶马上路。他回头对天青说："青，他是我们的统帅，彼得留拉将军。噢，你还有一匹马，太好了，你在这边，我到那边，咱们两边护着，不许任何人伤害统帅。"谢廖沙翻身上了他的马，天青也跨上"麻烦"，他轻轻地拍着"麻烦"，弯腰小声对它说："伙计，咱们当上保镖啦！可得用心啊！"

天青不安地骑在马上，不时侧目望着身旁那辆马车，过桥以后马车渐渐加速奔驰，"麻烦"也欢快地放开四蹄。天青想着，马车里坐的就是那位曾经和红军作对、名扬四海的白匪头子？而乌克兰人民却称他为民族英雄！如今他满面忧郁地坐在马车里，谢廖沙和自己护送他向西行，他的眼神不定地窥测，是不是又在策划下一场战斗？对谁？啊，这个世界真奇怪，自己现在干嘛跟着这个人，即使要护卫，自己应该护卫的是玛娅奶奶和贝雅塔小姐啊！

　　天青感到晕眩，世界变得多么快，人的生命如同蝼蚁一样脆弱，又像流星一般短暂。昨日曾经叱咤风云、不可一世、耀武扬威得像只猛虎；今天可能就倾家荡产，沦落为丧家之犬般的落魄者。天青忽然感到一种少有的轻松，他觉得不必太拘泥于个人的生死安危，不必太计较个人的所得所失；如果这个世界没有什么是永恒的，他也没有什么舍不得和放不下。天青决心先跟着他们走，答应的事就要做到；一旦能脱身，他要回到玛娅奶奶那里去。战事可能逆转，她们不能没有自己。

六十二　维斯瓦河奇迹——华沙战役

　　谢廖沙和他的统帅彼得留拉还没到华沙，就得到情报：那里正被苏联红军团团包围。彼得留拉脑筋动得快，马上带兵调头往东跑，他一心想趁乱占领波兰东部；他始终认为那是他们的地盘，波乌联盟完全是权宜之计。如果红军倾巢而出的目标是华沙，那么波兰东部恰恰是个薄弱地段，他要不失时机地夺回。于是他们一行人马，转头马不停蹄地向回奔。

　　天青也跟着这帮人往东跑，只不过他现在已经不再是彼得留拉的护卫，他不会为任何人卖命了；他心里只有玛娅奶奶和贝雅塔小姐，他的目的地是树林后面的那个村庄和那栋大房子。

　　当苏联红军分几路向华沙包围过来的时候，毕苏斯基将军和他的人民才意识到，原来俄国人不仅仅想把边界西移，他们是想吞并整个波兰！波兰独立又一次面临威胁。现在已经没有退路了，毕索苏基决心带领全体波兰人民奋起反抗；而苏联红军占领的地带，迅速出现了"波兰临时革命委员会"的招牌，大有替代现有政权的野心。

那时的华沙，除了英国和梵蒂冈，所有外国大使都撤退了。毕索苏基仓促凑起的士兵，竟然半数赤着脚，波兰会再次亡国吗？华沙街头处处张贴着海报："拿起武器！拯救祖国！"爱国热情把波兰人民又一次凝聚起来。除了自己，这个世界还有谁会来拯救他们吗？好像没有了，每个人必须孤军奋战。胜利的希望是多么的渺茫，所有人都看得一清二楚，包括波兰人自己。可是就在那个炎热的 8 月里，波兰的维斯瓦河出现了一个永留史册的奇迹；没有人相信上帝会给波兰一个机会，可是偏偏他就给了！

最重要的是，统帅毕苏斯基没有失去信心。他在一片惊慌的司令部里，沉稳地分析截获的情报，他手中红笔画出图哈切夫斯基和布琼尼在华沙东面和北面包抄华沙的路线，他们却没有留意自己西方面军和西南方面军中间有一个薄弱环节，毕苏斯基却捕捉到了！他仰天长叹："上帝不忍波兰亡国啊！他赐我此良机！"他决心与俄国人来个捉迷藏。

他亲自带着 2 万攻击兵团，不失时机地插了进去，切断了苏军后援；而波军布置最少的华沙南面，恰恰又被图哈切夫斯基忽略了。如果那时图哈切夫斯基还能调动他的部队，如果布琼尼能够遵命向华沙挺进，如果西南方面军司令耶格罗夫，还有斯大林，如果都能听候图哈切夫斯基调遣的话……那么毕索斯基的锦囊妙计就泡汤了。可惜那一连串的"如果"竟然都没有发生，红军将领们各怀私心、各自为政，谁也不听从统一指挥，红军前线的混乱变成送给波兰军队最好的礼物。尽管 8 月 14 日，红军先头部队距离华沙仅 13 公里，可是不到一夜工夫，红军进攻受阻。波兰将领西科尔斯基的第五军团开着坦克、装甲车和配置了两门大炮的装甲火车，以保家卫国的英雄气魄，以一天 30 公里速度奋勇前进，在维斯瓦河边上，瓦解了红军的包围。毕苏斯基乘胜向红军的薄弱地带出击，红军被打开巨大缺口，只有后退。可惜那时红军的指挥已经完全失灵，传令送不出去，该后撤的还往前冲，被俘虏了还不知怎么回事，昨日他们还耀武扬威地向华沙进攻，今天却变成了阶下囚……

没人预料到的大逆转，导致苏俄从欲凌驾波兰之上，到乞求与波兰签订和约。这场战役不仅阻止了苏俄咄咄向西欧的逼近；更重要的是，那场世界革命的龙卷风也悄然戛止！正如后来西方政论家对毕苏斯基的评论："他扶住了倒下的第一张多米诺骨牌！"双方由于某些原因，后来都不愿在历史书中提及这场战争，因此世人对这场逆转乾坤的神秘战役，只沦为猜测和遥想。不过列宁在一份秘密报告里还是被迫承认："这场战争的结果是己方巨大的、前所未有的失败。"

在那个混乱时分，天青乘势随着谢廖沙大队人马转头向东飞奔，渐渐远离华沙；随即，他又和正在拼命乘虚东进的彼得留拉一帮人马也分离了。他明确的目标是玛娅奶奶家，他策马奔驰。"麻烦"在西进中，伴随着千军万马，已经历了作为一匹战马飞驰的豪迈，也练就了一身本事。现在它四蹄高举，纵身飞奔，正向它熟悉的村落狂奔而去。

傍晚时分他们到了村子，可是房子呢？马厩呢？玛娅奶奶和贝雅塔小姐呢？那里留下的是一片烧焦的废墟和冒烟的残骸。天青以为看错了，可是不会错，他在这里住了一年多。天青像疯了一样，策马来回奔驰，高声喊着："玛娅奶奶，贝雅塔小姐——""麻烦"也不停嘶鸣，可是没有人回应。天青又飞奔到村子里，莫提卡也不在，他再去找兰达，那个帮工女孩，依然没有找到。他心寒地看着村子到处是倒塌的房屋，墙上留下子弹痕迹，许多被烧过的房子还有火刚被扑灭的痕迹，但是没有一幢像玛娅奶奶家那样被烧毁得那么厉害。

天青颓然地下马，跌落在地上。"麻烦"一阵低低的嘶鸣声在耳边响起，它用湿湿的鼻子蹭着天青沾满枯草、树叶的头发。天青抬起头向前望去——教堂！对，教堂！他急忙翻身上马，飞快地奔向村子另一端的教堂。只见大门紧闭，可是里面有微弱的灯光。他跳下马来，轻轻地靠近教堂大门，先敲了两下，接着大声喊道："玛娅奶奶，贝雅塔小姐，是我，青，还有'麻烦'，我们回来了。"

大门轻轻打开，门缝后面露出一张脸，天青不由得想起当初他到这个村子，敲响了玛娅奶奶后门时，也是有人开了这么一个门缝，门后面是玛娅奶奶；可是今天，门后没有玛娅奶奶，是莫提卡老爷爷。他看见是天青，把门打开，示意让他进去。天青把"麻烦"拴在门口的铁栏上，很快闪了进去。只见里面有不少人，都散乱地坐在地上，个个狼狈不堪，看样子都是仓促出逃到这里的。

"玛娅奶奶呢，还有贝雅塔小姐？"天青急切地问道。

兰达扑过来，"青，玛娅奶奶给打伤了，他们差一点杀了她。"说着哭个不止。

天青急忙问："她们在哪里？"莫提卡带他到后面与教堂相连的一栋小屋，那是牧师的住房。只见玛娅奶奶躺在一张窄窄的床上，紧闭着眼睛。贝雅塔看见天青进来，上前使劲抱着他说："青，你真不该走啊，你走了两天，俄国人就来了。"

兰达接着说："他们用大炮轰呢。一颗炮弹落到玛娅奶奶家，那么准，钢琴都给炸飞天了。玛娅奶奶骂那些冲上来的士兵，说他们连土匪都不如，那个俄国兵就朝玛娅奶奶开枪。我上去推他的枪，他一枪打偏了，可还是伤了玛娅奶奶。"

贝雅塔抽抽噎噎地说："青，你是知道的，我们家有药，有急救箱，奶奶救过谢廖沙和好多人；可是那些东西全压在断墙里啦。我们家太偏了，等邻居看见了，再来帮忙救火已经晚了。全烧了，全没了。"贝雅塔说着号啕大哭起来。

哭声惊醒了玛娅奶奶。她睁开眼睛，看见面前站着的人，她仔细地分辨，"是你，青？你回来了，你回来得好。你把贝雅塔带走吧，把她带到巴黎，她的法文老师斯蒙娜小姐在那里，她会收留我孙女的。"

"奶奶，你说什么啊，我哪儿也不去。我要陪着你。"贝雅塔哭泣着说。

天青接道："玛娅奶奶，你会好的，我不走了。你养好伤，我们一起去巴黎。"

"不会太久了，没有药，没有急救包。我活不久了……"玛娅奶奶轻声说。

六十三　玛娅奶奶升天了

天青把玛娅奶奶被炸毁的房子收拾出一个角落，把她们祖孙接了回去。牧师来给玛娅奶奶治伤，好像晚了一些，玛娅奶奶得了破伤风。她发高烧、说胡话。可是当她清醒时，就会把贝雅塔和天青叫过来，她对他们说的许多事情，是贝雅塔不知道的。玛娅奶奶说，在马厩食槽底下，有一个金属盒子，里面有她和贝雅塔母亲的陪嫁首饰，还有两代人的结婚照片。她说那还是贝雅塔妈妈临上前线寻夫时不放心，把家里所有值钱的首饰及重要照片统统埋在马厩里。玛娅奶奶让他们挖出来，带着一起去法国，找斯蒙娜小姐；如果找不到，她转头盯着天青说："青，你永远不要让贝雅塔独自生活，这个世界对一个孤独的年轻女孩太可怕了。答应我。"玛娅奶奶拉着天青的手，目不转睛地望着他，直到天青点头才放开。

玛娅奶奶没过多久就走了。她走得痛苦又平静，痛苦的是她的高烧始终没有退，平静是因为天青回来了，孙女有了依靠。她带着微笑走了，全村人都来送葬，玛娅奶奶被葬在自家后花园里。当牧师做告别弥撒时，尽管没有管风琴，没有唱诗班，可是全镇的男女老少都一齐唱起了安魂曲，玛娅奶奶的灵魂随着轻柔的歌声升上了天国。

天青找到一块石板，用他的雕刀刻下玛娅奶奶和老先生的名字，还有贝雅塔父母的名字。他答应过贝雅塔小姐，要给她的父母及爷爷修一座墓，现在石碑上多了一个人，那是玛娅奶奶。4人中只有玛娅奶奶有去世的日子，因为没人知道另外3个人究竟是哪天过世的。这家人曾经在这里生活过几代，战争毁了这个家，也带走了两代人。他们中只有老奶奶的遗体还躺在地下，其他3人不知身在何方。

贝雅塔穿了一身黑衣黑裙，披着黑纱。葬礼后她站在墓前不愿离去，没有眼泪，只有悲伤。她生命中最美好的年华，全在数不清的战乱中度过；如今战争眼看将停歇，可是伴随她经历了长达6年艰难岁月的奶奶，却撒手而去。贝雅塔感到一股怨气堵在胸口，为什么她就不能和奶奶过两天和平的日子？为什么和平到来之际她要陷入孤独的悲痛中？她不知该问谁。她站在4位亲人的墓前，痴痴地望着那些名字，另外3个人的音容笑貌她已经淡忘了。她的神态有点吓人，突然她头也没有转地蹦出一句话："青，我们什么时候走？"

"走？走到哪里去？"天青反问道。

"奶奶不是让你把我带到巴黎吗？你忘了？去找斯蒙娜小姐。"贝雅塔大声说。

天青当然不会忘，可是现在上路？华沙那边仗打完了吗？路上会有多少颓废的败兵和胜利的骄兵，他们一样可怕。他对贝雅塔说："等一等吧，现在路上太乱了。"

"什么叫乱？难道这里不乱吗？不乱奶奶就不会死掉。你不是上过路了吗？可是你又回来了；我们留在这里，可是奶奶死掉了。青，我们马上走，这里我是一刻也不愿意待了。奶奶没了，钢琴没了，我的卧房、我的衣服全没了，连奶牛也没了。我们还留在这里干嘛？"贝雅塔一口气说完，头也不回地向马厩走去。

天青知道她要找什么，跟着走到食槽旁。他看看四周，无人无影，他搬开了食槽，用力推开压在上面的两根木梁，再把上面残留杂物统统掀掉。贝雅塔一声不响地站在一旁看看，天青慢慢地用木棍向下面四处戳去，直到听到一个声响，他抬头看了贝雅塔一眼；然后扔掉木棍，扒开上面的泥土和许多木屑，一个金属盒子露了出来。

贝雅塔不安地向外望去，此时已近黄昏，四周没有一个人。她也蹲下来，天青把金属盒子拿出来，先把四周的泥土抹掉，交给了贝雅塔。贝雅塔迟疑了一下，接过来，却怎么也打不开，又把盒子还给了天青。天青轻轻地松动盒盖，使劲翘开了。只见最上面有个信封，贝雅塔拿过来，从里面抽出了两张照片，一张是奶奶和爷爷的结婚照，另一张是她爸爸妈妈的结婚照。贝雅塔看着不禁流下眼泪，把照片紧紧地贴在胸前。不过很快她用手背把眼泪抹掉，把照片放在一旁，掀开下面那块深蓝色的丝绒布，只见里面是满满一盒珠宝首饰。两人不约而同地喊出："啊！"

贝雅塔看到奶奶和妈妈留下了这么珍贵的东西给自己，她急切地对天青说："青，我们快走，我们到巴黎去，不用求我的老师，我们也能独立生活。"

天青望着这个十六七岁的女孩，她真的那么信任自己？她真的一厢情愿跟自己一起生活，还是在此战乱时分的权宜之计？他相信是后者。于是天青对贝雅塔说："我们先把它埋在这里，这里最保险，等真要上路时再拿出不迟。"他想着，贝雅塔小姐要跟自己走，在这兵荒马乱的时分，再带上这么多的宝贝，恐怕不会有什么好结果。天青毕竟比贝雅塔年长几岁，经历也更多一些，他不想冲动之下就慌慌张张地上路。

那几天两人怎么商量也谈不拢，最后决定去找莫提卡爷爷，他是奶奶最信任的老人。莫提卡望着天青，他很难想象贝雅塔这样的大家闺秀，这样一个千金小姐，会爱上一个中国苦力。可是现在是非常时期，是战争年月，什么事情不会发生？这个中国年轻人，看上去倒是眉清目秀、忠厚老实，不然这次为何他又跑回来？再说，他也在这个家逗留了一年多时光，受玛娅信任，受贝雅塔爱慕，也许有一定道理。只是现在实在不是上路时机，尤其是长途奔走。莫提卡劝贝雅塔过了这个冬天再说，等局势稳定一点再走也不迟。

于是两个年轻人留下来了，尽管贝雅塔十二分的不愿意，可是无奈莫提卡爷爷说的话句句在理。再听天青讲起路上的混乱，她只好收起焦躁不安的心。天青又收拾了一下那栋大半毁坏了的房子后角，勉强地凑合弄了两间夜晚看不见星星的房间。还把马厩一角改成一个小厨房。两人凄苦地过着日子。每天贝雅塔去找莫提卡爷爷探问消息；天青就会到树林里，打只野兔或松鸡，再就是摘些新鲜蘑菇和鲜果回来。他用从郭娃那里学来的手艺，一天做碗蘑菇炖野兔，另一天用鲜果拌鸡丝，尽量弄出可口的饭来。只是每次吃到好吃的东西，贝雅塔就会为没有奶奶同享而难过得吃不下。天青知道，不离开这里，贝雅塔永远摆脱不了思念奶奶的痛苦。

10月传来了好消息，波兰和苏维埃俄国以及苏维埃乌克兰同时签订了停火协议。大家听了都松一口气，这下子真的没仗可打了。老百姓可以过两天安稳日子了。没想到，刚没高兴两天，一个晚上，连绵不断的车队和骑兵竟然又来到小村庄，挤满了街道。贝雅塔吓得跑到了天青房间，钻进他的被窝，勾住他的脖子，浑身哆嗦不止。

天青不敢怠慢，他披上衣服出来看，只见火把下面站着一个人，正是几次见面几次分手的乌克兰小伙谢廖沙。

"谢廖沙，怎么又是你！你的头儿呢，不是停火了吗？你们又来这儿干嘛？"天青这次实在有点不明白了。

站在破房子前面的果真是谢廖沙。他看看天青，又看看那幢被毁坏的大房子，摊开两手问道："这是怎么啦！我们头儿还想借玛娅奶奶房子住一宿呢。这里发生什么事了？"

"你说发生了什么事，谢廖沙，俄国人扫过这里啦！这里没你们住的地方了，也没有玛娅奶奶了。我们现在住在废墟里呢。"天青看见后面那辆他熟悉的马车，那是他和"麻烦"曾经护卫过的马车；他没有看到马车里的人，不过他知道，那是忧郁的彼得留拉。

谢廖沙对天青说："我们不走运。我们给人出卖了。签了停火协议，俄国人就把我们赶出来了；到波兰，波兰人又缴了我们的械。我们这下子是彻底完了，再也打不了了。乌克兰只有做俄国的附庸国，我们的民族英雄也只有流亡一条路可走了！"

天青望着没了底气的谢廖沙，和马车上随风飘荡的破窗帘，想象着后面那个没有露面的人,"那你们现在去哪里?"

"去法国,去巴黎。那里的乌克兰移民愿意接纳我们。也许这是我们唯一的,也是最后的退路。"谢廖沙说着,"青,你不是也要去法国、去巴黎吗?跟我们一起走吧。我们没有了武器,我们已经不是战斗部队,不会打仗了,只是个流亡大军。跟我们一起走吧。"

天青转头向后看,只见站在身后的是贝雅塔,她不知什么时候已经出来,只见她在使劲点头。

六十四　天青和贝雅塔随乌克兰流亡大军西行

天青和贝雅塔终于上路了,他们跟乌克兰的流亡队伍一起西行。这支队伍已经不成气候,只是个移民车队,一个流亡大军。波兰对他们放行,让彼得留拉远走高飞,是为了不要他再在眼皮底下聚众闹事。如果贝雅塔和天青能跟着这么一帮人走,总比自己单独上路要安全一点。临走时莫提卡爷爷恋恋不舍地对两人说:"孩子们,一切听天由命,愿上帝保佑你们。贝雅塔,愿你奶奶在天上保佑你;青,一定要记住,贝雅塔小姐永远是我们的公主,爱她,珍惜她;愿上帝与你们同在。"

天青把玛娅奶奶留下的珍宝盒子,用自己破衣服包裹着,和自己从家乡带出来的那些宝贝,及贝雅塔的几件换洗衣服,统统打了个军队常见的背包,用床单牢牢地做成背带,缠在自己背后。让贝雅塔骑在"麻烦"背上,这样减轻了她的徒步疲劳。刚刚上路时,还是10月底,晴朗无风雨,大队人马远行都平安无事。可是没有多久,天气就骤然冷起来了,众人在渐有凉意的寒风中,加快脚步向西行进。

贝雅塔是千金小姐,哪里经历过这种长途颠簸;天青好心让她骑在马背上,可也让她感染了更多的风寒。别人走路时出汗发热,她没有。天气渐冷,天青把带来的衣服都给她套上，在途经小镇上，又给她买了一件披风。贝雅塔还是咳嗽了，没出波兰，她已经在马上坐不住了。流亡队伍仅有的几个女眷都是强悍女人，看不惯娇生惯养的波兰小姐。天青他们不是乌克兰人，和流亡大队没有直接关系；贝雅塔生病，除了谢廖沙，没有人在意。大队人马急于离开对他们并不友好的波兰，他们日夜兼程，不肯停歇。

谢廖沙不能抛开他的头儿，特别在他不走运的时候；可是看着贝雅塔小姐的样子，那是决然无法继续上路，他拍着脑门喊道："我的上帝，睁开眼睛看看吧；圣母玛利亚，仁慈点吧，她可是虔诚的天主教徒，是好人啊！"在波兰离德国边境线不远处，谢廖沙找到了一户乌克兰裔的波兰人。在外的乌克兰裔，不论住在哪个国家，都盼望乌克兰有一天能独立。他们对那个执着地为乌克兰独立而四处奋战又不断受挫的彼得留拉，也始终心怀尊敬和仰慕。谢廖沙塞给房主一点钱，谎称贝雅塔是住在波兰的一个乌克兰小姐；她父母双亡，跟着未婚夫，随他们统帅西奔，途中受风寒生病了，没法再走了。

于是在一个不知名的陌生小镇上，天青和贝雅塔孤零零地留了下来，住在陌生人家里。天青日夜看护着咳嗽越来越厉害的贝雅塔，她开始打寒战，烧得满面通红。天青急得不知如何是好，他央求房东去请镇上最好的医生，他拿出玛娅奶奶首饰盒，从里面挑出一对金戒指，对房东说："把这个给医生，请他来给小姐治病；你自己留下一个，谢谢你啦。"于是医生来了，给贝雅塔小姐听了听胸部，看着烧得直喘大气的病人，不住摇头，说小姐已经转肺炎了，对这种病，现在没有医生能治。运气好的、强壮的，就挺过来了；可是孩子、老人、身体弱的，就没有办法。他说："肺炎是现在最致命的病，这位小姐就看她的命了，多喝水，多休息，能挺过三天，就过去了；还有，要开窗，让空气流通。"说完医生就走了，再也没有来过。那是1920年，肺炎的克星青霉素要等20年后才登场呢。

天青哪里甘心，他想着，如果玛娅奶奶在的话，她会怎么治？他又想到，几年前，他得了致命的斑疹伤寒，郭娃用蒜泥拌粥喂他，竟奇迹般地把他从死神手里夺回来了。今天该用什么神奇的药来救贝雅塔小姐？天青对天发誓："要自己上刀山、下火海，自己都愿意，要割自己的肉，自己也愿意，只要能治好她。"天青急着自己想办法，他问房东要大蒜，要生姜，他说这些都是杀菌的，他要把这些东西一起捣烂，再用开水冲了给贝雅塔喝。房东太太呵斥道："你要她早死吗？医生让喝热水，不是喝辣水！"房东太太一壶壶地烧热水，可是贝雅塔的热度没有降下去。她喊胸痛，后来又喊肚子痛，天青吓得去喊房东太太："怎么小姐又多了一种病？"

贝雅塔的肺炎先引起胸痛，然后胸膜受损，又引起了剧烈的腹痛。天青哪晓得，房东太太也不知道，他们看着高烧不退，这里痛、那里痛的贝雅塔不知所措。房东太太摸着她的额头，烫得吓人。她赶紧让丈夫去井里打水，把毛巾浸泡在冷水桶里，拧一把，递给天青："赶紧给她擦身子，体温太高，要烧糊涂的。"说着解开了贝雅塔的衣服，一个青春美丽的酮体露出来了。天青哪里见过裸体的少女，愣在了那里。房东太太不满地大喊："还愣在那里干吗？快点擦啊——"

天青小心翼翼地用冰冷的毛巾擦贝雅塔的额头、脸蛋、脖子，一直擦到胸部，他停了下来。房东太太说道："把毛巾递给我。"她又把毛巾在冰冷的水里浸透，再拧了一把递给天青。这时，天青正望着贝雅塔美丽的胸部，那对正在发育的乳房，高高地耸起，乳头的淡淡红晕，似两朵含苞欲放的花朵。天青哪里敢去触摸，哪里舍得去破坏那幅美丽的图案。房东太太一把抢过毛巾，边骂他是个废物，边在贝雅塔胸口反复地擦。冷水都把衣服弄湿了。贝雅塔小姐渐渐苏醒。房东太太在桶里又拧了拧毛巾，递给天青，提起水桶往外走，说换桶凉一点的水去。

贝雅塔让冰冷的水弄醒了，她张开了眼睛，看见满面通红的天青正手拿毛巾坐在眼前。她低头看见自己裸露的胸膛，然后拿起天青的手说道："青，是你把我弄醒了吗？好凉好舒服。你为什么不接着给我擦？"她把天青的手放在自己乳房上。

天青窘得不知说什么，半天才蹦出一句话："贝雅塔小姐，你两天没吃饭了，想吃什么？我给你去做。"说着把手抽出来，把贝雅塔的衣服拉扯上来，盖住她的胸部。

"不要盖，我好热，我什么也不想吃。青，我跟你说过好多次，不要叫我小姐。我不是什么小姐，我是你的未婚妻，谢廖沙都那么说呢。他们都走了吗？谢廖沙和他的头儿，就剩我们两个人啦？"贝雅塔把衣服扯开，她的脸上、身上好像冒出蒸汽一般的吓人。

"就剩我们两个人啦。没关系，等你好了，我们再上路。"天青想着医生说过，就看三天，熬过这三天，就可能好转，熬不过呢？天青不愿去想。他扔下毛巾，一把抱住贝雅塔，把她紧紧搂在怀里，呜咽地说："会好的，会好的。贝雅塔，不要想别的好吗？"

贝雅塔也紧紧地贴在天青的怀里，她轻轻地说："青，吻我一下好吗？"

天青低下头，深深地吻着贝雅塔。两人半天没动。

六十五　夜半逃离黑店

贝雅塔把头靠在天青胸膛上，慢慢地睡着了。也许是青春的力量，是大量喝热水出汗，是开窗进来了大量新鲜空气之赐，或是玛娅奶奶在天之灵的保佑，贝雅塔的热度在夜里慢慢退下去了。天青轻轻地把她放下，轻轻地走出房门，想到外面看一下"麻烦"。他看见主人的卧房没有关严，就踮着脚走，生怕惊动他们。

在门外他突然听到女主人用压低了的声音问："你真的看见了？有那么多？白日做梦吧！"天青止住了脚步，屏住气，定在了门外。

屋里传来男主人压低的声音："看得很清楚，那个中国人，只顾往外拿戒指，没有回避我。满满一盒珍珠宝石呢！我们要有了这些首饰，一辈子就不用愁了。"

"嗯——"那个女主人拖了一声长音，半天才说："那个女孩活不了两天啦！"

"活不了正好。医生留下了药，我没给她。等她一走，咱们就——"天青在外面没有看见，男主人做了一个抹脖子的动作。不过前面几句话，天青听懂了，多亏这两年每天和兰达一起干活，学了一些波兰话，大致能听懂。今天听到的这番对话，着实让天青大吃一惊。他埋怨自己不小心当着陌生人打开珠宝箱，引来杀身之祸。经历过"契卡"的逮捕和审讯，天青十分警惕来自外界的威胁，尽管小心翼翼，还是难有疏忽，房东的话真让他胆战心惊。

天青当机立断决定今晚必须走，还必须悄悄走。他看见他们房间那扇开着的窗很低，就没走房门，从窗户直接跳了出去。他小心地把"麻烦"牵到院外，拴在一棵树下；"麻烦"十分通灵性，连低声嘶鸣都没有。天青又迅速回到院里，贝雅塔还没有醒，天青迅速把两人的东西打成包，背在背上。用一床薄毯把贝雅塔裹紧，然后悄悄地把她挪到窗口，他机敏地跳出去，回头再把贝雅塔抱了出来。贝雅塔被折腾得要醒，天青急得赶紧用嘴堵住了那张刚刚想开口的热气腾腾的嘴；两人转身就到了院外。天青连院门都没敢关，生怕弄出动静来。他把贝雅塔放到马背上，用薄毯把她轻轻地绑住，牵着"麻烦"在黑暗中迅速离开了那个可怕的黑店。

黑暗中，天青用在大森林里跟蔡大哥学来的知识，看着星星找方向，一直朝西走。这里离边境线很近了，天青忐忑不安，他要顾及身后有没有追兵，还要看前面边界有没有巡逻兵。两个人都没有护照，没有任何身份证明，必须连夜跨过国界。"麻烦"小心地迈步，它似乎知道主人现在正在危难之中。这样走了大约一个钟头，小镇已经隐没在身后的黑暗中；天青不再担心后面的追兵，此时一心想的是前面的边境线。天蒙蒙亮了，一座十分破败的小镇出现在眼前，贝雅塔也给颠醒了，她直起身来，看着小镇街道上歪挂的街牌，对天青说："青，我们什么时候离开的那家人，我怎么不知道？你怎么把我带到德国来了？"

"我们已经进了德国？太好了！快找个地方坐下来。贝雅塔，你知不知道，我们刚逃过一劫。"他暗自庆幸，没有遇到边境哨兵，也许还太早，也许这个小镇已经被放弃，这里没有人。重建小镇会比新建还要艰难。

他们找到个倒塌了半边屋子的小店，天青把桌椅扶正，还把灰尘打扫干净，让刚刚下马的贝雅塔有个地方好坐。他对贝雅塔讲述了昨天夜里听到的对话，和连夜出走的事；贝雅塔听着不免伤感地说："唉！青，现在奶奶不在，什么事情都要你来做，我真的不该这个时候生病。如果在家，不管什么病，不管什么事，奶奶都有办法。"

"不要紧，我们能学会照顾自己。你比昨天好些了吗？"天青看着她担心地问。

"好多了，看来喝水喝好的。现在我还想喝呢。"贝雅塔和天青都不知道，是旷野的新鲜空气把病人唤醒的。天青仔细查看每一个柜子和每一个抽屉，没有，什么也没有。想必在他们之前，不知有过多少人，在翻箱倒柜地找食物，怎么会给他们留下来呢，天青失望地摇摇头。贝雅塔看着顶棚，"青，上面有个阁楼。"

天青抬头看去，果真一角露出一个黑洞，天青找到一把还算结实的椅子，他踩了上去，又从半边倒塌的墙上借力，竟然翻了上去。上面黑乎乎的，他把一边已经摇摇欲坠的墙用脚一踢，勉强连在一起的墙壁轰然倒下，阁楼一下子变得豁亮起来。只见正中整齐地放着两口小巧的箱子，天青上前试了试，上面那口箱子盖儿打开了。里面有纸质文件和许多照片，大概会透露主人的身份和身世。天青顾不上仔细研究，心想主人家人一定很珍视，他盖好后把它挪开，打开下面的箱子。"啊——"的一声，天青好像发现了聚宝盆，里面竟然全是食物。有整袋咖啡，有巧克力，还有面粉。他喊道："贝雅塔，我们会有一顿像样的早饭了，还有咖啡呢。"

天青牵着"麻烦"到四周去找水，他知道，有的时候牲畜比人敏感，它们嗅得出水源和草场。果不其然，在破败街道的后面，有一口水井。天青小心翼翼地靠近，生怕又有什么脏东西；还好，这次没有，只有一股凉凉的水气冒上来。

　　这个破败的小店，有个炉灶，可惜烟囱已经倒塌；天青只好用他在大森林里的原始办法来点火烧开水，这是当务之急，要让贝雅塔喝热水，还得给她洗澡，换身干净衣服。她昨晚出汗，衣服全湿了，不然上路又会受凉发烧。天青用刚刚提来的水喂马，再给贝雅塔烧了许多开水，在她喝水洗澡之际，天青这边忙着给两人煮了面糊，尽管经过不知多少日子，面粉有一股霉味，不过没有东西吃的时候，带霉味的面糊汤也比空肚子要好。那些被虫子蛀得只剩粉末的小米，天青拿去给"麻烦"拌在青草里。"麻烦"饮了水，吃了青草，正踢着蹄子想上路呢。几包咖啡天青当宝贝一样带着走，想着路上可以用来交换食物呢。他对贝雅塔说："这里离波兰不远，我们必须快点走。千万不能再碰到那对夫妇；逃得过第一次，不一定逃得过第二次。"

六十六　贝雅塔想给天青在巴黎登个"寻人启事"

　　天青和贝雅塔又踏上西去的漫漫长路。贝雅塔似睡非睡地趴在"麻烦"背上。

　　天青带了一罐粥和一壶水。军用水壶还是在玛娅奶奶村子的小集市上买的呢。

　　贝雅塔偏着头对天青说："青，我们到巴黎买架钢琴好吗？"

　　"当然，买个跟你以前那个一样的。你每天弹，弹肖邦的《夜曲》。我还会坐在后面听。"天青说。

　　贝雅塔说："青，我们到巴黎就在报纸上登个广告，找你的弟弟。我都想好了怎么写那个广告。要我告诉你吗？"

　　天青笑了，"你打算怎么写？用法文写？"

　　"那还用问吗？难道用中文写？"贝雅塔坐了起来，不客气地回答。为了能提高天青的法语水平，他们之间早就用法语交谈。

"我在圣彼得堡的时候，就知道那时候的俄国还有中文报纸呢，只是我们后来在大森林里，什么也看不到。"天青没有说出口的是：巴黎这么大的城市，一定会有中文报纸。

"那你不用我帮你登法文广告啦？"贝雅塔好像有点失望。

"不是那个意思，也许我们应该多登几个，法文报纸，还有中文报纸，当然我说的是，如果巴黎真有中文报纸的话。"天青不敢相信，那里还会有华工，大战结束快两年了，天亮会留在那里等自己呢，还是回国去了？这些天光顾着忙贝雅塔小姐了，天青都没有多想天亮；要不是贝雅塔提醒自己。唉，千万不要自己到了巴黎，他又走啦！不会吧？

贝雅塔看他不说话，"青，你能找到你弟弟吗？"她记得奶奶以前唠叨过："这个可怜的中国男孩，不会找到他弟弟的。这么多年没有任何联系，没有通讯，也没有地址，这几年到处在打仗，上哪里去找！"当然她们不会当着他的面说，只是为他担心，更是想着他的弟弟恐怕早不在了。现在贝雅塔忍不住流露出来了。

"我也不知道，当初说好在法兰西碰面，我想他会等我的。"天青说这些话的底气明显不如以前了，贝雅塔听得出来。

"如果你找不到你弟弟呢？青，你会回中国去吗？"贝雅塔小心翼翼地问。

"不，我会留在那里等他。我们说好的在法兰西见面，早晚都会等到的。"天青这次又说得很肯定。

贝雅塔放心地说："那我就放心了，我以为你找不到弟弟就要回中国去了。"

天青望着马背上的贝雅塔，"我怎么会把你丢下不管呢！相信我，贝雅塔，我绝不会离开你。我要让你有一个像以前一样的家，做你想做的事情，无论读书、弹琴，还是做任何其他事。"贝雅塔听了对他笑了笑，安心地又趴下了。

隔了一会儿，贝雅塔又坐了起来："那你要是找到了你的弟弟，你们是不是就要一起回中国去了？"她一脸的惶恐。

天青这次认真了,"贝雅塔小姐,我答应过玛娅奶奶,我不会让你一个人孤独地生活,如果你愿意我跟你一起,我会永远在你身旁。不管找不找得到我弟弟,我都不离开你。什么时候,你要是说'青,你现在可以走了',那个时候我就会乖乖地走开。"

贝雅塔"扑哧"一声笑了出来,"你又叫我小姐啦!以后不许你再这么叫我!"她现在想不出什么时候,她会对眼前的这个中国男孩说:"你现在可以走啦。"大概永远不会。她端出了她的小算盘:"我们到巴黎后,我要和我的青一起去上学。奶奶给了我们一笔财产,够我们生活,我不要你再去做苦力,你也应该去上学,先学法语,然后学点什么,找份好一点的工作,我呢?当然去上音乐学院……"说着偏着头看看一直盯着她的天青,"我要继续学钢琴,还要学作曲。你还记得那首《少女的祈祷》钢琴曲吗?"

天青点点头,那是贝雅塔除了肖邦《夜曲》之外,弹得最多的一首曲子。贝雅塔继续说:"你知道吗?那是一个18岁波兰女孩写的。"贝雅塔喃喃地说:"那以后呢,当然就是有个小家庭,我和青自己的家……"她说着趴在"麻烦"背上睡着了。

贝雅塔的话让天青想了很多这些天顾不过来想的事情,如果找不到天亮呢?过去他一直认为不会有这个可能,现在他越来越认为,完全可能啊!他马上又否定了自己的那个念头;不会找不到,他要登广告,还要走遍法国去寻找,当然他应该把贝雅塔交给她的钢琴老师斯蒙娜,她会比自己更好地照顾她。那自己就要离开她啦!天青暗暗吃惊:"当我想到把她交给斯蒙娜时,我怎么好像有点不愿意呢?"他不想多纠缠在这个恼人的思绪里,又回到那个老问题:"我的目的地是巴黎,为了什么?不只为了找天亮,不只为了带贝雅塔去见斯蒙娜,也不只为了实现我对玛娅奶奶的承诺,还为了什么?"一个潜藏在心底的愿望,一个年轻时的梦想——去法兰西,像是磁铁一样吸引住他的心,也许这才是他长途跋涉的动力和目标,到另一个天地,干一番事业;那会是什么事业?不知道。当然现在,不是他一个人孤独地去奋斗,他还有一个伙伴呢,那就是贝雅塔，一个好女孩。

战后的德国，和他们走过的几个国家一样，荒凉又贫穷。这里尽管不是战场，可是也挨过轰炸。天青庆幸的是他们不会再碰到什么军队，也不会再有任何战斗了，这让他大为安心。至于四周的环境，好像和这几年走过的地方没有什么两样。三年前他从摩尔曼铁路的那个黑森林走出来，就是满目疮痍，遍地破败。后来他辗转俄国，又经乌克兰、波兰，现在来到德国，全是恐怖又可悲的景象。战后回来的健康青壮年极少，倒是有不少残废的中青人。到处还是妇孺老人在田间劳作，这就是战争给人类的惩罚。已经停战两年了，现在只有苏俄境内还有些战斗。他们离那里越来越远，可是这些天途经的地方，还是可以看到处处战争创伤。天青想象着巴黎，他们要去的地方，那里会是怎样呢？

贝雅塔看着这些千疮百孔的农村和小镇，愤懑地说着："为什么要打仗？是什么人挑起的这场战争？看看这个世界，难道这就是我们人类居住的地方？"

天青亲身经历过多次大小不同的战役，看到过更加残酷的战场和受伤与垂死的人，他不知道该怎么回答，他一样悲伤和愤懑，一样不解和迷惘。一路上，两人想要回避这个话题，可是迎面扑来的战后惨状，又让他们无法避免地纠缠在这个世纪难题中。天青不知道的是，这些用法语的对话，他们一路发泄的这些牢骚和抱怨，他们的疑问和愤懑，竟然预演了后来在巴黎的一出戏。

贝雅塔在路上趴在马背上又睡着了，她每当睡着受风就会发烧。天青用手摸了摸她的额头，感觉好像又发烧了。他们走到一处有人家的小镇，即使手握价值不菲的珠宝，可是再也不敢拿出来了，唯有可以用来交换的是，从那个破阁楼上找到的几包咖啡。天青小心地观察街上的行人、店家的主人，见到一个面善心慈的老妇人，才敢上前。他拿出了一包咖啡，那个老妇人眼睛都发亮了，她给了他们一个自己烘烤的面包，还让他们坐下喝了杯热茶。她看着贝雅塔，知道她有病在身。战后那场席卷整个欧洲的西班牙流感，让许多熬过了战争岁月的人没有抵过流感的袭击。这里的人，对发烧害病的人还是非常敏感。天青看出来，老妇人不想让他们久留。他只好灌满了水壶，带了一点面包，又上路了。刚刚没走两步,他被身后的老妇人叫住,那人对天青说了什么,可惜他没听懂,贝雅塔听懂了,"她告诉我们,小心路上有散兵"。天青不明白,这个时候还会有什么散兵!

六十七　贝雅塔逃过散兵一劫却长眠在松树下

天青不知道老妇人说的是一股俄国散兵,他们本是胜利者,策马追击波兰败兵,波兰人向西一直逃到德国境内。那些追击的俄国人,刹不住车,也就冲进到德国境内。波兰人和俄国人都被德国人缴了械,可是有一小股俄国兵在后面,当他们发现前头部队打着白旗投降的时候,才恍然大悟已经进到了德国境内。他们掉头想往回跑,可是后面也有德国人,于是他们横冲出去,在德波边境地带流窜成了一股散乱的败兵。

散兵加败兵是最可怕的:他们没有长官,没有目的,当然也就没有纪律。这支俄国军队是苏维埃在重组红军时,招募来的哥萨克人。他们战斗力极强,也十分彪悍凶蛮。现在处于败兵地位,心里有的是怒气加怨气。原本是胜利者,只因追击波兰人追过头了,落到昔日的敌人——败兵德国人手中。他们自然不服气,遗憾的是此时脚下是别人的国土。他们要想不当俘虏,要么向东冲回俄国,要么向西逃到法国。可是多数人家眷财产都在俄国,他们还是选择回俄国。于是他们迂回往东逃窜,而此时,天青和贝雅塔正在德国境内向西行进。

天青还没有明白散兵是什么意思,迎面就碰上了。那一队共有二十多人,下身穿着灯笼裤,上身穿着红军的上衣,敞着扣子,歪戴着帽子,一副天不怕地不怕的样子。天青穿过那种军服,可是今天他真希望从来没有当过红军。现在两方对峙,天青这边,只有一个健康却无武器的他,和一个病人——还是个娇嫩得像花朵儿一样的少女;对方是二十多个勇猛的、全副武装又饥渴得像豺狼般的男人,个个无法无天的样子。当那群哥萨克人看见贝雅塔,个个精神抖撅起来；他们疯狂地呼叫着策马兜圈子，把他们两人团团包围了。"麻烦"惊慌地抬起前蹄，不停地嘶鸣，却不敢冲出去。贝雅塔吓得瑟瑟发抖，她连看他们一眼的勇气都没有。此时多么希望奶奶能从天而降，把她一把抱上天去啊！她低声呼道："我怎么没有生病死掉啊！我会落到这群可怕的、个个生猛得像是原始人的手里吗？青，你也救不了我了啊！"贝雅塔绝望地闭上了眼睛。

就在贝雅塔绝望之极的时刻，突然耳边响起天青一声怪叫："基辅，基——辅！伤寒啊——"贝雅塔知道那是俄文"伤寒"的意思。天青当年就是因为生那个病，逃过了"契卡"一劫；他深知那个年代人人怕伤寒。随着天青的怪叫声，四周的人不由自主地向后退了一步。天青在刹那间，一只手推了一把贝雅塔，用法文对她说："抱紧'麻烦'。"另一只手向"麻烦"屁股使劲一拍，高声用中文怪叫道："'麻烦'，跑啊——"当初在玛娅奶奶家时，天青带着麻烦到树林里打猎时，每当他打中小野兽，就是这样怪声怪气地叫："'麻烦'，跑啊，去捡回来——""麻烦"就会飞奔过去，把猎物叼回来。今天这个阵式，麻烦自然知道来者不善，他听见主人那熟悉的大声怪叫，比谁都明白，它抬起前蹄，飞奔而去。四周那些士兵还没有反应过来，"麻烦"已经冲出十多米外了。

那些散兵明白过来哪有不气的，一个娇滴滴的标致小妞从手边溜走了。有人回过头来用皮带使劲抽天青；也有的蹲下来，端起来枪，对着那飞奔而去的"麻烦"和贝雅塔射击；更有人站着掏出手枪就打，人人效仿，还有人俯身策马就要追去，天青听着子弹，心惊胆战，急中生智，他把背上背的包裹转到前面，从里面掏出玛娅奶奶的珠宝箱，他尖声用俄语大声叫着："快点抢啊，珍珠宝贝要不要啊——"说着打开珠宝箱，转着圈子向四周高高地抛撒开去。这些亡命之徒，陡然看到阳光下，璀璨夺目的珠宝从天而降，有金有银，还有闪烁着光彩夺目的宝石和钻石……人人扔了枪，丢掉皮带，蜂拥着去接、去捡，还挥拳从同伴手里去抢……

天青趁着那个空档，向"麻烦"奔驰扬起尘土的方向拼命地跑去，还不忘把珠宝盒子塞进怀里。散兵忙于又捡又抢那遍地的珠宝，彼此还在争夺和殴打，没有一个人顾及天青。天青跟着飞扬的尘埃奔向前面一个林子里。到了林子里，看见停下脚步的麻烦，正向后面跟上来的主人打着喷嚏。

天青回头望去，没有一个追兵；庆幸之余，急忙去看贝雅塔——不好！她中弹了。

"麻烦"懂事地跪下前蹄，天青轻轻地把贝雅塔从马背上抱下来，她正在呻吟；天青看到她的后背中了一弹，鲜红一片。他把贝雅塔的衣服撕开，血流不止。怎么办！这里什么都没有，连个绷带都没有，他把包裹撕成一条条，给贝雅塔把伤口堵上，还尽可能地包扎一下。再把薄毯放在地上，慢慢地把呻吟的贝雅塔放倒躺下。

太阳渐渐西沉，温度明显降低了，野外更是寒气逼人。天青不知道要不要把贝雅塔带到附近什么小镇上去找个医生，他没有了玛娅奶奶的珠宝，可是他身上还有玛娅奶奶当初送给他的那对金手镯和纯金十字架。可惜他不知道最近的城镇在哪里，也不知道去哪里找医生。贝雅塔刚才在马背上中了一枪，早已痛昏过去。这时她醒了，睁开眼睛看看周围，只见眼前是天青和"麻烦"。她露出了笑容，有气无力地问天青："你是怎么逃出来的？"

天青回答道："我打开珠宝盒，把所有珠宝向他们撒去，那群散兵都去抢宝贝了，没有人追我；我跑出来了，可是贝雅塔，我们也没有珠宝了。"

"青，你就是我最宝贵的，我也是你最宝贵的。我真高兴我们逃出来了，那群野兽，如果我落在他们手里，我情愿死掉。谢谢你，青，真的，我要谢谢你。"贝雅塔断断续续地说着，还用一只手轻轻地抚摸天青的脸颊。

天青止不住流泪，"可是你受伤了。贝雅塔，怎么办，这里没有药，也不知道附近有没有村子。必须把子弹取出来才能止血"。他的眼泪不停地流到贝雅塔的脸上。

"青，现在我死了也是干干净净的。我好高兴，你把我从那群野蛮人手里救出来了。我以为我死定了，他们人那么多，那么野蛮。你真聪明，又勇敢，一个人对付他们那么多人。难怪奶奶说你聪明。她看人真准。"贝雅塔断断续续地说着，用手给天青抹眼泪。

"不，我没有保护好你，让你受伤了。怎么办，我真不知道，是不是我们应该往有人住的地方走？不然你的血止不住啊！"天青此时慌乱得已经完全没有主意了，抽噎着反复地说着。

"不要走，让我安静地在这儿多待一会儿。天黑了，出去说不定又碰上那群散兵，他们大概现在还在找我们呢；可是现在我们没有奶奶的珠宝哄他们了。不要走，青，离我近一点。"贝雅塔说。

天青把贝雅塔抱到自己身上，背靠着卧倒在地的"麻烦"，还用斗篷给她盖着，这样好像不太冷了。贝雅塔的血始终没有止住。他们两个人都知道。因为枪弹还在里面，贝雅塔疼得阵阵昏迷，可是只要醒来，就会低声叫着："青，你在吗？"

天青回答："我在这里，贝雅塔，我抱着你呢。"他的声音带着哭腔。

"你给我唱你的歌吧，我喜欢听你唱。不知为什么，每次听你唱，我就想哭。能把人唱哭，那就是个了不起的歌唱家。"贝雅塔尽量说得轻松。

天青勉强地笑了笑，"我哪里是什么歌唱家，要我唱第二首都不会了。好吧，要是你真的喜欢，我就给你唱，只给你一个人听。"

天青颤抖地小声唱了起来，他边唱边想着：这是垂死的马车夫临死前唱的歌，我现在为什么要唱它？唉，怎么挨枪子的不是我，而是弱不禁风的贝雅塔。唱着唱着声音就低了下去，他哽咽得发不出声来了。

那天晚上，贝雅塔一直睡在天青怀里，她的喘息渐渐平静，她似睡非睡地问道："你没忘记斯蒙娜小姐的地址吧，别忘了告诉她，我弹肖邦的《夜曲》已经很熟练啦。"

"你自己跟她说……我们——我们一起去看她。"天青语不成句地说。

贝雅塔又说："也许你又会碰到谢廖沙。这个小伙很有趣，是吗？青，他哪会想到给我们找的是个黑店——"贝雅塔的声音越来越小，"青，你在吗？你别忘了去看肖邦墓地，他的墓上面有个雕塑，那是个拉小提琴的哭泣的女孩。青，你怎么不唱了……"那个后半夜，贝雅塔不再出声了，天青以为她睡着了。慢慢地，他感到那个躯体渐渐地冷下去，贝雅塔小姐永远地睡着了。

在远离贝雅塔家乡的邻国无名树林里，天青给贝雅塔穿上了她的白色睡衣，那件他曾经从房后高坡上看见她穿着站在窗后，让他久久不能忘却的白色睡衣；现在贝雅塔穿上它，只是很快又给染红。她安详地闭着眼睛，更像个美丽的天使。天青从怀里拿出玛娅奶奶送给他的那个沉甸甸的纯金十字架，给她佩戴上；贝雅塔显得更加美丽动人。天青还把首饰盒底层，放有两张照片的信封，也放到了贝雅塔的胸前，让她的父母和爷爷奶奶永远陪伴着她。天青找到一处软土，硬是含泪用手把土扒开，直到手指甲磨掉，双手血淋淋，最终挖了一个浅浅的坑。他把薄毯垫在坑底，轻轻地把贝雅塔放到上面。天青不忍心在她身上撒上泥土，他从四周采摘了许多青草、野花和各色的落叶，它们把贝雅塔完全覆盖；再把他刚才挖出的湿土轻轻地撒在上面。天青边撒边哭泣，声声念叨着："贝雅塔，亲爱的人儿，再见了，你慢慢走——你不会孤单，你很快能见到你的父母；最爱你的奶奶在天上等你……"说着仰望着昏暗的天空，断断续续地说着："不要怪我，玛娅奶奶，我没有保护好你的孙女……"又低头看着渐渐隆起的土坟，继续说着："贝雅塔，你的青没有保护好你。不要怪我，贝雅塔，我最亲爱的人儿，我以后一定来看你；不管走到天涯海角，我都不会忘记你。贝雅塔，我的好人儿……贝雅塔——"

天青牢牢记住，那个坑是在一棵又高又挺拔的松树下。他奢望有朝一日，他会回来，找到这棵大树，就能找到她的坟茔，到那时，一定要给贝雅塔迁坟，把她葬到她的故乡，葬在她奶奶的身旁。

六十八　天青独自西行

天青又独自上路了，时而牵着"麻烦"走，时而骑着它。见到第一个小镇，就赶紧记下镇名,他从没见过 14 个字母组成的名字,他恭恭敬敬地照抄了下来;他要回来述说他的无尽思念,他还答应了贝雅塔,有朝一日,他要回来把她的坟迁到家乡奶奶坟旁边,他要永远记住这个小镇名字。

再次上路,天青没有了千里寻亲的激动和热情,没有贝雅塔伴随和安慰,只有心灵上的悲恸和空虚,还有说不完道不尽的愧疚和惋惜。也许只有这个时候,当贝雅塔突然走了,他才意识到,原来自己曾经真心实意爱过一个女孩,自己的生活离不开她;就像贝雅塔对他说过的,她的生活也离不开自己一样。可是现在他们分离了,永远地分离了。他愤怒地问苍天,问大地:"为什么不给我们一个机会,让我们尝试新生活的机会,就匆匆地把她夺走了,却把我孤独地抛在这个世界上?"

天青白天闷头走着,晚上独自躺在废弃的教堂或谷仓里。他看见一朵淡紫色的小花朵,从压倒的断梁下伸出来,在寒冷中瑟瑟发抖,让他感到伤心和不忍,这么美丽的花儿怎能被压在这般废墟里。他想起他的贝雅塔,她不就是这样一朵被摧残的娇嫩花儿吗?她是听着自己的歌儿离开这个世界的,也许自己应该继续给她唱,让她去天堂的路上不会太寂寞。于是在那些破屋烂棚里,总会传出低沉而悲怆的歌声。天青从来没有唱完过,唱着唱着他就会泪流满面,唱着唱着他就心如刀割;也只有在唱的时分,他的眼泪才会流出来。他想:我一生都没有这么悲伤过,和天亮分离我曾哭泣过;为了蔡大哥、刘政委和那么多死去的华工弟兄,我流过泪;玛娅奶奶走了我也曾经伤心过;可是我从来没有这般伤心地哭泣过。贝雅塔,你把我的心刨走了。

不知走了多少天,天青仍然在德国。他听说前面有一个战俘营,是一些跨界过来的波兰人和俄国人。天青知道那是怎么回事,他恨他们,躲着他们。有一次天青远远地看到了,一个铁丝网后面,许多人在那里面打球和喧哗,那些在铁丝网旁站着往外看的,竟有中国人。他想或许是俄国军队里的华工,还是协约国的战俘?他赶紧绕道而行,不想再生出任何事来;可是突然又想到,会不会天亮也给抓住,关在里面呢?他小心地躲在树丛后面,直等到战俘们排队打饭,他看清了那群中国面孔的人中没有天亮,他才悄然离去。

战后的德国,贫穷又破败。尽管战火没有直接烧到这里,后期却挨了不少次轰炸。这里的男丁都去打仗了,许多人永远没有回来。德国严重缺乏劳动力,农村的荒芜不是短时间能恢复的。天青现在必须找工作,他要养活自己。现在剩下的值钱东西,就是玛娅奶奶给他的那对金手镯,和那天为救贝雅塔,把珠宝盒向外抛撒时,几条卡在盒子缝隙和盖子上面的金项链。他记得玛娅奶奶说过,以后他想干什么事的时候,可以变卖了做个本钱;现在宝贝已经所剩不多,他必须小心留着。

途中一旦看见伐木场,他就上前问人家要不要帮工,他当过伐木工。战后年代很少有人会正式雇工,可是短时间干几天,给口饭吃,还是有机会。看见农家老妇人忙里忙外,他也会上去搭把手,人家发现这个黄皮肤的东方人,竟然还会做奶酪,会挤牛奶。人家又会多留他几天。就这样,天青边走边干,贝雅塔离去的创伤多日难复,他只有让自己拼命干活,让疲劳把自己麻木。

"麻烦"日益强壮,天青一路都骑着它走,省了他好多力气,他已经变得虚弱不堪了。"麻烦"是他的财产,又是他唯一的伴侣;现在他孤独地走在陌生的异国土地上,两个落魄者就越走越亲近。他很宝贝"麻烦",一有机会就带它去河边饮水、刷毛,去草场吃新鲜嫩草。"麻烦"也很体谅主人,一旦天青去干活,它就会乖乖地在附近林子里歇息,等待着主人过来带它去溜达或是重新上路。许多时候,"麻烦"也帮主人给农家驮重物或拉车,这也成了农家愿意收留他们的一个原因。

在玛娅奶奶村子那个集市上买的指南针现在很有用。他像他的祖先一样,用两条腿,不过更多的时候是骑着"麻烦",孤独地横穿了整个欧罗巴。

终于有一天,天青踏上了法国土地,他看着界标,不敢相信自己真的来到了法兰西——他和弟弟,还有村里许多年轻人向往的地方。他蹲了下来,深情地抚摸着久违了的法国土地。他问自己,这是真的吗?为了踏上这块土地,他走了整整4年,行了万里路,吃尽了苦头,费尽了心机,伤透了心,今天终于双脚踏上了它。他想狂喊却不知该喊什么，想笑笑不出来，想哭又哭不出声。他不知道该庆幸还是该悲伤。为了来到这块土地，他先失去了弟弟，后来又失去了心爱的姑娘。他甚至有点责备自己，当初为什么一定要在那兵荒马乱的时候离开玛娅奶奶的家，如果再晚走一年，也许路上就不会出这样的事。一切都太晚了。他的自责和悲伤让他踏上憧憬之地的乐趣荡然无存。可是他必须继续往前走，为了当初的承诺，为了实现心中的梦想，他要一直走到太阳掉进去的另一个大洋边，那里有座城市，它叫巴黎。

突然天青感到一阵心悸，贝雅塔问他的那个问题，此时涌上心头——自己该去哪里寻找天亮，自己会找到吗？还是自己根本不可能找到他，自己来得太晚了，大战早已结束了。天青想去巴黎，那是所有来法国的人都会去的地方。不过他更想直奔英军华工营，可惜沿途问的人中，没人知道英军华工营在哪里，听都没有听说过。天青无奈，只好向人人知道的巴黎走去。

他沿途还和在德国一样，在法国帮了不少缺少劳力的农场主，那些人留他住宿，供他饭吃。停战已经两年多了，很多人还是住在破烂的小棚子里，不是别的原因，只是没有劳动力，有材料也盖不了房子。于是天青尽量地帮那些妇孺孤寡干重活，甚至和当地人一起盖房子，还为一家人修好了一座倒塌的谷仓，带着"麻烦"帮着收获地里的庄稼。那些当地人或农场主都希望他留下来；天青摇摇头，刚刚踏上法国土地，他急于要去巴黎，留在偏远的农场更没有希望找到天亮。

在进巴黎前夕，天青忍痛把"麻烦"卖了。跟了他两年的"麻烦"像是家人，它和天青朝夕相处，患难与共；特别是失去了贝雅塔之后，它是天青唯一的伙伴；如今分别，让天青感到又一次失去了至爱。"麻烦"知道主人要走，不舍地踢腿扬土，可是天青没有选择，他无法把"麻烦"带进巴黎，他也需要一笔钱为生，他知道寻找弟弟不会那么顺利。他抚摸着"麻烦"，悄悄在它耳边说着："等找到弟弟再回来接你。""麻烦"嘶鸣着，它听懂了吗？天青更不知他的许诺会有多少机会实现。

第十三篇　徘徊在巴黎的天青

六十九　天青终于来到了巴黎

天青终于来到了巴黎，就和天亮当初来时一样，首先映入眼帘的是那些宏大的建筑和街头雕像。他为街上的座座雕塑震惊，只是现在他看到的，和三年前天亮看到的不一样，街头雕塑和铜像上已经没了野草和苔藓，雄伟的建筑物上挂钟也指示正确时间了。这里虽然仍旧没有摆脱战后的无序和杂乱，毕竟大战已经过去，建设也已开始。天青喜欢看巴黎街头真人大小的铜像和宏伟气魄的建筑，他和天亮想的也一样：要是能回国，我一定要做一个最大最好的图书岩——中国劳工群像。

天青注意着巴黎街上熙熙攘攘来往的行人，那是战后年代，全世界的人都蜂拥来到巴黎，其中也包括中国人。天青盯着街上来往的中国人——他们是官人、商人、学生、革命者、流浪汉，或是华工？天青看着官人、不敢上前；看着商人，人家不爱搭理你；看着学生，一问三不知；看着革命者，人家拉你参加下午的一个集会；看着流浪汉，人家问你要吃的；最后看到一个像自己一样的人，心想大概是华工，走上前去问："老哥，知道这里的华工营在哪儿吗？"

"你找哪个华工营，这儿华工营可多了。"那人回答，不像不爱搭理人的样子，天青心想这下自己找对人了！那人又说："这个时候找华工营干嘛？你不早来！他们大概回国走得差不多了。"一听说走得差不多了，天青就急了。忙说自己寻找丢失 4 年的弟弟，他是 1917 年从威海卫上的船。那人一听就说："那是英国军营，不在巴黎。这儿只有法国和美国的军营，不是从威海卫出发的。你得往北走，那个叫什么阿门，还是阿眠的地方。"那人说不清那个不知是阿门还是阿眠的地方在哪里。天青已经走了上万里路，再多走一点又怕什么，起码知道往北走。于是他背起行囊，用指南针指引自己执着地独自向北走去。一路只问"英军华工营"在哪里，十个有九个不知道，剩下的那一个会往北指，和没问一样。

可惜天青抵达巴黎已经是 1921 年初，晏阳初早已经回美国去了，他的那个识字班也不见踪影了。天亮 1918 年在法国塞纳河边碰到了袁先生，1919 年在小咖啡馆里撞见了万译官，可偏偏就没有碰到失散多年的哥哥天青。因为天亮在塞纳河畔看见了约翰，他再也不来巴黎了。现在已经是 1921 年了，天亮正在法国南部不知名的小镇上转悠呢。

9.6 万人的英军华工营在法国北部三四年，还是有人知道的。终于有人指出了范围窄一点的方向，天青少走了一点弯路。于是有一天，他从远处看见一个铁丝网围住的地方，那里面有很多简陋的工棚，也有些帐篷，远处还有些房子，有的甚至还很大。天青不知道的是，那些简陋工棚和帐篷，正是他弟弟天亮和他的华工伙伴住过的地方；而远处像样一些的房子，是军官和翻译官们的住房。大房子是食堂，砖房是医院，里面还有一个疯人院。天青有点吃惊，怎么这里看上去，和自己在德国看到的那个战俘营差不多啊！

天青上前去问门岗，那是背着大枪的英军士兵，他们的鼻子总是朝天。天青会说一点俄语，一点波兰语，更多一点法语，可是他不会说英语。那些英国大兵根本不理睬法语，尽管他们在这里好几年，但是他们不懂法语，他们压根儿也不想学，所以他们和天青无法沟通。天青走了上万里路，应该说是找到了他要找的大门，可是他进不去。天青是执着的，他蹲在门外，一蹲就是一夜。那些门岗不断地换人，可是天青还是蹲在那里。他想象不出来，弟弟会在这个像集中营的地方待了三四年，他是怎么过的？

战争结束已经两年多了，华工一批批被送回国。轮船有限，两年多来，近十万英军营的华工也走得差不多了。尽管法国战后重建急需劳力，还不想放走这些壮劳力。不过英军招募的华工订的是3年合同，不像法军招工合同是五年。英军营华工在1920年就送回去得差不多了，不过还有少数留在老营地。一是海轮有限，先紧着送美国大兵呢；二是这里还有一些收尾活儿。剩下很少的华工这些天正在修建华工墓园——那个原来在他们营地旁边的乱葬岗，现在正式改建成华工墓园了。三连剩下的一些华工合并成两个班，或许因为他们离得近，被留下做最后的收尾工作了。

那天留下的华工刚好排队出营干活，他们走出门岗时，看了一眼那个蹲在地上的人，那人正好抬起头。队里有人大声叫了起来："天亮——"

所有人都转过头来，吃惊地张大了嘴，不少人喊着："是陈天亮——"

天青高兴得跳了起来，有人认识天亮！他们从小就被人认错，叫他天亮一点儿不奇怪。他马上说："天亮在哪儿？我不是天亮，我是他哥哥，我叫陈天青。"

他被人接了进去，可是人家告诉他的是一个他无法接受的消息——天亮早在两年前就死在前线了。天青想哭都哭不出来，因为他晚上做过无数梦，白天有过无数设想，想象他们兄弟怎么见面，唯独没有想过弟弟会那么早就走了。他问天亮的墓呢？人们回答，没有墓！他问有人看见他的尸体了吗？人们回答，没有，也许是让德国人抓走了，也许他还活着，在哪个德国战俘营。

"可是德国投降两年了啊，还有什么战俘营！"天青可不是什么事都不知道的华工，他当过支队长，他曾带领过几百人度过难熬的冬天，他曾经在玛娅奶奶家学到了很多西方的东西，他横跨了4个国家，见识了许多，最重要的是，他看到过德国战俘营，也仔细看过那些被抓的中国人，他们当中没有天亮。他不信天亮死了——他从来没有过那种特殊的感应，更不信天亮在战俘营。他说活要见人，死要见尸，但英军不在乎他信不信。

与天亮同班的侥幸活下来又没有回去的人，多是些身强力壮的山东大汉，他们被留下干修墓的活儿，其中就有段班长，还有大鲁。那天晚上，他们把天亮的孪生兄弟接到他们的工棚里，给他打饭，让他休息。他们关上门就说实话了："天亮那么机灵的小伙，哪能一下子就没了？我们寻思着，他和那个会武功的齐中原，一定是跑了。"至于会跑到哪里，谁也说不上；他们对外面的情况了解不多，只知道巴黎那边有个法军营，那年来过一个大鲁老乡，叫徐润靖的人，说起那里有不少华工。可是天亮他们两个人可能逃跑的事，他们从来没有对外说过。天青当然相信这种说法，他也完全理解这些老战友们，为了保护天亮，对外一概说他和齐中原一起被德国人俘虏了。

天青第二天又往南出发了，他相信天亮没有死，他和天亮的战友们想的一样，天亮怎么会那么容易就死呢！活生生地让德国人给抓了？抓了也会跑，那才是天亮！而且这对双胞胎，如果一个死去，另一个肯定会有感应。天青这两年唯有一次感到被鞭打的痛楚，这次证明，天亮确实挨过鞭笞，可是从没有天亮要离世的任何感应，他更加坚信天亮还活着。他决定去找天亮。他想：天亮这小子，一定跑到法国华工营去了，他在英军营里挨了打，他不喜欢这里，对！他大概浪迹到法国什么地方去了。天青相信弟弟是个机灵人，是个倔强的人，不会轻易低头，更不会轻易死去。

七十　盖了二十个邮戳的天亮家信落在了天青手中

天青在巴黎的法国华工营地找到了袁先生。他的回国日期一推再推，这次好不容易轮上了，过两天就要启程去马赛，乘船回国呢。天青看到这个当初让他们坐火车去威海卫的人，和天亮看到他时的心情一样，真是爱恨交加。不过见到袁先生，也让天青终于知道了天亮的经历。他感叹道："想不到去追一个小混蛋，竟然让我们兄弟两人，一东一西，走差了十万八千里！"可是明明知道天亮在法国，在巴黎，怎么就不见人影了呢？袁先生也奇怪，以前三天两头会碰见天亮，怎么现在哪儿也见不到他了呢？先是弟弟来找哥哥，好不容易哥哥来了，弟弟又没人影了；这一对孪生兄弟，怎么那么不顺。天亮的好朋友齐中原刚好也走了，不然还多个人可以打听。袁先生摇着头，叹着气，拖长了声调哀叹道："唉！世事难料，世事难料啊——"他知道成了"黑号"的天亮，到处在找工、打工，战后缺劳力，还是有许多工可做，不过也处处潜藏着危险。他心中颇为天亮担心，只是口中不好说。他还是努力帮天青在巴黎周边找线索。于是天青又走了一遍前两年天亮走过的路。

天青找到了斯蒙娜小姐的住处，可是那里已经换了主人。人家告诉天青："斯蒙娜小姐跟着一个美国军官去大西洋西岸啦，没有留下地址。"天青站在门外，轻声念叨着："斯蒙娜小姐，贝雅塔小姐让我来告诉你，她已经会弹肖邦的《夜曲》了。她现在弹得很熟练，我每天都听……"

天青来到巴黎东部的一个偌大的公墓，寻觅到肖邦的墓。天青痴痴地望着墓碑顶上那座哭泣的少女雕像，感觉就像贝雅塔坐在上面对他哭泣！他献上一束花，代贝雅塔述说了一番敬仰之词。悼念词渐渐变成了对贝雅塔的思念，"贝雅塔，我现在在肖邦墓前，好像是你坐在上面……贝雅塔，你听见我的声音了吗？你看见我了吗？"

天青也仔细打听过林木珑和大舅，人家查了说人已经不在法国了。原来他们来后不久，就被英军派到南线去了，那是许多人不知道的地方。听说俄国退出大战后，德国人集中攻击的不止西线，还有南线，那里是巴尔干战场。当时塞尔维亚和奥匈打得紧，英军派了不少部队去增援，华工也得跟上。营里想要有个年纪大点的华工带队，就让大舅去了，当然大舅要带上外甥林木珑。大舅他们走后，无论是在法国还是在老家的人，再也没有听到过他们的音信。大舅和他的外甥就像悄然飞上天的断线风筝，成了一群消失在茫茫宇宙中的人。百年后，有人在伊拉克南部巴士拉的英军墓园里，赫然发现了几百座华工坟墓，大舅和他的华工战友躺在遥远的天边，陪伴他们的是500万座坟墓——那是有

1400年历史、全世界最大的巴士拉墓地。大舅他们不寂寞。

天青也四处寻找谢廖沙，可是听说他们的首领彼得留拉让激进的乌克兰分子给刺杀了。谢廖沙失去了主子不会再留在这个伤心地，听说他们很多人也漂洋过海到大西洋彼岸去寻找另一种生活了……

天青去了天亮干过活的矿场，矿场旁边的墓地又增加了几个坟头，但是那些中国矿工向天青保证，里面绝对没有天亮，他走的时候是个生龙活虎的小伙子。

他来到天亮多次到过的那家农场，主妇一见他就叫"天亮"，她以为有机会感谢天亮给他们送来了咖啡。后来才搞清楚这个人不是天亮，是他的哥哥。她说那个跟你长得很像的人，再也没来过，全家人都还惦记着他呢。

他找到那些搞募捐的华工，他们还记得天亮能写会算，是他记下的每笔款，是他核算每天的总数，再一起送到领事馆去……他要能回来多好，现在他们两个人也不能顶他一人。

他找到了所有见过天亮的人，包括在铁道上运输粮食的，在桥梁工地修炸毁桥梁的，在小学校修建倒塌围墙的……唯独没有找到最后看到他的人——万译官，是他把天亮带到美军华工营；没有人会想到，天亮从英军营跳到法军营，又从法军营跳到美军营。可是如今万译官还有和天亮一起工作的施祥青，他们都按照当初给翻译订的合同，战后到欧洲游历去了，他们去了英国、瑞士、意大利、奥地利和许多国家，谁也不知道这些人现在在哪里。而万译官把天亮介绍到美军营的事，除了齐中原没人知道，可惜他也离开巴黎了。

所有认识天亮的人没有明说，可是心中都在猜想，天亮一定遭遇不测啦！不然，像他那样活泼的人，隔些日子就会跑到巴黎来一趟；现在只要他来，会有几十个人告诉他：你哥哥来找你啦。可惜天亮再也没有来过巴黎，没人知道他在塞纳河畔看见了他的死对头约翰，因为那个现在穿上法国警察制服的无赖，他不敢回巴黎了。

天青没有死心，他在那里一直等到英军华工营的人都走光了，那是1921

年秋天了。法军华工营的人走得晚些，可是到了1922年，也走得差不多了。

在法军华工营撤走的最后日子里，他们整理信件，发现有一封给陈天亮的信。那封信，一定走了很长的路，很久的时间，因为封面上、封底上，总共盖了20个邮戳。最后连收信人名字都难以辨认。幸好有个在华工营邮件部工作的华工，认识袁先生，也知道天亮和天青的故事，于是他拿着这封信，辗转找到了天青。天青一看寄信的地址，就止不住泪流满面——那是他们老家，是父母的来信。不知是托付什么人写的，信封没写全，名字没写正，天亮又是一个一个地方跑，结果这封信竟然走了将近两年。天青听那个给他信件的华工说，天亮当年跟着晏先生学会了1000字，每人都要写封家信，回信地址写的就是法军营。这么说来，天亮1919年上完识字班写的家信父母收到了，这封信就是父母的回信。天青含泪读信：

吾儿天亮，你和天青离家已经两年有余，自从你临走前从山东寄来20块钱安家费后，这是第一次收到你的来信。你母亲这两年天天想念你们，哭瞎了眼睛，去年冬已经去世。我的身体也许能拖过这个冬天，也许拖不过。不知为何信中没有提及你的哥哥，他走后从没有来过一封信。你们两人一起走的，怎么会没有一起回信？你母亲最不放心的事就是，你哥哥跟你在一起吗？你们都好吗？村里人说，你们后来没有和他们一起走。你们自己在外，兄弟更加要相亲相爱，要关照彼此，不要让我们日夜担心。第一年我们每个月都收到山东寄来的十块钱，可是到民国七年春天以后，就再没有钱汇来了。也不知你们的生死下落，真让我们心急。盼收信后，快快回一信，也许还能救我一命。老父手印在此。民国八年。

民国七年，也就是1918年以后，父母就没有收到天亮的每月10块钱了，那是天亮从英国华工营跑走后，他的名字已经不在花名册上了，山东威海卫华工大本营也不再给他老家每月寄10块钱了。信的落款是民国八年，那就是1919年天亮在法国华工营结束识字班后写的。现在已经是1922年了，现在回信还能救父亲一命吗？迟也！天青抱头痛哭，不知该后悔当初出远门，还是该遗憾自己误了火车；不知是该埋怨让他们去威海卫的袁先生，还是该责怪那些让他改变生活轨迹的"契卡"。如果他早一点来法国，他一定会和弟弟在巴黎相会，会让父亲知道他们的音信。5年的委屈和思念尽在泪水中。所有人看着那个印有20个邮戳的信封，都忍不住流下眼泪。来法国后的第一个中国旧历年，天亮就在旱船上刻下了"回家"二字；可是最终，他还是没有回家，甚至从来没有听到过来自家乡的任何音讯。

如果他们知道，美军专门为他们的士兵准备信纸和邮资，还专门派人督促远离家乡的士兵，定期给家人写信；我们的华工和他们的家人是否会更加伤心？像天青、天亮这样远离家乡，而与家人多年毫无联系的华工，在那几十万人之中，谁知又有多少！

无论是那个时候，还是一个世纪以后；无论是中国人，还是那些招募他们的英国人、法国人和美国人，有几人知道这些华工的辛酸和痛苦？又有几人看到和认知了几十万华工奔赴东、西一战战场的血泪代价呢？

七十一　天青走遍六十九座大战公墓寻找天亮

天青始终没有找到天亮，他强迫自己相信：天亮已经离开了人间。他和袁先生想的一样，如果天亮作为一个"黑号"，自己找工作，那他多半会干那些别人不愿干的、危险的活儿，如排雷、验尸；那么危险也会跟随着他。天青转而决心要找到弟弟的尸骨、他的坟墓，他要一生一世守着那座坟墓。如果父母已经归天，而他们兄弟生前见不了面，那么死后哥哥要永远陪伴着弟弟，就像父亲信中写的那样：兄弟要相亲相爱，关注彼此。

天青又一次出发了，他这次寻找的不是活蹦乱跳的天亮，而是他的墓穴。他听说巴黎北部有一处华工墓园，他寻寻觅觅地找到了，原来那座诺埃尔华工墓园，就是天青刚来法国时，费尽心机寻找的那个英军华工营地。如今，华工，包括天亮的战友段班长和大鲁他们，修好墓园都回国去了，在那个旧址上，建了一座硕大的墓园，那里有849个墓碑，天青一一细看了，大多数都有编号和姓名，可是没有陈天亮。最后有几个没有名字只有石碑的墓，引起了天青的注意。他觉得弟弟大概就在下面呢，他给那几个坟墓磕了头，还点上一根蜡烛——这里没有线香。

天青坐在荒凉的墓园里，看着一个个墓碑，突然发现所有墓碑都朝向东方，就像那个俄国矿场死难矿工在小山上的墓碑一样，它们统统朝向东方——因为他们都从东方来。

天青在墓园里不断游荡，心思慢慢地铺开，他忽然又觉得天亮不会喜欢这里，如果他早就从这里逃跑到别的华工营，那么死后怎么会葬在这里呢？他越来越相信天亮不会在这里，于是天青决心到别处去寻找华工墓地。

听说当初来法国注册的华工一共有14万人，到了1922年，法国最后一批华工也回国了，记录有案的总共走了11万多人。当然有些人留下来了——像找了个法国女人的、工厂留下的，还有老乡在这里，几人一起凑够1000法郎，赎身留下开小铺子的。天青打听过，那些有名有姓留下的华工也只有3000多人，那么余下的呢？还有2万多人没了音信；他们是死了，还是像天亮一样失踪了？

天青相信自己的判断，他开始逐个墓地搜索，向北走到比利时，向南搜寻了整个法国。他发现除了在诺埃尔的那座大墓园外，散布在法国和比利时的还有：

在布劳纽和娜威尔，每处有1000座坟墓；

在博朗古，一座小墓地里有14座华工墓碑；

巴黎西郊有个歌梅驿华工墓；

巴黎南郊巴涅公墓中有华工坟墓；

绕婴郊区贡沙岗有个150亩的公墓，里面零散有华工坟墓；

在诺曼底地区的阿克拉巴塔耶有座中国公墓；

在加来省、塞纳省、滨海省、瓦兹省、福日省、罗讷河口省，都有华工墓地；

在比利时佛拉米什郊外有华工公墓；

在比利时毕泊林小河边，有13座有名有姓的华工坟墓，碑上写明他们全都死在一次德军空袭中；

比利时的里森索克军事公墓中有一隅华工墓地……

天青最终搞清楚了，在法国和比利时，总共有69座公墓里有华工坟墓。有名有姓的达9900人，而真正刻在碑上的，只有1874名，他们当中没有陈天亮！天青一一看过了，都跪拜了。他们都是和天亮一样，从中国乘坐海轮，漂洋过海，来到欧洲一战战场。他们干的是战地后勤，可是没少到前线阵地送弹药、水和食物，一样冒着无穷的危险。他们做最苦的工，挣最少的钱。他们生前被歧视甚至被虐待，死后更不会像美国兵那样受到"送每个人回家"的待遇。他们魂断他乡，埋尸异域。天青看到所有这些墓园，都地处荒郊旷野，孤寂寒酸；园内倒是干干净净的，不过因为这里从来没有人来烧香、扫墓，没有人来敬酒、磕头，只有冷风飕飕，寒鸦呱呱。天青看着总免不了洒下几滴眼泪。想想这些人还是有人给掩埋、给立碑呢，他那苦命弟弟的尸骨何在？

天青仰天长叹："天亮，哥哥来了，你就给我显显灵吧！"

从北到南转了一圈后，天青没有找到天亮的墓。一次在巴黎一个小铺里，他看到橱窗里挂着一枚漂亮的纪念章。他好奇地进去拿过来仔细端详，问店主这是什么纪念章。店主也说不出来，只说这是去年很多中国工人回国前，有一个中国人拿到这里来卖的。

"卖了多少钱？"天青问。那位店主犹豫了一下还是讲了："两个法郎。不过现在我可不会只卖这点价钱，要知道，这是一战纪念品，以后可是个宝呢！"说着指着正面给天青看，"这是英国国王乔治五世的头像。"他又翻到背面，天青看见那上面是一个赤身裸体的人，骑着一匹马，左手牵着马缰，右手握着一把短刀，马的两边是阿拉伯数字"1914""1918"。天青又仔细看着纪念章的滚边，突然发现那里铸有英文字"CHI-NESE"。这几个字母他是认得的，他大声问道："这里还有编号，是五位数，是中国人，肯定是华工的纪念章，对吧？"

店主耸耸肩，"可能是吧。听说那是'一战'胜利纪念章"。其实他早就知道。

"那为什么你要买下它来，那是别人用性命换来的。"天青对那位店主有点不满。那位店主满不在乎地说："那人回国需要钱，他要卖，我就买了。这是公平交易。"

"我买下，多少钱？"天青攥着纪念章瞪着他，想着弟弟也应该有一个，也许他拿到了，多半没有拿到；让自己代他保管一个吧，代他承受这份英国国王的恩赐。

店主看着这个人，知道他是非买不可，后悔刚才告诉他买价了。他犹豫了一下说道："我说过，这个现在肯定不是那个价了——"

天青等不及他说完，"我知道，我弟弟就是英军华工，可是他已经不在人世了，我要代他保留一个，什么价我也要买，你总不至于漫天要价吧。"

店主为难地挠挠头，"这个——"他好像没有心理准备，卖便宜了，自己吃亏；卖贵了，也许人家说的是真话。

天青拿出5个法郎，"你挣了不少，可以了吧！"店主接了5个法郎，犹豫了半天，最终还是把那枚纪念章给了天青。天青拿了就往外跑，生怕店主变卦。自此，天青天天带着那枚纪念章，好像那是弟弟的一个信物，带在身上感到和弟弟亲近了许多。

天青找不到弟弟的墓碑，像丢了魂儿一样；就像前两年，天亮找不到天青丢了魂儿一样。晚上天青坐在旷野里，望着天上弯弯的明月，愣愣地对它说："你过半个月还会变圆，可是我却不能！找弟弟找不到，贝雅塔死在我的怀里；5年里就看到了一封父母的来信，却是告诉我他们都已离开人世。我一生没有害过人，没有做过坏事啊，为什么会这样呢？"没有人回答他。天青不知道的是，像他们兄弟二人这样命运的人，在那个战乱年代，在故国混沌时分，可数不清会有多少人！

天青生怕一人这样想下去会发狂，他又回到巴黎。他独自徘徊在塞纳河畔，天青不知道那是天亮以前常来的地方。他此刻心中想的是，这个世界上，现在还有谁值得自己思念？郭娃、盛中华、杨百柯？他们都不在这里，他们会不会也遭到自己那样的审讯？天青知道他不能再独自胡思乱想了，为了不让自己颓废下去，必须睁开眼睛重新看这个世界，重新认识从小就梦想的法兰西！

七十二　开茶馆的游老板

在寻找天亮的时候，天青知道大约 3000 名或者更多华工留下没有回国，那时他没有心思顾及他们。现在他倒想看看留下的华工都在做些什么。袁先生走之前，也告诉过天青，这两年来了一批又一批的留学生，他们和以往留学生不一样的是：出身贫寒，学问水平不高，却是一批批求知欲很高的年轻人，勇敢地踏上勤工俭学的道路；他们来这里边做工边学习。天青也想看看这些人。他对自己说："千里迢迢来到法国的，看来不止我一个，如果这么多人来，那么他们是为了什么？现在是怎么想的？又在干什么呢？"他回想这几年走的路，到过的几个国家，还有那些亲身经历过的或旁观过的几场战争，他也算是见多识广的人啦。他看到了太多悲苦的人，和那么多不该发生却发生的事。他很想搞清楚，现在他立足的这个世界——这个和中国不一样，也和革命后的苏俄不一样的另一个世界究竟是怎样的。

天青在巴黎走大街串小巷，和当初只为找天亮时不一样，那时他只盯着黄皮肤的中国人看，现在在他的眼界开阔多了。他漫无边际地游荡，注意着两边的店铺和各色来往的行人。在一条不大起眼的街上，他看见了一家中国茶馆，他不假思索就径自走进去了。里面很冷清，十几张桌只有两桌有人。老板走上前来，点着头客气地问道："您今儿个得空来坐会儿？给您沏什么茶——"天青一听就知道，这是个地道的北方人，还不像山东的。伐木队和华工红军队伍里北方人居多，天青跟他们混了两年，北方话听得分明。

天青也客气地回答："老板，随便来壶茶就行。你这茶馆开多久了？生意还行？"说着坐到一个傍门的桌旁。

"没开多久，咱是华工不是嘛！刚凑上钱，赎了身，就待下来了。没办妥的时候，想开业也不敢啊！"老板说着，一手撑着桌面，一手反复擦桌子，天青觉得再擦要把桌上的漆都擦掉了。"给您来壶中国绿茶？正宗的！"老板殷切地望着天青，直到天青点头，忙到里面去拿茶壶沏茶去了。

天青想着这个地方不算偏，租金也不会低；没有看见伙计，想来老板一人忙里忙外吧。片刻，老板端来一壶热茶和一个矮矮的兰花小茶盅。看着这个小茶盅，天青心里一热，心想只有中国人才用这种低矮的、没有手柄却带盖的茶杯，有种久违的感觉。老板把茶壶举得高高的，倒下的茶水竟没有一滴滴到桌面。

天青笑着说："老板，你这是行家啊，看这沏茶的架势，以前肯定干过这行。"南方人不会用您字称呼对方，不像这位老板"您"声声叫得亲切，天青倒是明白人家是待客周到。

"打小就去城里亲戚家帮忙，没正式拜过师，跟着人家学了不少年，要不也不敢在这儿自个儿开业啊，您说是不是？"老板说着放下茶壶就坐在天青对面了。

天青喝了一口，赞道："是绿茶！"心想只是不知是哪年的茶了，来自南方山村里的人，多少懂一点儿茶经。

老板看着天青连喝了两口，忙问："怎么样？还可以吧？"

天青笑道："多少年没有喝到中国茶了，在这里能喝口热茶，就是好茶。请问老板是从哪里进的货？"

老板无奈地看着天青说："不瞒您说，这茶叶我还是从日本店里批发来的呢。人家有大轮船开到马赛，咱们没有啊！唉，哪辈子能盼着咱们自己有船往这儿送货,那就来劲啦!"

"老板,你贵姓?是哪个国家招的华工?"天青想着还没有问人家姓名和身世呢。

"我姓游,叫西晋。瞧!老子给起的名字就是让我往西边走,这不是真的来了?我是法国在天津招的华工,来这儿早,民国五年就来了,算下来,也快6年了。"老板的话让天青一震,天津?自己也是天津招的工啊!怎么就进了那个黑店,到了那个冰天雪地的鬼地方去了。如果当初也到了这里,那不是早就和天亮碰上了,唉,这就是命!老板听天青叹气,赶紧问道:"您是什么时候来的?看您不像咱们这儿的华工。"

天青回答:"我是俄国的华工,说起来也是在天津招的工,可是就没赶上你们那一趟。"天青忍不住对这位刚结识的游老板说起自己的那段经历,只是没有提及还当过红军支队长和"契卡"的事。倒是讲了来法国后找弟弟的经过。他这些天走了那么多的墓地,却没跟几个活人说过话,此时碰到一个不是老乡却情同老乡的华工,话匣子一下子就打开了,"我全法国都跑遍了,活不见人,死也没留下踪迹啊!"

游老板心想:"你这兄弟多半遭难了!"嘴上又不好直说,"说来华工的下落,不明不白的多了去啦。现在光知道'黑号'就3000人,肯定不止呢!没人管!这两年,法国物价猛涨,工厂又关门,为啥?不打仗了呗,还要那么多军工厂干嘛?想过日子可不容易啊!我这是硬凑了1000法郎,赎了身,好留下来在这儿光明正大地做生意。"

天青问道:"游老板,开茶馆能挣多少钱?你干嘛不正经八百地开个饭馆?"

"不是不想开,没人手不是吗?雇人还得给工钱,给不起啊!我已经让回国去的老乡跟我家里的几个兄弟打招呼,让他们统统过来;有几个兄弟一起打点,到那会儿再开餐馆不迟。说实在,奔日子啊,这儿还是比国内强!"

一番话又惹得天青想起天亮,"是啊,几个兄弟一起干,当然是胜过一人独闯啊!"天青说话的声调带着伤感,游老板知道自己说走嘴了,提了人家的伤心事，忙说道："我说老哥，您也甭那么伤心，这场仗打的，死了多少人，残了多少人，又有多少家破人亡啊！真不知那些让打仗的人图个啥，唉！咱们算是命大的，活下来啦！您就照着我这条道儿去想，就想开啦，我说得在理吧！"

天青听着直点头，心想："我现在就需要有人这么宽慰和开导啊！尽管道理都懂，自己一个人就容易钻牛角尖。"他心存感激，看看四周，对老板说："游老板，你这茶馆客人不多，能撑下去吗？"

"这是上午，到下午，这儿人多着呢。"游老板说着眨了眨眼睛，颇为得意的样子，这倒引起了天青的兴趣，这个地方会有多少人来？游老板不等他问，悄声对他说："哪天得空，您下午过3点来，这屋子能坐一多半。来吧，老哥，看看热闹！"

七十三　香榭丽舍大街咖啡馆里"迷惘的一代"

天青走上了巴黎有名的香榭丽舍大街，两边梧桐树正在吐绿叶，像是涂上一层淡绿水彩般的朦胧。大道一直伸到凯旋门，远远望去，就像塞纳河边上那些人画的画；倒叫人分不清哪个是真的，哪个是画的。街道两边各个店家都忙着把桌椅往人行道上搬。今天艳阳高照，这个春日时光，虽有凉意，可是人们情愿裹紧衣服，也要沐浴在阳光下。天青看着，不禁想象着如果贝雅塔坐在这里，会是什么样子。这些天在巴黎游荡，贝雅塔的身影总是伴随着他，他多么希望贝雅塔能和他一起在香榭丽舍大街上徜徉啊！天青身在巴黎想起她，更是阵阵悲哀袭来，思念之情难以排解。看着街边的咖啡馆，他很想坐在那里喝杯咖啡，可是又觉得这么浪漫的地方，怎么能没有贝雅塔的陪伴呢？还是免了吧。过去两年里，他们生活在同一个屋檐下，怎能那么轻易忘却。天青对巴黎的热望与新奇感，不时被内心深处的悲伤冲淡。

天青走着觉得有点饿了，看到一家咖啡馆，就像上次走进游老板的茶馆一样随意走了进去。看来这里很少有中国人来，人家看他的眼神都不一样，天青不在乎。在玛娅奶奶家住了近两年，他学会了喝咖啡、吃奶酪；和玛娅奶奶及贝雅塔相处久了，他见了外国人也不犯怵。天青点了一杯卡布奇诺和一个羊角面包。他慢慢地喝着咖啡，在面包上涂抹着黄油，边吃边向四周张望，他注意到后边两桌坐满了人，正在高谈阔论，他伸长耳朵听他们的谈话。

第一次世界大战后，全世界形形色色的人都跑到巴黎来了。有的是好奇，有的是无聊，有的是求圣，有的是旧地重游，也有的是命运使然。天青属于哪一类？大概要算最后一种吧。是命运把他推到这个世界的中心来了。他在咖啡馆里听着四周无休止的喧哗、争论和各种谬论。他们用法文讲、用英文讲、用俄文讲，还用不知什么语言在高谈阔论，侃侃而谈。天青有的听得懂，有的不知所云，有的连蒙带猜，可是他听得兴趣盎然；这些议论，正是他和贝雅塔一路上狂喷发泄的。

那些人谈得最多的是什么呢？他们在不停地发牢骚，在骂街骂娘；好像这些人都参加过一战，都有一肚子火。一个岁数比天青大点的小伙子，站起来大声地对坐在对面的一位先生说："我亲爱的先生，请你不要再用什么光荣啊、神圣啊这些美妙的词汇好不好？你上过战场吗？我听了就觉得恶心。他妈的纯粹是骗我们老百姓，他们是为了挣钱才开战，军火商都发财了，可是当兵的呢？有的丢了性命，有的丢了胳膊，我呢？丢了最可贵的理想！"

另一个人把他按下，打着饱嗝儿站了起来："你还有理想，朋友，那可是了不起啊！我，连理想都不曾有过，我纯粹是让人牵着鼻子走进这场战争的。你们没有人能理解，像我这样的人，在战场上看到双方在疯狂地杀戮，会有一种什么样的感觉——"他看着周围的人，"就像进了屠宰场一样，哈哈哈……"他的狂笑骤然停止，他突然发现坐在旁边一桌的天青，一张陌生的华人面孔，正在聚精会神地听着他们的议论。于是他就走了过来，探身对天青用法文说："我说的对吗？我的好兄弟——"四周的人一齐发出狂笑，他们大概觉得这是一个新的玩笑。

谁都没有想到，天青竟然用纯正的法文回答他："对！我赞同你，打仗就像一场杀戮游戏。士兵的命值几个钱，他们永远不知道最高统帅的真正目的；士兵用性命换来的是不被信任和不被理解。不要再说那些好听的崇高和牺牲，它们一钱不值！"

先是一阵静默，接着一阵掌声打破了短暂的寂静；没人会想到这个东方人竟会说出只有他们这些人才会说出的话，而且是用不错的法语讲。马上有人过来拍他的肩膀，还有人递来一杯酒；天青注意到这里原来也卖酒，而这群人喝酒的远比喝咖啡的要多。其实天青说的全是他这两年的所思所想，也是他在西行路上和贝雅塔议论得最多的话题。他好像预演过这场精彩发言，他根本不知道，有他这种想法的大有人在。眼前这群聚集在战后巴黎的人们，正是后来名扬世界的"迷惘的一代"，他无形中踏入了战后对社会、对人生大感失望的那个圈子。

那个年轻的小伙子问天青："老兄，你一定打过仗，是吧？打的是哪场战役？"他回头对众人说道："能说出这样话的人，一定是亲身经历过战场的炼狱。"众人频频点头，等着天青回答。

"当然，我在俄国打过仗。"天青不经意地说出来，没想到所有人都"哦——"地发出一声好长的感叹，他们没有人去过那么远的战场，不过都知道在那个冰天雪地里打仗，一定更加可怕，能够从那个战场活着回来的人，一定了不起。

"那你——没受过伤？"又有人问道。

"我得过伤寒，我还失去了一个弟弟，我们是孪生兄弟。"天青淡淡地说。

"啊——"大家又一齐叹了口气，好像知道这个人比他们受的苦还要多。

一个留着一头乱发、蓄着八字胡的人过来对天青说："周末过来跟我们一起去个地方，保准你喜欢！"天青本来就没有任何安排，一口答应周末过来跟他一起去。

天青记得游老板的话，有天下午，三点后又摸到了他的茶馆。果真，在门外就听到里面叽叽喳喳的人声；和上次来的清静环境如同两重天。天青坐到了老地方，他用眼睛扫了一下不大的茶馆，看见一边角落有一堆人，好像在激烈地讨论什么事情；另一边是几个人在低头看什么东西，还不时交头接耳，用手比画着、写着。游老板过来问他要不要沏壶茶，天青说等等，指着那两群人问道："那是些什么人？"

游老板低声回答："这两年来的留学生。说是来勤工俭学，可现在法国不像前几年咱们来的时候，那会儿缺人啊！现在法国自己工人还失业呢，要在工厂找份工作还真不容易；上学吧，又没钱。他们都在想办法呢，漂洋过海这么远都来了，总得学点什么或者干点什么，您说是吧！您不过去听听？他们里面能说会道的多着呢。"

天青点点头就向那群激烈争辩的人堆走去。那些人毫不在意走来的是什么人，还在那里慷慨陈词。一个人站着说："如果我们都向政府要求每月400法郎，支持4年，那和官费生又有什么两样呢？你拿了人家的钱，就得给人家当奴才；那是我们绝对不情愿的。所以我说，宁做华工，也不向政府乞怜。"说话的人满口湖南口音。后面有个人小声嘟囔着："哼，你想要那400法郎，人家还不一定给你呢！"

坐在他对面的人接着说："可是现在你想勤工也不那么容易呢。我们已经有人去科瑞索了，去的人顶替了最后一批回国华工的位置，就算是很幸运了。听说他们晚上还在补习学校上法语课。"这人一口四川口音。天青去过那个科瑞索找天亮，他在那里就听说了，最后剩下的华工在等船回国，这些新来的勤工俭学的留学生，都在等着顶替他们走后空下的位子。

天青又走到另一群人那边，只见他们正在写什么，写了又改，还不断争论。其中一个人看见来了个陌生人，马上问："你是哪个组织的？"天青没有回答，那人就接着问："我说你是勤工俭学互助社的，还是劳人会，或是工学世界社的？"天青耸耸肩，刚开口说："无……无所谓！"就给打断了。那人猛然醒悟地拍脑袋说道："哦，我知道，你一定是无政府党，也不是？那就是马克思派，对吧？"天青摇摇头转身走了，他听到那个人在身后说："肯定是马克思派的人，还保密，他们成不了气候。"一位年龄稍长者在一旁唠叨，也不知是否说给他听的："这里组织越来越多，大家互不相让，不管你信不信，这当中肯定会出现一批革命分子。"

天青边走边想，那也不会是自己。几年前自己就参加了苏维埃红军，参加过革命了，他们就是靠马克思派起家，这些人怎么现在才知道？还当宝贝呢。不过今天在巴黎，他还是有点好奇，很想看看在这里的中国的马克思派是些什么人，也想听听他们究竟打算怎么干。

七十四　天青在斯泰因小姐家与名人邂逅

周末天青来到咖啡馆，那位蓄八字胡的人看见天青如约而至，非常高兴。他带着天青一起走出咖啡馆，一路兴致勃勃地对他说："我们要去的这个地方很特别，不是谁想来就能来呢。女主人更是别处难寻，保准让你喜欢。"

他们来到花园街二十七号。天青进屋看见一位高大肥胖的女人，她用只有女主人才会有的目光对天青扫视了一眼，着实把天青吓了一跳。天青发现，尽管她长相奇丑，可是那里的人个个对她尊敬又顺从。这是个什么人物？天青哪里知道，这是个客居巴黎的美国才女，而他踏入的地方竟然后来被称为"现代文学首席沙龙"。那个晚上他们的议论和争辩，让人感到好像这里的人个个都是什么"家"——不是作家、诗人，就是雕刻家、画家；画家还分好多派，天青听了半天也没搞懂。

有个留着披肩长发的年轻人过来问天青："朋友，你叫什么？哦，青！好名字，富有诗意。你喜欢画画还是喜欢写诗？"

天青愣了一下，急中生智："我喜欢雕刻。"长发人马上说："我来介绍你认识一位艺术家，他很有前途。"他带天青到一个角落，那里又是一堆人，长发人对其中一位说:"毕加索,这里有位东方来的雕刻家,他的名字叫作青。"

毕加索转头看着天青说:"噢——你喜欢做青铜雕刻,还是石雕或木雕?"

天青老实地说:"我只会做石头雕刻,而且我从来没有雕刻过人物;也只会用我家乡的石头来雕刻山水和动物。我不知道我能不能用别样的石头雕刻。"

毕加索不假思索地说:"你不妨试一试!我们这里的人,每天都在尝试新东西,每个人都是新流派的创始人。"天青听着心里直打鼓,想着这些人如果要问自己那一派的创始人是谁,自己还不知道呢。

毕加索马上又把天青带到女主人面前:"斯泰因小姐,这里有位东方来的雕刻家,他会用他们家乡的独特石头,雕刻出栩栩如生的动物花草。"他好像已经看到天青的艺术品,天青希望他不要再说下去了,因为不知他还会吹些什么。

那个高大又丑陋的女主人转过身子对天青说:"好啊,下次把你的作品拿来看看!"说完又叉着腰,居高临下盯着天青,大声问道:"你跟他们混在一起,就是说你也参加过一次大战?是不是!"还没等天青回答,带他来的那个青年马上抢着说:"当然,他在俄国打过仗,可了不得。在那个冰天雪地里。"

马上就有好几个人围了上来,要听天青讲他在俄国怎么打仗,跟谁打;因为他们当中没有任何人去俄国打过仗。他们一直相信去那遥远地方打仗的人是决然不会活着回来,可是现在眼前就有这样一个。

天青不知怎么跟这些人说,他跟英国人打过仗,蔡大哥和刘哲欣就是在那场战斗中牺牲了,后来就是跟白俄的不同部队打;可是这个圈子里,可能就有英国人,就有白俄……不过他想想,还是有很多故事可以说的嘛!于是他讲起被敌人赶到大森林里的那个冬天,他们修复了滑雪橇,救了一窝西伯利亚雪橇犬,用 3 匹马和 5 条雪橇犬拉着雪橇,自己打猎过冬。其实这些经历天青在玛娅奶奶家就不知讲过多少遍,先是用俄文跟玛娅奶奶讲,后来贝雅塔逼着他用法文讲,还一遍一遍地纠正他的发音和用词;好像那些都是为了今天的表演作的演习,要不他今天怎么会讲得那么动听?大家听得聚精会神,听完了还嫌不够,要他继续讲。那个带他来的青年说,天青丢失了个孪生兄弟,至今下落不明，他来巴黎就是为了寻找失散多年的弟弟。人们露出同情的面孔，有人过来拍拍他的肩膀，有人握握他的手；他们不仅仅是来安慰他，也很想知道他弟弟的故事。可是天青不愿讲了，他不是不想讲天亮，是因为他知道天亮的故事并不多；袁先生也只告诉他，天亮在威海卫乘海轮经过大半个地球，来到法国北部。天亮后来那么多发生在英军营里悲壮又精彩的故事，天青从他的华工伙伴那里知道很少一点，可是他也不想讲，他相信眼前就有英国人。而天亮当黑工时的种种遭遇，尽管天青听说了，他更不愿意讲，那种非人的、黑工的生活值得宣扬吗？他失去贝雅塔的悲剧倒真可以为他赢来更多的同情和友情；那才是他真正的痛，可是他实在不愿意在大庭广众下讲那个悲惨的故事，他没有提及贝雅塔。他觉得尽管他们都参加过一战，他们都痛恨那场残酷的战争，可是他们经历有许多的不同之处。

那些天，天青在巴黎一个小旅店租了一个小房间。他每天在巴黎转，有时去咖啡馆，周末还跟那些人去花园街二十七号，给他们看他带来的最后几个雕刻；特别是他母亲给的那个外公的杰作，人们把玩着，赞不绝口。人们要他表演雕刻，他就在那个没有完成的山景上继续雕刻，又引来一番赞扬；这很让他为家乡的传统艺术能登上这个国际舞台而高兴。人们不再追问他的过去，知道这个人的伤痛比他们都深，不要去触摸它了。后来天青去多了，兴趣就不大了，因为总听人发牢骚也没有意思。他听到斯泰因小姐对着这些人咆哮："你们以为你们上过战场就多么了不起了，是吗？你们都像还在梦里，你们都是迷惘的一代！"

那天天青吃完酱炖兔肉加土豆就出来了，一个美国作家随后跟出来，他对天青说："你也不想听了？一群人总在那里发牢骚，也就没有意思了。不过斯泰因小姐家的酱炖兔肉加土豆真的很好吃，每次来我都会想——今天不会没有这道菜吧！"

天青赞同地说："我也喜欢酱炖兔肉加土豆，很想知道怎么做呢。你参加斯泰因小姐家的聚会很久了吗？"

美国作家又说:"也就是最近两个月。我的一群朋友带我来的!斯泰因小姐说的'迷惘的一代'说得真好,这个词用得好!你知道不知道,为什么巴黎会有这么多美国文化青年?"那个人不等天青回答,自己就哈哈笑了起来,然后面带嘲笑地对天青说道:"因为横渡大西洋的轮船有了三等舱,船票便宜啦;还有——法郎贬值啦!我们带来的钱比在美国还管用,哈哈……"

天青笑着说:"怪不得巴黎有那么多美国年轻人。对了,斯泰因小姐说我们是迷惘的一代,这个词很新鲜啊,你觉得她这样说我们,究竟是好,还是不好!"

那人拍着他的肩膀说:"我也喜欢这个词——'迷惘的一代'。没关系,随她怎么说,青,我们还是我们!每个人做好自己就行!"天青后来才知道,拍他肩膀,和他一样喜欢吃酱炖兔肉加土豆的人,就是后来全球出名的美国大作家——他不久后发表了传遍全世界的小说《太阳照样升起》,专门数叨迷惘的一代,他就是海明威。

天青不愿意在一群发牢骚的人中混日子,他自觉已经够消沉了,现在需要的是激励,是活力,而不想浑浑噩噩地不可自拔。天青曾经真诚地参加革命,还那么艰难地带一支队伍在大森林里度过寒冬,又把他们带回红军;可是他得到了什么?没有嘉奖,等待他的是拷打和正法。天青要发牢骚的话,真有太多牢骚可发;可惜这些又无法在那个人人发牢骚的地方发泄,况且说了又有何妨?他去花园街二十七号的次数渐渐少了,尽管他很想吃酱炖兔肉加土豆;他现在更多地往游老板的茶馆跑。游老板指着许多新面孔对他说:"这些人雄心勃勃,你仔细听他们说些什么,不是一般的议论;他们真的想干番大事业。"

天青像以前一样走了过去,有时坐在一旁,听听他们的高谈阔论,有时跟着说两句自己的想法。有一天,一个人主动过来邀请他参加次日的一个重要集会,就在这个茶馆,傍晚5点,还嘱咐他不要迟到。天青答应了。

第二天下午4点天青就来了,要了一壶茶,坐在一旁静静地观察等候。随后一个钟点里，陆续进来不少人，看他们的装束，有学生，有工人，个别的穿着西装革履，很有派头的样子。5点整，一个穿着工装裤的青年站起来，用浓浓的湖南口音对大家说道："我们今天在文明国家法国开这个会，我们也要遵守文明社会的规矩，那就是守时。不能像我们在国内，5点开会，一半人还不到，晚来的也不觉得不好意思，今后我们一定要改变这些陋习；不能穿着西式洋服，吐着中式浓痰。今天我们的会要讨论一个老问题，就是关于共产问题。前几个月，我们做了试验，组织了工读互助团；我们是重工轻读，一是为生计所迫，二是为了矫正一些人重读轻工的观念。我们以为我们倡导的无政府、无法律、无宗教、无家庭、无婚姻的社会，就是理想社会。可是三个月的试验过去了，今天可以宣布，我们的工读互助团以失败告终！"话音刚落，底下一片哗然，许多人交头接耳，嗡嗡声不断。那个人用两只手向下压，茶馆里的声音渐渐低下去。他接着又讲："我们从失败中得出结论，第一，要改造社会，必须从根本上、全体上去改造，任何枝节、部分的改造都是无用的；第二，我们要看到，在社会还没有改造以前，试验新生活的失败是必然的。"那人讲完就坐下。嗡嗡声又随之响起，这时第二个人站了起来。

这个人个子高大，年纪也长一点。他说："因为工读互助行不通，我们必须另择路而行。实际上，只要大家睁开眼睛看世界，就会看到，世上就有这样的社会，他们已经给我们做了试验，他们已经给我们树立了榜样，那就是苏俄！他们在民国六年就取得了胜利，建立了工农政权。到现在，已经四五年了，他们打退了帝国主义的包围，政权越来越巩固，让全世界的无产阶级都为之欢呼，都想到他们那里去学习。我们的勤工俭学就有一支在那里，在俄国！告诉大家一个好消息，因为太多的人愿意去赤俄新都学习，那里刚刚建立了一所大学，名字就叫东方劳动者共产主义大学，专门培养东方各国的革命学生。今天我们许多留法同学在这里没有工做，没有学上，吃饭都成问题，我们为何不去苏俄学习？不仅学习文化知识，还可以学习革命的道理和方法。你们可知，国内的人现在想去赤俄都十分艰难，还要乔装打扮地偷渡边境。因为政府怕他们把

'过激主义'带回到中国；我们这等人，已经身在国外，我们何不穿过德国去苏俄求学去？相信过不了两三年，我等人，定将让他人刮目相看！"在热烈的掌声中，那个人被许多来参会的人包围住，纷纷打听怎么去苏俄上东方大学，何时能出发。

天青悄悄地离开了游老板的茶馆。他终于看清了，花园街二十七号不适合他；游老板茶馆的各类党派会社，也无一适合他。苏俄他早已经去过了，绝对不会再回到那里。巴黎不是他久留之地，这里没有天亮，也没有他的知音，不是他的乐土。他果断地把玛娅奶奶送给他的那对沉甸甸的金镯子，和珠宝盒里缠在边上的最后几条没有甩掉的项链一起卖了，准备按照她老人家当初的嘱咐，做个本钱，干点什么可以维生的事情。天青回到小旅馆，第二天一早和老板结了账，背上不多的行装，头也不回地向北面走去。

七十五　天青在法国北部小镇上开了家小饭馆

天青走了两年，拜谒了无数大战后遗留的墓园，始终没有找到天亮的墓碑。天青最终让自己相信，天亮还是埋葬在诺埃尔墓园，也就是他曾经卖力卖命的那个地方，那几个没有名字的石碑让天青心动。天青从巴黎又来到北部那个荒凉的华工墓园，转到墓园所在的小镇。天青在那里逗留了几天，仔细观察下来，小镇大概只有百来户人家，房子朴素简洁，却干净漂亮；镇中心有一家咖啡馆，一家小酒吧和一座教堂。小酒吧楼上有3间客房，天青就住在其中一间。他发现这里人情淡薄，没人刨根问底想知道你的底细，但是他们待人却很客气宽容，这正是他向往的。平时这里人不多，不过听小酒吧老板说，每逢周末和每年夏天，周边的人，甚至巴黎的人都会来这里。小镇离海不远，开阔的平原让人心旷神怡，总之这里并非终年冷冷清清。天青决定在这里定居下来。

当年玛娅奶奶让贝雅塔教天青法语时，天青哪里想到日后会长留法国，还要独自谋生。贝雅塔当小先生时可是神气活现、严厉得很，如今身在法语世界，他才领悟到玛娅奶奶当年的苦心，和贝雅塔小姐的较真让他多么受益。他心存感激又无法回报，只有遥祝她们在天国安泰。现在天青想做的事就是养活自己，留在这里守着他心中天亮的墓地，也想冷眼看这个世界，到底还会怎样变化。天青的手艺是雕图书，可是如果没有家乡的图书岩，那种色泽变幻莫测、质地细腻柔润、看似玉、摸似缎的神山里挖出的图书岩，他这种艺人就雕不出好的图书来。天青仔细看过巴黎街上的那些雕塑，那是石雕，是铜铸，他不会做。

　　天青用变卖首饰的钱买了一间破旧小屋，大战后几年无人居住的旧房子，在这个偏远小镇还是价廉到天青用手上的钱也可以买下。他慢慢地自己把房子装修好，这些手艺在伐木场和大森林里都学会了。一层装修成一家小饭馆，楼上阁楼改造成自己的卧室。天青记得郭娃做饭时的专注和投入，就像做一件精雕细刻的艺术品。天青当时被他深深地吸引，他学到怎么和馅儿、擀皮，怎么包饺子和馄饨。他也记得斯泰因小姐家的酱炖兔肉加土豆，那道人人称赞的大菜。如今他试用几种不同的酱料，竟然调出不同的口味。后来天青又跟法国人学会了烘烤面包，还在后院养了一头奶牛。在玛娅奶奶家就跟兰达学会挤牛奶和做奶酪，现在给他的餐馆带来新鲜乳酪和鲜奶海鲜汤，他的生意就做得大了一点，他炖的汤也比别处多了几种。跟郭娃学会用蘑菇和各类野味炖汤，加上奶酪，鲜美极了；郭娃向往的三鲜饺子——鲜肉加上切碎的鲜虾和炒得金黄的鸡蛋也已成真；再加上斯泰因小姐的特色酱炖兔肉加土豆，天青的小饭馆着实有了几样招牌菜和特色汤。

　　小屋面朝东，每天清晨，天青都会站在阁楼窗前，看着太阳庄严地升出地面，想着远方的家乡，然后再下楼到院子里挤牛奶和备干草；上午做各种准备，中午时分迎来第一批客人。小餐馆从正午一直开到晚上 10 点钟，天青没有一刻停歇。偶尔晚上生意冷清或冬天没人上门的时候，天青会关上门，独自坐在阁楼后窗，看着太阳静静地隐落下去，想着自己和自己的乡亲们，朝着太阳落下的方向来到这里，当年自己和贝雅塔也是牵着"麻烦"，向太阳落下的方向走去，如今自己每天独自在这里看日出日落，白日忙碌不休，晚上独自难眠，又有谁知晓！

天青把他从巴黎买来的那枚一战胜利纪念章挂在餐馆柜台醒目的地方，来人抬头就能看到。第一次踏进小饭馆的人总会问一句："这是什么？"

天青回答："是英国国王奖给我弟弟的，他是华工，'一战'时在这里待了4年。"

人们又会问他："现在他在哪里？"

天青回答："他早已阵亡，埋在前面的墓园里。"

人们不作声了。人人敬重死于大战的人，尤其是这些从远方来的东方人，想着当年他们还都是些年轻孩子，在这里和当地人共同抗击德国人，后来再也没有回家，人们更会心生怜悯。后来他们知道天青自己也曾在俄国当过华工，于是对他更加另眼相待。有的家人过生日、订婚、结婚、金婚、银婚，甚至葬礼后的来宾宴席，所有这些，统统会早早预定，然后成批人涌到这里，把小饭馆坐满。天青会给他们提供各种馅儿的馄饨和饺子——那是独自彻夜包好的，搭上一些自己烤的新鲜面包，自制奶酪和酱炖兔肉以及海鲜奶油汤，使他们吃得人人满意，天青的小饭馆总是备着一些葡萄酒或啤酒，只是没有正式的吧台，他不想抢了镇上小酒吧的生意。每到这种宴席场合，天青就感到人手不够，就会更加思念贝雅塔，也想念弟弟。

天青小饭馆的柜台上，还放着两样东西，一个是他母亲送给他的那只卷毛小狗，那只人见人爱的白里透红的小石狗，跟他走了万里路；如今天青把它放在柜台上，很是招人喜爱。每当人们问天青，他都会说："这是我家的传家宝，是我外公雕刻的，母亲在我离家之前送我的；我弟弟也有一个，谁要是在哪里看到跟这个一模一样的小石狗，那我弟弟一定在不远处。"

柜台上还有一件石雕，那是天青自己的手艺，永远没有完成的石山。天亮也在雕刻同样的东西，尽管他们两人没有商量过，不过我们早就知道了，孪生兄弟有相互感应，他们想的一样，手下雕刻出来的也是一样——那是他们家乡的山和水，蜿蜒上山的小径和山上的石洞。天青没有完成，天亮也没有完成，因为他们都相信对方还没有做完，他们两个人的作品一样。天青总会指着未完成的山水石雕对人说："那是我的家乡，我弟弟也有个一模一样的没有完成的雕刻，谁要是看见了那个雕刻，我弟弟一定在不远处。"

可惜多年来，没有任何人看见过和这家小饭馆柜台上摆的一模一样的那两样雕刻，当然也就没有任何关于天亮的意外线索。

柜台上还有一样东西，那是玛娅奶奶的那个珠宝首饰盒。天青抛撒了几乎所有的首饰，换来了贝雅塔小姐的贞洁，却没有保住她的性命。他珍藏着这个首饰盒，作为对玛娅奶奶和贝雅塔小姐永久的纪念，如今把它放在柜台上，变成了他的收银箱。每天看着它，背后就出现贝雅塔的身影。天青总会想，如果贝雅塔跟我一起在这里，她会是个多么称职的老板娘。

生意冷清的日子，天青干脆关了门，独自来到荒野上的墓园转一圈，最后总会停在那几座无名氏墓碑前面，洒上一瓶葡萄酒，再供上几个自己烘烤的面包。天青会对着石碑，对着心中的弟弟，絮絮叨叨地述说起过去那些年里发生在自己身上的种种事情。他给弟弟讲过无数次蔡大哥，那顶毛皮帽子和那条狗皮裤子的来历，皮帽子让郭娃藏起来，离别时给自己戴上，不然后来走那一路会遭更多的罪；狗皮裤子让那群"契卡"的人给没收了。天青也不止一次向弟弟说起郭娃，曾经喂他大蒜泥，救他一命憨厚的人，说他就像另一个弟弟，如今的饭馆手艺还是他的真传，他要是能在这里帮忙就好啦！他也想念许许多多的战友，却无从知道他们的下落。天青更加想念天亮时说："要是你在，咱们兄弟俩一起开这个店该有多好。唉！我一人，要搬个东西都没人搭把手啊——"只有说到这里，天青不免会流下几滴眼泪来。

天青更多地跟弟弟说到玛娅奶奶和贝雅塔。早年间，天青说玛娅奶奶说得多，后来，天青光顾着说贝雅塔姑娘了。他会愣神地望着天空，回忆贝雅塔姑娘长得多么甜美，弹钢琴弹得有多好，特别是肖邦的《夜曲》。他也对弟弟说，她的脾气好像不太好，教自己法文时凶得不得了，自己每次上课都战战兢兢，怕被她训斥，怕她每天的考试；可是要不是那样，有她逼着自己拼命用功，今天自己的法文怎么能是这个样子呢。说着说着，天青就会想着，那时她梳什么头，穿什么衣服，自己怎么没有多注意看啊！现在想想真是可惜。越说到后来，天青越感到无尽的悲哀，他一遍一遍地讲述在波兰和德国流亡的那些日子，他们向往过到法国以后的生活，她说天青应该去学校学法语，然后找份正式工作，不要再干苦力了。她自己要进音乐学院，要学作曲。后来贝雅塔小姐得了肺炎，他们好不容易逃出那个黑店，可是碰到了一群败兵、一堆散兵，他们是凶悍的哥萨克人。自己用计把他们引开，丢了大半盒的珠宝，让贝雅塔逃跑了，可是她后背还是中了一枪。每说到这里，天青都要痛哭一场，他没有别人可以倾诉，没有别的地方可以痛哭。只有在这里，当独自在这寂寞的小镇，守着一家孤零零的小饭馆，特别是坐在墓园里对无名氏石碑、对着心中的弟弟天亮倾诉时，他的真情才会流露。

贝雅塔白天会在他眼前飘过，晚上进入他的梦里，跟他一起打理这家饭馆；她的法语那么流畅，人长得那么漂亮，能说会道，人缘又好，会是多么好的一个老板娘！天青被自己的梦弄昏了头，不过当他清醒的时候，他知道，他的小饭馆永远不会有老板娘啦！

后来有一天，他看见墓园外面建了围栏；又过了几年，天青看见墓园前面立了一个大牌坊，好气派，上面有两个字，天青辨认了许久，才认清那是"千古"两个字。天青高兴了好多天，那上面还竖刻了两行字。天青认不全，他把每个字都抄下来，想着哪天小饭馆走进几个中国人，就请他们给念出来。

那个牌坊上写的是："我欲多植松揪生长远为东土荫，是亦同赓袍泽勋劳宜媲国殇名"。

下面是："中华民国驻英全权公使施肇基撰，中华民国前任司法总长林长民书。"

在侧面还有一行更小的字，天青也照写下来了：

它们是："千九百十四年世界大战中华工人死于战地或积劳殉生者九千九百余人逐代葬于法境诺埃尔勒石彰之。"

这个天青看明白了，知道还有人纪念一战中死去的华工，这让他心中略感安慰。

第十四篇　天亮在法国南部的奇遇

七十六　天亮闯进了一家杂货店

当天青在法国南北奔波寻找天亮的时候，天亮正在法国最南部，靠近西班牙的一个小镇上。他在南部执行任务，寻找华工遗体及没有归队的华工，让他们尽快回巴黎，法国华工营准备送他们回国呢。他走过很多常人不去的地方，最后走到靠近西班牙边界处，那里有这样一个小镇，十分冷清，大概没有中国人来过。他完全是偶然路过这里，发现这是一个典型的法国乡村小镇，说它是个村子也无妨。镇上只有一条主街，街上有一家酒吧、一家饭馆和一家杂货店。干干净净的鹅卵石路面，雨后被冲刷得没有一点泥泞和杂物。天亮本想到酒吧喝点什么，可是看见了法国少见的杂货店，不假思索就径直走了进去。没想到，柜台后面竟然站着一个中国女人，天亮走遍法国大城小镇的许多店铺，从没有看见过中国人当掌柜的。当时店主正在跟客人结账，抬头看见天亮，也愣了一下；那位客人买了东西、找了钱走出店门后，店主还愣在那里。

天亮望着店主，她年过四十，但是看上去年轻得多。她个子高挑，过于瘦削的身子显得格外单薄。她的眉宇间相当开阔，给人印象深刻的同时，又会让人相信，这是一个胸襟开阔的豁达之人。也许她年轻时曾经美丽过，如今岁月在她脸上留下的是少许皱纹和一脸倦容；那个女人怔怔地望着陌生来客。稍后缓过神来忙不迭地问道:"您是——打哪儿来的,从中国?"开口竟是一口纯粹京片子,天亮没有注意到那个声音有点颤抖。

天亮回答:"是,我是大战时从中国来的华工。"

老板娘满脸绽开了抑制不住的笑容,连忙走出柜台,拿过一把椅子,一边嘴不停地说:"真是太阳打西边出来了,今儿个店里来了位稀客,还真是远道从中国来的。您瞧瞧,看着都不敢相信呢。快请这边坐!这位先生——老家在哪儿?听口音不像北方人。"

"是,我老家在南方。这个店在这里开了有多久?"天亮没有坐,一边找话说,一边好奇地四处张望,发现货架上面放的,并没有多少中国货。

"哎,开了有二十来年了。还不是为了方便小镇上的人嘛,都是些日用百货小玩意儿,没啥值钱货。"老板娘看看客人没坐,说着就收拾柜台要关店门。

天亮忙说:"不要影响你的生意,我没事儿,你不用着急关门。"

老板娘边收拾边说:"嗨!这个店没有关门时间,我们这个乡下,来个中国老乡多不容易!您要没事儿,就请到我们家坐坐,吃顿家常饭,随便聊聊天,行吗?"

天亮巴不得呢。走了这么多天,别说没找到齐中原,根本就没见过几个中国大活人。在这偏远地方突然遇到一个开店的中国人,还被邀请到她家吃饭,天亮心里那个高兴!天亮和老板娘一起走出店铺。没走多远,来到了一栋房屋前。天亮觉得那栋房子就像画中的小屋——屋顶铺的是茅草,窗户都不大,可是窗台上放着花盆,屋檐下吊满了花篮,上面的各种花朵把这个小屋装饰得就像童话里的林中小屋。

天亮停住了脚,看着赞不绝口:"你家真漂亮,这么多花。"

老板娘笑着回应道:"人家法国人就爱美,谁家都整理得有花有草,漂漂亮亮的。咱们也是入乡随俗嘛。"说着朝屋里喊道:"小健子,快来看,我带了个什么人来家啦!"

"妈——我看见啦,您可真有本事,这是打哪儿请来了个中国人啊!"随着清脆的声音屋门开启，门后站着一个漂亮女孩儿。她一定像她母亲年轻的时候，可是更漂亮——哦，天亮明白了，这是个混血儿！看那双大眼睛和长睫毛，还有白皙的皮肤和黄褐色的头发，可是她开口说话竟然和她母亲一样，一口纯正北京话。

天亮进屋后四处观望，干净利落的房子里却不见当家的，这家的男主人呢？

那个叫小健子的女孩嘴就没有停，"妈，我可不知道今儿个有客，我只烤了面包，没做别的，拿什么招待客人啊……"

"咱们自个儿擀点面条，现做现吃。对了，我说这位先生，半天我还没问您尊姓大名呢。"老板娘一边脱下外衣，系上围裙，准备进厨房了。

天亮犹豫了下说："叫我迈克吧。"他那身美军军服此时正是他的身份证明。

"您在美国军队啊，真棒！"小健子仰慕地说道，她说的那个"您"字特别地动听，这是北京人对人的尊称，可惜天亮不大懂"你"和"您"的区别。他没去过北京。

"美国军队快撤完了，人家都回国了，我快成没娘的孩子啦！"天亮像是在说笑话，可他说的完全是事实，也是他的担忧。

老板娘的声音传来："哪能啊！迈克，记住，这儿就是您的家。对了，您喜欢吃炸酱面吗？"

天亮不知什么是炸酱面，"是中国饭就行！我大概快忘了中国饭的滋味了。"

"多可怜！妈——再炒个菜吧。我烤的面包迈克才不稀罕呢。"小健子说着伸了伸舌头，一副调皮样子。

"你爸呢？"天亮问了句。

"我爸死了好几年啦。以前，他每个礼拜还开车去马赛进货呢！现在我们只能靠人家每月送一趟货来，铺子生意比以前差远啦。我们这儿没几个人会开车。"小健子说着，带天亮看墙上的照片。有一张她父母的合影，那个法国男人显得比她母亲年长好多岁，倒是高大英俊。还有一张照片是4个人，其中有个比小健子大的男孩。天亮不敢再开口问了，战后谁家都有减员，只看多少人了。他在心里悄悄说："我倒是会开车。"

那天，天亮吃了满满两大碗炸酱面。他不记得什么时候吃过这么好吃的东西，他真的太久没有吃中国饭了，特别是面条。吃着吃着，他想起母亲以前也给他做过面，那是什么面？葱花加腌雪里蕻。那真是好久好久以前的事啦！

饭后小健子去了厨房，一会儿端出两杯热茶，放到沙发前面的茶几上说："我去洗碗，回头还要到花园去浇花。迈克，您可别着急走啊，我妈天天念叨着怎么就没个中国人来店里。今儿个不知哪阵风把您给吹来了，您就陪我妈好好聊天吧，行吗？"小健子满脸的恳求样子，一连几个"您"字说得格外动听，好像生怕这个中国人吃完饭就拍屁股走人啦。

天亮笑着说："我没有事，不着急走，你忙你的吧。"

老板娘和天亮坐在茶几两边的沙发上。老板娘看着女儿进了厨房，边喝着热茶，边和天亮聊开了："迈克，这里的人都叫我红。因为我刚来的那些年，老爱穿一身红。"天亮笑了笑，现在老板娘身上可没有一点红。她诚恳地望着这个稀客，好像有满肚子话要对他说："迈克，你知道我是怎么来的法国吗？"说完十分认真地看着天亮，天亮摇摇头。老板娘缓缓地说道："我是让八国联军给抢来的。"

天亮惊讶地张大了嘴："啊——"

七十七　杂货店老板娘是八国联军抢来的

老板娘似笑非笑地接着说："二十多年前，我先生是八国联军的法国军官，我是被他从北京海淀给抢来的。"天亮屏住了气，竖着耳朵等着她说下去……

"那年我刚18岁，赶上了八国联军进北京。后来的人光知道洋人打到北京城，可是有谁知道，他们也攻下了海淀呢。你到过海淀吗？"天亮摇摇头，老板娘流露出失望的表情。"那是北京西边的一个镇子,离圆明园不远,圆明园你总该知道吧,上个世纪就让英国人和法国人给烧了、抢了。说来海淀比咱们这个镇大多啦,我们家就住在那儿。那个镇子住的都是普通老百姓,还有些老了没人管的太监。我们那儿有什么东西可抢?圆明园早成废墟了,可是洋人还是没忘记他们老祖宗在那儿抢过不少好东西。结果无论是义和团,还是八国联军,都要到我们海淀来转一遭,他们可是什么坏事都干。我那年出落得像朵花儿似的,这可不是我自个儿吹的,是我们当地人那么说的。有一天我让一群外国大兵给团团围住,吓得我闭上眼睛,恨不得钻地缝里。"她在此关键处,停了一下,端起茶杯喝了口茶;天亮紧张得捏着拳头,大气不敢出。

"您猜怎么着?就在那个节骨眼儿,有个人,是个当官儿的,骑着匹马冲了过来,一把拎着我的衣服,就像拎只小鸡那样,往他身后马背上一搁,转头就跑了。"她说着,还比画着怎么提人、怎么往身后放。"我还闭着眼呢,只觉着颠得慌,睁眼一瞧,可了不得了;那会儿我还趴在马背上,脸朝下,只见马路上全是血,到处是被砍的人,乱七八糟的东西被扔得到处都是。我吓得赶紧又闭上眼睛。我只觉得那个骑马的人,还伸出一只手在后边揪着我的衣服,生怕我掉下来。后来马不跑了,我才睁开眼。那人把我从马背上面抱下来,放到一间屋子里的炕上。他什么也没说,只是伸根手指头放在嘴上,意思叫我别吭声。我又不傻,到了这个节骨眼上,我还敢吭声?魂儿都早吓没了。那人转身又出去,把房门从外面给反锁上。天黑他才回来,给我拿了好多吃的。那天晚上,他就合着衣服睡在地上,让我睡炕上;外边一有动静,他就摸起枪蹦起来。这么过了几天,我们就上路了。好家伙,他的那帮同伙,每个人都是大包小包地背都背不动;只有他,什么也没拿,只是一个劲儿地护着我,谁也不让碰。就这么着,我们回到了法国,我成了他的老婆。"

天亮像是在听人讲天方夜谭。他想问好多事,可不知该问哪个。老板娘接着说了一句让他意外的话:"可惜你不是打北京来的;我最想知道的就是,海淀——现在是什么样儿了,是老样子呢,还是全变了。唉!做梦都想回到北京,回到海淀。"老板娘说完闭上眼睛不吭声了。

小健子一直伸着耳朵听呢，她走过来告诉天亮："我爸的同伙儿，就像一群海盗，每个人都抢了不知多少东西回来。他们一上岸，就开始在马赛卖抢来的东西，因为东西实在太多了，都拿不动啦。我爸没抢回东西，按他的话'只抢了个大美人'。"说着小健子大声地笑了起来，天亮也跟着笑了，他更想知道后来怎么样了。

老板娘笑着接上："他倒是脑子灵活，在马赛就地开了家店，自个儿没抢东西，专门帮他的那帮同伙卖抢来的值钱宝贝，就那么着儿，他倒也挣了点钱。"

小健子撇着嘴说："我爸不想和那帮人一起，他退伍后想到个偏远的地方，后来住到这个乡下来。那会儿，我妈爱穿一身红裤褂，这儿的人就叫她'红'。"

"我的老天爷啊！刚来那会儿，看着人家法国女人，里三层、外三层，还不把我穿晕了。我不会像法国女人那样打扮，只好自己琢磨。好在从小跟我妈学会做衣服，我拽下窗帘、扯下桌布就自己裁，自己做，按中国老式法子打扮。他爸倒也随我，他说我怎么穿都好看。"说着大家都笑了。

"我哥比我大两岁，我生下来身体就不好，我妈给起了个'小健子'的名字，想让我长壮点。我哥倒挺壮实的，有什么用？上前线没有几个月就没命啦。真可惜，他死后没多久就停战啦。"天亮想着墙上照片里的男孩果真是她哥，刚才幸好没有再问。

天亮忽然好奇地问老板娘："你先生，他——他对你好吗？"

"好——"她的一声好字拖得好长。"他说他到中国就做对了一件事，就是把我给抢了回来。"大家又笑起来，天亮回想老板娘刚才所说，真不知该说好还是不好。

小健子又说："我爸还教我妈学法文，先是学说法国话；后来我哥上学以后，就跟我哥一起认字，现在我妈都能看报写信呢。"

"你在这儿待得惯吗？这儿的人怎么样？他们对你好吗？"天亮连着问。

"还行呐！我待人随和，这儿的人，只要不招惹他们，没人跟你过不去。他们都说我们母女俩长得水灵，我说那是海淀的水养人。唉，不知那儿的池塘跟小河现在还在不在……"说着她又睁着迷惘的双眼望着窗外。海淀，那个遥远的老家，成了她的心病。

　　就这样，这家人在这个小镇上开了家杂货店。男的买了辆那时刚刚面世的雷诺车，改成了货车，每个星期开车到马赛港去提一次货，小店开得有声有色。可是大战开始后，她们家的两个男丁先后上了前线。小健子的哥哥是大战最后一年才抽去当兵，那会儿还不满十七岁呢，不知在哪个战役里送了命。他爸是战争一开始就被部队招去的，再也没有回来过。他的军阶还是从中国回来时的，不像他的老战友们，这些年一直在军队，都升到校级啦，他还是尉级，听说尉级军官在这场大战中死亡比例最大了，因为他们要带兵上前线，都是冲锋在前的人。在那以后，这个店铺再没人开车去马赛进货了，断了新鲜货源；现在只有每月靠人家送点儿货来，生意跟以前比差远了。

　　听着她们母女两人叙述，天亮突然冒出一句："我倒会开车。"

　　小健子兴奋得蹦了起来，"真的？快来看！"她拉着天亮的手就往后院跑，只见一辆老式雷诺车停在那里。车顶落满了树叶和树枝，一看就知道许久没有开过了。

七十八　天亮留下当了杂货店的长工

　　天亮脱下军装留下了。他正好没有去处、没有着落；而这家人正好缺男人，缺个劳动力。每次进货，还得人家送货的人往里搬，她们娘儿俩，连搭把手都不行。天亮年轻力壮，还会开车，真是打着灯笼也找不到。"您是打天上掉下来的。"老板娘这么说。自此以后，天亮当起了这家店的长工。他住在后院的一间往日放工具杂物的小木屋里。那里打扫干净后，又加了一张小床和一张小桌子。

天亮白天跟着母女俩去店里打理一切需要劳力的活儿。那辆多年没有发动的雷诺车，也让他给摆弄得可以上路了。天亮庆幸在美国军营里，不仅学会了开车，还随那些大兵学会了修车技能。记得军营里的每个美国大兵，都拍胸脯号称既是驾车高手，又是修车能手。天亮不敢自称修车能手，不过摆弄几下还不在话下。现在他们每周又可以到马赛进一次货了，小健子和她妈抢着跟车，实在是因为困在小镇太久、太无聊。随着每周一次的进货，杂货店的货源充足起来，生意马上就好多了。附近就这么一家小店，谁想要什么新鲜东西，会过来打招呼，天亮他们下个星期就会进货回来。老板娘看着小店比丈夫在家时还要红火，心里着实欢喜。

慢慢地，天亮好像成了这个家庭的一员。天亮也知道了老板娘有个很美的名字，叫娜塔莉亚，是她丈夫给起的。三人一起吃饭，一起开店，如果有什么事，娜塔莉亚还爱和他商量，毕竟天亮比小健子年长又见识多，商量起来靠谱得多。老板娘还让天亮直呼她的名字，说这里人都这样。小健子也有个法文名字，叫海蒂。不过在家，他们都叫她"小健子"，妈妈说就是要这么叫，让她不再得病。至于为何叫她海蒂，天亮明白，还是老板娘永远忘不了她的老家——海淀！

秋末天气转凉，天亮搬进屋里，住在小健子哥哥那间卧房。外人问起店里新出现的那个中国男人时，娜塔莉亚就说是从老家来的。大战后比任何时候人口流动都大，谁也不会刨根问底。镇上的人反而觉得，这家人大战中不幸失去两个男丁，只剩两个女眷，现在着实需要一个男人，很为她们庆幸。

她们在家都说中国话，那是娜塔莉亚坚持的。她自己永远操着一口纯正的北京腔，也要求孩子会说。她一直想让小健子学写中国字，可惜自己认的中国字还不如法国字多，没法教。当她知道天亮会读会写，还当过识字班的小先生，高兴得直拍手叫好，硬是逼着小健子跟天亮学。她摆出一副平日不多见的大家长架势，高声教训起女儿："别忘了，你的根儿在中国，你的老家在海淀！"天亮拿出保存多年的晏阳初编的那本识字课本，也像他在识字班里当小先生时一样，一本正经地教起小健子认字；把个从没见过方块字的小健子，搞得苦不堪言。她撒娇地拽着她妈的衣服说："妈——让我干点别的行吗？写中国字啊，比画画还难，比绣花还烦。"天亮想，她妈真教过她绣花吗？

天亮也跟着小健子学法语，他当初跟万译官学过英语，这些年又在美军营工作，他说英语还算流利，也能读英文报纸和写一些简单的报告，那是在美军营的几年学会的，也是必须要做的公务。可是现在他将长期生活在法国，光靠他在法军营学的那点法语口语远远不够。天亮心里明白，他学法文远比小健子跟他学中文重要得多。他很努力，也很认真，心想如果娜塔莉亚能看法文报，用法文写信，那自己也能做到。小健子上过中学，教天亮法文比自己学中文带劲得多。

天亮想着，等自己学好法文，自己要在巴黎的报上登个寻人启事，那种启事在战后常见。不过这个启事一定要自己来写，要只有天青才能看得懂。

不知他当时想过没有，天青看得懂法文吗？

一年后，天亮和小健子结婚，当了这家的上门女婿。他早就是这家人的顶梁柱了，现在更是个里里外外都能顶事的好当家。经过了几年大战中艰苦的华工生活，随之多年漂泊不定的生涯，天亮这些年真的受了不少苦。现在突然有了一个温馨的家，有个美丽的妻子，和像母亲一样关爱自己的丈母娘，他很久都没有适应过来。回味起来，他感到好幸运，上天给了他这么一个机会。他尽心尽力地为这个小家庭奉献自己，同时也在尽情享受从没有过的安定和幸福。不过在温柔乡里静静地享受了几个月后，有时在深夜里，天亮常常会有一种不安的异样感觉。

多年不见的双亲会在梦中出现。天亮用新地址给家乡的父母写了封信，告诉他们自己结婚了，媳妇是半个中国人。他记得上封信还是在晏阳初那里学了中文以后写的呢。那是哪一年？好像是停战后那年——1919年？算来又有4年了。怎么会没有回信呢？天亮不知道，父亲给他的回信在华工营里转了无数营地，盖了20个邮戳，最后落到了天青手里。天青知道母亲已经去世，父亲生命也即将到尽头；可是天亮什么也不知道。而在家乡，已经没有任何家人了，天亮写去的信，根本没人理会。

天亮更加惦记的是天青，这么多年找不到他，让他心不甘、气不顺；这是小健子慢慢看出来的。她说在巴黎报纸上登个寻人启事又不难，干嘛不试一试。天亮不是不想登，他犹豫的原因是不想让约翰抓到任何线索，他不知道这个人在不在巴黎，他只知道这个人是个无赖。现在自己有家有业，实在不想和这种人沾边。于是，他和小健子拟了一个非常晦涩的寻人启事。它是这么写的："东海边上两兄弟，大战来到法兰西，不知青天在何处，请来南部寻兄弟。"小健子给译成法文的几句话，登在报纸一个不起眼的角落里。他写的是"青天"，而不是"天青"。整整一个星期，不知有没有人看过一眼，更不知道看到的人看懂了没有。

天青没有看到，更没有人告诉过他，曾经有过这样一个可能和他有关的寻人启事。当然天亮也没有得到任何回音。

七十九　当了上门女婿的天亮给儿子起名"念青"

天亮在那个偏远地方生活着。他已经当了父亲，小健子生了一个男孩儿。天亮看着孩子眉眼极像自己，当然也像天青；他把对哥哥的思念寄托在孩子身上，给儿子取了个中国名字，叫"念青"。

天亮不断地在动脑筋，一心想把杂货店开得有声有色，他毕竟在巴黎待过几年，现在他想把杂货店开得像巴黎看到的很多街边小摊、小店那样。于是杂货店开始售卖报纸和一些流行杂志，后来还加上了畅销书。他每个星期从马赛进货时，总会买些新书和刚出的杂志回来，邮局每天会送来当天的报纸。他在店门外安置了两把长条靠背椅，还在杂货店门里立了个报架，上面放着当天的报纸及最受欢迎的杂志。这样一来，杂货店就变成了大家都爱来的地方。人们喜欢坐在那把长椅子上面，晒晒太阳，看看报纸，聊聊天，临走时到店里转一下，买一两样东西。小店生意已经好过以往任何时候，天亮也有机会接触更多的人。娜塔莉亚看着这个倒插门女婿，得意地念叨着："我是让我丈夫抢来的；我的这个女婿啊，他可是自个儿走进咱家门来的！"天亮也这么认为吗？他觉得他来到这个国家，走进这个家庭，既不是被抢来的，也不是被骗来的；只是好像上天指了一条路，拐来拐去，最后拐弯就到这里来了。他自认——这就是命！

那些年，天亮在自己店里，也和娜塔莉亚当初一样，总盼着能走进来一个中国顾客，可惜他们的小镇太偏了，哪里有中国人会来到这里。直到几年后，这里才很稀罕地走进来了一个中国人。他叫薛泳音，夏天来南部度假，晒得黑黑的，一看就知道是个家境不错的自费留学生。他和天亮当初一样，无意中走进这个小镇，走进这家杂货店，吃惊地看到店主竟是中国人，高兴得眉开眼笑；天亮看见店里来了个从巴黎来的中国人，更是喜出望外。两人一起坐在门口的长椅上，天亮急切地打听巴黎发生的各种事情，薛泳音说得眉飞色舞。听完天亮知道了，那里的华工早已走光了。薛泳音说："据说还留下了3000人，有的是在工厂干得不错，人家留下了；有的是找了个法国女人留下来的；还有的找人凑了钱，赎身留下开店做生意的。"天亮听着想着，肯定不会有英军营的，留下的大概都是法军营的吧！一番话又让他想起齐中原来了，他现在会在哪里呢？这么多年也没有音讯。

薛泳音还说起："巴黎热闹着呢！大战以后，全世界的人都跑来了，谁都想感受一下法兰西文化，那里的名人多了去啦。可是法国政府挺不争气，知道吗？过去14个月里，法国换了6届政府，嗨，我们管不了那么多。告诉你一点新鲜事。我们那儿新来了一些半工半读的中国学生。其实他们没有什么法语基础，说当学生，也就是来念法语；说半工吧，你知道，大战后，法国一直不景气，工厂不像大战时期，就是你们华工来的那些年那么需要人。结果你知道他们净干些什么？"天亮心想：我当初在巴黎时就碰到过这些人，谁知道他们后来又做些什么，便摇摇头。薛泳音低声说："他们就搞革命，让当局送回去了一批，还有人让警察给盯上了。我们住的那个旅馆，警察就来搜查过好几次；他们早跑了，倒留下一些小册子，我都给收起来了，还带了些呢。"说着从背包里拿出了几本。天亮看见那是《中国工人》《共产主义 ABC》，还有一份《救国时报》。

天亮在巴黎时，还真没有看到过这些东西，忙问："这是些什么书？"

薛泳音说："都是闹革命的。千万别在店里看，想看拿家去看。你要知道，法国当局现在最害怕这些搞共产主义的人呢；经济不好，怕工人造反。这些闹革命的外国人，被抓到了先关起来，再驱逐出境！"薛泳音又神秘地对他说："苏维埃想把共产主义送到全世界，是华沙战役挡住了他们往西发展，法国共产党已经够厉害的了，可是想要当政，还没那么容易！我啊，离这些激进学生尽量远点，太危险！"

天亮听了很好奇，他把几本小册子留了下来，晚上悄悄读起来。他第一次接触到"共产国际""布尔什维克"这些新名词，那些都是他哥哥六七年前热衷的，两兄弟走了不同的路，今天天亮才领略了一点哥哥多年前有过的激情。不过他一想到警察要来搜查，就放下了那点热情，把书悄悄地藏到床底下，后来又藏到了后院小屋子里。只是不知为何，内心却有一股激动的感觉，说不上来的一种冲动，总觉得那些遥远的大道理好像和他有些关联。天亮没有刘哲欣那样的革命启蒙老师，可是他和天青一样，作为穷苦出身的人，对那些讲述美好未来的宣传，最容易接受。他早已离开巴黎，不然真不知道会走哪条路。以后再到马赛进货，他会买上一份中文报纸《救国时报》。后来还把他写的那四句寻人广告的中文词，也寄过去登在报上。如果天青看见了，他一定会看懂；可惜晚了，天青那时已经离开了巴黎，他没有看过《救国时报》。

店里不忙时，天亮就会和顾客一起，坐在店门口的长椅子上聊天，天亮从他们那里还真学到了不少东西。不要小看这个偏远小镇，却住着形形色色的能人。

夏朗德先生是个退休哲学教授，总是穿着一件西服上衣，不过除了周日去教堂或是过节，平日领带倒是不打的；

布托尔一战时当过上尉，只要是节日，无论是国家节日还是宗教节日，他都会军服笔挺，当然周日去教堂也会穿上，显示他的一战军官身份；

伯斯科是位诗人，四十来岁的他，却已谢顶；

圣莫尔德是小镇上人人知道的画家，终年戴着顶鸭舌帽，他说脱了帽子就不会画画，帽子上面总是沾了不少油彩。

这些人都在巴黎住过，可是现在他们只想远离喧嚣的大城市，选择在小镇落脚。

每年夏天，小镇来来往往的人更多，那是因为这里离地中海不远，去海边度假的人，总要到周边的小村小镇逛一逛，来的人也会到杂货店里看一看。他们这里有书报杂志，更是吸引了不少年轻学生和知识界人士，于是天亮也就不会是个孤陋寡闻的人了。像那几年，诗人伯斯科告诉天亮，有个美国作家也参加过第一次世界大战，在意大利战场给红十字会开救护车，他叫海明威。天亮开始看一些他写的短篇小说；天亮哪里会知道，他的哥哥在巴黎还和那个作家一起出入过斯泰因小姐的沙龙呢。

后来那个美国作家出了一本书，书名是《太阳照样升起》，讲的就是一群一战后的美国年轻人，流落到巴黎。书里既没有那么多的浪漫故事，也没有那么多篇幅讲巴黎的美景美食，讲的都是他们怎么不痛快、怎么烦闷、怎么忧伤。伯斯科给天亮介绍了这本书后，天亮马上从马赛的店里进了这本书，还卖得挺快。他自己也硬是把这本书啃下了。他看的是英法对照版本，天亮正好两种语言都会一点，又都不是太好，他凑合着看完了。结果越看越觉得怎么讲的都是自己想的啊。虽然他比那些只知道在酒吧喝酒胡闹的人要强一点，因为他有家有业，可是那种空虚和苦恼、那种忧郁和无望，真把当时天亮心中隐匿的阴暗角落都挖出来了。看过书后，天亮很震惊，也有点害怕，那个天亮才是真实的自己吗？妻子和岳母要是知道自己是这样想的，定会怒斥他："难道你还不满足吗？"天亮暗暗责备自己，不要太好高骛远啦！一个人在这世界的角落里，还想做一番大事业吗？做什么？怎么做？天亮啊，不要做梦了，安心当丈夫和父亲吧！

八十　杂货店门前变成小镇沙龙

过了两年，店里又来过一个中国人，名叫朱露，他是从天亮老家那一带来的，也算是半个同乡，两个人说起话来口音都差不多，见了面好亲热。朱露在法国走的是老路子，挑着担子贩卖日用百货，从一个村走到另一个村，走街串巷，吆喝叫卖；看见天亮有这么个店铺，羡慕得不得了。天亮和朱露坐在门口椅子上，聊起遥远的中国，那时已经发生"九一八事变"了。朱露说不想回去，中国肯定又得打仗。天亮早从《救国时报》上看到日本人把中国东三省给占了，当时没有太在意；听朱露这么一说，好像震动了一下，天亮真的有点坐不住了。天亮是见过世面的，他回想他们当年阻拦陆大人去和谈会上签字，不就为了不让日本人把德国在山东的利益拿过去吗？可是现在那个小日本，竟然把他们东北给占了！

天亮回家跟妻子和岳母娜塔莉亚讲起，娜塔莉亚赶紧问："没占北京吧？"其实那个时候北京已经改回北平了，当然他们不会知道。小健子更是心急火燎地问："你总不至于回去打日本人吧？"天亮摇摇头说："中国那么远，我当然不会回去。"话是这么说，只是每当想起许多中国人被赶出家园，被迫流落到关内，他又觉得似乎不能什么也不管不问；可是怎么管，怎么问，他真的一无所知。当年在巴黎，中国发生水灾，他们还上街搞过募捐，晚上就把钱送到领事馆去呢！现在在这个偏远角落里，筹钱也不会多，筹了也不知该往哪里送！他盼着朱露再来，相信走街串巷的他一定比自己知道得多。他还拜托朱露打听齐中原呢，倒不是惦记他借的钱，他现在不缺那点儿钱，是挂念这位老朋友。不知齐中原可有了自己的武术馆?可惜朱露再也没露过面。天亮的心被吊着,既为了近处的齐中原,更为了远处家乡的百姓。一种家人受难时,自己却躲在一旁过安稳日子的内疚感折磨着他。

接着的那些年,社会真的不安宁。上尉布托尔每天都要来小店看报纸,和众人聊天,特别爱聊当前的欧洲形势。他们都记得,德国的希特勒在1933年1月上台,10月德国就宣布退出国际联盟,竟然公开武装自己。这个消息像一阵风,一下子就传遍了小镇。

天亮问夏朗德教授:"总不至于再打仗吧。"教授也是每天必来小店的人。

谁知教授竟站了起来,朗朗地回答:"为什么不会?你知不知道,一个世纪里,普鲁士人5次对我们开过大炮,3次神气活现地走在我们的香榭丽舍大街上。我们有这么个恶邻,怎么能让我们睡安稳觉?他们现在猛生产钢铁和军火,那是想干嘛?不明摆着嘛!"天亮完全没有想到,形势会那么严峻。

画家圣莫尔德说得更可怕:"知道什么是法西斯主义吗?它们在德国和意大利已经登台啦!"天亮真的不知道什么是法西斯主义,几个人七嘴八舌地跟他解释,天亮最后总算听懂了:原来日本也是法西斯,是东方法西斯;而德国和意大利是西方法西斯。他们都是对国内吓唬和镇压老百姓;对外想重新瓜分世界,是一群专门挑起战争的人。

上尉布托尔最担心的是法国政府不稳,这些天,他天天穿军装。他说巴黎老战友告诉他:由于议会争吵不休,巴黎出现了暴动,退伍军人排着队,戴着勋章,唱着《马赛曲》,沿着香榭丽舍大街游行到协和广场,他们举着标语写的是"我们希望法兰西在秩序和诚实中生活——全国战士协会"。天亮听了激动不已,他多么希望自己此时能在巴黎,他相信他一定会走在那个行列里。就像当年他和那群华工一起,反对西方蔑视中国一样;因为第一次世界大战时,他是一名"工兵",也算退伍军人。现在他要和法国人一起反对战争,反对法西斯!他恨自己怎么躲在这么偏僻的角落,只顾自己的小家庭,什么事情也不能做。

夏朗德教授忧心忡忡地说："德国已经正式废除《凡尔赛和约》，开始征兵了。英国和美国还不抗议，知道为什么吗？他们是想借希特勒的力量对抗苏俄布尔什维克！这些政客怎么就不会想到，那个野心家说不定会先收拾邻近的法国呢？看来我们法国现在只能靠自己啦。"大家又议论起马其诺防线，听说那个屏障有几百公里长，里面什么都有，甚至还有电车。何必杞人忧天呢，于是又相约一起到对面酒吧去喝上两杯。

天亮惴惴不安地每天和小镇上的人讨论时局，看每期《救国时报》。他一面祈祷天下太平，阖家幸福；可是另一面，他又好像不满足于现在这种平静的生活。也许天亮本来就属于那种人——他们永不安于舒适生活与平静人生，他们总在等待着机会，好让自己做出更大的一番事业；在他们的心底里，渴求一种更高的精神境界。天亮不知道，这种机会在动荡的年代就会出现，只是在谁也意料不到的地方和时刻出现！

1936 年，发生了两件事情让这些以为可以高枕无忧的人们紧张了。一是那年 3 月，德国人派出一小股部队到莱茵兰——那是法国的地盘，法国人有点吓懵了。如果那个时候法国人知道，德国这股小部队奉命"一看到法军先头部队，就迅速撤退"，他们一定会立即回击，而且法国后来就不会那么惨了，二战历史也会重写了。可惜当时法国竟然窝囊地一声都没有吭！他们害怕一交手就会演变成一场真的战争。那个时候，无论是法国人民还是法国内阁，没人想打仗。当然也不能都怪法国人，看看英国人那时是怎么说的："如果你们独自出兵，就将造成我们两国关系的破裂！"英国人更怕战争，人们都还没有治愈一战的创伤！

其结果是 12 天以后，国际联盟理事会才悄悄地谴责德国违反了《凡尔赛和约》。可惜太晚了，德国人已经成功试探出他们的战争之路，难怪希特勒后来会说："我军开进莱茵兰之后的 48 小时，是我一生中最紧张的时刻。"那次小试牛刀之后，希特勒在公民投票中，支持率猛蹿到 98.8%。

第二件事更让天亮和他的小镇居民们震撼。1936 年 7 月，离天亮一山之隔的西班牙爆发了内乱。对抗的双方，一方是民选的人民阵线政府，另一方是反动军人佛朗哥，由于人民阵线政府触犯了权贵利益，于是佛朗哥代表这群权贵势力发动了军事政变，向现政权宣战。当时西班牙总理向法国总理紧急求援，请求武器支持。可是英国教训法国"不要给欧洲添乱"，法国议院怕被拖入另一场战争，也让他们的总理"不要掺和到那件事当中去"，结果出现了无耻的外交闹剧"不干涉政策"，被后人称为"最残忍的外交骗局"。

这个政策如果全世界都遵守，倒也罢了，但是佛朗哥是个独裁分子，他厚颜无耻地请求德国和意大利这两个法西斯国家援助。法西斯绝非君子，全然不顾"不干涉政策"，迫不及待地支持佛朗哥叛军。从提供士兵到一切可以使用的武器——飞机、大炮、坦克和枪支弹药，于是西班牙战场对抗双方的武力日渐悬殊，人民阵线政府一下子就沦为劣势，共和国处于危险之中。而这一切，就发生在离天亮并不太远的西班牙，天亮他们对事态进展一清二楚。

天亮的杂货店早已变成了一个信息中心、小镇沙龙了，每天都有人带来最新消息。众人在店门口的两张长椅前争辩不休，夏朗德教授说："西班牙和我们法国都是民主政府，我们不去帮还等谁去？"

上尉先生坚决反对，他说："难道你忘了3月发生在莱茵兰的事了吗？我们没有出兵，避免了一场可能的战争；现在何必为了别人，再去招惹是非呢？"

10月西班牙内战正式爆发了。全世界正义的人们目瞪口呆地看着西班牙内战向最坏的方向发展，为什么不是"恶有恶报"？为什么正义在手也会一败涂地？

法国总理布鲁姆在他的寓所里见到几位急匆匆赶来会晤的西班牙朋友，包括西班牙总理。西班牙总理悲伤地恳求他的老朋友："你千万不要辞职啊，知道吗？我们共和派的民兵用的是什么劣质武器？那是第一次世界大战时剩下的破铜烂铁啊！可是我们的敌人呢？佛朗哥他们用的是德国最新式的武器！我们的人一批一批倒下，牺牲惨重，太不应该了啊！这样下去我们非败不可，你怎么能在这个时候还要辞职呢？"说完两人竟然一起失声痛哭。后来法国允许运送少量武器给西班牙共和派，还稍微放松了让志愿者越过边境去援助西班牙。

八十一 "不许法西斯通过"

天亮第一次听说"志愿者"这个词，那是什么意思？他迫不及待地询问他的朋友们——志愿者都是些什么人？他们去西班牙干什么？

"No Pasaran！"教授夏朗德说完反问天亮，"知道是什么意思吗？ No Pasaran！"他又重复一遍。大概不只天亮不知道，坐在杂货店门口的没几个人知道。大家望着教授，教授站起来，就像往日站在讲台上一样，他用力地挥动着右臂："就是'不许法西斯通过'！那是现在最时髦、最响亮的口号。各国都有自由主义殉道者，他们看不惯德国和意大利欺负西班牙，就仗义地志愿到那里去帮助西班牙人民打法西斯。"

诗人伯斯科告诉天亮："海明威，我们崇拜的那个美国作家，已经去西班牙了。"他说得唾沫飞溅，"知不知道，就在南边不远，晚上就有向导带着，一队一队地翻过比利牛斯山。他们也是有家有业的人，却全然不顾，为什么？因为那是场正义战争。为了信念而战，战死也光荣！"伯斯科说着早就坐不住了，他站起来在杂货店门口激动地走来走去。

布托尼上尉不同意，他摇着头说："那是在表现自己。不是非要到枪林弹雨里去才是支持正义一方！你们没有上过前线，打过仗的人就不会说得那么轻松了。"

画家圣莫尔德打断他的话："听听人家的口号——'将西班牙变成欧洲法西斯的坟墓'！那是去表现吗？再看看那些法西斯国家，为什么那么迫不及待地就去支持独裁者佛朗哥？他们是想把全世界都变成他们嘴里的肥肉。你不去制止，他就会来骑在你的头上。道理就这么简单！"

就在他们辩论的时候，第一支国际纵队已经踏上了马德里的街头。清晨整齐的脚步声惊醒了睡梦中的百姓，他们以为叛军进城了。突然街上响起了《国际歌》的歌声，那是用各种语言齐声唱出来的，他们做梦也没有想到国际纵队已经踏上了马德里。百姓转忧为喜，纷纷拥到阳台上，拼命地欢呼。这是国际纵队的第一个纵队——第十一旅，后来被称为"台尔曼兵团"。他们唱着《国际歌》穿过马德里街道，直接开往前线。48小时后，他们中的一半人倒在了西班牙土地上，再也没有站起来。这支最早的国际纵队，有的是定居在那里的外国人，有的只是来西班牙的旅游者，为了西班牙和全世界的自由，他们从游客变成志愿者、变成国际纵队的战士。他们走上前线，献出了年轻的生命。

消息迅速传来，天亮听了激动得坐不住，他，心动啦！

当时谁也不知道，这场规模浩大的国际纵队是共产国际组织的；而真正的执行者，就是法国共产党，就在巴黎。

小镇上的这些人，最关注事态进展的就是天亮和诗人伯斯科，他们被每天传来的各种消息弄得坐立不安。那位诗人从来不安于现状，只要有机会，就跃跃欲试，像斯泰因家里那群人一样，何况这次是为了正义事业。当时世界上不知有多少像他这样敏感的、有良知的作家、诗人和艺术家，被西班牙的每个战报所触动，从世界各个角落奔向比利牛斯山那一边。除了美国作家海明威，还有智利诗人聂鲁达，法国诗人、作家加缪，和后来写出《一九八四年》的英国著名作家奥威尔，他们都奔向西班牙。难怪后来有人把西班牙战争称为一场"诗人的战争"。而文人热衷于献身的战争背后那许多的计谋和策略——无论是意识形态的还是利益争夺的，都是这些无私又善良的人们所一概不知晓的。

天亮就是属于善良又所知有限的一类人。他早就想干一番事业，自己不远万里来到法国，难道只为开个杂货铺，一生就守着它吗？他要投入更大的事业，让自己的一生不虚度。现在好像机会突然降临，他能放过吗？

每逢周日杂货店关门，这家人就会待在家里，娜塔莉亚忙着制作果酱、香肠、腌火腿；小健子早就跟母亲学了缝纫手艺，她会裁剪自己和儿子的衣服。天亮则会带着儿子到附近去打球，念青转眼已经12岁了。天亮修车时，总让儿子在一旁看着，还告诉儿子，再过两年，等他再长高一点，就教他开车。小健子这几年已经学会开车上路了，几次去马赛都由她开，只是一定要天亮坐在旁边认路。可是最近几次，天亮都是带着儿子一起去，还教他认路，小健子和娜塔莉亚还有点纳闷呢！

那个周末天亮对家人说："明天天好，咱们开车去野餐，到那个小河边钓鱼去，这次咱们烤鱼吃。"全家人都高兴不已。平日里每天忙碌，当中还要去马赛进一次货，休息日谁也不忍心让天亮再开车出去玩。夏天他们全家常去小河边，其他季节从来不去；以往都是钓了鱼、煮鱼汤，但是今天不但要去小河边，天亮还说要烤鱼吃！大家感觉很新鲜。

小河离他们家不远，开车只要半个多小时。每年夏天，全家周末常会来这里。小河对岸有大片薰衣草，成片的紫色花朵铺满大地，一直伸展到天际，美得让人窒息。他们会在河边钓鱼、游泳，尽情欣赏对岸的美景。还用篝火炖一锅新鲜鱼汤，就着自家烤的面包，那是哪个餐馆也做不出来的美味。炖鱼汤要在篝火两边支上架子，再放上横杆，吊上一口铁锅，慢慢地才能炖出一锅鲜美的鱼汤。这些做起来有点危险的事，都是天亮在美军营学会的。那时他们小分队四处寻找大战死去的士兵，走到哪条河边，那些美国大兵就会按照他们以往在夏令营或是和家人外出野餐时的习惯，就地钓鱼、煮鱼汤。如今天亮做也很顺手，他还告诉儿子，等他再长大点，就把这套手艺教给他，让他来做。如今是秋末，对岸只有枯黄的草地，没有美丽的花海，天亮却嚷嚷着要来这里钓鱼，还要吃烤鱼，不是煮鱼汤，娜塔莉亚心中就有一点犯嘀咕。现在坐在河边上，望着对岸，全然没有夏天来时大片薰衣草的美景，她禁不住说了句："这有什么好看，一片黄草地！"

天亮笑着回应:"是不是像麦浪,又像沙丘?只要心里有美,就能看出美。"

小健子抬头看对岸,她说不上来好看不好看,只是习惯向着自己丈夫,"妈,好看不好看有什么关系,能出来玩玩,念青也高兴啊。是不是,念青——"

念青正在河边用石头打水漂,可惜石头下水就沉下去了。天亮走过去,找了两块薄薄的石片,顺着水面打过去,石片竟在水面上跳了六七下才落水。念青高兴地跳着说:"爸爸,快教我,您怎么那么神啊,能打那么远。"念青也是一口标准北京腔。天亮给他找了几块薄石片,还教他怎么弯腰侧身、沿水面打。念青打得兴致来了,他根本没听见妈妈对自己说什么,看到孩子玩得高兴,谁也不说什么了。

天亮那天什么也没有对她们说。他只是带儿子钓鱼,还点燃篝火,把妻子收拾好的鱼用铁叉插上,放到篝火上的架子上面烤。他每做一步,就对儿子说:"看到了吗?其实一点也不难。"儿子问爸爸:"今儿个干嘛不煮鱼汤?"

天亮回答:"换个花样吃,我以前和美国大兵一起也吃烤鱼呢,比煮鱼汤容易做,以后你也可以来烤。看到没有,只要用铁杆插过去,架到火上面就成了,记住要转一转。"娜塔莉亚更觉得他的话中有话,几次想问都没有开口,只好闷在肚子里。

小健子忙着拾掇鱼,赞叹现在的鱼比夏天还肥美。念青缠着爸爸问,再过多久就可以学开车。那天唯有天亮话不多,尽管他有很多话要说。他不时抬头向对岸望去,他多想再看一眼那片紫色薰衣草铺就的花毯,那种美是画不出来的,更说不出来;现在快到冬季了,哪里会有薰衣草。他眯着眼睛回忆初夏的景色,他要一辈子记住它,当然他更希望能回来和妻子、儿子和岳母一起来看,也许是几年后,也许只是在梦里!

那天晚上,天亮说要到后院的小屋里去安静地看点东西。以前也有过,像那次留学生薛泳音拿来的那些小册子,天亮一直保留在那间小屋里,不时还会看看。这间小屋他刚来时住过一夏,他感到这里是他自己的世界。那天晚上,天亮在小屋里用法文写了两封信，一封给妻子，另一封给儿子。给儿子的信在信封上注明，要他到 15 岁时再看。天亮把两封信放在小屋的床上，把自己雕刻了一半的那个山水雕刻，和那把宝贝雕刀，放在两封信旁边，只带了母亲给他的外公手雕的卷毛小狗，独自半夜悄悄离开了家。在小镇外面，他和诗人伯斯科会合，一起向比利牛斯山奔去。

第十五篇 天亮倒在西班牙土地上

八十二 天亮参加了国际纵队——马赛曲兵团

第二天一早，小健子发现昨晚天亮没有回屋里睡。这种情况夏天时而会发生，可是现在已经深秋了，天亮怎么会睡在小屋里呢？她走到后院去，已是人去屋空，床上放着两封信。在给妻子的信里，天亮是这样写的："小健子，请你原谅，事先没有和你商量，因为知道商量了你们也会反对。我和伯斯科一起去比利牛斯山那边了。不要哭，也不要着急，也许我们很快会把那些强盗赶走，很快会回来。要知道，如果我们都坐视不管，那么法西斯也会打到咱们家的。为了你，为了我们的儿子，为了妈妈，我和几千个法国同胞一起去战斗。听见了吗？这次去西班牙的志愿者，来自全世界各国，有上万人呢，不只是我，你的迈克。我会回来的。开车去马赛要小心，带着念青，他已经会认路了，记着每次要带杂志和新书回来。下次去河边钓鱼，就做烤鱼吧，念青都会做了；煮鱼汤容易烫着，不要自己弄。我留下的那套美军军装，等念青长大了给他，他一定会长得比我还高，穿上一定很神气。向我们的老顾客问好，我祝福你们所有人，好好照顾妈妈和儿子。你的迈克。"

这封信在杂货店门口众人手里传看，直到纸张被揉皱。所有人看完都默默无言，因为那个时候去西班牙参加志愿军是非法的。这些人中有没有人去报告警察就不知道了，不过警察还是很快知道了。他们来人问过，母女俩都含糊其词，因为她们确实不知道；最后也没有什么处置或是留话，天亮就像他突然出现一样，又悄悄地消失了。只是杂货店前的长椅上，现在坐的人不会逗留太久，议论也不像以前那样热烈；大家都感觉好像少了点什么，不仅是少了两个人，还少了点什么精神，谁也说不上来是什么。众人默默地看报，看完买一两样东西就匆匆回家。

小店里的两个女掌柜更是沉默寡言，她们心中正装着15个水桶，七上八下呢。娜塔莉亚想着女婿这次去怕是凶多吉少，不过如果人终归要死，那么死得轰轰烈烈也好。只可惜女婿是个苦命孩子，没过几年消停日子；也为女儿惋惜，好不容易找个中国老公，还是个里里外外都拿得起的好人。唉——这就是命！自己咋会到这个九州外国来呢，不也是命吗？自那以后，她每晚要为女婿的平安念几声阿弥陀佛。

小健子魂不附体了好几个月，她常在半夜惊醒，好像听见天亮在叫门。开始时，她还会爬起来去门后听听，后来知道是自己在做梦，流了几行眼泪又回到梦里去了。天亮给她讲的道理她都懂，只是她实在舍不得这个男人，咋能说走就走呢？她心里多少有点怨他，心想最后那次到小河边钓鱼，他不做鱼汤，却在教念青烤鱼，他是早就准备好了啊！干嘛不跟自己商量商量呢？自己也不一定就会拦啊！唉，就这么走了……不为自己想，也该为儿子想想啊，他才12岁。

念青不知该为父亲骄傲还是担心。他恨自己太小，他相信，如果他16岁，那么他一定会跟父亲一起翻过那座山。父亲不也是十六七岁时离开家，参加了华工大军，漂洋过海来到战火纷飞的法国吗？那是第一次世界大战，可是父亲现在又去参加西班牙内战，抗击法西斯。念青最爱听父亲讲他过去的故事，在念青眼里，父亲是个英雄！那么英雄在这个特殊的时代，就该做出特殊的事业来。按照自己的逻辑，念青不像姥姥，更不像母亲，他没有一点怨气，只有遗憾，遗憾自己太小，不能跟父亲一起走。

天亮和伯斯科是凌晨走的，在朦胧中高一脚低一脚地走在荒野上，到目的地已经快中午。那是比利牛斯山脚的一个小村庄，诗人的朋友巴赞正在教堂等他们，他是个剧作家。巴赞说昨晚已经走了一批，他为了等朋友才留下；今天白天还会再来一些人，等天黑了一起过山。他还说："我们在巴黎都已经在誓言上签字了，你们得补。我没有那份誓言，要等下午来人带来；不签名的人家不带你过去。"

伯斯科发问了："咱们不都是自愿去的嘛，还要签什么合同？"

巴赞说："不是合同，是志愿者的誓言，只有签了才知道你是自愿参加国际纵队嘛。没什么，你看了就想签了。"说着眨眨眼："比我写的台词还要棒呢。"

果真，下午陆续有人从巴黎和法国其他地方过来，一批又一批，都聚到村头的小教堂。教堂牧师是个不折不扣的西班牙人民阵线拥护者，他的小教堂几乎成了偷渡转运站。傍晚时分，来了一个大胡子，他从背包里拿出一叠纸，对焦急等待的人们问道："还有没在誓言上签名的吗？"天亮、伯斯科和另外几个人举起手。大胡子给每人一张，让他们先看看，同意就在下面签上自己的名字。天亮想起了大约20年前，在威海卫，自己也按过手印，那是志愿到欧洲一战战场当华工，那时是为了什么？为了求生糊口，为了躲抓壮丁，可是今天呢？天亮读着短短的誓言，几乎掉泪。誓言的结尾是：我自愿来到这里，为了拯救西班牙和全世界的自由，如果需要，我将献出我的全部，直到最后一滴血。

天亮在下面签了自己的名字——迈克·陈。这里没人知道他叫天亮。

这些来自法国四面八方的人，组成了第十四国际旅——马赛曲兵团。法国来西班牙参加国际纵队的，整个战争期间有9000人，这一年还没有那么多。大胡子对大家说："前线战况吃紧，第十一国际旅已经减员过半，11月12日开始，第十二国际旅上去了，那是意大利人组成的加里波迪兵团，快要顶不住了。我们要去增援。"他问："谁打过仗？"

天亮举手说："第一次世界大战当过工兵，后来一直在美国军队，会开车。"

大胡子一听高兴得很："好极啦！在美国军队干过，又会开车，'一战'老兵，我们用得着！"他问天亮叫什么名字，回答是："迈克。"

大胡子拍着天亮的肩膀说："知道吗？美国人组建的第十五国际旅，叫'林肯兵团'，他们也快上阵了。"天亮想着，不知林肯兵团里有没有自己认识的人。

当天晚上，天亮一众三十多人，半夜启程，摸黑爬上那座陡峭的山岭。前面不时传话来："前面路窄，小心！"有人嘀咕："干嘛选这么难走的路，还晚上走……"马上有人接话："难走才没人把守，晚上走才过得去。"有的地方，人们一个个手握一根前后相连的绳子往前走，还不时听到前面传过话来："右边是峡谷，深不见底，别踩歪啦！"天亮从小爬山爬惯了，可也多年不爬了，不过总算能跟上；可苦了那两个文人，哪里爬过这种山，既是夜路，又是险路，二人叫苦不迭；天亮不时前后照应，总算没让他们掉队。

到了国际纵队大本营阿尔巴塞特，最先映入眼帘的是第十三国际旅那面耀眼的旗帜，上面写着"为争取你们和我们的自由而战"。巴赞轻声地赞叹："多好的一句台词。"这些人来自东欧的波兰、白俄罗斯和乌克兰。他们几国彼此打得不可开交，可是在这里，面对共同的敌人——法西斯，他们成了抱团的国际纵队——"多布洛夫斯基兵团"。

在大本营，所有新来的志愿者都聚在总部，听着总部头领介绍当前的严峻形势："敌人妄想打下马德里西郊的大学城，直取马德里。知道吗？国际纵队第十一旅，那是台尔曼兵团，从马德里大街上群众的震天欢呼声中，直接开到了大学城。他们是当地的外国侨民，还有就是来旅游的度假者，其中只有少数'一战'老兵。在大学城的哲学大楼和医科大楼里，他们不要命地抵抗，和敌人展开肉搏战。我们现在过去，还看得见那些累累枪痕，相信半个世纪、一个世纪以后，它们还会留在墙上。"那人说着自己都哽咽住了，半天他才继续说下去："在生死关头，第十二国际旅——加里波第兵团顶上去了；他们的头儿是个匈牙利作家，他们阻截了叛军，粉碎了敌人想先占领大学城再夺下马德里的企图。可是加里波第兵团，一个月内阵亡了百分之四十。兄弟们，我们要接替他们，我们要像他们一样奋勇战斗，不是胜利，就是死亡！"所有的人都站了起来，跟着喊道："不是胜利，就是死亡！"他们向先一步来到这个战场，并且贡献了自己生命的国际兄弟致敬默哀，人人准备追随他们。

天亮所在的第十四旅刚刚组建，就迎头赶上一场恶战。敌人放弃正面进攻马德里，退而想切断马德里和海港瓦伦西亚的通道。那条公路上有一个山谷，叫作雅拉玛山谷。为了保卫马德里，必须守住雅拉玛山谷。第十四旅接到的第一个任务，就是替换那些因连日战斗，人已疲劳至极的第十三国际旅，守住雅拉玛山谷。天亮那批新来的人，被编在一个支队。队长是一个法国一战老兵，年过四十，满口酒味，不知他从哪里总能搞到他想喝的酒。参加过一战的天亮当了副队长。

伯斯科小声对天亮说："副队长，我有话说在前头，如果我死了，一定把我埋在橄榄树下。"

巴赞听到，赶紧说："我的坟要面对地中海。"

天亮想着这两个人怎么出征前不说点吉利话，不想着怎么打胜仗，光想在哪儿下葬。对他们两人大声喝道："出征前不谈死亡！把枪扛起，开步走——"他们刚刚紧急训练了几天，目标是确保每个战士都会开枪射击。

雅拉玛是个狭长的山谷，是马德里南部的天然屏障。那里山坡陡峭，没有任何屏障可隐蔽。天亮部队的任务是守住山口，他们刚刚爬到阵地上，就清楚地看到前面山谷中，敌人士兵像群蝗虫般铺天盖地扑上来；后面轰隆隆响的，竟是滚滚而来的一列坦克和炮车队。新来的人刚学了两天打枪，还不大会瞄准射击，有个小伙子乐观地嚷嚷："嘿，兄弟们，我们还没有正式上过靶场，祝你们利用战场提高射击技术。"当敌人清晰可见，这些凭着热情从四面八方聚拢来的人，竟也闭嘴不再说笑话了。个个盯着准星，用不断颤抖的手，准备开出生平第一枪。

天亮作为一战亲历者，上过前线，见识过现代战争，却没有亲自打过仗；他一直在做后勤，在打扫战场，也偶尔到过前线送弹药，只是没有真的拿枪参加过战斗。如果他晚一年离开英军营，或许还有这个机会，他的战友曾在送炮弹到前线时，碰到不曾预料的机遇，和德国人交过手。天亮那时已经到了美军营，尽管在美军那两年，他摸过枪、打过靶，从小以石击鸟练就的本领让他的射击水平不俗。不过他的任务始终是在后方寻找和安顿死去的美军和为美军服务的华工，没有被派送到过前线，况且一战很快结束了。所以，一战期间，天亮始终是个工兵。他有时为此感得遗憾，也许这正是他始终不满意自己的原因。

现在机会来了。

八十三　国际纵队守卫在雅拉玛山谷

还没有等到士兵和坦克开来，山头上的人，就听到阵阵嗡嗡声，有经验的队长大喊一声："敌人有飞机，快找地方掩蔽。"天亮拍着脑门骂自己："怎么就没有听出来呢，以前在前线挖战壕的时候，也碰到过的啊。"他急忙向四周望去，看见橄榄树稀落地散布在山坡上，连忙招呼大家："到橄榄树下面去，躲在树枝下面。"

伯斯科说："刚让你把我埋葬在橄榄树下，现在就往那里去躲，要躲不过呢？"

"就地掩埋！"巴赞毫不迟疑地回答，两人还是很快找到一棵橄榄树，这里没有西班牙南部那种高大的橄榄树，所有橄榄树都是矮矮的，像是灌木丛，它们的枝叶是天然屏障。4架飞机已经向山头飞来，人人钻到树下；飞机在头顶上盘旋，敌人知道这里没有深战壕，只有树下可以躲藏，虽看不到任何人，飞机还是向棵棵橄榄树俯冲扫射。本来就在山头，飞机又是低飞，这些战士都可以看到飞行员。此时有个老兵跳出来举枪对着低飞的飞机打出几发子弹，飞机转头就朝开枪的人投弹，老兵被炸得飞上了天。

巴赞气得大骂:"希特勒的钱没处花了,这么舍得送炸弹。"他说着从烟雾中钻出树丛,举枪向刚掉头的飞机打出他平生的第一颗子弹,可惜,他必须再扳一下枪栓才能打第二发。飞机就在这个空当掉头向他飞来,先是一阵扫射,接着就连续投弹。天亮毫不犹豫地站起来,从背后向飞机开了三枪。其中至少一枪打中了飞机的油箱,只见飞机向下投弹的同时,尾部也着火了,一头向侧面山上栽过去,冲天的黑烟笼罩了整个山头;另外三架飞机掉头飞走了。

天亮和伯斯科都被刚才扔下的炸弹震得趴在地上,飞机一走,他们两人赶紧爬起来,把受伤的巴赞扶到一块平坦一点的地方。只见鲜血从他的胸部流出。巴赞断断续续地说:"我不要死,伯斯科,不是我怕死,只是太快了点,我还刚放了第一枪。"

伯斯科含泪对他说:"可是你打中飞机了!"说着看看天亮,他知道是天亮打中的。

天亮使劲压着那个伤口的上方,想方设法止血。他毫不犹豫地说:"对,你打中了,你看,那架飞机栽下来了,就是你射中的。巴赞,你真了不起!你是我们的英雄。"

"啊,我打中了一架德国飞机。你们以后回到法国,一定要告诉我的家人啊,我巴赞打中了一架德国飞机,另外几架都吓跑啦……"他的声音越来越低,最后闭上了眼睛。就像很多国际纵队的志愿者一样,巴赞刚上战场,刚刚打出第一枪,就阵亡了。我们的剧作家就此长眠在那个山坡上。后来有人对这么多世界精英聚到那里让法西斯屠杀是否值得表示怀疑,可是在那个时刻,在那个山谷里,决然没有人会这么想。他们每个人都把自己的生死置之度外,他们心中唯有正义必须战胜邪恶的信念。

伯斯科几乎不相信刚才还和自己说笑的朋友那么快就走了,"迈克,我们的剧作家真的走了?"天亮不情愿地说:"他长眠在这个山坡上了,伯斯科,也许下一个该轮到我了。记住,不管谁先走,留下的一定把死者的心愿带回去。"伯斯科含泪点头。此时他们顾不上掩埋巴赞和另外几个被炸死的战士,因为那些蝗虫般的敌人已经涌上来了。他们一定以为刚才把这里打扫干净了。他们身后有大炮掩护，还有坦克相随，个个都声嘶力竭地叫喊着，潮水般地向山上冲来。坦克隆隆声越来越响，搅得十四旅的人愤愤不平。伯斯科喊道："我们实在应该有更多一点，更好一点的武器啊！人家有坦克和飞机，我们呢？"

"罗斯福答应过的啊，可是他怕了，怕大资本家，怕天主教，怕反对党。"天亮愤愤地说。他们多么希望有新一点的枪，不要像现在这种，每打一发子弹，还要再拉一下枪栓，那样他的朋友巴赞就不会在上战场的第一天就死去。这些人每天都在盼美国或者英国运来武器，可是空等一场。现在他们只能用那些一战后被扔在仓库里的老式武器。他们唯有沉住气，尽量等敌人近一点，再近一点；可是坦克向山坡猛烈开火了。这次杀伤力比刚才的飞机还厉害。四周不断有人受伤，有人一下子就断了气。山下士兵也趁势猛攻，天亮周围的几十个人，一下子就减少了一半。

天亮急了，大声喊着："看准了再开枪，子弹没多少了。"枪声稀疏了，可是敌人并没有少。"往山下推石头——"天亮急中生智地大喊，"不管大的小的，推下去就是武器。"山顶上的石头纷纷落下，比子弹还管用，敌人连滚带爬地往后跑。不过山上石头就那么多，子弹没了，石头扔完了，这些新上战场的人，眼看要顶不住了。就在这个时候，从侧面一个山口呼叫着冲上来了一支部队，他们好威风，有人站在山口举起机关枪就一阵扫射，最前面没让石头砸着的那群敌人，一下子就被撂倒了。天亮的战士们在欢呼："我们也有机枪！"

更不可思议的是，后面还有两头毛驴拉上来一门小炮。一到山顶，炮手马上就位，对着山下向前滚动的坦克猛烈开炮，竟然每发炮弹都打中，大家又高兴得欢呼起来。一个年轻的战士，像是个学生，竟然忘乎所以地站了起来高喊，一颗子弹飞来，他应声倒下，动也没动就死了。他的战友们，眼睁睁地看着胜利下的牺牲，几乎都愣在那里，伯斯科扑上去抱起那个年轻战士哭了起来："孩子，我还没来得及记住你的名字呢！"

那些新来的人，隶属于第十五国际旅——美国林肯兵团。他们带来的小炮是苏制反坦克炮，今天第一次推到战场，就显了威风；后来很长一段时间，这种小炮都是战场上的宠儿。几辆坦克全报销了，敌人向后撤去；雅拉玛山谷赢得了第二次胜利。

那天晚上，两个国际旅的人一起驻守在雅拉玛山谷里。他们知道敌人一心想要通过这个山谷向马德里扑去，所有人都不敢怠慢。林肯兵团的人问这些先上来的人："怎么样，老兄，听说你们是马赛曲兵团的，好样的！在这儿还行吧。要我们帮什么忙吗？"

天亮一听是他熟悉的英语，上前答话："水！这里缺水，不知你们带了多少水来。我们在这里两天，干粮还够，可是水已经没多少啦。"山头上，哪里弄得到水。

对方一听，忙让自己队伍检查还有多少水，尽管他们带得也不多，还是匀出几罐水给这些已经战斗了几天的马赛曲兵团的战士。那个当官的说："咱们得想办法从山下弄点水来。明天白天肯定会有一场恶仗要打。不只是人需要水，毛驴也要饮水，小钢炮也需要水冷却炮膛呢。"

天亮马上建议："你们不是有两头小毛驴吗，从刚才上来的那条道下去，趁晚上驮几桶水上来吧。"

八十四　美国林肯兵团的托尼在唱《雅拉玛之歌》

天亮和支队长，领着众人把牺牲的人挪到一棵树下，希望战斗结束能把他们都送下山去。伯斯卡特别给巴赞找了一块高一点的地方，口中念叨着："这儿离海太远了，让你朝着大海那一面吧。老兄，说不定明天我就来和你做伴了呢。"天亮和战友们还给那些受伤的人包扎了伤口。想当初来时，大家心里都做了准备，会流血、牺牲，只是没想到一切来得这么快。战争，哪里有它的规矩，它总是把生命撕裂，把身体粉碎。尽管这些人的精神足够坚强，可是望着一起翻山越岭过来的伙伴，在第一场战斗中就死去或是受伤，他们都默默无语，泪往心里流。他们在等着明天更残酷的战斗。

夜晚来临，战地寂静无声。火药灼热的气味久久不散，提醒人们白日战斗的惨烈和逝去的战友就躺在不远处。人们疲惫地想休息，却被绷紧的神经和激荡的心情弄得无法入眠。

突然，林肯兵团阵地传来一阵口哨声，它轻得像烟，细得像丝，划破了寂静的夜空，犹如一缕天籁之音拨动了每个人的心弦。天亮听着觉得曲子那么熟悉，很久以前在什么时候、在什么地方曾经听到过。他慢慢循着声音传来的方向走去。一个士兵正靠着一棵橄榄树，声音从树下传来。天亮走到那人后面轻声叫了一声："托尼？"

那人猛回头，看见暮色中站着个人，是个中国人，好似在哪里见过，这个突然出现的人又说："我以前听你吹过，是《红河谷》吧。"

托尼兴奋地大叫："啊，是你，那个'一战'中在法国帮我们搬树的华工！"

十多年过去了，天亮现在不怕托尼认出他来，他告诉托尼："我现在叫迈克，是法国马赛曲兵团的副支队长。托尼，'一战'后期，我在你们美军营服务，可是怎么没有看到过你？"他说着坐到托尼坐的那棵橄榄树下。

托尼说："大战最后那年，我们到阿尔根森林和德国人打仗去了。你一定知道，那是场最惨烈的战役，我们死了好多兄弟，我算命大，活着回来了。知道吗？我们最后怎么突围的？靠的是信鸽，是信鸽告诉总司令部我们的方位，他们才没有继续向我们开炮。其实我们早就占领了那个阵地，可是他们还以为是敌人在那里。"托尼说得忧伤又动情，"离停战只有几个月，他们却死了——我最好的朋友。大战后，我们那批人回国最早，可是回到美国，我再也没有回学校，我觉得我失去的太多了，永远找不回来。后来我写诗，写歌儿，专门反对战争。"

"可是你还是来西班牙参战了,这里的战争比'一战'时候还要残酷啊。"天亮记得一战时的美军装备最好,而他们现在还在用一战的旧武器。

"我这次参加林肯兵团来西班牙,就是为了反对更大的战争。知道吗?如果不制止这帮法西斯,他们肯定会发动第二次世界大战,那时他们会把法西斯推向全世界。我真高兴你也来了。"天亮眼前的这个美国兵,已经不是当年那个年轻活泼的托尼,那个惧怕毒气又大声给他唱《红河谷》的小伙子。现在的托尼说话伤感又老成,他永远不会忘记18年前,那些死于法国东北部森林的战友们,他们曾是他的同学,他的朋友兼战友,都像他一样年轻,却死于大战胜利的前夕。那些没有活着回来战友的身影,一直跟随着他、煎熬着他。

那天晚上,两人并肩坐在橄榄树下。托尼望着黑沉沉的天空,对天亮悄声说:"迈克,你知道吗?我和我的战友,把那首《红河谷》改了歌词,为了咱们在这儿也能唱。也许这次战役我就会牺牲,我不在乎人们记不记得我的名字,可是我希望人们永远会传唱这首歌,我希望唱歌的人都能记住西班牙内战,记住国际纵队,记住我们为了反抗法西斯曾经战斗过。"

"你能唱给我听吗?"天亮问。

托尼停了停,轻声唱了起来:

> 西班牙有个山谷叫雅拉玛,
> 人们都在怀念着她,
> 多少个同志倒在山下,
> 雅拉玛开遍鲜花。
>
> 国际纵队留在了雅拉玛,
> 保卫自由的西班牙;
> 他们宣誓要死守山傍,
> 打死法西斯狗豺狼。

这时四周许多人跟着唱了起来，人们通过美丽的旋律，看到即将到来的胜利光芒和死亡幽灵。没有任何言语，能够比它更好地表达这些准备明天牺牲的战士的心声，它让国际纵队战士热血沸腾。歌声穿越了整个山谷，回旋在天空中。后来它流传到西班牙的每一个国际旅，他们用不同语言唱着，还有西班牙人民阵线共和国的军队；再后来，随着国际纵队战士返乡，这首歌又被带回到各自的国家，从此它传遍了全世界。几十年过去了，西班牙内战不再被人们提起，国际纵队的事迹也渐渐被人们淡忘，唯有这首《雅拉玛之歌》，却从一个国家传唱到另一个国家，从一代人传唱到另一代人。人们从这首歌知道了西班牙内战，也知晓了曾经有过那么一些勇敢无畏的人，为了正义和自由战斗过，他们就是来自53个国家的4万名国际纵队的战士。

天亮不会知道，几十年后，这首当年他和托尼及国际纵队的战友们在雅拉玛山谷一遍又一遍唱的那首歌，在他的祖国被列入了小学音乐课；学生们都爱唱，它也被传唱了一代又一代。只是那些唱歌的学生和他们的老师，还有他们的父辈都不知道，在那个雅拉玛山谷里浴血奋战的国际纵队中，有上百个中国人——他们自己的同胞，更不会知道，他们多半是一战时留在法国的华工。

雅拉玛山谷第二次战役之后，天亮所在的纵队撤下来了，因为他们的伤亡太大，需要整编；可是托尼的林肯兵团一直坚守在那里，直到4月初那里出现另一场恶战。那一个多月里，托尼和他的战友们，几乎把这个荒凉又美丽的山谷，当作了他们的第二家乡。那里的橄榄树被炸得只剩下很小的树冠，四周布满刚刚埋葬的战友的坟头儿。他们每天用嘶哑的声音继续唱着那首《雅拉玛之歌》。他们每天都在盼望罗斯福总统能按照允诺运来武器，可惜每天希望都落空。他们的那门苏制小钢炮，在烈日下晒得滚烫，因为缺水，已经无法投入战斗了；它孤独地耸立在那里，像是博物馆里陈列的一件文物，向后代展示那里曾经有过地动山摇的战斗。它眼睁睁地望着那些热爱它的战士——剩下不多了，一个个倒了下去，托尼和他的战友们不断倒在敌人的先进武器下，那里后来被称作"自杀山"。军官几乎全部牺牲,只好在剩余的士兵中选出军官;托尼已经是那个山头的指挥了。

八十五　天亮在易布罗河畔掩护战友撤退

天亮支队经过整顿,又增加了许多战士。让他高兴的是,终于看到国际纵队里出现了中国人。他们有的刚刚翻越比利牛斯山;有的是治好伤,重新归队时分配到马赛曲兵团。天亮支队里新增员的人中,就有一个中国人,他也是法国华工,一战后一直在雷诺汽车厂工作,去年和同厂几个工人一起翻山过来的。他姓纪,年纪比天亮大,天亮叫他老纪。他在保卫马德里战役中受了伤,被送到一家医院治疗和养伤,刚刚出院。老纪告诉天亮,像他们这样在国际纵队的中国人,大概有上百个呢。

老纪津津乐道地对天亮说起那所医院:"那个美啊,就在海边!过去是有钱人避暑的好地方,我在那儿待了整整三个月,还遇到好几个中国人。"天亮露出苦笑,他想,那三个月正是自己在雅拉玛山谷艰苦搏斗的日子。

老纪又说:"我们那里好医生可多啦!那些医生从哪个国家来的都有,你知道咱们国际纵队一共有多少医生?"他不等天亮回答就回答:"400!可了不得,别说我老家济南,就是我们全山东也找不出400个这么好的医生来啊,个个能开刀。给我开刀的那个是从加拿大来的,叫白求恩。他知道我是'一战'华工,对我特别好;他还说,西班牙战争一结束,他就会直奔中国战场。他要到那儿对抗日本法西斯,这些人真了不起!"天亮记起他们纵队中有人说过:"当这块自由天地仍然受到专制蹂躏时,有谁能说他自己是自由的。"

后来从国际纵队到中国抗日战场的医生,不止白求恩一个人,总共有二十多人呢。他们都比白求恩待得长,可惜中国人只记得白求恩的名字,可能因为白求恩大夫早早因公殉职了,毛主席还写过一篇纪念他的文章;其他医生,很多是在国统区工作的，尽管他们常上前线，救助伤员，坚守到抗战胜利，但很少有人知道他们。

天亮他们兵团继续战斗，靠着越来越少的武器，越来越少的强壮战士。很少有人没有受过伤，只是受伤轻重而已。天亮和老纪相互叮咛，如果一个人牺牲，另一个人一定帮着掩埋尸体；还要向家人通报，他们互相留下对方地址，天亮也告诉了老纪自己的中国姓名。老纪也已成家，他就住在巴黎西北面。天亮在一个晚上，认真地给哥哥写了一封信，把它放在一个小瓶子里，这个他没有交给老纪，因为他不知道天青在哪里，那是一封没有地址的信；写信的时候，他完全没有想过，这封信将何时、又将如何能到天青手中。

国际纵队留在西班牙的最后一年，也是最艰苦的一年。当时西班牙百姓每天早上起来第一件事就是翻开当天的报纸，盼望看到西方援助到来的好消息，可是他们一次次地失望了。国际纵队的巨大伤亡，让许多当初支持他们的人害怕了——值得让这么多的精英牺牲吗？值得让这么多的外国人来为我们无休止的内战付出吗？但是这些志愿者，却没有退缩和犹豫。因为他们当初来的时候就已经做了最坏的打算。西班牙百姓也知道，一旦民主势力失败，法西斯的屠杀将随即而至。

在马德里北面的死亡峡谷，天亮最后参加了一场激烈的甘德萨战役。这一片谷地不像雅拉玛山谷，这里毫无遮掩。当马赛曲兵团开到这里时，天亮他们就知道，这将是他们大多数人的坟场。因为敌人在山上有炮火，而国际纵队的火力远不如他们。既不是他们不努力，也不是他们不会打仗，实在是因为他们的枪已经老了，子弹已经不多了，有限的几门大炮已经因缺水而报废了。西方国家答应的没有一样兑现，国际纵队已经在用自己的血肉之躯和法西斯搏斗了。如果天亮和老纪那时倒下，那是谁也不可能掩埋谁的，在那个恐怖的荒谷里，已经横卧着无数国际纵队志愿者的尸骨。

那个傍晚，马赛曲兵团实在抵挡不住了，都拼命地向山谷后面那条易布罗河奔去，指挥官对大家喊道："凡是能够泅水渡河到对岸的人，统统游过河，河那边是我们自己人，过河就能求生。"大家知道后面有千百个手持德制新式自动步枪和轻机枪的追兵，只是他们不知道，那些德制武器正是用美国银行的贷款生产的。什么"不干涉政策"！不仅德国、意大利没有执行，就连美国、英国也没有执行，他们背叛了对民主的承诺。那些唯利是图的政客和贪得无厌的军火商们，把这些社会精英们，把最后一批有良知和热血的青年们，全都送去给法西斯做他们新式武器的试验品了！历史将惩罚他们，可惜代价是随之而来的二战几千万百姓和战士的性命。

沿途受伤的人落伍了，能奔跑的人都跑向河边，往河里跳。易布罗河没有人性，没有知觉，它不会因为国际纵队的战士筋疲力尽而流得缓慢一点、河岸窄一点。不！都没有，那天河面辽阔，河水滔天，河岸边还飞旋着骇人的漩涡，好像是和法西斯串通了似的。迫于后面的追兵，战士们不管会游水的还是不会游水的，统统向那条吞噬他们的大河跳下去。漩涡刹那间就把一个人卷到河底，可是没有阻止第二个人、第三个人，他们继续往下跳。

在离河不远处，天亮看见一辆被遗弃的破旧卡车；他上去看了一眼，发现车钥匙还插在上面，又试着发动，卡车轰鸣作响。天亮立刻命令老纪、伯斯科和他们支队剩下的人，背着他们的破枪，跳进易布罗河。伯斯科问他："支队长老弟，你呢？"天亮从卡车司机座位探出头来对他们说："我回去把沿路受伤的弟兄们接过来，不能让他们落入敌人手中。你们快往河里跳，这是命令！"说着他把卡车掉头往回开，看见一个受伤的战友，正在艰难地往前爬，就急忙刹车，把他抱上卡车；又接着往前开，把两个互相搀扶的战士扶上了卡车。就这样，天亮往前开了不到一百米，接了十多个战士，直到兵团指挥赶到，让他马上掉头往河边开，"你要再往前开，这些人全都得死去。"天亮接上了兵团指挥，紧急掉头，向河边开去。

在河边，天亮和兵团指挥帮着受伤的几个人一一下河。一个手臂受伤的中年战士拒不下车，他说："我手臂划不动，下水也是淹死，不如让我在这里掩护你们。"天亮转头对指挥说："你带他们下水，我们在这里掩护。"指挥官紧紧地握了一下天亮的手，带着一行人跳到河里。这些本是受伤的人，伤口的鲜血不断流淌，四周的河水立即变成红色，又迅速被上游冲来的狂流卷走，河水恢复到那暗绿的恐怖颜色。

天亮爬到卡车上面，和那个手臂受伤的战士一起，他们把卡车上所有的东西往车尾堆，他们在为自己构筑工事。不管是帆布篷、木箱还是破烂衣服，统统拿来，只盼能多抵挡一阵，让刚下水的人，能游得远一点、再远一点。天亮在一个破木箱里找到5个手榴弹，在另一角，竟发现一把机枪，天亮猜想这辆卡车一定是林肯兵团的，只有他们有机枪。天亮把手榴弹一一排列在手边。

那个伤员自我介绍："我叫瑟尔蒙，是个历史老师。我想今天我将永远留在历史书的这页上。你不必跟我一样留下。你没有受伤，快跟他们一起游过去吧。"

"瑟尔蒙，我不会把你一个人留下，让我们一起来。快看，他们上来了——"天亮拉开手榴弹导火线，用尽全力向远处扔了过去，随着一声轰响，最前面的敌人倒下一片；也许他们根本没有想到这辆破卡车上竟然还会有人，还敢还击。随即，就有无数子弹向他们射来。天亮低头缩在木箱后面躲避，每当对方射击停止，他就拉开导火索向远处扔出一颗手榴弹。手边的5颗手榴弹全扔了出去，他看看瑟尔蒙，不知何时他已经头部中弹没了知觉，正如他刚才说的，他已经庄严地留在了历史中的今天。

天亮再回头看易布罗河，兵团指挥已经带着那批伤兵游了一半，现在他们安全了，这边子弹射不了那么远，河对岸的人纷纷下来接应他们。天亮心中一阵宽慰。就在回头的刹那，敌人已经冲到眼前，天亮决然不想当俘虏，他站起来用那挺机枪猛然扫射，敌人一批批地倒下，天亮边扫射，边大声狂喊着："不许法西斯通过——西班牙人民阵线万岁！"天亮奇怪此时的他，竟然不自觉地用中文喊出了那个最神圣的口号。天亮心中高兴得像开了花，自己代表中国人民支持了西班牙内战！口号声响彻战火纷飞的天空。机枪没有子弹了，天亮飞快跳下卡车，向河岸奔去，纵身跳下了易布罗河，随即被一股大浪向前猛然压到浪花里。追兵端着枪，站在河岸上对着奔腾不已的河流一阵疯狂扫射。

八十六　海明威和战友在河对岸接应负伤的天亮

　　河对岸的人看到天亮的孤军奋战了吗？他们看不到，不过手榴弹爆炸声和机关枪扫射声传到了对岸。早过河及刚刚过河的，都知道那是他们的副队长迈克，为了掩护战友撤退在英勇地和敌人孤军奋战，人人都为天亮捏了一把汗。当天亮跳到河里时，对岸的人都看到了，所有人都在为他加油，为他祈祷。天亮会游水，可是从没有在这么宽阔的大河里游过，更没有在刚刚用尽全力对付那么多敌人以后游水过河，他已经精疲力竭了。还没有游出几十米，后面的子弹就射过来了。一颗子弹射中天亮右肩，当时他感到一阵钻心的痛，老纪在河对岸看见天亮的速度慢了下来，大声喊道："迈克，你别是中弹了？千万要挺住，老兄，要游过来啊——"他颤抖的声音被波涛声掩盖，伯斯科急得要往河里跳，让人拉住了。天亮知道自己受伤了，心里暗暗地骂道："赶在这个时候，在水里，唉！老天不知关爱我，我不能走，我还没有见到天青呢——"

　　老纪和伯斯科看到天亮用单臂划水，到了离这边河岸不远处，都跳下了水，游到他的身边，一左一右地护着天亮向河岸游去。天亮此时已经昏迷了，他身后留下一片一片的红，那是血水。老纪看着直流泪，生怕这个好哥们儿过不去了。他们使劲往前一推一送地带着天亮往前游。伯斯科大声喊着："老弟，睁开眼睛，不能现在就走啊！你看，是谁在河边上等你呢？嘿，下来帮一把啊！"

　　只见岸边那个人用手拢在耳边，在那里大声回应："快点往这边划，这边水浅，几步就上岸了。"说着双手一齐往右边挥着，像是在指挥他们，又在助他们一臂之力。伯斯科按照那个人的指点，向一侧游过去，果真，那边岸底高，一下子就踩到河底，他们大口地喘着气踏上了岸。河岸上那个人还在继续不断地向河里的人大声喊着:"快点往这边来,这边水浅,好上岸。"天亮被那个声音叫醒,他眼前模糊一片,只觉得有个人正聚精会神地看着他。

伯斯科扶着天亮:"迈克,我们上来了,看看是谁在接我们,是海明威!"从昏迷中苏醒的天亮,看着那个盯着他的人,他真的就是海明威,那个写了《太阳照常升起》的美国作家。那个人对天亮伸出大拇指说:"好样的,你掩护了好多人,你还游过来了!快去那边包扎,那儿有救护车。"

天亮疲倦地又闭上了眼睛,全身软塌塌,心里却在说:"啊!果真他也来了,能和海明威一起战斗,死也值得。"伯斯科和老纪把他扶到了救护车旁,马上被包扎成半个身子都是绷带。医生在嘟囔:"这人要输血,这里哪能输血!"伯斯科忙问有救吗?医生伤心地说:"他没有伤到要害,只是失血过多,可是不输血,就救不活他。"

"抽我的血——"伯斯科喊着,老纪也伸出胳膊。医生摇摇头,输血不是那么简单,这些人的血型都不知道,况且他们都是皮包骨头,精疲力竭,怎么能再从他们身上抽血。天亮躺在救护车旁的一副担架上。他听见医生的话了,费力地睁开眼睛,看见蓝天上的云朵正在急驰而过,心想:"何必那么匆忙,你们身后又没有手持自动步枪的追兵!"他又疲惫地闭上了眼睛。

恍惚中天亮看到一片亮光,远处传来一个声音,好像是海明威的声音:"这是巴黎送来的报纸,给你的同伴读点什么吧!"

天亮睁开眼睛,看见老纪拿着一叠报纸坐在天亮身旁,他现在哪里有心情看报。只是低头随意翻着。天亮小声说道:"什么报?给我念点什么吧。"老纪回答是《救国时报》。

天亮小声说:"那是巴黎出版的一份中文报纸,我去马赛进货时也会买。全欧洲华人都看它。"

老纪突然看到了什么,忙对天亮说:"迈克,这里有《救国时报》报社的人写的一首诗,是献给西班牙前线的中国战士——是给咱们的!要不要我给你念? 真想不到,这个世界上竟然还有人知道我们,知道西班牙国际纵队里有中国战士啊！哎呀，这首诗好长！"他的声音有点犹豫，带着颤抖。

"长点好啊！念吧。"天亮心想，我一定要坚持住，要把这首诗听完。

老纪的声音在耳边响起：

> 东战场，西战场，
> 相隔几万里，关系文化的兴亡。
> 咱们所拼命的，是对侵略的抵抗；
> 咱们要贯彻的，是民主的主张。
> 你们为西班牙伟大民族而受伤，
> 你们流的血，是自由神下凡的红光。
> 你们的英勇消息，充满了我们的心腔，
> 好比是冬天的太阳。
> 你们打胜仗，便是我们打胜仗。
> 请你们放心，祖国的责任有我们担当。
> 向前创造吧！直等到法西斯消灭，民为王，
> 有四万万同胞，欢迎你们回故乡。
> 啊，何必回故乡？
> 看，青天为顶，大地为底，二十八宿为围墙；
> 人类是兄弟姐妹，全世界是咱们的家乡。

天亮含着微笑，轻轻地对老纪说："写得真好！'全世界是咱们的家乡'——他们还说什么？我们流的血，是'自由神下凡的红光'我真高兴在这个时刻能够听到它。"

老纪迫不及待地给天亮念了另一个消息，那是报社的同仁都要回国参加抗战去了；这份办了两年多的报纸就要转到美国纽约继续办了。可是他们走之前，还是没忘记给这些在西班牙前线的中国战士们，发来最后一个消息。

"什么消息？"天亮轻声地问。

老纪边看边说:"那是在延安的毛泽东和王明,委托中国海员带到马赛港的一面锦旗。"他们不知道那面锦旗现在在哪里,报纸上倒是登了锦旗的照片,老纪念道:"上面写的题词是:'中西人民联合起来!打倒人类公敌——法西斯蒂!'上款是给'国际纵队中国支队',下款署名'朱德、周恩来、彭德怀同赠'。"

天亮问老纪:"那3个署名的是什么人?"

老纪说:"不知道,一定是大人物,也一定是好人,不然不会给我们送这面锦旗。"许久以后,他们中有人听说,这面锦旗辗转经由海轮上的中国船员带到法国马赛,最后送到了西班牙战场,由一名中国战士保存了许多年;以后又过了几十年,据说被中国的一家博物馆收藏了。只是天亮和老纪这些身在西班牙国际纵队中的中国战士,都没有亲眼看到过。

八十七 天亮弥留之际终知天青来过巴黎

天亮感觉老天对他不薄,在他离开这个世界前,终于知道了他们在西班牙的战斗,被同胞知晓和认同了。天亮睁眼看着四周,上岸的人围过来了,他得知,许多受伤战士没有游过河,他们被大河吞没,再也没有踏上这块战斗过的土地;他们将被易布罗河水一直带到地中海去。"如果没有老纪和伯斯科,我也会葬身大海。"在这个时候,天亮的头脑异常清醒。一幅幅画面从脑海中映过——小时候在村头看西洋镜,他和天青在上海马路上寻找林木珑和大舅,他在威海卫山坡上操练,那个十多层的大海轮,华工营的荷枪门岗,段班长和班上的许多人影,又看见袁先生在塞纳河畔,后来那个身影又变成了万译官。他看见了岳母和小健子,还有儿子念青,眼前闪过一大片薰衣草,那片紫色绚丽耀眼。他突然看见托尼坐在路边吹口哨,又变成他在雅拉玛山谷唱歌。天亮眼前的画面慢慢模糊了,他在教儿子念青唱那首《雅拉玛之歌》,小健子和娜塔莉亚在一旁看着，还跟着唱，岳母穿着一身红衣裙，歌声渐渐变轻，红色映成一片……惦记着儿子，天亮突然清醒了。他挣扎要坐起来，天亮说有话要说。几个人过来扶起他。

天亮指着自己衣服对老纪说："里面，有个油布包，裹着我给儿子的信，也是我的西班牙日记。让他看，他会明白爸爸为什么要到西班牙，他会原谅我、理解我。这个最重要，我走时，没有向他们告别……"天亮想起来儿子，对自己家人的愧疚让他不安。可是还有一件更重要的也更难办的事情在折磨着他。这时更多人聚拢过来，望着眼前的人，有伯斯科，有海明威，有老纪……天亮抓住老纪的手："老乡，我的真名叫陈天亮，我有个孪生兄弟，他叫陈天青。我们来法国前就失散了。我相信他一定在法国找我。把我身上带的那只小石狗拿去，他也有只一模一样的。"天亮说着从怀里掏出那个已经染红了的卷毛小石狗，递给老纪，"找到他，让他知道，他的兄弟天亮是在西班牙反法西斯战斗中牺牲的。我还写了一封给他的信，在我衣服里的一个小瓶子里，一起交给他；让他知道，这些年来，我始终没有忘记他——天青。可惜，可惜我没有他的地址，我们失散了快二十年啦……"

海明威站在一旁仔细端详着弥留之际的天亮，接过那个卷毛小狗，用湿衣服擦去血迹，歪着头说："我好像见过一个跟你很像的人，他是'一战'时的俄国华工。"

天亮突然睁大了眼睛望着他——俄国？他听清楚了这个字，却感到不懂；他有千百句话要问他，可惜他已经没有力气了……海明威知道他的思路对头了，于是清晰地大声说下去："那是大战后那几年，我们每个周末都在巴黎斯泰因小姐家聚会。有一阵，那里来了一个东方雕塑家，带他来的人说他是俄国华工，我们都很好奇。他给我们看过一个和你这个一模一样的可爱小石狗……"他举起手中的小石狗看着想着，对正在急切又焦虑地听他说的天亮说："他还表演雕刻一座石山，说那是他们的家乡，他雕刻了好几年，还没有完成。对了！他好像说过，他有个孪生弟弟，他来法国想找失散的弟弟。他弟弟也有个一模一样的卷毛小狗。我们都叫他——青……"

"是天青，天青来过巴黎啦——"天亮激动地说着想挣扎坐起来，可是他不能。他此时兴奋得全身战栗，仰头对着天空，想说什么又说不出来。众人只见他大张着嘴、竭尽全力高声喊着："哥——"随着那声撕心裂肺的呼叫，天亮轰然倒下！

那个颤抖又高昂"哥——"的呼声，和20年前在中国不知名小火车站上天亮的呐喊声"哥——"混在了一起，响彻寰宇苍穹，天青听到了吗？

天亮闭着眼睛离开了人世，因为他知道哥哥来找过他了。如果没有听到这个消息，天亮会死不瞑目！天亮离开了他眷恋的世界，他没有见到哥哥，可是他知道哥哥终于也踏上了他们从小梦寐以求的法兰西，他知道哥哥来巴黎找过他了！天亮的嘴角带着一丝微笑，他的一生没有虚度，他倒在西班牙的土地上，倒在战斗后的血泊中、倒在他仰慕的人面前。在他生命的最后一刻，20年寻寻觅觅不知所终的那个悬念，竟然奇迹般地从天而降——他，终于听到了天青的消息！

玛娅奶奶村外集市上牵着一匹瘦马的那个人，如果现在再看见天亮，一定会告诉他的哥哥，那个很像他的人，含笑离开了人世。

天空的白云疾驰而过，随后涌上一片乌云，阵阵细雨飘落下来，似乎是天空洒下的泪水。红十字会的护士拿来一床白被单盖在天亮身上；在场的所有人都抬头仰望着天空，让细雨和泪水一起流下，为了一个远方来的赤子，把他的热血和生命献给了西班牙的自由事业。海明威后来写了一篇祭文，既是给倒在西班牙土地上的林肯兵团，也是给所有牺牲的国际纵队战士们。祭文的结尾是这样的："西班牙人民将再度站起来，就像以前他们站起来反对暴政一样。死者无须站起来，他们已是大地的一部分。大地是永不可征服的，它比任何暴政制度要长命，大地将永垂不朽。没有人比在西班牙阵亡的人还要光荣地入土，这些光荣入土的人士，已经完成了人类的不朽。"

天亮在西班牙光荣地入土，他代表战死在那块土地上的中国战士和所有国际战士，完成了人类的不朽！

西班牙人民阵线政府眼看敌人越来越疯狂，他们决定撤走国际纵队，寄希望于西方国家就此能给他们提供援助——又是一厢情愿。那是发生在天亮牺牲后的几个月，1938年10月28日，在巴塞罗那，西班牙人民举行了盛大的欢送会，欢送所有国际纵队离开西班牙。有西班牙的"西番莲"美称的伊芭露丽，那天发表了一篇脍炙人口的演说。当国际纵队列队穿越巴塞罗那街道离开时，她的声音响彻在西班牙的欢呼声和告别声里。老纪和他的战友正走在离别的队伍里，被街道上挤得水泄不通的欢送民众不断阻挡；百姓上来拥抱他们，递上水果和食物，含泪拉着战士的手不肯放开。队伍行进得十分缓慢。他们此去，前途未卜，法国边境那边的集中营正在等着他们。老纪根本不可能集中精力听那个讲话，只是耳边断断续续传来的那个女性嘹亮而感人的声音，让他不能不听。

"我们觉得歉疚，因为看到背井离乡、遭受各种暴政迫害、胸怀救赎世人的崇高的战士们，即将离我们而去；悲伤，是因为他们有些人将永远埋葬在西班牙这块土地下，也永远存活在我们充满感激的内心深处。"老纪笑了——她说到了他们所有人！

"你们创造了崭新的历史，你们彩绘出世间的传奇。你们是民主团结、四海一家的英雄典范。"老纪感动得流泪了——她怎么说得这么好！

"我们不会忘记你们。当代表和平的橄榄树重新发出嫩芽，编结成西班牙共和国胜利的桂冠时请务必回来！"

老纪焦急地停了下来，他四处张望。因为他知道，此次离开西班牙回到法国，他们会统统被关进集中营，因为法国害怕德国，他们将帮助西班牙共和国的人视作异议分子。老纪已经把天亮委托给他的家信和自己的家信一起寄了出去，他相信天亮的妻子和孩子已经收到了；唯有天亮给他哥哥的那封信没有寄，不是不想寄，是因为老纪不知道地址，就连写信人天亮都不知道地址，往哪里寄？现在他就要离开这里，就要失去自由，他决不愿意让朋友珍贵的家信落到那群法国警察手中。他看到西班牙人民如此真诚地欢送他们，他想唯有把这封信留在这里，也许有朝一日，它能够被送到迈克的哥哥，那个名叫陈天青的人手中。

老纪不安地向四周观望，他要找一个年轻的、可靠的人。这时，一个十五六岁的女孩走上前来。她腼腆地自我介绍："我叫曼达。我可以为你做点什么吗？"

老纪急忙把天亮临终前给他的那个小瓶子和那只小石狗拿出来，对眼前这个素不相识的女孩说道："这是我的战友临死前交给我的，瓶子里面有一封信，连同这只小石狗——它是信物，要我一起转给他的哥哥。可是我们没有地址，只知道他哥哥在法国，是个华工，叫陈天青，这是他的中文名字，是'一战'时来的欧洲——"队伍已经往前面走远，老纪把手上的两样东西塞给那个女孩，还有一张写着"陈天青"的字条，急忙跟上队伍。曼达接过来，紧紧地贴在胸前。望着走远了的那个国际纵队的志愿军战士，忽然她对前面招手喊道："喂，你叫什么名字——"她的声音被无数高低呼唤的声音，兴奋与哭泣的声音盖过，曼达喃喃地说着："我还没有来得及问他的名字——"

曼达小心翼翼地保留着这两样东西，在独裁者佛朗哥统治下的岁月，她把那个小瓶子和写了名字的纸条一起放在一个铁盒子里，埋在后院的树底下，把卷毛小石狗放在屋里最显眼的地方——希望有知道这个故事的人能看到它，解开这个谜。她记住母亲对她说过："将来无论何时，要永远敞开我们的家门，和国际纵队的兄弟姐妹们分享我们家中的一切。"她也记住伊芭露丽说的："请回到我们这里来，这里就是你们的家园，我们就是你们的朋友。"曼达在等待时机，她立誓要在她的有生之年，一定要把这封没有地址的信和那个信物小石狗，送到那个国际纵队中国战士的哥哥手中。

第十六篇　守在小饭馆的天青

八十八　人们在天青的小饭馆议论欧洲时局

天青已经在法国北部的小镇住了十多年了，独自打理着自己的小饭馆，每天徘徊在墓园里，对心中的天亮墓碑絮絮叨叨。天青一直以为，天亮早就死在第一次世界大战中，而他的尸骨留在了法国哪个穷乡僻壤。直到1938年初夏的一天，他突然感到背部剧烈疼痛，持续了半天，又突然消失。天青心中暗暗地惊慌——难道是天亮刚刚离开人世？在哪里？怎么走的？那个独特的感应让天青深信不疑，天亮这次是真的走了！天青不安了许久，这个世界上没有任何人能够告诉他，天亮究竟发生了什么，又是在哪里发生的，他是怎样离开的人世。天青那些天心慌意乱，关了饭馆，天天去墓园；白天仰望着蓝天，黑夜凝视着星空，盼望老天给他什么通灵；可是什么都没有，天空和大地一样沉默着。无奈之中，他又回归到平静。

天青本以为他的余生就会这样度过，可是20世纪是世界风云多变的时代，哪会让他安安稳稳地过日子，尤其他选择逗留的这个国家，本就是个多事之地，又逢多事之秋。天青绝对没有想到，他一生中，竟然会又一次被卷入战争旋涡，一场规模更大、程度更为惨烈的战争即将来临，那是第二次世界大战。

天青对世界的了解，有些来自客人带来的一些报纸；更多的是听客人们谈天说地，从中知道一些天下大事，并由此分辨在报纸中含糊不清的东西。自从去年日本和中国正式开战，天青就格外关注国际大事。到 1938 年春天，晚上的客人比以往多，逗留的时间比以往长；这几天热烈议论的话题是上次大战那个最凶狠的德国，把奥地利给占了，那是 3 月。天青对这些议论很敏感，耳朵伸得很长，上次大战就是德国挑的头，让他远离故乡，失去了弟弟和心爱的姑娘，这次大战又会燃起吗？会不会烧到自己身上？没多久，德国把下一个目标锁定在捷克斯洛伐克，那个位于欧洲中部，又是工业强国的小国。那个夏天，战争的阴云笼罩着整个欧洲，英、法两国在想方设法推迟战争，他们都被一战打怕了，只要不打仗，哪怕牺牲几个小国，像希特勒现在点名要的捷克斯洛伐克，又有何妨！

天青从报纸上看不到多少关于中国的战况，他只知道日本侵略军已经占据了南京，那个时候的西方世界，还不知道他们有多么残暴，在那里杀了多少人。当日本人占领武汉时，不仅西方国家，就连中国北方那个红色帝国，也相信地球上将不会再有一个独立的中国了！那天在天青的小饭馆里，一位叫洛朗的来客，知道老板一战在俄国打过仗，凑过来对他说："知道吗？俄国人开始对付中国人啦！"

"为什么？俄国人为什么要对付中国人？"天青看着这位客人，知道他是从巴黎来的，是夏天常来常往客人中的一个，消息比本地人灵通。天青搞不懂为什么俄国要对付中国人，忙拉着他坐到一个桌旁。

"斯大林把远东的华人都抓起来，还流放到北极圈去了。"来客带来的消息让天青大吃一惊，他不解地问道："为什么？在俄国的中国人都是干活的老实人，碍他什么事了？"小饭馆的多数客人，现在主要关注的是希特勒在东欧的动静，对遥远的远东没有兴趣；可是天青不一样，他关心俄国发生的一切。此时他立刻想到了杨百柯和留下的战友。天青一直相信，杨百柯和一些国内没有家眷的人，会长久地留在俄国。那里地大，林子多，劳动力又那么少，找个俄国女人加上勤劳的双手，就会活下去，比在关内、关外都要强。"他们现在会怎样啊？"他追问着。

"为什么？因为俄国害怕日本。看到了吧，那个小国厉害得很呢！俄国曾经败在那个小国手下。现在又是他们，把中国政府逼得一退再退。俄国要对付西边的德国，它可不想两面受敌，对东边的日本人是又怕又恨。斯大林不喜欢眼皮子底下的这群中国人，怕他们给日本人当间谍、当密探，就罗列罪名把他们都赶走，或者干脆送到北极圈里去。送到那里的人，就只有自生自灭了，没有多少人能活下去。"

杨百柯确实早已和一个俄国女人成了家，那些留在大森林里的人，有的和他一样；有的回到中国，每年春天来，秋天回去，做了候鸟般的季节工。像杨百柯这样娶了俄国女人的，在远东生活了二十多年，直到二战爆发，斯大林竟然连他们都不放过。他们可是最老实、最守法、最勤劳的一群人啊！可是他们仍然没有逃过厄运。

天青一想起当年被"契卡"严刑拷打，就会不寒而栗；他不安地知道现在又有30万身在苏俄远东的中国人，要经受他当年的遭遇。天青想知道更多更详细的消息，可惜这里没有任何人能够提供哪怕多一点的消息。他也想念他的支队留下的人——郭娃、盛中华和当年恋恋不舍地送别他的那些弟兄们，他们回国了吗？他甚至想知道郝窦窦，他还在"契卡"吗？但愿他不要做出什么伤害同胞的事来，也不要被"契卡"伤害。报纸不会登这类消息，他也无从打听。又是几个不眠之夜，洛朗告诉他："这些人，被火车或者船只送到路的尽头；然后把他们放下来，押送的人回去了，流放者只好在那里自生自灭。一切听天由命，很少有人熬过寒冬，人们没有生还的希望。"天青听了感到心痛。

小镇的人们都在支着耳朵听，瞪着眼睛看。那时英、法两国尽管不想打仗，可是都在做最坏的准备。小镇街头的布告栏上，贴出了白色布告：法国政府征召动员卡号码尾号是"2"和"3"的预备役人员，总共有100万呢。小镇在那个星期六的上午，送走了几个年轻人；大家前来送行，静静地看着眼前的一切，没有任何人说话，无论是祝福的，还是慰藉的。天青店里的另一位常客西蒙，是个一战老兵，他每天都在天青小饭馆吃两顿饭，是每天必到的人。他不满地大声说道："知道 1914 年是怎样欢送我们这些入伍新兵吗？全镇的人都出动了，像盛大的节日一般。现在老百姓的热情都到哪里去了？"

洛朗嘟囔着："怪得了谁，也许我们还没有从上一场战争中恢复元气，也许我们已经尝够了战争的残酷，没人想马上再打一仗。"这些话不仅代表老百姓，政府里面更是反战派占了主导地位，他们没有积极准备抗击敌人，而是在一味退却。

西蒙对他喊道："打不打由得了你吗？"

巴黎来的客人告诉大家："知道吗？先生们，所有开出城的列车都爆满，公路上也挤满了逃出首都向南边开的汽车。我们完全没有信心能打赢另一场战争，是不是？我们只盼望，也相信，谈判能够制止任何可能的战争。"人们纷纷点头，表面镇静，心中却充满恐惧与不安。

伦敦呢？一个样，城里在挖防空洞，医院往乡下搬，小学生也撤退到偏远地区；政府甚至把著名大学的教授们送到加拿大的几个大学里，大概是保存国粹吧！法国和英国的政要首脑们，往返于伦敦——柏林和巴黎——柏林。他们卑躬屈膝地和希特勒谈判，希特勒给他们许下诺言："捷克斯洛伐克是我的最后一个领土要求。"

英国人相信了，法国人也相信了，或者他们假设那就是真的；于是他们向捷克斯洛伐克施压，作为一个小国，捷克斯洛伐克又能怎样呢。当英国首相张伯伦从柏林回来下飞机时，受到人们热烈欢迎，他得意地高声宣布："我带回来一代人的和平。"人们究竟看到还是没有看到：捷克斯洛伐克当时有 35 个训练有素的师，法国自己也有 100 个训练有素的师；这两个国家的兵力加起来相当于当时德国军队的两倍！

德国因为经过一战，他们损失了太多的老兵和军官，当时只有 12 支部分训练的预备部队；他们缺乏骨干军官、缺乏原料——特别是石油。他们的齐格兹瓦防线还没有完工，可是那个战争狂人竟敢在柏林体育场疯狂地叫嚣："四天以后，我将占领苏台德地区！"那既是捷克斯洛伐克靠近德国的一个地方，也是二战的策源地。

这就是诡异的、不可见人的真实历史！

八十九　五十岁的希特勒迫不及待要打仗

小饭馆里每天有高人侃侃而谈，那天洛朗大声说道："如果损失一个小国，能换来欧洲和平，也许是明智之举。"许多人点头称是。

天青小心地问："德国可信赖吗？"他和这些人相比，最没有发言权，因为他对法国历史了解甚少；可是他对德国的不信任，又最有发言权，因为坐在他餐馆里的这些人，还真没有几个参加过一战呢，他却亲身经历过。

当过报社记者的纽伦拿着报纸对他说："老板，报纸上写得清清楚楚，人家德国只希望跟我们法国保持友好关系！"也有人和天青一样持怀疑态度，不过谁都不愿说出来，如果真的能不打仗不是更好吗？那时的法国人，无论是普通百姓，还是政府首脑，根本不去了解德国，当然也就不知道德国远没有自己吹嘘的那么强大。其中一些人确实不清楚，另一些人却真的被德国人收买了。听听德国人怎么说："收买记者比收买报纸划算。"是啊，老百姓全在看报，看了全在点头呢！

捷克斯洛伐克在做最后动员，他们被盟友们出卖了，为了不让百姓沦为炮灰，他们只有退让。这个追求了几个世纪独立，一战后刚刚享受了 19 年独立的国家，怎么也不敢单独去对抗那个战争狂人，特别是当强大的盟友全都退缩之时。事实上，当时他们如果真的抵抗，胜算颇大。就连德国人自己私下里说："不能确定是否有能力突破捷克斯洛伐克的防御工事。"可惜所有人都被咄咄逼人的希特勒蒙住了。

历史有时竟然可以被轻易玩弄，让后人不知该去责怪谁。

英法和德国签订了《慕尼黑协定》，自此德国有了喘息之机。他们来得及重整军队，来得及完善齐格兹瓦防线，以致后来开战的德国和 1938 年的德国完全不一样了——西方给了法西斯喘息壮大的机会。西方国家就像 1936 年德国在法国的莱茵河区挑衅时没有惩处他们一样，让德国法西斯有机会利用西班牙内战大大地演习了一次；这次，西方国家又被虚张声势的德国给吓回去了，希特勒知道自己称霸世界的蓝图已经展开了。于是他在 1939 年 3 月 15 日，毫不客气、没有任何先兆地占领了整个捷克斯洛伐克，完全违背了《慕尼黑协议》允诺的——只占领台尔曼地区！所有人都大吃一惊，但是真的有点晚了。在 3 月 17 日去伯明翰的火车上，那位在机场扬言"我带回来一代人的和平"的英国首相张伯伦，突然拍脑袋醒悟到："啊——受骗啦！"可惜醒悟得太晚了。4 月 27 日，英国被迫决定征兵。

法国总司令还在那里支支吾吾："我们不可能做得更多。"那么他们在做什么呢？1939 年夏天，法国在举国庆祝法国大革命一百五十周年。可惜革命的星火没有传播，一战凡尔登战役时的英勇气概已然完全看不见了，和平主义和失败主义笼罩着巴黎。有良心的报纸报道了希特勒要在波兰发动战争，可是对大多数法国人来说，波兰太遥远，眼前的庆祝活动要紧。巴黎街道上的书店门口排着长队，人们正在争相购买作家迪尔坦的小说《战争并不存在》；在这个谁都想远离战争的国家，光看书名就使它成了畅销书。狂欢的人们相互安慰："严酷的现实和战争的威胁已经远去了。"

7 月 14 日国庆节更成了全民狂欢日。那天传统阅兵游行走过香榭丽舍大街，各色兵种的方阵出尽了风头；就连英国都出动了一个近卫步兵方阵，他们穿着往日吸引游客的猩红色制服，戴着用马鬃装饰的熊皮高顶帽，迎来了最热烈的掌声。观看游行的人们纷纷互相安慰，还自我陶醉地喋喋不休："不会发生战争了，这样一场盛大的游行，一定会让希特勒先生三思。"

希特勒根本不用三思，他早就想好了，下一个目标是波兰！在这之前，他还来得及和苏联商量相互理解，让他免除后顾之忧呢！这两个国家的靠近倒是让不少西方政客清醒了一点，但为时已晚！希特勒决心在雨季到来之前消灭波兰；于是法国急忙在8月开始征召预备役军人入伍。天青所在的那个小镇上，这次入伍的比去年多，不过人们还是将信将疑，他们哪里会听到希特勒正在那里神叨叨地说："我已经50岁了，我宁愿现在打仗，而不是到55岁或者60岁时再打！"50岁的希特勒精神头十足，他部署了他的全球战略，只是西方没人相信，他们虚幻的梦境是建立在隐匿又残酷的战争蓝图上。

天青比去年更加关心时局，因为德国人这次要打的是波兰，他曾经在那里住过两年；他和波兰人心灵相通，那里是玛娅奶奶和贝雅塔小姐的家乡。十多年过去了，贝雅塔的身影还会出现在天青的梦中，他也常轻轻地呼唤着这个名字。此生唯一俘获过他的心的那个女孩，是会弹肖邦的《夜曲》，教他法语，还深情吻过他的贝雅塔，近日像幽灵一般缠着天青。听说希特勒要打的下一个国家就是波兰，天青马上感到心跳加速，焦虑不已。他担心玛娅奶奶的墓地会被他们破坏，他还没有机会把贝雅塔的坟迁过去呢。天青搞不清乌云密布的国际局势，他既不懂里面的玄奥，也不懂那些大国的政治背景和经济需求。就像20年前，天青他们在黑森林里时，不知列宁已经和德国人签订了屈辱的停战和约；今天的他同样不会知道，1939年8月23日，苏联和德国又签订了《苏德互不侵犯条约》。一周之后的9月1日，拂晓四点四十五分，德国入侵波兰西部，波兰只坚持了8天就战败了。半个月后的9月17日，苏联就迫不及待地从东边攻入波兰。苏德两军在波兰的布雷斯特会师，还一起阅兵，波兰被两个恶邻第四次瓜分了。

天青更想不到，打进玛娅奶奶家乡的，就是当年他曾经参加过的苏联红军。

人们还会记得法国元帅福煦，当年在一战停战和约签字后说的话吗？——"这不是和平，这是20年休战！"

对德国惩罚性的和约，埋下了德国人复仇的种子；美国对德国的宽容，又助长了侵略者的气焰；这几年西方国家对希特勒的一忍再忍，长出了一颗颗苦果。今天，纳粹法西斯主义和民族复仇主义同时抬头，他们怒视着当年的敌人。

1939年距一战和约签订的1919年，整整20年！

九十　第二次世界大战在人们最不情愿的时刻爆发了

第二次世界大战,就这样在人们最不希望、最不情愿、最不以为然的时刻爆发了。那时法国有全副武装的 85 个师,而德军只有 34 个师。8 月法国征兵后,军队增加到 200 万人,可是无论是法国还是英国,都没有对希特勒侵犯波兰提出抗议,更不要说采取任何行动——即使他们曾经允诺过。法国人只是小心翼翼地让他们的士兵守在寂静的前线。他们相信了希特勒对西方的喊话:"我们对西方无所求。"可是关起门来,希特勒却对他的那群将军们直言不讳地说:"战争目的是最终消灭西方!"他暗中把进攻法国的日期都定好了——1939 年 11 月 12 日。

表面上似乎真的是"西线无战事",巴黎又恢复了夜生活,尽管晚上 10 点要关门,灯火受管制,每星期两天没有肉吃;可是相比打仗,那还是好得多。从百姓到士兵,从将军到政客,没人愿意打仗,所有人都想着如何避免战争,法国人生活在梦幻的和平中。

天青所在的小镇没有任何惊慌失措的景象,小饭馆变成了小镇的时局议事厅。洛朗对天青说:"我把发下来的防毒面具收到阁楼里了,我们怎么会用那玩意儿!"一旁的纽伦听了也点头,看来收起来的不止一个人。不过他们还是小心翼翼,让人感到他们只是表面镇静,实则心中惧怕。

10 月、11 月都平安过去了,希特勒没有动,他的进攻日子一推再推,因为天气寒冷,因为他的那些将军们一再告诉愤怒的元首:他们确实还没有准备好。可是苏联却迫不及待地在 11 月的最后那一天,向邻国芬兰开战了。这个消息很快在小镇上传开了,战争气氛骤然加剧。大家想不明白为什么那个大国要去欺负一个小国;更不明白为什么要在此寒冬季节,到那个冰天雪地的国家去打仗。天青想起 20 年前,自己带领着几百人,在西伯利亚大森林里艰苦度过的那个冬季，他自己都不敢相信，他们竟然熬过来了。只是他战胜了自然界的冬天，却没有躲过人世间的冬天。今天人们把那场苏芬战争，干脆称为"冬季战争"，因为历史上很难找到那样的先例，在严冬去北极边上打一场毫无希望的战争。苏联没有打赢那个小国，最后他们签订了停战协议。也正是这场战争，暴露了苏联的弱点，助长了希特勒日后进攻苏联、称霸世界的野心。

人们都说刚刚过去的那个冬天，是记忆中最寒冷的冬天；而刚刚到来的春天，应该是最明媚绚丽的春天。当法国人开始享受春光时，蛰伏了一冬，羽翼更丰满的希特勒也蠢蠢欲动了。在人们毫无准备的时刻，1940年4月9日，希特勒不费吹灰之力就拿下了丹麦，接着对准了挪威，下面该轮到比利时和法国了。

人们都记得，一战时德国人就是经比利时入侵到法国，那条路最平坦、最直接。如今法国人修了马其诺防线，他们认真地在那里驻防把守，严阵以待，却不知自己掉进了德国人布下的陷阱。

5月10日，德国出动了上千架轰炸机，136个师——包括10个装甲师，向几个中立国家发起猛攻，5天后的5月15日，荷兰就投降了；德军继续向卢森堡和比利时的阿登高原进发。阿登高原位于马其诺防线以北，那里地势险恶；没有任何人，当然也包括法国人，会想到德军会从那里发动进攻。可是5月中旬，德军7个装甲师和摩托化步兵师扑面而来，法军据守在那里的恰恰是最弱的第九兵团，德国人轻而易举地越过了阿登高原。

那个出人意料的大胆又聪明的计划并非来自希特勒，它出自德国A集团军参谋长曼施泰因之手，曼施泰因正是被后人称为"整个二次大战最杰出的军事家"，他是个军事奇才。尽管希特勒说："我不喜欢这个人，但是，他确实知道该干什么。"希特勒还是采用了曼施泰因的方案——从阿登高原发起奇攻。

德国装甲部队势如破竹的猛攻，引起了法国军队的惊慌，他们以为天兵天将降临。先是步兵，然后是炮兵，统统往后跑；公路一片混乱狼藉。惊慌失措的情绪从前线士兵蔓延到后方司令部，再到政府，更不要说民众了。隔岸新上任的英国首相丘吉尔听到后，皱着眉头忧心忡忡地道："情况比我们想象的要糟糕得多。"这个主要盟国的种种表现，迫使他无奈地几次飞过海峡去磋商和鼓舞。

天青已经顾不得去想玛娅奶奶和贝雅塔，现在该想自己了。因为战争阴云突然笼罩上这个静谧的法国小镇，德国人以迅雷不及掩耳之势攻到法国来了。5月中旬，德国飞机就轰炸了他们这里。其实德国人根本看不上这些小市镇，奇怪的是他们也没有直取巴黎，他们关注的是小镇北面的那片地域。这就是为什么他们置巴黎于不顾，而是径直向大西洋海岸挺进的原因。原来那里有一直等着他们的法国和比利时军队，还有庞大的渡海而来的英国远征军。希特勒要消灭的就是那几十万盟军的精锐部队——如果能够消灭他们，希特勒称霸世界的野心将如愿以偿。16日，德国装甲师闯过了法国边防阵地，几千辆坦克分15路大军，浩浩荡荡地从法国北部朝西海岸滚滚开去。

法国自认为是欧洲第一陆军强国，可惜竟是如此不堪一击。人们很不情愿地知道，5月时的法国加上英国的空军，还有坦克和飞机的数量，都与德国旗鼓相当。可是法军却处处退让、节节败退。17日，唯有戴高乐孤军在那里反抗了一天。和德国15路坦克大军隆隆西征相对的是，法国公路上拥挤着川流不息向南行进的惊慌的难民，其中还混杂着丢失了武器的散兵游勇。那时只有上校军衔的戴高乐站在公路旁，看到这一切，痛心不已，也许他抗击德寇的决心就是在那个时刻产生的。

不堪一击的法国又该怪谁呢，那里面的种种原因，史学家们争论了半个世纪，天青这些芸芸众生哪里会知道。可是他清楚的是：德国人会抓占领区的青壮年回国，或送去前线当苦力。经历过战争，也当过苦力的天青，不愿意在40岁时，再被抓去给法西斯当苦力。天青已经在法国待了近二十年，这里就像他的第二家乡。他对法国又爱又恨，眼看法国一味退缩，深感无能为力，他的心中充斥了不可思议的愤懑和无法排遣的苦恼。

九十一　天青与一战老兵西蒙想到一起去了

这些天镇上的人更频繁地来到小饭馆打探消息,却不像往日那样坐下吃点什么,再慢慢聊天。看上去他们真被德国人吓坏了,人人都在问,"离这里多远啦?""什么时候走?"镇上有车的人早走了,剩下的也在那里找马车或是商量几家一起走,有自行车的,驮上包袱急忙上路的也不少。可是一些老人、病人,都无法加入逃难大军,只有听天由命。人们问天青作何打算,他摇头回答:"没想好……"

那天老兵西蒙迟迟不走,等所有客人都走了,才站起来走到柜台前。天青看着他,知道他有话要说,先开口道:"西蒙,怎么样?咱俩喝一杯吧。"天青知道这个老光棍,一战时当过俘虏,回来后早已家破人亡,妻子带着孩子不知去向。十多年来孑然一身,跟天青差不多。只是这人有点贪杯,不好好打理自己的生活;不像天青开店养活自己,还给小镇带来一个活动天地。所以天青在镇上远比他受欢迎。

天青和西蒙坐在靠柜台的一个小桌旁。西蒙喝完一杯啤酒对天青说:"你有车,为什么不走?"天青为了进货,几年前就买了一辆雷诺车。改装了一下,既能装货,也能坐人,镇上人都知道。

天青看着空空的店堂,"想走,只是不知该往哪里走;现在南下的路都给堵满了,走不动还不如不走。再说,我倒想看看这个希特勒能把法国怎样。"最后这句话说得倒也由衷。天青有点不甘心就这么往南逃走。他没有应征当兵,是因为他的年龄;可是他自觉他的心还年轻,因为他真正年轻时,战斗过,可是戛然而止。不是他不愿意继续战斗,是那个苏维埃不给他机会。天青总觉得此生太窝囊,他内心渴望做点什么。他当过红军支队队长,带领过几百人的队伍,在那冰天雪地的森林里,靠着自己的双手和智慧,度过了寒冬。他不是只能当长工，也不是只能开小饭馆，天青总感到身上有股没有迸发出来的勇气和力量在煎熬着他。这是为什么他没有像那些人一样，早早就开车往南逃难的原因。天青说完，西蒙眼睛一亮，他一把抓住天青的手，"跟我想的一样！"

西蒙说这话时，好像骤然变了一个人。他看看四周，没有一个人，低声道："知道吗？军队都往海港跑呢，要撤到海峡对岸去。本来那里有3个海港：加莱、布伦和敦刻尔克，前两个已经给炸毁了，现在只剩下敦刻尔克了……"他盯着天青。

天青也盯着他说："然后呢——"

"咱们都当过兵，跟老百姓不一样；他们往南跑，咱俩往北走，去敦刻尔克！"

西蒙紧紧盯着天青，没有天青，自动参战根本不可能实现。天青望着这个人，心想人不可貌相，平日里这人总是醉醺醺的，连话都说不清，可是谁能想到他的头脑实际上比谁都清醒，他知道自己该干什么和怎么干。这不是跟自己想的一样吗？两人一拍即合，没有想好他们到敦刻尔克究竟能干什么，只是觉得应该去，尽快去！西蒙答应弄两罐汽油，他让天青尽量多烤些面包，再备上些水，他们决定明天半夜出发。

天青和大多数法国人一样，直到此时，仍然对这场大战没有多少精神准备，他绝对想不到第二次世界大战历时会比一战还要持久，还要残酷。可悲的是，法国政府并不比天青知道得更多，也许是不愿知道甚至视而不见。两次大战中的法国，完全是两种不同的气概和斗志。就在德军闯过法国边境线时，法国司令部竟然还没有搞清楚军情有多严重；没等他们的装甲师集结起来，给养线就被德军切断了。如果连法军司令部都没搞清楚，天青和西蒙能清楚吗？也正因为天青和西蒙对军情毫无所知，他们才敢胆大包天地向着就要变成战争中心的敦刻尔克驶去。

第二天晚上，等客人全走光了，天青在门口挂上一个牌子——"暂停营业"，就开车上路了。那一天一夜，天青把店里的面粉统统烤成面包，现在车上载满了烘烤好的面包、装满水的大桶小瓶，有喝的，也有为车子准备的；加上西蒙拎的两罐汽油，把小车装得满满的。汽车在黑夜中向西北方向开过去，他们上了沿海公路，两个人都有点兴奋，又有点紧张，他们全然不知道他们正和德军第一装甲师走在同一条路上，只不过天青的车在前，德军第一装甲师在后。幸好第一装甲师的统帅古德里安将军刚刚接到命令，让他停止前进，不然他们从后面会把天青那辆小车轻而易举地轰上天。

那个奇特的命令竟然直接来自希特勒，历史学家直到今天还在研究，当时究竟为什么他要在那个关键时刻下令装甲部队停止前进。如果第一装甲师，当然还有稍北一点的第十装甲师，和更北面的第二、第六、第八、第七、第五，总共7个装甲师，统统向敦刻尔克开过去的话，40万盟军是绝对撤不走的，还会遭到毁灭性打击，第二次世界大战的历史也许会被重写。可是那个战争狂人在此关键时刻，在他的一系列独特思维下，做出了"停止前进"的决定。有人说是因为一张老旧地图的误导，图上显示前面是一片沼泽地，希特勒害怕他的装甲部队陷入沼泽地，于是下令停止前进。也许是真的，总之它给了盟军一个千载难逢的机会，后来才会出现"敦刻尔克奇迹"。天青和西蒙也就幸运地没有被坦克碾平，平安地抵达了敦刻尔克海港。

面对滚滚而来且强大的德国装甲部队，为了保存实力，英国海军部拟定了撤退远征军计划，代号是"发电机行动"！5月22日起，从阿拉斯开始撤退的英军陆续抵达敦刻尔克海港。当时没有人对这次匆忙的撤退抱多大希望，就连英国首相丘吉尔也估计最多只能撤回4.5万人。当时涌进敦刻尔克的不仅有源源不断的英国、比利时、法国盟军，还有无数逃难的百姓——他们往南逃生的路已经让德军骇人的装甲部队截断了，只有往法国仅存的第三大港奔来，希望能够从海上逃生。他们哪里知道，那个残破的海滩竟散布着几十万盟军部队，正在等着撤到英吉利海峡对岸呢！

九十二　天青和西蒙参加了敦刻尔克的"发电机行动"

　　天青和西蒙被迫夹在逃难的人流中，天青想要避开还是没有避开；比起向南逃难更加艰难的是，这里还有一眼望不到头的军车和军人。天青的车子开到敦刻尔克附近就难以再前行了；他一生中也没有看见过那么多的各种车辆，包括军车和逃难百姓的形形色色的车，更多的是徒步奔来的人群。西蒙大声喊道："我们来到地狱门口了，天哪！我们怎么选择了这个时刻来到这个地方啊——"他们看着那些拖家带口的难民，想让一家上车，就会有十家扑上来，他们只好紧紧地关闭车门。车子开开停停，看着四周，那个万人小城如今一半竟成了废墟，许多房子在冒烟；一座教堂就在他们眼前崩塌，发出巨响，冲起的尘土把半个天空遮挡住。趁着那个间隙，天青眯缝着眼睛把车子开进了一条尘埃弥漫的街道，一直往港口驶去。

　　眼前出现的是什么景象啊，几个船坞全被炸毁，这里哪里是码头，简直是世界末日的映照！水面上倾斜着炸翻的船只；大船露出半个船尾，小船几乎全部沉没，露出孤独的桅杆。岸上是被炸毁的车辆，就像刚才经过的敦刻尔克市区一样，到处在燃烧，没有人去救火，因为不知该救哪里的火，当然也不知道水源在哪里。前一天天气晴朗，德国飞机扔下了1.5万颗炸弹，3万颗燃烧弹；尽管英国从本土起飞了300架飞机，它们和德国飞机厮杀了整天，可是最后码头还是被炸得稀巴烂。天青面对这座废墟般的码头，惊讶得张大了嘴巴，好像是来到了地球覆没的最后角落。

　　就在此刻，只见一个英姿勃勃的英国军官，带着一队同样精神抖擞的各级军官，跑步前来；再看后面，还有上百个士兵，他们和天青路上看到的那些丢掉武器、疲惫又慌张的法国士兵截然不同，他们个个昂着头，挺着胸，目光直视前方。他们立正站好，只见那个军官——他还是那么镇静，那么潇洒，向他的部下发布命令。可惜天青根本听不清他说什么，那些待命的军官们，用手拢着耳廓，在专注地捕捉长官的每一句话。那是因为四周太嘈杂、太喧嚣，不仅有各种车辆的喇叭声，还有各种船只的汽笛声，人们的喊叫声，加上天上的飞机、地上的大炮和人世间能够发出的所有声响。军官的声音都嘶哑了，那时在敦刻尔克的很多人后来都有个哑嗓子，从而历史上出现了人们尊称的"敦刻尔克嗓子"。

那些接到命令的各级军官，带着他们的士兵马上兵分各处，乱糟糟的港口在这些人的指挥下，很快变得井井有条：等待上船的列队士兵被安置在一旁排队等候；另一些人被派去清理道路上被炸毁的车辆；一队士兵被派去开卡车搭浮桥。当时有一辆卡车没人开，天青高举起手喊着："我能开！"马上就上去充当了那个司机角色。从那以后，天青就跟着那些海岸上的军人和民工们一起忙碌起来。西蒙马上把他们的车开走，天青也不管他把车停到哪里，没多久，西蒙也过来加入天青那些人的行列。难以想象的是他们竟用卡车搭成了临时栈桥，再铺上各种废弃的木板、门板、横梁和所有可以经得住人来人往的家什做跳板，让那些该上船的士兵可以踏着跳板飞快地奔上船去。

海上来接应撤退士兵的不只是英国军舰和轮船，还有数不清的各式各样的私人船只，它们是被英国政府动员来的。看着那些各式各样的私人豪华游艇、渡轮、渔船，还有货船甚至拖泥船向港口驶来，岸上的人不知是该欢呼还是该哭泣，共有各类船只861艘，能够在海上行走的家伙都出现在敦刻尔克。正是它们，把那个地狱般的港口点缀得像通往天堂的大门。天青看着，忽而傻笑，忽而流泪，不能自己；他看到了一个民族为了生存，为了战胜邪恶，如此同心协力，奋不顾身，他相信这里能撤走的绝不止几万人，会是几十万人！

天青尽可能地干着一切他能搭上手的活儿，同时不断观察着四周的动静。他特别注意到等待上船的士兵们，尽管战争爆发已经快三个星期了，他们疲惫不堪，可是没有人垂头丧气；他们饥肠辘辘，可是没有四处觅食；他们焦急等待，可是秩序井然。天青相信只要他们有这样的士兵，一定能打败希特勒。当然天青在奔赴码头的路上并没有看见英军和法军的冲突，以及那些为了活命而争先恐后的种种丑态，也许眼前的人们知道就要渡海到对岸，不仅能生存，有朝一日还会继续战斗，他们有一种可贵的安详。那个世界的一角，太波澜壮阔了，天青只看到一点点，可是那也足以给天青上了一堂生动的课：他意识到，人原来是可以这样顽强，可以这样抵抗逆境！天青更加心甘情愿地奉献他的微薄之力，他愿与敦刻尔克共存亡。

在敦刻尔克的最后几天，天气又转晴。德机不断投弹和俯冲扫射，可是地面上一切照常进行。天青突然看见了什么？那个英国军官，竟然坐在一把帆布躺椅上，那是和平年代人们在海滩上度假晒太阳用的，他现在悠闲地坐在那里，还在啃一个苹果。看到的人都笑了，他们不再惊慌失措了，军官在那里啃苹果呢！于是每个人该干什么就干什么，不再惊慌，不再忙乱。天上的德国驾驶员看见了吗？他会回去向那个战争狂人报告吗？这个世界如果出现要毁灭它的人，也必定会出现坚决捍卫它的人。不然世界早就毁灭了！

9天里，盟军一共撤退了34万人，远远超过最初预期的4.5万人。这次撤退是二战前期不得已的一次战略后退，但是它孕育着未来的胜利。正如历史学家后来所说："欧洲的光复和德国的失败就是从敦刻尔克开始的！"但是在那个时候，人们远没有对自己评价那么高，当时人人感到前途未卜，因为德国正向巴黎进发；英法失和也从那时开始——最后没有来得及撤走而被俘的多是法军。

天青和西蒙没有回到敦刻尔克市里，那里很快被德国军队占领。西蒙把他们带来的大部分食物和水都送给了可怜的难民，把车子开进了一座被炸毁教堂旁的车库里，隐蔽在半倒塌的教堂后面；西蒙希望没有人注意到它。"我们也许可以回来把它开走，我希望不要太久吧。"他们此刻不知道他说的"不太久"，竟然是5年之久！

天青和西蒙乘坐一条法国渔船，在英国人全部离开的那个晚上也悄然从海上撤走了。如果晚一天走，他们就会和留在岸上的法国第一兵团的4万士兵一起，成为德国人的俘虏。那条小船独自南下，而不是像大多数撤退的船只那样向西面的英伦岛驶去。船主愿意捎上天青和西蒙，是因为西蒙在最后时刻，没有忘记从车上的两罐汽油中拿回一罐,而船主缺的正是汽油。在那个夜晚,三人静悄悄地驶离已经被大火映照得满天通红的英雄港口。

西蒙有个收音机,一路上,他们从收音机的BBC广播电台里收听法语节目,他们听到了丘吉尔在下议院的演说。那些话说得多好!让天青记了一辈子。

丘吉尔用铿锵有力的声音说道:"我们将战斗到底,我们将在法国作战,我们将在海上和大洋中作战,我们将具有越来越大的信心和越来越强的力量在空中作战;我们不惜任何代价保卫我们的岛屿。我们将在海滩上作战,我们将在敌人登陆地点作战,我们将在田野和街头作战,我们将在山区作战,我们绝不投降。即使这个岛屿或它的大部分被征服并陷入饥饿之中,这是我一分钟也没有相信过的,我们在海外的帝国臣民仍要在英国舰队的武装保护之下,继续战斗,直到新世界在上帝认为适当的时候用它全部的力量和能力,来拯救和解放这个旧世界。"

当小船在波涛中颠簸,船主、天青和西蒙都听得泪流满面,他们紧紧地拥抱在一起,他们看见黑暗中的一线光明照亮了前方,他们感到世界有希望了。丘吉尔的那些话,在后来几年里,一直在天青的耳边回荡。他想自己能够没有颓废,没有气馁,是因为他相信英国首相丘吉尔的话。既然上帝创造了一个战争狂人希特勒,就会创造一个他的死对头——丘吉尔!

九十三　天青在法国南部参加地下组织抗德

就在丘吉尔高喊"我们绝不投降"的时刻,法国正在走向投降之路。

6月,主张坚决对抗来犯德军的戴高乐刚刚被提升到准将,当了国防部副部长,马上遭到了最高统帅的质疑:"他还年轻,还不到50岁!"还记得希特勒怎么说的吗?法国的最高统帅们错误估计了局势,他们以为在法国惨败后,用不了一个星期,英国就会和德国谈判。可是那个还不到50岁的准将戴高乐,却已经和丘吉尔想到一起了,"如果法国本土战败,我们还可以立足法国在北非及其他属地继续对抗德国!"可惜这不是多数法国政要和军队将领们的思维。

6月9日,巴黎已经听到了炮声;10日,德国两个装甲师渡过塞纳河;11日,丘吉尔再次飞到法国。知道法国打算停止抵抗时,他发出掷地有声的话:"不管你们怎么做,我们都将永远、永远、永远地战斗下去!"13日,巴黎贴出告示:巴黎是座不设防的城市。800万难民逃离已经烈火冲天的首都。这次共和国总统、总理和政府官员们,不再到巴黎圣母院去祈祷了,他们忙于迁都到南部的波尔多。

14日上午9点,以第九师为先导的德国希特勒军队开进巴黎;他们耀武扬威地从香榭丽舍大街一直走到凯旋门,最后还在埃菲尔铁塔上挂上了纳粹万字旗。更可悲的是,法国决心停战;一战英雄贝当元帅的话"法国必须放弃斗争!"被德国人写在传单上,在法国军队散发,法国军队斗志自此彻底瓦解。在法国正式签订停战和约前,法国部队迫不及待地在一个又一个城市投降了,市民甚至为法军的投降而欢呼。6月21日,在那辆著名的卧铺车厢里——那是1918年11月11日德国签订第一次世界大战停战协议的地方,这次轮到法国来签订停战协议了。希特勒专门选择在这个位于贡比涅森林的专列车厢里签字,既满足了他的报复之心,也展现了他的狭隘和残忍;这就注定他要把这次毁灭性的大战继续下去,直到不是胜利就是死亡。

准将戴高乐,乘了一架英国飞机飞到伦敦。丘吉尔说:"在这架小型飞机上,戴高乐带着'法国的荣誉'。"可惜他到伦敦后,孤身一人,没有法国士兵或者军政要人愿意跟他合作;唯有遥远的北非将士们,为祖国的沦陷而落泪,他们没有把手中的枪支和战舰交出去。而戴高乐昔日在法国的上司们,判了他缺席死刑。戴高乐在伦敦设立了一个法语广播,他在不断地号召所有在法国和在世界任何地方的法国人,反抗德国法西斯。天青和西蒙在后来的日子里一直都在收听他的讲话。

历史学家曾经说过,瞥一眼历史的长河,未来绝非那么确定。

天青和西蒙在一个南部偏僻的小渔村，告别船主上了岸了，他们悄悄地沿着海岸线往南面走去。一路上靠着西蒙的老练和圆滑，还有天青的辛勤出力和带来的一些钱财，总算来到了法国西南边陲。他们走着看着，最后停在了一个葡萄种植园。两人都心仪这个地方；西蒙不用说，这里盛产他钟爱的葡萄酒；而天青喜欢它远离城市，连难民都少见，因为它偏离公路，位于一片荒地后面，两人就在这里留了下来。葡萄园主人愿意用极低的工资雇用他们；而这两个光棍，也满足于有地方住，有饭吃的待遇。主人为他们在葡萄园的酒窖旁，搭了一个简易窝棚。他们都当过兵，打过仗，比这艰苦的都经历和见识多了，他们不在乎这样的生活。只是天青可惜他带山来的那几样宝贝，他的雕刀、母亲送的小石狗和那个永远没有雕完的石山，统统放在了玛娅奶奶送的那个首饰盒子里；而那个首饰盒子，留在车上了。西蒙说他把车藏得很好，相信战后去拿一定还在那里。两人约好，不管这次战争两人是否会分开，会发生什么事情，战争胜利后，一定在敦刻尔克见面。天青还给西蒙一张纸条，上面写下了自己的中文名字；因为他感觉这个世界上，已经没有任何人可以托付了，只想着即使死后，也要有人知道他的真实姓名。天青隐隐感到西蒙不会久留。

果然，西蒙觉得这个偏远的地方不合适他，他没有耐心守在这里，等待不知哪天到来的胜利。秋天收获葡萄后不久，在那个寒冷的冬季来临之前，西蒙没打招呼就悄然离开了，没人知道他去了哪里。寒冬来临之前，葡萄园主人帮着天青把那个窝棚改造成石头砌的小屋，还有一个带烤炉的小厨房，可以自己烘烤面包。自那以后，小屋冬暖夏凉，天青在那里度过了4年。帮助天青排解寂寞的是西蒙留下的那个收音机。天青在法国南部也能收听到伦敦BBC的法语广播，戴高乐每天在那里谴责停战协议，他说法国不仅是投降了，而且被德国人奴役。可惜除了他以外，没有任何知名人士做过同样的谴责，却有许多人在为法国投降做辩护，戴高乐被空前孤立。可是这个准将还在那里继续号召所有法国人加入他的队伍。天青每次听他演说，就像当初听到丘吉尔的演说一样激动和振奋；天青天天盼望他能够为法国反击法西斯侵略者做点什么事。

法国南部那时名为"自由区",也叫"非占领区",这是法国最贫困的五分之二地区;而巴黎和大西洋沿岸的富饶地区全是德国人的天下。法国政府最后迁入矿泉疗养小城维希,那个政府也就此叫作"维希政权";后来更可耻的事情发生了,法兰西共和国国民议会投票结束了自己的共和制,代之而起的是仿效德国的个人集权统治。这种历史的倒退只会发生在那个真理已经被颠倒的时代。天青知道自己国家早已经演过这出戏,那是民国初,袁世凯当了81天皇帝,最后身败名裂。怎么这个发达国家也要上演这出戏呢?尽管他不了解法国共和史,但是最简单的道理他还是明白的,那就是历史总得往前走,岂有倒退之理!

天青身在法国自由区,常想着远在天边的中国,他从各种渠道收集关于远东的消息。离开自己的小饭馆时,他已经知道日本占领了中国许多地方,他搞不清楚当时中国是谁在主政,只知道中国尽管败得很惨,可是中国没有投降!仅凭这一点就比法国强,天青颇为得意,只是他不好意思向葡萄园主人炫耀。实际上,法国"自由区"哪有真的自由,当英美军队占领北非时,当地法国将领做了内应,希特勒马上派机械化部队冲到了"自由区",法国投降派的维希政府也跟着垮台了。

天青独自住在葡萄园酒窖旁那栋孤零零的小石屋里,帮着场主做许多园子里的事,他当过农民、当过工人、当过士兵和军官、当过家丁,还当过老板,他能应付这些事。平日天青自己在那里烘烤面包,场主每天中午会过来,带点菜肴,和天青一起在屋里边喝葡萄酒,边用面包蘸橄榄油当午饭,还伸长耳朵偷听英国ＢＢＣ的法语广播。场主不敢在自己家里听,因为那里离邻居家太近。

有一次农场主告诉他,晚上有人路过,让他多烤些面包,来人要吃的给吃的,要喝多少酒,尽管到地窖里去拿,随他们喝,随他们带——只是什么也不要问。

果真,那天半夜刚过,一群男女静悄悄地摸到了葡萄园。天青早已给他们准备了烤好的面包和几瓶好酒,他还帮着一个受伤的男人包扎伤口。天青早年从玛娅奶奶那里学会的救护本领都用上了。那些人没有久留，拿了不少面包，在水壶里灌满了葡萄酒，天不亮就悄悄地走了，走前每个人都用力地握了握天青的手。第二天农场主来时，看见角落的空酒瓶，什么话也没说，拍了拍天青的肩膀。天青自始至终也不知道那些是什么人，他没有问，农场主也没有说。以后就时不时有人半夜来了，天青每次都照样做，心中还洋溢着欢愉。他心里明白，这些人都是法国的地下组织，他们在悄悄抗击德国人，他盼望每天都有人来。过几天，农场主说会有人来放封信，晚上有个戴贝雷帽的中年人会来取；果真那个白天有人来放了封信，晚上有个戴贝雷帽的人取走了。以后也有过多次。天青知道，尽管这种抗击没有多大影响，可是毕竟法国还有人在反抗，他也帮助过他们，天青感到由衷的释怀和安慰。

天青有次向葡萄园主透露，他很想参加那些人的活动。园主对他说："你现在已经参加了，知道吗？你的角色很重要！我们另外几个联络点都被破获了，只有这个葡萄园最可靠，又能提供食宿。他们现在都知道你，对你感激不尽。尤其是你的沉默，让他们很放心。记住，沉默是金！"天青没有再多话，这么说来，这也是抵抗德国人的一种方式，天青也参加了戴高乐号召的抗击德国侵略者的战斗！

几年过去了，天青关心二战的战事，也惦记北部自己的家和旁边的华工墓园。他生怕德国人会毁坏埋有天亮的墓园，因为那些华工当初帮助的是协约国，是德国人的敌人。他总想回去看看，可又不想到"占领区"去。直到 1944 年，法国终于在英国和美国的帮助下，赶走了侵略者。第二年，天青在葡萄园里迎来二战胜利的消息；天青没有感到多么欢欣，他知道世人怎么评论这场大战："'二战'对英国是骄傲，是荣耀；对法国是失败，是耻辱。"天青看着那些遭到惩处的法国民兵和通敌者，想想自己这些年对法国抗战做过一些事，对得起自己的良心。

这几年，他躲在法国葡萄园里，没有听到炮火声，生活却并不安稳，只有无数思念和担忧。天青担心法国的前途，担忧祖国的安危；想念北部孤寂的墓园，惦记自己的小饭馆。现在战争结束了，他决定尽快回去，带着葡萄园主给他的一笔 4 年辛苦换来的不小的报酬，回到北部那个小镇，回到自己的家——如果它还在的话；当然还有旁边的墓园——天亮，你还好吧！哥哥 5 年没来看你了！

第十七篇　天亮之子与天青的奇迹相逢

九十四　战后天青的小饭馆传出肖邦《夜曲》

　　天青又回到了小镇。让他高兴的是，他的小饭馆竟然安然无恙，甚至比以前更大了一点。饭馆前面搭起了一个凉棚，下面还放了许多桌椅。里面变化更是惊人，这里变成了一个真正的小酒馆，柜台建成吧台，后面的墙上搭了个高高的酒柜，顶上悬吊着倒挂酒杯的木架。特别耀眼的是，窗前放了一架赭色的大三角钢琴，看上去就像贝雅塔小姐那架一样。邻居告诉他，前几年德国人占用了这间空置的小饭馆，楼下改成酒吧，楼上住着两个不知从哪里来的女郎。她们白天在楼下开酒吧，晚上狂欢到半夜；四周的人恨不得把小楼烧掉。天青心想，烧了倒好，现在再让自己住到上面去，自己还不愿意呢！

　　西蒙没有再回来过，大战中和大战后，他已不知去向。天青在洛朗的帮助下，去了一趟敦刻尔克——那个因大撤退而扬名世界的小城，那里半个城市还披着战争的袈裟。按照当年西蒙告诉他的方位，天青找到了那座被炸毁的教堂。这座城市该修复的建筑实在太多，许多废墟原封不动地留在那里，没人顾得上修复教堂。天青在废墟后面的车库里，找到了他的那辆车，所幸车里的东西竟然都还在，特别是他一直惦记的玛娅奶奶的那个珠宝盒和里面放着的母亲的纪念物，及自己雕了一半的石山，连当初西蒙留下的一罐汽油都还在呢。天青把歇了 5 年的车慢慢开回小镇。

天青用在南方葡萄园打工几年攒下的辛苦钱，把小楼翻盖成一间旅店，一楼是饭馆加酒吧，二楼改成 6 间客房。在楼房旁，他特意给自己盖了一间宽敞的卧房，还有一间将饭馆与自己卧房相连通的办公室。他相信自己还可以再干二三十年，等哪天做不动就关门。他雇了一名厨师，留下了德国人做的吧台，自己在吧台前忙碌。镇上的人本来就愿意来他这家老牌饭馆，特别是这里又多了一个正规酒吧。在葡萄园里干过几年的天青，如今很懂得酒水；他每天在前台给客人调酒、倒酒，总是痴痴地望着那架钢琴，常常心不在焉。

直到有一天，来了位客人，他坐在钢琴前面，弹了起来。他弹得和贝雅塔一样好——其实弹得更好。天青听着听着就愣着不动了。后来，他慢慢走到钢琴前面，问那位客人："你，你会弹肖邦吗？那首《夜曲》，九之二？"天青记得这几个字，这么多年了，他还没有忘，他还记得清楚，没有说错。那个人望了望他，然后不动声色地弹了起来。果真是贝雅塔每天必弹的那首曲子，天青像触了电一样，浑身颤抖，往事一一涌上心头——他站在贝小姐身后倾听，他站在高坡上望着身穿白衣的贝雅塔出现在窗子后面，他和贝雅塔在向西逃亡的途中，特别是最后贝雅塔死在他怀里的点点滴滴……所有那些画面都从记忆的深渊里随着琴声流淌出来。人们看出老板大概有过什么遭遇，不过如果他自己不说，别人是不好问的。自那以后，镇上的人都知道，小饭馆的老板喜欢肖邦，特别喜欢那首《夜曲》。会弹《夜曲》的人来到这个饭馆，一定先给他弹一遍，再去吃自己点的那份饭菜。

如果看见有外面来的客人坐在那架钢琴前，总会有人站起身走过去告诉他们："老板爱听那首波兰人写的《夜曲》，九之二！"人人都会说了。客人尽情地弹起来，天青就会放下手上的活儿，一动不动地听着，直听到琴声消失在饭店店堂，他还痴痴不动；而整个饭馆在那个时刻，也一定会鸦雀无声。人人敬重老板的深情，尽管他们不知道他在怀念谁。不知不觉地，这里人人都变成了肖邦迷，人人爱听那个优美又动听的《夜曲》乐章。天青晚年不寂寞，他觉得贝雅塔时时陪伴着他，她的琴声总在耳边荡漾。

天青更频繁地去墓地，他觉得大战几年冷落了弟弟，现在该常去才是。他还是坐在那几个无名氏墓碑前，洒瓶葡萄酒，跟弟弟诉说二战这几年，在南方的经历，特别是自己没有当胆小鬼，帮助反法西斯组织做的那些事。后来讲的就都是新近发生的事情了。比如，他对弟弟说："这里终于来了中国客人，一天一对夫妇和他们的同伴来到这里。他们旅游到这里，看见这么偏远的地方还有中国人开的小饭馆，就像我看见几张中国面孔一样既惊奇又高兴。我亲自给他们每人做了一碗馄饨，他们可爱吃了，吃了一碗还嫌不够，像几辈子没吃过中国饭一样。我又给他们每人做了一碗打卤面，要知道，这些年我都不怎么下厨房了。他们吃得那个香啊，边吃边问我什么时候来的。我告诉他们是第一次世界大战的时候，来当华工的。我给俄国人干，我弟弟给英国人干。他们奇怪，问我怎么会在法国？怎么跟他们说呢！唉，这些人对以前的事，什么都不知道。可是他们说，我对现在的事，什么也不知道。我是不知道，我问那几个人，现在中国是谁当皇帝？不知咋的，那几个人就掉开了眼泪。最后也没说是谁当皇帝。肯定不会是段祺瑞，也不会是那个姓蒋的人了，那是'二战'爆发前看这里报纸写的事；我只知道中国'二战'时没投降，我也知道现在中国肯定不叫皇帝了，可是叫啥，我也说不上来；现在中国是咋样，我就更不知道。不怪我，这儿的报纸根本不提中国的事。我再问那几个客人，原来他们'一战'时还没有出生呢。"

九十五　天青想去给老战友和玛娅奶奶扫墓

又过了些年，天青坐在那个无名氏墓前唠叨："昨天来了一个俄国人，少见啊，这里会有俄国人！还是从圣彼得堡北面来的。我说起曾经在摩尔曼斯克铁路干过苦工，还当过红军；他一脸的不相信。后来他说起那条铁路靠北有个小车站，立了个纪念碑，好像纪念的就是内战时牺牲的中国人。我一听就知道，那是普尔金车站，我还到过那儿呢；纪念碑肯定就是纪念的我们支队的人，是刘哲欣和蔡大哥他们。那人听到这里，才相信我真的在那里干过苦力，还打过仗。我告诉他，自己真想去看看那个纪念碑，祭奠一下老战友。我还说有些战友当初留在西伯利亚了，好像听说斯大林在第二次世界大战前，把那里的华人都抓起来送到北极圈劳改去了，有这么回事吗？那人说，的确如此。那人后来还说，二战后苏联对西方的门比以前开得大点了。现在跟以前不一样，斯大林死了好久了，说我现在是法国公民，如果想去看看，可以当个旅游者试试。"

晚上天青好好想了想那个客人的话，几十年过去了，现在去俄国总可以了吧。自己真想去普尔金车站看看那座纪念碑，去那个墓地祭奠下自己的战友呢！也想坐一次那条铁路上的火车，终归是自己出力修过的，也是对葬身在那里的伙伴们的纪念。天青还想去波兰、去德国，给玛娅奶奶上坟，给贝雅塔迁坟。纽伦对他说："你现在是法国国籍，在镇上办个法国护照很容易，再去苏联大使馆和波兰、德国大使馆办签证就可以去了。"这些年，天青手上也有了点钱，想想这些事，趁现在走得动，还不赶紧办？免得以后再遗憾后悔。于是天青关了小饭馆，在外面挂了个牌子，说要去度假。法国人度假太平常了，唯有这个开小饭馆的中国人，好像从来没有度过假。镇上的人都说："去吧，你早该出去走走啦！"

天青在小镇上很容易地办了本护照，然后他先去了巴黎。有几十年没去了，这里已经没有他认识的人了，游老板早就挣够钱回乡去了。他也顾不上东张西望，赶紧找到苏联领事馆，申请签证去苏联。不料领事馆的人很警惕地盘问他，问他去干什么。六十多岁的天青，絮絮叨叨地说起内战时，他在那里当过华工，后来又当过红军，他的战友都在那里牺牲。那里有个普尔金车站，听说有个纪念碑，还有座公墓，他想去看看，祭拜一下。其实，天青惦记的人多了，他惦记郭娃——他还在红军？他惦记盛中华——他带领剩下的弟兄回中国了吗？他惦记杨百柯——他会被流放到北极圈吗？当然他也有点害怕郝窦窦——他还记得以前的事吗？

想不到，领事馆的人看着他，没人相信他的话。他们在想：这个糟老头子，会是红军？骗人都不会装一下。有个人不怀好意地对他说："纪念碑？我知道，早被砸了。"天青听了很心疼，他不死心，又说："我现在是法国公民，我去看看我过去老战友的墓总可以吧。"不料领事馆的人又说："法国人想到我们国家去，你有什么目的？你是法国公民，怎么又是华工，还说什么当过红军？谁知道你到底是什么人。"他们把他赶走了。

天青现在说起中国，还是习惯性地称"皇帝"，他哪里知道现在的世界已经变成了什么样。他被人加上了双重嫌疑：中苏从60年代初开始交恶；东西方的冷战那时更是越演越烈；他一个孤老头子，突然申请去苏联，一会儿说自己当过华工，一会儿又说曾经是红军，长着一副中国人的面孔，却拿着法国护照，说着流利的法语，也能蹦出几句俄语来……那些苏联领事馆的人，越看他越像是个很会伪装的高级特工，百分之百的间谍，可能还是个双重，不，该是多重间谍。天青签证被拒。他始终没有搞明白，为什么不让他这个过去的华工兼红军，回去看老战友的墓地，他想说："我还为保卫苏维埃流过血呢。"他想也许那些"契卡"的人还在，是他们使的坏；他再也不敢去那个领事馆了，自此打消了祭拜老战友的念头。

天青不知道的事多着呢，如果他知道了，会更加伤心。

在苏俄大地上，在彼列科普镇，有一座"中国军团"纪念碑；

在第比利斯省、在莫罗佐夫斯克市都有类似的纪念碑；

在卡兹别克山脚下有一座25米高的中国红军的纪念碑……

可是，在60年代以后，它们大多被捣毁了。

到波兰领事馆也一样，天青说不明白到底跟哪个活着的波兰人有什么关系。他相信莫提卡爷爷肯定死了，兰达应该还在，可是他连她姓什么都不知道。那些人一样用审视的目光望着这个人，拒发签证。天青还想到德国去给贝雅塔扫墓，一打听，那里属于东德。波兰和东德早在二战后，就成了社会主义国家，也就是和苏联一样；如果苏联和波兰领事馆不肯给他发签证，东德领事馆也一样不会。天青放弃了去东德领事馆的念头,他知道什么人的墓他都扫不了啦,什么人也祭奠不了啦!他失望地回到自己的家。

天青终于看清了,在这个世界上,他真正无亲无故,孑然一身。唯有墓园里那几块无名氏墓碑,是他可以寄托和倾诉的地方。它们像是化成了有知性、有人气的魂灵,不再是无声无息的石头。人们常常看见一个渐渐衰老的身影在墓园里游荡。

天青孤独地生活在那个小镇上,孤独地经营着他的小饭馆。镇上的人都知道他是早年的华工,谁都不知道他究竟有多老,又有过什么样的经历。许多人天天晚上到这里喝一杯酒,弹一会儿琴,陪着形单影只的老人聊两句。天青还是习惯每天清晨在窗前向东看日出,心中痴想着早已模糊的故乡山影。晚上酒吧台前常常坐满客人,他离不开,很少坐在窗前看日落了。不过生意冷清的时候,他更常走进那个墓园,和永远在心中的弟弟天亮谈心。

天青不记得,墓园中心那棵大松树是什么时候种上的,他看着它一年年长高,松树给墓园增色不少,看着它就让人肃然起敬。可是平时,这里太冷清,让已经老态龙钟的天青寒心。一年中的大多数日子,墓园里只有天青一个人,一个孤独苍老的身影在那里越来越缓慢地移动。天青越老越感到愧疚,对弟弟、对父母、对自己的家乡和对自己的国家。他念叨着自己痴活了这么大把岁数,却让弟弟年纪轻轻地就走了。他常仰天长叹,唉,老天爷!分一半寿命给自己那苦命的弟弟吧。老天无语……

九十六 小饭馆走进一个极像老板的人

天青早就不喝茶了,从南方葡萄园回来以后,他就以酒代茶,加上每天吃面包蘸橄榄油,可能是这些饮食习惯让他如今八九十岁还能生活自理。不过现在他真的老得不能再照料那间小饭馆了;除了厨师,他又雇了一个当地人去经营饭馆，饭馆经营得不错，收入足够他生活。他还住在那间与饭馆相连的小房间里，他也没有别的地方可以去。每天只要有人弹琴，他就会伸长耳朵听，因为他的耳朵也有点背了；不过如果有人弹肖邦的《夜曲》，他一定分辨得出来，而且总会走到隔壁，进入饭馆，坐在一旁听。有时人们看他双手拄着拐杖，低着头好像睡着了，可是琴声一停，他马上会抬起头来，恭敬地对弹琴的人点头，再和坐在饭馆的人们挥手打招呼，转身慢慢走回自己房间。

有一天，饭馆走进来一个人，大家都忍不住对他看个不停，因为那个人太像老板了，只是比现在的老板年轻，有点像二三十年前的那个老板。奇怪的是，这里的人都知道，老板没有结过婚，他不仅没有孩子，连一个亲戚都没有。正在纳闷的时候，那人开口问站在柜台后面的那个人："对不起，我打听一个人，他的名字叫陈天青。"这里的人，都和玛娅奶奶和贝雅塔一样叫老板是"青"，没有人知道天青的全名，柜台后面的经理摇摇头，坐在饭馆的人也在那里摇头。他们从没有听说过有过一个叫"陈天青"的人。

可是来人突然看见摆在柜台上的两件东西——小石狗和那个没有完成的山雕。他走上前去问："这是谁的？"

掌柜回答："老板留下的，不卖。"

来人说："我不是要买，我是要找它的主人。"

掌柜回答："我就是，你有什么事直说吧。"掌柜是天青雇的饭馆经理，他有点不满这位来客，因为他走进饭馆后，没有点酒或任何饭菜，光在那里东看西看，还打听个没完。来人没有搭理他，只是从自己的背包里拿出来两样东西放在柜台上，他的这个举动，马上吸引了饭馆吃饭喝酒的客人——原来他拿出来的两样东西，和摆在柜台上的那两样东西一模一样：一个是白里透红的小石狗，另一样是件没有完成的石山。大家惊讶地看着喊道："两个完全一样，怎么回事？"那两件没有完成的石山，竟然奇迹般地都在相同的地方中止和断裂……

两个一模一样的小石狗，两个一模一样的没有完工的石山，当它们并列出现在柜台上时，所有人都知道这里面一定有故事、有好戏。有人喊着怎么两天没见青了。更有人放下吃了一半的东西，嚷嚷着要带这个陌生人去隔壁。来人不忘把他的两样宝贝收回背包里，跟着那群叽叽喳喳议论不停的人一起出了店门，前面的人敲响了隔壁那扇小门，众人还是出于礼貌没有走从饭馆内通往老板的那扇小门，而是走了正门。门其实根本没有关，或者是关了也没有锁，前面的人很快把门推开。

那是一间宽敞明亮的房间，前后各开着一扇大窗户，靠窗都有一张朝外的单人沙发，中间一张大床。房间一角立着一个柜子，柜子上面的墙上挂着一个纪念章，那是天青用 5 个法郎买下的华工纪念章。自从他不再打理饭馆，他就把这个纪念章拿回自己的房间，因为他实在没有什么东西可以纪念弟弟了，唯有这个不知是谁的、如今已属于他的华工纪念章挂在那里，给他一点象征性的回忆，他必须每天看着它；天青相信再过不了几年，自己大概什么也记不得了。

天青两天没有去小饭馆，一是那里没人弹琴；此外，他这两天心里有点乱，不知是什么原因。他把昨天剩的一点面包蘸橄榄油吃了，还喝了小半瓶葡萄酒，躺在床上不想起来。他听到有人推开门，接着就进来一群人，他慢慢坐了起来，突然他看见在人群中站着的天亮，不是当初和自己分手时的那个天亮，是很老的天亮，可是天青还是一下子认出来了。他以为自己眼花了，赶紧坐直了，揉揉眼睛，定睛看去，那不是天亮是谁？天青有气无力地喊道："天亮——是你吗？"

那不是天亮，那是天亮的儿子念青。已经 70 岁出头的念青看见从床上坐起个老态龙钟的人，他的轮廓、眉眼像极了自己的父亲，只是老了许多。父亲离家时不到 40 岁，他也有 12 岁了，那是半个世纪前的事，可是他记得清清楚楚。他走上前去问道："您是陈天青吗？打中国来的？"来人操着一口地道的北京腔。

"你是谁？你不是天亮又是谁？"天青没有回答念青的问题，却接连蹦出两个问题来。

"我是您弟弟陈天亮的儿子,我叫陈念青。您应该是我大伯,我爸爸总在念叨您,所以给我起名叫念青。"来人大声地一字一句对老人说,说得很慢、很清楚。

"天亮有儿子?你爸爸在哪里?天亮他还活着?为什么不跟你一起来?"天青喊着站了起来,一连问了几个问题;伸手向前,好像要去抓那个躲在后面的弟弟。

念青伸手扶着摇摇晃晃站起来的大伯,咬着嘴唇摇摇头:"爸爸不在了。可是他一辈子就没有忘记过您,他在离开人世的最后一刻,想的还是您啊!"

天青听了摇晃着像要跌倒,喃喃地说:"天亮——他,他还是走了……"念青上去一把抱住了他。

这时跟着进来的人知道这背后的故事大概很长,一下子讲不完,那两个人又在用中文讲话,他们都听不懂。不过他们都看出来了,这两人肯定有点什么关系,他们长得那么相像。大家满怀疑惑又识趣地退了出去,轻轻地关上了门,留下不知所措的天青,和终于找到父亲一生思念的兄长的念青。两人望着人都走了,突然天青对着念青,大哭起来说:"天亮呢?他在哪里啊——"屋外的人还没有走远,他们都听见了那个恸哭声,很悲伤,很压抑,哭得很放肆,痛不欲生,肝肠寸断。天青一辈子也没有这么大声地恸哭过,他还没有搞清眼前发生了什么事情呢。可是他看见了天亮的儿子,天亮有儿子,自己有侄子——可是,自己那苦命的弟弟天亮呢?

九十七　天亮写给哥哥的信奇迹般地落到天青手中

那个晚上,念青把他知道的所有关于父亲的故事,都告诉了他的大伯。可惜他知道的也就那么多,父亲走时,他才12岁;父亲牺牲时,他也不满14岁。不过父亲给他的两封信,还有妈妈和姥姥给他讲的往事,父亲战友后来告诉他们的一些事，让他知道了父亲和大伯的故事。后来他又找到了当初给他寄来父亲遗书的那个父亲称之为"老纪"的华工；还有就是二战后才回到家的同村去西班牙参加国际纵队的那位诗人，他们陆续给自己讲了父亲以前包括在西班牙的经历。现在的念青能够拼凑出更多关于父亲悲壮的一生的故事。

一直以为自己孤身一人在世的天青，突然知道自己在这个世界上还有一个亲人——弟弟的儿子、他的侄子，和侄子的子孙一大家人，这就足以让他震惊之余又激动得颤抖不已。

天青知道了弟弟原来战后一直生活在法国南部的一个小镇上，后悔不已。责怪自己为何当时只知道一处处查看墓地，而不是一个村子一个镇子地去寻找活生生的人呢。

念青说起，父亲到西班牙参加了国际纵队的马赛曲兵团；天青的眼睛亮了，"我知道国际纵队的事迹，那些年小饭馆里总有人议论。"尽管他们镇上没有人去参加，大家谈论时也放低了声音，不过人们每次说起那些志愿者还是肃然起敬。

念青说到父亲在掩护了大队人马过河后，自己渡河时中弹受伤，过河没有多久就牺牲了。天青抑制不住呜咽起来，他想起了那年的一个春末夏初时光，他突然背部疼痛不已，果真天亮是背部受伤而亡，"那是天亮临终前，来跟我告别啊。我知道那个日子，那几天我不得安宁……"

他问天亮的坟呢？念青说不清，可能根本就没有，老纪叔叔说，那次渡河后就匆匆撤退了。天青听着，想着，原来弟弟死在西班牙，死在1938年。念青深情地讲道："父亲临终前，把一封信装在一个小瓶子里面，还有一只小石狗，一起交给了他的中国战友纪叔叔，特别附了一个写着您的中文名字的纸条，说是一定要设法交给他哥哥陈天青。纪叔叔在国际纵队离开西班牙的时候，又把这个小瓶子和作为信物的小石狗，还有写着您名字的小纸条，一起交给了马路边上欢送他们的一个不认识的西班牙姑娘。"

"那，那怎么会到你手里？而且经过了几十年？"天青多么希望他更早就知道弟弟的一点音信，哪怕是死亡的消息；可是这么多年，他硬是没有听到过任何一点关于弟弟的消息啊！

"那个女孩把父亲给您的信一直保留着，特别在后来那些年，西班牙独裁政府专门抓那些帮助国际纵队的人。她冒着生命危险把装信的小瓶子和小纸条埋在后院。她后来有了孩子，把信交给孩子，后来又有了孙子，信又传了下去。而那只小石狗，一直放在家里最显眼的地方，希望哪天发生奇迹，有人看见这只小石狗，会讲出背后的故事来。"

"为什么不寄来啊——"天青问了个糊涂问题。

念青叹气道："爸爸给我们的信早寄到了，可是给您的信没法寄啊——"天青不解地望着他，"没人知道您在这儿，爸爸让他战友转交的信，是一封有收信人名字却没有收信人地址的信啊——"天青不作声了，半天他抬起头不解地问道："那，那你今天又怎么会找到这里来呢？"

"您知道吗？这次西班牙政府发出邀请，欢迎全世界在世的国际纵队的志愿者和他们的后人都回到巴塞罗那，我代表我父亲也去了。"念青停了下来，他耳边还响着"No Pasaran！"的震天喊声，就是"不让法西斯通过"。他对着大伯一边流泪一边激动地诉说着："全城的人都像疯了似的迎接国际纵队老战士，今年已经是1996年啦，距离国际纵队建立的1936年，整整60年！这次只回来了300多个当年的志愿者，可是当初是4万多个活生生的生命啊！作为国际纵队的后代，像我这样的人，也应邀去了一大批，我们一样受到隆重欢迎。有位老诗人念着动人的诗句'弟兄们，你们的名字照亮了马德里！'让所有人泪流不止。"念青哽咽得说不下去，天青使劲地攥着他的手，焦虑地等着他继续说下去。

"在宏大的体育场里，万人欢呼，那个声音能把人的耳膜震破。后来我们走上街道，两边蜂拥着欢迎的人群；人群里有不少人高高地举起写了名字的牌子，他们在寻找当初认识的老志愿者，或者是他们的后人。我突然有种异样的感觉，一个奇想：父亲也许会给我留下点什么，我仔细辨认每一个举起的牌子……突然，我看见有个牌子上面写的是中文；再仔细看，竟然写的就是您的名字。"念青说到这里，自己也抑制不住哭出了声，"我急忙跑上去，那是一个女孩，不是当年接受委托的那个女孩曼达，是她的孙女。她说她的祖母不知跟他们说过多少次，一定要设法找到这个死去的国际志愿者的哥哥。她把那个珍藏了半个世纪的小瓶子交到我的手上。我把信接了过来，感到身负重任，我有了父亲给您的信，可是我还是不知道该往哪儿给您寄啊！"天青痴痴地望着他，真不知他是怎么解决这个世纪难题的。

停了半天，念青望着苍老的大伯："您有个朋友叫西蒙，是吗？"

"西蒙？他是我朋友，'二战'前也住在这个镇子里，他每天都到我的饭馆来。'二战'时我们一起去敦刻尔克，又从那里逃到法国南边，我们一起住在一个葡萄园里。后来有个夜晚，他突然走了，没打招呼就走了，无影无踪，再也没有听到过他的消息。"那个遥远的记忆，那个几乎忘却了的人，突然清晰地出现在天青的脑海里。

"他到西班牙了，您给他写过您的中文名字，是吧？"天青点点头，这个他也没有忘记。念青继续说道："那天，他的孙子也举着那么一个牌子——上面就写着您的名字！"

"西蒙去西班牙了？怪不得，再也没有听到他的消息。可是他怎么会——"天青想不明白，他问，"西蒙现在还活着，跟我一样老？他当然会去凑热闹！"

"不是西蒙，是他的孙子。他说是他爷爷给过他一张小纸条，上面有个中国人的名字。他爷爷早已经去世了，临走前留下了话，以后有机会要让人知道，这个人，纸上写着他的中国名字的那个人，住在法国北面，和自己当初住在一个镇子里，他一直在找他弟弟。西蒙把您的地址写在那张有您姓名的纸的背面。那天西蒙的孙子拿个木板，把爷爷留下的'陈天青'三个字，画得大大的，他看见有人举起牌子，他也就照着做了，根本没有想到会有什么样的结果，结果碰上了我。他知道的唯一的事情，恰恰就是我不知道又一直想知道的，那就是您的地址！"念青一字一句地说着。

天青听着，半天缓不过神来，好像在梦中一般。他浑身战栗地接过那个历经了半个多世纪的小瓶子，瓶子外面早已黄斑点点，好像是从海底打捞上来的遗物。天青急忙想打开看，可惜那个瓶子已经沉睡几十年了，确实像是古老的文物一般，他哪里有力气打开。念青接了过来，费力地打开了瓶盖，从里面倒出一个小纸卷，纸卷不仅发黄，还散发出一股浓浓的霉味。天青战战兢兢地望着它，伸手摸着，半天没有勇气打开。他们兄弟自从1917年在那个不知名的小火车站上分别，他等天亮的消息等了将近80年啦，等到的竟是这样一个发黄的小纸卷。天青知道，那是弟弟给他的信，他想看，又怕看；最后，他用颤抖的手，小心翼翼地打开了它。那是天亮即将奔赴最后一场战斗前写下的。

"哥——"天青刚念了第一个字，眼睛立时充满了泪水，天亮从小就这样叫他，一直这样叫他！此时耳边又响起弟弟的呼叫声。他流着泪、颤巍巍地读着信：

"明天我们又要奔赴战场，这将是一场你死我活的拼杀，我不知道这封信能不能到你的手里，我也不知道哪一天我就会离开这个世界；不过，我还是要试一试，不然我会死不瞑目。自从在那个小车站分别，我到了威海卫，登上了大海轮，来到了法兰西——我们从小就想去的地方。开始我在英军营里，可是我没有找到你；英国人对我们不好，后来我去了法军营，那里也没有你！这么多年我一直在找你，最后我也没有找到你。英国营没有你，法国营也没有你，最后我去了美军营，还是没有你。哥，你到底去哪儿啦？这是我今生最想知道的事。

现在我在西班牙，在马赛曲兵团，和几万多国际纵队的志愿者一起，向法西斯开火。我觉得在西班牙的这一年多，是我一生中最值得也是最难忘的日子。我多么想你跟我一起，一起战斗，一起走向胜利，或者走向死亡。西班牙国际纵队里，有上百个中国人，好多就是留在法国的'一战'华工。我知道，死亡正在向我们招手，因为我们的武器太旧了、太少了，不然我们能打赢的。我们兵团大多数人都从法国来，可是我也看见了其他兵团的人，他们来自全世界；其中有我的美国朋友托尼，我想他一定牺牲在雅拉玛山谷了。在这里，我们都是平等的，每个人都是为了自由和正义战斗。我在这里还懂得了，民主是没有国界的，我们为了民主自由而死，死而犹生。

哥，如果老天爷开眼，让你看到这封信，我在九泉之下也会安心。哥，我没给你丢脸，没给咱们爸妈丢脸，没给中国人丢脸。第一次世界大战最后，德国被迫停战，也有咱们华工的功劳。我在美军营里一直干到大战后三年。后来我结婚了，有个儿子，他叫念青，你一定明白为什么我给他取这个名字，因为我一生都在想念你。

哥，我还有好多话想跟你说，可惜没有时间了。哥，不要哭！我是死在西班牙战场上，你该为我骄傲！

弟，天亮，一九三八年 五月。"

最让天青想不到的是，念青还告诉他："父亲的战友纪叔叔在'二战'后告诉他，父亲在他离开世界的最后时刻，知道了哥哥是在俄国当的华工，战后还特地来巴黎寻找过他。这些都是从大伯您在巴黎认识的一个朋友口里听到的。"

天青激动地握着侄子的手，喃喃地说道："我知道，是他，一定是他……"他相信，一定是那个在斯泰因小姐家里结识的美国作家告诉弟弟的，他听说后来那个作家也去了西班牙战场，天青突然十分清晰地把这些遥远的事件都联系起来了。

念青抱着浑身战栗的大伯的双肩，盯着大伯的眼睛继续说道："当父亲最后听说哥哥来巴黎寻找过他，他好像终于放下了一直藏在心中的悬念，大叫一声'天青来过巴黎啦，哥——'才离开了这个世界；爸爸是带着哥哥万里寻亲的慰藉，大声喊着哥哥合上眼、带着微笑走的……"说完念青忍不住放声哭泣，天青也全身战栗、老泪纵横。叔侄二人最终拥抱在一起，为那个此刻站在天国遥望他们的亲人痛哭起来……

天青终于站了起来，慢慢走到挂在墙角的那个纪念章前，对着它喃喃地说："天亮，知道吗？我为什么没有死，因为我一直在等你给我捎信来，我知道你会的。现在总算等到了，我——该来跟你会面啦！"

九十八　墓园上空云层中走出一列高唱《华工出洋歌》的壮士

第二天上午，天青带着念青来到他每天流连的墓园，将那几个无名墓碑指给他看；还告诉念青，只要他活着，每天还会来，因为他心中的天亮一直在这里。

就在那个时刻，园外忽然传来嘈杂声，他们看见远处开来一辆辆车子，停在墓园门口。车上下来一群人，有大人、有孩子，孩子们排着队安静地走了进来。天青和念青站在远处望着他们，只见孩子们列队站到前面，像是一群小学生；他们后面站着的成年人，可能是他们的家长和老师。

那些孩子站整齐了，开始念起什么来，听着听着天青和念青就掉泪了……

站在最前面的男孩声音传来：

这里躺着我父亲的爷爷——

后面所有孩子的声音：

还有我爷爷的父亲。

男孩的声音：

八十年前，

>   为了二十块卖身钱，
>
>   你告别了故乡土地，
>
>   踏上了远洋航船，
>
>   来到了从没听说过的欧罗巴。

一个女孩的声音响起：

>   为了那诱人的许诺，
>
>   为了能分一半工钱给爹娘，
>
>   你，没有半点犹豫，
>
>   没有半点猜疑，
>
>   伸出右手手腕，
>
>   戴上了至死跟着你的编号印记。

众人和声：

>   那是六位数字啊，
>
>   那是爷爷的父亲，
>
>   和你的十多万兄弟。
>
>   你们中有多少人回到了故乡，
>
>   又有多少人倒在了这块土地。

男孩声音响起：

>   你来时可知，
>
>   什么是欧罗巴，
>
>   哪里是法兰西？
>
>   它们有多么遥远，
>
>   那里正在上演哪出戏？

女孩声音响起：

当你自己还戴着枷锁，
却要去拯救世界兄弟，
你可知道，
等待你的是……

此时远处乌云密布，雷声隆隆。天青、念青抬起头，地上列队的孩子们和大人们都抬头向天空望去，只见从那云层深处，走出来一队队的壮士，他们身穿华工工服，正在齐声唱着一首歌，其中就有天亮的身影，和他那熟悉的声音：

众兄弟，大家来听，
你我下欧洲，三年有零，
光阴快，真似放雕翎。
人人有父母弟兄、
夫妻与子女，天性恩情。
亲与故，乡党与宾朋，
却如何外国做工。
内中情与境、曲折纵横，
且听我从头说分明……

电闪雷鸣中，歌声渐渐远去，它飘过墓园上空，飘过法国大地，飘过欧罗巴广阔的地域，飘过西伯利亚的森林和旷野，最后飘到了中国上空，跨过长城，越过故宫，飘到了山东海边，在威海——他们出发的地方，慢慢落了下来。

落在一战华工纪念馆，那里地面上有厚重的十字，有笔直坚挺的水泥墙，有深邃通向大海的甬道……在海源公园北侧海边的石墙上，有座铜版雕像，16块铜板墙上，是华工突兀的头像——他们深沉，他们凝望，他们巍峨……

地面上孩子们的声音穿透时空。

女孩的声音响起：

> 百年以后啊，
> 还会有人记得你们吗？

男孩声：

> 在那个过去的时光，
> 在那个遥远的地方，

众和声：

> 我父亲的爷爷，
> 我爷爷的父亲，

女孩声：

> 曾经有过那么一段经历，

男孩声：

> 有过那么一个故事……

尾声　后人没有忘记你们

1925年4月2日，旅法华工总会呈文法国政府，要求为一战华工建墓地，修纪念碑，遭到法国政府拒绝；

1935年，最早招募赴法华工的惠民公司经理梁汝成，建议修筑纪念一战华工纪念塔，外交部称其"无甚意义"而否决；

20世纪80年代，法国华裔学者和华商企业，督促法国政府关注一战华工业绩；

1983年开始，巴黎华人每年在清明和大战结束的11月11日，都会组织数百在法华人到诺埃尔华工墓园扫墓；

1984年，在赴诺埃尔墓园途中出现一对石狮子，为墓园增辉生色；

1988年，一战胜利七十周年之际，法国终于在巴黎中国人聚集一地里昂车站附近，毛里斯德尼街十六号的建筑物墙上，镶上了纪念一战华工的铜牌，上面用中文、法文刻着："公元1916—1918年，14万华工曾在法国参与盟军抗战工作，有近万人为此献出了生命"；

同年，法国政府表彰88位一战老战士，其中包括两位健在的华工，他们是当年94岁的吕虎臣和92岁的曾广培，他们获赠荣誉军团骑士勋章。时任巴黎市长的希拉克致辞感谢华工："以其灵魂和躯体捍卫法兰西的领土、理想和自由"；

1998年，一战胜利八十周年之际，巴黎十三区巴德科特公园，竖立了一座两吨重的青麻石花岗岩纪念碑，上面刻有"纪念在第一次世界大战中为法国捐躯的中国劳工和战士"。

同期，法国导演奥列维·纪东拍了一部专题片《'一战'中的十四万中国人》；

2002年起，每年清明节，旅法华侨在诺埃尔华工墓园举行公祭；

2004年，中国山东淄博周村，山东华工赴欧参战纪念林碑落成；

2008年，一战胜利九十周年之际，诺埃尔墓园附近小镇教堂里，传来亨德尔圣歌《弥塞亚》，巴黎12所大专学校学生和当地居民，手持白色雏菊，唱着圣歌。他们宣读了遇难者的名字，默哀致意，焚香祭扫，最后点燃了祭文，为逝去的生命祈祷；

同年，法国国务院秘书在巴黎举行的"纪念'一战'九十周年，缅怀为法捐躯华工先驱"会上，首次表示：巴黎和会对中国不公；

法国前总统希拉克多次表示，"任何人都不会忘记这些远道而来，在一场残酷的战争中与法兰西共命运的勇士"。

同年，法国电视台五台，播放了纪录片《一个在瓦尔登战壕里的中国人》；

同年，中国驻法大使，首次在诺埃尔墓园致祭词；

同年，在中国威海卫召开了一战华工国际学术会议，举办《血洒欧西壮士运 魂返祖国挽神州——第一次世界大战中国参战劳工纪事》展览；

同年，曾送过一把手枪给当年外交总长陆征祥，并阻止他前去和会签字的华工毕粹德孙女一家，来到法国，长跪在爷爷墓前，这是首次华工后裔来法扫墓；

同年，华人聚集的十三区，出现首位华裔副区长；

2009年，中国中央电视台与威海档案局联合拍摄了6集大型纪录片《华工军团》；

2010年，比利时伊普尔市博物馆，举办了《以铲代枪》的展览，纪念一战华工在欧洲，特别是在比利时的这段历史，同时还召开了"'一战'华工国际学

术研讨会";

2014年，一战爆发一百周年，巴黎举办了"和平与发展——纪念'一战'爆发暨华工论坛";

2016年，一战华工赴法百年，巴黎华人举办了"他从东方来——纪念'一战'华工赴法百年论坛";

同年，法国发行了一套纪念一战华工永久性邮票;

2017年11月15日，在比利时波普林格市布恩本村，华工群像纪念碑落成;

2020年，一战华工纪念馆在山东省威海市落成，在海源公园北侧的海边石墙上，出现了一座铜版雕像，16块铜板墙上，是华工突兀的头像;

一战爆发近百年之际，在法国的中国人达40万，其中半数来自天青、天亮两兄弟故乡周边地区。法国已拥有8000家中国饭馆，巴黎四周出现2000多家贸易公司，犹太人的许多商业地盘被中国人取代。

天青、天亮两兄弟想做没有做到的许多事情，今天有人做到了；可惜他们看不见，听不到。不知何年何月，他们想在中国大地上修建一座一战华工群体雕像的梦想能够实现！

（全文完）

初稿完成于2011年9月25日
增补稿完成于2014年1月13日
修订新版稿完成于2022年6月30日

参考书目

一、中文著作

[1] 清华大学中共党史教研室. 赴法勤工俭学运动史料第一册（第二卷）. 北京：北京出版社，1979.

[2] 张建国. 中国劳工与第一次世界大战. 济南：山东大学出版社，2009.

[3] 张建国，张军勇. 万里赴戎机——第一次世界大战参战华工纪实. 济南：山东画报出版社，2009.

[4] 陈翰笙. 华工出国史料汇编. 北京：中华书局，1985.

[5] 李永昌. 旅俄华工与十月革命. 石家庄：河北人民出版社，1988.

[6] 陈三井. 近代外交史论集. 台北：台湾学海出版社，1977.

[7] 施肇基. 施肇基早年回忆录. 台北：传记文学出版社，1967.

[8] 石建国. 陆征祥传. 石家庄：河北人民出版社，1999.

[9] 吴湘湘. 晏阳初传. 长沙：岳麓书社，2001.

[10] 候宜杏. 袁世凯传. 天津：百花文艺出版社，2003.

[11] 周天度. 蔡元培传. 北京：人民出版社，1984.

[12] 朱文通. 李大钊传. 天津：天津古籍出版社，2005.

[13] 托洛茨基（著），胡萍（译）. 托洛茨基自传. 北京：中国社会科学出版社，2003.

[14] 倪慧如, 邹宁远. 橄榄桂冠的召唤——参加西班牙内战的中国人(1936—1939). 台北: 人间出版社, 2001.

[15] 巴别尔(著), 戴聪(译). 红色骑兵军. 杭州: 浙江文艺出版社, 2009.

[16] 巴别尔(著), 王若行(译). 骑兵军日记. 北京: 东方出版社, 2005.

[17] 雷马克(著), 朱雯(译). 西线无战事. 台北: 志文出版社, 2001.

[18] 奥斯特洛夫斯基(著), 吴兴勇(译). 钢铁是怎样炼成的. 北京: 中央编译出版社, 2011.

[19] 威廉·夏伊勒(著), 戴大洪(译). 第三共和国的崩溃——1940年法国沦陷之研究. 北京: 新星出版社, 2010.

[20] 海明威(著), 陈燕敏(译). 战地钟声. 黄山: 黄山书社, 2012.

[21] 陈军. 北大之父——蔡元培. 北京: 人民文学出版社, 1999.

[22] 张邦永. 一名华人劳工(翻译)参加第一次世界大战的片断回忆. 中华文史资料文库. 北京: 中国文史出版社.

[23] 李志学. 第一次世界大战与十月革命时期的赴俄华侨. 俄罗斯中亚东欧研究, 2006 (5):71-76.

[24] 中国人民政治协商会议四川委员会文史资料研究委员会. 四川文史资料选辑(第二十三辑). 成都: 四川人民出版社, 1980.

[25] 顾杏卿. 欧战工作回忆录. 北京: 商务印书馆. 民国二十六年(1937).

[26] 陈三井, 吕芳上, 杨翠华. 欧战华工史料, 一九一二—一九二一. "中央研究院"近代史研究所编印, 1997.

[27] 陈三井. 华工与欧战. 长沙: 岳麓书社, 2013.

[28] 张建国. 越洋寻找失落的记忆. 北京: 中国档案出版社, 2006.

[29] 孙干(著), 齐德智(整理). 华工记. 天津: 天津社会科学院出版社, 2013.

[30] 约翰·基根（著），张质文（译）．一战史．北京：北京大学出版社，2014．

[31] 席启华．巴黎和会与中国外交．北京：社会科学文献出版社，2014．

[32] 徐国琦．一战中的华工．上海：上海人民出版社，2014．

[33] 马骊．一战华工在法国．北京：吉林出版集团有限责任公司，2015．

[34] 叶星球．法国一战华工的故事．巴黎：巴黎太平洋通出版社，2018．

[35] 乔纳森·芬比（著），陈元飞（译）．企鹅一战中国史．上海：上海三联书店，2021．

[36] 张俊义，陈红民．近代中外关系史研究．北京：社会科学文献出版社，2021．

[37] 齐德智编辑整理．一战华工百年祭（内部印刷）．天津，2017．

[38] 山东华侨会馆、山东华侨博物馆编．一战华工图志．济南：山东画报出版社，2021．

二、英文著作

[1] This Fabulous Century, 1910—1920, Vol. II, Time-Life Books, Alexandria, Virginia, 1969.

[2] THE GREAT WAR, Correlli Barnett, G. P. Putnam's Sons, New York, 1980.

[3] FRONT PAGE HISTORY of the WORLD WARS, as reported by The New York Times, ARNO Press, New York, 1976.

[4] THE TWO WORLD WARS, Susanne Everett & Brigadier Peter Young, Bison Books, London, 1980.

[5] THE WORLD WAR I, H. P. Willmott, DK, US, 2003.

[6] THE GREAT WAR and THE SHAPING of the 20th CENTURY, Jay Winter & Blaine Baggett, Penguin Books, USA, 1996.

[7] WORLD WAR I, A HISTORY, Edited by Hew Strachan, Oxford Univ. Press, 1998.

[8] THE WAR to END ALL WARS, WORLD WAR I, Russell Freedman, Clarion Books, NY, 2010.

[9] FIELDS of MEMORY, a TESTIMONY to the GREAT WAY, Anne Roze, Cassell, UK, 1999.

[10] WORLD WAR I, an ILLUSTRATED HISTORY, by, Susanne Everett, Rand McNallly, Bison Books, London, 1980.

[11] AN ILLUSTRATED HISTORY of the FIRST WORLD WAR, John Keegan, Alfred a Knoff, NY, 2001.

[12] THIS FABULOUS CENTURY, 1940-1950, Vol, V., Time-Life Books, Chicago, 1969.

[13] LES OUBLIES de NOLETTE, Strapontin, 2015.

修订新版稿完于

2022年6月30日